아메리카의 망명자

FEEDING ON DREAMS: Confessions of an Unrepentant Exile

아리엘 도르프만
Ariel Dorfman

아메리카의 망명자

FEEDING ON DREAMS: Confessions of an Unrepentant Exile

칠레와 미국, 두번의 9·11 사이에서

청정아 옮김

창비

이 책을 앙헬리까에게 바친다

망명한 자들은 꿈으로 살아간다는 것을 알고 있다.

—아이스킬로스

시간과 망명에 관한 메모

어쩔 수 없는 일이었을 것이다. 일평생 나라를 세번이나 잃었으므로, 인간이란 존재에 으레 동반되는 자기성찰의 노력이 내 경우에는 숱한 도착과 귀환과 출발이라는 분절을 통해 자라나고 성숙할 수밖에 없었고, 그 때문에 모든 기억하는 행위, 모든 회고록이 맞닥뜨리기 마련인 자연적인 복잡함이 한층 가중되었다. 육체로만 보면, 그리고 출생, 결혼, 사망, 비자, 세금환급, 추방, 신분증 같은 것을 기록하는 관료에게는, 삶이 연대순으로 펼쳐질지 모르지만, 기억은 그런 식으로 게임을 하지 않고 말끔함을 향한 욕망을 늘 어떻게든 당혹스럽게 만든다. 그래서 기억의 미궁을 이리저리 넘나들며 길을 찾아가는 주인공의 싸움을 따라가느라 혼란을 느낄 독자를 위해 이 책 마지막에 주요 사건들을 얼추 순서대로 맞추어놓은 연표를 덧붙였다.

독자들이 반드시 이 연표를 참고해야 한다고 권하는 건 아니다. 그러나 다른 누구도 아닌 내가 어떻게, 사막을 헤매는 이들이 언제든 일별할 수 있도록 안전한 피난처로 안내해줄 별들의 지도를 마련해주길 마다하겠는가?

서문

어렸을 때 난 종종 죽었다 살아나는 꿈을 꾸곤 했다.

어둠속에 혼자 누운 채 침대 위에 쭉 뻗어 있는 내 몸과 슬퍼하는 사람들을 보는 게 어떨지 상상했고, 상상 속에서 나는 그들이 그러고 있는 사이 내내 옆에서 다른 이들 눈에는 안 보이는 채 열심히 불멸의 저 건너편에서 폴짝 뛰어나오려 하고 있다. 단 몇시간 동안만 이 세상을 떠난 다음 짓궂게 다시 살아나, 여기요, 날 봐요,라며 부활할 때 살아 있는 사람들이 당황하는 모습을 지켜볼 참인 것이다.

물론 마침내 기회가 왔을 때, 수십년이 지난 후 그날이 찾아와 어떤 목소리가 내가 죽었다고, 뉴스 제공 서비스에서 내 시신이 1986년 9월 12일 그날 싼띠아고 변두리 도랑에서 뒤로 손이 묶이고 목이 베인 채 발견되었다고 말하는 것을 들었을 때, 자신의 죽음을 목격하는 일이 어린 시절 환상에서 기대하던 것만큼 즐겁지는 않다는 게 밝혀졌다.

뉴스 자체가 그리 놀라운 건 아니었다. 어쨌거나 나는 십년간 망명생활을 하다가 1983년 군부의 허락이 떨어진 이래 삼년 동안 독재 치하의 위험한 칠레로 이따금 돌아가곤 했고 거기서는 무슨 일이든 내게 일어날 수가 있었으니까. 하지만 그 당시만큼은, 노스캐롤라이나 더럼의 듀크대학에서 가르치던 그 당시는 그럴 수가 없었는데, 연구실에 안전하고 편안하게 터를 잡고 있던 나를 유피아이 통신사의 기자가 찾아내어, 본인이 죽었다는 사실에 대해 몇마디 해주시겠냐고 요청했다.

"내 죽음에 관한 보도는," 나는 이렇게 말했다. "과장된 면이 많습니다."

마크 트웨인(Mark Twain)의 그 유쾌하게 부조리한 문장을 내뱉은 다음 순간 속이 메슥거리기 시작했다. 그 농담은 나 자신과 누군가 다른 사람의 죽음 사이에 조심스럽고 재치 있는 거리를 만들어주었고 다음과 같은 당연한 질문을 던질 필요를 미루어주었다. 내가, 적어도 아직은, 살해당한 게 아니라면, 싼띠아고의 도랑에서 목이 베여 있는 사람은 누구일까?

곧 답을 알게 되었지만 그보다 먼저 또 한차례의 전화, 부에노스아이레스에서 온 어머니의 전화에 답해야 했다. 아들의 암살에 대해 역시 한 말씀 해달라는 어느 인정머리 없는 기자의 접촉이 있던 터라 절박한 목소리였다. 어머니에게 내가 꽤 팔팔하게 살아 있다고 안심시켜드린 다음, 나의 생각은 또 한 사람의 어머니에게로 향했다. 칠레에는 그 살해에 대한 어떤 설명에도 납득할 수 없는, 바로 그 순간 슬픔에 압도당했을 여자이자 부인이자 누이인 어느 여인이 있을 터였다. 당시에 겪은 일련의 역사를 통해 나는 압제의 시대에 죽는 쪽은 대개 남자고 애도하는 쪽은 여자라는 사실을 이미 알고 있었다.

실재하는 누군가가 싼띠아고에서 죽었다.

그의 이름은 아브라암 무스까뜨블리뜨(Abraham Muskatblit)였다.

1986년 9월 7일, 내 죽음과 관련한 전화를 받기 불과 닷새 전, 소규모 극좌파 게릴라 특공대가 칠레의 독재자 아우구스또 삐노체뜨(Augusto Pinochet) 장군을 거의 죽일 뻔한 일이 있었다. 삐노체뜨에 반대하는 대규모 평화운동이 세력을 키워가던 참이었으므로, 군부는 이 공격을 반대파라면 어떤 성향이든 모조리 단속할 빌미로 삼았다.

탄압과정을 멀리서 지켜보던 나의 어처구니없는 바람은 칠레에 있는 내 벗들이 복수를 작정하고 스키 마스크를 쓴 남자들이 문짝을 부수고 들어가 시민을 납치하는 이 나라에서 유일하게 안전한 공간인 감옥에 잡혀 들어갔으면 하는 것이었다. 9월 8일 오후가 되면서 싼띠아고 곳곳에서 시신들이 발견되기 시작했다.

죽은 사람들 중에는 뻬뻬 까라스꼬(Pepe Carrasco)도 있었다. 60년대 초 그가 내 학생이었을 때 난 칠레대학(University of Chile)에서 그에게 『돈끼호떼』(Don Quixote)가 주는 즐거움을 가르친 적이 있었다. 나중에 그가 저널리즘이라는 더 긴급한 직무를 택하면서 문학을 포기한 이후로도 우리는 만남을 이어나갔고 함께 나눈 세르반떼스(Cervantes)에 대한 사랑도 잃지 않았다. 사실 1983년 이래 겨우 몇차례 칠레를 방문할 수 있었을 뿐이지만 그때마다 어떻게든 우리는 만났고 난 우스개로 그를 『돈끼호떼』에 나오는 이발사 까라스꼬에 빗대어 싼손(Sansón)이라 부르곤 했다.

"싼손, 싼손." 그가 처형되기 몇개월 전의 어느 오후, 경찰에 살해당한 어느 학생의 장례식에 모인 싼띠아고 군중들의 가장자리에 있는 그를 알아보고 나는 그렇게 불렀다. 뻬뻬는 가족이 망명해 있던 멕시코에서 막 도착한 두 아들과 함께 있었다. 그는 아들들에게 나를 가리키며 "이분이 나한테 풍차로 돌격하라고 가르친 바로 그분이야"라고 했다. 우리가 나눈 마지막 대화가 거기까지였다. 최루탄과 곤봉이 애도행렬을 무너뜨렸고 난 가까스로 뻬뻬 까라스꼬에게 이별의 선물로, 당시 칠레의 모든 사람들에게 해당되던 말, '꾸이다떼, 싼손'을 전했다. 내 벗에게 몸조심하기를 당부한 것이다.

마치 그 음절들을 발음하여 위험에 이름을 붙이면 위험을 쫓을 수 있을 것처럼.

이제 싼띠아고에는 그의 장례식이 열렸고 나는 참석하지 못했다. 이런 상황이 너무나 익숙하다는 사실이 도리어 고통을 더했다. 민주적으로 선출된 쌀바도르 아옌데(Salvador Allende) 정부를 무너뜨린 1973년 쿠데타가 끝없이 반복되는 덫에 갇힌 것 같았다. 이제 또다시 수천명이 쫓겨 다녔으며, 또다시 그들의 운명이 어찌 될지 알기도, 심지어 전화로 터놓고 얘기하기도 불가능해졌다. 내 친구의 부인은 해외에서 전화를 건 내게 남들이 알아듣지 못하게 하려고 이렇게 말했다. "제이미는 옷을 입고 잔다고 하더군요." 무슨 일이 생길

지 모르니까…… 나는 속으로 그녀의 문장을 그렇게 완성했다.

삐삐 까라스꼬를 붙잡은 자들이 옷 입을 틈도 주지 않고 그를 끌고 갔다는 얘기를 그때 벌써 들어 알고 있었기 때문이다. 노 떼 뽕가스 로스 사빠또스. 그들은 그에게 그렇게 말했다. 노 떼 반 아 아세르 팔 따. 굳이 신발 신으려고 하지 마. 그런 거 필요하지도 않게 될 테니까.

그리고 이틀이 지난 뒤 나의 사망이라는 사기성 뉴스가 도착했고, 칠레 자체의 느리고 끝없는 죽음 속으로 피 흐르듯 흘러 합류했다.

유령이 된 느낌이었다. 저 먼 남쪽 내 나라에서 벌어지는 일에 개 입하여 어느 것 하나라도 바꿀 수 없었기 때문만은 아니었다. 세상 을 떠나는 다른 형식이 존재하던 때, 나이가 들어서거나 아파서거나 자동차사고 같은 걸로 사람들이 죽던 때를 기억할 수가 없었기 때 문에 유령이 된 것 같았다. 내가 처형당했다는 소식을 듣고 한순간 이라도 그 진실성을 의심한 사람이 아무도 없었기 때문이며, 마지막 한 사람까지도 이런 식의 살인이 대단히 자연스럽고 사실 거의 정상 적인 일이라고 생각했기 때문이다.

죽음은 1973년 9월 11일, 군부가 권력을 장악한 그날, 난폭하게 또 항구적으로 내 삶으로 틈입했다. 나는 기적적인 우연의 연속으로 때마침 아옌데 대통령 수석참모의 문화언론 보좌관으로 일하던 대 통령궁 모네다에 있지 않아 그 대학살을 피할 수 있었다. 하지만 운 은 딱 거기까지였다. 아옌데의 대통령직과 함께했고 엄청난 압력 아 래에서 계속 싸우려 하는 '인민연합' 소속 정당들의 남은 사람들로 이루어진 칠레 저항세력이 내게 이 나라를 떠나라는 명령을 내렸고 나는 결국 마지못해 망명길에 접어들었다. 그럼에도 나는 내가 빌려온 시간을 살고 있다는 느낌, 죽음이 쌘띠아고에서 나를 기다리고 있다는 느낌을 결코 떨칠 수 없었다. 내가 쌘띠아고에서 처형당했다는 소식을 듣기 불과 몇달 전에 노스캐롤라이나주 공화당 소속 극우파 상원의원 제시 헬름스(Jesse Helms)는 상원에서 나를 비난하면서 삐노체뜨의 비밀경찰만이 모을 수 있고 그들이 나를 감시했을 때만 존재할 수 있는 나의 여행 관련 서류 일체를 제시했다. 어쩌면 나는 위험에 처해 있는지도 몰랐다. 삐노체뜨가 멕시코에 있는 반대파를 공격하고 워싱턴에서 아옌데 정부의 국방장관이던 오를란도 레뗄리에르(Orlando Letelier)를 폭탄으로 날려버리지 않았던가? 그의 네오파시스트 협력자들이 로마 거리에서 저명한 칠레인을 칼로 찌르지 않았던가? 이것이 다가올 일들의 전조, 내가 진짜 유령으로 변할 내 미래의 밤이 아닌가?

나는 절멸의 위협을 이겨내려고 어린 시절부터 휘둘러온 무기로 나를 유령으로 만든 상황에 맞서 싸웠다. 이야기를 하는 것, 삐삐처럼 죽었기 때문에 말할 수 없는, 혹은 감금된 내 동지들처럼 침묵을 강제당했기 때문에 말할 수 없는 사람들의 삶을 전하는 것이 내 무기였다.

그런데 나는 우리 시대의 국제공통어이며 미국의 의사결정 엘리트들에게 접근할 수 있게 해줄지 모를 영어로 그 일을 했다. 그러면 스페인어는 어떻게 되나? 삐삐가 죽으면서 말한 스페인어, 그를 고문한 자들이 그에게 다가갈 때 쓴 스페인어, 그리고 암살자들로 넘치는 쌘띠아고로 돌아가자마자 어쩌면 나의 죽음과 함께 나를 기다릴 스페인어, 나의 안과 밖에서 흘러넘치는 스페인어는 어찌 되는가? 희생자의 언어이고 가해자의 언어인 스페인어로도 이야기를 전해야만 그 공동체와 그 나라가 잊지 않을 수 있고 또 말로써 테러를 겪을 수 있지 않겠는가? 운명이 우리로 하여금 우리를 살해할 사람과 맞닥뜨리게 할 때까지 미래는 우리가 해독할 수 없는 책이라 했던 보르헤스(Borges)의 스페인어. 언젠가는 죽음을 예고하지 않을 수도 있으리라 했던, 우나 무에르떼 아눈시아다(예고된 죽음이라는 의미로, 마르께스의 소설 『예고된 죽음의 연대기』와 관련됨—옮긴이)의 가르시아 마르께스(García Márquez)와 그의 희망의 스페인어. 가르시아 로르까(García Lorca)가 총살집행부대를 똑바로 쳐다보며 말한 스페인어, 자신의 시신이 던져질 도랑, 라 산하(la zanja)를 속삭이며 이름 부를 때 쓴 그의 스페인어로 전해야 하지 않는가?

스페인어에도 차례가 갈 것이었다. 나는 내 거짓 죽음에 관해 영어로 쓴 글을 보내자마자 스페인어의 그 모호하고 감미로운 음절을 찾아가겠노라고 내 스페인어에 약속했다. 내가 그 안에서 태어나고 자란 스페인어는 그즈음에 이르러 끈기와 관용, 자신의 숨결을 경쟁 언어와 나누는 것의 이점을 배웠고, 나의 영어 구역과 예의 바르게 공존하는 법을 터득한 것이다.

언제나 그랬던 건 아니었다.

1945년 겨울 정확한 날짜는 기억나지 않는 어느날 뉴욕의 한 병원에서 나는 내 부모의 언어를 포기했다. 차갑고 황량한 전시(戰時) 맨해튼에 막 도착한 두살 반내기 아르헨띠나 아이였던 나는 폐렴에 걸려 삼주간 병실에 갇혀 있다가 육체적으로는 멀쩡하지만 아마 정신적으로는 온전치 않은 상태로 걸어 나와서는 모국어를 쓰지 않으

려 한 것이다. 지금까지도 기억나진 않지만 분명 난 단일언어의 흰
벽으로 둘러싸여 엄청난 외로움을 겪었을 테고 거기서 영원히 영어
를 받아들인 것이다. '영원히'라는 말은 끊임없이 방랑하는 가족에
속한 사람이 쓰기에는 위험한 단어지만 말이다. 1954년 매카시즘
이 내 아버지를 (그 전에 파시즘이 그를 아르헨띠나에서 내몰았듯
이) 미국에서 내몰았고 우리 가족은 그를 따라 그때까진 두렵고 비
루하고 이질적인 언어였던 스페인어를 쓰는 칠레로 갔다. 꽤 시간이
걸렸지만 서서히 난 그 땅과 언어, 그리고 종래는 한 여인 앙헬리까
(Angélica)와 사랑에 빠졌다. 난 또 쌀바도르 아옌데가 이끈 평화혁
명과도 사랑에 빠져 1970년에 그가 선거에 이겼을 무렵에는 '영원
히'라는 말을 다시 쓰게 되었다. 내 꿈의 나라에서 빠라 씨엠쁘레, 영
원히, 살고 죽을 것이고, 라틴아메리카 모든 곳에서 사회정의를 보
게 될 것이며, 내 과열된 급진적 두뇌에서 제국주의나 미국의 지배
와 동일시되던 언어인 영어를 다시는 말하고 쓸 필요가 없게 될 것
이었다. 1973년의 쿠데타가 나와 내 가족을 사납게 덮쳐 원치 않는
망명생활로 내던져졌을 때도 내 태도는 변하지 않았다. 나의 스페인
어에 충실하겠노라 스스로 다짐했었다. 나는 영예롭게, 엔 글로리아
이 마헤스따드, 당당하게, 칠레로 돌아갈 것이었다. 나의 사람들, 미
뿌에블로와 함께, 나는, 우리는 음지에서 나올 것이었다. 쌀드레모
스 데 라스 쏨브라스.

1990년 7월, 독재가 종식되어 최종적 귀국이라 여기며 칠레로 돌
아갈 때 나의 예언은 실현된 것 같았고 유배도 끝나는 듯했다.

역사는 다른 계획을 갖고 있었다. 쌴띠아고에 도착한 지 여섯달

뒤 앙헬리까와 나는 다시 한번 짐을 꾸려 북으로 향했고 이십년이 지난 지금 난 여기 노스캐롤라이나의 서재에 앉아 영어로 이 서문을 쓰고 있다. 칠레에서 멀리 떠나와, 그리고 어떤 것들은 영원하다고 다짐하던 젊은 망명자로부터도 멀리 떠나와 두번째 9·11이자 또다른 테러행위(삐노체뜨의 쿠데타로 아옌데 정부가 무너진 날이 9월 11일이었으므로 미국에서 벌어진 9·11은 두번째이자 다른 성격의 테러라 할 수 있음—옮긴이)가 특징이 된 이 나라에 살고 있는 것이다. 칠레에서 내가 살해당했다는 소식을 들은 날 그랬듯이 이 텍스트를 마치면 곧장 나의 스페인어로 돌아가리란 건 사실이다. 그리고 지금도 우리가, 우리 인류가 언젠가 음지에서 나오게 되리라 예언하고 있는 것도 사실이다.

하지만 이것, 이렇듯 나의 공동체에서 떨어져 나온 것은, 지금의 내 모습인 언어의 잡종적 이단자는, 이 말을 쓰고 있는 지상의 반항적 유목민은, 내가 상상하던 미래가 아니다.

어쩌다 이렇게 되었는가? 어떻게 해서 내가 그토록 끝내고자 했던 망명생활이 나를 집으로 돌아가는 길을 찾을 수 없는 사람으로 만들어놓았는가. 어째서 내 나라는 내 기대와 달리 나의 사랑에 응답하지 않았는가? 누구의 탓인가? 그 나라, 세상, 아니면 나? 어쩌다가 나는 사람 잡는 국가와 넘지 못할 국경으로 이루어진 세계에서 그토록 빈번하게 다툼을 벌이는 여러 아메리카들을 잇는 다리가 되었는가? 내가 이렇게 된 것, 스페인어와 영어가 내 목구멍을 차지하려고 그토록 오랜 시간 싸우다가 내 안에서 서로 사랑하기에 이른 것은 필연적이고 심지어 불가피한 일이었을까? 남으로 또 북으로 향하는 이 치열한 여정, 내 존재를 변형시킨 이 육체와 정신의 이동을 통해 다른 사람과 나눌 만한 교훈을 배웠다면, 내 혼란스런 삶의 소용돌이에도 어떤 깊은 의미나 메시지가 있는 것일까?

나 자신의 정체성에 관한 이런 당혹스런 질문들을 붙잡고 씨름하는 데 많은 세월이 걸렸다. 나는 1990년대 중반에 처음으로, 내가 단호히 하나의 방향으로 출발하면, 마치 가학 성향을 가진 역사의 신령들이 나와 내 기대를 갖고 놀기라도 하듯, 계속해서 다른 방향, 심지어 반대방향의 길에서 끝나게 되는 이유를 납득해보려 했다. 하지만 그 책 『남을 향하며 북을 바라보다』(Heading South, Looking North)는 나와 독자들을 칠레를 떠나야 했던 1973년의 쿠데타까지만 데려다주었고, 갈피를 잡지 못한 채 망명생활을 막 시작하는 단계에서 멈췄으므로 많은 질문이 답을 얻지 못한 채 남아 있었다. 그 뒤로 이어진 죽음과 온정과 연대와 절망의 세월은 너무 고통스러웠으므로 피해간 것인지 모른다. 떨어져 나온다는 것이 갖는 숨겨진 트라우마를 이해할 시간, 그리고 불치병을 앓게 될 때처럼 갑자기 가족과 친구, 빛과 어둠, 배신과 충실함, 힘과 책임을 완전히 새로운 각도로 보게 되는 계시의 순간을 이해할 시간이 필요했는지도 모른다.

아니면 쓰는 사람이 책을 선택하는 게 아니라 책이 쓰는 사람을 선택한다는 걸 알 정도로, 책은 자신이 탄생하는 순간이 오직 산파와 산도와 창조적인 결합의 여러 끈들이 합쳐져 분만과 인정과 공기를 요구할 때만 도래한다는 것을 알고 있어서 마음속 어느 후미진 곳에서 조용히 앉아 있거나 혹은 속으로 들끓으며 때를 기다리고 있다는 걸 알 정도로 내가 현명했을 수도 있다. 낡았지만 너무 정확한 비유를 빌리면, 얼마나 오래전에 뿌려졌을지 모를 씨앗이 말로 익어가기를 기다리면서 말이다.

그 순간이 내게는 언제였던가? 『아메리카의 망명자: 칠레와 미국, 두번의 9·11 사이에서』(원제 *Feeding on Dreams: Confessions of an Unrepentant Exile*)라는 이 책이 언제 내가 지금 쓰고 있는 이 말들을 향해 헤엄치기 시작했던가?

분명 2006년의 어느날엔가, 내 삶을 규정한 세 나라에서 나의 이야기를 찍고 싶다는 캐나다 출신의 저명한 다큐멘터리 작가 피터 레이몬트(Peter Raymont)의 제안을 받아들인 때였을 것이다. 아니 어쩌면 그후, 내가 태어난 아르헨띠나, 내가 되돌아갔고 그런 다음 영원히 떠난 칠레, 그리고 어린 내가 절대 떠나고 싶지 않았던 뉴욕으로 여행하는 동안이었을지도 모른다. 어쩌면 나의 자취를 더듬고 영화로 찍는 과정에서 어떤 언어의 지진이 나를 뒤흔들어 내 존재의 의미를 최종적으로 이해하고 삶이 내게 거부한 것을 문학을 통해 해소하여 귀향과 안정이라는 일정한 환상을 만들어내도록 일깨우고, 우리 시대의 그토록 많은 사람들의 운명이자 우리의 잊혀진 과거의 많은 사람들의 운명처럼 이 언어에서 저 언어로, 이 나라에서 저 나라로 끊임없이 떠돌아다닌 내 삶의 뒤와 내부와 너머에서 어떤 종류의 무늬를 빚어내도록 일깨웠는지 모른다.

그 프로젝트는 미국의 9·11이라는 사건, 내 삶이 또다시 하늘에서 밀려드는 죽음으로 찢겨진 그 기이하고 무시무시했던 화요일, 내가 겪은 두번째의 황량한 9월 11일의 사건으로 한층 절박해졌다. 그날, 내가 앙헬리까와 두 아들과 가정을 일구고 손녀들도 태어난 그

나라 미국의 시민들, 따라서 세계 전체가, 동료 칠레인들이나 동료
망명자들이 그랬듯 내 삶의 대부분을 통해 겪어온 폭력과 용서, 기
억과 정의, 관용과 테러에 관한 물음과 직면할 수밖에 없었기 때문
이다. 어떤 뒤틀린 의미에서 우리는 모두 망명자이고, 우리 모두가
멀리 고향을 떠나온 엄마 없는 아이들과 같은 시대, 내가 나 자신의
상실과 부활의 세월이 그랬다고 믿는바 우리 모두가 공동의 인간성
이라는 피난처를 발견하고 기리지 않는다면 절멸의 위협을 떨칠 수
없는 시대를 살고 있기 때문이다.

그래서 여기 나의 이야기를 내놓는다.

내가 얻을 수 있는 최대치의 이해를 담은 이야기다.

다른 무엇에 앞서 이 이야기는 20세기 후반에 내가 어떻게 죽음
을 이기고자 했는지, 죽음이 나를 찾아와 안타깝게도 내가 죽었다는
보도가 결국 과장만은 아니었다는 말조차 할 수 없게 되었을 때 내
가 무엇을 남기고 싶은가에 관한 이야기이다.

차례

시간과 망명에 관한 메모
9

서문
11

제1부·도착
25

제2부·귀환
159

제3부·출발
311

에필로그
457

연보
469

옮긴이의 말
474

도착

너 자신으로부터 떨어져 나가게 될 것이나
여전히 살아는 있을 것이다.
— 오비디우스『변신』

1990년 칠레로 돌아갔을 때의 일기에서

7월 21일

언제고 내가 원한 건 집에 돌아가는 것이었다.

칠레로 돌아가는 것, 그것이 한해 한해 밤이나 낮이나 매 순간 내가 원했던 전부였고 하나의 강렬한 집착이었다. 1973년 12월 초 강제로 망명길에 오른 이후, 아니 어쩌면 무언가가 내게 속삭이는 대로 심지어 그 전부터, 어쩌면 쌀바도르 아옌데를 겨냥한 쿠데타가 일어난 순간부티, 어쩌면 내가 거기서 죽었어야 했던 대통령궁에 폭탄이 떨어진 순간부터, 어쩌면 죽음이 지배하는 그 나라에서 도피하게 되리란 걸 예고하며 내가 죽음에서 도피한 그 순간부터 계속, 나는 돌아가겠다고, 볼베르, 보이 아 볼베르라고, 돌아갈 길을 찾고 다시는 떠나지 않아도 되게 하겠다고 맹세했다.

마침내 돌아온 이 첫새벽에 하듯이, 아침, 매일 아침마다 산맥을 바라보는 것. 귀향의 일기를 쓰기 시작하면서, 이 새벽 나 자신에게 하는 인사의 말을 쓰기 시작하면서, 내가 그에 더 무엇을 바랄 수 있겠는가. 나를 위해 저기 있는 나의 파수꾼, 안데스산맥(los Andes)이 내게 끝났다고, 나의 망명이 마침내 끝났다고 말해주고 있다.

스페인어를 한마디도 몰랐던 고작 열두살배기 아이로 싼띠아고에 도착한 내가 맨 먼저 이야기한 것이 저 산맥이었다. 내가 배운 첫번째 말, 뭐라고 부르냐고 부모님께 물은 첫번째 말이었을 테고, 또…… 잠깐 잠깐, 너 지금 마음대로 지어내고 있구나. 스페인어로 말하진 않았어도 그 언어로 하는 말 대부분을 이해했고 몬따냐(montaña, 산)라는 단어는 여러번 들었을 테니, 아리엘, 일기에 지나친 과장은 하지 않는 것으로 이 레또르노(귀환)를 온당히 기리자. 네가 진짜 망명을 끝냈다는 걸 증명하자. 네가 누군지 아무도 모르던 그 인정사정없는 세계에선 과거를 지어낼 수 있고 남들이 이런저런 넥타이를 매보듯이 이런저런 과거를 착용할 수 있었으니까. 그리스 사람들이 망명자들을 거짓말쟁이, 가짜, 사실을 꾸며내는 자들이라 부른 데는 다 이유가 있었으니, 그들이 고향에서 일구었다고 자랑하는 업적과 부를 누가 확인해줄 수 있으며, 그들의 어머니와 할머니와 조상의 출발점을 누가 알겠는가? 하지만 이곳, 환영의 손길과 탐색의 눈길로 이루어진 공동체가 너를 기다리는 칠레에서는 효과를 노리고 과거를 곡해하는 일은 더이상 않는 거야, 어때?

그러니 이 정도가 진실이다. 나와 산맥이 첫눈에 사랑에 빠진 사이는 아니었다.

박해받는 아버지와 충실한 어머니를 따라 사랑하던 뉴욕을 떠나야 했을 때, 야구와 뮤지컬에서 멀리 떨어져, 친구들과 함께 다리가 쭉 빠진 바나드여대생들이 테니스를 치는 모습을 내려다보던 리버사이드 드라이브의 아파트에서 멀리 떨어져, 이스트 89번가의 달튼학교 선생님으로부터 멀리 떨어져, 친숙한 모든 것에서 멀리 떨어져 알고 싶지도 않은 나라에 정착해야 했을 때, 안데스산맥으로의 유배가 시작된 그때 어린 나를 엄습한 느낌은…… 아마도 무시무시했다는 말이 적당할 것인데, 안데스산맥은 내게 두려움으로 다가온 것이다. 정복 불가능한 그 비탈들, 하늘을 반쯤 덮은 그 광대함은 내 작은 심장의 박동을 질식시킬 듯한 느낌으로 압도했고 나를 세상으로부터 고립시켰으며 내게 어떤 유예의 가능성도 없이 이 이국의 장소에 갇혔다고 말하고 있었다.

하지만 오래지 않아 나는 이 산맥의 광활함에는 피난처가 되어주겠다는 제의와 그 아래 살아가는 사람들을 향한 거의 모성적인 친밀감이 담겨 있음을 깨달았다. 그것을 바라보는 것만으로도 어디가 동쪽이고 남쪽인지, 그리고 어디가 내가 동경하는 북쪽인지 알 수 있었으므로, 칠레 사람들은 누구도 방향을 잃을 수가 없었다. 그랬으므로 아마도 태어난 아르헨띠나 도시에서 젖먹이일 적에 쫓겨나 이어 유년을 보낸 미국의 도시를 그리워해야 했던 소년에게 싼띠아고의 계곡에서 산다는 건 낙원 입구를 지키는 신들을 뒷배로 두고 살아가는 일이었으리라.

그렇게 이 나라가 주는 매혹을 거부하지 않게 되면서 사춘기를 지나고 또 청년으로 자란 그 소년에게 이곳은 진정 낙원과도 같았으나, 이 땅은 또한 너무도 많은 주민들에게 너무도 명백한 지옥이었고 가난과 불의의 어두운 그림자가 그토록 기쁨이 가득한 이곳을 짓누르고 있었다. 하지만 운 좋게도 나는 그런 주민들이 칠레라는 약속을 감당할 만큼 성숙했던 때, 그들 대다수가 천국의 맛, 아니 그 이상을 요구하던 시기에 성인이 되었다. 혁명의 시기에 어른으로 자라는 축복을 누린 것이다. 1970년 아옌데가 대통령으로 선출되면서 시작된 혁명, 평화롭고 민주적이며 모두를 위한 정의와 자유의 세계를 만들기 위해 꼭 적을 죽여야만 한다고 믿지 않는 이 혁명은 범상한 사건이 아니었다. 기쁨과 희열로 보낸 삼년의 나날을 주재하던 이 산맥만큼이나 광대한 것이었으니, 어떤 일도 소용돌이치는 역사의 중심을 살아가는 데 비할 바 아니고, 어떤 것도 세계가 늘 있던 그대로일 필요가 없다는 인식과 세상의 온갖 잘못되고 부당하고 추한 것들이 바뀔 수 있다는 확신으로 슬며시 불타오르는 데 비할 바 아니며, 이 산맥이 아무것도 우리 꿈을 좀먹을 수 없음을 보증이라도 하듯, 마치 저기 저 지평까지 다다를 수 있고 죽음은 존재하지 않는다는 듯이 지켜보는 아래로 우리 민중, 엘 뿌에블로가 우리 운명의 주권자라는 신념으로 수백만의 사람들이 자유를 향해 걸어간 삼년 동안의 행진에 비할 만한 것은 아무것도 없기 때문이다.

그런 다음 망명에 삼켜져 산맥은 사라졌다. 다시 기어들어갈 어떤 대체 자궁 같은 것이 가장 필요한 순간, 영속성의 모든 흔적이 쓸려 날아가버린 바로 그 순간, 우리가 사랑하는 나라가 삐노체뜨의 독재 그리고 그보다는 덜 잔혹하지만, 모든 것을 마모시켜 흐릿하게 지우는 시간의 흐름, 그 양쪽에서 겹으로 공격받아 문드러지던 그 순간의 풍경에는 어떤 공백이 있었다. 남은 것이라고는 음울한 공허감, 존재의 나침반이 깨어지고 악마가 동서남북의 방위를 지워버린 느낌뿐이었다.

닻이 풀려버린 느낌. 자포자기. 메스꺼움.

쿠데타가 있은 지 불과 몇달 뒤 칠레를 떠나 부에노스아이레스에 도착하자마자 수천 마일의 빰빠로 둘러싸인 그 지상의 가장 편편한 도시에서 나는 내 안에서 안데스가 나를 부르고 있다는 걸, 용서하지 않고 망각하지 않는 두뇌의 어느 세포망에 웅크린 채 현현의 빌미를 기다리고 있다는 걸, 내 신경세포 안에서 또 여기 이곳에서 나를 기다린다는 걸, 1990년 7월 말 싼띠아고에서 주변의 모든 것이 땀발레아르세, 붕괴된다는 느낌 없이 그들이 전해주는 안정감을 들이마시게 될 이 아침을 기다리고 있다는 걸 알 수 있었다.

추방의 하루하루가 몇달이 되고 몇달이 몇년이 되면서 나는 내 쫓김이 준 현기증을 다스리는 법을 배웠고 안데스 없이도 살 수 있을 듯이 굴었다. 망명이 주는 게 그런 것이다. 가장 소중하다고 생각했고 없이는 절대 살 수 없으리라 맹세한 사랑이 점차 줄어들어 어느날인가 다른 사람과 와인을 마시는 자신을 발견하듯이, 다른 나라의 거리를 걸으며 일말의 아쉬움을 갖지 않는 자신을 발견하고 안데스를 떠나서도 살 수 있다고 스스로에게 말하게 된다. 하지만 정작 그렇게 되지는 않는다. 아들에게 일어나는 일, 로드리고(Rodrigo)의 그림에서 산맥이 사라지기 시작하는 걸 무심코 지켜보지 못한다. 그건 사소한 일이 아니었다. 칠레 출신의 아이에게 무언가를, 아무거라도 그리라고 해보라. 사람이나 구름이나 나무 같은 걸 그리기 전에 먼저 삐쭉삐쭉 솟은 봉우리들로 위쪽 공간을 채울 것이다. 그러니 망명자가 된 우리 아이들의 그림에서 지그재그형 산꼭대기가 사라지는 순간을, 우리는 아이들의 눈과 어쩌면 우리의 눈에서 그 나라가 멀어져가는 것을 꾸이다도, 주의하라는 칠레 땅의 경고로 받아들였다.

그후 극히 수평적인 땅 네덜란드에서 태어난 우리 호아낀(Joaquín), 망명지에서 태어난 이 아이의 그림 어디서도 솟은 언덕이 보이지 않게 되었을 때 아이를 슬쩍 찔러 산을 그려 넣게 하지 않았고, 우리의 기억을 간직하거나 우리의 바람을 실행하라고 강요하지 않았다. 다른 많은 일에서와 같이 이런 일에서도 앙헬리까는 현명했고 내가 로드리고에게 주입하고 권한 어른들의 집착과 사명에서 우리 막내는 보호받아야 한다고 주장했다. 열한살이 된 호아낀은 이제 자기가 태어나지 않은 이곳 칠레로 우리와 함께 돌아왔으니 그 아이의 꿈과 그림은 서서히 파도 모양의 굴곡으로 흘러넘치게 되리라.

이와 같은 조정이 얼마나 오래 걸리는지는 지켜보아야 할 것이다. 호아낀은 여기 사는 것이나 친구들을 떠나는 것을 기꺼워하지 않았다. 삐노체뜨가 더는 칠레를 지배하지 않게 된 1990년에 영구적으로 돌아온 것이라 독재의 위협에서는 안전할 것이지만, 독재의 여파에서 호아낀을 지켜줄 수는 없는 일이고 이 귀환이 갖는 잠재적인 폐해에서도 이 아이는 안전하지 않다. 아버지의 이야기를 반복할 가능성도 있다. 미국에서 뿌리째 뽑혀 낯선 땅에 던져졌을 때 내 나이가 그 또래였다. 하지만 사촌이 있어서 그사이 자주 방문했고 그럭저럭 지낼 수 있을 만큼 스페인어를 할 줄 아는 데다 받아주고 아껴주는 형도 있으니 잘 해나갈 것이고 분명 안데스를 절친한 벗으로 삼게 될 것이니 걱정할 건 아무것도 없다.

난 지금 그 아이에게 말하고 있는 것인가 아니면 스스로에게 말하고 있는 것인가?

걱정이 들어 위안이 필요한 건 바로 나 자신인가? 이 이른 아침의 벅찬 희열 속에서도 나는 녹아 사라지지 않을 어떤 불안을 감지하는가? 산맥의 꿈쩍하지 않는 불변성에 붙들린 것은 지금 그것을 올려다보는 내가 그사이 부서지고 다시 벼려져 다른 사람이 되었으므로 장차 이 귀환이 몹시 힘든 일이 되지 않을까 두려워하기 때문인가? 십칠년이라는 그간의 세월이 나와 이 나라를 회복할 수 없는 방식으로 바꾸어놓았을 법도 하지 않은가? 내가 그토록 열렬히 옹호하는 칠레의 민중, 뿌에블로가 혼잣말로 늘어놓는 이 머뭇거리는 말들을 이해해줄 것인가?

산맥은 여기 건재하지만 삐노체뜨도 건재하고 그의 영향력 또한 그러하다.

1988년의 국민투표에서 패배하고 이년 후 그는 대통령직에서 물러나야만 했지만 여전히 다음 팔년 동안 군 통수권자이고 그 난 공불락의 자리에서 위협하고 짜증 부리며 자기 부하를 한명이라도 건드리면 법치국가, 엘 에스따도 데 데레초는 끝장나리라고 거듭 말하고 있다. 다시 말해 그는 얼마든지 1973년 9월 11일을 또 한번 촉발할 태세다. 트라우마에 시달리는 사람들에게 그가 계속해서 불어넣고 있는 두려움만큼 결정적인 것은 그가 새로이 선출된 대통령 아일윈(Aylwin)이 이끄는 민주주의로의 이양을 통제하는 데 동원하는 끈이다. '끈'이라는 단어가 아무렇게나 나온 게 아니다. 삐노체뜨는 프랑꼬(Franco)를 흉내내며 자신이 "또도 아따도 이 비엔 아따도"라고, 모든 걸 묶어놓았다, 잘 묶어놓았다고 큰소리치곤 했다. 1980년에 기만적으로 승인된 그의 헌법은 우리의 민주주의가 쁘로떼히다(protegida, 보호받다)해야 하며(하지만 누구로부터 보호받나? 민중으로부터, 지나친 민주주의로부터?), 그리고 (마치 우리가 개인교사와 감독이 필요한 어린애인 양) 뚜뗄라다(tutelada, 지도받다)해야 한다고 해놓았다. 결과적으로 모든 제도들이 있던 자리에 못박히고 개혁은 물거품이 되었다. 헌법재판소, 국무회의, 대법원, 군대 각각이 전(前) 정권 지지자들로 채워진 권위주의의 소굴이다. 물러나기 전에 삐노체뜨가 지명해놓은 상원의원들이 그의 유산을 위협할 만한 어떤 입법에도 거부권을 행사할 수 있으므로 국회조차 삐노체뜨주의자들의 동의 없이는 기능하지 못한다. 그리고 그의 추종자들이 경제와 언론과 대학도 장악하고 있다. 묶어놓은, 잘 묶어놓은 것이다. 과거의 법으로 속박하여, 레예스 데 아마레. 아마라르, 매고 조이고 감은 채.

삐노체뜨 이후의 칠레를 찌들게 한 이런 말들에서 흥미로운 점, 아니 섬찟한 점은 그것들이 속박과 억압을 숨은 뜻으로 암시하고 예고한다는 것이다. 거기서 칠레는 마치 사지는 채찍질당하고 저항의 빛을 담은 눈은 감겨진 상태로 어느 축축한 지하실 의자나 침대에 묶인 아마라도 상태의 죄수처럼 다루어지며, 내게는 그것이 칠레 신화에 나오는 전설적 존재, 지하의 악마가 양친에게 훔쳐내어 실험대상으로 삼아 몸의 구멍들을 모조리 꿰매어 눈멀고 귀 먹고 말도 할 수 없게 손상시킨 아이, 임분체(imbunche)의 운명을 떠올리게 했다.

이는 명백히 과장일 것이다. 삐노체뜨는 전능하지 않으며 우리는 분명 앞으로 그의 권위와 지배를 제한할 방도를 찾아낼 것이다. 하지만, 내가 잔혹하고 강제적인 이미지에 이토록 두드러지게 빠져드는 것, 고문과 신체장애의 은유에 집착하게 된 것은, 이 나라를 부패시킨 공포가 내 안에 침투했음을 보여주는 우려스러운 표시다. 나야말로 덜 눈에 띄고 덜 분명하긴 해도 밧줄에 묶여 있는 건지 모른다. 나야말로 '아따도 이 비엔 아따도'되어 있는 건지 모른다. 역사와 망명, 그리고 살아남아 모두 함께 집으로 돌아오기 위해 내가 해야 했던 일이 만들어낸 밧줄에 말이다. 안데스의 영속성에 환호하는 것은 또 하나의 환상에 불과한가? 산맥의 봉우리 하나하나, 어스름한 해질녘 풍경 하나하나를 즐기면서도 더는 어울려 들어가지 못하고 너는 여기 속하지 못할 수도 있을까?

곧 알게 되리라.

•

미리 경계하지 않은 것은 아니었다.

1990년에 일기를 쓴 그 사람, 나의 다른 자아에게 그렇게 말을 했고, 이십년이 지난 지금 실제로 그렇다는 것을 깨닫게 된다.

1980년대 초의 어느 땐가 오스트리아 작가이자 아동심리학자인 브루노 베텔하임(Bruno Bettelheim)과 워싱턴 D.C.의 스미소니언에서 함께 식사를 했던 저녁을 기억한다.

"칠레를 떠난 지 얼마나 됐죠?" 그가 물었다. 그는 다하우와 부헨발트(이 두 도시에는 나치의 강제수용소가 있었다—옮긴이)에서 십개월을 보낸 후 히틀러의 독일을 탈출한 1939년 이래 계속 미국에 있었다. 그 시점에 칠년이 되었다고 말하자 그는 고개를 끄덕이며 웃었다. 쾌활한 사람이 아니었으나 내 기억으로 그때 그는 웃었다. "괜찮네요." 그가 말했다. "십오년쯤 있으면 돌아갈 수 없지요. 설사 돌아간들 돌아가는 게 아니죠."

돌아간들 돌아가는 게 아닐 것이다.

그날 밤 베텔하임에게 돌려준 내 대답은 1973년 말 또다른 작가이자 저명한 소설가 아우구스또 로아 바스또스(Augusto Roa Bastos)를 만나러 부에노스아이레스에 갔을 때 그가 털어놓은 이야기 혹은 가능한 대안적 시나리오를 옮긴 것이었다. 기가 꺾이고 패배당한 채 끝이 보이지 않는 망명을 시작하는 시점에서 나는 디아스포라(diaspora)와 사별의 진짜 전문가인 로아를 찾아갔다. 그는 1946년 잔혹한 독재를 피해 고국 빠라과이를 떠났고 영감을 제공해주던 그 땅의 강으로 그때까지 돌아가지 못하고 있었다. 그 나라를 떠나 외국에 살던 사람들은 엄청난 수에 달했고 실제로 국민의 3분의 1이 떠났으니 미국으로 치면 일억명이 떠난 것과 맞먹는다. 그가 뭔가 조언을 해주지 않을까?

그는 내게 과라니 인디언들(Guaraní Indians)은 망명이 일종의 죽음이며 추방당한 사람은 죽은 자들의 나라로 여행하는 것이라 믿었다고 말했다. '이 여행을 조심하라'는 것이 그의 조언이었다. 무지한 서구인들이 원시적이라 생각하는 사회에서는 누군가를 고아라 부르는 것이 최악의 모욕인데, 그건 공동체 곧 삶에 일상적 의미를 제공해주는 것을 잃어버린다는 뜻이기 때문이다. 네가 그렇게 될지 모르는, 추방이 너를 그렇게 만들지 모르는 그 고아를 조심하라. 허깨비가 되는 것을 조심하라.

그리고 돌아가면 어떤 일이 생기는가?

그는 수수께끼 같은 표정으로 나를 바라보았다. "돌아가면, 그러니까, 만약에 돌아가면 말이죠."

"네. 돌아가면 어떤 일이 생기나요?"

"과라니들은 망명에서 귀환하는 것을 부활처럼 축하했지요."

이후 십칠년 동안 나는 이 과라니 인디언의 이야기에 필사적으로 매달렸다. 1990년 마침내 귀환했을 때 나는 베텔하임이 틀렸고 망명이 지워지지 않을 흔적을 남기는 게 아니라 그저 괄호에 불과할 수 있다고 믿었고 안데스산맥을 그 증거로 삼았다. 베텔하임이 옳으면 어쩌나, 나의 실제 미래가 외국에 있으면 어쩌나, 칠레가 삶의 땅이 아니라 죽음의 나라가 되었으면, 공포와 족쇄로 가득한 누더기가 되었고 거기 사는 사람들은 눈멀고 귀 먹은 아이 임분체가 되었으면 어쩌나, 돌아가는 것이 아무 의미가 없으면 어쩌나 하는, 나를 따라 다니던 의심의 아수라를 일축했다.

그 어두운 생각들이 귀향을 시작하는 방식일 수는 없었다.

그때 나는 안데스가 내게 진실을 말해준다고 믿기로 했다. 칠레로 의 귀환을 부활로 축하했다. 영원히 고아가 되지 않을 것이며 될 수 없다고 믿었다.

1973년 아르헨띠나. 그때 그리고 거기서, 모든 게 시작되었다. 그 모든 딜레마, 내가 가장 준비되지 않았고 가장 길을 잃었을 때 역사 가 이미 써둔 내 미래, 스스로 무엇을 하는지 거의 이해하지 못한 채 결정들을 내렸고, 그 모두가 과거를 이해하려 애쓰고 있는 2010년 의 오늘로 나를 이끌었다.

1973년 12월 초 부에노스아이레스 공항에 내리자마자 아르헨띠 나 경찰이 원하는 만큼 거기 머물 수 있으리라 여긴 내 환상을 깨버 렸다. 보안대는 몇시간이나 심문을 계속하다가 이윽고 처신 똑바로 하지 않으면 재미없을 것이라는 경고와 함께 풀어주었다. 처신을 똑 바로 하라? 나는 오히려 우파 뻬론주의(Peronista) 정부가 내게 세계 를 돌면서 라 플라만떼 레뿌블리까 아르헨띠나(찬란한 아르헨띠나공화 국)의 보호를 받는 저항세력을 위해 일할 수 있도록 감색 여권을 내 주며 나의 혁명활동을 원조하고 사주하리라 기대했다. 내 비록 칠레 시민이 되려고 고향 아르헨띠나를 포기했을지 모르나 법적으로 아 르헨띠나는 나를 포기할 수 없으리라, 하는 것이 망명할 수밖에 없다는 걸 깨닫고서 싼띠아고에서 내가 품었던 계획이었다. 그 환상 속의 여권이야말로 나로 하여금 아르헨띠나 대사관에 망명 신청을 한 사람들을 인터뷰한 유엔 직원들의 난민 지위 제의를 거부하게 해주었던 것이다. 추적과 굴욕을 경험한 나는 목까지 물이 차오르는 상황에서 한가닥 자존심에 매달리고 싶었다. 이 행성에서 일어나는 대학살을 피해 도망하는 익명의 수백만명에 또 한명의 얼굴 없는 희생자로 보태지기보다는 영웅적 망명자의 역할, 정의와 아름다움을 찾아 이 대륙 저 대륙 헤매는 바이런적 아바타를 연기하기로 결심했다. 난타당한 나의 자아 속으로 피난하며 내가 누구인지 그리고 내 육신이 어느 곳으로 가는지 어느정도는 스스로 통제할 수 있는 체했던 것이다.

그리고 아르헨띠나 입국이 따뜻한 환대와는 거리가 멀었음에도 나는 도착한 다음 날 아침 애정과 당혹감으로 가득한 채 내가 속한 혁명정당 마뿌(MAPU, Movimiento de Acción Popular Unitario, 칠레의 좌파 정치조직인 인민행동통일운동을 말함—옮긴이) 지도자들을 만나러 출발하는 순간에도 여전히 그 망상을 품고 있었다. 운동이 주는 공상적 자유로 무장하고 아직 받지 못했으며 몇달간의 고된 싸움을 거치고도 아버지가 정부와 몇차례 겨우 접촉한 다음에야 받게 될 아르헨띠나 여권의 비호를 받으며, 나는 망명 상태의 당을 이끄는 세 사람에게 육체와 심지어 영혼까지 내놓겠다고 했다. 당시 서른하나였던 내 나이 어름의 (그리고 때로 그보다 더 어린) 사람들에게, 우리 모두가 살아가게 된 새로운 상황을 나만큼이나 종잡지 못하고 있던 사람들에게 나와 내 가족의 생명을 맡기려 했다니 이제 와서는 믿을 수 없을 정도다. 하지만 당시는 전쟁 시기였고 난 스스로를 무엇보다 전사, 전투원(militant)이라 생각하고 있었다. 병사를 나타내는 라틴어 밀레스 밀리티스(miles militis)에서 온 단어. 내가 투사하고 싶었던 이미지는 반파시즘 투쟁의 병사였다. 명령의 위계 그리고 더 우월한 사람들의 집단적 지혜가 결정한 전략의 졸(卒)이 되겠다고 동의하는 데서 의미를 찾는 사람 말이다.

부에노스아이레스가 나를 위해 준비한 중요한 조우는 이것만이 아니었다. 망명 첫날의 아침 『라 오삐니온』(*La Opinión*)을 운영하던 유명한 저널리스트 야꼬보 띠메르만(Jacobo Timerman)이 나를 불렀다. 이 아르헨띠나 신문은 부에노스아이레스에서 막 출판된 칠레 혁명에 대한 나의 거칠고 실험적인 소설에 상을 준 바 있었다. 아마도 이 책의 홍보를 도와주겠다는 것인가?

그의 의도는 그런 것이 아니었다. "당신에게 제안이 하나 있어요." 야꼬보가 말했다. "일거리요. 지난 몇달 동안 아르헨띠나 대사관 내부에서 일어난 일에 대해 네편의 기사를 써주세요. 라틴아메리카 전역에서 천명의 난민이 몰려들었잖아요. 재미있는 일, 이상한 일들이 분명 일어났겠죠."

그건 분명 혁명이 화염으로 무너지고 그것을 위해 싸운 사람들이 고립되어 담 바로 바깥에서 죽음이 날뛰는 소리를 듣는 광경을 기록한 비통한 연대기가 될 것이었다. 하지만 난 고맙지만 하지 않겠다고, 진실의 전부를 드러내는 게 아니라면 그 이야기를 할 수 없다고, 그러자면 배신과 옹졸과 비겁을 파헤쳐야 할 것인데 이 순간은 우리의 흐트러지고 더러운 속곳을 세상에 내보일 때가 아니라고 말했다.

내 기사들은 군사정부에 맞선 싸움에서 주의를 분산시킬 것이며 우리가 이기기 위해 북돋아야 하는 승리의 이미지를 흐릴 것이었다.

"당신의 결정을 존중하지만," 야꼬보가 말했다. "결과가 어떻든 진실을 말하는 건 언제나 필요하고, 때를 말한다면, 씨엠쁘레 에스 아오라, 항상 지금이 때라고 봅니다. 아무리 고귀해 보이더라도 어떤 정치적 편의에 따른 대의에 우리의 글쓰기를 종속시켜서는 안 됩니다."

나는 몇년 후 그가 자기 신문의 1면에 아르헨띠나의 실종자들 명단을 발표했을 때 그의 이 말을 떠올렸고, 감히 그런 일을 했다고 당국이 그를 체포하고 고문했을 때 그를 다시 떠올렸으며, 그가 이 시련에서 풀려났을 때 자신을 받아준 나라였던 이스라엘에 관해 혹독한 비판을 담은 책을 썼을 때 다시금 그의 말을 기억했다.

그리고 실상 1990년 칠레로 돌아가서 「죽음과 소녀」(Death and the Maiden)라는 극을 쓸 때, 사람들이 사과 수레를 뒤엎지는 말아야 하지 않겠냐고, 그 사과들은 사실 우리에게 금지된 것이라고, 신중할 필요가 있고 군을 자극해서 보복의 불꽃을 들쑤셔 일으키지 말아야 하지 않겠냐고 했을 때, 그 말을 떠올리고 또 사용했다.

하지만 부에노스아이레스에서의 그날, 내게 주어진 글쓰기와 책임에 대한 교훈은 그것만이 아니었다. 그 아침 『라 오삐니온』에서 일하는 아르헨띠나 친구들을 만난 다음 신문사를 나오려고 엘리베이터 쪽으로 가다가 성(姓)은 기억나지 않지만 아주 신이 나 있던 것만은 아직도 잊혀지지 않는 어느 칠레 작가와 마주쳤다.

"띠메르만을 만나고 오는 길이에요." 로비충 버튼을 누르며 그가 말했다. "빅또르 하라(Victor Jara)의 죽음에 대한 기사를『라 오삐니온』에 쓰기로 했죠. 천 달러."그는 껄껄 웃었다. "그가 그렇게 주겠다더라고요. 그 인간들이 빅또르의 손을 도끼로 잘랐다는 걸 전세계가 알게 되겠죠."

"하지만 그렇게 죽은 게 아니잖아요."난 따졌다. "맞았다고 들었고, 어쩌면 손목이 부러졌는지는 몰라도 도끼에 잘리진 않았잖아요!"

하지만 그는 내처 그 기사를 썼고, 잘린 손목에서 피를 철철 흘리며 스타디움에서 노래하는 천하무적의 빅또르 하라라는 신화는 이후 수십년이 지난 지금까지 이어졌다.

모든 망명작가, 전쟁의 덫에 갇힌 모든 작가, 거짓으로 얼룩진 세계에서 포착하기 어려운 진실의 얼굴을 찾는 모든 작가들이 겪는 숱한 난관들이 그렇듯 첫날부터 나를 맞이하였다.

부에노스아이레스에서의 그 첫날은 자기 땅에서 멀리 떠난 사람에게 다가오는 유혹과 함정을 헤쳐나간다는 게 어떤 것인지 맛보게 해주었다. 외국인이 얼마나 취약해지는지, 당연하게 여기던 보호막이 사라질 때 어떤 일이 일어나는지 내게 처음으로 깨닫게 해준 곳이 부에노스아이레스였다. 부에노스아이레스는 또 카프카(Kafka)가 리얼리스트임을 알게 해준 곳으로, 나는 암살부대가 찾아오기 전에 여권을 얻을 방도를 알려줄 누군가를, 제발이지, 누구든 만나려고 이 대기실에서 저 대기실로 왔다갔다했다. 대학살이 일어나기 직전이고, 칠레에서와 같은 무시무시한 억압이 아르헨띠나의 혁명가들에게도 일어나기 직전임이 분명했기 때문이다. 그들과 조금이라도 연결된 사람은 누구라도, 그들이 죽여버릴 거야, 모두를, 알아듣겠어? 개 쫓듯이 쫓아가서, 아니 차라리 개라면 네가 꿈도 못 꿀 권리를 갖게 될 테니 개만도 훨씬 못하겠지. 하지만 내 아르헨띠나 친구들은 쿠데타가 일어나기 전에 내가 그랬던 것처럼 고집스럽게 귀를 막으며 이 나라에서 그런 일은, 칠레를 파괴한 그런 유의 심각한 민주주의의 훼손은 일어나지 않을 거라며, 내가 너무 과장하는 것이니 흥분하지 말고 염려하지 말라며, 아리엘, 네가 네 나라를 떠나야 했듯이 우리가 이 나라를 떠나지는 않을 거야,라고 나를 안심시키려 했다. 가뜩이나 알아듣기 힘든 말을 더욱이 이해해줄 사람 하나 없는 외국 땅에서라면 예언자가 되는 건 부질없다는 걸 처음으로 깨닫게 된 것도 부에노스아이레스에서였고, 이런 교훈들과 그밖의 더 많은 교훈들을 배우기 시작한 것도 거기서였다.

그러니 2006년 내 삶의 이야기를 영화로 찍는 일정을 짤 때 부에노스아이레스를 첫 기착지로 정한 데는 일리가 있었다. 감독 피터 레이몬트는 내가 유아기를 보낸 곳들을 방문하는 모습을 찍고 싶어 했고, 여동생 엘레오노라(Eleonora)나 사촌 레오나르도(Leonardo)와 얘기를 나누는 모습을 기록하고 싶어했으며, 무엇보다 우리 가족의 추방 계보를 증언해줄 사진과 기록을 찾아 가족 앨범을 뒤적이는 나를 포착하고 싶어했다.

나로서는 부에노스아이레스에 아직 끝내지 못한 일이 있었다. 다큐멘터리의 로케이션 스카우트이자 조감독으로 함께 간 서른아홉의 내 아들 로드리고는 내게 태어난 도시에 치러야 할 빚이 있다고 몇년 동안 주장했다.

1974년 2월 부에노스아이레스를 떠나기 직전, 한번도 아니고 두 번이나 고향 오데사를 떠나야 했으므로 망명에 대해 가장 잘 알고 있었고 내가 제일 따랐던 할머니 바바 삐시(Baba Pizzi)를 작별인사 차 찾아뵀다. 할머니와 나를 묶어주는 건 그것만이 아니었다. 그녀는 준(準)볼셰비끼였고 브레스또-리또프스끄(1차대전 시기 동맹국들과 소련 사이에 평화조약이 체결된 곳—옮긴이)에서 뜨로쯔끼(Trotsky)의 통역을 맡았었다. 우리는 문학에 대한 사랑도 공유하고 있었다. 그녀는 『안나 까레니나』(*Anna Karenina*)를 처음으로 스페인어로 옮겼고 저널리스트이자 어린이책 저자기도 했다.

할머니에게서 내가 가장 사랑한 점은, 오랜 방랑과 재앙에서 살아남은 사람으로서, 1차대전과 공산주의 반란과 러시아 내전을 겪으면서도 그녀의 아들이자 내 아버지인 이를 데리고 생채기 하나 없이 살아 도망친 여성으로서 그녀가 열정적으로 삶을 향유했다는 사실이다. 그러고도 수십년이 지나 아르헨띠나에서 총파업이라면 으레 따르는 소규모 접전들이 곳곳에서 벌어지던 어느날 버스 정류장으로 걸어가다가 총소리를 듣고 내려다보니 검지가 잘려 있는 일도 당했다. 어린 손자인 나는 남아 있는 그 반들거리는 둥근 손마디에 매료되어 내 작은 손가락으로 쓸어보곤 했다. 우리의 관계는 그녀가 (러시아어, 프랑스어, 스페인어, 독일어와 더불어) 거의 완벽한 영어를 구사했기 때문에 가능했고 그때 나는 뉴욕에서 습득한 언어만 쓰는 단일언어의 악동이었다. 바바 삐시는 과거로 돌아가는 한가닥 실이었고 조상이나 역사를 통해 이어진 그 모든 세대의 연결고리였으며, 앙헬리까를 니에떼시따(어린 손녀딸)로 몹시 아껴주었으므로 미래와 이어주는 연결고리기도 했다. 1966년 신혼여행 중에 앙헬리까와 내가 싼띠아고에서 부에노스아이레스와 몬떼비데오까지 히치하이크를 하고 갔을 때 할머니는 갓 결혼한 우리를 보살펴주었는데, 우루과이에서 택시를 탔을 때는 기사가 백러시아 사람이란 걸 알고는 따라서 그가 오데사 포위작전으로 그녀가 겪은 극도의 굶주림에 개인적으로 책임이 있다고 간주하여 격분한 채 우산으로 가격하는 바람에 우리 모두를 위험에 빠뜨리기는 했다. 나는 어찌하여 그녀의 생애 마지막 시간을 함께하지 못한 것인가? 하지만 떠나야 했고 떠날 수밖에 없었다. 1974년 우리가 아르헨띠나를 떠난 며칠 후 암살부대가 나의 바바 삐시의 아파트에 들이닥쳤다.

빠리에서 받아 본 편지에서 할머니는 내게 그 이야기를 해주었고 나는 전화를 걸어 러시아어의 희미한 흔적이 여전히 남아 있는 지저귀는 듯한 어조로 자기는 괜찮고 그런 유의 쓰레기들을 어떻게 다루어야 하는지 알고 있다는 그녀의 목소리를 들었다.

몇년 뒤, 이번에는 부에노스아이레스에서 걸려온 전화에서 할아버지를 통해 나의 바바 삐시가 돌아가셨다는 소식을 들었다. 어떤 의미에서는 아직 돌아가시기도 전에 망명이 그녀를 죽인 셈이다. 우리가 아르헨띠나를 떠나게 되면서 그녀는 나날이 조금씩 우리의 삶에서 사라져가고 있었으므로 최종적인 죽음 이전부터 우리는 이미 그녀의 부재를 애도하고 있었다.

어쩌면 나는 시간과 공간을 넘어 편리하게 멈춰 있는 그곳에서 그녀의 죽음을 지키고 싶었는지 모르고, 어쩌면 그 상실의 물질성에 직면하지 않기를 바랐는지 모르며, 어쩌면 감당할 수 있는 것보다

더 많은 고통, 마음 어느 곳에 담아두어야 할지 모를 만큼 많은 죽음
에 짓눌려 있었는지 모른다. 아르헨띠나 군대의 재앙적인 말비나스
(Malvinas) 침공(말비나스는 포클랜드 제도의 스페인어권 명칭으로, 1982년 아
르헨띠나가 영국령이던 이 제도를 침공하면서 영국과의 포클랜드전쟁이 시작되었
다. 이 전쟁은 아르헨띠나의 항복으로 종료되었고 이로 인해 당시 아르헨띠나의 독
재정권이 무너졌다—옮긴이)이 1987년 민주주의의 회복으로 이어져 도
피 후 처음으로 부에노스아이레스에 돌아갈 수 있었을 때도 바바 삐
시의 무덤을 찾지 않은 이유는 많았다. 그때도 가지 않았고 그 이후
아르헨띠나를 방문할 때도 가지 않았다.

"이럴 순 없어요." 2006년 영화를 찍으러 떠나기 전에 로드리고
가 내게 말했다. 그 애는 특히 나의 부모이자 그의 조부모의 유골이
내 여동생의 좁은 부에노스아이레스 아파트에서 두개의 단지에 담
긴 채 미국으로 올 것인지 아니면 라쁠라따강(Río de la Plata)에 뿌
려질 것인지를 두고 처분을 기다리고 있는 게 무슨 연유인지 의아
해했다. 그렇게 그들의 유해가 최종적인 안식처를 찾지 못하는 사이
에 바바 삐시에겐 최소한 묘지는 있었다. "아버지가 할머니를 한번
도 찾아뵙지 않은 건 정말 이상하다고 생각해요." 로드리고는 말했
다. "찾아뵙고 이사벨라(Isabella)와 까딸리나(Catalina) 얘기도 해드
리고, 이제 아버지 손주들이 생기고 보니 할머니가 얼마나 아버지를
아꼈는지, 갓난쟁이로 떠났을 때, 또 목숨을 구하려고 젊은 혁명가
로 떠났을 때 아버지를 얼마나 보고 싶어하셨을지 알겠다는 얘기도
해드리고 말이에요."

그렇게 해서 어느날 아침, 벽에 붙은 파리(fly-on-the-wall) 기법(개

입 없는 관찰을 토대로 다큐멘터리를 찍는 것―옮긴이)을 구사하는 영화 스태
프를 이끌고 우리는 사망증명서상으로 바바 뻬시와 할아버지 디에
다(Dieda)가 묻힌 곳이라 명시된 라 차까리따로 향했다.

로드리고와 나는 난폭한 깨달음과 맞닥뜨려야 했다.

그녀는 거기 없었다.

번호도 맞고 빠베욘(부속건물)도 맞았지만, 할머니 자리에는 낯선
사람이 있었다. 널찍한 벽면에 꽃과 함께, 그리고 대리석을 닦아둔
다든지 메시지를 남겨놓는다든지 하는 식으로 보살핌의 손길이 미
치고 있음을 알려주는 다른 표지들과 함께 이름들이 전부 새겨져 있
었는데, 그 수많은 이름 사이에 라이사 리보브 데 도르프만(Raissa
Libov de Dorfman)이라는 글자는 없었다.

가늠하기 힘든 슬픔이 속에서부터 차올라왔다. 마음 어느 한 구석
에선가 바바 뻬시가 고이 안치되었다고 알고 있는 동안에는 그녀에
대한 기억을 파내거나 그녀가 정말로 죽었다는 사실을 깨달을 필요
가 없었다. 그러나 이제는…… 그녀는 어디에 있는가?

상냥한 공원묘역 직원 여자가 그 자리는 비용을 치르는 사람이 몇
년간 없었고 그래서 내 조부모는 극빈자들이 묻히는, 보살핌을 받지
못하고 잊혀진 사람들, 파내어진 자들의 무리가 결국에 이르게 되는
포사 꼬문, 공동묘지로 옮겨졌으리라고 일러주었고, 거기가 "우리
모두가 결국 이르게 되는" 곳이라고, "언젠가는 우리 모두 거기에
이르게 되죠"라고 부드럽고 현명한 어투로 덧붙였다.

그 순간 나는 정말로 감당이 되지 않았다. 내 것도 아니고 로드리
고의 것도 아닌 손들이 격식도 의례도 없이, 안녕하시냐거나 안녕히

가시라는 말도 없이 나의 바바 삐시의 안식을 방해하고 그녀를 실어가는 광경을 떠올렸다. 아무리 알지 못했기로서니 내가 어떻게 그런 훼손을 방치할 수 있었단 말인가.

그러고 나서는 다소 위안이 되는 일이 있었다.

로드리고와 함께 공동묘지로 걸어가다가 묘지와 정원을 보살피는 사람들을 보게 되었다. 그 사람들이야말로, 그 사람들이나 그들의 형제와 동료야말로 죽은 자들의 벗이었고, 죽은 자들과 함께 그들이 물려준 것으로 살고 있으며, 그들의 아이들도 묘지의 부패가 남기는 씨앗으로 살아가고 있으니, 그들이야말로 나의 바바 삐시의 마지막 여정에서 그녀를 실어가기에 어울리는 사람들이었다. 그들이 그녀 유골 곁을 날마다 지나다니며 약탈자나 들고양이 들을 쫓고 그녀 묘지 주변의 땅과 돌과 식물 들을 돌봐주었으며, 내가 빠리의 잔혹함과 암스테르담의 머나멂과 워싱턴 D.C.의 난관들과 칠레 싼띠아고의 군사적 위협에서 살아남으려 기를 쓰는 동안 사랑하는 사람들에게 줄 수 없었던 보살핌을 주고 있었으니, 그들이야말로 마지막 밤에 그녀를 데려갈 권리가 있었고 먼지가 된 그녀를 땅으로 보내며 분명 친숙함과 의무에서 나온 사랑과 온정을 기울였을 것이었다.

풀밭이 펼쳐지고 위풍당당한 나무들이 우거진, 나 같은 가족들이 애도의 말을 써놓은 그라피티가 벽을 가득 덮고 있는 묘지에 도착하자, 로드리고와 함께 특히 장엄해 보이는 나무에 다가가자, 모든 게 납득이 되기 시작했다. 둘이 부둥켜안고 우리 바바 삐시와 우리 디에다와 나의 영원한 양친과 나머지 헤아릴 수 없는 모든 죽은 이들을 위해, 그러나 무엇보다 우리 자신을 위해 흐느껴 울며, 우리는 우리를 선택하고 불러준 그 나무 앞에 서 있었다. 거기 그 잎사귀들 아래 그녀가 있었던 것이다. 로드리고는 내게 딸들의 사진을 건네주었고 우리는 그 애가 사가지고 온 꽃다발에서 꽃 한송이씩을 살아남은 우리 가족 한명씩의 이름으로, 이건 앙헬리까, 이건 호아낀, 그리고 이건 이사벨라, 이건 까딸리나, 이건 로드리고의 아내 멜리사(Melissa), 이건 나, 그렇게 하늘 높이 가지를 뻗은 그 거인 친구의 밑동에 놓았다. 그런 다음 나는 나무에게 말을 걸어 나의 바바 삐시를 보살펴달라고 부탁했고, 그 나무에게 내 할머니가 작가였고 그것이 나에겐 이 땅이 그녀를 특별히 보살펴 너무 외롭지 않도록 해주어야 한다는 뜻이라고 이야기했다.

라 차까리따에서 내가 발견한 그 평화는 그저 또 하나의 기만이었을까? 망명의 귀신들을 달래고 내가 영구적으로 손상되지는 않은 척하는, 나와 바바 삐시 사이에 아무것도 끼어들지 않은 척하는 또 하나의 가장이었을까? 이 기나긴 가계(家繼)의 연쇄가 깨어지지 않았다는 건 하나의 기만이었을까?

기만이라 해도 달콤하고 의미심장한 기만이다.

한번은 칠레에서 바바 삐시만큼은 아니지만 나이가 꽤 지긋한 어느 할머니가 내게 이야기를 들려준 적이 있었다. 싸라(Sarah)라는 이름의 이 미망인은 일요일마다 남편의 묘지를 찾아가는데 같은 시간에 죽은 아들에게 꽃을 놓아주러 오는 여인이 있어서 두 사람은 상실의 영원성을 공유하는 동반자가 되어 매주 그렇게 지냈다고 했다. 그러던 어느 일요일, 쿠데타가 있고 난 바로 다음 일요일에 싸라가 묘지에 갔을 때 그 여인은 오지 않았고 그다음 일요일이나 그 이후의 어느 일요일에도 보이지 않았다. 그래서 싸라는 두 묘지를 다 돌보기 시작했고 남편뿐 아니라 그 옆에 누워 있는, 이제는 보살필 어머니도 없게 된 그 이름 모를 아이를 위해서도 꽃을 들고 가게 되었다. 그래서 그렇게 된 거지, 아시 띠에네 께 쎄르, 그래서 그럴 수밖에 없게 된 거지, 내가 가고 나면 누군가 나를 보살피고 내 남편의 무덤과 그 아이의 안식처를 돌봐줄 테고, 아무도 안 남게 되면 바람이 그 일을 해줄 테고, 바람과 비가 해야 할 일을 해줄 테니, 괜찮을 거야, 기억해주는 사람이 항상 있을 거야,라고 싸라는 내게 말했다.

그러므로 나의 위안은 이런 것이다. 부에노스아이레스에 기억해주는 나무가 항상 있으리라는 것. 나의 숱한 여정이 시작된 바로 그곳 부에노스아이레스에.

1990년 칠레로 돌아갔을 때의 일기에서

7월 23일

수차례에 걸친 방문의 첫번째로 1983년 싼띠아고로 돌아왔을 때 난 글쓰기를 멈출 수 없었다. 이후 칠년 동안 나는 망명기간에 놓친 것을 보상하고 싶은 욕망에 휩싸여 일상의 칠레라는 끝없는 바다를 허겁지겁 들이마셨고 또 그만큼 탐욕스럽게 말의 바다를 쏟아내면서 이 나라를 맹렬한 의미의 산실로 바꾸어놓고자 했고 나 자신과 이 나라, 나 자신과 이 나라 사람들 사이에 조급함이라는 죄를 끼워 넣었다. 추방을 살아내는 사이에 배어든 방탕과 성급함의 패턴. 쉼없는 창조성이야말로 독재자가 내 정신을 꺾어놓지 못했음을 보여주는 증거라는 믿음으로 충동질당하여 새로운 계획에서 더 새로운 계획으로, 기사에서 이야기로, 이야기에서 에세이, 또 에세이에서 시로, 이 극과 저 소설과 그다음 소설, 이 논설과 저 연설로 계속 계속 돌진하느라 현실이 중얼거리는 소리에 귀를 기울이지 않는 경향.

아무튼, 삐노체뜨는 사라졌고 1990년의 이 민주적 칠레는 내게 평화의 아늑함, 자세를 가다듬고 숨을 고를 여유를 준다. 그래서 나는 엄중히 침묵을 서약했고, 향후 육개월 동안은 아무것도, 한마디도, 적어도 누군가에게 들려줄 것은 아무것도 쓰지 않겠노라 맹세했다. 물론 삶에서 많은 걸 맹세했으나 계획을 바꾸어야 한 경우가 적지 않았다. 혁명은 멈추지 않을 것이라 맹세했고 망명을 하느니 차라리 죽겠다고 맹세했으며 군인들을 내쫓고 칠레로 돌아오는 데 기껏해야 일년이 걸릴 거라는 맹세도 했으니, 이 침묵의 서약은 그보다야 지키기 쉬울 것이다.

어쩌면 이 예견된 귀환의 연대기는 일종의 타협인지 모른다. 곧 말들이 조심스럽게 굴러가도록 살피는 방법이지만 다른 누군가가 아니라 내가 읽기 위해서이고, 이 중대한 국면에서 내가 어디 있으며 어떻게 여기까지 왔는지 찬찬히 점검하는 방법이다. 논쟁과 공론장을 피하며 차분히 천천히 이 나라에 터를 내리기 위해 이 기간을 눈에 띄지 않게 보낼 수 있게 해줄 보장수단 말이다. 이렇게 하면 아마 망명이 주는 것과 비슷한 거리를 두고 내 동포들에게 말을 걸 수 있고 언젠가 이 일기가 변해서 될 책을 위한 연습이 될 수 있을 것이다. 아직 채비가 되지 않았을지 모를 사람들에게 보낼 이 메시지를 당분간 나만 읽으려 한다.

지금은 정말이지 느림과 묵인의 뮤즈에 따르면서 칠레가 내게 말을 걸기를 기다릴 때, 내 나라가 나의 손과 입과 눈에 무엇을 원하는지 일러주기를 기다릴 때로 보이기 때문이다.

•

이십년이 지난 지금 일이 그렇게 되지 않았다는 걸 알기에 이 맹세를 돌아보면 웃게 된다. 1990년의 그 귀환에서 나는 숨을 멈추지 못하는 것만큼이나 가만히 물러나 있지 못했다.

처음으로 칠레를 떠난 이년 반 동안 내 목구멍에서 곪아가던 병, 이해할 수 없었으며 부당하다고 느낀 병이 다름 아닌 침묵이었고 그것은 나를 거의 망가뜨릴 뻔했다는 점에서 자기절제의 이 억지 선언 자체가 그 당시부터 이미 아이러니였다.

물론 나는 9·11 쿠데타 이후 군대에 쫓기던 삼주 동안 한 글자도 쓸 수 없었고 싼띠아고의 아르헨띠나 대사관에서 망명을 신청한 구백명의 처분에 내맡겨진 사람들 틈에 끼여 있는 동안에도 사정은 크게 다르지 않았지만, 군사정권이 나를 산맥 넘어 아르헨띠나로 갈 수 있게만 해준다면 당장 내 목소리를 찾게 되리라 예견했다. 나 대신 죽은 사람들의 기억에 짓눌리며 떠나라는 명령을 받아들인 스스로의 나약함을 책망하는 이 패배의 시간을 딛고 일어서서, 이야기를 전하기 위해, 우리의 저항과 기억을 언어로 지켜내기 위해 내가 죽음을 면한 것임을 믿으며 살아남은 자의 죄의식을 떨쳐내리라고.

하지만 부에노스아이레스와 그 너머에서 나를 기다린 것은 텅 빈 페이지였다.

말을 듣지 않는 조용한 타자기를 몇시간이고 노려보면서도 손가락을 움직일 수 없었고 상상력이 날아오르는 가장 미미한 기미조차 느낄 수가 없었다. 그 무감각을 떨쳐내려고 정치적인 활동을 했다. 탁탁거리며 칠레에 있는 친구들에게 보낼 편지를 쳤고 해외의 힘있는 사람들에게 로비를 했으며 관심을 요청하는 숱한 외침 가운데 특별히 우리의 재앙을 다루어달라고 저널리스트들을 졸랐고 추방된 저항군 지도자들에게 보낼 메모를 작성했다. 싼띠아고와 발빠라이소와 발디비아에 있는 우리의 고통받는 동료들에게 돈을 보낼 수 있을지 알아보려고 외국의 예술가와 음악가와 작가 들을 접촉했다. 강박적으로 정치범들의 이름과 처형된 사람들의 이름을 적었으므로 내 삶은 이름과 권고로 가득했고, 그 모두가 긴급하고 극히 에피까스(효과적인)한 것이었으며 생명을 구하기 위해 해야 했던 임시변통이자 나라를 구하도록 돕는 내 나름의 사소한 방식이었다. 하지만 나를 구원하지는 못했고 또 구원할 수 없었던 일이다.

그런데 내게 필요한 건 다름 아닌 구원이었다. 내가 글쓰기의 경이를 발견하여 고독에 맞서는 보루이자 혼돈에 맞서는 피난처로 그것을 처음 사용한 아홉살 때부터 문학이 제공해준 그 구원, 오래전 뉴욕을 떠나 칠레로 와야 했을 때 난 그걸 갖고 갈 수 있다고 스스로에게 말했고, 또다시 내가 받아들인 나라를 떠나야 했을 때도 그 생각으로 스스로를 달랬으며, 이제 삐노체뜨의 차지가 된 칠레를 떠날 때 칫솔처럼 소지하고도 발목이나 성별처럼 나의 일부로서 걸리지 않고 몰래 가지고 나와 국경감시대와 검열관을 통과할 수 있는 품목이 그것이라고 나의 지친 자아에게 다짐했다.

나는 아옌데 옆에서 죽을 만큼 용감하지는 않았지만 적어도 고국에서는 금지된 말, 고국에서는 음지에서만 존속하는 말—이제는 들을 수 있다, 그 서정적 열렬함을!—을 지키는 수호자가 될 것이었고, 멀다는 것의 저주, 그것이 주는 혹독한 벌을 창조의 축복으로 바꾸어 독자들을 결혼식 날 밤 부러진 신부의 다리처럼, 결혼을 해야 하는 날 부러진 신부의 뼈마디처럼, 골절된 과거에 연결해줄 것이었다. 내 창의력의 수도꼭지를 틀어서 말이 흘러나오게 하면 되는 일이었다.

그래서 나는 칠레를 탈출하자마자 그 수도꼭지를 틀었지만, 거기서는 물 한방울도, 영감에 차 있거나 영감을 주는 말 한마디도, 어떤 이야기도, 아무것도 떨어지지 않았으며, 어떤 뮤즈도 나의 곤경으로 슬픔에 젖지 않았다.

나의 문학은 말라붙었다.

다만 한밤중에 시작되는 병처럼 무언가가 한차례 내게 찾아온 적은 있었다. 군사독재가 시작된 지 팔개월이 지난 1974년 5월, 동트기 직전 빠리의 호텔에서 잠에서 깬 나는 충동을 느꼈고 저주와도 같은 다섯 낱말을 부여잡고 어둠속에서 일어나서 화장실로 걸어 들어가 문을 닫고 작은 조각들이 잇대어진 천장에서 시체처럼 늘어져 흔들리는 전구의 스위치를 켰다.

부드럽게, 조심스럽게, 나는 변기뚜껑을 내리고 그 위에 앉아 초록색 올리베띠(이딸리아 사무기기 브랜드—옮긴이) 타자기를 무릎에 얹고는, 거기 그 블로메 거리의 호텔에서 내 마음속에 숨어 내 마음을 더럽히고 있는 것들을, 내가 드디어 만들어낼 수 있었던 그 말들을 스페인어로 빠르게 쳐나갔다. 그런데 종이를 내리치는 타이프바 소리가 이상하게 방해가 됐다. 기억할 수 있는 한 언제나 정상적이고 다정하게 들리던 그 두드리는 소리가 갑자기 거슬렸고 갑자기 듣기 싫어졌다. 새벽 다섯시였고 주위는 어두웠으며 너무 고요한 나머지 옆방에서 앙헬리까와 로드리고가 내는 소리, 그 밀폐된 화장실 문 바로 너머의 어둠에 잠긴 그들의 숨소리를 들을 수 있었다.

타자기의 소음이 아내나 아들이나 어느 누구도 깨우진 않은 것이다. 하지만 내게 필요한 게 그것이었다. 낮이면 지친 이민자 여인들이 아랍어나 포르투갈어나 프랑스어로 서로 재잘대며 닦지 않은 창문에 빨래를 널어 거는 호텔 안마당을 통해 투숙객들이 불평의 야유를 보내는 것. 나는 그 사람들이 4층까지 계단을 뛰어올라와 문을 두드리며 그만하라고 요구하는 광경을 그려보았다. 거의 그런 일이 일어나길 바라는 심정이었다. 동트기 전의 명징함으로 파멸을 확신하면서 너무 많은 기름 요리로 얼룩이 진 벽의 매캐한 냄새에 둘러싸여 화장실과 다섯 단어로 이루어진 그 난파 상태에 나를 던져놓은 파도에 휩쓸린 채 또다른 낯선 동네의 고독 속에서 내가 무엇을 하고 있는지 이해하려고 애쓰다가 이국의 도시를 떠돌며 내가 어떤 사람이 되어버렸는지 보기 시작한 그 순간 나의 서 깊은 절망에서 포착한 이 말들을 직시하지 않아도 되도록 누군가 나를 멈추어주었으면 싶었다.

꼬모 뿌디모스 아베르노스 에끼보까도 딴또?

어떻게 그토록 보지 못할 수가 있었던가?

나 자신의 깊은 바닥에서부터 나온 말, 그 좁은 욕실의 희미한 등 아래 순백의 종이로부터 보일 듯 말 듯 나를 향해 기어나오던 말이 그것이었고, 그 단어들은 어떻게 우리가 그토록 틀릴 수 있었던가, 어떻게 우리가 그렇게 많은 오류를 저지를 수 있었던가를 물으며 나를 꼼짝할 수 없게 못박았다.

다음 순간 나는 스스로를 제어하지 않았고 고통스런 질책의 장광설이 터져나오게 내버려두었다. 그건 일반적인 실패가 아니었다. 우리는 사람들에게 낙원을 약속했는데 사람들은, 우리는, 지옥의 포도주를 수확한 것이다. 우리가 약속했다고? 나, 나, 나. 약속한 건 나였고, 어떤 일이 일어날지 보지 못한 것도 나였고, 승리가 바로 코앞이라고 선포하고 해방의 찬가를 소리 높여 부르며 싼띠아고의 거리를 행진한 것도, 삼년 동안의 반란기간 내내 왈츠를 춘 것도, 굶주리는 아이가 단 한명도 없을 것이며, 땅이 없는 농민이 단 한명도 없을 것이고, 또다시 착취당하는 광부가 단 한명도 없을 것이며, 내일을 빼앗긴 여성이 단 한명도 없을 것이고, 눈이 있어도 글을 읽지 못하는 사람이 단 한명도 없을 것이며, 손이 있어도 곁에 있는 사람의 손을 잡길 무서워하는 사람이 단 한명도 없는 찬란한 미래를 예언한 것도 나였다.

하지만 우리가 우리 아이들에게 물려주던 건 활짝 핀 민주사회주의가 아니었다. 자신의 선택이 아닌 추방을 끝내고 돌아갈 수 있을 때가 설사 오더라도 로드리고가 어떤 약속의 땅을 물려받게 될지 보라. 이 일탈을 보라. 2차대전이 끝난 지 사십년이나 지났는데 이런 저개발국 버전의 파시즘이라니. 마지막으로 이단자를 말뚝에 매달아 불태운 지가 어언 수세기 전인데 새로운 종교재판의 지배라니. 19세기로의 퇴행, 바로 그것이다. 노동자에게는 아무 권리도 주지 않고 가까이 있는 기업가와 멀리 있는 법인들로 이루어진 탐욕스런 특권 엘리트층이 모든 권력을 갖는 야만적인 자본주의 경제 말이다. 우리는 바로 그런 과거에, 그것이 낳은 정권이 가장 현대적인 최신의 감시와 억압 기술을 구사하고 있기에 더욱 참기 힘든, 시대에 역행하는 잔혹하고 무자비한 과거에 빠져 죽어가고 있다. 그런데 어떻게, 어떻게, 어떻게 벗어나겠는가. 우리가 이 파멸적 유산(流産)을 예견하지 못했는데 어떻게 삐노체뜨를 제거하겠는가. 우리가 이 재앙으로 이끌었는데 어떻게 짓밟힌 칠레 사람들에게 다시 우리를 믿으라고 설득하겠는가. 우리가 그들에게 화산이 폭발하지 않을 것이며 지진이 우리를 갈라놓지 않을 것이라 말했고, 우리가 그들에게 인류사에서 한번도 일어난 적 없는 일, 평화적인 혁명을, 꼼빠녜로스, 우나 레볼루시온 데모끄라띠까 이 빠시피까(동지들이여, 민주적이고 평화적인 혁명을)를 우리가 할 수 있노라 말했으나, 보라, 거리에 뿌려진 피를 보고 지하실에서 울리는 비명소리를 들어보라. 그리고 너만큼 운이 좋지 않았던 네 친구들, 도망치지 않은 네 친구들, 더는 너를 소생시켜줄 수 없는 네 공동체를 떠올리며 유령들과 죄의식과 함께 혼자서 안전하게 여기 이 싸구려 이빈자 호텔에 있는 너 자신을 보고 들어라.

똥과 오줌을 나르게 되어 있지 오밤중에 악취 나는 내 슬픔이나 죽은 사람과 죽어가는 사람들을 향한 내 비탄을 듣고 있을 일이 없는 변기에 앉아, 난 마치 내 자신이 시궁창인 듯, 다른 하수구로 배출하는 하수구인 듯, 내 비참함을 쏟아냈다.

나는 멈췄다.

이런 말의 무덤을 쌓을 때가 아니었다. 지금 이 순간도 고국에선 어느 집 앞에선가 차가 멈추고 네명의 남자가 나오고 문을 산산조각으로 부수고 어떤 젊고 빛나는 젊은이에게 눈가리개를 하여 계단을 터벅터벅 끌고 내려가 지하실로 데려가고 눈이 가려져 보이지도 않는 간이침대에 그를 눕혀 속에 든 것이 무엇인지 알아내려 하고 있으니, 할 일은 너무 많고, 자기연민에 빠져 허우적거리자고 칠레를 떠난 게 아니었다. 내가 토해낼 수 있는 게, 내 속에 들어 있는 게 이것뿐이라면, 내가 한뼘의 희망도, 묻혀 있는 한점의 구원의 불씨도 지켜낼 수 없다면, 내가 세상에 보탤 것이 더 많은 슬픔밖에 없다면, 차라리 침묵하는 편이 낫고 그 저주받은 페이지는 비워두는 편이 낫다.

나는 내 한탄들을 찢어버리고 타자기를 케이스에 집어넣은 다음 그 침침한 등을 끄고 슬그머니 다시 침실로 들어갔다. 갑작스런 어둠 속에 선 채 앙헬리까와 로드리고라는 기적이 잠자는 소리에 귀를 기울이며, 나는 신이든 악마든 무언가가 내게 거하여 말씀으로 나를 채워주기를, 예전의 나로, 나의 것이라 불렀던 나라로 나를 되돌려줄 무언가로 나를 채워주기를 기도하며 기다렸다.

아무것도 오지 않았다.

침대로 들어가, 모네(Monet)를 매료시키고 삐까소(Picasso)에게 웃음을 보냈으며 볼떼르(Voltaire)를 눈부시게 만든 빠리의 새벽이, 내게는 어떤 유예도 가져다주지 않을 그 불치의 새벽이 내 삶으로 틈입하는 것을 지켜보았다.

다음 날 아침, 프런트의 알제리 사람이 내게 간밤에 잘 잤는지, 어떤 정신 나간 인간이 타이프를 치는지 탁탁 소리를 냈는데 성가시지 않았는지 물었다.

그는 내가 그랬다는 걸 알고 있었다. 어쩌면 그 사람도 북아프리카 사막에서 온 망령들의 방문을 받고 있는지도, 어쩌면 자신만의 미로와 성채가 그의 아침에 찾아드는지도 모르고, 그러니 내게 빠져나갈 방법을 일러줄지도 몰랐다. 그냥 아닌 척 넘어갈 수 있었다. 하지만 어쩐지, 독한 글을 써댄 전날 밤의 시련을 거친 후라, 나 자신의 반갑지 않은 진실을 말로 내뱉고 난 후라, 또다른 거짓을 주워섬길 수가 없었다.

"내가 그랬어요." 그의 모국어도 내 모국어도 아닌 더듬거리는 프랑스어로 그에게 말했다. 내가 범인임을 고백하고 다시는 그런 식으로 타자를 쳐서 사람들을 괴롭히는 일은 없을 테니 모두들 푹 잘 수 있을 거라 덧붙였다.

유감스럽게도 그 약속은 지킬 수 있었다. 거의 이년이 지나서야 나는 다시 글을 쓸 수 있게 되었고 내 진짜 목소리를 찾을 수 있었다. 그때도 빠리에 있었고 뱅센의 쁘띠 빠르끄 거리의 어느 아파트에서 또다시 한밤중이 막 지나 잠에서 깼는데, 이번에는 두명의 광대가 아옌데에 대한 끔찍한 말을 반복하고 삐노체뜨의 명령을 암송하라며 나를 고문해서 내가 육신과 영혼을 다 내어주며 그들이 요구하는 대로 해주는 악몽에서 깨어난 참이었다.

나는 침대를 미끄러져 내려와 거실 겸 식당 공간으로 나갔다. 그곳은 빠리에서 여덟번째로 살게 된 곳으로 어느 인정 많은 친구가 얻어준 집이었다. 쿠데타가 일어난 지 거의 삼년이 지났고 조직적인 연대도 거의 소진되어 그렇듯 거지처럼 살고 있었지만, 언제나처럼 그 공간엔 내 타자기가 있었다.

나는 꿈에서 광대들이 부추겼던 환각에 대해 글을 써서 그 환각으로 하여금 떨며 세상으로 나가게 한 다음, 억지로 악에 가담했던 데 진이 빠진 상태로, 나라는 인간에 대해, 우리가 그렇게 변해버린 인간에 대해, 계속해서 스스로 폭로하는 세상의 모습에 몸서리치며 앉아 있었다.

이윽고 심장박동이 늦추어졌고, 다음에는 어떤 일이 벌어질지, 도대체 이다음에는 어떤 일이 벌어질지 자문하면서, 나는 뭔가 다른 문장을 쳤다. 눈이 가려진 채 감방에서 그들에게 끌려 나갈 때 자기가 어떤 식으로 걸음을 세는지 묘사하는 남자의 목소리였다. 스무걸음이면 욕실로 데려가는 게 아니고, 씨 쏜 꾸아렌띠신꼬 야 노 떼 뿌에덴 예바르 아 에헤르시시오스, 마흔다섯이면 운동을 시키러 데려가는 게 아니며, 씨 빠사스떼 로스 오첸따 이 엠뻬에사스 아 쑤비르, 여든이 넘어 비척거리기 시작하면, 아 뜨로뻬소네스 이 시에고, 계단을 오르면, 아 여든이 넘으면 그들이 데려갈 곳은 한군데밖에 없다. 오직 한군데, 오직 한군데. 이제 그들이 널 데려갈 곳은 오직 한군데밖에 남지 않았다.

소름끼치는, 그런, 그리고 어두운, 하지만 위엄도 있는 극히 단순한 이야기. 그것은 칠레와 전세계의 외딴 고문실에서 그 사람이나 다른 사람들에게 일어날 일, 이미 일어난 일을 정직하게 전하고 있고, 내 악몽 속에서 광대들이 행사한 예속과도 다르고 빈 페이지의 침묵과도 달랐다. 나중에는 다른 시들이, 한층 더 절망적이면서도 희망의 마지막 한조각을 부여잡는, 어느 군인이 막 처형되려는 남자의 팔을 잡고 지그시 누르며 꼼빠녜로(동지) 부디 나를 용서해주시오라고 속삭이고, 그 죄수의 몸은 빛으로 가득 차고, 정말 그의 몸은 빛으로 가득 차고, 거의 총소리도 들리지 않는다는, 그런 시들이 찾아왔고, 그다음에는 이야기들, 그리고 마침내 소설이, 무언가가 그날 밤을 축성(祝聖)해주면서 멈출 수 없이 쏟아지게 된 이미지들이 구원의 목소리가 갖는 경이를 향해 나를 열어주었다.

무슨 일이 있어났는가? 무엇이 침묵에서 빠져나오는 그처럼 과감한 여정을 생각이라도 할 수 있게 해주었는가? 무엇이 달라졌는가?

무엇보다, 나 자신이 달라졌다.

성인으로서의 내 삶 전체를 통해 줄곧 의지해온 언어, 삶의 굴곡과 부조리에 대항하는 무기로 내가 벼려온 문학이 새로운 상황에 놓인 내게는 쓸모가 없음을 받아들일 시간이 필요했던 것이다. 트라우마를 입은 젊은이가 자신과 자기 동포들을 괴롭힌 비극을 다룰 수 없는 건 지극히 당연했다. 내 슬픔의 바다는 내 육신을 스쳐 지나가고 그토록 많은 동지들과 희망을 훔쳐간 죽음만큼이나 현실적이고 서대했기에 내가 애쓰지 않아도 저절로 말라 없어지는 게 아니었다. 그 전까지는 이런 이야기를 어떻게 써야 할지 생각해볼 필요가 없었으므로, 내가 예전에 썼던 어떤 것도 이 예측하지 못한 곤경에서는 도움이 되지 못했고 과거의 공식을 반복해봤자 거기서 빠져나올 수 없었다. 잃어버린 나라, 잃어버린 자아를 두고 참회하는 것으로 슬픔에서 벗어날 수 있기를 바랄 수는 없었다. 어떤 조잡한 공식도 사기가 될 것이며 타협을 거부하는 침묵의 완강함보다 더한 배반이 될 것이었다.

나에게, 우리에게 일어난 일은, 거의 문자 그대로, 말할 수 없는 것이었다.

하지만 1973년 9월 11일 이후 그 이년 반 동안 망명이 공을 들여 나를 바꾸어놓았다. 망명은 나를 무참히 공격하고 나를 문질러 닦고 칼로 내 껍질을 벗겨 내 영혼과 육신 곳곳에 묻은 모든 얼룩을 드러내어 쓰라리게 만들었으며, 그런 다음 상처에 소금을 부었다. 그러고도 누군가에게 내 느낌을 토로하는 위안을 박탈했고 회한 속에 나를 가둬두었으며 우리에게 일어난 일로 하여 상흔을 입지 않고 도전을 받지 않은 말은 한마디도, 거짓의 말은 한마디, 단 한마디도 쓰지 못하게 했다.

그리고 내가 바닥을 칠 즈음, 나의 고통이 내 채비를 갖추어줄 즈음, 칠레의 저 깊은 곳으로부터 온 무언가가 내 경험의 극단성에 공명해주기 시작했다. 역사는 나의 탐색에 함께할 동료로서, 거짓을 말하지 않을 언어를 찾는 나 자신의 싸움과 나란히 갈 실제 사람들의 싸움을 마련해주었고, 침묵을 쫓으려는 나 자신의 암울한 결의는 사라지지 않겠다는 독재 희생자들의 맹렬한 결의와 만났다.

사라짐, 데사빠리시온은 비유가 아니었다.

집에서, 직장에서, 거리에서 사람들이 납치당하고 있었고, 경찰과

정부든, 법원과 신문사든, 책임의 시늉이라도 해야 하는 기관 어디한군데라도 가족들을 받아주며 그들에게 사랑하는 이들의 행방을알려주는 곳이라고는 없었다.

실종에는 그것을 탁월한 억압기제로 만들어주는 넌더리나는 논리가 있었다. 그걸로 칠레 당국은 도랑도 치고 가재도 잡은 것이다. 삐노체뜨는 내 꼼빠녜로들을 죽이고도 대량살상이라는 공적 비난을 피할 수 있었으며, 총체적 공포에서 나오는 총체적 권력을 획득하면서도 공식적인 부인을 통해 자기의 죄를 털어낼 수 있었다. 단도직입적으로 말해 인신(人身)이 없었으므로 정권의 법률적 공범자들이 인신보호영장을 발부할 필요도 없었다. 죽었든 살았든 몸 자체가 없었다. 희생자가 없다, 고로, 범죄도 없다는 식이었다.

범죄가 없다고? 그것이야말로 최악의 범죄였다. 실종은 삶 자체의 작용과 구조에 가해진 잔학행위였다. 실종된 몸들은 존재의 정상적인 흐름에서, 다시 말해 잉태가 탄생으로 이어지고, 탄생은 어린시절로, 삶은 죽음으로, 남아 기억하는 사람들에게는 죽음이 부활로이어지는 우리 종의 시간대에서 뜯겨 나간 것이다. 그러므로 실종자를 살리고 정의를 요구하는 싸움에 여성이 주인공이 되는 건 우연이 아니었다. 아이를 돌보는 여성, 기억을 아이처럼 돌보게 된 여성에게 실종은 모든 시련의 어머니였다. 그리고 독재가 실종된 사람들에게 역사 자체를 박탈했으므로, 각각의 몸에 남은 유일한 어휘들을앗아갔으므로, 칠레의 가족들이 수행하는 저항행위는 마땅히 그런완성되지 않은 이야기를 소리내어 말하는 것, 전하는 것으로 시작될수밖에 없었다.

그런 여성들은 상상력을 소멸과 싸우는 도구로, 땅에 묻어 안식에 들게 할 수 없는 것을 마음에 묻어 안식하게 함으로써 불확실하나마 장례를 치르는 유일한 장소로 사용했다. 독재자의 방약무인함, 자기만 이야기를 할 수 있다는 그의 결정에 대항하는 마음의 반란은 다른 형태의 반란으로 가는 첫걸음이었고 죽음의 한가운데서 삶을 긍정하는 기적 그 자체였다. 하지만 기억과 정의를 위한 이 싸움을 멀리 빠리에서 지켜보는 목소리 없는 작가에게, 그 여성들은 다른 종류의 기적을 실현하고 있었다. 자신을 열어 그들의 사랑하는 사람들에게 위안을 주라며 소리쳐 나를 부르는 것만 같았다. 칠레에 있는 실제 여성들의 실제 목소리는 어떻게 침묵의 한가운데서 이야기가 말해질 수 있는지 보여주는 사례를, 어떻게 거부의 한가운데서 나라가 살아 있을 수 있는지를 보여주는 모델을, 억압과 황폐의 한가운데서 어떻게 공동체가 다시 짜여질 수 있는지 보여주는 모델을, 어떻게 절망을 인정하면서도 희망을 유지할 수 있을지 보여주는 모델을 창조하고 있었다.

그들이 칠레의 억압적 현실에서 탄생의 공간을 연 바로 그 순간에 나는 어떤 설명할 수 없는 방식으로 시신들이 감추어진 지하실과 강바닥과 갱도로부터, 또 헬리콥터에서 내던져진 내 꼼빠녜로들이 빠진 바다로부터 들려오는 그 다른 목소리들을 실어 나를 준비가 됐다. 무언가가, 누군가가, 계단을 오르는 죄수에게 말을 거는 남자가, 벽 앞에 세워진 죄수가 불러주는 말에 내가 마침내 귀를 기울여 그것을 받아쓸 수 있게 된 그 밤의 끝자락에, 그리하여 우리가 우리에게 들러붙은 재앙을 마침내 벗고 어딘가로 향할 때 최소한 말들이 거기 있도록, 검은 태양 아래 우리가 완전히 벌거벗지는 않도록 할 때, 그 목소리들이 희생자이자 생존자로서 내게 온 것이었다.

악몽을 꾸고 시가 하나의 응답으로서 쏟아져 내게 흘러들어오기 몇달 전, 나는 라틴구역의 자끄 깔로(Jacques Callot) 거리의 까페에서 하인리히 뵐(Heinrich Böll)을 만나 펜(PEN)의 긴급기금(Emergency Fund)으로 칠레와 다른 라틴아메리카 나라에서 박해받는 작가들을 돕는 방안을 논의했다. 하지만 대화는 곧 글쓰기라는 주제로 옮겨갔다. 무려 하인리히 뵐이었던 것이다! 그는 노벨상을 수상했고 쏠제니찐(Solzhenitsyn)의 원고를 소련 밖으로 몰래 가지고 나왔으며 내가 기쁘게 읽은 소설들을 쓴 사람이었고, 그러니 내게 뭘 쓰고 있는지 물을 것인데, 그에게 어떻게 공백 상태라고, 말할 게 아무것도 없다고, 난 그냥 당의 일꾼이라고, 나라는 사람은 그와 함께 이 까페에서 커피를 홀짝거릴 자격이 없는 사람이라고 어떻게 말해야 하나 하는 생각을 했다. 하지만 그는 잘잘못에 사려가 깊은 현명한 노인이었고 내게 뭘 하는지를 굳이 물어 알려고 하지 않았다. 그가 내게 건넨 얘기는 제3제국 시절이 끝난 다음 독일 작가들이 직면한 문제였다. "히틀러는 언어를 오염시켰지요." 그가 말했다. "우린 **동지**라는 말이나, **기쁨**과 **희열**과 **형제애**라는 단어를 더는 쓸 수 없었어요. 나치에 납치당했어요, 언어 자체가 말이죠. 우리가 피할 수 없는 임무가 그거였고, 당신이 지금 가장 염려해야 하는 게 바로 그겁니다. 당신이 자기 시대를 이야기할 때 써야 히는 언어를 그들이 통제하게 해선 안 된다는 것. 이건 삐노체뜨를 몰아내기 전에, 지금 해야 하는 일입니다. 내일까지 기다리면 너무 늦어버릴지 몰라요."

난 고개를 끄덕였다. 고개를 끄덕이고 기다리는 것, 고개를 끄덕이고 기다리며 한번도 나를 버린 적이 없는 문학의 제례무(祭禮舞)가 다시 한번 나를 정화시켜줄지 보는 것 말고 달리 무엇을 할 수 있었겠는가. 나는 고개를 끄덕였고 이미 너무 늦은 것이 아니길 기도했다.

그리고 이윽고 말이 찾아왔을 때, 오직 또다른 침묵, 곧 나 자신의 죽음이라는 침묵 말고는 어떤 것으로도 끝나지 않을 이 여정을 시작했을 때, 나를 방문한 이 글쓰기가 뭔가 다른, 기대치 않은 재능을 가졌다는 걸 발견했다.

나의 문학은 죽은 자가 소생할 수 있는 영토인 것만은 아니었고, 집에서 끌려 나간 사람들, 유골로 망명한 사람들이 받을 수 없었던 장례를 말로 대신하는 의식인 것만은 아니었으며, 나 자신 그리고 삐노체뜨에 의해 마치 데사빠레시도(실종자)처럼 인질로 잡힌 나라를 치유하는 방법만도 아니었다.

나는 거기에 있었다. 나는 칠레에 있었다. 그 계단을 걸어 오르고 있었다. 나와 함께 그 계단을 오르는 다른 사람들을 돕고 있었다. 계단 하나하나를 세고 또 세던 그 사람과 함께 있었다.

그곳 말고 내가 갈 수 있는 다른 곳은 없었다.

나의 상상력은 나를 집으로 데려다주었다.

1990년 칠레로 돌아갔을 때의 일기에서

7월 24일

우리 가족을 괴롭힌 문제의 첫 조짐들.

1988년의 국민투표로 삐노체뜨를 내쫓았을 때 칠레 시민들은 오랜 감금생활에도 치유 불가능할 정도로 오염되지는 않았음을 증명한 듯했다. 공포와 전능한 독재에 맞선 그 장엄한 승리에서 스물한살의 로드리고는 태어난 땅으로 돌아가겠다는 오랜 꿈이 이제 실현 가능해졌다고 확신했고 대학 졸업 선물로 조부모에게 받은 상당한 금액을 칠레를 재건하는 일을 돕겠다는 그 소망에 사용했다. 그렇게 그 애는 우리보다 여덟달 먼저 싼띠아고에 도착하여 그 땅의 상황을 정찰할 기회를 가졌다. 그래서 여기로 다시 돌아오면서 앙헬리까와 호아낀과 나는 가족이 모두 다시 만나게 되리라 들떠 있었다.

로드리고는 이모 아나 마리아(Ana María)와 한두달 같이 지내다가 몇몇 예술가와 함께 지저분한 도심지역에 방치된 스튜디오를 얻었다. 마지막으로 들은 소식에 따르면 그 애는 유명한 칠레 배우의 (돈은 받지 않는) 개인 조수로 일하면서 편지를 영어로 번역하거나 프랑스어로 된 대본을 번역하는 등 온갖 심부름을 해주는 한편으로, 자기 생각으로는 우리가 칠레에 정착할 때쯤이면 결실을 맺으리라 본 본인이 연극과 비디오 프로젝트를 진행하고 있었다.

하지만 몇시간 전 들른 그 아이와 처음으로 터놓고 얘기할 기회를 가졌는데, 그 자리에서 그 애는 샌디에이고의 한 이중언어 극단이 제의한 일자리를 수락했고 그다음에는 캘리포니아대학에서 석사학위를 받겠노라고 알려왔다. 그래서 1991년 초면 칠레를 떠날 것이었다.

그 세대의 많은 사람들이 할 수만 있다면 하려고 하는 게 그런 것이었다. 이곳의 숱한 젊은이들처럼 그 아이도 새로 건설된 민주주의에 실망하고 그것이 대다수 사람들의 삶을 그다지 변화시키지 못했다고 느끼고 있다. 압제에 대항해서 가장 열심히 싸운 바로 그 젊은이들이 계속해서 안띠쏘시알레스(반사회분자)로 표적이 되고 독재 때 그들을 때린 바로 그 경찰에 의해 구타당하고 있다. 그들이 스스로를 자조적으로 일컫는 이름인 로스 이호스 데 삐노체뜨, 삐노체뜨의 자식들은 여전히 일자리를 얻지 못하고 이 이행 과정에서 마르히나도스(주변화)되고 있다고 느낀다. 그들은 미래가 없다고 여기며 값싼 마약과 술에서 위안을 구하고 제대로 된 거처를 찾지 못한 채 누추하게 살아간다.

로드리고의 개인적인 경험도 못지않게 기를 꺾는 것이었다. 그의 무한한 열정과 호기심과 에너지, 자신의 시간과 저축과 비전을 자발적으로 바치려는 결의는 화답을 얻지 못했다. 그가 일을 봐주던 배우는 로드리고의 피를 말리고는 연극 상연을 돕겠다는 약속을 배반했고, 잘 가, 씨 떼 에 비스또 노 메 아꾸에르도(뉘신지 기억이 안 나네요)라며 헌신짝처럼 우리 아들을 내쫓았다. 그리고 그가 만난, 한줌의 권력이라도 가진 사람들 모두의 태도가 전형적으로 그랬다. 숱한 약속이 있으나 하나도 지켜지지 않고, 위선의 문이 열리지만 꽝하고 도로 닫힐 뿐이다. 실질적인 도움을 조금이라도 얻으려면 정당에 들어가든가 문화적 엘리트들의 작은 마피아 집단에 끈을 대든가 해야 한다고 그는 말한다.

"그럼 확실히 결정한 거니?" 몇년 전 쌴띠아고에서 시위를 하다 마신 최루탄 가스로 계속 목이 따끔거리고 예민해지는 바람에 달고 사는 쉭쉭거리는 잔기침을 하면서 앙헬리까가 물었다.

"떠나지 않으면 죽을 거예요."

"숨을 못 쉴 거란 말이지." 다소 서둘러 내가 덧붙였다. "숨쉴 공간이 없어서."

나는 로드리고가 머뭇거리다가 마음에 있는 어떤 강으로 가서 그걸 건너는 것을 보았다. 그 애가 말했다. "그것도 확실하지만 그 이상이에요. 살해당하는 거요, 난 살해당할 거예요."

몇달 전에 그와 두 룸메이트는 길거리에서 여자친구와 애정행각을 했다는 이유로 이웃이 경찰에게 괴롭힘을 당하는 걸 막아주려고 충동적으로 달려갔다가 체포된 적이 있었다고 했다. 로드리고가 생각하기에도 다소 노골적인 애무이긴 했으나 법을 어긴 건 아니었는데, 경찰들은 배회죄라고 했고 구조자 노릇을 하려던 세 명에게도 같은 혐의를 씌웠다. 로드리고가 항의하자 한 까라비네로(경찰)가 총을 꺼내 로드리고의 머리에 들이대고 일을 쉽게 할래 어렵게 할래라고 물었다는 것이다.

그들은 대통령궁에 가까운 구역을 담당하는 (그리고 내가 서늘하게 깨달은 바에 따르면 아옌데 시절의 내 꼼빠녜로 몇몇이 고문을 당해 죽은 곳인) 제1꼬미사리아(제1경찰서)로 끌려가서 로드리고가 본드 흡입자와 좀도둑이라 부르는 사람들, 싼띠아고 외곽을 떠도는 흔한 하층민들과 함께 그날 밤을 보냈다. 난 경찰이 우리 아들이 어딘가 다르다는 걸 알아챘는지 궁금했다. 그가 그 정도로 다르기는 했는가? 난 그의 출신계층이 그를 보호해주리라고 생각했던 것일까?

"유치장에서 한 오십명쯤의 다른 사람들과 같이 있었어요. 책임자 격인 경위를 내내 쳐다보고 있었죠. 그냥 계속 주시했어요. 그 사람은 키가 큰 유럽 혈통이었고 주름 하나 없이 각이 잡힌 제복을 입고 있었어요. 자기가 죄다 피부색이 어두운 긴장한 경찰관들 틈에 있게 된 걸 열받아 하고 있는 게 분명했죠. 그리고 그 사람은 우리 이름을 부르면서 '아 라 뻬니, 너희 셋, 교도소로'라고 했어요.

그때 난 생각했어요. 절대로 라 뻬니에 가지 않겠다고, 거기선 살아 나오지 못할 거라고. 그래서 말했죠. '잠깐, 잠깐, 잠깐만요.' 이렇게 낮고 절박한 목소리로요. 그리고는 경위에게 다가갔는데, 그 사람은 심판의 날처럼, 카프카 소설에 나오는 인물처럼, 심판대 위에 서 있었고, 난 그에게만 들리게 말했어요. 그를 똑바로 쳐다보며 '당신은 백인이고 나도 백인이에요. 당신 눈은 파랗고 난 초록색이죠. 당신은 여기 속하지 않고 나도 여기 속하지 않아요. 불법배회의 벌금은 얼마죠?'라고 했죠.

경위는 한순간 흔들렸어요. 내 두 친구들을 쳐다봤는데, 이웃과 그의 여자친구는 이미 가고 없었어요. 어디에 내던져졌는지는 아무도 모르죠. 내 친구 한명은 로트레아몽 백작(『말도로르의 노래』를 쓴 프랑스의 시인 이지도르 뤼시앵 뒤까스의 필명—옮긴이)이나 된 듯이 긴

망토를 걸친 19세기 악당 같은 차림이었고 나머지 한명은 실제로는 니까라과에서 몇년 지내면서 싼디니스따(Sandinistas)들을 위해 은행까지 턴 전력이 있었는데도 보기엔 꾀죄죄하지만 나쁜 짓은 안 할 것처럼 생겼죠. 그러더니 경위는 나를 다시 쳐다보며 벌금은 육십 달러라고 했고, 운 좋게도 그날 아침에 내가 찾아놓은 현금이 있었어요. 그 벌금을 물고 치안문란 행위자로 기록된 다음 풀려났어요. 그러니까 내가 이렇게 말할 땐—"

"살해당할 거라고 말할 때 말이지—"

"난 너무 무모하고 너무 제멋대로이고 이 나라에서 헤쳐나가는 법을 모르겠고, 언제 자제하고 언제 말을 해야 하는지 모르겠어요. 이번엔 용케 말로 빠져나왔지만, 다음번엔……"

다음번엔 그의 사회적 소속이 그를 구해주지 못할 수도 있고 죽음을 피할 수 있게 도와주지 못할 수도 있다. 하지만 난 그 문제를 끄집어내진 않았다. 사회학적인 관찰에 몰입할 때가 아니었다.

"숨쉴 공간이 없다는 거지, 음?"

"나 같은 사람에겐 없다는 거예요."

그렇게 그 애는 떠날 것이었다. 여섯살 어린애로 칠레를 떠났을 때의 그 길을 되밟으며, 하지만 망명을 떠나는 부모를 따라가야 해서가 아니라 이번에는 자신의 의지로, 이번에는 그 지독한 세월 동안 내내 그가 그토록 헌신적으로 간직해온 이 나라가 몰아내기 때문에 떠나는 것이었다.

•

망명은 부모와 함께 아이들도 망가뜨린다.

쿠데타가 일어나고 내가 몇주 동안 숨어 살다가 이어 아르헨띠나 대사관에서 몇달간 지내는 동안, 무시무시한 루머가 로드리고 주변을 휘몰아치고 있었으므로 앙헬리까와 내 부모님은 그 애를 불안과 공포에서 보호해주려고 애를 썼다. 아이들도 늘 결국은 모든 걸 알게 마련이다. 실패한 혁명을 겪은 다른 많은 아이들이 그렇듯이 우리 아들도 악몽에, 앞으로 몇년 동안 수없이 반복될 환영에 시달렸다. 자기를 죽이러 오는 사람들을 피해 어딘지 모를 낯선 도시에서 도망가는 환영 말이다. 그러다가 잠이 깨면 엄마나 할머니, 할아버지가 말해준 어떤 선의의 거짓말도 그의 안테나가 포착한 것, 그냥 일상적인 재앙을 겪고 있는 게 아니라는 느낌을 쫓아주지 못하는 것이다. 아빠는 잘 지내고 있어, 소설을 쓰러 바닷가로 가신 거야, 그렇지만 아빠 얘기는 안 하는 게 좋겠어,라든지. 아옌데는 모두를 속이고 있는 거야, 실은 살아 있고 어딘가 숨어 있는 거지, 그렇지만 네 방 벽에 붙은 그의 사진은 떼는 편이 좋겠어,라든지. 학교는 문을 닫았어, 당분간만 그럴 거야, 네가 좋아하는 선생님이 군인들에게 붙잡혀 갔다는 건 사실이 아니야, 그렇지만 친구들한테 그 선생님 얘기는 안 하는 게 좋겠어,라든지. 그래, 우린 아르헨띠나로 갈 거야. 아니, 장난감을 다 갖고 갈 순 없어. 하나만이야. 제일 좋아하는 것 하나만 가져가.

로드리고가 선택한 속을 채운 큼직한 토끼 인형은 한번도 그의 곁을 떠난 적이 없었고 그와 마찬가지로 희생자로 대접을 받았다. 한 장면이 내 머릿속을 떠나지 않는다. 1974년 초 부에노스아이레스를 막 떠나 아바나의 호텔에 들어 있었는데 꾸바의 꼼빠녜라, 베아(Bea)가 두꺼운 안경과 꾹 다문 입술을 한 채 집중해서 라틴아메리카를 가로질러 이동하다가 빠져버린 그 토끼의 눈알 하나를 박아 넣는 장면이다. 그녀는 침대에 앉아 토끼에게 아기 옷을 입혀주며, 두려움과 모멸감으로 몇달을 보낸 우리가 모든 것이 불확실한 유럽을 향해 떠나기 전에 까사 데 라스 아메리까스(Casa de las Américas, 혁명 이후 꾸바정부가 사회문화적 대외관계를 발전시키기 위해 만든 조직─옮긴이)의 그녀 동료가 임시 거처를 제공해주며 우리를 보살펴주었듯이 인형을 수선해주었다.

빠리에 도착할 즈음에는 내 부모님이 선물로 준 예쁜 미니어처 병정 세트가 인형에 더해졌다. 우리가 처음 도착한 블로메 거리의 칙칙한 호텔에서 로드리고는 자기가 한 무리의 병사들을 맡고 토끼가 다른 무리를 지휘하는 식으로 방바닥에서 몇시간을 놀곤 했다. 그 토끼는 교육도 받았는데 조숙한 일곱살인 로드리고가 라틴아메리카에서 가장 인기 있는 만화 캐릭터인 아르헨띠나 신동 마팔다(Mafalda)를 주인공으로 한 만화책들을 읽어준 것이다. 부에노스아이레스에 있는 내 편집자 다니엘 디빈스끼(Daniel Divinsky)가 "이러면 아르헨띠나를 잊어버리지 않을 거야"라며 그 애한테 준 책이었다.

하루는 담배연기로 자욱한 연대 회의에 참석하려고 호텔 방을 막 떠나려던 참에 이틀에 한번 말 한마디 없이 느릿느릿 걸어 들어와 청소를 해주던 나이 든 프랑스 도우미가 무릎을 꿇고 앉아 손가락으로 맹렬하게 바닥을 긁어내기 시작했다. 그녀가 긁어내려는 건 앙헬리까가 사준 찰흙이었는데 로드리고가 요새를 만든답시고 그걸 바닥에 온통 발라놓은 것이다.

앙헬리까와 나는 노여워하는 그 도우미 옆에 쭈그리고 앉았다. 더듬더듬하는 프랑스어로 난 그녀를 설득해서 그만두게 하려고 했다. 고국에서 난 착취받는 사람들을 위해 싸우려 했고 그녀도 그런 사람의 하나일 터이니. 마담, 이건 우리가 처리할게요, 씰 부 쁠레, 마담, 누 쏨 데졸레, 메(s'il vous plaît, madame, nous sommes désolés, mais, 그렇게 해요, 마담, 우리가 마음이 좋지 않네요, 그러니)……

그녀는 듣지 않았다.

"르가르(Regards, 봐)." 풀이 죽은 로드리고를 향해 손가락 끝을 치켜들며 그녀가 갈라진 목소리로 소리쳤다. "내 손톱 좀 봐. 내 프랑스산(産) 손톱을 보라고. 외국인들 더러운 뒤치다꺼리나 하고. 내가 어떤 꼴이 됐는지 좀 보라고."

난 그녀의 분노와 쇼비니즘의 강도에 놀라면서도, 쥐꼬리만한 호텔 급료에 말 그대로 바닥을 닦는 진짜 고통을 아는 이 무릎이 닳은 마담 드파르주(Madame Defarge, 찰스 디킨즈의 『두 도시 이야기』에 등장하는, 프랑스혁명에 참여한 서민층 여성이자 복수심으로 가득한 인물—옮긴이)의 캐리커처가 나를 대변하고 있다고 느꼈다. 우리를 보라. 우리의 칠레산(産) 손을 보라. 며칠 전 밤에 직무유기의 낱말들을 타이핑하고 이제는 그마저도 타이핑하지 못하는 내 손을 보라. 우리가 어떤 꼴이 됐는지 좀 보라.

운 좋게도 우린 곧 호텔을 떠났다. 이딸리아 북부 레지오 에밀리아에서 열리는 칠레 연대 집회에 초청을 받았던 것이고 빠리로 돌아오면 칠레 공산당 시절의 꼼빠녜로이자 아옌데 혁명의 찬가였던 「우리 승리하리라」(Venceremos)의 가사를 써서 유명해진 옛 친구 끌라우디오 이뚜라(Claudio Iturra)가 살던 아파트로 이사하게 되기를 기대하고 있었다. "연대의식으로 매겨진 집세야. 프랑스 동지들의 호의지"라고 그는 말했다. 얼마 되지 않는 우리의 속세의 소유물을 열차에 싣고 다닐 이유가 없었으므로 눈곱만한 집세만 내면 곧 우리 것이 될 끌라우디오의 아파트 벽장에 전부 집어넣었다. 애지중지하는 것들이 선반 위에 얹히는 걸 보며 로드리고는 불안을 감추지 못했다.

그래도 그에겐 적의에 찬 이 우주에서 변치 않는 친구인 토끼가 있었다.

하지만 그리 오래가지는 못했다.

우리는 로마에서 그 토끼를 잃어버렸다.

비아 델 꼬르소의 호텔에서 체크아웃을 하고 빠리로 돌아가는 기차를 타러 출발한 지 몇분 후에 로드리고는 그 아끼던 인형 동물을 놔두고 왔음을 알아차렸다. 우리는 택시를 돌렸고 계단을 전력질주해서 뛰어올라갔다. 방은 이미 청소가 끝났고 도우미들은 아무것도 보지 못했다고 했다. 우리는 쓰레기통을 뒤지고 각 층을 샅샅이 훑으며 구석구석마다 찾아보다가 기차를 놓쳐 다음 날 떠나야 했지만 어디에도, 어디에도, 어디에도 없었다.

로드리고는 그 일을 나르게 기억한다. 그에 따르면 그날 빠리로 출발한 게 아니라 로마의 친구 집에 가는 길이었고, 곧장 호텔로 되돌아가지 않고 토끼는 다음 날 찾아주겠다고 약속하면서 우리가 자기 물건을 더 잘 간수해야 한다는 교훈을 주려 한다는 이유를 댔다고 했다. 어쩌면 내가 기억하는 버전은 나의 죄의식을 달래기 위해 구성된 것이며 그의 버전은 그의 버림받은 심정을 강조하기 위해 구성된 것일지 모른다. 하나를 택해야 한다면 로드리고의 이야기가 더 말이 되고 그 당시에 우리가 얼마나 정신없이 살았으며 얼마나 고통을 아무렇지 않게 여기게 되었는지를 여지없이 보여준다.

빠리에서도 나쁜 소식이 있었다. 끌라우디오 이뚜라는 삐노체뜨의 비밀경찰이 걸었을 가능성이 있는 협박 전화 때문에 아파트를 떠나지 않을 수 없었다고 설명했다. 그의 당 공산주의자 간부들은 그곳이 안전하지 못하니 즉각 떠나야 한다고 생각했다. 물론 우리는 당혹스러웠다. 어디서 이런 연대 집세를 또 만날 수 있겠는가? 머물 곳을 찾아 빠리를 헤매는 순례가 본격적으로 시작될 것이었다. 난처해진 끌라우디오에게 던진 유일한 질문은, 언제 우리 물건을 가져가면 되는가였다.

공산당 보안기관의 일원인 후안(Juan)이 임박한 위험이 잠잠해지는 때를 판단하여 방문을 주선하기로 했다. 그가 우리를 방문할 즈음 로드리고는 프랑스 노조가 모든 비용을 지불하며 칠레 아이들이 한달간 알프스에서 지낼 수 있도록 조직해준 여름캠프로 떠날 채비를 끝내고 있었다. 다름 아닌 끌라우디오 이뚜라가 마련해준 원정여행이었다.

그의 실제 이름인지는 모르겠으나 아무튼 후안이 아파트에서 우리를 기다리고 있었고 그의 아내가 그 뒤에서 서성이고 있었다. 이런 위험한 곳에서 그녀는 무엇을 하는 것일까? 마치 그런 질문들을 피하기라도 하듯 그들은 서둘러 우리를 벽장으로 이끌었다. 거기엔 옷이 담긴 가방 두개밖에 없었다.

"이 라스 오뜨라스 꼬사스?" 앙헬리까가 물었다. 다른 것들은요?

"어떤 다른 거요?"

"책하고 장난감 병사들이 있었어요."

"그런 잡동사니요." 후안이 말했다. "급하게 아파트를 비울 때 버렸죠." 우리가 항의하자 그는 칠레에선 아이들이 매일 밤 경찰한테 공격을 받는데 이런 걸로 웬 법석이냐는 식의 말을 덧붙였다.

그것은 우리가 계속해서 마주치게 되는 주장이었고 망명자들에게 어처구니없이 잘 먹혀드는 전형적인 도덕적 공갈이었다. 당신네는 … 같은(빈칸을 채워보라) 하찮은 걸 걱정하고 있군요. 칠레가 군홧발에 짓밟히고 있는데 당신들은 이걸로 불평하고 있네요. 당신네는 장난감 살 돈이 있는데 고국의 아이들은 골목의 길고양이라도 먹을 수 있으면 운이 좋은 거죠!

우리는 후안이 로드리고의 물건을 두고 거짓말을 한다는 걸 알고 있었다. 멀쩡한 정신을 가진 라틴아메리카 사람치고 성인들 사이에서도 엄청난 인기를 누리는 그 마팔다 책을 갖다 버릴 사람은 아무도 없었다. 우리 아들의 사랑스런 병사들로 말하자면 아마 어떤 다른 아이의 손에, 어쩌면 이 위험하다는 아파트에 만족스럽게 자리를 잡고 느긋한 소유주 태도를 한 바로 이 남자의 아들 손에 있을 것이었다. 그의 아내가 스튜를 끓이고 있는 부엌을 슬쩍 들여다보자 바닥에 오리 인형이 놓인 게 보였다. 물자를 확보하기 위한 가차없는 다툼에서 그의 당이지 우리의 당이 아닌 그 당은 자기네 전사들을 먼저 챙기기로 했다. 끌라우디오 이뚜라는 어느 정치위원으로부터 자기의 알짜 셋집을 같은 공산주의 신념을 가진 동지에게 넘기라는 압력을 받은 것이다.

"이호스 데 뿌따(개자식)!" 우리 뒤로 문이 참 시끄럽게도 닫히자 앙헬리까가 그렇게 중얼거렸는데, 나는 안에 있는 두 사람이 듣기를 바라기도 했고 들을까 두렵기도 했다. 그들은 호텔의 그 반광란 상태의 후줄근한 청소부보다 더 악의적이었다. 그 노파는 적어도 위선자는 아니었고, 자기의 갈라진 프랑스산 손톱을 우리에게 흔들지언정 그러면서 형제애와 혁명을 들먹이며 멸시를 감추려 들지는 않았다. 그녀는 망명으로 어찌할 바 모르는 아이에게서 무언가를 훔치지 않았고 동료 혁명가들을 거주지에서 내쫓지 않았으니 후안보다는 더 동지에 가까웠다.

하지만 옷가방과 자책감을 안고 빠리 거리로 내려오는 순간 우리의 조건이 갖는 지독하고 모순적인 진실이 엄습해왔다. 우리는 멀리 집을 떠나왔고 폭정에 대항하는 싸움은 끝나지 않았으며 아무리 경멸스럽다 한들 그들 남녀는 싸움의 일원일 것이고 여전히 내 꼼빠녜로였다. 내 아이의 병사들을 훔쳐간 바로 그 사람들이 만일 칠레에서 실제 병사들이 나를 체포했다면 나를 감옥에서 꺼내주기 위해 맹렬히 일했을 것이고 지금도 삐노체뜨의 탄압에서 우리를 해방하는 일을 돕고 있는 것이었다. 그리고 우리에게 약속한 아파트를 자기 동료에게 아무렇지 않게 넘겨준 끌라우디오는 사심 없이 몇주를 바쳐 칠레 아이들을 위한 휴가를 조직했다.

앞으로 몇년간 함께 일해야 할 사람들에게 계속 화난 상태로 있는 건 터무니없는 짓이었고 더 쉬운 표적이 있을 때는 특히 그랬다. 어쨌든 욱일승천하는 혁명의 나날들이 가졌던 순수성과 열정이 슬픈 패배와 그 너머의 소용돌이 속에서도 지속될 수 있으리라, 형제애의 법칙이 똑같이 지배하리라, 이제 낙원에서 쫓겨났으니 길에서 천사를 발견하게 되리라 믿었던 사람은 나였으므로. 비록 동료 망명자들이 빤(빵)을 쪼개 함께 나누는 말 그대로의 꼼빠네로일 뿐 아니라 가족과 미래를 나누고 각자 다른 사람의 아이들의 대부가 되어 그 애들을 자기 아이들인 양 보살펴주고 고향땅에서 쫓겨난 그 소년과 소녀 들을 공동 책임인 양 대하는 꼼빠드레(공동의 아버지)들일 거라고 기대한 게 그리 순진한 가정이거나 그리 큰 잘못은 아니었지만 말이다. 그 아파트를 뺏은 사람들은 고향을 멀리 두고 온 내게 고향이 돼주어야 했고 일말의 공감을 나타냈어야 했으며 우리가 내일 건설하기를 원하는 그런 사회에 대한 오늘의 예시를 보여주었어야 했다. 우리 때문에 아이들이 겪은 일을 두고 그 아이들이 우리를 좀더 쉽게 용서해줄 수 있게 했어야 했다.

그때가 유배생활에서 처음으로 우리가 한때 속했던 공동체를 잃어버린다는 게, 우리가 예전의 그 빛나는 강물에 다시 몸을 담그고자 한다면 살아 있도록 지킬 필요가 있는 그 공동체를 잃어버린다는 게 어떤 의미인지 정면으로 마주한 때였다. 나는 나의 뿌에블로가 스스로의 망명을 끝내고 떨쳐 일어나, 자신들이 갱을 파고 건설하고 먹이고 수없는 전쟁에서 싸워 지키고 수없는 침상에서 사랑했던 그 이국땅을 고국으로 삼고, 아옌데 정부가 들어선 그 몇년간 자신들의 어머니와 선조들의 이름을 딴 적이 한번도 없었던 거리를 짧은 시간 소유하고, 조금 연장된 일시적인 순간 동안 역사와 희망의 아낌없는 스포트라이트를 받는 것을 지켜보았다. 죽은 듯이 사는 일과 반쯤 남은 목숨마저 스러져 죽는 일밖에 없던 이 찢어지게 가난한 사람들이, 지상의 어떤 것도 영원히 고정되어 있는 건 없고 계속 태어날 때 보았던 그대로여야 하는 건 없으며 모든 것에는 시간의 바람으로 사라지기 전에 우리가 말해야 하는 무언가가 있다는 걸 내게 가르쳐주었다. 그런데 이제 그들은 다시금 쫓겨났고 다시금 자기 땅에서 외국인이 되었으니, 그 추방은 우리에게, 우리 모두에게 무슨 짓을 하고 있는 것일까? 어떤 다른 배신들이 기다리고 있으며, 우리 모두가 집으로 돌아가기 전에 어떤 일이 닥칠 것인가?

어찌 되었든 로드리고는 책과 장난감이 사라졌다는 소식을 자기 부모보다 훨씬 차분하게 받아들였다. 아마 그때쯤엔 이미 살아남으려면 치러야 하는 댓가가 있으며 가능한 빨리 그 빚의 첫 할부금을 갚기 시작하는 편이 낫다는 걸 알아차렸는지 모를 일이다.

그의 지혜가 어디서 연유한 것이든 이중성과 양심에서 나온 그런 행동 때문에 로드리고가 다른 사람들에 대한 믿음을 저버리지 않았고 자신이 태어난 칠레를 자기 나라로 택했으니 그곳에서 영원히 살고 싶다는 나날이 새로워지는 바람을 망가뜨리지도 않은 건 기적이었다. 그 아이가 육개월 뒤에 내게 일어날 일을 내다보고 있었는지, 이번에는 아버지가 아들을 따라 방랑하는 세계로 들어가리란 걸 내다보고 있었는지는 알 수 없다.

하지만 이런 비애와 향수의 어조는 2010년에는 어울리지 않으며 더는 내 삶의 일부가 아닌 슬픔의 잔여물이다. 우리는 오늘 칠레에

같이 있지는 않지만 가족 전부가 노스캐롤라이나 더럼의 한곳에 서로 열 블록도 떨어지지 않은 데서 모여 살고 있으며 우리의 나날들에 빛을 던져주는 두 손녀가 있고 로드리고와 나는 누가 멘토이고 누가 제자인지, 누가 가르치고 누가 배우는지 모르게 영화와 연극과 지적 음모들에서 공모자가 되었다. 여기서 뭘 더 바랄 수 있겠는가?

하지만 그 당시에 난 그를 잃게 될까 두려웠다. 그리고 서글픈 마음을 달래기 위해 내가 할 수 있었던 건 스스로에게 다짐하는 것뿐이었다. 내 아들은 이제 어른이고 스스로를 가장 많이 내어줄 수 있다고 느끼는 곳에서 자기 삶을 찾아야 한다고. 적어도 내 기억으론 그랬다. 나 자신과 앙헬리까 그리고 물론 형이 칠레를 떠날 것이고 여기 자리잡기까지 생길 자기 몫의 문제들과 씨름할 때 곁에 있어주지 않을 거라는 소식에 표나게 영향을 받은 호아낀까지 달래는 게 내가 한 일이었다. 염려 마, 하고 난 호아낀에게, 어쩌면 그에게보다는 나 자신에게 말했다. 로드리고가 마음이 바뀔 수도 있고 결국 우리 가까이에 있겠다고 결정할 수도 있어. 그리고 마치 숨겨진 말을 일기에 털어놓듯이 나 스스로에게만 이렇게 말했다. 어쩌면 이 나라가 이런 자기 자식들을 헛되이 버리면 안 된다는 걸 깨닫게 되리라고, 몇년 있으면 그는 돌아올 것이고 그래서 우리 가족이 그가 비록 자기 잘못이나 자기 결정으로는 아니지만 오래전에 떠난 그 하늘 아래서 다시 한번 함께할 수 있으리라고 1990년의 나는 스스로에게 속삭였고, 그렇게 뇌게 하겠노라 맹세했다. 도르프만 부족의 남자들이 벗어나지 못하는 듯 보이는 이 추방의 저주에 그 아이마저 굴복했다는 것을, 이 가족의 여자들이 우리와 함께 고통받게 되는 것을,

나는 차마 받아들일 수가 없었다.

1990년 칠레로 돌아갔을 때의 일기에서

8월 4일

거센 바람으로 내 작은 서재의 유리문은 덜커덕거리고 이 남반구의 겨울은 나를 뼛속까지 얼어붙게 만든다. 다리를 덮은 긴 판초를 더 단단히 감싼다. 감기나 들지 않았으면 좋겠는데.

이 빌어먹을 집. 이 빌어먹게 근사한 집.

우리는 이 집을 1986년, 칠레로의 영구귀국이 가능할 것처럼 보이자마자 구입했는데 듀크대학과 맺은 계약서 덕에 가능했던 계획이었다. 매년 네달씩 가르치고 받는 급료는 더럼에선 보잘것없을지 몰라도 쌍띠아고에서 나머지 시간을 검소하게 지내기엔 충분할 것이었다. 우리는 독재가 한창일 때 엔 라 까예 사뻬올라(사뻬올라 거리의)의 이 멋진 작은 집을 구입했고 당시는 이 집이 엉성하게 지어졌다는 건 개의치 않았다. 제일 중요한 건 안전이었다. 이웃들 모두를 아는 것, 한명 한명이 다 삐노체뜨에 반대하는 사람들이라 만약 비밀경찰이 한밤중에 나를 데려가더라도 증인이 되어줄 수 있어서 군대가 뒷마당에 무기 은닉처를 파내어 테러리즘 혐의를 씌우지 못하게 되는 것. 영구적으로 정착하기에 완벽한 이곳의 매매계약서에 서명을 할 때 우리는 벽돌담을 파고드는 덩굴이나 애초의 건축자가 세운 '자연을 존중'하는 계획의 일환으로 마감이 안 된 배고픈 표정의 설비들에 주의를 기울이지 않았다. 막상 여기 살게 되고 집을 수선하느라 몇주를 보내고 났더니 결함들이 그다지 색다른 매력으로는 보이지 않는다.

찬바람이 새어 들어오는 틈 정도라면 괜찮았을 것이다. 벽돌은 갈라지고, 수도꼭지는 물이 떨어지고, 열쇠는 맞지 않고, 앙헬리까가 건조기 플러그를 꽂자 퓨즈가 나가고, 전압은…… 전압과 화재용 비상구 설비, 미세한 전기적 충격에도 울리는 초인종에 대해선 말을 말자. 샤워를 하는 건 하나의 모험이어서, 변덕스런 가스보일러가 언제 힘이 달려서 물 떨어지는 손가락으로 젖은 성냥을 켜서 가스온수기를 다시 점화한 다음 벌벌 떨면서 욕실로 돌아간들 곧 보일러 돌아가는 소리가 뚝 그치게 될지 모를 일이며, 배관공, 가스피떼르는 이미 자기가 몇번이나 얼렁뚱땅 손을 댄 바 있는 그 엉성한 설비를 수선해주러 오이 미스모(오늘 당장)에 서둘러 오겠노라고 약속하지만 몇시간을 기다려도 양해를 구하는 전화 한통이 없다. 이곳은 마냐나(내일)와 뻬르도나(변명)와 무척 유감이네요의 나라이다. 서재는 난방이 되지 않아서 이런 혼자만의 생각을 일기에 적고 나면 도착한 다음 날 산 담요로 컴퓨터와 프린터를 덮어두어야 한다. 사뻬올라 집의 양도증서가 잘못 등록되는 바람에 법적으로 꼬인 문제는 사흘 아침에 걸쳐 네개의 사무실을 찾아가도 해결되지 않았고 은행은 내가 싼띠아고에 직업이 없다는 이유로—미국 듀크대학에서 기르치고 있다는 게 무슨 말이죠, 여기서는 뭘 하고요?—우리에게 계좌를 열어주지 않았고 이 모든 일거리들은 몇년 전에 구입했으나 고물차가 되어버린 낡은 뿌조 자동차가 정기적으로 멈춰버리는 바람에 더 복잡해진다.

사실상 이곳의 모든 것이 고물차인 듯 보이고 부드럽게 잘 돌아가던 미국에서의 삶과 비교할 때 특히 그렇다. 외국에서 살면서 아주 배가 불러진 것, 진실은 바로 그것이었다. 전화는 언제나 걸리고 수리공은 제때 도착하고 은행 직원은 웃으며 맞아주고, 칠레 상인들에겐 터무니없어 보이겠지만 고객은 항상 옳다고 생각하는 것, 그런 것들에 익숙해진 것이다. 하지만 이봐, 포근하고 안락하길 원한다면, 꼭대기부터 바닥까지 완비된 주택과 잘 기름칠 된 차와 배달부가 물건 하나하나에 팁을 요구하는 일이 없는 우편 서비스가 있는 그곳 더럼에 머물렀어야지.

몇년 전, 나중에 스페인어만 쓰는 환경에 놓인다 해도 난데없어 하지 않게끔 적응시켜주리라 희망하면서 호아낀을 '아메리카인' 이라는 개념을 내건 학교 니도 데 아길라스(Nido de Aguilas)에 입학시키러 갔다가 아들을 등록시키려고 기다리던, 캐나다에서 막 이주한 어떤 여성을 만났는데 우리에게 자기는 수수료를 받고 이주자들이 자리잡는 데 따르는 사무 일체를 패키지로 처리해주고 고향에서와 마찬가지로 모든 일이 완벽하게 돌아가도록 봐주는 수완이 좋은 그 지역 두 여성에게 만사를 맡겼다고 했다. 앙헬리까는 질시에 가까운 시선으로 그녀를 바라보았다. 그런 식으로 한 나라에 사뿐히 내려앉다니, 께 마라비야(멋지기도 하지)! 하지만 설사 우리가 그런 사치를 부릴 여유가 있었더라도 그 여자 식으로는, 그녀처럼 칠레와 칠레의 약점들은 문밖으로 몰아낸 채 근대성의 고립된 영역 안에 들어가 살고 싶지는 않았을 것이다. 제기랄,

우리에겐 이것이야말로 귀향이다! 아마 나는 앞으로 몇년을 우리 제3세계 거주지에서 저개발의 오류와 실수 들을 파헤치느라, 우리 제3세계 나라의 무책임과 무능을 들추어내느라 보내게 될 것이다. 시간을 허비할 때마다 분개할 테지만, 나의 또다른 일부, 내일이면 세번째로 수리한 우리의 유일한 난방기에 쓸 등유 튜브를 구해야만 하는 아리엘이 아닌 나의 또다른 일부는, 우리를 더듬거리며 이 나라의 코드로 옮겨가게 해주는 이 난감한 환영에 감사하고 있다.

이것이 예측 가능하고 반복적이고 단조로운 루띠나리오(일상)로서의 시간을 파괴하는 칠레, 시계와 초인종과 전자레인지를 산산조각 내어 삶을 다른 방식으로 상상할 수밖에 없게 만드는 칠레였다. 어제만 해도 나는 부에노스아이레스의 부모님께 쓴 편지에서 우리의 거리를 엉망으로 만들고 우리의 차를 망가뜨리는 움푹팬 자국들에 찬가를 바치며, 이것이 칠레예요,라고 정신 나간 소리를 했던 것이다. 이것이 놀랄 일 없는 관습적인 미국식 존재를 향한 질주를 멈추라고 우리에게 경고하는 칠레이고, 최신의 소비주의와 고층건물과 슈퍼마켓이라는 시멘트 아래로 현실의 수문을 열기 위해 음모를 꾸미는, 너에게 구멍을 내고 너를 흔들고 너의 모든 확실성을 파편으로 만들기 위해 음모를 꾸미는 반항적인 칠레라고.

망명생활을 하는 동안 난 이런 식으로 칠레를 정의했다. 우리가 영위하는 삶을 폭파시켜 조각조각 내고 어떤 근본적인 혼돈을 가져올 운명을 가진 하나의 기폭제라고. 그래서 방랑하는 동안 본격적인 자기반성을 미루기가 용이했다. 집과 나라와 어휘와 식료품 가게와 버스노선과 주소록을 바꾸는 일만도 차고 넘쳤으므로, 고맙지만 이 정도면 충분해요, 하는 식이었다. 언젠가 이 물리적 여정이 끝나고 이타카(Ithaca)가 더는 지평선에 어른거리는 신기루가 아니라 지난날의 옛 난롯가에 앉을 수 있는 궁전으로 현현하는 날이 오면 오점과 한계 들을 붙잡고 씨름할 시간이 있으리라는 기대 때문에 더 쉽게 미룰 수 있었다. 칠레가 삶의 우선순위를 재조정하고 새로운 시대에 맞는 새로운 아리엘로 나를 변모시켜줄 경험의 거대한 소용돌이로의 도약이라 생각했다.

난 여기 이곳을 사랑하고 이 사랑은 너무나 분방한 나머지 최악의 문제들마저 도착적 향유의 원천으로 바꾸어놓는다. 어느날엔가 앙헬리까는 말을 안 듣는 새 블렌더를 들고 구입한 가게를 찾아갔지만 교환도 수리도 안 해주겠다는 바람에 좌절한 채 집에 돌아왔다. 두번째로 찾아간 참이었다! 바스따(할 만큼 했어)! 그녀가 말했다. 아리엘, 당신이 가봐요. 당신은 키도 크고 금발이고 불만을 말하는 걸 두려워하지 않잖아요. 그래서 난 블렌더를 싸들고 곧 부서질 것 같은 버스에 몸을 실었다. 싼띠아고에선 어디를 갈 때 얼마나 걸릴지 당최 알 길이 없다. 운전사들은 경쟁자들을 앞지르기 위해 미친 듯이 다음 정류장까지 달리기도 하고, 너무 뒤처져서 경주에 이길 전망이 없을 땐 이용객이 누적되도록 느릿느릿 거북이걸음을 해서 승객들을 부슬비 내리는 어스름 속에 한없이 기다리게 만들기도 했다. 이런 불규칙한 리듬을 결정하는 건 운전사에게 잠재적 경쟁자들이 어디쯤 있는지, 그래서 속도를 늦

출지 올릴지 알려주는 부랑아들이었다. 이런 것이 모두를 광분으로 몰아가지만(어쨌거나 뭔가를 몰기는 모든 셈이다), 나는 그걸 즐기는 편이었다. 어쩌면 내겐 시간이 남아돌았으므로 이 나라가 내게로 배어들도록, 내게 은밀한 메시지를 보내도록 할 수 있었는지 모른다. 이날 난 상대적으로 점잖은 기분으로 소란스런 센뜨로(중심가)에 내렸다. 하지만 이 기분은 판매원마다 이런저런 핑계를 대는 통에 급속히 망가지기 시작했고, 난 마침내 어떤 자비로운 영혼으로부터 알고 보니 바로 길 건너편에 있던 회사본부 주소를 빼내어 일군의 비서들을 물리치고 전진했다. 고객님, 거기 들어가시면 안 됩니다. 아, 못 들어간다고요? 어디 못 들어가는지 한번 보세요! 책상 뒤에서 몸을 웅크린 사장은 소심하게, 고객님, 그렇게 목소리 높이지 마세요,라고 겨우 말했다. 목소리를 높인다고요? 아직 목소리 높이기 시작도 안 했는데요. 칠레 사람들이 무엇보다 무서워하는 일 하나가 스캔들이나 우스꽝스럽게 보이는 것이기 때문에 협박당한 그 경영자는 블렌더를 교환해주라고 지시했다.

하지만 나의 승리는 씁쓸한 뒷맛을 남겼다. 일이 효율적으로 돌아가게 하려다가 난 이날 이때까지 특권의식으로 가득해서 자기만 못한 주변 사람들에게 불평과 으름장을 놓으며 살고 있는 칠레의 권력자처럼 쁘레쁘뗀떼, 갑질하는 비열한 인간이 될 위험에 처한 것이다. 난 그 별것도 아닌 블렌더 하나 때문에 평정심을 흩트렸다. 섞여들(blend in) 수가 없네. 그 상황에서 앙헬리까에게 이렇게 말장난을 했지만 그녀는 웃지 않았고 공감 제로의 표정으로 나를 보았다. 당신은 모든 게 괜찮고 좋다고 생각하는 쪽 아니에요? 그녀는 그러지 않았기 때문이다. 다 잘될 거라고 생각하지 않아요. 정말 그렇게 생각하지 않아요, 미 아모르(여보). 그것이 그녀가 어젯밤 거실 한가운데 선 채 열을 내며 내게 한 말이었다.

그녀는 열정으로 가득하여 새로운 칠레에 모든 것을 바칠 채비가 된 채, 다시 한번 뿌블라시온(민중들) 사이에서 일하며 아옌데 시절이나 워싱턴 D.C.에 있을 때 내내 그랬던 것처럼 장애여성들을 도울 자세가 되고도 넘친 채 이곳에 왔다. 아리엘, 난 돈을 받을 거라 기대하지 않아요. 내가 원하는 건 그저 기여를 하는 거예요. 로드리고가 여덟달 걸려 발견한 것을 그녀는 두주도 지나지 않아 깨달았고, 그녀에 따르면 나는 너무 완고해서 그녀가 당당히 마주한 진실을 받아들이지 않는 것이다. 제한된 민주주의로의 이행에는 그녀 같은 사람을 위한 자리가 없으면 분명 나 같은 사람을 위한 자리도 없다는 진실 말이다. 그녀는 기꺼이 한동안 그 진실을 들이밀고 엔진을 켜둔 채 내가 제정신을 차릴 때를 기다릴 태세였다. 하지만, 새로운 치과나 가장 덜 비싼 토마토를 살 새로운 시장과 해독할 새로운 지도와 기억할 새로운 규칙들과 로드리고를 위한 새로운 학교를 찾아내고, 빠듯한 예산을 맞추기 위해 밤늦도록 아이의 옷을, 팔꿈치와 무릎을 깁고, 그 모든 도시들과 나쁜 소식과 좌절된 기대들의 끝없는 흐름을 견디고, 빠리에서 암스테르담까지 이 비행기 저 비행기, 그리고 또다른 비행기와 밴으로 옮겨 타거나 대서양을 배로 건너 볼티모어로 가는 식으로 언제나 옮겨다니며 매번 짐을 싸면서도 내일이면 삐노체뜨가 물러나고 우리가 집으로 향하게 될 것이니 어떤 것도 내다 버릴 수가 없어서 벽장만 한 가방들을 채우고, 1983년에 돌아갈 허가를 받고도 칠년을 더 비행기를 타고 왔다갔다 벽장을 열었다 닫았다 가방을 닫았다 열었다 왔다갔다한, 오디세이를 방불한 우리의 여정이 거친 그 모든 잘못된 출발과 새로운 시작들을 겪는 동안의 임시적 삶의 모든 임시 거처에서 나의 앙헬리까가 좌초한 우리 가족이 멀쩡한 정신을 유지하도록 해주었으니, 임기응변으로 버티는 유목적 삶을 살아낸 지금 늘 그랬듯이 그녀야말로 이번의 이주, 이 마지막, 마지막이길 바라는 이 마지막 이주가 주는, 집으로 향하는 여정의 끝이 주는 하중 또한 정면으로 받아내는 사람임이 분명하다.

그렇다, 이번이 마지막이다.

며칠 전 여기 싼띠아고에서 산 새 매트리스가 그 증거다.

망명의 부당함을 겪어보지 않은 사람들은 매트리스가 갖는 중요성, 그 중력의 장중함을 이해할 수 없을 것이다. 추방생활의 3분의 1을 거기 누워서 돌아갈 날을 꿈꾸고, 한밤중에 깨어 모국어가 아닌 언어로 꿈꾸기 시작했다는 느낌에 식은땀을 흘릴지 모르기 때문은 아니다. 거기서 사랑을 나누고 영혼의 상대에게서 여전히 건재하고 더럽혀지지 않은 하나의 사원을 발견하기 때문도 아니다.

뭔가 훨씬 더 산문적인 이유 때문이다. 매트리스란 크고 성가시고 비싸고 옮기기 어렵다.

망명의 첫 아홉해 동안 우리는 매트리스를 한개도, 단 한개도 사지 않았다. 끊임없이 구입을 미루며 중고품 가구나 다른 일시 거주자들로부터 빌리는 데 전문가가 되었고 라디오가 삐노체뜨 장군이 축출되었다는 신호를 보내오는 순간 임시 거처에 있는 모든 것을 곧장 버릴 준비가 되어 있었다. 1980년에 미국에 흘러들어와 장기간 정착하게 된 다음에도 일년이나 더 빌린 매트리스에서 잤다. 놀랍게도 그 매트리스는 칠레산이었는데, 사라진 지 오래인 외교관에 의해 그 몇년 전 워싱턴 D.C.에 수입된 뒤 동포들의 손과 손을 한참 거쳐 내려온 것이었다. 그 넉넉하고 낡아빠진 몸집은 마침내 튼튼함과 견고성을 더한 경이로운 꿈의 신제품으로 대체되었다.

내년 한해를 칠레에서 보낼 돈을 벌기 위해 봄학기 동안 듀크대학에서 가르치려고 더럼에 돌아가면 거기에는 씰리(Sealy) 매트리스가 기다리고 있는 것이다. 이제 돌아왔으니 뭘 할 거냐고 사람들이 물을 때마다 나는 아무것도 안 할 거라고 대답해왔다. 이 첫 여섯달 동안은 아무것도 안 할 것이고 그다음 몇년도 일을 찾지 않을 것이다. 싸움의 그늘에서 나날을 보낸 사람들을 위해 남겨두어야 하고 그들이 우선권을 가져야 할 자리를 차지하겠다고 다투는 경쟁자로 보이고 싶지 않으므로 직업을 원치 않는다, 일자리라면 대학에서도 정부 쪽에서도 NGO의 대규모 민간 네트워크 쪽에서도 원치 않아요,라고 강조하면 질문을 한 사람들의 눈에 안도와 당혹감이 떠오른다.

앞으로 몇년간은, 아마 1994년까지는 미국에서 파트타임으로 가르치는 것으로 생계를 유지할 것이고 듀크대학의 그 축복받은 자리에서 물러나면 글쓰기로 살아갈 것이다. 얼마 안 있으면 침묵의 서약을 버릴 준비가 될 것이고 미친 사람처럼 말들이 나로부터 쏟아져 나올 것이다. 팬시언(Pantheon)사와 단행본 계약을 했고 비밀 카메라로 사람들의 영혼을 훔치는 얼굴 없는 사람에 관한 내 최근 소설『마스카라』(*Mascara*)는 몇개국 언어로 번역되고 있으며, 재능있는 젊은 극작가 토니 쿠시너(Tony Kushner)와 함께 쓴 내 소설『과부들』(*Widows*)의 각색본은 내년에 로스앤젤레스에서 상연될 계획이다. 그러니 더럼에 있는 그 낡아가는 씰리 매트리스를 팔거나 다른 망명자에게 줄 수 있는 날이 올 것이고 점차 우리 물건들을 거기서 여기로 옮기게 될 것이다. 어떻게 그런 일이 일어나게 될지 생각하는 건 너무 복잡하고 해외에서 축적된 도서목록을 두고 고민하며 그것들을 어떻게 할지, 미국과의 인연을 영원히 끊을 때 어떤 느낌이 들지 생각하는 건 너무 고통스러우니, 그런 건 내일이나 모레 생각할 일이다.

당분간은 이 지붕이, 우리를 남녘 하늘에 불타는 별과 분리해주면서도 동시에 연결해주는 우리 머리 위의 이 지붕이 유일하게 중요한 것이다.

머리 위의 지붕.

시간 이전의 시간 이래 모든 인간이 갖기를 기도하는 것.

로마인들은 그런 열망의 주된 함의를 이해했고 다른 많은 문제들에 관해서나 마찬가지로 이 문제에 관해 처음으로 법을 만들었다. 추방의 조건을 정한 이 법률들은 가차없고 예지적이어서, 추방자에게는 아쿠아(물)와 이그니스(불)만이 아니라 그와는 다른 것, 짓는 데 많은 사람들의 손이 필요한 전적으로 사회적이고 건

축적인 것, 곧 텍테도 주어질 수 없었다. 지붕 말이다. 그러므로 추방당한 버질(Virgil)의 말처럼 그 범법자는 '또다른 태양'의 처분에 내맡겨져서 방랑하는 동안 하늘에서 내리칠지 모를 번개와 온몸을 흠씬 젖게 만들 비의 위협을 받는다. 텍테가 없다는 것, 그것은 우리가 우리 선조들이 물과 불을 붙잡아 길들이기 위해 창조한 의식(儀式)에 기대 살아가지 못한다는 것을, 둘러앉을 화로도 없고, 물을 마실 항아리도 없으며, 어떤 프로-텍트-이온(pro-tection, 보호)도 받지 못한다는 것을 뜻한다.

어쩌면 그것이 망명생활을 통해 내가 배워야 한 교훈인지 모른다. 한때 카인의 종족이라는 표지였던 유목적 존재로 되돌아가 우리 선조들처럼 어지럽고 별 없는 밤들에 지치고 그들처럼 포식자의 이빨에 맞서 절박하게 피난처를 구해야 하는 처지가 되어, 나는 빠리와 암스테르담과 워싱턴에서 아벨의 수확과 지붕을 갈망하며 수천년 동안 사람들이 그래왔던 것처럼 숲과 사바나를 떠나 도시로 가는 인류의 행렬을 특유의 이상한 방식으로 반복하면서 언제나 안정을, 머리를 누일 항구적인 베개를 찾길 기도한 것이다.

하지만 이 차가운 10월의 날엔 이만큼의 명상이면 충분하고, 저 먼 미국에서 만들어지고 구입한, 멀리 칠레를 꿈꾸게 해준 매트리스에 대한 이만큼의 기억이면 충분하다. 지난밤, 가까이 있는, 아너무 가까운 싼띠아고에서 우리의 침대는 목수가 칠레산 새 매트리스를 떠받칠 판의 길이를 잘못 계산하는 바람에 망가지기 시작했다. 오늘 오후에 떼어내어 나무가 삐걱거리지 않도록 이음새에 비누를 발라둘 것이다.

한밤중에 깨어나 미국과 새지 않는 수도꼭지와 고장나지 않는 블렌더, 새벽이 오기 전에 망가져버리지 않을 침대에 대한 꿈을 꾸었다는 걸 깨닫고 싶지 않다.

하지만 내가 어디서 깨든, 결국 어디에 있게 되든, 앙헬리까는 늘 내 곁에 있을 것이다.

.

앙헬리까, 앙헬리까. 어째서 우리가 가장 사랑하는 사람들, 내 마음 가장 깊숙이 자리잡은 여인이 나의 어리석음에 대한 댓가를 치러야 했는지, 그것이 진짜 문제다. 사랑이 우리를 그리로 이끄는가?

아옌데의 혁명기에 앙헬리까는 활짝 피어났었다. 쿠데타가 일어났을 때 그녀는 교육학 석사학위를 막 받으려던 참이었다. 그녀가 노동자들에게 어떻게 학업을 이어나갈 수 있는지 상담을 해주던 직물공장은 폭격당했고 그녀가 맡은 사람들 몇몇은 죽거나 감옥에 갇혔지만, 앙헬리까에게 즉각적인 위험은 없어 보였다. 그녀는 나 때문에 칠레를 떠났고, 나 때문에 나라를 잃었다.

그녀가 잃은 건 그뿐만이 아니었다. 일단 해외로 나오자 어렵사리 성취한 그녀의 여성적 자기충족성이 포위공격을 받게 된다. 망명 여성 대다수와 마찬가지로 그녀는 의존적인 상태로 순식간에 되돌아가 누구누구의 배우자라는 것이 정체성의 주된 원천이 되어갔다. 내가 뭔가 중요한 임무, 곧 해외에서 문화적 저항을 위한 지원을 조직하고 우리의 싸움을 세계에 전해줄 외국 저널리스트들의 네트워크를 만드는 임무를 수행하기 위해 나라를 떠나라는 명령을 받았다는 사실은 당연히 나를 중요한 인물로 만들고 마찬가지로 당연히 내 아내를 부수적이고 파생적인 인물로 만들었다.

나는 전통적인 마초는 아니었다. 망명으로 인해 정상적인 삶에서 벗어나기 전, 결혼하고 첫 몇년 동안 우리가 주로 만나는 사회적 관계의 어떤 다른 칠레 남성들보다 더 집안일과 자녀 양육의 상당 부분을 분담했으며, 비록 내가 한 어떤 일도 앙헬리까가 헤아릴 수 없는 가정생활의 세부에 바친 에너지와 애정에는 비할 바가 아니었지만 설거지를 하거나 청소기를 돌리거나 기저귀를 갈아본 적이라고는 없는 많은 친구들이 코를 찡그리며 나를 로드리고의 마마라고 조롱할 정도였다. 요리, 아이 돌보기, 가족을 위해 제일 싼 옷 파는 곳 찾기같이 전통적으로 여성에게 할당된 그런 '유서 깊은' 임무들은 망명생활에서 더한층 중요해졌다. 그리고 서로를 위해 알아봐주는 친척과 친구 들의 안전망, 가장 필요할 때 어느날 갑자기 사라져버리고 나서야 비로소 없어서는 안 되는 것인 줄 알게 되는 종류의 유대도 없이 그런 일을 수행해야 하기에 더 큰 부담이 되었다. 거기다 앙헬리까는 또한 다른 종류의, 애정보다는 곤궁 때문에 도와주는 여성, 칠레 같은 나라에서 보통의 수입을 가진 가정이라면 어디서나 볼 수 있고 집안의 여자들에게는 운신의 자유를, 그리고 어쨌든 자기 아내를 노예처럼 부리는 건 아니니까 남자들에게는 양심의 자유를 허락해주는 가사도우미의 도움의 손길도 받을 수 없었다.

1966년 결혼 직후에 우리는 갖추어 입지 않고도 마음놓고 집안을 돌아다니고 싶었고 살면서 죄의식을 느끼고 싶지 않아서 그런 식으로 사람을 부리는 착취행위를 거부했다. 하지만 집안의 일손이 부족하면 사회생활을 제대로 못하게 되고, 한낮이든 오후든 한밤중이든 네댓명의 친구들이 간단히 요기하러 들르기라도 하면, 게다가 냉동식품도 노동절약 장비도 베이비시터도 패스트푸드 체인도 없는 세계에서는 더욱 문제가 되었고, 댄스모임이나 정찬모임에 아이를 달고 나타나는 걸 기대하는 사회도 아니었다. 그래서 우리는 내키지 않았으나 도우미를 고용했다.

난 그 당시 다시 굽실거리는 외부인 없이 살아가게 될 날을 은밀히 갈망한 걸로 기억한다. 하지만 그 꿈이 망명으로 실현되었을 때, 평등에의 헌신이 아니라 누군가의 월급을 지불하는 것은 고사하고 스스로 먹고 살기에도 벅찼기 때문에 실현되었을 때, 그 속박에서 해방되었는가 싶었던 가정의 세계에 다시 묶이게 된 건 물론 앙헬리까였고 한층 더 종속된 쪽도 앙헬리까였다. 노동자들은 노조를 잃었고 시민들은 결사의 자유를 잃었으며 농민들은 땅에서 쫓겨났고 감옥에 갇힌 사람들은 인신보호영장과 대리권과 재판이나 심지어 고발의 권리도 잃었다. 모두가 무언가를 잃었으며 늘 그렇듯이 여성들이 남성들보다 더 많은 것을 잃었다. 모든 것이 무너지는 마당에 양성 간의 덜 지배적인 관계를 탐구할 여유나 남녀 사이가 더 전통적인 관계로 후퇴하는 것을 피할 도리가 있겠는가? 아옌데 혁명이 성공적으로 좁혀놓은 남성과 여성 사이의 권력과 지식의 차이는 이 나라가 빅토리아 시대로 되돌아감에 따라 앙심을 품고 다시 자리를 틀었다. 나 아리엘로 말하자면 어떤 제약도 없었다. 그는 나라가 다시 정상적인 삶을 되찾고 우리가 우리의 삶과 우리의 도우미를 되찾을 수 있게 삐노체뜨를 축출하는 일을 도와야 하므로 자유로워야 했다.

그는 이야기를 할 수 있어야 하므로 자유로워야 했다. 그러니 그의 아내는 자신의 목표와 자신의 미래와 자신의 이야기를 뒤로 미루어 야 할 것이었다.

1974년 1월, 부에노스아이레스의 고통스럽고도 고요한 어느 오 후에 영국탑(Torre Inglesa)과 레띠로 기차역이 내려다보이는 언덕 에서 상황을 두고 의견을 나누었다. 우리의 결혼은 곤경에 처했고 로드리고는 엉망이었으며 그녀는 앞으로 몇년 동안 고난의 세월이 될 것을 이미 예견할 수 있었다. 하지만 그녀가 나를 사랑하는데 어 쩌겠으며, 그녀가 가족을 지키고 부모를 오래도록 쓰라리게 만든 것 과 같은 식의 이혼을 반복하지 않기 위해 무엇이든 어떤 일이든 기 꺼이 하고자 하는데 어쩌겠는가? 그녀의 이름과 중간이름과 성이 모두 충실함을 가리키는데 어쩌겠는가? 그리고 그녀가 나를 떠난다 면 그건 내 삶의 동반자와 아들을 빼앗기는 것일 뿐 아니라 자기가 택한 나라에서 떠밀려난 지 채 얼마 되지 않은 이 거듭거듭 뿌리 뽑 힌 사람에겐 그 나라의 자장가와 신화와 농담과 억양과 속어와 조 상과 제스처와 민속춤과 고기파이에 대한 유일하게 확실한 연결고 리를, 친밀한 영토이자 대리 고향이자 칠레의 정수인 아내를 뺏기 는 셈이니, 그 운명이 어떻게 되겠는가? 여성이라는 대지를 파고 뚫 는 남성, 방랑하는 남성 사냥꾼과 전사를 위해 마음과 화로를 지키 는 여성이라는 식의 이야기가 얼마나 관습적으로 들리는지 지금은 낯을 붉히게 되지만 당시는 그렇게 느꼈고 지금도 때로 그렇게 느낀 다. 나라는 사람은 과장에 능하지만 어떤 과장도 그녀가 내 곁에 있 기로 결정한 데 대해 내가 얼마나 감사하는지 전달하지 못한다.

하지만 그 감사도 이른바 당의 고위급이라는 사람들이 1974년 2월 어느 오후 아바나의 호텔에서 빠리가 내 귀착지가 되어야 한다고 정했을 때 그러지 않겠다고 말하는 데까지는 못 미쳤다. 그때 이미 앙헬리까와 나는 그 도시에 관해 들은 바가 있어서, 돈 있는 사람에겐 멋진 곳이지만 가난하고 우울한 사람이 살아남기엔 최악으로 가차없고 오만한 곳이라고 알고 있었다. 앙헬리까는 우리의 운명을 정할 그 모임이 있기 전에, 뽀르 파보르(제발), 아리엘, 꾸알끼에르 루가르 쌀보 빠리스, 빠리만 아니면 돼요,라고 했다.

"빠리가 당신을 필요로 하는 곳이오." 아바나의 그 방에서 엔리께 꼬레아(Enrique Correa)가 내게 한 첫마디가 그것이었다. "거기서 저항운동이 문화와 언론 방면의 캠페인을 구축하게 될 것이니 거기가 당신이 가장 생산적으로 활동할 수 있는 곳이오."

내가 어떻게 꼬레아의 말에 토를 달 수 있었겠는가? 그는 칠레에서 넉달 동안 지하생활을 하고 온 참이었고 가짜 신분으로 곧 다시 그곳에 잠입할 사람으로서 이미 신화적인 존재였으니, 어떻게 그에게, 노, 노 끼에로, 그러고 싶지 않군요, 할 수 없어요, 하지 않을 거예요,라고 말하겠는가? 남보다 먼저 외국에 망명을 신청한 다른 칠레 투사들과 나 자신을 구별하려고 애쓰지 않았나? 그들은 삐노체뜨로부터 여권 발급을 거부당해서였기도 하지만 망명지 당국이 관대하게 제공해주는 건강보험, 직업훈련, 언어수업, 아이를 위한 특별학교, 집세 보조금, 심지어 가구 살 돈까지 받는 편이 맞다는 걸 알 만큼 성숙했기 때문에 실리에 따라 행동한 것이다.

내가 영광스럽게 택한 길은 그쪽이 아니었다.

그리고 그 자존심의 댓가로 나 자신뿐 아니라 가족들까지 몇년 동안이나 고통을 겪고 방랑을 했던 것이다.

그래서 빠리에서만도 여러 집을 거쳤다. 1974년 5월 앙헬리까가 로드리고와 함께 아바나에서 도착하기 전까지만도 내가 세기로 일고여덟군데 친구 아파트에서 잠을 잤고, 블로메 거리의 그 역겨운 호텔로 가게 되었으며 뒤이어 이딸리아로 갔다가 다시 빠리로 돌아왔고, 공산주의자들이 약속한 거처를 주지 않았으므로 이후 끝없는 오디세이가 시작되어, 응우옌 부인이라 불리는 수수께끼 같은 베트남 여주인에게 한달 세낸 몽주 거리 근처의 황량한 공동주택에서 지내다가, 멕시코 시인과 그의 프랑스계 튀니지인 부인이 몇달간 멕시코로 가면서 우리에게 빌려준 까네뜨 거리의 공짜 셋방에서 살게 되었다. 인심 좋은 집주인은 흘러간 마오주의자 시절에 만난 그들의 친구로 어릴 적 이름인 비뒬(Bidule)로 통했고 까네뜨의 아파트에 살지 않았지만 세입자에게 일 센트도 물리지 않았고 심지어 우리가 가스비도 내지 못하게 했다.

그 아파트는 낡은 16세기 건물에 샤워기가 부엌 씽크대와 겸용으로 되어 있는 좁고 길쭉한 방 하나로 되어 있었다. 화장실은 바깥 4층 층계참에 있었고 배변 목적을 위해 고리에서 늘어뜨려진 그네가 일품이었다. 로드리고는 그 타잔 화장실에서 몇시간이고 혼자 놀았다. 아니면 거리를 따라 근처 쎙쉴삐스 성당까지 걸어가 죽은 자와 죽어가는 자들의 탄원을 위해 놓인 초를 가지고 놀거나 했던 것이다.

그런 다음, 신선한 공기에 굶주린 우리는 독일사회민주당이 설립한 프리드리히-에베르트-스티프퉁 기금에서 어찌어찌 받아낸 일년짜리 소규모 보조금에 힘입어 빨레조 교외의 비싸지 않은 작은 집을 빌렸다. 현금이 바닥나자 뱅센에 있는 인심 넉넉한 비딜의 두번째 아파트로 옮겼는데 그 집은 그녀가 연대활동차 방문하던 중에 사랑에 빠진 그래픽 아티스트와 살려고 그 모든 곳 중에 하필 아바나에 가 있는 동안 공짜로 세를 놓은 곳이었다.

내가 하루 대부분을 저항운동을 위해 돈 받지 않고 일하느라 보냈으므로 우리는 내 책 몇권에서 나오는 근소한 인세와 앙헬리까가 근처 학교에서 프랑스 아이들에게 영어를 가르치면서 받는 돈에다 베이비시터를 해서 얻는 몇 프랑으로 간신히 지내고 있었다. 지내기가 너무 빠듯해서 난 절대 잡히지 않을 거라 확신하며 전철 개찰구를 뛰어넘곤 했다. 검표원이 지하철 표를 검사하는 게 보이면 아프리카 승객이나 척 보아도 아랍 조상을 가진 누군가가 오기를 기다리곤 했다. 이 사람들은 (지중해 사람의 용모를 가진 앙헬리까가 늘 그랬듯이) 언제나 검사를 당했고 나는 내 큼지막한 유럽인의 몸집과 유대인의 코뿐 아니라 다른 사람들의 두드러진 갈색을 방패막이로 삼아 빠져나가곤 했다. 그들, 그 검표원들은 내 존재가 얼마나 곤궁하고 불안정한지, 그리고 내 수입이 아마 그들이 막아선 이민자들보다 더 낮으리란 걸 상상할 수 없었던 것이다. 우리가 방랑자들(clochards)처럼 '빠리의 다리 아래'(sous les ponts de Paris, 쥘리앵 뒤비비에 감독의 1951년 영화 「빠리의 하늘 아래 쎈강은 흐른다」의 주제가 제목─옮긴이) 잠들 위험에 처했던 건 아니다. 하지만 로드리고가 학교에서 무상급식을 받을 자격이 있을 만큼은 곤궁했고, 그의 부모 된 이들은 쏘르본대학의 음울한 구내식당에서 자주 밥을 먹었는데 나는 저 멀리 칠레에서 얼마 전까지 가르친 학생만큼이나 어린 학생들로 북적대는 그 식당 홀에서 가장 나이 많은 사람이었으므로 몹시 위화감을 느꼈다.

물론 난 이 삶이 싫었고 기꺼이 가족을 박탈 상태에 빠뜨린 어리석은 나 자신이 싫었다. 나는 프랑스나 라틴아메리카 친구들의 식사초대를 받는 게 싫었고 답례로 식사대접을 하거나 밥값을 보태지 못하는 것을 두고 이런저런 고충을 드러내는 것도 싫었다. 어느날 밤 로드리고가 열이 심하고 숨쉬기 어려워할 때 한푼도 받지 않았고 우리에게 공짜로 약을 주던 그 정감 넘치는 프랑스 의사에게 또다시 찾아가야 하는 게 싫었고 그녀의 눈에서 본 순전한 동정심이 싫었다.

하지만 무엇보다도 난 빠리가 싫었다.

난 부슬비 내리는 빠리가 싫었고 지글지글 끓는 빠리가 싫었다. 밤나무꽃이 피는 빠리의 4월이 싫었고 고엽(les feuilles mortes, 이브 몽땅이 불러 유행한 샹송의 제목—옮긴이)이 떨어진 빠리의 10월이 싫었으며 대로를 따라 탭댄스를 추던 모리스 슈발리에(Maurice Chevalier, 프랑스 출신 가수 겸 영화배우—옮긴이)가 싫었고 방치되고 씻지 않은 불구의 몸을 본 모든 이들에게 내침을 받는 노트르담의 꼽추가 싫었으며 에펠탑을 보러 온 여행객들과 에펠탑에서 본 전망과 에펠탑 그 자체가 싫었고 진 세버그(Jean Seberg, 미국 여배우로 그녀가 『헤럴드트리뷴』을 파는 장면은 장 뤼끄 고다르 감독의 1959년 작 「네 멋대로 해라」에 나옴—옮긴이)가 『헤럴드트리뷴』(Herald Tribune)을 팔면서 벨몽도(Belmondo, 장 뽈 벨몽도, 프랑스의 배우—옮긴이)가 분한 자기 애인을 배신하던 샹젤리제는 더욱 싫었고 몽마르트르의 이채로운 시장과 랭보(Rimbaud)와 롱사르(Ronsard)와 베를렌(Verlaine)이 그 뒤편에서 술 취한 배처럼 자기들 시를 세상으로 던져 보냈던 경탄스런 파사드가 싫었으며 몰리에르(Molière)가 발가락이 채어 휘청거리다가 웃음을 터뜨리던 보도가 싫었고 그 어슴푸레한 하늘을 불멸의 것으로 만든 인상주의자들이 싫었고 헨리 밀러(Henry Miller)가 대놓고 음란을 즐기던 뒷골목조차 싫었고 내가 빠띠스리(pâtisserie)를 정확하게 발음하기 전까지는 그걸 팔지 않겠다던 불랑제(boulanger)가 싫었고 나의 더듬거리는 프랑스 발음을 그대로 내게 돌려주던 그 성스러운 쎙끼엠 아롱디스망(Cinquième Arrondissement, 5구역) 주민들이 싫었고 최고로 맛난 장봉 뒤 뻬이(jambon du pays)와 에스까르고(escargots)가 가득한 쇼윈도우가 싫었고 빠리에 있는 모든 것과 빠리에 관한 모든 것과 빠리 주변의 모든 것, 거기서 보낸 내 이 년 반 동안의 매 시간과 일분일초가 싫었으며, 아 맙소사 그 정도로 난 빠리가 싫었다.

당시와 그 이후 몇년간 내가 선언한 바가 그런 것이었다. 전적으로 사실은 아니지만, 그때나 지금이나 시적 효과를 위해 나의 혐오감을 부풀리고 있지만, 그리고 2010년 이 글을 쓰고 있는 오늘은 우리가 지구에서 좋아하는 도시가 빠리지만 말이다. 아마 난 어디서든 똑같이 비참했을 것이고, 당의 명령에 퇴짜를 놓지 못한 건 바로 나였으니 실은 내 잘못이긴 했어도, 누렇게 시든 추방의 첫 몇년을 보낸 곳이 어쩌다보니 빠리였기에, 마치 그 빛의 도시가 나의 파산 상태와 다양한 굴욕들에 실제로 책임이 있는 것인 양 내 어려움을 두고 그 도시를 탓했던 것이다.

거기서 보낸 내 삶이 싫었던 것은 사실이지만, 동시에 그것을 하나의 명예훈장으로, 내가 불편을 참고 견딘 진정한 혁명전사라는 피학적 증거로 받아들이고 있기도 하다.

"칠레에 있는 집을 팔아야 해요." 뱅센에서 지내던 어느날 앙헬리까가 우리가 그토록 불행을 느끼는 이 도시에서 도망가자고는 차마 요구하지 못하고 이렇게 말했다. "그걸 팔아서 그 돈으로 다음에 어떻게 할지 생각하는 동안 헤쳐나가야 해요."

쌘띠아고의 바띠까노 거리에 있는 별다를 것 없는 단층집이었는데도 결혼 사년차던 1970년 그 집을 장만하는 데 보태주겠다는 부모님의 제의를 받아들이기 전에 우리는 망설였다. 우리의 망설임은 거처를 소유한다는 게 우리를 너무 부르주아적으로 만들리라는 확신에서 비롯되었는데, 부르주아적이라는 건 60년대 후반의 젊은이에겐 아마 받을 수 있는 최악의 모욕이었고 우리가 가진 혁명가로서의 자격과 더불어 사이비 히피 자격 또한 배반하는 것이었다. 우리는 특권을 가졌다는 사실을, 해방운동에서 우리와 나란히 행진하는 사람들 대다수가 하루에 일, 이 달러로 버티고 있는 나라에서 내 조상들은 우리에게 집을 사라고 만 달러를 줄 수 있다는 사실을 인정하고 싶지가 않았던 것이다. 한곳에 묶인다는 게 얼마나 두려운 일인지, 우리가 가진 절대적 자유를 향한 꿈과 하나의 선택으로 취한 가난에의 참여와 우리가 '다수 대중'이라 부른 사람들과의 거리를 좁히려는 욕망에 그것이 어떤 영향을 미칠지 앙헬리까에게 이야기한 게 생각난다. 재산이란 부패를 가져오고 사람을 현 상태의 방어자로 만든다는 생각에 젖어 있었던 것이다. 우리가 전화도 차도 특별한 편의시설도 갖지 못했던 시절에 내 대학 봉급에다 개인교습이 필요한 부잣집 아이들을 가르치고 받는 돈과 『에르시야』(*Ercilla*) 잡지에 문학 서평을 쓰고 받는 쥐꼬리만한 수입을 보태도 집을 사기는 어려웠다. 물론 결국 우리는 그 집의 매력에 푹 빠지게 되었고 그것이 주는 기쁨에서 멀리 떨어지게 되면서는 그것을 우리의 귀환을 기다리는 일종의 성소(聖所)로 경배했으며 망명이라는 악몽은 한갓 괄호 안에 묶인 시간에 불과하므로 어느날 눈을 뜨면 그곳에 돌아가 있게 되리라 여겼다.

그 당시까지 바띠까노의 집을 팔지 않고 버틴 건 내 서재 때문이었다. 여백에 갈겨쓴 메모들로 가득한 이 책들은 내 칠레 생활의 유일한 사치품이었고 내 지적 여행의 동반자였으며 이 세상에서 내가장 절친한 벗이었다. 나는 여윳돈이 생기는 대로 모조리 그 서재에 쏟아부었고 나를 애지중지하시던 부모님이 나를 위해 구해준 수백권의 책을 보태 장서를 늘렸다. 장서들은 도무지 가능할 법하지않은 방향으로 흘러넘쳐서 심지어 욕실과 부엌에도 쌓여갔고 급기야 쿠데타가 일어나기 몇달 전 우리는 목수를 고용해서 차 한대 들어갈 규모의 차고를 부속 서재 공간으로 바꾸기도 했다. 앙헬리까와 나는 점점 잠식해 들어오는 책 때문에 생긴 우리 결혼생활의 위기를 해소해주려고 삐노체뜨 군대가 때맞춰 점령을 감행했다는 농담까지 했다.

두고 온 집에 먼지 말고는 어떤 치명적인 것도 모이지 않는 그 우주적 규모의 비블리오떼까(서재)가 있다는 생각은 망명생활로 인한 박탈의 와중에 나날의 위안이었다. 그것이 나의 진정한 자아, 나의 더 나은 자아였고, 그것이 내가 열망하는 읽고 쓰는 삶이었으며, 현실 자체가 내 가장 터무니없는 상상보다 더 도전적인 혁명일진대 도대체 문학의 자리가 있는지 회의하는 와중에서도 수상작 장편소설과 많은 단편소설과 셀 수 없는 소논문과 시와 분석물을 쓰며 내가 가장 창조적이었던 공간이 그곳이었다. 책을 싸서 치워버린다면 우리의 방랑이 영원히 지속되리라는 걸 받아들이는 일이 될 것이었다. 책을 사는 것조차 우리가 새로운 서재를 만들기 시작할 정도로 오래 떠나 있을 의도라는 증거로 생각되었다.

"프랑스-스페인어 사전이 필요해요." 쎄바스또뿔 거리에 늘어선 야외 서적가판대를 둘러보면서 앙헬리까는 내게 얘기하곤 했다. "봐요, 여기 중고품이 있어요. 상태도 나쁘지 않네요."

"칠레에 여섯개나 있어"라는 게 언제나 나의 대답이었는데 언제나처럼 나의 곤경을 치장하는 대답이지만 숫자를 그리 많이 부풀리지는 않은 것으로 칠레에 내가 거의 열어보지도 않는 프랑스-스페인어 사전이 네개, 아마 네개였을 테고 하루에도 몇번씩 사전을 찾아보아야 하는 프랑스에는 하나도 없었다. 우린 완전 신세 조졌다는 말은 까뮈(Camus)와 발자끄(Balzac)의 언어로 어떻게 말을 하는지?

누 쏨 푸뛰(Nous sommes foutus), 이렇게 말하는데 우리가 꼭 그랬고 너무 많이 들어서 배우게 된 문장이었다.

"집을 팔아야 해요, 아리엘."

회한과 심지어 고뇌마저 안은 채 나는 앙헬리까의 제안에 동의했다. 하지만 며칠 후에 당 부서기 후안 엔리께 베가(Juan Enrique

Vega)의 방문으로 난 그 후속조치에서 놓여났다. 그는 우리 거실에 털썩 앉더니 차를 몇모금 마신 다음 거의 속삭이듯이 이렇게 선언 했다.

"이건 기밀이니 이 방에서 새어나가면 안 되네."

우리는 무슨 일인가 기대하며 기다렸다.

"자네 집에 관한 건데, 팔려고 한다고 들었네."

우린 좀더 기다렸다.

"그 집은 당이 안가(安家)로 사용하고 있네. 그러니 싼띠아고에서 온 지령은 자네한테 그걸 팔지 말라고 하는 걸세. 우리가 가진 최상 의 자산을 잃게 될 것이니까. 자넨 모르고 있었으니 충격을 받을지 모르겠지만……"

그러나 우린 알고 있었다. 그게 무슨 용도로 사용되고 있는지 알 고 있던 것이다.

난 1974년 8월 내 벗이자 『르몽드』(*Le Monde*) 저널리스트인 장- 삐에르 끌레르(Jean-Pierre Clerc)가 칠레를 방문하여 저항세력 지 도자의 한 사람이자 비밀리에 마뿌(MAPU)의 사무총장을 맡고 있 는 하이메 가스무리(Jaime Gazmuri)와 은밀히 인터뷰하도록 주선 한 바 있었다. 그 매체는 칠레에서 침출되어 나오는 죽음과 고통의 우울한 이야기들로 가득했는데, 독재체제를 고립시키고 국제기구 들이 할 수 있는 모든 방식으로 비난하기엔 나쁘지 않은 전술이지만 삐노체뜨가 총체적인 통제를 행사하는 듯이 보이는 뚜렷한 공포의 나라 이면에 또다른 반항의 나라가 자라나고 있다는 소식은 빠뜨리 고 있었다.

민중연합당(the Unidad Popular) 소속으로 금지 조치된 정당들의 다른 지도자들이 망명을 가거나 투옥되면서 가스무리는 싼띠아고에서 지하활동을 하는 우리 정치연합의 마지막 지도자였고 군대의 점령이 있기 하루 전에 쌀바도르 아옌데를 만났던, 칠레에 남은 마지막 지도자였다. 『르몽드』는 암살부대들의 그림자 아래 숨어 저항하고 있는 누군가에게 말을 건다는 것이 특종감이라는 걸 알고 있었다. 하지만 편집자들은 우리가 자기네 통신원의 안전을 보장할 수 있을지 알고 싶어했다.

"장-삐에르는 싼띠아고에서 빠리에 있는 것만큼이나 안전할 겁니다." 내가 말했다. "우리에겐 당 사무총장의 안전을 보장하는 데 한 몸을 바칠 수백명의 핵심간부가 있어요." 그건 허풍이었고 믿음의 맹목적 비약이었다. 이 작전에 관련된 전투원이 고작 세명일지 아니면 내가 지어낸 대로 수백명일지 통 아는 바가 없었다.

결국 장-삐에르는 자신의 임무를 훌륭하게 완수했다. 인터뷰는 쿠데타 1주기인 1974년 9월 11일에 『르몽드』의 1면에 발표되었고 그런 다음 전세계 매체에 팔렸다. 삼십육년이 지난 후 그 기사를 다시 읽으면서 난 가스무리의 선견지명에 감명을 받는다. 우리 당 지도자는 자기는 비록 단단히 지하에서 위장하고 있지만 삐노체뜨를 전복하는 길은 대체로 지상에서부터 올 거라고 했다. 저항세력은 어떤 댓가를 치르고서라도 이 나라의 표면을 점령하기 시작할 것이며 수천개의 새로운 계획으로 독재의 목을 조르고 매일의 삶과 활동에서 민주주의를 행사하며 쿠데타를 도운 사실을 후회하고 있는 당원이 많은 라이벌 기독교민주당까지 포함하는 정당연합체를 건설할 것이었다.

장-삐에르가 칠레에서 돌아온 지 며칠 후 그는 보고차 우리를 자기 집으로 초대했다.

장-삐에르의 시선을 거쳐서긴 하지만 쌘띠아고를 다시 볼 수 있어서 좋았다. 마치 잘못된 건 아무것도 없다는 듯이, 고문실도 비밀경찰도 없다는 듯이 그 도시에 번져 있는 기이한 정상성. 우리 당의 어느 여성이 그와 접선하여 자리를 마련했다. 차 뒷좌석에 박힌 채 그는 시야를 가리는 불투명한 안경을 쓰고 목적지에 도착할 때까지 세차례나 차를 갈아타야 했다.

우리의 친구는 이따금씩 이야기를 멈춘 채 그 네트워크의 어느 인물을 묘사하고는 우리에게 "알아볼 수 있는 사람이야?"라고 물었다. 우리는 그에게 더 상세히 설명해보라고 했다. 내 시선과 앙헬리까의 시선이 마주치면서 말없이 어쩌면 그 사람…… 일까,라고 묻곤 했고, 그리고는 그 이름을 감히 내뱉지는 못한 채 혀끝에 매달아두었으나 그녀의 눈과 내 눈은 맞아, 우리가 아는 사람이야,라고 말하고 있었다.

"가스무리에 관해서라면," 장-피에르는 말하길, "자네 동지들로부터 그 사람에 관해 이야기하지 말라는 부탁을 받았는데, 외모를 상당히 바꾸었더군. 하지만 이것만큼은 내 이야기하지. 삐노체뜨는 그이를 잡을 필요가 없을 걸세. 왜냐하면 담배가 그 일을 대신 해줄 테니까. 인터뷰하는 쎄시긴 동안 줄남배를 피우더군. 족히 몇갑은 피웠을 걸세."

"그 집은 어떻던가?"

"수수하더군. 창문으로 거의 보이진 않았지만 그리 크지 않은 앞마당만 있었던 것 같고. 하지만 제일 멋졌던 건 현관 바깥에 있던, 칠레에선 그걸 뭐라고 하나, 자카란다 나무였네. 그리고 가스무리가긴 소파에 앉아 있던 방은 서재인 것 같았네. 사실 그 집 전체가 중고 서점 같았어. 어디나 책이 있었고 벽이란 벽에는 다 책장이 있더군. 심지어 부엌에도. 여주인 역할을 하던 검은 피부에 검고 긴 머리카락과 같은 색 눈이 어울리던 호리호리한 여자가 있었는데 아무튼그 사람이 우리를 부엌으로 불러서 커피를 마셨거든. 거기도 책이있었어." 그는 의아한 듯이 우리를 쳐다보았다. "그 집에 가본 적이있나 보네?"

앙헬리까가 탁자 밑으로 내 발을 건드렸다.

"아니에요." 그녀가 말했다.

"욕실에 대해서도 얘기해줘요." 장-삐에르의 부인이 끼어들었다.

"아, 욕실. 온통 오렌지색으로 칠했더군. 엄청난 크기의 밥 딜런포스터가 있었고. 그 불타는 무지개 같은 머리를 한 포스터 말이야."

"내가 가본 곳은 아니군." 내가 대답했다. "그런 욕실이라면 분명히 기억에 남았을 거야."

싼띠아고에서의 어느 유쾌한 일요일에 우린 직접 그 욕실을 오렌지색으로 칠했었고, 우리 집에 있었다는 그 여주인은 다름 아니라바띠까노에 살고 있는 앙헬리까의 자매 아나 마리아였으며 우리의저널리스트 친구를 처음 접촉한 여성은 안또니에따 싸아(Antonieta Saa)인 듯싶었다. 우리는 막연히 그 두 사람이 개입되었으리라 짐작했지만 그때까지는 아나 마리아가 마치 2차대전 중의 점령된 프랑스를 그린 영화에서처럼 이중생활을 하고 있으리라고는 눈치채지 못하고 있었다. 당연히 우리는 걱정이 되었지만 동시에 저항세력이 우리 집을 사용하고 있다는 생각은 빠리에서 우리가 겪는 시련을 다소 완화시켜주었고 집을 파는 게 절대적으로 필요한지 재고하게 해주었다.

앙헬리까는 주저하지 않았다. 집을 판다는 건 애초에 그녀의 생각이었는데 이제 그것이, 우리가 삼년 동안의 혁명기를 살았던 사랑하는 그 집이 투쟁에 필요하다는 걸 알게 되었을 때는 어떻게 할지에 대해 마찬가지로 분명했다.

"그럼, 팔지 않을 거예요." 언제나처럼 다른 사람을 위해 자신의 안위를 희생할 준비가 되어 있던 그녀는 그렇게 말했다.

당은 흡족해했지만 이제 재정적 곤란을 덜어줄 유일한 소유물마저 처분할 수 없게 된 우리의 사면초가의 삶에 어떤 도움, 어떤 조력도 제의해주지 않았다. 하지만 빠리에서의 복지를 희생한 우리의 착한 사마리아 정신은 뜻밖의 횡재, 보기 드문 권선징악으로 끝났다. 1975년에 우리가 바띠까노 거리의 그 단층집을 팔아봤댔자 손에 들어오는 건 몇푼 되지 않았을 것이다. 그러나 칠년 후 워싱턴에서 빠리에서보다 더 지독한 상황에 마주하여 우리가 그걸 팔지 않을 수 없었을 때, 삐노체뜨 정권은 칠레의 부동산 가격을 달러 가치가 떨어진 만큼이나 터무니없이 높은 수준으로 올리면서 새로운 졸부 계층을 만들어내던 참이었다. 그래서 우리는 싼띠아고의 그 작은 단층집을 메릴랜드의 더 호화로운 집과 바꿀 수 있었고, 그 집은 다시 두개로 변신하여 1986년에 더럼에 있는 집 하나를 사고 남은 돈으로 같은 해 쌴띠아고의 사뻬올라의 아파트를 구입할 수 있었다. 보라, 투기와 자본주의가 낳은 경이가 우리를 도와 그렇게 되지 않으려는 내 모든 노력에도 불구하고 우리를 중산층 대열에 합류시킨 것이다. 이 글을 쓰는 바로 지금, 우리는 집을 하나가 아니라 두개나 갖고 있으며, 세탁기도 쌴띠아고에 하나 노스캐롤라이나에도 하나, 식탁도 여기 더럼에 하나 저기 쌴띠아고에 또 하나, 식기 일체도 두곳 모두, 당연히 매트리스도 두개나 되는 것이다.

내 인생의 모든 게 여전히 두개다.

하지만 앙헬리까는 단 한 사람.

단 한 사람의 앙헬리까.

그리고 이제 천국은 지옥에 자리를 내주어야만 하니, 이제 머리 위의 지붕을 잃는다는 게 어떤 결과를 가져오는지 이야기해야 한다.

흉포한 생각들.

내가 인정해야 하는 분노가 있다, 1990년의 내 일기의 단편들이 그때까지 이럭저럭 회피한 것, 매번 내가 되돌아갈 때마다 속에서 끓어오르던, 내가 칠레 땅을 밟는 순간 터져나올 듯하던 흉포한 생각들.

2006년에 내 삶에 관한 영화를 찍으러 갔을 때도 그랬다. 어떤 카메라도 내가 출입국관리사무소, 그다음엔 세관에서 줄을 서서 기다리는 동안 내 안에서 부글부글 끓던 것을 포착할 수 없었다. 피터 레이몬트와 그 일행은 내가 다른 칠레 여행객들의 귀환을 목격하는 동안, 그들이 마이애미에서의 싹쓸이 쇼핑과 디즈니랜드에서의 즐거움에 대해 잡담을 나누는 소리를 듣는 동안 내 마음에 자리잡았던 수렁을 짐작조차 하지 못했다. 두명의 오만한 사업가들이 이 마지막 여행에서 아르헨띠나나 빠라과이나 뻬루의 상대 기업가들을 어떻게 조져놓았으며 에소스 우에보네스(그 멍청이들)에게 누가 대장인지 보여주었다는 대화를 낄낄대며 나누는 소리를 우연히 들으면서도 난 내가 느낀 경멸감을 드러내지 않았다. 노소뜨로스 쏘모스 로스 메호레스, 우리가 최고야, 우리가 라틴아메리카의 호랑이야라는 식의 건방이 특히 싫었다. 이런 살찐 침입자 부류는 칠레 도처에 있었고, 면세품 카운터에 서서 조니워커를 권하는 젊고 예쁜 갈색머리 아가씨를 비하하며 그들이 던지는 말, 그녀를 몇번 조여줘서, 띠 라르셀라 비엔 띠라다, 누가 대장인지 가르쳐주고 싶다는 말에 나는 경악했다.

내 나라에 들어갈 때마다 나를 집어삼키는 이 분노는 나를 반겨주며 이곳이 내가 속한 곳이며 내가 결코 떠나지 말았어야 하는 곳임을 확인해주는 인정의 기쁨을 방해하기 때문에 더더욱 고통스러웠다. 수하물 담당자들의 농담, 세관 관리들의 정중함, 여성들의 매혹적인 미소, 내가 친구들을 애타게 그리워한 그 모든 세월 동안 내키는 대로 오고 갈 수 있었던 삐노체뜨의 누에보스 리꼬스(새로운 부유층)가 완전히 망가뜨리지는 못한 이 나라의 사랑스러움을 기대하며 공항터미널에 들어서자마자 내 코끝으로 실려 오는 빵냄새 같은 것들을 말이다. 나의 유토피아를 약탈하고 훼손한 습격자들에게 느끼는 분노의 폭풍에 대한 최상의 치유책이자 해독제로 내가 기대하는 것은 내 꿈의 진정한 수호자인 벗들을 생각하는 것이었다.

바로 그 때문에 2006년 영화를 찍을 때 난 어린 시절의 가장 오랜 벗 께노 아우마다(Queno Ahumada)에게 아르헨띠나에서 싼띠아고로 가는 여정에 함께해달라고 부탁했다. 그는 부에노스아이레스에 있는 칠레 대사관에서 근무하고 있었는데, 난 어쩌면 칠레에 도착할 때 내게 엄습할 동요를 막아줄 부적이자 방패로서 께노가 가까이 있어주길 원했던 건지도 모른다. 그가 곁에 있어 행복했던 시절을 떠올리게 해준다면 좋을 것 같았다.

1973년의 쿠데타는 나라를 잃고 혁명을 잃는다는 의미만이 아니라 삶에서 내가 사랑하는 것들, 아옌데 시절의 경험을 함께 나눔으로써 더욱 끈끈한 유대가 생긴 다채롭고 기라성 같은 내 벗들을 잃는다는 의미였다.

과거의 낡은 관습이 쓸려 나가면서 새로운 사회질서가 탄생하는 순간을 함께하는 데서 오는 전율은 그 무엇에도 비할 수 없다. 국가가 운영되고 도시가 건설되고 아이들이 교육받고 육체들이 사랑을 나누고 예술이 표현되는 방식을 위시하여 모든 것이 의문에 부쳐지는 순간에 살아 있다는 건 그 무엇에도 비할 수 없고, 현실이 쩍 갈라질 때 당신이 딛고 있는 땅을 당신이 새로 만들어내는 건 그 무엇에도 비할 수 없으며, 당신이 죽음을 무릅쓸 때 하나 이상의 손과 하나 이상의 육체가 곁에 있으며 한명 이상의 형제와 한명 이상의 자매가 곁에서 당신 대신에, 당신이 살 수 있도록 죽을 준비가 되어 있으므로 조심 따위 바람에 날려버릴 수 있다는 건 그 무엇과도, 그 무엇에도 비할 수 없다. 그건 포탄이 떨어질 때 참호에서 전사들이 느끼는 것, 꽃 속에 있는 불멸의 의식이자 불 속에 담긴 영원성이고, 가장 위험에 처할 때 더욱 활발해지는 생명이다. 모두가 바리케이드, 거리에 있는 진짜 바리케이드와 마음속에 있는 바로 가까이의 바리케이드에서 기다리고 있을 때, 낙원으로 가는 길에 당신과 함께한, 혹은 운이 없어서 적이 승리한다면 파멸로 가는 길이 될지 모를 그곳에서 당신과 함께한 그 남자, 그 여자에게 당신이 느끼는 사랑은 그 무엇과도 견줄 수 없다.

그리고 어느날 그것은 끝난다. 어느날엔가는 우리 모두 삶과 서로서로를 찬양하지만 그다음 날 우리는 모두, 우리 모두는, 마지막 한 사람까지 추적당한다.

우리 형제자매 그룹은 앙헬리까의 영명축일(靈名祝日)인 1973년 9월 12일에 만나기로 되어 있었다. 마치 마지막으로 잘 가라는 인사를 할 기회를 갖고 싶었다는 듯이, 마지막으로 손가락을 만지고, 마지막으로 앞으로 많은 해를 다시 보지 못할 얼굴들을 쳐다보고, 마지막으로 모임을 소집하여 비틀즈(Beatles)의 "친구, 자넨 그 무거운 짐을 지고 가게 될 거야"에 맞춰 춤추려고, 우리가 영원히 흩어지기 전에, 우리가 그 무거운 짐을 오래 지고 가야만 하게 되기 전에 마지막으로 춤추려고 모이고 싶었다는 듯이.

정신 나간 짓이었다. 내전이 임박한 나라에서 파티 계획을 짜는 것, 절멸이 다가오는데도 없는 시간을 쪼개 친구에게 전화를 하고 음식과 흥청대는 주연과 음악을 준비하는 것, 어쩌면 그런 일이 다가오기 때문에 그런 준비를 하는 것. 물론 9월 12일에 우리가 파티를 하며 지낸 건 아니었는데, 그날 군사정부는 온종일 이어지는 통행금지를 어기는 사람은 사살당할 거라 선포했다. 우리의 삶이 어떻게 변해버렸는가를 보여주기에 적절한 상징이었다. 백만명이 모여 민주주의와 정의를 지지한다고 외치며 알라메다 거리를 걸어가는 대신, 우리는 거둬들이고 뿌리는 시간을 뒤로 한 채 그 음울한 도시에서 사방으로 흩어졌고, 칠레에 남아 있는 이들이나 그곳을 떠난 이들이나 모두 망명의 시간이었다.

망명. 빠리의 전화부스, 그런 게 망명이었다.

우리가 빠리에서 지낸 지 거의 이년이 될 즈음이었다. 망명자들 사이에서 기적의 전화부스에 대한 이야기가 계속 퍼지고 있었는데, 그 도시 어딘가의 공중전화가 갑자기 고장이 나면서 돈 한푼 내지 않아도 세계 어디든 전화를 걸 수 있다는, 하루는 레쀠블리끄 광장 다음 날은 몽빠르나스나 끌리쉬로 계속 옮겨 다니는 마술 공중전화가 있다는 것이었다. 길 잃은 영혼들로 넘쳐흐르는 도시의 집단적 요구가 만들어낸 환상, 1975년에 난 그렇게 생각했다. 급한 통화를 하려고 기다리는 일군의 프랑스 사람들이 격분한 와중에도, 친척들이 전화기에 갖다대준 요란한 라디오 소리를 통해 고국에서 열리는 축구시합에 귀를 기울이던 브라질인들이 골! 골! 골!,이라고 외쳤다는 이야기가 있었다. 한번은 우루과이 작가 에두아르도 갈레아노 (Eduardo Galeano)가 자기 동포 한 사람이 철사에 매단 동전을 전화기 구멍에 넣었다가 빼고 넣었다가 빼고 하면서 국경과 시간대를 가로질러 영원히 소통할 수 있게 해주는 악마의 장치를 완성했다고 말한 적도 있었다. 그리고 한 무리의 아이티인들이 그 고장난 공중전화가 출현하는 순간 언제나 등장해서 전화기의 동화 같은 힘이 다할 때까지 그것을 독차지한 채 한명씩 한명씩 돌아가면서 어마어마한 수의 친척들에게 몇시간이고 인사를 했다는 이야기도 있었다.

뻔한 일이겠으나 뤽상부르공원 앞에서 그 천상의 기계장치와 딱 마주쳤을 때 난 주소록을 갖고 있지 않았고 그런 게 전형적인 추방자의 운이었다. 우리 집 근방 뚤리에가(街)에 사는 동료 망명자 쎄르히오 스뽀에레르(Sergio Spoerer)에게 그 부스를 맡아달라고 부탁하고 빠리 저 반대편에 있는 집으로 돌진했다. 부모님과 장모님 그리고, 그래, 쌴띠아고에 있는 내 친구들 한명 한명에게, 제일 먼저 께노에게 전화를 하리라. 그가 집에 있어서 전화를 받을 수 있기를, 뮤지컬 「키스 미, 케이트」(Kiss me, Kate)에 나오는, 우리 삶의 새로운 상황에 어이없게도 꼭 맞아떨어지는 노래 "얼마 전까지 내가 누린 삶은 어디로 갔나?"를 부르기를 난 기도했다. 내가 아 부 드 쑤풀(à bout de souffle, 장 뤼끄 고다르 감독의 영화 「네 멋대로 해라」의 원제—옮긴이) 상태, 숨이 턱에 찬 상태로, 서둘러 돌아왔을 때 스뽀에레르는 줄에서 열번째로, 흥분한 아프리카인들 무리 다음에 서 있었다. 몇시간이 지나야만 그 공짜 서비스를 사용할 수 있었던 것이다. 혹시나 하고 그날 오후 다시 들렀다. 공지문이 붙어 있었다. 사용불가라고. 께노는 얼굴을 맞대고 만나는 날까지 기다려야 했다.

시간이 흐르고 만남이 성사되지 않으면서 께노는 칠레와의 은밀한 끈 같은 것, 나의 잃어버린 모든 기억들을 내부에 온전하게 간수하고 있는 우화 속의 존재가 되었다. 아마 께노는 누구도 기억 못할 법한 사건과 일화와 지인괴 학창 시절과 체스의 수와 오행시와 모든 뮤지컬에 나오는 모든 노래의 모든 마디, 심지어 가장 덜 알려진 것마저 생각해내는 놀라운 능력 때문에 이 역할을 담당하게 되었을 것이다. 께노는 모든 영화의 출연진과 연도와 감독을 기억했고, 당신 어머니보다 당신에 대해 더 잘 기억하는 끝없는 백과사전이었다. 하지만 내게 그는 우리의 개인적인 과거의 수호자, 누에스뜨로 께니또(우리의 께니또)만이 아니라 칠레 자체의 수호자였다. 그저 비유적으로 하는 말이 아니다. 독재정권기에 께노는 우리의 핵심 인권조직이 었던 '연대의 대리자'(Vicaría de la solidaridad)의 주요 문서기록 담당자가 되었다. 그런 자격으로 그는 이 나라가 겪은 두려움의 모든 순간, 희망의 모든 순간을 기록했으며 우리가 잊어버린 칠레 통치자들의 결정들을 담은 보관소가 되었다.

그리고 또 늘 콧수염을 기르고 다니던 까초 루비오(Cacho Rubio)가 있다. 조용하고 믿음직스럽고 다정한 까초. 하지만 갑작스레 과격한 폭력성을 보여줄 때도 있었다. 어느날 저녁인가, 하도 오래된 과거지사여서 마치 다른 은하계에서 일어난 일인 듯싶기도 한데, 싼띠아고 거리에서 인민연합 정부를 지지하는 행진을 벌이던 중에 두 명의 폭력배가 후디오 데 미에르다, 후디오 뜨라이도르, 이 우라질 배신자 유대인, 죽여버리겠어,라며 나를 공격해왔다. 나 자신이 공격대상이 될 때면 으레 그렇듯 난 누군가 나같이 불쌍하고 하찮은 신사를 다치게 할 마음을 먹었다는 것 자체에 놀라서 마비 상태가 되었다. 얻어맞기를 기다리고 있는 내 눈에 다리 하나가 공중으로 붕 날아서 첫번째 공격자의 가슴으로 꽂히는 게 보였는데 그게 까초 였고 이어 그의 카라떼가 두번째 깡패를 자빠뜨렸다. 망명지에서 내 마음을 따뜻이 덥혀주던 기억이었고, 내가 당의 사무로 출장을 간 동안 앙헬리까와 로드리고를 지키려고 강단 있고 짓궂은 까를로스 바라스(Carlos Varas)와 함께 찾아온 때 까초가 지은 그윽한 미소도 함께 떠오른다. 두 사람은 우파 폭도들이 도널드 덕이여 만수무강하라(사실이 그랬다, 정말이지 만수무강했다)라고 외치며 우리 집 창문에 벽돌을 던졌고 디즈니의 문화제국주의를 비판한 내 책을 두고 장차 더 보복공격을 하리라 장담하고 있던 터였기 때문에 우리 가족을 지키러 온 것이었다.

쿠데타 이후 까초는 마뿌(MAPU)의 몇몇 지역분과를 조직하는 임무를 부여받았고 그다음엔 연수를 받기 위해 국외로 나갔다. 그가 접촉한 몇 사람이 체포되면서 그의 정체가 드러나게 되자 그는 칠레로 돌아갈 수 없게 됐다. 하필 그의 어머니가 위독해지셨을 즈음이므로 돌아갈 수 없다는 게 특히 끔찍하게 여겨지던 때였다. 그는 서둘러 돌아가 어머니를 볼 수도 없었고 왜 어머니 장례식에 참석할 수 없는지 가족들에게 설명할 수도 없었다. 까초는 처음엔 로마에 있다가 그다음엔 본에 자리를 잡았고 우리는 할 수 있는 한 자주 그를 만나 최선을 다해 위로했고, 그러다가 1979년 어느날 그가 독일 여자 자비네(Sabine)와 사랑에 빠져 결혼식을 올리던 날 차를 빌려 슈투트가르트까지 갔었다. 삐노체뜨가 있어도 삶은 계속됐고 때로는 삐노체뜨 때문에 삶이 계속되기도 했다. 결혼식에서 갓 태어난 호아낀을 비롯한 우리 가족은 까초가 밟을 수 없었던 나라 칠레의 유일한 대표였다.

망명이 끝나는 긴 께노와 싸초와 나의 다른 아모레스 델 알마(영혼의 벗들)와 같은 도시에 살 수 있다는 뜻이다. 난 모든 망명자 공동체에 알려져 있는 하나의 이야기로 자신을 달래곤 했는데, 매일 저녁 식탁을 차릴 때 추방당한 아들의 자리를 마련해둔다는 허구상의 어머니에 관한 이야기였다. 난 어머니 칠레가 나를, 우리를 기다리고 있으며, 내 친구들은 모래늪 같은 나의 존재에 사라지지 않을 일종의 닻이자 안정지대라고 스스로에게 읊조리곤 했다. 처음에는 이따금씩의 여행으로, 그리고 이윽고 1990년에는 영구귀국이라 생각하며 돌아오게 되면서, 우리는 친구와 가족의 삶의 일상이 우리를 습관적으로 포함하고 있지 않은 방식으로 이루어져 있다는 것을 발견하게 되었다. 그들은 우리의 부재에 익숙해 있었고 일기에 그렇게 적지는 않았지만 나 또한 그랬다. 일종의 편리한 외로움을 음미하게 되었고 고립을 예비해두게 된 것이었다. 그래서 난 께노나 까초나 다른 누군가가 연락도 없이 방문할 때 기쁘면서도 동시에 행여 최상의 선의를 가진 방문객이라도 내 사생활을 침범하지 않을까 경계하게 되었으며, 공동체에서 추방당하는 것이 주는 한가지 이점, 곧 누구에게도 밤시간이나 우선순위의 일을 잠식당하지 않고 자기 어젠다를 조율하고 일정을 잡을 자유를 중시하게 되었다.

그러나 그룹 전체의 재결합을 향한 노스탤지어는 남아 있었고 미완의 작업으로서 나를 괴롭히고 있었으므로 2006년 영화제작 여행의 계획이 잡혔을 때 난 친구들 모두를 한곳에 모으기로 결심했고 그것이 우리 사삐올라 집에서의 떠들썩한 일요일 점심모임이 될 것이라 상상했다. 나의 숱한 무모한 계획이 그랬듯이 이 또한 생각대로 진행되지 못했다. 친구들의 서로 다른 일정을 조율하기가 불가능해져 있었던 것이다. 에스따 비엔(오케이), 그렇다면 이 행성에서 저 행성으로 질주하는 유성처럼 내가 그들 사이를 여행하며 몸으로 마법진을 다시 그리겠노라고 생각했는데, 그 방식은 때로는 가까웠다가 또 때로는 멀어지면서 내 기억 속에서 그들이 계속해서 모였던 방식을 완벽히 본뜬 것이었다.

그래서 난 께노와 함께 비까리아의 그 낡은 건물로 갔는데, 바로 근처인 아르마스광장(Plaza de Armas)에서 께노는 친구이자 동료였던 호세 마누엘 빠라다(José Manuel Parada)가 납치되고 살해되어 목이 잘린 시신으로 산하(zanja), 도랑에 던져져 있다는 소식을 들었었다. 도무지 독창적인 방식이라고는 모르는 암살부대가 희생자들을 고른 분포도에서만은 독창적이었던 것이다. 비까리아에서 나는 께노와 함께 과거의 슬픔을 애도했다. 그런 다음 여전히 턱수염을 기르고 건장하고 흰머리라고는 하나 없는 마누엘 호프레(Manuel Jofré)를 함께 공부했던 칠레대학 교정에서 만났는데, 이제 그곳 학생들은 내 세미나 수업은 듣지 못할 것이었다. 그다음에 마누엘과 나는 그가 쿠데타 시절에 살았던 집으로 갔다. 우리 투사 그룹이 아옌데가 죽었다는 소식을 들은 곳이었다. 그런 다음 마누엘은 몇 블록 떨어진 에스따디오 나시오날(Estadio Nacional, 국립경기장)까지 나와 함께했다.

시인 호르헤 몬떼알레그레(Jorge Montealegre)가 출입구에서 우리를 기다리고 있었다. 군사정부가 그 스포츠시설을 수천명의 수감자로 채웠을 당시 그는 그 안에서 고문을 받았다. 과거로부터 들려오는 비명소리로 넘치는 그 복도로 들어가고 싶지 않았으므로 호르헤는 그 이후 한번도 그곳에 다시 와본 적이 없었고, 마누엘 역시 축구경기를 보려든 아니면 다른 무엇을 위해서든 그 안으로 들어가지 않았다. 군대가 점령한 직후인 그 9월의 밤마다 통금이 내린 시간에 총살집행부대가 동료들을 죽이는 소리를 숱하게 들었으므로, 많은 이들이, 너무 많은 이들이 그러하듯이, 그도 그곳에서 일어난 일을 모른 체할 수 없었던 것이다.

나 또한 민주정부 시절에 벗들과 우리 팀을 즐겁게 응원했던 에스따디오 나시오날 근처에 절대 가지 않았다. 단 한번, 1990년 3월, 새로운 대통령 아일윈이 칠레에 자유가 돌아온 것을 기념하던 날 이 맹세를 깨뜨렸다. 난 그다지 듣고 싶어하지 않는 마누엘과 호르헤에게 그 아래 잔디 필드에서 피아노 독주자가 빅또르 하라의 노래를 변주할 때 수천명의 사람들이 어떻게 숨을 죽였는지 말했다. 멜로디가 잦아들자 데사빠레시도스(Desaparecidos, 여기서는 실종자 가족 모임인 Agrupación de Familiares de Detenidos Desaparecidos를 지칭하는 것으로 보임—옮긴이) 소속 여인들이 검정 치마와 흰 블라우스를 입고 각자 죽었거나 죽지 않은, 사라졌거나 아직 돌아오지 않은 납치된 남자가족의 사진으로 된 현수막을 들고 나타났다. 그리고 아내이거나 딸이거나 어머니인 그 여인들 중 한 사람이 꾸에까 쏠라(cueca sola, 칠레 민속춤인 꾸에까의 독무—옮긴이)를 추기 시작했다. 원래는 두 사람을 위한 이 춤을 그림자를 상대로 혼자 춘 것이었는데 춤에 담긴 것은 바로 그 부재, 외로움이었고, 나의 것이며 우리들의 것인 이 거대한 고독을 수많은 사람들이 지켜보고 있었다. 잠시 충격으로 침묵이 흐른 다음, 사람들은 슬픔으로 하나가 되어 음악에 맞춰 맹렬하고도 부드럽게 손뼉을 치기 시작했고 삐노체뜨에게 추방되어 보이지 않게 되었다가 이제 어찌어찌 되돌아온 역사에 대한 우리의 실종된 사랑을 불러내며 우리 모두는 함께 춤을 추었다. 그리고 마치 시간 너머로부터 우리에게 화답이라도 하듯 칠레교향악단이 베토벤(Beethoven) 교향곡 9번의 합창곡이자 칠레 저항운동의 노래, '모든 사람이 다시금 형제가 되는' 날에 대한 예언이 담긴 실러(Schiller)의 노래를 힘껏 울려 퍼뜨렸다.

에스따디오 밖에서 마누엘과 호르헤에게 내가 한 얘기는 이런 것이었다. 이 비통함이 불가피하다고, 그건 우리에게 필요한 비통함이라고. 그리고 그들에게 위풍당당한 안데스산맥 아래서 갖게 될 또 한번의 애도의식에 동참하길 부탁했다. 망각을 거부하는 모든 칠레인들의 임무는 삐노체뜨가 장악했던 모든 지역을 아픔을 무릅쓰며 하나씩 하나씩 계속 해방시키는 일, 이 오염된 땅의 마지막 남은 구석까지 되찾는 일이다. 나와 함께 경기장으로 들어가 다시 한번 그곳을 정화하지 않겠나? 난 왼손은 마누엘에게 오른손은 호르헤에게 내밀었고 우린 마치 정원에서 노는 세명의 어린애들처럼 에스따디오 나시오날로 걸어 들어갔다. 그들이 넘길 원치 않은 선을 넘은 것이었는데 그들에게 인도되고 또 그들을 인도하는 행위가 카타르시스를 안겨주었다.

2006년의 그 여행에서 또다른 사춘기 적 친구였던 호세 미겔 인술사(José Miguel Insulza)가 조직한 또 한번의 정화의식이 있었다. 그는 칠레에 살지 않았지만(그는 미주기구Organization of American States의 사무총장이었다) 이 나라의 전(前) 외무장관이자 부통령이었던 그의 영향력이 여전했으므로 나와 영화제작진에게 모네다궁을 개방해줄 수 있었다. 쿠데타가 일어나기 전 몇달을 보낸, 궁이 폭격을 당하던 그날 내 생명이 다하게 되지는 않은 그 복도들을 들여다보는 일이 허락되었으므로 난 마지막으로 아옌데와 이야기를 나눈 사무실에 들어가볼 기회가 있었다.

그리고 난 까초 루비오와 까를로스 바라스를 과거에 함께 행진했던 한 거리에서 재회했고, 영화제작자들에겐 즐거운 일이겠으나 개를 데리고 산책하거나 유모차를 끌고 나오거나 근처 시들시들한 풀밭에서 피크닉을 하던 사람들에겐 유감스럽게도, 우린 마치 둘 다 예순이 넘은 나이가 아니라는 듯, 여전히 이십대이고 앞날이 창창하며 아옌데가 아직도 살아 있는 듯이, 주먹을 하늘로 뻗고 오만불손한 노래를 부르며 혁명의 과거에 했던 발걸음을 재연했다.

그다음엔 안또니오 스까르메따(Antonio Skármeta)가 있었다. 그는 『일 뽀스띠노』(Il Postino)를 쓴 위대한 작가이며 망명 시기에 내 슬픔의 많은 부분을 나누어 가진, 한번도 나와 소식이 끊긴 적이 없던 영혼의 친구로서 얼굴 주름에 눈에 묻힐 정도로 환하게 웃곤 하던 그와 싼띠아고의 그의 집에서 나란히 앉아 있는 건 크나큰 위안이었다. 베를린과 암스테르담과 빠리, 마드리드와 부에노스아이레스와 런던과 꾸에르나바까, 본과 로마와 워싱턴, 피츠버그와 나뽈리, 심지어 폴란드의 또룬까지 온갖 곳에서도 그랬다. 우리는 온 지구를 덮을 만큼 돌아서 가능할 때는 언제나, 그리고 가능하지 않을 때라도, 그저 껴안고 안녕이라 말하고 잘 가라고 말하려고 수백 마일을 여행하는 미친 짓을 해서라도 만났다. 어떤 것도 우리 사이의 정을 훼손할 수 없는데 서로 다른 도시에 살고 있다는 게 뭐 대수였겠는가?

그리고 마지막으로, 가장 인상적이었던 것은 쑤사나 위에네르 (Susana Wiener)를 만나러 간 일이었다. 그 전에 칠레에 들어올 적에 당연히 그래야 하는 것만큼 자주 그녀를 만나진 못한 이유는 그녀가 쌘띠아고에서 서쪽으로 백 마일 떨어진 해변 휴양지 알가로보에 있었기 때문인데 거기서 그녀는 자신이 만든 예술품과 공예품을 팔면서 근근이 생활하고 있었다. 쿠데타가 일어난 뒤에 그녀는 나를 자기 아파트에 숨겨 목숨을 구해주었다. 우리는 카메라가 우리 얼굴을 기록하고 있다는 사실에 개의치 않고 당시 이야기를 나누었고 그때는 두려움이 담겼던 그녀의 목소리에 이제는 사랑이 실려 있었다.

늦게 투쟁에 참여한 터라 전력이 없어 비밀경찰의 레이다에 걸리지 않는 부르주아 출신의 여성은 저항운동에 중요한 자산이다. 빨강머리에 경박하고 비정치적이라 여겨지는 쑤사나, 잠시도 가만히 있지 않는 다섯살배기 딸아이가 있고 디자인을 전공한 그녀는 사실 가장 긴급하게 수배당하는 지도자들을 안가로 옮겨주는 마뿌(MAPU)의 안내원이었다. 쑤사나는 스스로 자원한 그 일이 얼마나 위험한가를 이내 알게 되었다. 1974년 초 무렵 그녀는 깨알만 한 글씨로 독재의 참상을 기록하기 시작했다. 그 자그마한 종잇조각들을 사진으로 찍어 인형이나 담뱃곽이나 신발바닥 같은 갖가지 물건 안에 집어넣어 외국으로 보냈고, 나는 빠리에서 그것들을 읽을 수 있을 만한 크기로 확대해서 기자들과 정부와 교회조직에 보냈다. 성기에 행해진 고문과 강에 던져진 시신과 부러진 뼈에 관해 적은 사람이 우리가 아는 쑤사나라는 것을, 그녀가 실수를 하거나 누군가 다른 사람이 실수라도 한다면 그녀에게 어떤 일이 닥칠지를 알지 못한 채.

망명기간 동안 나는 그녀와 편지로 계속 연락을 주고받았고 빠리나 암스테르담에서 그녀의 편지를 개봉할 때마다 이런 짐작을 했다. 이 여성, 가장 용감하고 너그러운 인간인 우리 쑤사나가 이 글을 쓰면서 울었으리라고, 지구 반대편에서 여드레 전에 자신의 외로움을 말하면서 눈물을 쏟았으리라고 말이다. 편지란 시간을 만져 그 구체성을 벗겨내고 길게 늘여놓기 때문에 나는 그녀가 고통을 받으며 절망하고 위안을 필요로 했던 그 순간에 갇히지만 실상은 며칠이나 지난 다음이므로 그녀를 치유할 어떤 일도 할 수 없었다. 그래서 2006년에 알가로보에 있는 그녀를 방문한 일은 그때의 고통과 싸워 이기고 편지쓰기라는 그 좌절의 영역을 벗어나는 길이었다. 마치 그녀, 나, 앙헬리까 그리고 다른 친구들이 우리가 모이기로 한 1973년 9월 12일을 되돌릴 수 있다는 듯, 쿠데타도 없었고 이 수십년의 방랑과 두통과 고문도 실재하지 않는 양 시간을 이길 수 있다는 듯이 말이다.

하지만 그 일들은 실재했다. 그 세월과 그 슬픔은 참을 수 없으리만치 실재했고, 내가 아무리 애쓴다 한들 친구들을 만날 때 느끼는 기쁨은 상실한 것에 대한 기억과 떨어질 수 없었다. 실상 그런 보상의 순간들을 먹이 삼아 자라나고 악의적으로 거기 섞여드는 것 같은 분노를 완전히 쫓아버릴 수 없을 때가 자주 있다. 그렇다면 나의 분노는 한때 사랑이 그랬듯이 내 삶의 붙박이로서 불가피하고 내가 지금도 벗들과 나누고 있는 사랑만큼이나 영속적이며, 내 마음속에서 그리고 아마도 내 벗들의 마음속에서 사랑과 분노, 분노와 사랑은 분리될 수 없이 함께하는 것인가?

2006년 칠레 해안으로 갔던 여행은 확실히 그런 질문을 긁어 파헤쳤다. 그 여행에는 쑤사나와 하루를 보내는 것 말고 또다른 이유가 있었기 때문이다. 저 먼 내 청춘의 빛나던 시절, 고작 열네살이었을 것인데, 나는 몇번인가 학교 친구들과 함께 알가로보만(灣)의 특별히 멋진 섬까지 노를 저어간 적이 있었다. 거기서 우리들은 몇시간이고 구애하는 펭귄떼의 익살맞은 행동을 보며 즐거워하거나 당혹해하곤 했는데 다음 해 여름방학에 다시 가보니 어린 펭귄들의 무리가 있었다. 하지만 내가 영화제작팀과 함께 그곳에 가길 원한 건 소중한 기억을 되살리기 위해서가 아니었다. 이미 그 전해에 미국의 내 손녀들과 그 섬을 방문했고 펭귄들이 사라져버린 것을 발견했다. 삐노체뜨 정부가 승인해준 덕에 만의 끄트머리 땅은 군사정권의 일원으로 수많은 여성들을 강간하고 동포들을 고문 끝에 죽음에 이르게 한 배들을 지휘한 메리노(Merino) 제독이 이끄는 전직 해군장교들로 주로 구성된 민간 컨소시엄 '꼬프라디아 나우띠까 델 빠시피꼬'(Cofradía Náutica del Pacífico)가 점유하고 있었다. 꼬프라디아는 출구를 바다 쪽으로 내고 본토에서 섬을 잇는 바위벽을 세워 요트들이 작은 인공만에 정박할 수 있게 했다. 펭귄들의 운은 그만큼 좋지 못했다. 게걸스런 일군의 설치류들이 무방비의 반도로 건너갈 수 있게 되면서 날지 못하는 이 새들의 알을 먹어치워 미래 세대를 전멸시켰다. 만 자체에 끼친 효과도 못지않게 최악이었다. 바다로 나가는 자연적 통로가 없어져 조류가 알가로보에서 나오는 쓰레기를 쓸어내지 못해 태평양에서 가장 오염되지 않은 푸른 바다의 일부를 고여 썩게 만들었다.

나는 피터 레이몬트가 바로 그런 것을 찍었으면 했고, 내가 그 섬에 가려고 하는데 경비요원들이 막는 것을, 그곳의 경관이 침식되고 내 꿈이 침식된 것을, 칠레에 대한 하나의 은유이자 내 삶의 균열로서 하나의 숏 안에서 관객들이 보기를 원했다. 하지만 쿠데타가 어떻게 내게서, 우리 모두에게서 자연을 훔쳐갔는지를 처음으로 깨달은 때로 카메라를 데려갈 수는 없었다. 1983년 처음 칠레로 돌아온 그때 나는 싼띠아고를 둘러싼 언덕으로 올라가려 했지만 그곳은 '출입금지' 표지를 단 철조망에 가로막혀 있었다.

군사정부는 탁 트인 들판과 내가 청소년기에 산맥에 오르던 길을 점령했고 망명을 떠나기 전에는 새와 동물과 숲이 지배하던 그곳에 추한 괴물 같은 알지 못할 건물들을 지어 더 많은 사병과 장교 들을 훈련시키는 데 사용했다. 이런 식의 약탈적 행태가 남부의 깊은 숲이든 북부의 해변이든 가리지 않고 온 나라에서 반복되었고 언제나 똑같이 총을 든 경비요원들이 한때 모두에게 속했던 땅이 이제 더 많은 돈과 더 많은 총을 가진 소수 특권층의 차지가 되었다고 말하고 있었다. 내가 영화에서 강조하고 싶었던 점은 바로 그것이었고 운 좋게도 독재를 겪지 않은 땅에 살아가는 사람들에게 그런 이야기를 들려주고 싶었다. 언론의 자유가 없고 자신들의 운명을 결정짓는 강력한 경제적 이해세력에 대한 시민들의 통제가 없고 결사의 자유나 정부의 실수와 부패를 비판하고 바로잡을 자유가 없을 때는 사회조직만이 아니라 지구 자체가 중독되는 사태가 빚어진다.

아쉽게도 2006년 알가로보를 방문한 그 장면, 나는 섬으로 가려

하고 경비요원들은 나를 막아서는 장면은 피터 레이몬트의 영화 완성본에는 담기지 못했다.

하지만 사년이 지난 오늘, 이 이야기가 가진 절박함은 오히려 커졌다. 알가로보만은 기름으로 오염된 멕시코만으로 이어지고 내 섬의 죽은 펭귄들은 대량 살상된 그들의 형제자매들, 미국의 펠리컨과 바다거북으로 이어지며 인간이라 불리는 피조물까지 포함하여 대양과 근해에서 오염된 모든 피조물로 이어진다.

칠레가 세계를 면밀히 조사하는 데 없어서는 안 될 프리즘으로서 가치를 갖는 건 그 때문이다. 수십년 동안 부유한 후원자들에게 속박된 국가가 제멋대로 저지른 행위를 제약할 방도가 더 적었으므로, 그리고 그 결과로 이 나라가 겪은 약탈이 극심했으므로, 칠레는 그만큼 취약하지는 않다고 생각되지만 마찬가지로 기업에 예속된 다른 사회들을 위협하는 위험에 대해 경고해주는 역할을 한다.

펭귄 이야기는 또한 독자들이 내 분노가 어디서 솟아난 것인지 이해하고 내 생각을 어쩌면 그만큼이나 은밀한 살의를 품은 자신들의 생각과 연결할 수 있게 해줄지도 모르겠다.

그렇다면 내가 내리려는 결론이 그런 것인가? 내 나라로 돌아올 때마다 내가 느끼는 분노가 건강하고 존경받을 만한 것이고 탐욕과 이기주의와 무지가 날뛰는 세상에서 우리는 그런 분노를 더 많이 필요로 한다는 것?

바로 여기에 난점이 있다. 나는 그런 분노가 정말 싫고 그런 증오의 생각들이 내 마음을 지배하게 하고 싶지 않으며 그런 것에 내 정체성을 두고 싶지 않다. 칠레로 돌아올 때마다 내가 방문하는 것들을 경멸하며 분노하고 싶지 않으며 그 점에 있어서는 미국으로 돌아갈 때도 마찬가지다.

하지만 그런 분노의 이야기는 친구를 잃거나 찾는 이야기가 그렇듯이 나의 망명 이야기에서 떼놓을 수 없는 일부다. 나라에서 쫓겨나는 것이 주는 한가지 이점, 그것이 주는 한가지 축복은 삐노체뜨의 추종자들과 같은 태양 아래 살고 그들로 인해 오염된 거리를 걷지 않아도 된다는 점이었다. 그건 헤이그에서의 어느 섬뜩한 아침에 예기치 않게 내 삶으로 포효하며 들어오기 전까지 나로서는 존재하는 줄도 몰랐고 감사를 느끼지도 않은 지고한 선물이었다.

당시는 1976년 초 빠리에 살면서 암스테르담으로 옮겨갈 방도를 찾던 즈음이었다. 난 네덜란드를 방문할 기회라면 뭐든 환영이었는데 이때는 국제펜(PEN)클럽의 연찬회 참석차 방문 중이었다. 미국 대표이던 프랜시스 피츠제럴드(Frances FitzGerald)와 함께 칠레를 이 클럽에서 제명시키자는 발의를 내놓은 시인 친구 안키 페이퍼스(Ankie Peypers)가 나를 초청한 것이다. 제명은 나치 독일에 대한 자격정지 조치 이후 채택된 적이 없었다. 네덜란드 펜센터는 칠레에 있는 누군가에게 자금을 조달하다가 처형되거나 투옥된 작가와 출판인과 기자 들을 비롯하여 실종된 열아홉의 명단을 은밀히 수집했다. 안키는 또 몇몇 칠레 작가들을 헤이그 학회에 초청했고 거기에는 내 벗 (아직 『일 뽀스띠노』를 쓰기 전의) 스까르메따와 (자손에게 삐노체뜨의 고문캠프에서 벌어진 일상적 수모에 관해 이야기해주는 『녹색 기와』*Tejas Verdes*로 유럽 전역에서 걸작으로 칭송받은) 에르난 발데스(Hernán Valdés)도 포함되어 있었다.

군사정부가 칠레 펜클럽을 방어하러 호르헤 이반 휘브너(Jorge Iván Hübner)를 파견했다는 소식을 듣자 칠레를 몰아낼 가능성이 높아지는 듯했다. 그는 군대가 1973년 의회를 해산하고 그 건물을 (농담이 아니라) 국립수감자센터(National Center for Prisoners)로 만들어 수감자 친척들이 그곳에서 사랑하는 이들에 대한 정보를 얻으려고 몇시간이고 소득 없이 보내도록 만든 이후에 의회도서관의 책임을 맡은 사람이었다. 자기 도서관이라고 여긴 그곳의 벽 너머에서 일어나는 일에 아랑곳하지 않고 그는 아옌데에 동조하는 사람은 누구라도 해고했고 거슬리는 책과 잡지 들을 검열하는 체계를 마련한 것이다.

게다가 우리에게는 소매 속에 감춰둔 또다른 에이스가 있었으니, 그건 엄밀히 말해 소매 속이 아니라 내 바지 주머니에 감춰져 있던 오디오카세트였고 학회 본부인 헤이그의 데스 인더스 호텔(Hotel des Indes)에 도착할 무렵 그것 때문에 주머니에 구멍이 뚫렸다. 다음 날 휘브너가 자기 나라에선 어떤 작가도 박해받지 않는다고 주장한 직후에 안키 페이퍼르스가 나서서 칠레 북부의 사막에 있는 수용소에 수감된 적이 있는 시인이자 시나리오작가가 베를린에서 녹음한 그 카세트를 틀어줄 참이었다. 마침 그 인물은 휘브너 자신의 조카인 도우글라스 휘브너(Douglas Hübner)였으므로 그로서는 부인하기 힘든 증인이었다! 그랬으므로 우리는 의기양양했다.

그런데 데스 인더스 호텔 로비로 들어가는 대리석 계단에서 난 그 파시스트 사서를 만났다. 아니 그랬다기보다 그가 나를 만났고, 회전문을 통과해 계단으로 오르기 시작하는 나를 알아보았다. 그는 내가 미처 움츠러들 새도 없이 불쾌하게도 뜨뜻하고 축축한 생선 같은 손을 내 무방비한 손에 밀어 넣었다. 우리는 같은 칠레인이니 설사 반대편에 있는 입장이라 해도 유쾌한 관계를 가질 수 있기를 바란다는 둥 하는 시시하고 바보 같은 말을 하는 소리가 들렸다.

마치 그의 손이 내 손을 흔드는 게 아니라 전기충격을 가해 말할 능력을 쥐어짜내 버린 것처럼 나는 잠시 망연자실했다. 그러고는 뒤로 물러서며 그 부드럽고 미끈한 손아귀에서 격하게 손을 빼냈고, 내 입에서는 욕설의 일제사격이 터져나왔다. 너무 이성을 잃은 나머지 나중에 내가 뱉은 말을 기억도 할 수 없을 정도였는데, 함께 있던 네덜란드 작가에 따르면 파시스트 정도는 약과였다고 했다. 파시스트니 살인자니 빅또르 하라와 아옌데와 네루다(Neruda)니 축축한 손이니 감히 나를 만지냐느니 이호 데 뿌따(개자식)니. 더듬거리며 말을 멈출 때까지 어떤 유독성 폐기물에 감염된 듯이 손을 육신의 나머지 부분과 분리하여 앞으로 쭉 뻗은 채였다. 같이 있던 작가들이 박수를 치기 시작했고 그에 기가 질린 휘브너는 서둘러 자리를 떴다.

그가 떠나자 부들부들 떨며 제정신이 아닌 당황한 아리엘이 남았다. 내가 심란했던 건 감정의 분출 때문이 아니었다. 그건 칠레에서 그렇게 먼 곳에 내가 나 자신을 위해 지은 그 안전하고 평화로운 성소를 침범한 적에 대한 자연스런 반작용이었다. 내게 충격적인 것은 내가 통제를 잃었을 때 그 자기정당성의 흉포함과 전율에서 쾌감을 얻었다는 점, 내 주머니에 오디오카세트가 아니라 총이 들어 있었으면 하고 바랐다는 점이었다. 스스로에 대해 발견하게 된 사실, 쿠데타의 잔혹함이 내 안으로 파고들었고 맞서 싸우려고 하는 증오에 의해 더럽혀지는 건 너무 쉬운 일이라는 사실이 싫었다.

이렇게 마음이 편치 않았지만 다음 날 투표로 삐노체뜨의 나라를 국제펜클럽에서 추방하게 됐을 때는 기쁘지 않을 수 없었다. 찬성 21표, 기권 1표(스코틀랜드), 반대 1표(약간 우스꽝스럽게도 휘브너가 자신의 추방에 반대하는 표를 던졌다)였다. 모든 사람들의 시선이 칠레 대표에게로 향했다. 그는 첫줄의 자기 자리에서 움직이지 않았고 의장이 휘브너씨, 당신과 당신 그룹은 더이상 이 학회나 다른 어떤 펜클럽 모임에도 환영받지 못할 것이므로 이 자리를 떠나달라고 요청할 때까지 꼼짝하지 않았다. 나는 스까르메따와 발데스와 함께 뒤쪽 귀빈석에 앉아 있었는데, 경멸스러운 체제에 대한 그 경멸스러운 옹호자, 자기 사서들을 박해하고 자기 육친까지 포함하여 작가들을 학대했고 이제 그 모든 수치가 폭로된 그 남자가 창백한 표정으로 허둥거리며 우리들 누구와도 감히 눈을 맞추지 못한 채 통로를 천천히 빠져나가는 걸 보는 일은 만족스러웠다.

그것은 정의였다.

내 살인적인 분노는 별개의 문제였다. 그것은 여전히 내 안에 있어서 내 마음의 바다 아래 느긋이 움직이는 그 윤곽을 알아볼 수 있다. 이 글을 쓰며 저 바깥에 있는 모든 휘브너들과 고문과 테러의 도구로 일한 사람들을 생각하는 바로 이 순간에도 그것은 여기에 있다. 하지만 나는 분개가 치아외 시긴을 건니게 해줄 수는 있어도 잘 살아갈 수 있게, 지속적인 평화와 지속적인 인간성을 구축할 수 있게 도와줄 수는 없다는 사실을 배웠다.

이 교훈을 이해하기 시작한 건 1983년 칠레로 처음 귀환한 때였다고 생각된다. 나는 나를 망명길로 보낸 적들과 나라를 공유할 수밖에 없게 되었다. 어느날 아침 십년 만에 처음으로 내 나라에서 조깅으로 에너지와 땀을 분출하고 싶은 충동에 처남 빠뜨리시오(Patricio)와 그의 부인 마리사(Marisa)의 집을 나섰다. 예전의 민주화된 칠레에서는 싼띠아고 거리를 성큼성큼 달리는 나의 딱 붙는 반바지와 긴 머리가 색다른 외국의 관습을 들이미는 히피 미국인에게 겨누어지는 야유와 항의를 불러일으켰다.

역설적이게도 독재정치가 그 모든 것을 바꾸어놓았다.

이제는 내가 싼 까를로스 수로(Canal San Carlos)와 또발라바를 따라 구부러진 정원들을 끼고 빠른 걸음으로 걷고 있을 때 남녀노소를 막론하고 워밍업을 하거나 전력질주를 하거나 숨을 들이쉬고 내쉬고 하면서 나와 비슷한 에헤르시시오(운동)를 하는 많은 동료 시민들을 만날 수 있었고 이들은 모두 최신 장비와 트레이닝 신발과 생수를 갖춘 채 하수구를 파거나 보도 공사를 하거나 공공 잔디밭에 물을 주거나 하면서 거리에서 노동하고 있는 사람들을 조금도 의식하지 않고 있었다. 이 사람들은 일자리가 없는 꼼빠녜로들로, 매일 여덟시간의 노고에 대해 한달에 이십오 달러씩 주는 정부의 쥐꼬리만한 고용계획에 몰려온 사람들이었다. 그들은 내가 달려가는데도 일거리에서 눈을 떼지 않았고 그저 돌을 옮기고 부스러기들을 치우고 삐쭉삐쭉한 나무 잎사귀들이 저절로 떨어지기 전에 잘라냈다. 일이 끝나면 그들은 삐노체뜨의 신자유주의 정책이 길러낸 이 반짝거리는 싼띠아고의 고립지역에서 멀리 떨어진, 눈이 움푹 들어간 아이들과 길거리에 버려진 개들이 기다리는 비참한 판자촌으로 돌아갈 것이었다.

내가 속했던 곳. 그 진실을 난 그때 피할 수 없었고 책과 아름다운 정원과 넓은 숲으로 둘러싸인 더럼의 내 집 내 책상에서 이 글을 쓰는 지금도 그것을 피할 수 없다. 1983년 당시에 내가 운동화를 사는데 쓴 돈은 길거리에 있던 그 실업자들이 가족 전체를 한달 동안 먹이고 입히는 데 받은 돈의 두배였다. 내가 한때 나의 동지라 부른 노동자들, 쇠사슬에 묶인 죄수들처럼 노역에 종사하는 그 가난한 희생자들보다는 삐노체뜨의 근대화로부터 이득을 얻은(그렇다, 공항에서 본 그 추악한 무리들인) 부유한 칠레인들에게 너무나 많은 당혹스런 측면에서 더 가깝다는 사실을, 그때도 피할 수 없었고 지금도 피할 수 없다.

스트레칭을 하는 동안 이런 구절이 머릿속에서 반복되었다. "아메리칸 익스프레스. 이게 없으면 집으로 돌아갈 수 없답니다." 1980년대에 끝도 없이 나오던 TV 광고에서 칼 말든(Karl Malden)이 암송하던 그 구절은 물론 "그걸 빼놓고는 집을 나서지 마세요"라는 것이었다. 하지만 내게 아메리칸 익스프레스는 출발보다는 귀가를 가능하게 해주는 것이었다. 그 신용카드가 없었다면 1983년에 가족 전부를 데리고 처음으로 두주 동안 칠레로 돌아오는 경비를 대기란 불가능했을 것이고 나이키를 신고 운동하는 것도 마찬가지로 불가능했을 것이다. 하지만 내 신발과 신용카드, 나의 아메리카화, 나의 아메리칸 익스프레스화, 그리고 외국에서 얻은, 그곳에서는 완전히 정상적인 많은 물건들이 칠레에선 다른 의미를 가졌으며, 내 젊은 다리가 처음으로 이 거리를 달렸던 때는, 내 보잘것없는 수입으로 간신히 지내던 그때는 우리가 바라지도 못하던 풍요를 나타냈다. 애초 빠리에서는 나 스스로를 벌주려 했지만, 그리고 네덜란드에선 검소하게 살았고 워싱턴 D.C.에선 간신히 살았지만, 우리의 생활수준은 착실하게 상승했고 한때 내가 섞이기를 꿈꾸던 하층계급, 엘 뿌에블로 우니도(하나된 민중)로부터 우리를 떼어놓았다.

수입 선글라스를 끼고 소유권을 가진 양 행세하는 그 시크한 최첨단의 칠레인들을 향해 내 안에서 끓어오르는 경멸감을 부채질한 건 아마도 그런 깨달음, 그런 모순에서 도망치고 싶은 욕망이었을지 모른다. 난 그런 인간들과 혼동되고 싶지 않았다! 난 그런 사람들을 권력에서 쫓아내기 위해 고국에 돌아온 것이다. 그들을 파멸시켜라. 그렇다. 난 같은 신발을 신었음에도 불구하고, 아니 어쩌면 같은 신발을 신었기 때문에, 그들을 파멸시키고 싶었다. 난 내 분노의 순수성에 매달리고 싶었고 미친 듯이 화를 내고 그들에게 지옥을 가져다주고 조깅하는 그자들이 가까이에 있는 실업자들의 고통에 보여준 무관심에 나 자신은 결코 굴하지 않으리란 점을 분명히 하고 싶었다. 아마도 조깅하는 부유한 자들에게 내가 그들을 진짜 어떻게 생각하고 있는지 1983년 당시에도, 2006년의 귀국에서도, 앞으로 칠레를 찾게 될 어떤 방문에서도 말해줄 수 없으리란 사실 때문에 경멸감은 한층 더 강해졌을 것이다. 나는 교양 있게 행동할 것이었으니, 아, 나는 휘브너에게는 보여주지 않은 교양을 배워버린 것이다. 비록 그의 수많은 동료들의 그림자와 스쳐 지나갈 때 미소를 교환하지는 않을지라도, 그들과 같은 까페에 나란히 앉게 될 때 치를 떨지라도. 이런 태도는 그들에게 책임을 물을 수 있을 때까지, 그들의 마지막 한 사람까지 내 인생에서 몰아낼 때까지, 그리고 그런 일들이 일어나지 않는다면 앞으로도 결코 바뀌지 않을 것이다.

하지만 이런 태도가 얼마나 위험할 수 있는지 생각해보라. 가령 이런 경우는 어떤가. 싼띠아고의 거리가 조깅이 아니라 춤추는 사람들로 넘치던 때가 있었다. 1970년 수십만의 동료 혁명가들과 함께 나는 아옌데의 승리와 우리 생각으로는 인류 역사의 새로운 시대의 서막에 해당하는 시간을 기념했다. 민주주의를 통해 자본주의체제를 근본적으로 수정하겠다는 아옌데의 맹세에 겁을 먹은 일부 동포들은 춤을 추지 않았고, 칠레의 다수 특권층들, 장차 오늘처럼 조깅을 하게 될 사람들은 평생 모은 재산을 갖고 외국으로 날쌔게 튀어 경제위기를 초래했으며 그 때문에 널리 퍼진 노래의 한 구절이 된 다음과 같은 조롱을 샀다. 께 쎄 바얀 이 노 부엘반 눈까 마스, 그들은 칠레를 떠나 다시는 돌아오지 않아야 하리. 우리 마음속에선 우리가 이미 그들 없는 미래를 위한 싸움에 이겨버린 것이어서 그들을 모미오(반동), 미라, 결코 되돌아오지 않을 과거의 석회화된 잔여물이라 불렀을 정도였다.

그들의 운명에 대한 그런 예언은 틀린 것이었다. 군사쿠데타가 그 모미오들과 낡은 것이라 했던 그들의 생각을 끼익 소리를 내며 권력의 자리에 되돌려놓았다. 이번에는 그들이 우리에게 우리가 다시는 되돌아오지 않으리라고, 께 쎄 비얀 이 노 부엘반 눈까 마스라고 말할 차례였고, 거기에는 이런 차이가 있었다. 우리에겐 가능성으로만 상상되던 것을 그들은 실재하는 폭력적인 역사의 영토에서 실행에

옮긴 것이다. 한물간 시대와 퇴행적 신조의 대표자이기는커녕 그 칠레의 모미오들은 사실상 유행의 선도자였고 전지구적으로 승리한 자본주의 해일의 선봉이었다. 그들이 다수파가 되었고 엄청난 소비로 이루어진 그들의 삶은 모든 사람들이, 심지어 가난한 사람까지, 아니 특히 가난한 사람들이 꿈꾸는 삶이었다.

그들에게 말살의 공포를 불어넣으려는, 마치 그들에겐 삶에 대한 권리가 없다는 듯 행동하려는, 우리를 자기네를 절멸시키려고 작정한 스탈린주의자로 생각해도 무방하게 만들려는 우리의 시도 역시 잘못된 것이었다. 망명과 학살의 세월은 그런 증오가 마음속에서나 거리에서나 폭력의 악순환을 고착시킬 뿐이며 그런 악순환은 깨어져야 한다는 확신을 내게 심어주었다. 칠레뿐 아니라 미국도 마찬가지로 어제의 칠레를 연상시키는 대결과 분열과 격분에 사로잡혀 있다.

그러니, 상대편에게 떠나서 결코 다시는 돌아오지 말아야 한다고 고함치는 건 말이 안 된다. 정녕 그것이, 서로의 적들로 가득한 나라가 내가 원하는 것인가? 그것이 내 손녀들이 물려받기를 바라는 세계인가? 패배의 숱한 세월에서 내가 아무것도 배우지 못한 것인가? 어제의 갈등을 끝없이 반복하고 싶은 것인가?

안다, 안다, 알고 있다.

하지만 여전히 나는 다음번에 내가 탄 비행기가 쌘띠아고 언덕을 향해 내려갈 때, 내가 공항터미널에 들어서는 그 순간에, 또다시 분노의 세례가 내 삶을 지배한다고 느끼지 않으리란 확신이 없고, 그 펭귄들과 내 나라와 그 땅과 자연과 사람들에게 일어난 일, 나와 내 벗들에게 일어난 일을 용서할 수 있을 때가 과연 올 것인지 확신할 수 없다.

1990년 칠레로 돌아갔을 때의 일기에서

8월 10일

돌아온 지 두주가 지난 지금, 무엇이 나를 이 나라에 가장 끌리게 만드는지, 여기서 무엇이 내게 영감을 주는지, 어떻게 비참과 고뇌마저 나를 살찌우는지 인정할 준비가 되었다. 어쩌면 나는 문학적 흡혈귀가 되도록 저주받았는지 모르겠다. 작가들의 거처는 도덕적으로 모호한 영지이며 우리 족속은 모두 관음증 환자들로서 비극을 잊을 수 없을 만큼 아름다운 무언가로 바꾸고 싶어하는데, 내게 칠레는 다른 어느 곳보다 더 많은 이야기와 더 많은 비극이 존재하는 곳이고, 나는 고통을 겪는 것이 어떤 것인지 이해할 정도로 이곳에 익숙하면서 또한 내가 증언하는 것의 해일에 휩쓸려 잠기지 않을 정도로 거리를 유지할 수가 있는 것이다.

세상 어느 다른 곳에서도 난 어제와 같은 경험을 할 수 없었으리라. 우리 가족은 그간 내내 앙헬리까의 어머니를 성심껏 보살펴주었고 이제는 우리가 자리를 잡도록 매주 며칠씩 도와주고 있는 충실한 벗 마리아 엘레나(María Elena)의 안내로 쌴띠아고를 돌아보고 있었다. 그녀는 우리를 자기 뽀블라시온(마을) 근처의 외딴 장소로 데려갔다. 그곳은 실종자들의 시신을 찾으려는 판사의 명령으로 파헤쳐지고 있는 곳이었다. 아이들이 이보다 더 자연스러운 일은 없다는 듯 연을 날리고 있었고 운동하는 사람들은 불도저가 자신들의 깐차 데 푸뜨볼(축구경기장)을 밀어버려 축구경기를 할 수 없게 되었다고 불평하고 있었다. 땅 아래서 비밀들과 시체들이 곪아터지는 동안에도 지상에서는 필사적으로 삶을 계속해나가려는 칠레를 형상화한 완벽한 이미지였다.

한동안 이 광경을 지켜본 우리는 주저앉기 일보 직전으로 보이는 술집 엘 스뽀르띠보(El Sportivo)로 갔다. 일요일이라 붐볐고 주인이 마련한 여흥으로 저쪽 뒤편에서 한명은 기타를 치고 다른 한명은 아코디언을 켜는 듀오가 멕시코 란체라(ranchera, 멕시코 전통음악의 한 장르─옮긴이)와 달짝지근한 볼레로를 연주하고 있었다. 옆에는 키가 작고 칫솔 같은 콧수염이 윗입술을 간신히 장식하고 있는 덥수룩한 남자가 있었다.

우리가 카운터에서 마실 것을 사자 그 남자가 한 손에는 되는대로 만든 지팡이를 쥐고 다른 손으로는 검은 안경을 썼다 벗었다 하며 우리 쪽으로 절뚝거리며, 그러나 그리 빠르지는 않게 다가왔는데, 우리를 지나칠 때 난 그 안경이 이 장소와 너무 안 어울렸으므로 시각장애인인가 했지만 그건 그저 소도구였고 그는 나를 계속 빤히 돌아보았다.

이내 그는 돌아와 우리 테이블 옆에 멈춰 서서 내가 자기를 기억하지 못하지만 자기가 기타를 치면 기억하게 될 거라고, 그럴 거라고 말했다. 난 호기심이 발동해서 반응을 보이기 시작했으나 앙헬리까는 그에게 전에 한번도 본 적이 없다고 건성으로 말했다. 하지만 그는 앙헬리까에겐 아랑곳하지 않고 계속해서 내가 자기와 자기 여동생의 연주를 듣던 날에 대해 얘기했고, 그 여동생은 지금 여기 없지만 분명히 기억할 거라고, 그녀는 이중혼인, 운 마뜨리모니오 펑히도를 했다고, 가짜결혼을 했다고 말했으며, 지금 이 순간, 바로 이 순간 울리고 있는 교회 종소리에 대해 이야기했다.

분명 그건 일종의 사기였지만 그럼에도 난 매료되었고 연주자 한 사람이 그에게 기타를 넘겨주고 그가 '빠하로 깜빠나'(Pájaro Campana)로 불리는 빠라과이의 난해한 역작을 연주하자 더한층 매료되었다. 한때는 분명 경이로운 재주였을 테지만 이제 그의 손가락은 죄 구부러지고 짓이겨졌으며, 그가 나중에 내게 중얼거린 바로는 꼬고떼오(노상강도)를 당했는데 그 나쁜 놈들이 자기를 죽어라 팼다고 했고, 그때였든지 아니면 다른 때였든지(그의 말은 알아듣기가 힘들었는데, 영악해선지 아니면 술이 취해서였는지 아니면 둘 다였는지 분명치 않다) 다리를 찔렸고, 이제 기타도 없지만, 요 또꼬 뽀르께 아시 쏘이, 뽀르께 라 무시까 에스 로 마스 임뽀르딴떼, 빠라 께 나디에 삐엔세 께 노 발고, 아시 꼬모 메 베, 난 연주해, 그게 나니까, 음악보다 더 중요한 건 없으니까, 그래서 아무도 내가 무가치하다고 생각할 수 없게 말이네, 그게 다야,라는 얘기를 했다. 그런 다음 로드리고 쪽으로 몸을 기울여 그에게 입김을 뿜으며, 뿌따스 께 쏘이 린도, 씨 푸에라스 무헤르 메 아꼬스따리아 꼰띠고, 제기랄 넌 너무 예뻐서 네가 여자라면 같이 자고 싶구나,라고 했는데, 다행스럽게도 그때쯤엔 벌써 앙헬리까는 호아낀을 데리고 마리아 엘레나와 함께 서둘러 자리를 뜬 다음이었고, 그가 좀더 고주망태가 되기 위해 몇푼을 더 뜯어내려 하는 것이라 해도 더는 상관없었으니, 그는 철학자였고, 계란은 둥글지, 하지만 인간은 더 둥글지,라고 말하는 식이었다.

그가 돈을 달라고 해서 조금 줬고 그건 당연한 일이었다. 난 내 근사한 옷과 차와 가족과 두둑한 주머니와 함께 그의 영토를 모험했던 것이고 그는 다만 뻬아헤, 통행료를 요구한 것뿐이었다. 그런 다음 그는 듬성듬성한 윗도리 안으로 급히 손을 집어넣어 뭔가 작고 검은 것, 도미노 패 하나를 뽑듯이 꺼냈는데, 저건 칼이야, 이 사람이 날 찌를 거야 하고 생각한 짧은 순간이 지나자 난 이토록 독하게 살고 있는 나 자신을 축복했고 그 모든 세월을 살아남아 이 술집에 숨어서 나를 기다려준 그 사람을 축복했다. 자신의 모든 위엄과 모든 타락을 통해 그는 이곳에서만 발견할 수 있는 끓어오르는 슬픈 칠레의 메시지를 내게 전해준 것이다. 그는 내게 영웅적인 순교자 가수 빅또르 하라는 죽어 사라졌고 남은 건 이중혼인을 했다는 여동생과 산산조각 난 삶과 자기가 전하는지도 모르는 소식을 가진 이 음악가라는 걸 일러주었는데, 오직 여기서만 난 그렇게 뻔히 속아 넘어가서 그는 뻬소(peso)를 받고 난 이야기를 받는 이 조약을 맺도록 스스로에게 허락하며, 오직 여기서만 난 속하기도 하고 충분히 속하지 않기도 하고 규칙을 알기도 하고 무시하기도 하며, 오직 여기서만 이런 일이 내게 일어날 수 있다.

이런 만남은 어쩌다 걸린 우연이 아니었다. 매일 숱하게 그런 만남이 있다. 여위고 핼쑥한 나머지 두 눈이 움푹 들어가서 거의 알아볼 수 없는 한 남자가 있는데, 그는 우리가 라라인가(街)의 작은 슈퍼마켓에 우리의 초라한 뿌조를 주차시킬 때마다 그걸 '봐준다'는 명목으로 실은 우리가 도착하고 떠날 때 손을 이쪽저쪽으로 움직이는 게 다지만 그 수고의 댓가로 동전 한닢을 챙긴다. 내 시선에 담긴 어떤 번민이, 아니 어쩌면 그를 대하는 내 태도의 공손함이, 그에게 내가 꼼빠녜로임을, 항상 자유로우리라 생각한 거리를 한때 우리가 함께 걸었음을 드러낸 것이 분명했는데, 하지만 독재체제가 그에게 그 말을 쓰지 말라고 가르쳤으므로 그는 나를 꼼빠녜로라고 부르지 않고, 그렇다고 쎄뇨르(señor)라고 하면 그와 나의 기억에서조차 우리가 더는 동등하지 않다는 걸 나타낼 것이므로 그렇게 부르지도 않는다. 그는 자신의 기억을 더럽히지 않을 수 있는 유일한 말을 발견했고, 그래서 나를 아미고, 그라시아스, 아미고(친구, 고맙네, 친구)라 부르고 내가 자신의 친구라고 말하면서, 즐거웠던 과거와 초라한 현재 사이의 불가능한 타협을 시도한다. 그 아미고라는 단어를 들을 적마다, 싼띠아고에 차고 넘치는 수많은 다른 꾸이다도레스 데 아우또스(차 경비원들)를 볼 때, '자기' 구역에 서서 다른 사람의 재산을 지켜준다는 그 빈둥거리는 남자들과 소년들을 볼 때 내 안에서 솟아오르던 슬픔이 달래지는 느낌이다. 우스꽝스럽게 공무집행자처럼 보이는 챙이 작은 베일리모자를 썼으니 뭔가 합리적인 위계의 일부가 됐다고 행세하며 그들이 하고 있는 그 쓸모없고 소득 없고 비생산적인 활동의 유일한 가치란 부자들에게서 부스러기를 얻는 이 속화된 로빈 후드적 계획이 가난한 이들을 도시에서 어슬렁거리거나 도둑질하거나 구걸하거나 차를 파손시키거나 하지 않도록 해주는 것이다. 그러니 주차할 때마다 건네주는 돈은 실은 보호세인데 이 꾸이다 도레스 데 아우또스가 정부 통계에서는 소득이 있는 취업자로 잡히고 있으니 엉터리와 위선을 보여주는 또 하나의 사례다. 내 잘못이라 느껴야 하는 또 하나의 이유가 그것이었으니, 부당한 세계를 변화시키려는 나의 노력은 이 냉담한 도시에서 시시포스에 필적하는 이들 경비원이 하는 일만큼이나 한자리를 뱅뱅 도는 무익한 것이었다. 어쩌면 나를 아미고라 부르는 그 전(前) 꼼빠녜로가 어느날 오후 내게 자동차를 버리고 한잔 사면서 자기 삶의 한 토막을 나누는 게 어떠냐고 요청해올지 모르고 어쩌면 난 그에게 내 방랑 이야기를 해주게 될지도 모를 일이다.

그런 것이 내가 여기서 하고 있는 일이다. 판사들이 시신을 발굴하는 동안 나는 이 넓은 칠레의 약탈당한 황무지에서 비밀들을 발굴한다. 이 나라는 아직 말해지지 않은 이야기, 반드시 말해져야 하는 이야기들로 애타는 사람들이 흘러넘치는 저수지이며 말해지는 것만이 그들에게 허락된 유일한 작은 승리이다. 쿠데타 이후로 계속해서 나는 죽은 이들에게 한 약속을 지키려고 노력해왔고, 지금은 살아 있는 이들에게 또다른 종류의 약속을 하고 있는 건지도 모른다. 나를 둘러싼 모든 것이 표현을 요구하고 있을 때 잠자코 있는 건 정말 어려운 일이므로, 그렇다, 곧, 어쩌면 내년에라도, 현재의 침묵기가 끝난다면, 언제고 그 이야기들을 세상에 내놓겠다고, 내가 멀리서 지켜온 이 땅에서 그것들을 캐내겠다고. 아마, 어쩌면, 내가 죽은 이와 산 이가 만나는 장소가 될 수 있고,

나의 문학이 다시 한번 그 장소가 될 수 있을지 모른다.

·

죄의식!

아, 망명 이야기에, 살아남은 자의 이야기에 어찌 죄의식이 없을 수 있겠는가?

나의 죄의식의 뿌리는 내 안에 깊숙이 박혀 있으며 모든 게 흐릿했던 유아기에 시작된 것이다. 쿠데타의 결과로 죄의식이 주는 쓰라림이 한층 격화되었고 그때서야 그것이 가져다주는 비참함이 진정 어떤 것인지 느끼게 되었지만 말이다.

내가 어린아이였을 때부터 세계의 불의에 경악했던 데는 성장과정에서 좌파 부모님들이 가진 불평등에 대한 인식이 중요하게 작용했지만 그분들이 몸소 보여준 그런 교훈과 공감 때문만은 아니었다. 그것은 나의 내면에 있는 어떤 감정이입의 샘에서 흘러나왔다. 나는 개미 한마리를 밟지 않으려고 길을 벗어나고 어쩌다 돌로 나무에 흠집을 냈을 때는 그 나무에게 사과하는 그런 아이였다. 부상을 입거나 불공평한 비난을 받으면 (그리고 넘치는 에너지와 반항심 탓에 보통 때보다 더 심한 난관에 처하기라도 하면) 어른이 되어도 이 일을 잊지 않겠노라 혼자 다짐한 기억이 난다. 지켜주는 사람 없고 버림받는 느낌이 어떤 것인지 난 절대 잊지 않겠어, 부당한 대우를 받는 이 기억을 내 안에 간직하겠어, 이렇게 맹세했다. 이 약속을 나는 마치 릴레이 경기의 바통처럼 내 이름을 단 자아의 다음 현신들에게 어찌어찌 계속 전해주었고, 그래서 읽고 공부하고 조금이라도 덜 잔인한 세계를 만드는 활동에 참여할 만큼 나이를 먹었을 무렵 열렬한 혁명가로 변모할 조건들이 마련되어 있었다.

많은 반란자들이 그렇듯이 사회를 바꾸려는 내 욕망은 나 자신의 특권적 위치에 대한 불편함이 키운 것이었다. 내 가족은 신세계 이민자들의 전형적인 성공 스토리를 체화하고 있었다. 조부모는 20세기 초두에 동유럽에서 도망쳐 번창한 부에노스아이레스에 왔고 그들의 자식들은 그들보다도 더 잘 해나갔다. 내 아버지는 아르헨띠나와 라틴아메리카의 산업에 관한 최초의 저서들을 썼고 거기에서 저개발국가들이 어떻게 서구 열강을 따라잡을 수 있을지에 관한 청사진을 제시했다. 1947년에 그는 유엔 경제사회이사회 설립자의 한 사람이 되었다. 수수한 스튜드베이커 자동차, 퀸즈의 셋집과 그다음에 살게 된 리버사이드가 내다보이는 맨해튼의 아파트, 이따금씩 오는 가사도우미, 누구라도 탐을 낼 법한 수많은 책과 레코드, 뉴욕 현대미술관과 메트로폴리탄 오페라와 브로드웨이쇼를 관람하는 외출, 케이프 코드와 파이어 아일랜드로의 휴가, 여덟달간의 유럽여행, 이년마다의 아르헨띠나 귀향 휴가, 호화로운 크루즈 여행.

이 모든 게 꽤나 멋진 것이었지만 어떤 것도 아돌포 도르프만(Adolfo Dorfman)이 50년대의 '빨갱이 사냥'을 피해 싼띠아고로 도주했을 때 우리를 기다리고 있던 것에는 비할 바 아니었다. 나는 칠레, 아니 어쩌면 라틴아메리카를 통틀어 가장 특권적인 학교인 그랑헤(Grange)에 다닐 수 있었고, 많은 친구들과 해변가에 얻은 별장에서 보낸 긴 바까시오네스(방학)와 파티와 로큰롤을 누렸다. 싼띠아고에서 우리 부모님은 처음으로 집을 샀고 침실이 다섯개 딸린 그 샬

레풍의 집에서 난 어린 시절을 보냈는데, 차고 윗방을 쓰는 요리사와 상냥한 도우미가 있었으며 한주에 한번 오는 침모도 있었다. 넝쿨이 우거진 빠론(포도나무) 아래 차려진 진수성찬이며 오렌지와 레몬나무 향이 가득한 정원에는 절반짜리 작은 농구코트까지 있었다.

게다가 뒷담은 덩굴로 덮여 있었다.

그 담은 지금도 내가 집의 완벽한 전형으로 삼고 있는 그 집에서 유일하게 남은 일부다. 1983년 처음으로 칠레에 돌아왔을 때 쌘띠아고에 도착한 둘째날 서둘러 버스를 타고 정류장에 내리자, 앙헬리까와 내가 거의 무덤덤하게 결혼할 때가 되었다고 결심했던 바로 그 정류장에 내리자, 그 집이 파괴되어 불도저로 밀리고 돌무더기로 부서진 것이 보였다. 1983년 9월의 그날 나는 버스에서 내려 로스 레오네스 거리를 따라 뜨라이겐가(街)까지 걸어 모퉁이를 돌았는데…… 우리의 샬레 대신 내 앞에 서 있었던 건 10층짜리 아파트 건물이었다. 내가 꼭 죄는 바지를 입은 여자아이들과 끝이 안 나는 소설들과 불의에 대항하는 서사적 전투들을 꿈꾸었던 곳에, 매일 밤 내 어머니가 잠자리를 봐주러 왔던 곳에, 아침이면 하루해가 그 봉오리를 열기 전에 아버지와 이야기를 나누곤 했던 그곳에, 이제 부유한 열 몇개의 가구가 살고 있었다. 사라졌다, 사라졌다, 사라져버렸다. 나의 열망과 아리는 욕망과 최초의 낙서와 간염에서 벗어나는 달콤한 회복기가 담긴 그 집이 무너져버린 것이다.

내가 남아 있었더라면 철거반원들이 벽돌과 함께 기억까지 부수러 왔을 때 집을 지킬 수도 있었다는 듯이 어리석게도 난 이 상실에 책임을 느꼈다. 세상 이치가 그렇다는 것을, 독재가 한 나라를 장악하면 우리의 과거마저 장악해버린다는 것을 받아들일 수 없다는 듯이 말이다. 우리가 다시 돌아올 때쯤이면, 학교 친구들과 밤늦도록 카드게임을 했던 테라스, 한번 자보지는 못할, 그리고 아 감히 만져볼 수 없었던 작은 젖가슴을 가진 소녀와 볼을 맞대고 춤추던 거실, 자식들과 손주들에게 물려주리라 생각하며 낡은 장난감들을 보관해두던 다락방, 이 모든 것들이 부서지고 짓밟혀 있는 것이다.

그후 칠레로 돌아올 때마다 나는 강박적으로 그 아파트를 슬그머니 지나가며 나의 어제가 남긴 파편들을 깔고 앉은 건물을 쳐다보았다. 훔쳐보는 것 말고 다른 도둑질을 할 태세는 아니었지만 마치 털곳을 미리 정탐하는 강도처럼 어슬렁거렸다. 출입구를 지나가는 고통을 자초한 적은 없었는데 그곳에선 경비가 신분증을 요구할 것이었고 나는 폐허가 된 내 과거의 찬란한 부지를 디뎌보는 데 허락을 구하고 싶진 않았다. 그러다가 2006년에는 다큐멘터리 때문에 뭔가 조금이라도 남아 있는지 알아보려고 안으로 들어가야 했다. 어쩌면 이 환영을 잠재울 때가 된 것이었다. 이 집을 사고 그 안에서 나를 길러주신, 필요할 때면 언제든 나와 앙헬리까와 가족들을 지지해주신 아버지와 어머니, 내 부모님도 이미 돌아가셨고 부에노스아이레스의 두 유골단지에 재로 남았다. 나를 보호해주면서 내게 그 집이 어떤 의미인지, 그토록 애정 어린 나의 공간이었던 것이 어떻게 이질적이고 차갑고 먼 것으로 바뀔 수 있었는지 말하도록 만드는 그 영화제작팀과 함께가 아니었다면 절대 할 수 없을 일이었다.

벽 하나만, 우리 집 뒷벽만 남아 있을 뿐이었다. 어떤 이유에선지 건축가들이 벽은 보존하라고 지시를 내렸고 그래서 흉물스러운 주차장과 맞붙어 있는 모양새로 남았다. 뉴욕을 그리워하며 어찌할 바 모르던 열두살 소년이었을 때의 나를 맞이해주던, 쿠데타 이틀 후 이미 스물여덟 청년이 된 내가 은신하기 전에 부모님에게 작별인사를 하러, 사실상 망명길이 될 그 길에 나서기 전에 다시 못 보게 되어버릴 그 집에 작별을 고하러 몰래 숨어들었을 때 나를 맞이해주던 바로 그 덩굴과 바로 그 벽돌과 바로 그 색깔이었다.

실은 그때 나는 결코 끝나지 않으리라고 생각하던, 우리가 믿는 혁명과 공존할 수 있으리라고 생각하던 안락하고 유쾌한 삶에 이별을 고한 것이었다.

그 집에서 성장하면서 점차 우리를 둘러싼 모든 곳, 근처의 슬럼가와 대농장에 광범위하게 퍼져 있던 가난, 야누라스 데 뽀브레사를 의식하게 되자, 그런 풍족한 삶이 부모님의 사회주의적 원칙과 모순된다는 점이 분명해져갔다. 나는 내 삶과 내가 대표한다고 여겼던 삶, 곧 내가 그들의 빈곤과 착취를 철폐하길 꿈꾸던 그 삶 사이의 간극이 쉽게 절충되지 않으리라는 사실을 깨달았다. 내 공산주의자 친구의 아들, 또니(Tony)라고 해두겠는데, 그는 이런 비일관성이 너무 참을 수 없고 위선적이라 생각한 나머지 1960년대 초에 싼띠아고 뽀블라시온(빈민가)의 판잣집으로 이사했다. 한달 후 장티푸스에 걸린 채 또니는 자기 어머니의 아늑한 아파트에서 간병을 받았다. 그것을 기회로 삼아 내 아버지는 내게 다음과 같이 정신 차리게 하는 교훈을 주입하고자 했다. "가난한 사람들은 네가 사기늘처럼 비참해지길 원하는 게 아니야. 그 사람들은 제대로 된 삶을 살고 자기 삶에서 뭔가 결정권을 가질 기회를 원해. 그들은 네가 그런 비참함을 낳은 조건들을 없애도록 도와주길 원하는 거야."

신중한 말이었지만 자족적인 말이기도 했다. 내가 로스 뽀브레스 데 라 띠에라(지상의 가난한 이들)의 고통을 뿌리 뽑기 위해 제아무리 노력한들, 하루하루가 끝날 무렵이 다가오면 차이는 여전히 그대로 이고 나만 당연한 듯 안락한 존재로 되돌아갈 수 있다는 걸 알고 있기 때문이다.

그후 아옌데가 선거에서 이겼고 그다음 삼년 동안은 내가 누렸을지 모를 시혜들이 중요치 않게 되었다. 우리의 혁명이 금방 그 변기통을 물로 씻어 내릴 작정이었고 그건 그저 허망한 약속이 아니었으니, 우리는 장벽을 하나하나 무너뜨리기 시작했으며 나의 새롭고 영원한 공동체인 행군하는 칠레 노동자들이 죄의식이라는 내 내면의 황무지를 몰아내고 매일매일 대다수의 인류로부터 나를 떼어놓는 간극들을 철폐해가고 있었던 것이다.

쿠데타는 이 꿈을 산산조각 냈지만, 그와 동시에 내가 꾀한 반란 대중과의 동일시가 너무 진정성이 있던 나머지 나 자신이 실제로 위험에 처하게 되었다는 통렬한 증거 또한 가져다주었다. 내가 칠레혁명의 순교자로 죽었더라면, 모네다궁의 아옌데 곁에서 죽음을 면치 않았더라면, 이런 것이 내 묘비명이 되었을 것이다. 자유와 사회정의의 대의를 열렬히 믿었기에 궁극의 댓가를 지불한 이가 여기 잠들다.

하지만 난 이 묘비명을 모면했고 망명한 첫 몇년간 내가 사뭇 의도적으로 지불한 댓가는 칠레에서 고통받는 사람들처럼, 칠레나 지구 다른 지역의 가난한 사람들이 여러 세기를 걸쳐 고통받아온 것처럼 고통받는 것이었다. 쿠데타 이후 맞닥뜨린 가난에서 빠져나오기 위해 내가 아무것도 하지 않은 숨겨진 이유가 바로 그것이었다.

당시를 돌아보면 그 죽음과 집단적 고통을 겪은 뒤였으므로 박탈의 늪으로 뛰어들지 않는 게 정서적으로 가능했으리라 생각되지 않는다. 살아남았다는 죄의식의 요란한 울림과 이미 싸우고 있는 상태에서 적어도 유쾌한 삶을 산다는 한층 은밀하고 내재적인 죄의식은 누그러뜨릴 필요가 있었던 것이다. 하지만 나 스스로에게 굴욕을 주겠다는 고집이 뭔가 이와는 다른 데서 기인한 면, 결핍을 맛보는 것이 인간으로서나 작가로서 내가 정말로 갈망하는 것이라는 무의식적인 인식에서 기인한 면도 있지 않은가 싶다. 그 당시는 내 인생의 최악의 시간이었지만 어쩌면 내게 일어날 수 있는 최선의 일이었는지도 모른다. 길거리에서 나를 멈춰 세우는 경찰을 두려워하고 내일 먹을 식량을 살 돈이 있을지 알지 못하는 3급 이민자라는 것, 그 모든 것과 더불어 트라우마조차, 내 인생의 여인이 궁핍의 문턱에서 비틀거리는 것을 지켜보는 일조차 나를 다져주었고 수천권의 책보다 더 많은 것을 내게 가르쳐주었으며 우리 중에 영속적으로나 일시적으로나 아웃사이더와 패배자인 사람들, 우리 현실의 고통스런 지대에 거주하는 사람들에게 다가갈 수 있게 해주었다. 망명으로부터 나는 시련과 함께 세상을 새롭게 보는 선물을 얻었고 위기에 푹 잠긴 채 노숙 일보 직전으로 살아가는 사람들의 내부로 들어갈 수 있었다.

요컨대 빠리에서 나는 인류에 합류했다.

하지만 내가 나라를 잃지 않았다면 결코 가능하지 않을 방식으로 우리 시대의 천민들과 관계를 맺을 수 있었던 게 망명 덕분이었다면, 그 망명으로 인해 결국 그들과의 거리 또한 분명해졌다. 망명은 내게 무력하고 소외되는 것이 어떤 의미인지 가르쳐주는 동시에, 나를 벼랑 끝으로 몰아감으로써 역설적으로 내가 가진 육신과 교육과 계급과 두개의 언어 같은, 대다수의 추방자들은 일반적으로 자신들에게 남은 축복이라 꼽을 수 없는 소유물들이 내가 활용할 수 있는 양가적인 권력의 원천임을 확증해준 것이다.

이 모든 것이 정점에 이른 것—적어도 내 기억에 따르면 그렇고 이 일은 나를 괴롭혀왔으며 내가 과거의 시궁창에서 역겨워하며 계속 끄집어 올리는 사건이다—은 우리가 빠리에서 보낸 마지막 겨울이 될 1976년 겨울의 몹시 추웠던 어느날, 노동계급이 사는 쌩드니 교외로 가는 기차를 타고 가르 뒤 노르에서 십오분을 달렸을 때였다. 바로 그때 그곳에서 나는 바닥을 쳤다.

나는 서두르고 있었고, 늘 그렇듯이 지나치게 서두르고 있었는데, 프랑스 노조가 금지된 칠레 노동자연맹인 쎈뜨랄 우니까 데 뜨라바하도레스(Central Unica de Trabajadores)에 대여해준 낡은 건물로 향하던 참이었다. 우리는 무슨 기념식인가를 위한 시위를 계획하고 있었고 나는 가극대본 발췌본을 가져다주기로 되어 있었으며 아마도 몇몇 가수들에게 가극을 공연하게 하고 일군의 예술가들에게 벽화를 그리게 하는 등의 일을 하기로 되어 있었다. 그건 우리가 해외에서 조직한 많은 행사 중의 하나였고 디아스포라들이 주로 하는 활동으로, 신념 있는 자들을 한데 모으고 멀리서 주먹을 치켜올려 적들을 위협하는 동시에 기금을 모금하는 방식이었으며 무엇보다 우리 공동체를 계속 바쁘게 돌아가고 열심히 무언가를 도움이 되는 일을 하게 만드는 게 주된 목표였다.

그날 나는 늦었고 역을 막 떠나려는 열차에 간신히 올라탔다. 그날 아침은 빵떼옹 바로 근방의 까페에서 한때 체 게바라(Che Guevara)와 게릴라 활동을 했다가 프랑수아 미떼랑(François Mitterrand)의 조수이자 친구로 거듭난 레지 드브레(Regis Debray)를 만나, 비밀경찰에게 붙잡혀 1976년 바로 그 시점에 싼띠아고 근처의 수용소 뜨레스 알라모스(Tres Alamos)에 수감되어 있던 뻬뻬 살라께뜨(Pepe Zalaquett)를 위해 그가 무언가 해줄 수 있는 게 없을지(결국 아무것도 없는 걸로 판명났다) 이야기를 나누느라 보낸 참이었다.

그 세대의 가장 뛰어난 법학도였던 뻬뻬는 쿠데타가 일어난 지 몇 주 후에 군사정부의 인권 탄압을 다루기 위해 범종교계 지도자그룹이 만든 꼬미떼 쁘로 빠스(Comité Pro Paz, 평화위원회)의 설립자이자 수석변호사였다. 전설적 인물이자 문자 그대로나 비유적으로나 거인이었던 그는 처음으로 독재정권의 구치소를 방문한 사람이었으며 수백명의 목숨을 구하고 악명 높은 군사재판소 꼰세호스 데 게라(Consejos de Guerra) 앞에 끌려 나온 수감자들을 변호했다. 아옌데 시절에 대농장을 몰수하여 그 땅에서 셀 수 없는 세월 동안 노역한 깜뻬시노(농민)들에게 넘겨주는 책임을 맡았기 때문에 칠레 우파들로부터 미움을 받은 뻬뻬는 칠레 추기경인 라울 씰바 엔리께스(Raúl Silva Henríquez)의 도움 덕에 군사정부 아래 인권활동을 수행할 수 있었다. 1975년 11월 15일 그 추기경이 삐노체뜨에 의해 강제로 꼬미떼를 해산하게 되면서 사실상 누구도 그를 건드릴 수 없던 시절은 끝났다. 바로 그날 이 정권의 비밀경찰인 무시무시한 국가정보국(DINA, Dirección de Inteligencia Nacional) 요원들이 이 친구를 잡으러 왔다.

삐뻬의 체포는 나를 평소보다 훨씬 더 열의에 차게 했다. 몇년 동안 우리는 떼려야 뗄 수 없는 사이였던 것이다. 우리는 1958년 고등학교 체스대회에서 만났고 이내 둘 다 사회정의와 그림과 문학과 테니스, 그리고 무엇보다 음악에(그는 「라뜨라비아따」La Traviata와 「오뗄로」Otello와 「피가로의 결혼」Le Nozze di Figaro 전곡을 노래할 수 있었다) 관심을 가졌음을 발견했다. 내가 앙헬리까와 데이트를 시작하던 무렵 삐뻬도 장차 그의 아내가 될 삐아(Pía)에게 구애를 시작해서, 우리는 같이 식사하고 춤추고 「서전트 페퍼스 론리 하트 클럽 밴드」(Sergeant Pepper's Lonely Hearts Club Band, 1967년에 발매된 비틀즈의 앨범—옮긴이)를 듣고 파울 클레(Paul Klee)에 대해 토론했으며 그밖에도 많은 일을 함께 했다. 그의 딸 다니엘라(Daniela)와 우리 아들 로드리고는 몇주를 사이에 두고 태어나 함께 캠핑여행도 하고 휴가도 갔으며, 그후에도 인민연합으로 맺어진 시절이 이어졌다.

그런데 이제 그는 철조망 안에 갇히고 나는 빠리에 있으며 그가 풀려나게 하기 위해 내가 할 수 있는 일은 아무것도 없었다. 나의 끊임없는 로비활동은 아무런 효과도 없는 듯했다.

그래서 그날 아침 내 마음에 자리잡은 차가움은 살을 에는 바람이 불거나 장갑이 없기 때문만은 아니었다. 하지만 인생이란 만사가 썩어 문드러지는 것처럼 보이는 순간 우리를 달래고 얼러 예기치 않은 선물을 주는 법이어서, 그날 내가 올라탄 열차간은 기분 좋게 따뜻했고 그날만큼은 냄새가 나지도 붐비지도 않았다. 어찌 된 셈인지 창가에 아늑한 자리도 하나 있었다.

이미 좌석에 편안히 자리잡은 세명의 다른 승객들이 자기들은 자격을 갖추었다는 식의 표정으로 나를 빤히 쳐다보았는데, 그 서열과 텃세는 많은 이민자들이 탐닉하는 것이기도 했다. 나는 동료 칠레인들이 자기네가 망명한 나라에 더 늦게 온 사람들한테 그런 식으로 으스대며 그 빌어먹을 장소가 그들 누구에게도 속한 게 아니라는 사실을 망각하는 것을 봐왔다. 내가 입을 열지 않는 한, 내가 그 악명 높은 살라께뜨의 친구임을 누설하지 않는 한, 이 기차에선 에스따 비엔(오케이), 아무 문제도 없을 것이었다. 나는 장 주네(Jean Genet) 극에나 나올 법하게 헝클어지고 녹초가 된 내 모습을 은근히 즐겼고 그 사람들이 내 구겨진 옷과 뻗친 머리의 오만방자함을 참을 수 없어 하는 게 재미있었다. 저 인간들이나 그들의 다듬은 머리 같은 건 지옥에나 가라지. 나는 부연 유리창 옆에 앉아 교양 있는 빠리지앵처럼『르몽드』를 읽으며 조금 있다 노조연맹 가옥까지 몇 블록이나 걸어가야 할 때 뼛속까지 식지 않도록 온기를 충분히 모으고 있었다.

검표원이 어슬렁거리며 들어왔다. 난 뉴스에 몰입한 채 아무 생각 없이 그에게 표를 건넸다. 그랬더니 그가 소리를 빽 질렀고 무슨 말을 하는지 미처 주의를 기울이지 않았던 내가 우물우물 그에게 다시 질문하는 바람에 나의 프랑스 시민권과 도덕적 권리가 가짜임이 즉각 드러났다. 다른 승객들은 고개를 끄덕이며 만족을 표했다. 아하!

그러니까 외국인이군. 그럴 줄 알았지.

하지만 검표원이 이의를 제기한 건 나의 국적이 아니었다. 그건, 말하자면, 클래스의 문제였다. 이등석 표를 사고 일등석을 차지하고 있었던 것이다!

난 위급 상황에 강한 사람이 결코 아니었다. 뭔가 끔찍한 일이 생기면 마치 그런 일이 생기고 있다는 걸 믿을 수 없다는 듯이, 순식간에 운이 바뀌길 기다리는 수밖에 없다는 듯이 마비 상태가 되는 경향이 있었고, 어쩌면 얼이 빠진다고 하는 게 더 맞는 표현일지 모르겠다. 운이 좋은 경우라면 앙헬리까가 가까이 있어 감히 나를 위협한 자를 말과 행동으로 후려칠 태세를 갖춘 채 나를 도우러 달려올 것이었다. 하지만 그 기차에서 난 혼자였고 내 변호사는 수용소에 갇혀 있었으며 내 아내는 프랑스 아이를 봐주는 중이었다.

검표원은 작은 책자를 자기 손바닥에 한번, 두번, 찰싹 치더니 벌금을 적어 내게 건넸다. 내가 너무 기운 없이 받는 바람에 그게 바닥으로 떨어졌다. 검표원은 그 종이쪼가리를 내려다보더니 나를 쳐다보고 다시 바닥을 봤다. 난 쭈그려 그 벌금고지서(amende)를 주웠고 뻔뻔하게도 도움을 청하며 다른 승객들을 봤다. 마치 멜로드라마처럼 그중 한명이, 이봐요, 이 젊은이가 무슨 해를 끼칠 작정이 아니란 게 분명하고 그저 우리네 관습을 모르는 거잖소, 자 이거, 그 벌금 따위 내가 내겠소,라고 외쳐주길 바라며 말이다. 맹세코 난 이런 종류의 어떤 신의 중재가 일어날 수 있다고 생각했다. 하지만 뻣뻣하게 위엄을 부리며 내 앞에 앉은 노부부가 쌍으로 낀 안경에는 일말의 공감의 빛도 어리지 않았는데, 이 디테일은 어찌나 세세하게 기억이 나는지, 그 사람들이 내가 앉으면 안 된다던 그 좌석에다 날 어떻게나 못박아두던지.

벌금은 내가 냈다. 감옥으로 끌려갔다가는 신분증명서류를 자세히 보자고 나올 것이기 때문이었다. 나는 어느 저명한 교수가 나한테로 돌려준 가짜 학생비자로 머물고 있었는데 쏘르본에서 박사논문을 쓰는 중이라고 증명해주는 비자였다. 일을 더 복잡하게 만든건 내가 체류허가증에 적힌 주소에 살고 있지 않다는 점이었다. 비밀리에 칠레에서 왔거나 다시 칠레로 돌아가는 과정에서 우리 아파트를 거쳐 가는 전투원들을 보호하기 위한 예비조치였다.

검표원 나리께서 그 터무니없이 비싼 벌금을 주머니에 넣을 때 내속은 쓰리고 뒤틀렸다. 앙헬리까와 내가 아끼고 아껴 모은 돈이었다. 하지만 거기 있던 승객들이 나라는 아니꼬운 녀석에게 이 열차간에 탈 자격이 없으며 이전에도 없었고 또 앞으로도 절대 없으리라고 일깨워준 데서 만족감을 얻었다는 사실이 더 아픈 인간적인 상처를 안겨주었다.

그러나 핵심은 이것이다. 난 자격이 있었다.

그들처럼 내게도 사태가 정말로 혹독해지면 되돌아갈 안전망이 있었다. 병이 들자마자 그 비참한 빈민촌을 떠날 수 있었던 또니처럼, 나 또한 부모님께 도와달라고 기댈 수 있었다. 우리의 자존심이 허락한다면, 어쩔 수 없이 나 스스로를 깎아내려야 한다면, 그들은 달려와 구해줄 것이다.

이런 식의 피학증에서 허우적거릴 때 결국 제동을 걸어준 것은 앙헬리까였다.

"당신은 그냥 스스로를 벌주려고 하는 거야." 쌩드니행 기차에서의 굴욕이 있은 지 몇주가 지난, 어쩌면 한두달이 지난 어느날 밤 우리 아파트에서 그녀가 말했다. 그즈음에 우리 친구 뻬뻬가 빠리에서 우리와 함께 살고 있었는지 어쨌는지, 그가 이미 석방이 되었다가 그 바로 다음 주에 다시 체포되어 결국에는 강제 추방되었는지 분명히 기억나지 않는다. 하지만 앙헬리까가 아주 낮은 목소리로 했던 그다음 말은 기억난다. "당신은 죽지 않았다는 이유로 고통받고 싶어하지. 거기서 아옌데와 함께 죽었어야 한다고 생각하는 거야. 이제 좀 극복해봐. 우리가 이렇게, 이렇게…… 거지처럼 살 필요는 없잖아. 먹고 살 수 있을 정도로 돈을 벌 수 있는 일자리를 찾아. 그래서 제발 여기서 벗어나보자고."

그녀는 손을 한바퀴 휙 돌리며 비뒬이 빌려준 그 아파트를 가리켰다. 내 아내는 젊은 꾸바 예술가와 가졌던 로맨스가 깨져버린 그 집 주인여자를 깨우지 않으려고 낮은 목소리로 이야기하고 있었다. 그 여자는 어느날 밤 한마디 사전경고도 없이 반쯤 미친 상태로 자기 집으로 돌아와 눌러앉았던 것이다. 거래조건에 포함되지 않았다는 점만 빼면 얼마든지 그럴 권리가 있었다. 그녀는 이제 온종일 우리와 함께 살면서 이따금은 욕조에 고무 오리들을 띄워놓고 중얼중얼 노래를 불러주기도 했다. 앙헬리까도 나도 거기까지는 견딜 수가 없었다. 우리는 고난을 견디는 이 실험의 한계에 도달해 있었다.

그런데도 나는 앙헬리까가 최후통첩을 덧붙일 때까지 그러자고 말하지 않았다. 그저 내 곁에 있기만 했던 부에노스아이레스에서와 달리, 그녀는 이번엔 데드라인을 지정했다. "그거 알아, 아리엘리

또? 당신은 여기 남아. 난 로드리고와 칠레로 돌아갈 거야. 세달이야. 딱 그만큼은 당신한테 말미를 줄게."

다음 날 난 유럽에 있는 몇몇 대학에 편지를 보내 히스패닉 영문학이든 매스미디어든 뭐든 가르칠 수 있다고 말했고 가장 먼저 도착한 제안을 받아들일 작정이었는데 열흘 만에 암스테르담대학에서 연락이 왔다. 거기서 강의 하나를 해줄 수 있을지, 그런 다음 추후에 협의해서 어떤 식의 조치를 마련하면 어떻겠냐는 것이었다.

그렇게 해서 우리는 빠리를 떠났다.

나로서는 앙헬리까가 옳다는 걸 인정하기가 힘들었다. 내쫓긴 자의 삶에서 벗어난다는 건 내가 열심히 만들어놓은 자기 이미지, 곧 개인적인 모든 것을 혁명의 대의에 종속시킨 체 게바라의 약간 떨어지는 버전으로서의 삶에서 벗어나는 걸 말했다. 하지만 특별한 종류의 정력을 가진 특별한 종류의 인간만이 그런 길을 평생 걸어갈 수 있다. 억압에 저항하는 투쟁에 몸 바친 사람들, 세상을 바꾸는 작은 성인들이라 불릴 만한 그런 사람들이 없었다면 세상은 훨씬 견디기 어려웠을 것이다. 여전히 노예제가 있고 투표권을 갖지 못한 여성들이 있고 파업할 권리를 못 가진 노동자들은 있을 테지만 말이다. 앙헬리까에게 동의하고 나 자신과 내 경력과 내가 필요로 하는 것을 생각해보기 시작하는 건, 나 자신이 그런 성인들에 속하지 않는다는 사실을 발견하는 길고도 내키지 않는 길을 밟아가는 일이었고 아엔데 혁명이 일어나는 동안 내 스스로가 꿈꾸던 정치적 영웅의 삶이 무용지물이 되는 걸 받아들이는 일이었다. 어쩌면 난 우리의 쁘레시덴떼(Presidente)가 선출되기 전의 칠레에서 그저 이따금 잠시 특권의 높은 자리에서 내려올 뿐이던 그 아리엘로 되돌아가는 것이 두려웠는지도 모른다. 또다시 고통을 그저 구경하는 사람이 되는 건 너무 쉬웠고, 내가 운이 나쁜 사람들과 맺은 연합이라는 것이 얼마든지 철회할 수 있는 것임을 인정하기는 괴로웠다.

그렇더라도 빠리의 거울은 그 전부터 내 진정한 소명이 정당정치에 있지 않다고, 내가 세상을 바꿀 운명이라면 그건 대안을 상상하는 걸 통해서, 우리가 세상을 느끼고 생각하고 쓰는 방식을 바꾸는 걸 통해서일 거라고 속삭여왔다. 하지만 매일 새벽 빈 페이지와 조용한 타자기가 나를 반겨주는 한, 난 그 거울과 그 속삭임과 그 공허감을 억누를 수 있었다. 칠레에서 몸을 숨긴 채 더 많은 죽음을 막고 있는 사람들에 대한 믿음을 유지하는 것 말고는 그토록 많은 죽은 동지들에 대한 내 약속을 지킬 다른 무슨 방도가 있겠는가? 나 자신의 행복 말고 달리 내가 희생할 수 있는 게 뭐가 있단 말인가?

다행스럽게도, 우리의 딜레마가 그토록 심각해질 무렵, 앙헬리까가 빠리를 포기하자고 요구할 무렵, 글쓰기가 다시 시작되어 내게 하나의 대비책, 혁명활동 말고 내 존재의 공허를 채워줄 뭔가 다른 것, 피학증 말고 나의 죄의식에 대응할 뭔가 다른 것을 제공해주었다.

우리 셋은 렌트한 밴에 짐을 싣고 프랑스를 지나 벨기에로, 다시 네덜란드에 들어가 마침내 암스테르담에 도착했다. 앙헬리까와 로드리고와 아리엘, 이렇게 우리 셋이었고, 우리는, 나는, 늘 함께하던 네번째 동료를 남겨둔 채 떠나왔다.

나는 빠리에 침묵을 남겨두었다.

제 2 부

귀환

길을 잃지 않도록, 혹은 무언가에 부딪혀
다치거나 심지어 죽지 않도록,
눈먼 자가 안내자에게 꼭 붙어서 걷듯이,

나도 그 더럽고 매캐한 대기 속을 그렇게 움직였네,
내 안내자가 계속해서 "조심해!
여기서 날 잃어버리지 않게 정말 주의하게"라고 말하는 소리를 들으며.

― 단테 「연옥편」 칸토 XVI, 10~15행.

1990년 칠레로 돌아갔을 때의 일기에서

8월 17일

미 비블리오떼까(내 서재)!

이제는 사라진 내 서재에서 첫번째 책을 꺼내들었다가 다시 서가에 꽂아두고 돌아서서 그다음 책, 한동안 손을 대지 못한 책을 펼쳐 몇줄 읽다가 페이지를 넘겨 언젠가 젊은 내가 읽은 시들을 찾고 마치 망상에서 깨어나듯 다시 고개를 들어 재발견되기를 기다리는 그다음 책으로 옮겨갈 그날을, 나는 방랑 시절 농안 얼마나 자주 꿈꿨던가. 얼마나 자주 그런 미래를 떠올렸던가.

자, 그 미래가 지금, 1990년이다. 요사이 나는 책으로 가득한 상자들을 풀면서 바로 그런 식으로 시간을 보내고 있다. 비록 내 서재와의 랑데부가 상상한 그대로는 아니었지만.

워싱턴에서의 생활고를 해소하려고 바띠까노 거리에 있던 집을 팔았을 때, 앙헬리까의 여동생과 당시 그녀 남편이었던 나초(Nacho)는 책을 싼 상자들을 내 소년 시절 벗이던 쌴띠아고 라라인(Santiago Larraín)에게 맡겼다. 그는 내 체스 친구였고 비범한 재능을 가진 음악적 동료이자 테니스 파트너였으며, 우리에게 정상적인 삶과 체스와 테니스가 사라졌을 때는 독재에 관한 정보를 모으는 은밀한 협력자였다. 쌴띠아고와 그의 아내 마팔다(Mafalda)는 도시 위쪽의 잘 알려지지 않은 언덕들 사이에 있는 자택에 붙은 창고에 내 책 상자들을 보관해주겠다고 했다.

두어달이 지난 1982년 겨울, 나는 여전히 칠레로 돌아가는 게 금지된 상황이었는데 쌴띠아고가 미국에 있는 내게로 전화를 해서 나쁜 소식을 전했다. 마뽀초(Mapocho)강이 범람하여 집과 다리와 도로 들을 쓸어갔다는 것이다. 천운으로 진흙더미들이 내 친구 집 본채는 비껴갔지만 토끼우리와 닭장을 초토화시켰고 요동을 치며 바다로 흘러가는 과정에서 내 책의 절반도 쓸고 가버렸다.

난 마치 낭패를 본 것이 내 책이 아니라 그의 책이라도 되는 듯이 그를 위로했고 여느 때와 달리 스스로에게 일말의 자기연민을 허락지 않았다.

베데스다에 마련한 새 거처에 있던 나는 전화를 끊고 몇분 동안 가만히 앉아 내 삶의 주춧돌이었던 책들을 잃고도 그렇듯 아무

감상이 없다는 점에 대해 곰곰이 생각해보았다. 전화가 오기 전에 이미 그것들이 내 삶에서 사라졌기 때문이었을까? 쎄바스또뽈가 (街)의 서적가판대에서 앙헬리까가 프랑스-스페인어 사전을 사라고 하는데 거절했을 때, 심지어 논문이나 수업 때문에 셰익스피어극에서 인용을 해야 할 때도,『백년 동안의 고독』(*Cien Años de Soledad*) 초판에 적힌 몇줄을 기억하려다 실패했을 때조차, 심지어 음울한 추방의 밤들을 뒤척이며 즐겨 찾던 몇몇 학술서적들이 서가에 정확히 어떤 절묘한 순서로 꽂혀 있었던지 떠올릴 때조차도, 그 모든 갈망과 사랑에도 불구하고 내가 정말로는 그 책들의 존재를 믿지 않았다는 사실을 싼띠아고 라라인의 전화를 받고서야 비로소 깨달았다.

그래서 난 내 가장 소중한 재산을 망가뜨린 그 강이 고마웠다. 마치 내 삶과 나 자신을 벌거벗긴 채 내버린 훨씬 크고 훨씬 파괴적인 역사의 강으로부터, 칠레의 그 강이 내 책들을 구해내어 이상한 방식으로 다시금 손에 잡힐 듯 생생하게 만들어준 것 같았다. 영원히 잃어버린 절반을 애석해하는 대신 나는 이미 죽었다고 포기한 어떤 것의 부활에 기뻐했다.

타임머신, 내 장서에서 책을 골라 읽는 일은 바로 그런 것이 되었다. 여기 칠레에 있는 상자에서 꺼낸 책 한권 한권은 모두 군대와 홍수로부터 구해낸 것들로서, 내게 과거에 대한 탐험, 내가 살았던 삶의 지층에 대한 거의 지질학적인 탐구의 기회를 제공해주었고, 그리고 내가 아이나 소년이었을 때, 그리고 이 소설이나 저 철학 논문 속으로 빠져든 청년이었을 때의 시선이나 마음과 소통할 길을 제공해주었으며 옛 친구들과 다시 만나게 해주었다. 에마 보바리와 알료샤 까라마조프와 아이네아스와 요제프 K와 길가메시와 엘렉트라와 늙고 어리석은 폴로니우스가, 비록 내가 그들을 떠났을 때와 꼭 같지는 않았지만, 다시 한번 나와 함께해주었다. 그들을 떠난 이래 난 죽은 육체와 배반과 윤리적 고뇌에 관해 얼마간 배웠다. 추방의 빵을 맛본 오늘의 단테(Dante) 읽기는 내가 택한 나라에서 살다 죽을 것이라 믿었던 어제와 같지 않았다.

여기 내가 좋아하는 이야기, 나의 꼬르따사르(Cortázar)의 「남부고속도로」(La Autopista del Sur)가 있다. 난 그를 만나기 전, 레 알(Les Halles) 근처의 그의 아파트에 함께 앉아 베시 스미스(Bessie Smith)의 이야기를 듣기 전, 그가 내게 위그네(Ugné)를 떠나려 하고 있으며 캐럴(Carol)과 사랑에 빠졌다고 털어놓기 전, 우리 둘이 함께 시우아따네호(Zihuatanejo)의 바다로 걸어 들어가기도 전에, 이 소설을 읽었다. 오늘 아침 다시 내가 당시 여백에 지금과 똑같은 글씨체로(어떤 것들은 놀랍게도 고스란히 남는다) 듬성듬성 적어놓은 주석들을 살피면서 이 이야기를 훑어보다가 충격처럼 깨달았다. 꼬르따사르는 어느날 저녁 차를 타고 빠리로 돌아오던 일군의 여행자들을 엄청난 교통체증, 그러니까 일년 이상 지속되는 교통체증에 맞닥뜨리게 하고는 그들이 차 안에서 살면서 겨울을 나고 배고픔을 견디면서 마치 원시인들이 그랬던 것처럼 자신들의 육체와 서로 간의 연대 말고는 아무것도 남지 않는 상황이라면 어떤 일이 벌어질까를 묻고 있었다. 어떤 신비한 힘이 종말적 멍키스패너를 던져 문명의 톱니바퀴를 멈춘다면 그들은 스스로에 대해 어떤 것을 발견하게 될 것인가. 이 질문은 우리로 하여금 어디로 가고 있으며 왜, 누구와 가고 있는지 묻게 만든다. 낭만주의자들 이래 숱한 반(反)부르주아적 예술가들의 비전에 영향을 미친 원시적이고 정신적인 것을 향한 노스탤지어에서 나온 꼬르따사르의 예언이 없었다면, 불과 몇주 전에 부모님께 보낸 편지에서 내가 펼쳤던 이상한 구혈(竉穴) 이론, 곧 싼띠아고 거리에 나 있는 깊은 구멍들이 일상세계 아래 혹은 배후 혹은 너머에 숨어 있는, 그래서 일상적인 것들에 출몰하면서 관습적인 것에 도전하는, 신비롭고 마술적인 칠레로부터 온 메신저라는 이론은 만들어내지 못했을 것이다. 하지만 또한, 내 잃어버린 가라앉은 서재에선 그 바로 옆에 주석을 적어놓은 맑스(Marx)와 데까르뜨(Descartes), 아시모프(Asimov)와 싸르미엔또(Sarmiento) 역시 자연을 길들일 필요를 역설하는 책들 속에서 나를 기다리고 있었고, 나는 과학과 진보의 중요성을 강조하는 이 다른 전통에서도 영향을 받았다.

그리고 또 여기에 나를 한번도 추방하지 않았던 은유와 패러다임과 인물들, 언제나 나의 것이 될 드넓은 상상의 영토가 있다. 다름 아닌 이곳에서, 이 장서들의 광대한 페이지들 속에서, 나는 오랜 전에 코즈모폴리턴이 되는 법을 배웠다. 디오게네스(Diogenes)도 틀림없이 이 안에 있을 것이니, 조만간 난 그가 코스모스(cosmos)와 폴리테스(polités)에서 코즈모폴리턴이라는 이 단어, 우주의 시민, 장렬하게도 고향을 갖지 않은 채 오로지 자신의 사유와 탁월하게 인간적인 것에만 속하므로 추방을 두려워하지 않아도 되는 사람을 뜻하는 이 단어를 발명했던 페이지를 찾아봐야겠다. 그 때문에 내가 칠레에 돌아온 것일까? 이 소크라테스(Socrates) 이전의 철학자가 쓴 고전의 먼지를 털어 안을 들여다보고, 몽떼뉴(Montaigne)가 쓴 에세이에 따르면 소크라테스가 자신의 출신은 아테네가 아니라 세계라고 했음을 기억하고, 처음 보았을 때는 수십년의 방랑을 거친 지금만큼 그 말들을 잘 이해하지 못했음을 인정하기 위해. 안티고네가 오빠를 묻겠다고 결심한 장면을 읽은 날에 자신들의 데사빠레시도(실종자)들이 아직 무덤도 얻지 못했다고 항의하는 여인들을 만나러 갈 수 있는 지금, 내가 읽는 것이 훨씬 더 잘 납득이 된다는 사실을.

하지만 소포클레스(Sophocles)의 희곡집이 우주로 가는 정신적 여권인 것만은 아니다. 그것들은 또한 육중하고 물리적이며 무엇보다 파내어야 할 더러운 대상 안에 들어 있다. 안에 담긴 말들은 빛날지 몰라도 그것들을 담은 페이지는 덧없는 장례의 먼지로 두껍게 덮여 있다. 에우리피데스(Euripides)나 플라톤(Platon)을 읽으려면 그것들이 들어 있는, 그것들이 자신의 거처로 삼은 책을 말끔히 닦아내야만 하고, 시간과 강이 남긴 잔여물을 치워야만 한다…… 그래, 토머스 울프(Thomas Wolfe)도 여기 있지. 그가 태어난 노스캐롤라이나에서 내가 그렇게 오래 머물 거라곤 짐작조차 하지 않았을 때 그의 책을 읽었다. 그의 천사와 함께 고향을 돌아볼 수 있으려면…… 내 근육과 손가락이 꽤 움직이고 난 다음이겠지.

하지만 내 근육과 손가락만 움직인 건 아니었다.

네시간 동안 그러고 나자 천식 발작이 왔다. 전날 밤에 이미 싼띠아고의 유독한 스모그 때문에 어지럽던 참이었는데, 삼주 사이에 세번째 발작이었다. 이것 역시 미 께리도(친애하는 나의) 칠레이다. 이 맹렬한 독기의 환영인사, 머리가 깨질 듯한 두통, 기준 미달의 가솔린, 매연을 토해내는 버스들, 뭐든 된다는 식의 독재와 공공선에 대한 공적 무관심이 격화시킨 수십년 동안의 잘못된 산업화, 그리고 물론 내가 그토록 사랑하는 산맥, 더러운 대기로 둘러싸인 채 이 골짜기를 빼앗고 축배를 든 꼰끼스따도르(정복자)의 후손들에게 복수를 가하는 산맥. 내 폐 속에서 부풀어 오른 짐승은 다음 날 아침 일어났을 때는 잠잠해져 있었지만, 책 안에 있던 포자들이 너무도 빨리 내 안으로 침투한 나머지 정오가 되자 알레르기 반응 때문에 대규모 장서 구조 작업은 진행될 수 없었다. 이런 식이라면 책정리 작업이 똘스또이(Tolstoy)가 보로디노 전투를 묘사하는 데 걸린 시간보다, 어쩌면 나뽈레옹이 모스끄바에서 후퇴하는 장면을 쓴 시간보다 더 오래 걸릴 테지만, 이 장면을 콘스탄스 가넷(Constance Garnett)의 번역으로 다시 읽고 싶어 몸이 근질거린다. 삐에르가 학살을 지켜보는 대목을 훑어본 다음 재채기를 하고, 다시 삐에르가 나따샤를 그리워하는 대목을 읽고 눈을 비비는 식이었을 것인데, 뻗친 검은 머리를 흔드는 매끈한 올리브빛 피부의 호리호리한 열두살짜리 남자아이가 나를 구조해주었다.

미겔(Miguel)은 앙헬리까가 작은 거미나 벌레들이 기어 나와 우리 아들을 공격하지 않도록 호아낀 방의 노출된 벽돌을 덮어달라고 부른 벽돌공 아버지를 따라 우리 집에 와 있었다. 학교에 가 있어야 하겠지만 추측건대 아들이 일을 시작했으면 하는 아빠 손에 이끌려 제도권 밖으로 나온 듯했다. 벽돌 작업에 집중하지 않고 계속 돌아다니며 내가 책을 두드려 먼지를 털어낸 다음 윌리엄 블레이크(William Blake) 시집에 빠져들고 그런 다음 운 에스또르누도(재채기 한번) 하고 다시 릴케(Rilke)나 라게르크비스트(Lagerkvist)의 시집을 가지고 똑같은 짓을 하고 있는 걸 지켜보고 있었으니 아주 그럴싸한 견습공은 아닌 셈이었는데, 나로선 어떻게 또 어느 틈에 그렇게 되었는지 모르게 일이 성사되었다. 내가『올리버 트위스트』(Oliver Twist)를 인양할 무렵이었다면 서사적으로 그럴 듯했을 것이다. 내가 아는 거라고는 미겔이 난데없이 마리아 엘레나가 준 해진 천조각을 들고 출현했다는 것이다. 내 건강을 염려한 그녀가 미겔에게 붉은색 타일이 깔린 안뜰 테라스에 놓인 박스 위에 앉아 있다가 도울 일이 있으면 도우라고 한 것이다. 그래서 그 아이는 책들을 꺼내 단번에 문질러 닦기 시작했는데 천식과 호기심과 되찾은 시간(le temps retrouvé)이 주는 즐거움을 반복하려는 열망으로 몸이 둔해진 내가 할 수 있는 것보다 열배는 빨랐다.

지난 며칠 동안 내 조수 역할을 해준 이 영리한 아이는 급조한 서재의 나무판자들 위에 내가 대강만 순서를 맞춰 쌓아놓은 책 무더기들에서 비슷한 유형의 책을 재빨리 분류해냈다. 내 손톱도 더러워지고 있었으니 땀은 아이가 다 흘리고 난 책만 읽는 식의 엄격한 노동분업은 아니었지만 나의 부관이 노고의 대부분을 짊어지는 건 분명했다. 아이는 꾸준히 일을 해내는 걸 좋아했고 책에 대해 이야기를 나누게 될 때 특히 즐거워했다. 미겔은 이달 내내 벌게 될 돈보다(아이 아버지가 일한 댓가를 주기나 하는지도 의문이다) 이 잠시 잠깐의 일에서 번 돈이 더 많았을 뿐 아니라, 태생의 우연으로 자신에게 거부된 문학수업의 기초를 배우고 있는 것이었다. 그는 이따금 내가 때를 닦으라고 그에게 건네는 책 안에 어떤 이야기가 담겨 있는지 몹시 알고 싶어했다. 미겔은 내가 니꼴라스 기옌(Nicolás Guillén)의 시 몇줄을 암송하거나 호르헤 루이스 보르헤스(Jorge Luis Borges)가 쓴 우화를 들려주면 약간 찌푸린 채 집중한 표정으로 고개를 끄덕였다. 삐노체뜨가 추켜세우기는 했지만 난 보르헤스의 작품을 사랑한다. 우주만큼 무한한 도서관에 대해서는 썼어도 어느 맑은 겨울날 자신의 픽시온(소설)을 닦는 아이에 관해선 한번도 생각해내지 못한 보르헤스, 영원과 화신(avatar)에 대한 자신의 지적 희열이 바로 그 장군이 우리나라에 입힌 해악 때문에 이 아이에겐 주어질 수 없음을, 아옌데의 칠레가 지속되었다면 미겔은 독자로서 또 노동자로서 자신의 미래가 완전히 달랐을 나라에 살고 있었을 것임을 한번도 생각해보지 않은 보르헤스.

미겔 같은 누군가를 고용하게 되리라고는 생각하지 못했다. 실은 대엿새 전에 안또니오 스까르메따 집에서 저녁을 먹었는데 나의 벗 안또니오가 가장 최근에 겪은 나의 시련(뉴욕 바이킹 출판사의 편집자인 낸 그레이엄Nan Graham이 보낸 소포를 찾으려고 오전 내내 도시 곳곳에 흩어져 있는 우체국을 전전해야 했던 것)

을 들고 자기와 나, 그리고 어쩌면 다른 작가 한명 정도가 돈을 갹출해서 심부름을 해줄, 길거리에서 구걸을 하거나 하루는 아스파라거스를 팔고 다음 날은 홍콩제 액세서리를 파느니 우리 일을 해주는 게 더 나을 성싶은 '어린 친구'를 고용하면 어떨까 이야기하긴 했다. 나는 서비스와 관련한 우리 사회의 부당함, 그 근원이 반(半)봉건적 과거에 있다는 것, 그리고 왜 우리는 그토록 많은 가난한 이들이 자동적으로 우리가 시키는 일을 할 거라고 생각하는지에 관해 지극히 아리엘스러운 장광설을 늘어놓기 시작했고, 나는 그런 착취행위에 영합하지 않을 것이며 해외에서 보낸 세월이 이런 유의 부당한 결속에서 나를 해방시켜주었다고 덧붙였다. 참 대단한 연설이었는데, 한주도 지나지 않아서 개인 도우미를 쓰고 있는 지금 내 꼴을 보라.

물론 오래는 아니지만. 서재 정리는 끝나가고 있으니 내일이면 특별히 후한 사례금과 몇권의 책을 쥐여주면서 미겔을 보낼 것이다. 그런 다음 나에게 남은 다른 미겔들에 탐닉할 것이다. 미겔 데 세르반떼스(Miguel de Cervantes)와 미겔 앙헬 아스뚜리아스(Miguel Angel Asturias)와 나이폴(Naipaul)의 『미겔 거리』(*Miguel Street*)와 당연히 미셸 드 몽떼뉴(Michel de Montaigne).

나의 미셸이 가난과 정신에 대해 뭐라고 했더라?

나는 차가워진 공기 속에서 이제 거의 들어찬 서재 이곳저곳을 옮겨 다닌 끝에 엘뤼아르(Éluard)와 라블레(Rabelais) 가까이에 놓인 『수상록』(*Essais*)을 발견했다. 책을 열어 한때 내 것이던 맹렬한 필치로 밑줄을 그어놓은 구절을 찾았다. "물질의 가난은 쉽게 구제되지만 정신의 가난은 고칠 수 없다"라는 것이 이미 수년 전에 내가 몽떼뉴에게서 주목할 만하다고 꼽은 대목이었다.

이 구절을 처음 읽었을 때 나는 실제로 가난이라는 세계적 유행병을 치료할 수 있으리라고 믿었지만, 지금은 미겔 같은 아이들과 기타를 치던 그 남자, 주차장에서 날 아미고라 부른 그 남자 같은 어른들로 흘러넘치는 여기 칠레에서 난 이야기를 쫓아 빈민가를 다닌다. 이 서재에 나 자신의 저작을 더 더할 수 있기를 바라며, 이 땅에서 내게 남겨진 유일한 싸움을 수행할 수 있기를 바라며, 우리나라의 정신의 가난은 이제 더러운 강에서 구조된 고(故) 미셸 드 몽떼뉴가 한때 썼던 것처럼 고칠 수 없지는 않다고 믿으며.

나 자신의 정신에서 무언가가 형성되기 시작했기 때문에, 내 안으로부터 그리고 저 바깥의 이 나라로부터 무언가가 부르기 시작하고 있으며, 무언가가 태어나야만 할 말들을 내게 요청하고 있기 때문에.

나와 미겔과 우리 모두의 슬픔을 달래줄 무언가가.

•

1976년 늦여름 우리는 물과 다리와 연대의 도시, 암스테르담의 성모(1945년에서 1959년 사이에 암스테르담의 이다 페이르데만이라는 인물에게 성모 마리아가 수십차례 현현했다고 알려져 있다—옮긴이)에게 갔다.

인구 과잉의 네덜란드에서 상대적으로 비싸지 않으면서도 괜찮은 집을 찾는 건 거의 불가능에 가깝다는 이야기에 개의치 않은 채로. 에이, 프랑스나 그밖에 지금까지 우리가 끊임없이 옮겨 다녔던 거처들보다 더 나쁠 리야 있을라고. 게다가 어쨌든 서두를 필요도 없었다. 막스 아리안(Max Arian)과 그의 아내 마르티어(Maartje)가 휴가 중인 친구의 아파트에서 몇주 동안 지낼 수 있게 주선해주었고, 로드리고의 열렬한 조력을 받으며 막스와 그의 아들 야샤(Jasja)와 예룬(Jeroen)이 가파르고 좁은 네개의 층계를 오르내리면서 상자와 옷가방들을 날라주었다.

막스를 만난 건 내가 암스테르담을 처음 방문해서였는데 쿠데타가 있고 일년이 채 안 되고 우리가 그리로 이사하기 약 삼년 전이었을 때이다. 부에노스아이레스에서 접촉한 몇몇 네덜란드 지인들이 네덜란드에서 반드시 알아두어야 할 사람이며 사실상 이 나라의 '미스터(Mr.) 칠레와의 연대'라며 그를 언급했다. 막스는 홀로코스트 생존자로 구조된 유대인 아이였는데, 나치 점령 기간에 그의 어머니는 은신하고 아버지는 아우슈비츠의 '밤과 안개' 속으로 사라졌다. 우리가 처음 만난 1974년 4월의 오후에 그가 그런 이야기를 해준 건 아니고, 그날 그는 삐노체뜨에 대한 저항을 그린 연극을 보려고 그의 어머니의 곧 부서질 것 같은 차에 나를 태워 네덜란드 남쪽으로 갔다. 그에게 그런 이야기를 할 틈을 주지 않은 채 내가 아옌데 정부 시절의 칠레 문화에 대해 신나게 떠드는 바람에 그는 길을 잃었다. 방향을 잡으면서 놓친 일행을 찾아 고속도로를 쏜살같이 달리는데 경찰차가 우리를 세웠다. 내 친구는 내가 제복을 입은 사람이 다가오자 뭐라 이름 붙일 수 없는 불안감으로 긴장하는 것을 느꼈고, 경찰과 막스는 내가 알아들을 수 없는 언어로 이야기하기 시작했다.

"하!" 경찰이 물러가자 막스가 말했다. "자기가 보기에 자네가 너무 말을 많이 하고 제스처도 너무 많고 그러니까 너무 흥분해 있어서 내가 계속 듣다가 사고를 낼지도 모르겠다고 생각했다는 거야. 차를 멈출 때까지는 자네가 아옌데와 문화에 대해 더는 나한테 이야기하지 않는 조건으로 그냥 경고만 하고 보내겠대. 하! 정말 웃기는군!"

암스테르담으로 돌아가는 길에는 조용히 있으려고, 뭐 적당히 조용히 있으려고 노력했다. 밤은 깊어가고 있었고 막스는 아내가 출산을 앞두고 있어서 빨리 집에 돌아가야 했다. 그는 거의 사과조로, 마르티어가 임신한 걸 알게 된 시점이 아옌데를 무너뜨리는 쿠데타가 있던 바로 다음 날이어서, 그리고 자기가 사랑하게 된 싼띠아고로부터 매일 죽음의 소식이 들려오는 동안 그 아이, 그 아름다운 소녀 아딘달리셰(Adindaliesje)가 엄마 뱃속에서 삶을 향해 자라고 있었던 것이어서, 반대시위가 이어지던 때에 거의 동참하지 못해서 마음이 좋지 않았다고 말했다.

아리안 가족은 암스테르담에서 우리를 맞이한 첫 집주인이었고 우리의 냉장고를 먹을 걸로 채우고 식탁에는 칠레산 와인을 올려두었는데 삐노체뜨의 상품을 보이코트하고 있었기 때문에 막스는 쿠데타 이전의 빈티지를 찾으러 다녔다. 와인병 옆에는 네덜란드-스페인어 사전 한권과 우리의 도착을 환영하는 몇 구절의 엉터리 시(詩)가 놓여 있었다. 우리는 너무나 마음이 풀린 나머지, 다음 날 나는 유행성 열병으로 앓아누웠고 목이 너무 아파서 막스와 또 여행을 떠났대도 경찰이 차를 세워 나더러 입을 다물라고 하는 일은 없을 것이었다. 난 거의 한마디도 제대로 할 수 없었다.

키 크고 유쾌하고 장밋빛 뺨을 한 마르티어는 의사를 부르자는 앙헬리까의 제안에 콧방귀를 뀌었다. 네덜란드에선 질병과 역경을 차분히 받아들인다는 것이었다.

"아리엘이 프랑스에선 얼마나 자주 아팠나요?"

"한번도요."

"아, 그럼, 그거군."

그녀가 옳았다. 프랑스에선 난 아플 여유가 없었고 어쩌면 내 안의 무언가가 나를 불쌍히 여길 빠리의 의사를 찾아가는 데 저항하고 있었고 내 몸 안의 어떤 항체가 더이상의 모멸을 피하기 위해 박테리아를 단단히 저지하고 있었던 것이다. 나는 부에노스아이레스를 생각했다. 어릴 때 미국에서 내가 태어난 그 도시로 돌아갈 때마다 난 천식에 시달렸는데, 호흡곤란과 습진의 발병은 습도나 꽃가루만큼이나, 살고 싶지 않은 나라로 되돌아간 것에 대한 내 불안감에서 기인했다. 그래서 1973년 12월 부에노스아이레스에서의 첫 망명의 나날들이 지옥 같을 거라고 예상했다. 하지만 난 그해 여름의 맹렬한 더위와 습도를 그 습관적인 증세의 미세한 기미도 보이지 않은 채 견뎠다. 마침내 아르헨띠나 암살부대로부터 벗어나 꾸바로 가는 도중에 리마에 내리자마자, 내 폐는 무너지기 시작했고 난 급히 병원으로 옮겨졌다. 큰일 아니에요,라고 의사는 설명해주었고 한주 후 아바나에서 다시 내가 거의 숨을 쉴 수가 없게 되었을 때도 같은 의견을 또 듣게 되었는데, 더이상 생명의 위협을 느끼지 않게 되니까 아드레날린 분비가 멈춘 것이었다.

174

이런 식으로 네덜란드는 내가 상상할 수 있는 가장 큰 환대를 베풀어주었다. 아플 수 있는 곳. 치유할 수 있는 곳.

먼저 머물러 살 곳, 진짜로 살 집을 찾아야 했지만.

두주 후에 여전히 마음에 드는 곳을 찾을 수 없어서 우리는 얼마 안 되는 금액만 받고 암스테르담에 있는 스튜디오 아파트를 빌려주겠다는 시인 친구 안키 페이퍼스의 제안을 받아들였다. 자기는 남편 마리우스(Marius)와 함께 아른험의 주 거주지에 머물면 된다는 것이었다. 우린 당분간만일 거라 확신했지만 삼개월이 지난 11월 중순 무렵에서야 암스테르담 남쪽 끝에 있는 동네 바위텐벨더르트에 있는 아파트를 구했다. 세 들어 살던 빔 호베츠(Wim Gobets)와 그의 아내가 일, 이년가량 영국에 가게 되어 우리에게 시에서 조정한 가격으로 재임대를 주기로 한 것이었다. 집은 완벽했다. 창이 많이 난 거실과 식당에다 볕이 잘 드는 발코니와 두 개의 작은 침실, 욕실, 좁은 부엌이 있었다. 약간의 결함만 빼면 완벽했다는 말이다. 호베츠네는 자기들이 키우는 고양이 빌보와 호페를 대영제국의 검역소에 육개월씩이나 두고 싶지 않았고 따라서 우리가 그 아파트를 원한다면 이 두마리 샴고양이도 함께 물려받아야 했다.

그들이 거기에 더해 한 떼의 하이에나와 한 무리의 기린과 다섯 마리 코끼리를 맡아달라고 했어도 우리는 그러겠다고 할 판이었다. 반년 동안 갇혀 있게 되면 당연히 그 고양이들도 미칠 지경이 될 것이니, 아직 수용소에서 시달리는 친구들도 있는 우리가 이 고양이과 친구들이 교도관을 속이는 걸 도와주고 그들이 우리를 자기네 집에 살도록 환영해준 것처럼 우리도 그들을 우리 가족으로 환영해주지 못할 이유가 있겠는가.

우리의 열렬함은 지속되지 않았다.

어머니가 동물 알레르기가 있었기 때문에 난 애완동물을 가져보지 못했지만 싼띠아고에서 앙헬리까와 내가 길고양이를 입양한 적은 있었다. 그 고양이가 가냘프게 울어대는 조그마한 새끼 고양이들을 낳다가 감염되어 죽었을 때 우리는 점안기를 가지고 그 아기 고양이들에게 우유를 먹이곤 했다. 그러니 누구도 우리더러 고양이과 종족에게 우호적이지 않다고 말할 수는 없으리라.

하지만, 오, 이 두마리 네덜란드 고양이들은 어찌나 사람을 괴롭히던지. 집에 돌아갈 가능성이 사라지는 것에, 칠레에서 너무 많은 사람들이 삐노체뜨의 반혁명에 동조하고 있다는 증거들이 쏟아져 들어오는 것에, 그 신(新)파시스트 정권에 대한 해외차관이 증가하는 것에 정확히 비례하여 난 그들에게 분개했다. 비논리적이고 냉담하기까지 한 행동이었지만 빌보와 호폐는 네덜란드의 영주자인데 비해 우리는 외국인이고 어떤 영속성의 가호도 받지 못한 채 매년 체류 허가를 갱신해야 하는 침입자라는 사실이 나로서는 아니꼬웠다.

그 고양이들이 우리의 임시 거처의 실제 주인이었고 그들의 냄새 나는 상자를 치우는 게 내 일이었으며 그들의 털을 옷에서 털어내고 그들의 발톱이 우리의 중고 가구를 긁지 못하게 해야 했으며 큰 맘 먹고 욕실에 들어갈 때마다 그들의 악취를 맡아야 했다. 게으르고 귀족적이며 특권을 가진 그들의 수동성은 결코 오지 않는 해방의 소식을 기다리는 우리의 삶을 되비추며 조롱했다. 호베츠 부부에게 엄숙히 약속한 대로 그들을 먹이려고 날로 된 소 허파를 자를 때면, 우리가 산 그 날고기를 그 귀하신 몸들이 소화시켜 똥오줌으로 싸서 당신들의 아파트에 더 냄새를 풍기게 하도록 작은 조각으로 자를 때면, 그들은 세계 반대편에 있는 나의 뿌에블로에게 주어지지 않는 모든 것을 대표했다. 난 상투성과 싸워왔고 그 고양이들보다 상투성을 더 혐오했지만 상황이 그랬다. 이 과도하게 발전한 나라들에서 반려동물은 우리의 기형적이고 잘못 발전한 나라에 사는 사람들이 새파랗게 시샘할 정도의 대접을 받고 있었다. 아니 내가 이 고양이들에게 품은 불만은 어쩌면 내가 그들에게 진 빚이었는지도 모른다. 극진히 대접받는 그들의 존재가 아니었다면 우리는 누군가 다른 사람의 건물에서 불법거주자가 될 수밖에 없었을 테니까.

농담이 아니다.

이 고양이들을 보살피면서, 친구들이 준 소파를 긁는다고 저주하기도 하고 비를 피할 수 있게 해준 만큼 그들을 축복하기도 하면서, 나는 우리가 이 저지대의 유일한 부랑자는 아니라는 걸 깨달았다. 주택공급 위기가 극심한 나머지 라틴아메리카 기준으로 보면 잘사는 축인 많은 젊은이들이 보조금을 받는 가격으로는 집을 세놓지 않으려고 주인들이 비워놓은 건물을 점거하는 것 말고 다른 방도가 없었다. 우리는 칠레와 라틴아메리카의 또마(점유자)들, 도시 변두리의 황무지를 점유하여 나무판자 두어개를 못으로 박아 양철지붕을 얹고 국기를 걸어놓는 농촌 이주자들 무리에 익숙했다. 더 과격했던 학창 시절에 나는 그들이 국기를 내거는 걸 도왔다. 그게 그들이 맨 먼저 하는 일이었는데 그렇게 해두면 경찰이 겉으로라도 아주 무자비하게 나오지는 못했다. 반면 암스테르담의 (쇠지레를 가지고 강제로 문을 열 때 나는 부서지는 소리를 딴 이름인) 크라커르(kraker)들은 먼저 전기회사에 전화를 하는데 전기는 사람을 가리지 않기 때문이다. 그런 다음 빈 공간에 간이침대를 놓는데 네덜란드 법에 따르면 누군가 어느 지붕 아래 이십사시간을 보내고 또 (시트로 덮여 있는 이상) 그저 꼴만 갖춘 것이라도 침대에서 잤다면 그 '세입자'는 사법명령에 의하지 않는 한 쫓겨날 수 없으며 그 명령마저 온갖 전술을 활용하여 지연시킬 수가 있다. 내 학생이었고 나중에는 친형제 같은 사람이 된 에릭 헤르존(Eric Gerzon)이 몇년 동안 크라커르 그룹 이웃에 산 적이 있었는데, 이들은 가령 자기 이름을 바꾸거나 철자를 틀리게 쓴 이름을 우편함에 다는 방식으로 영장 인수를 피했다. 국기 같은 건 없다. 퇴거당할 기미가 조금만 보여도 그저 워키토키만 있으면 수천명의 시위자들을 모을 수 있었다. 이 무단점유자들은 세련된 잡지들에 등장하여 자물쇠 따기, 전화선을 연장하는 열가지 방법, (여왕탄신일이나 나치 희생자 추모일같이) 점유하기 가장 좋은 날짜 같은 것을 설명했고 변호사와 간호사와 생활협동조합 전화번호도 알려주었다.

멀리 우리 뽀블라시온(민중)들이 겪는 비참한 광경, 아이들과 개, 닭 들이 함께 뒹구는 진흙탕에 대한 기억과 연기 가득한 판잣집과 빗속의 장례식에 대한 기억에 매여 있던 나는 경악을 금치 못하며 이런 스펙터클을 지켜보았다. 우리는 매일 격차에 대하여, 네덜란드 사람들이 우리의 곤궁과 얼마나 가까우며 또 얼마나 먼지에 대해 더 많이 배웠다. 나는 완전히 불법적인 어떤 것과 합의에서 나온 엄격한 일련의 규제가 이런 식으로 결합되어 있는 것에 어리둥절했으며, 먹고 마시고 콘서트에 가고 책을 읽고 또 번듯한 일자리를 가진 사람들이 우리처럼, 아니 어쩌면 우리보다 더한 주거취약자일 수 있다는 데 놀랐다.

우리보다 더한 주거취약자라고, 이 네덜란드 시민들이? 내가 그렇게 멍하니 관찰을 해볼 수 있었던 이유는 쿠데타 이래 처음으로 내 집이 있다고, 내 것이라고 부를 공간이 있다고 느꼈기 때문에, 처음으로 내가 감히 다시 행복해질 수도 있겠다고 믿었기 때문이다. 어느날 아침 암스텔강을 따라 이어지는 탁 트인 길로 자전거를 타고 대학으로 가다가 노래를 부르고 있는 나 자신에게 놀랐다. 멀리 나의 칠레를 두고 홀로 곰곰이 생각을 품은 채였지만 그래도 나는 노래하고 있었다. 나는 흥얼거리며 차가운 대기 속으로 모차르트를 흘려보냈다. 변덕스런 바람이 맞부딪쳐오며 나를 거의 멈춰 세우는데도 개의치 않으며, 씩씩하게 소리 높여 「더이상 날지 못하리」(Non più andrai)를 부르고, 「우리 손을 맞잡고」(Là ci darem la mano)와 파파게노의 허풍스런 사랑의 축제와 "즐거워라 나의 가슴, 만족함 넘치네"를 노래했다. 내 마음은 기쁨으로 가득했다. 내 심리의 어두운 면, 어린 시절 이래 모든 것이 비현실적이며 끝내 사라질 운명이라는 어떤 확신에도 불구하고, 잔치를 치를 때마다 사랑의 간주가 있을 때마다 번번이 댓가를 치르게 될 것이라는 병적인 신념에도 불구하고, 나라는 인격의 중심부는 언제나 환희에 차 있었다. 생명과 즐거움을 향한 열의, 거의 어린애 같고 전염성이 있는 **옵띠미스모**(낙관주의)로 흘러넘쳐서, 나는 매일 아침 그날의 모험과 경이를 맞이하려고 깨어났고, 다음 순간이 가져다줄지 모르는 것을 놓치고 싶지 않았기 때문에 고질적인 불면증 환자였다. 그리고 네덜란드는 내가 삐노체뜨가 만든 세계에서조차 기쁨의 순간들을 슬쩍 훔쳐낼 수 있을 가능성, 눈물의 골짜기만이 우리 앞에 놓인 것이 아닐 가능성을 품도록 허락해주었다.

살아남은 자들은 자신의 활력을 받아들이기 어려워하며 숨 하나하나가 죽은 이들로부터 빼앗은 것이라고 느낀다. 삶은 무자비하게, 종종 의기양양하게 계속된다. 남편의 처형 이래 처음으로 오르가즘을 느낀 미망인, 자신의 웃음으로 대기를 가른 고아, 음정이 틀린 바리톤 버전으로 기쁨의 송가를 부르며 폰델공원(Vondelpark)을 가로질러 자전거를 타는 추방된 작가. 우리들은 사랑한 이들이 이런 걸 바랐을 것이라고, 과거의 노예가 되어 발을 끌며 슬픔으로 물러나지 말고, 한 사람 몫의, 두 사람 몫의, 세 사람 몫의 삶을 살아가기를 바랐을 것이라고 스스로에게 말한다. 삐노체뜨는 우리가 슬퍼하기를 바라니까. 그러니 여보게, 삐노체뜨에게 갚아주기 위해서라도 춤을 추세.

그렇다. 내가 살아 있다는 걸, 이 지구 위의 거주자라는 걸 기뻐한다는 사실을 인정할 때다. 새로운 아이를 세상으로 데려오고, 우리 삶의 조류와 역사의 조류를 새로운 방향으로 바꿀 시간이다.

너무 오래 둘째 아이를 미루었다.

로드리고가 막 태어나고 일년 반 동안 버클리에 가서 1968년과 1969년을 히피들과 헤이트애시베리(Haight-Ashbury) 그룹들과 지내면서 별빛 아래 흥에 취하며 전쟁 아닌 사랑을 나누던 때 우리는 지금은 아니야, 아홉달과 또 그다음 몇년을 종의 재생산에 바칠 때가 아니야,라고 생각했다. 그다음, 아옌데 혁명 시기에도 한 나라를 탄생시키고 새로운 사회질서를 낳는 지금이 아이를 세상에 내보낼 때는 아니야, 그럴 때가 아니야,라고 생각했고, 또 그다음 쿠데타가 일어나고 망명의 세월을 보낼 때도 빠리에서는 아니야, 여기서 입 하나를, 아플지도 모르는 생명 하나를 더하는 건 생각도 할 수 없어,라고 생각했다. 네덜란드에 도착하고 새로운 피난처에서 많은 친구들에 둘러싸여, 그리고 결코 사소한 문제가 아닌 의료 혜택과 보험과 일자리와 은행계좌를 얻어 안정된 첫 두해를 보내고 나서야 이제 때가 되었다 지금이 때다,라고 느꼈다.

그 중대한 결정 다음에 자동적으로 수정과 임신이 뒤따른 건 아니었다. 동생이 갖고 싶었던 열살배기 로드리고, 열광적이고 사랑스러운 로드리고가 우리 침대에서 껑충껑충 뛰면서 뭘 기다리고 있냐고 빨리 어떻게 해달라고 요구하면서 바모스, 바모스(힘내라 힘내라)를 외치는 와중에 우리는 아이를 만들려고 한해를 부지런히 애썼다. 의사는 우리가 몇년 동안 피임장치를 썼기 때문에 자연히 그럴 수 있다며 걱정 말라고 했지만, 뭔가 잘못된 게 아닌가, 그 몹쓸 삐노체뜨가 뭔가 흑마술을 부려 자기 같은 폭군에게 불리하도록 저울추를 건드릴 수 있는 아이는 이 세상에 태어나지 못하게 헤롯(Herod)왕이 그랬던 것처럼 무슨 수를 쓴 게 아닌가 하는 생각이 나도 모르게 들었다.

사실을 말하면, 우리가 아이를 갖게 된 데는 싼디니스따들의 도움이 있었다. 어째서냐면 이렇다. 1978년 5월, 나는 니까라과 작가 두 사람의 네덜란드행을 추진했다. 비범한 성직자 시인 에르네스또 까르데날(Ernesto Cardenal), 그리고 이후 그의 걸작이 나왔지만 당시에도 이미 중앙아메리카의 위대한 소설가로 여겨지던 (1985년 싼디니스따 정부의 부통령이 될) 쎄르히오 라미레스(Sergio Ramírez)였다. 이 여행의 핑계가 되어준 건 네덜란드인들이 조직하고 지원하여 코펜하겐 북부의 해변 도시에서 열린 라틴아메리카 문학 학술대회였다. 하지만 진짜 이유는 이 두 싼디니스따 특사들이 유럽의 정치계와 접촉하는 것이었는데 그 출발점인 네덜란드 사회민주당원들은 다른 그룹들에게 이들을 소개하는 데도 적극적이었다.

나는 칠레의 문화적 저항에 대한 지지를 얻어내기 위해 베를린에 며칠 들르는 동안 쎄르히오 라미레스의 집에 묵기도 했는데, 그가 암스테르담에 올 때는 빈손이 아니었다. 우리가 둘째를 가지려고 애쓰는데 잘 되지 않는다는 이야기를 들은 그의 배우자 뚤리따(Tulita)가 앙헬리까에게 꼬스따리까 싼호세 시장에서 산 자그마한 다산(多産)의 신 금개구리상을 보낸 것이다. 내 아내는 감사히 그것을 목에 걸고서 내가 쎄르히오를 따라 스칸디나비아 여행에 합류해야 하는 이 사태가 그녀의 배란기에 내가 재생산 의무를 다하지 못하게 만들 것이라는 데서 오는 좌절감을 감추었다.

또 한달이 그냥 흘러갈 참이었다!

니까라과 연대를 위한 여행을 떠나기 전날 밤, 앙헬리까와 나는 몇달 만에 처음으로 종을 번식하기 위해서가 아니라 그저 우리의 외로움을 달래기 위해 사랑을 나누었다. 곁에 둔 다산 개구리는 분명 빙그레 웃었을 것이다. 이보게들, 바로 그렇게 하는 거야, 아이란 애쓰기를 관두는 순간에 생길 거니까, 그냥 두 육체가 이런 시대에도 여전히 살아 있다는 기적을 즐기라고, 그게 다야, 나다 마스 께 에소 (그거 이상은 없어)라면서. 왜냐하면, 자, 보시라, 1978년 7월(싼디니스따가 승리하기 꼭 일년 전!)에 앙헬리까의 배가 살짝 나오면서 병원에서 한 검사가 이미 우리에게 알려준 바를 확인해주었다. 그녀가 아이를 가진 것이다! 그리고 나도 내 나름으로 아이를 가졌다. 그러니까, 말하자면 문학으로 임신을 한 것이어서, 아이와 함께 소설이 자라고 있었던 것이다. 만사가 딱 맞아떨어지는 것처럼 보였다. 문학도 생식력도 그리고 역사 그 자체도.

둘째 호아낀처럼 소설도 세상에 오기까지 오랜 시간이 걸렸고, 또 우리 둘째가 그렇듯 망명에서 만들어졌으며 네덜란드에 도착한 몇 달 후에 내게 찾아온 엉뚱한 생각에서 나왔다. 삐노체뜨가 곧 죽을 거라는 우리의 예언을 무시하고 있다는 걸 깨닫게 되자 그의 공포정치가 칠레인에게, 특히 칠레 젊은이에게 어떤 혹독한 비용을 강요하고 있는지에 관한 질문들이 생겨난 것이다. 내가 그 금지당한 동포들에게 다가갈 방도만 있다면……

그즈음 난 친구인 오스까르 까스뜨로(Oscar Castro)를 긴 시간 인터뷰했고 앙헬리까가 예의 관대함으로 인터뷰 녹취를 출판할 수 있게 풀어주었다. 오스까르는 몇년 동안 칠레의 수용소 이곳저곳을 전전했는데 더 나은 앞날을 예고하며 선장이 배와 함께 가라앉는 내용의 공연을 싼띠아고에 올린 데 대해 처벌받은 것이었다. 비밀경찰은 그것이 쌀바도르 아옌데를 아주 대놓고 암시한 걸로 본 것이다. 극단의 다른 멤버들도 수감되었고 어머니와 매형은 '실종'되었다. 이런 박탈이 엄습했음에도 오스까르는 여전히 창조적이었다. 첫번째로 들어간 수용소 멜린까(Melinka)에서 격리 수감된 이 극작가 겸 배우는 자기가 썼지만 '저명한 오스트리아 작가 에밀 칸'의 작품이라 내세운 전복적인 코미디들을 무대에 올렸고, 자신이 연극사에 얼마나 무지한지 보여주고 싶지 않던 군 지휘관이 이 공연을 승인해준 것이다.

그런데 오스까르가 철조망 안에서, 언제라도 그를 두드려 팰 수 있고 그와 그의 가족까지 죽일 수 있는 경비요원들의 쉼 없는 감시의 눈초리를 받으면서도 그런 일을 할 수 있었다면 망명의 자유를 누리는 내가 그와 비슷한 일을 하지 못할 것이 무엇이겠는가?

어쩌면 암호로 만들어서 뭔가 쓸 수 있을지도 몰랐다. 바위에 부딪혀서인지 어떤 사악한 인간의 손에 훼손되어서인지 알아볼 수 없는 상태로 강을 따라 떠내려가는 시신을, 네명의 남자 가족을 잃고 정신을 놓은 어느 노파가 자기 가족이라 주장하는 시를 얼마 전에 읽었는데, 그걸 흉내내어 2차대전 시기에 남자들이 모두 실종되고 여자들만 남아서 기다리는 어느 그리스 마을에 관한 이야기를 쓸 수도 있을 것이었다. 구상해보건대 소설에서는 군대가 시신을 태우고 장례를 금지할 때 이 나라의 무의식의 강에서부터 밀려온 어떤 시신이 등장하게 된다. 나는 『안티고네』(Antigone)와 『트로이의 여인들』(The Trojan Women) 사이를 교차하는 이 소설을 나치 통치기에 죽었는데 최근에야 원고가 발견된 어느 덴마크 작가의 작품이라는 식으로 해두려고 했다.

나는 하인리히 뵐에게 연락했고 그는 이 잊혀진 텍스트를 '발견'

하기로 동의했다. "쏠제니찐이 원고를 자기 나라에서 몰래 빼내는 것도 도왔는데 당신 원고를 당신 나라 칠레 안으로 보내는 걸 못 도울 이유가 뭐겠는가"라고, 쾰른 근방에 있는 그의 집에서 함께 차를 홀짝이며 스트루델을 먹을 때 그는 장난스럽게 눈을 반짝이며 말했다. 그리고 내가 좋아하는 비범한 장편과 단편들을 썼고 당시 나의 멘토이기도 했던 홀리오 꼬르따사르(Julio Cortázar)는 내게 있지도 않은 프랑스어 원문을 스페인어로 옮긴 '번역자'로 자기 이름을 기꺼이 사용하라고 내주었다. "내 생애에서 가장 쉬운 번역이 될 거야"라며 빠리의 그를 방문한 내게 그는 말했고 빙그레 웃으며 우리의 농간을 기념하기 위해 루이 암스트롱(Louis Armstrong)의 1940년대 음반을 걸었다. "난 그냥 자네의 스페인어 원본을 갖고 모든 공을 다 차지하는 거지." 이 정교한 문학적 사기(詐欺) 행각은 칠레의 저명한 편집자로부터 격려를 받았는데 이 편집자는 내게 싼띠아고에서 내 소설을, 물론 가짜 덴마크 이름으로, 출간해보겠다고 했다. 물론 어떤 내용이냐가 중요했다.

내 부모님은 매년 여름 아르헨띠나에서 날아와서 우리 힘으로는 감당할 수 없었을 휴가를 보내주곤 했는데, 그해 나는 그들을 설득해서 나의 사기 소설의 배경으로 삼고 싶은 나라를 방문했다. 그렇게 해서 1978년 여름 나는 크레타섬에서 한때 변기 위에서 한사코 나를 거부하던 그 타자기로 새 소설의 첫 문장들을 썼다. 그 문장들은 이런 것이었다. 오뜨라 베스 라 비에하 데 미에르다? 오뜨라 베스? 또 그 늙은 할망구야? 그 늙은 할망구? 그 작은 그리스 마을의 대위가 격분하여 뱉는 말이다. 크레타섬에서 한주를 보내기 전에 앙헬리까와 나는 닷새간 차를 빌려 내 부모님이 아테네 근방의 자갈 해변에서 로드리고를 봐주는 동안 펠로폰네소스 반도를 둘러보았다. 나는 "봐, 저길 봐. 시신들이 떠오를 강이 저기 있어. 저 염소들을 봐. 검은 옷을 입고 눈 한번 깜박이지 않는 저 노파를 봐"라고 아내에게 말하곤 했다.

내 경우보다 훨씬 더 영광스러운 잉태로 충만했던 앙헬리까는 내 말에 토마토와 염소치즈와 올리브와 몇시간 전에 막 구워진 빵을 끝도 없이 먹으며 미소짓곤 했다. 우리는 그리스 신들의 이름을 딴 별자리 아래서 잤고 조르바쯤은 쩨쩨한 인간으로 보이게 할 만큼 방종한 어부들과 친구가 되었다. 우리는 아가멤논이 트로이에서 돌아와 죽음을 맞이한 곳에 가까운 술집에서 그들과 춤을 추고, 델피의 협곡에 대고 질문을 던졌으며, 에피다우루스에서 오이디푸스가 자기 눈을 찌르는 것을 보고 오디세우스를 고향으로 데려다 준 파도치는 바다에 귀를 기울였다. 크레타섬의 오두막에 도착할 때까지 소설은 내 마음속에서 계속 익어갔고, 빠리의 그 비참했던 호텔, 의혹과 질문으로 가득했던 그 방에서 아주 멀리 떨어진 그곳에서 나는 이른 아침마다 글쓰기를 이어갔다. 내 나라뿐 아니라 너무도 많은 다른 불행하고 방치된 나라들의 이야기, 강들과 대위들과 함께 남겨진 미망인들과 어머니들의 이야기를 쓰는 것은 내게 커다란 해방감을 안겨주었다.

단언컨대 앙헬리까의 뱃속에 잉태된 아이와, 바로 그 그리스인들이 예술적 사로잡힘이라는 불가해한 행위를 의인화하여 발명한 뮤즈가 잠을 깨운 말들 사이에는 어떤 마법 같은 연관이 있었다. 앙헬리까 안에서 우리의 막내가 자라던 하루하루는 삶이 죽음보다 더 강하며 내가 맞서 일어나 침묵을 깨뜨리듯 사람들이 독재에 맞서 들고 일어나리라는 증거였고, 내가 쓴 한마디 한마디는 아옌데 시절의 에너지와 신념이 꺾이지 않았고 앙헬리까의 자궁에서 꿈틀거리는 미래가 승리를 예견하고 있음을 확인해주었다.

우리가 그랬듯이 죽은 자들이 그림자에서 일어서 나올 것이었다!

그리고 이어 그해 1978년 11월 내가 『과부들』이라 제목을 붙인 그 소설을 마무리하고 있을 때 실제 데사빠레시도(실종자)들이 모습을 드러냈다. 자기 집에서 끌려 나와 살아서는 다신 보이지 않았던 열다섯명의 농민들의 시신이 1973년 10월 론껜의 시골 마을 근방의 버려진 갱도에서 발견된 것이다.

론껜 이후 다른 곳에서도 데사빠레시도들이 출현하기 시작했다. 바다에서 쓸려 오고 경작된 밭과 신병훈련소 언덕 아래 있던 집단 무덤에서 솟아오르고 강둑에서 발견되고 아따까마(Atacama)사막의 모래가 담고 있던 시신들이 드러나면서 발굴들이 서서히 이어졌지만, 갱도에서 발견된 시신들만큼 삐노체뜨 정권에 강력한 도전이 된 사례는 없었다. 그 전까지 갈등은 친지들의 고립된 사적인 기억과 너무나도 공적인 군대의 총과 반박 및 그들의 오만방자한 언론들 사이에서 벌어졌다. 이제 당사자들의 살갗과 둔부와 뼈에 가해진 부인할 수 없는 폭력이, 두려움 때문이든 안락 아니면 공모 때문이든, 대다수가 이들의 실종에 대한 허위 진술을 받아들이는 쪽을 택한 이 나라의 의식을 내파했다. 론껜의 죽은 이들은 합당하게 매장되지 못하고, 다시 한번!, 정부에 의해 납치되어 표지도 없는 무덤에 던져졌다. 또다시 찾아갈 묘지를 잃은 여자들은 매주 일요일, 그 목숨들에 저질러진 범죄가 바위와 풍경에 고스란히 새겨진 그곳 광산을 찾기 시작했다.

나는 암스테르담에서 낙담과 도취가 뒤섞인 심정으로 이 모든 것을 지켜보았다. 낙담에 관해서라면 설명이 필요 없을 테고, 도취는 그보다 더 불가사의하고 미묘했다. 시신들이 죽음의 땅에서 돌아온 것은 살아남은 여인들의 의지 때문이라고 나는 믿었다. 그러나 또 멀리서 미력하게나마 그 실종된 사람들의 목소리로서 내가 했던 역할에서 오는 뿌듯함을 느꼈다. 『과부들』을 쓰기 시작한 것은 시신 한구가 발견되기 몇달 전의 일이었다. 폭력에 의해 종결된 그들의 삶을 부재(不在)로 그리는 대신 나는 시신들이 돌아온다면 어떤 일이 일어날지, 유해들이 숨겨진 채 있기를 거부하는 것만으로 강력하게 정의를 요구하게 되리라고 예견한 것이다.

마치 나의 말이 죽인 이들을 불러낸 듯이.

돌이켜보건대 스스로의 글쓰기에 마술적 역할을 부여한 데는 들뜬 오만함이 섞여 있었음을 알게 되지만 그건 용서할 만한 것이었다. 그렇게 해서야 나를 빼고 칠레에서 벌어지는 사건들에 미미하게나마 당사자로 참여할 수 있었기 때문이다. 나의 말이 현실과 투쟁 그 자체를 만들고 있으며 설사 멀리 내 조국의 누구도 내게 귀를 기울이지 않고 나의 말을 읽지 않는다 해도 나는 예언자다, 하는 환상이 내게 필요했던 것인지도 모른다.

그렇다면 도무지 잘못될 일이 뭐란 말인가?

암스테르담 주택 담당기관에서 온 편지가 바로 그 잘못될 일이었다. 친구 에릭이 공들여 내용을 번역해주었다. 바위텐벨더르트의 아파트를 임대해준 호베츠씨 부부가 네덜란드로 돌아오지 않겠다고 알려왔습니다. 법은 그들에게 이 부동산을 일년간 재임대하도록 허가하면서 예외적으로 십이개월을 더 연장해주었으니 오는 1978년 12월까지는 주택보조금을 받을 권리를 가진 새 세입자에게 집을 비워주어야 합니다. 도르프만씨는 규정에 따라 이 아파트를 넘겨줄 수 있게 준비해주시겠습니까?

나는 이 퇴거고지서를 보다가 고개를 들었다. 저쪽에 앙헬리까가 이미 불러오는 배를 하고 있었고 로드리고는 하늘이 무너지기라도 하는 양 함성을 지르며 뛰어다니고 있었으며 그리스에서 보낸 휴가가 끝난 뒤 몇주 동안 우리와 함께 암스테르담에서 지내다가 곧 아르헨띠나의 상대적으로 안전한 본인들의 아파트로 돌아갈 부모님이 있었다. 그리고 이쪽에는 이 아파트의 실질적인 주인이자 이제 곧 자신들의 보호자와 함께 거리로 쫓겨날 고양이 빌보와 호페가 귀족적인 자태로 방으로 걸어 들어오고 있었다. 그리고 저기에 다행스럽게도 네덜란드말과 요령을 알고 있는, 누구보다 침착하고 차분한 에릭, 걱정하지 말라고, 뭔가 협상의 여지가 있을 거라고 말해주는 에릭이 있었다. 그리고 실제로 에릭의 도움과 내가 쓴 이야기 몇편을 번역해주고 있었던 학생 딕 블룸라트(Dick Bloemraad)의 지원에 힘입어 시 당국은 우리에게 1979년 7월까지 여섯달의 유예를 허락해주었다. 하지만 이보세요, 우리는 일년이 더 필요하다고요.

그래서 나는 내가 가진 제일 좋은 옷을 걸쳐 입고 감사하게도 이제는 이름을 잊어버린 어느 여성과 인터뷰를 하러 갔다. 그녀는 나를 정중히 맞이했고 겉으로는 내 대학 강사직과 자격증, 그리고 서류가방에 넣어 가져가서 그녀 책상 위에 두개의 작은 탑으로 쌓아올린 출판저작 파일들, 잔뜩 과장한 이력서, 집행유예를 준다면 우리 가족은 1980년 8월에는 나가겠노라는 나의 약속에 짐짓 깊은 인상을 받는 듯 보였다. 그녀가 이토록 뛰어난 학자에게 일년의 유예기간을 주는 데는 어떤 문제도 있을 수 없다고 장담했을 때 나는 내 마지막 카드를 꺼냈다. 서류가방에서 『보그』(Vogue)와 『마리 끌레르』(Marie Claire)의 중간쯤 되는 네덜란드 잡지 『애비뉴』(Avenue)를 꺼낸 것이다. 나는 목차에 있는 내 이름을 가렸다. 그 호에 내 단편 하나가 실렸으니 괜찮다면 간단한 인사말을 써서 한권 드리겠노라고 했다. 내가 대략 다음과 같은 말을, 물론 영어로 휘갈겨 쓰자 그녀는 만족한 태도로 감탄사를 읊조렸다. 우리에게 피난처를 제공해준 네덜란드 구세주에게, 즐겨 읽으시도록 이 이야기를 바칩니다.

우리는 절친한 벗으로 헤어졌다.

두주 후 시 당국으로부터 1979년 7월까지 우리가 거주지를 떠나기를 기대하고 있으며 그렇지 않으면 퇴거당하게 될 것임을 재차 알리는, 바로 그 행정관이 보낸 편지가 도착했다.

"어떻게 된 거야?" 놀란 앙헬리까가 내게 물었다. "이 여자 당신 절친 아냐? 완전히 매료시켰다며?"

네덜란드인 친구들과 의논하면서 우리는 증거를 하나하나 검토했고 마침내 또 한명의 내 학생인 에미 크반트(Emmy Quant)가 이제 나의 공인된 적이 된 그 여성에게 내가 준 바로 그 호 『애비뉴』를 보았고, 내가 쓴 이야기의 첫줄을 읽고는 얼굴을 붉혔다.

"이것 때문이네요." 첫 구절을 가리키며 그녀가 말했다.

"그게 뭐 어때서?"

"좀 너무 세네요. 사실, 아주 많이 세네요. 그러니까 점잖은 사람들 사이에서는 말하지 않는 단어들이에요."

갑자기 이해가 됐다. 이 이야기 「가족 안에서」(En Familia)는 쿠데타 이후 칠레의 어느 젊은 신병을 그린 것인데 집으로 돌아온 그를 맞은 것은 무직(無職)과 군대를 혐오하는 자존심 강한 아버지였고, 그의 입에서 나온 첫마디는 대략 '떼니아 께 쎄르 미 뿌따 쑤에르떼'였다. 씹할 내 운명이었겠지. 이 이야기를 번역한 테사가 네덜란드어로 옮긴 원고를 가져왔을 때 나는 그것이 'Godverdomme'로 시작하는, 빌어먹을 내 운명이었겠지,라고 되어 있어서, 내 주인공이 '뿌따'(창녀)라고 말하게 할 때 담기는 아이러니, 즉 그의 쌍둥이 여동생이 가족을 먹여 살리느라 몸을 파는 창녀가 된 것이 이 군인 자신의 운명을 거울로 비추게 되는 아이러니가 사라진 것을 알았다. 그 또한 일종의 창녀, 삐노체뜨의 창녀가 되었고, 그리하여 오빠와 여동생이 어디 도망칠 수도 없이 칠레에 갇힌 채로 독재에 오염되지 않은 어떤 다정함의 영역을 살려놓고자 필사적으로 노력하고 있었다. "양념을 좀 쳐봐." 난 테사에게 지시했다. "네가 생각할 수 있는 가장 상스러운 성적 표현을 사용해."

그녀는 반신반의하며 '씹'에 해당하는 단어를 말했고 난 고개를 끄떡이며 동의했다. 그래, 안벽해. 마초 남자가 자기 동생을 가리키는 줄도 모르고 여성의 성기를 입에 올리는 거지.

"『애비뉴』쪽에서 좋아하지 않을 수도 있어요." 테사가 말했다.

"어쩌면 고쳐달라고 요구할지 몰라요."

불행히도, 『애비뉴』는 내 제안을 받아들였다. 나는 주택 당국의 그 여성이 받아들이지 않을 용어를 사용하여 일을 그르쳤다. 나의 문학, 나의 과잉 본능이 그녀의 기분을 거스른 나머지 그녀로 하여금 이자를 암스테르담에서 제거해야겠다고 결정하게 만든 것이다.

이 위협을 더 우려스럽게 만든 것은, 아직도 실제로 일어났다고 믿기 힘들 정도로 터무니없이 우연적인 어떤 사건 바로 다음에 일어난 일이라는 점이었다.

1978년 어느 토요일 늦은 오후, 나는 엄청나게 부른 배를 한 앙헬리까의 비호를 받으며 암스테르담의 문트광장(Muntplein)을 가로지르고 있었는데, 횡단보도에 한가하게 멈춰 있던 어떤 커다란 고급차가 갑자기 빨간불을 무시한 채 가속해서 앙헬리까를 살짝 밀쳤다. 나는 돌아서서 그 범법 차량에 세찬 발길질을 날리며 멀리 있는 파시스트들을 위해 아껴두는 편이 나을 분노를 대신 쏟아냈다. 삐노체뜨가 그 차를 몰고 있었던 건 아니었으나, 불행히도 차 주인은 너무 가까이 있었던 것이다. 어쨌거나 자기 재산을 보호하고자 한 그 작달막하고 성질 급하고 다부진 백발의 차 주인은 어떤 거룩한 분노에 사로잡혀 내게 욕설을 퍼부었고, 우리 생명을 위협한다고 그를 비난하는 주변 사람들이 없었더라면 뭔가 더 신체적인 공격을 가했을지도 몰랐다. 지켜보던 이들 중 한 사람이 나더러 가까운 경찰서에 고발하라고 권했고 그곳에서 나는 자기도 고소를 제기하러 이미 와 있던 그 새로운 적과 다시 한번 험악한 표정을 주고받았다.

그 사건에 대해 더는 생각하지 않고 있었는데 한달 후 나는 그의 차에 입힌 손상을 보상하든가 아니면 합당한 처벌을 받으라는 공격적인 요구를 담은 편지를 한통 받았다. 얼토당토않은 협박이라고 여기던 터에, 친구들이 내게 편지지에 적힌 그 남자의 직업인 되르바르더르(deurwaarder)가 세입자를 집에서 쫓아내고 체납금을 물리려고 재산을 압류하는 나쁜 놈을 가리키는 집행관을 뜻한다고 알려주었다.

갑자기 디킨즈 소설에 나올 법한 미래가 내 눈앞에 번뜩 떠올랐다. 오는 7월, 문을 두드리는 소리에 나가면 그 남자, 우리의 적이 앙갚음할 태세를 하고 서 있을 것이었다. 도르프만 선생, 이제 내 차례군요. 누가 마지막 발길질을 날릴지 볼까요. 이제 누가 자기 재산을 가장 잘 지킬 수 있는지 볼까요, 도르프만 선생. 그리고 그 사람 뒤에서 그 주택 담당관 여성의 이미지가 메두사 같은 망령으로 모습을 드러낸다. 자 누구를 씹할년이라고 부르고 있나요, 도르프만 선생? 당신 자신의 인생이 문학적 악몽으로 변하니까, 당신의 염병할 주인공이 그랬듯이 당신의 염병할 운이 다하니까, 당신 소설에서 그 주인공이 칠레에서 그랬듯이 당신이 이제 곧 암스테르담에서 쫄쫄 굶게 될 테니까, 어떠신가요?

그런 과열된 장면은 물론 일어나지 않았다.

호아낀이 태어나자 만사가 신속하게 해결되었다.

아니 그렇다기보다, 적절히 공을 돌리면 이렇다. 호아낀의 대부와 대모 들이 새로 태어난 이 네덜란드 아기나 그 부모를 이 나라에서 다시 집도 절도 없이 떠돌게 내버려두지 않은 것이다. 네덜란드에 있는 수백개의 칠레 위원회들 사이의 조율을 맡고 있던 에미 크반트는 교묘한 수를 써서 암스테르담 시장과 만나는 자리를 만들어냈고 거기에 우리를 아는 선량한 네덜란드 친구들이 칠레를 지지하는 일군의 성난 지원군들과 함께 몰려갔다. 다음과 같은 메시지가 전달되었다. 만일 도르프만 가족을 내버려두지 않는다면 에미와 그 친구들이 시장 사무실을 점거하고 시정(市政)의 대들보를 뒤흔들 항의시위를 개시할 것이다,라고.

이틀 후 나는 나의 특별한 사정을 감안하여 1980년 8월까지 아파트에 그대로 머물러도 좋다는 편지를 받았다. 그리고 곧이어 경찰청에서 우리를 거의 칠 뻔했던 그 운전자가 난폭운전에 대해 질책을 받았음을 알려왔다.

얼씨구나! 다시 한번 나는 구원을 받았고, 다시 한번 나는 모든 것이 달아오르는 쪽으로 도박을 했고, 다시 한번 내가 옳았다. 이 모든 곤란을 하나의 징조로 받아들였어야 하는데 나는 삶의 결정적인 순간마다 늘 어찌어찌해서 재난을 모면해왔다는 점 때문에 제대로 보지 못했다. 쿠데타가 있었고 그로부터 마땅히 배웠어야 함에도, 숱한 망명과 위기일발을 겪었음에도, 나는 스스로를 언제까지나 말로써 불운을 모면할 수 있는 총아로 상상했다. 심지어 죽음이 나를 쫓아다닌다 해도, 아니 어쩌면 죽음이 내게 들러붙어 나를 놓아주지 않기 때문에, 어떻게든 넘어지지 않을 거라고 여겼다. 이 어찌할 수 없는 낙관주의는 끝없는 에너지만큼이나 내 성격의 핵심적인 일부였고 가장 혹독한 상황에서도 나로 하여금 다시 털고 일어설 수 있게 해주었다. 이민자의 아들에게 흔히 볼 수 있는 이런 태도는 내 경우에 활기차고 뭐든 할 수 있었던 미국에서의 유년 시절 덕분에 더 강해졌지만 불리한 면도 없지 않았다. 운명이 언젠가 내게 등을 돌릴 수 있다는 것, 인생은 게임이 아니라는 것, 인생이 게임이라면 더구나 어느 순간 잃을 각오가 되어 있어야 하고 운에 따라 산산이 깨질 각오가 되어 있어야 한다는 것을 고집스럽게 거부하는 패턴으로 나를 이끈 것이다.

망명은 아직 돌릴 패를 꽤 갖고 있었고 몇가지 우리를 놀래킬 일도 준비해두고 있었다.

1990년 칠레로 돌아갔을 때의 일기에서

8월 23일
호아낀이 계속 울고 있다.

아이는 숙제를 앞에 둔 채 식탁에 앉아 있는데 바깥에선 겨울날이 저물어가고 안은 음산하게 추운, 여느 때와 같은 주중의 저녁이고, 내가 가진 유일하고 공허한 위안은 이게 어쩌면 이 아이에게 좋은 일인지 모른다는 것, 어쩌면 이 일이 아이를 강하게 만들어주어서 아이가 물려받은 것으로 보나 이 세계의 파산 상태로 보나 힘들 것이 분명한 앞으로의 삶에 대비하게 해주리라는 것, 어쩌면 이 일이 방랑하는 도르프만 일족에게 내려진 저주를 깨고 이 가족을 괴롭혀온 숱한 망령들을 끝장내기 위해 이 아이가 겪어야 하는 일이라는 것이다. 하지만 나는 아이에게 그렇게 말하지 않고, 착하디착한 이 아이는 자신의 슬픔으로 내 귀가를 망치지 않으려고 눈물을 삼키려 애쓰면서 자기를 내려다보며 머리를 쓰다듬는 나를 올려다보고 웃으며 최선을 다해 다 괜찮을 것인 척하고 있다. 아, 나는 스스로를 속이며 또다시 가슴이 찢어지는 일 같은 건 없을 거라 믿어버린 것이었다.

매일 아침 동트기 전 난 얼어붙게 추운 이 집에서 그 아이를 깨운다. 지난 삼년 동안 괴롭혀온 악몽의 결과로 늦게 잠드는 습관이 붙은 아이는 눈을 제대로 뜨지도 못한 채 서둘러 옷을 입고 차로 한시간 걸리는 싼띠아고 저쪽 반대편에 있는 학교까지 데려다줄 사설 밴에 타는데, 비용은 들었지만 거기까지 가는 사이에 다른 아이들과 친해질 거라는 게 우리의 계획이었지만 그 밴에서도 학교에서도 아이는 친구를 사귀지 못했다. 사실 오를란도(Orlando)라는 친구가 한명 있기는 했지만 어느날 아침 일찍 호아낀을 자기 생일파티에 초대해놓고는 몇시간 후에 아버지가 갑자기 아파서 파티를 미룰 수밖에 없다며 초대를 취소했다. 어찌나 빤히 보이는 핑계였던지! 근처 탁자에서 오를란도의 친구들 무리가 호아낀의 굴욕을 즐기며 환호하고 있었다. 그 아이들이 이 악의적인 행동을 부추긴 것이 분명했다. 그리고 이 값비싼 미국 사립학교의 다른 모든 것들이 마찬가지로 재앙이었다. 니도 데 아길라스 국제학교는 학생들이 영어를 잊어버리지 않게 해줄진 몰라도 이 나라의 다른 학교들과 똑같이 숨막히는 전통적인 칠레식 교육방식을 시행하는 곳이었다.

호아낀이 떠나온 더럼과는 극과 극이었다. 이 일기가 언젠가 빛을 보게 되어 칠레 독자들이 이게 다 무슨 난리인지 의아해할 경우를 대비해서 단적으로 말한다면, 호아낀은 미국에서 최고의 프렌즈(퀘이커) 스쿨을 다녔고 친한 친구들도 다 거기 있었다. 그들은 편지도 쓰고 전화도 하면서 호아낀이 얼마나 보고 싶은지 이야기하는 반면, 여기서는 담임선생님이 우리에게 이 아이가 스페인어를 충분히 열심히 하지 않는다고 비난하는 메시지를 보낸다. 맙소사, 내 안에서 이제 겨우 화해에 이른 이 두 언어가 내 어린 아들에게서 대리전을 시작하게 될 것인가? 난 그 선생님에게 아이가 스페인어를 배우려고 얼마나 노력하는지 알아주십사 하는 답장을 썼다. 아, 만일 호아낀이 우리한테 말해주었다면 난 이 비슷한 사례를 열개, 아니 어쩌면 그보다 더 많이 들 수 있을 테지만 아이는 불평하지 않았고 도리가 없을 땐 그저 울기만 하는데, 아들이 우는데도 내가 해줄 수 있는 게 아무것도 없다.

금세기 가장 추웠던 날 네덜란드에서 그 아이가 태어났을 때 이 아이만큼은 고생을 겪지 않게 해줄 수 있으리라 의심치 않은 걸 생각하면 어처구니가 없다. 그뿐 아니라 난 새로 태어난 우리 아들이 두려움으로 가득한 이 세계와 우리를 정화해줄 분명한 메시아적 목적을 갖고 세상에 왔음을 확신했고 열광적으로 이를 널리 알리는 일도 서슴지 않았다.

거리에는 버려진 차량들이 점점이 놓여 있었고 길이 얼어서 너무 미끄러웠기 때문에 암스테르담 외곽에 있는 니콜라스 튈프 클리닉(Nicolaas Tulp Kliniek) 산부인과 병동으로 가는 데 경찰의 에스코트를 받아야 했다. 1979년 2월 16일의 그 새벽, 앙헬리까와 나, 그리고 더 핵심적으로는, 세상에 나와 지구를 구할 태세가 되어 있던 호아낀, 우리 셋만으로는 거기까지 갈 수 없었을 것이다.

십이년 전 칠레에서는 병원 방침에 따라 병실에서 추방되는 바람에 난 로드리고의 탄생을 볼 수 없었다. 이제 비유가 아닌 진짜 추방을 당한 내가 고국과는 먼 이 얼어붙은 나라에서 산파 비슷한 역할을 하게 되었으니, 보수적인 조국의 숨막히는 관습에서 벗어나 진짜 아버지가 되는 이 경험은 쫓겨나는 일이 가져다준 이상하고 역설적인 선물이었다.

그날 밤 병원에서 앙헬리까는 산부인과 의사가 늦게 오는 바람에 몇시간 동안 아이를 그대로 뱃속에 넣어두고 있어야 했다. 놀란 네덜란드 간호사가 처음에는 의사인 크라머르(Krammer) 선생을 새벽 두시에 눈보라를 뚫고 오게 만들었으나 분만이 임박한 건 아니라는 걸 알자 그는 다시 집으로 돌아갔다. 그러고 나서는 매번 진통이 올 때마다 그 간호사가 의사 선생님이 도착할 때까지 아이가 나오면 안 된다고 엄중히 경고만 하고 마는 바람에, 나는 결국 미친 척하며 흉포하게 날뛰는 얼빠진 외국인을 연기하기로 했다. 내가 소리 지르며 복도를 오락가락할 태세를 하자 마침내 그녀는 누그러져 비록 여전히 느릿느릿하기는 했지만 앙헬리까가 분만의 마지막 단계를 거치도록 채비를 시작했는데, 크라머르 선생은 눈 맞은 오버코트를 입은 채 문을 밀고 들어와서는 앙헬리까가 여태 제대로 된 분만실로 옮겨지지 않은 데 놀랐다.

그는 앙헬리까를 한번 보더니 그녀의 다리 한쪽을 붙잡고는 내게 팔을 다른 쪽 다리에 걸라고 지시한 다음 네덜란드 억양이 있는 영어로 그녀에게 밀어내라고, 밀어요, 앙헬리까, 몸에 있는 근육을 다 써서 밀어요, 밀어, 밀어,라고 말했고, 내가 엠뿌하, 미 아모르, 뿌하, 뿌하,라고 하면 이 선량한 의사는 홈통에서 거칠게 나오는 듯한 네덜란드식 'ja' 발음을 사용하여 뿌야, 뿌야, 앙헬리까!라고 알지도 못하는 스페인어로 내 말을 반복했다. 상황이 조금만 덜 급박했어도 난 아마 웃음을 터뜨렸을 것이다. 일분이 지나자 앙헬리까처럼 검은 머리카락을 한 머리끝이 비죽 나오는 게 보였고 그다음엔 널찍한 이마와 꼭 감은 두 눈과 주름진 코와 얼굴이 나왔는데, 그 생김새하며 낯빛이며 아기는 앙헬리까의 돌아가신 아버지를 꼭 닮았다. 난 스페인어로 에스 이괄 아 뚜 빠빠, 앙헬리까, 이괄 아 움베르또, 뿌하, 뿌하, 미 아모르, 엠뿌하(당신 아버지랑 똑같이 생겼어, 앙헬리까, 움베르또랑 똑같아, 밀어, 밀어, 여보, 밀어내)라고 무심결에 말했지만 앙헬리까에게는 나의 서정적인 탄원이나 네덜란드어로 파르스 파르스(pars, pars)라고 말하는 크라머르 박사의 호소도 들리지 않았고, 그녀가 다시 한번 숨을 깊게 쉬며 온힘을 다해 마지막 진통의 매끄러운 순간에 도달할 파르스, 밀어내기, 엠뿌하를 하면서 한 사람이 둘로 쪼개진 듯 도무지 알아들을 수 없는 태곳적 언어로 어떤 부드러운 격분의 말을 울부짖자 마침내 아이가 나와 이 세상에 도착한바, 호아낀 에밀리아노 알론소(Joaquín Emiliano Alonso)는 세개의 언어로 추진력을 받아 이 행성에 나왔고 지구의 모든 살아 있는 존재들이 이해하는 하나의 원초적인 고통과 고양의 언어로 최초의 울음을 터뜨렸으니, 나는 우주의 모든 공포와 슬픔이, 모든 상호비난과 모든 죄의식, 이 모든 것이 내 품에 안겨 울고 있는 이 단순하고 자그마한 기적으로 인해 씻겨 나가 비워지는 것 같아 기쁨에 겨워 눈물 흘린 것이다.

우리를 둘러싼 죽음, 우리의 삶을 삼켜버린 죽음에 대해 우리가 내놓은 답이었다.

모든 것이 변할 것이고, 모든 것이 이미 변하고 있다는 증표. 새로 태어난 우리 아들의 무구함, 이후 십년간 이어진 아이의 변함없이 밝은 성정은 그 전조였다.

그 아이 몫의 분투가 없지는 않았다. 가족이 미국에서 고립되어 살던 때의 긴장, 1980년대 초 워싱턴에서 보낸 첫 몇년간 직장도 거주권이나 건강보험도 없던 것, 안정될 틈도 없이 이내 칠레로 몇번이나 되돌아간 것, 심지어 1985년에는 삐노체뜨가 칠레 남쪽의 먼 섬으로 추방시킨 활동가들인 렐레가도스를 만나러 경찰과 군대를 따돌리며 희망의 전령이 아닌 여행자인 척 위험한 방문을 한 그 삶의 긴장에서 아이는 무언가를 흡수했을 것이다. 온갖 위험이 우리와 그 아이를 위협했지만, 그 모든 삶의 격변 속에서도 우리는 호아낀을 보호하려고 애썼고, 로드리고에게 그렇게 해주지 못한 것을 보상이라도 하듯 어쩌면 너무 강박적으로 그랬는데, 호아낀이 태어난 이후엔 토끼를 잃어버리는 일도, 동지에게 책을 도둑맞는 일도, 성난 빠리 사람에게 얼굴을 긁히는 일도 없어야 했으며, 정치에서 비롯되는 악몽도 결코 없어야 했으니, 심지어 우리가 처음으로 꽤 긴 시간 칠레로 돌아간, 지금처럼 영원히 머물게 되리라 생각한 그 아슬아슬했던 칠개월의 기간에도 그런 악몽은 없어야 했다.

하지만 그렇게 해주지 못했다. 우린 그 아이를 지옥에서 지켜주지 못했고, 우리 자신도, 우리 삶의 진로를 막 가로지르려 하는 또 한명의 아이도 지켜주지 못했다.

그리고 지금 호아낀이 울고 있는데도, 아비의 운명과 형의 운명과 할아버지의 운명, 어찌할 수 없는 상황 탓에 자기 땅을 잃은 숱한 도르프만 일족의 운명을 되풀이하며 아이가 자기 몫의 망명생활을 겪고 있는데도, 그의 슬픔을 그치게 해줄 아무것도 해줄 수가 없었다.

기도하는 것, 그것뿐이다.

내가 할 수 있는 건, 칠레가 내게 그랬듯 이 아이의 마음을 사로잡기를, 내가 사랑한 칠레가 아직 죽지 않았기를 기도하는 것뿐이다.

•

호아낀의 삶과 우리의 삶에 돌이킬 수 없는 극단적인 방식으로 끼어든 것, 그 아이와 우리에게 있어 모든 것을 바꾸어놓은 것은 어떤 다른 이의 아들, 감사하게도 우리 아들이 아닌 다른 로드리고, 우리가 알고 구하려고 했지만 그러지 못한 로드리고였다.

로드리고 로하스(Rodrigo Rojas)는 불안해 보이지만 똑똑하고 목소리가 부드럽던 아이로, 망명한 엄마 베로니까 데 네그리(Verónica de Negri)와 함께 워싱턴 D.C.에서 살고 있었다. 우리는 1980년 미국에 노착하면서 이 어린 소년 로하스와 친구가 되었고 몇해가 지나도록 관계를 이어갔는데, 울적하고 수심에 잠긴 사춘기 소년으로 자라나 사진에서 적성을 발견하고 컴퓨터의 귀재가 될 조짐을 보이는 것을 쭉 지켜보는 동안 우리에게 그 아이는 길 잃은 영혼으로 여겨졌다. 아이는 쿠데타 이후 그의 어머니가 겪은 고문, 발빠라이소의 수용소에서 겪은 잔혹한 윤간 때문에 괴로워하는 듯했고 어머니를 향한 자신의 분노의 감정을 어떻게 다스려야 할지 알지 못했다. 도르프만 가족처럼 워싱턴에 있던 다른 망명자들이 서서히 귀국하기 시작하는데 베로니까는 여전히 귀국을 금지당하자, 1986년 그 아이는 조국이라는 미궁 속에서 자신의 정체성에 대한 어떤 실마리를 찾고 어쩌면 알지 못했던 아버지와 만나게 될지 모른다는 희망을 품고 칠레로 돌아가려고 결심했다. 마찬가지로 열아홉이었고 미국의 대학이 주는 길들여지지 않은 쾌락으로 돌진하는 대신 반지하 영화집단과 함께 투쟁을 기록하며 칠레에서 시간을 보내고 싶어했던 우리 아들 로드리고가 당시 겪은 것과 비슷한 통과의례였다. 베로니까의 아들로 말하자면, 내 직감으로는 자신이 어디서 왔는지를 발견하기 전까지는 유년 시절을 벗어나지 못할 것 같았다. 나는 미국인인가? 칠레인인가? 어느 쪽도 아닌가? 둘 다인가?

내가 로드리고 로하스를 칠레에서 만난 건 1986년 6월 말 무렵이었는데, 싼띠아고에서 항의시위를 사진으로 찍고 있던 그를 우연히 알아보았다. 그가 일군의 떠들썩한 친구들과 합류하러 자리를 뜨기 전에 난 그가 내게 뭔가 중요하게 해줄 이야기가 있다는 걸 알아차렸으므로 우리가 그때 막 이사한 사뻬올라의 단층집 주소를 건네주었다. 며칠 후 그 젊은 친구가 우리 집 문을 두드렸으나 마침 그날 저녁은 자그마한 집들이 파티를 하고 있던 때였다. 그는 한 무리의 어른들이 피스코 사우어 칵테일을 홀짝거리고 있는 걸 슬쩍 보더니 문턱을 넘어오지도 않은 채 이만 가겠다며 돌아섰다. 그와 나는 당혹감을 감추면서 내가 조만간 미국에 갈 예정이고 어쩌면 그도 어머니에게 전해주고 싶은 게 있을지 모르니 그 전에 만나자는 약속을 나누었다.

자신을 괴롭히던 게 무엇이었는지, 그토록 긴급하게 내게 털어놓아야 했던 게 무엇인지, 그는 영영 내게 말하지 못했다.

한주가 지난 후, 앙헬리까를 도와 미국에 갈 짐을 꾸리다가 나는 라디오에서 그날 아침 싼띠아고 외곽에서 몇명의 아이들이 반쯤 불에 탄 채 발견되었다는 소식을 들었다. 그들의 이름을 나는 건성으로만 들었다. 공포가 그만큼 일상이 되었기 때문이다. 경찰에 구류된 누군가가 죽었다는 소식을 날마다 읽고 우리 머릿속에 담긴 끝도 없는 목록에 또 한명의 이름을 추가하곤 했다. 나라를 마비시킨 전국적 파업의 와중에 이미 세 사람이 총에 맞아 숨진 터였고, 그중 한명은 빵을 사러 나온 열세살짜리 소녀였다.

그리고 이제 그들은 젊은 애들까지 불태워 죽이는, 새로운 공포의 기술을 구사하는 것이었다. 언제가 되어야 끝이 날 것인가. 그런 다음 나는 계획하던 새 책 준비를 위해 앞으로 몇달 동안 필요하게 될 자료들을 고르는 작업으로 돌아갔다. 자료들은 주로 폭력 희생자들을 치료한 심리학자들과 정신과 의사들과 몇시간 동안 함께 보내면서 썼던 메모였는데, 여기에는 문학적으로 눈길을 끌 만한 요소이자 예상과 다른 색다른 요소가 있었으니, 이 심리학자와 정신과 의사들 스스로가 삶의 위협 속에서 유사한 폭력을 겪은 이들로서, 치료자와 환자가 똑같이 가라앉는 배에 타고 있는 셈이었다. 이 그룹의 구성원인 엘리사베뜨 리라(Elizabeth Lira)는 그 이래로 나와 가까운 사이가 되었다. 그녀는 억압으로부터 거리를 두는 일이 왜 필요한지, 제정신을 유지하기 위해 그것이 얼마나 필요한 일인지, 얼마나 필요하면서도 불가능한지 강조했다.

그로부터 한시간 뒤 전화가 울리고 나는 로드리고 로하스가 두명의 부상자 중 한명이라는 것, 몸의 62퍼센트가 심한 화상을 입어 생존 가능성이 낮다는 걸 알게 되는데, 그래서 나는 인맥을 동원하여 정부를 설득해 베로니까가 칠레로 올 수 있게 허가를 얻어내어 아이를 라틴아메리카에서 최고로 꼽히는 뜨라바하도르병원(Hospital del Trabajador) 화상병동으로 옮길 방도를 찾도록 도울 수 있었던가?

파업이 진행 중이고 나라에 폭동의 분위기가 감도는 상황이라 착한 사마리아인 역할을 하기엔 좋지 않은 밤이었다. 나는 미국 대사관과 가톨릭 대교구와 내가 생각할 수 있는 모든 곳에 전화를 걸어 비탄에 잠긴 베로니까라는 사람이 바로 그날 밤 비행기를 탈 수 있도록 압력을 넣었고, 싼띠아고 전기업체가 사보타주 중이라 불 꺼진 어둠속에서 미친 듯이 온갖 이름이란 이름은 다 적어 전화기에 대고 소리를 질러서 입원실 밖에 경비를 세워 그 아이를 옮기지 못하게 막는 관리와 협상을 하려고 애를 썼다. 내가 정보를 갈겨 적는 동안 냄비와 팬과 쓰레기통을 두드리는 소리, 호루라기와 노래 소리와 저 멀리 스타카토로 들리는 기관총 소리와 사제 폭탄 소리가 들려왔고 수백개의 바리케이드와 죽은 이들을 애도하기 위해 거리에 늘어선 수천개의 촛불의 창백한 반짝임들이 지평선 너머를 밝히고 있었다.

그리고 로드리고 로하스, 또 그와 함께 공격받은 십팔세의 까르멘

글로리아 낀따나(Carmen Gloria Quintana)에게 무슨 일이 일어났는지 되짚어보기 시작했고, 한 장교가 윗선과 상의한 다음 그들에게 파라핀을 들이붓고 불을 붙였다는 걸 알아냈다. 이들은 담요에 싸여 공항 근처 공터에 버려졌는데 그곳은 일년 전 세명의 주요 반대인사들의 시신이 목이 잘린 채 발견된 곳이기도 했다. 그 배수로가 선택된 사실 자체가 감히 반항하는 사람들에게 메시지를 보내고 있었다. 저항하는 사람들을 기다리는 건 바로 이것이라고, 다시 이 배수로에, 이렇게 불태워져 버려지는 거라고.

이틀 후 나는 그의 엄마가 달리 만질 수 있는 데가 없어 아이의 발바닥을 마사지하며 작별인사를 하는 사이 우리의 젊은 친구가 세상을 떠났다는 소식을 워싱턴에서 듣게 되었는데, 그러자 메시지는 한층 음울해졌다. 나는 독재가 보낸 이 도전을 받아들였고, 그 아이를 죽인 장교만큼이나 분명히 고의적으로 그 경고를 무시해서 행동하고 로드리고 로하스를 위해 정의를 바로 세우고자 하는 운동에 나 스스로를, 마음과 영혼을 다 바치는 것으로 대응하기로 했다.

1986년의 남은 기간과 1987년의 대부분은 쉼없이 삐노체뜨를 공격하는 데 바쳐졌으며, 첫 시작은 7월 초 워싱턴에서 정책연구소(Institute for Policy Studies)가 조직한 기자회견이었다. 『뉴욕타임즈 매거진』(*New York Times Magazine*)에 칠레에서 보낸 칠개월에 관한 내 글이 막 게재된 덕이었는지 수십명의 기자와 카메라가 왔다. 나는 이후 휘몰아치는 기세로 계속 글을 기고하여, 『워싱턴포스트』(*Washington Post*)의 논평 기사를 위시하여 『빌리지 보이스』(*Village Voice*)에 긴 고발 에세이를 썼고 이어 『디스 위크 위드 데이비드 브

린클리』(*This Week with David Brinkley*)『나이트라인』(*Nightline*)『올싱즈 컨시더드』(*All Things Considered*)의 인터뷰와 토론에 참여했다. 또 TV 프로그램에 출연하여 로드리고 로하스가 테러리스트라 한 제시 헬름즈에 맞섰고 이후 그런 작업을 이어갔다. CBS의 찰리 로즈(Charlie Rose) 쇼에서 주미 칠레대사 에르난 펠리뻬 에라수리스(Hernán Felipe Errázuriz)와 벌인 대결도 그 가운데 하나였는데, 아마도 이 일이 결정타가 된 것인지 모른다. 그 특정한 적을 제거하여 로드리고 로하스와 칠레의 모든 로드리고들을 위해 복수하려던 나의 시도, 그것이 내게 불리하도록 저울추를 건드린 것이었을지 모른다. 아니면, 1986년 9월 삐노체뜨가 암살을 모면한 후 나는 폭력을 비난하면서도 칠레인들이 인내심을 잃는 데 어째서 그토록 오래 걸렸는지 의문을 표하며 그 독재자가 평화롭게 추방되지 않는다면 더 많은 피를 보게 되리라고 예언하는 논평 기사를 『뉴욕타임즈』에 썼는데, 어쩌면 그것이 결정적이었는지도 모른다.

아무튼 그렇게 많은 활동을 했으니(그리고 내가 죽었다는 그 가짜 칠레 뉴스도 있었고) 칠레로 돌아가는 걸 미루는 게 당연했고, 칠레 영사관이 아무 문제 없이 내 여권을 갱신해주고 일군의 친구들과 지인들이 ("정부가 널 건드리진 않을 거야. 개네들도 그 정도로 멍청하진 않아"라며) 안심을 시켜준 1987년 8월에야 마침내 나는 상황을 살피러 싼띠아고로 향했다. 어쨌든 그달 팔십세 생일을 맞은 아버지를 축하하러 부에노스아이레스를 방문하고 싶었던 참이었다. 하지만 앙헬리까는 칠레를 먼저 들르는 일이 무모하다고 여겼다. "아무 일도 일어나지 않을 거야"라고 나는 확언을 했다. "칠레에 있는 모든 사람들이 최악의 폭풍은 지나갔다고 말하고 있어."

"칠레에 있는 모든 사람들이 틀린 거죠, 늘 그렇듯이 말이야"가
그녀의 대꾸였다. 이번 아벤뚜라 로까(정신 나간 모험)는 하지 않을 거
예요, 이번에는 아니야,라고 그녀는 말했다. 그녀는 더럼에 남아서
프랑스 영화를 스무편쯤 빌려볼 것이고 몇주 후 부에노스아이레스
에서 다시 합류할 것이었다. "그렇게 하고 싶다면야, 아무 일도 안
일어날 거라고 그렇게 확신한다면야, 애들 데리고 당신은 가든지."

1987년 8월 2일의 그 아침, 칠레 땅에 도착한 첫 몇분 동안은 모
든 우려가 사라지는 듯했다. 유리로 된 이민국 부스에 지루하게 앉
아 있는 직원이 삐노체뜨의 법집행 기관인 인베스띠가시오네스
(Investigaciones)의 일원이기보다 은행 직원에 더 전형적일 소심하
고 잘 면도된 얼굴로 사무적으로 내 이름을 컴퓨터에 쳐 넣는 모습
은 위협적이지 않았다. 하품을 하면서 그는 로드리고와 호아낀을 검
사하고는 우리 여권에 스탬프를 찍은 다음 돌려주면서 미소까지는
아니라도 시들하게나마 '비엔베니도스 아 칠레'(칠레에 온 걸 환영합니
다)라고 말하기도 했다. 하지만 로드리고는 그 형사의 컴퓨터 화면
을 곁눈질하고 얼굴을 찌푸렸다.

"왜? 무슨 일이야?"

나다(Nada)라고 그는 고개를 저으며 아무것도 아니라 했다. 나는
긴장감이 드는 것을 묵살한 채 기다랗고 나지막한 검색대 뒤에서 내
게 농장을 방문한 적 있는지, 신고할 것이 있는지 물어보는 혈색 좋
고 구레나룻을 기른 유쾌한 세관 직원에게 집중했다.

나는 장난삼아 대답했다. "스테이크 샌드위치 말고는 없네요."

샌드위치는 내 기내반입용 가방에 있었다. 전날 밤 마이애미에서 이스턴항공사는 싼띠아고로 가는 두개의 비행편 중에서 하나를 취소했었다. 예약한도를 초과한 나머지 한편의 비행기가 출발하려고 할 때 승무원이 밀려든 수백명의 승객 중에서 우리를 골라 이코노미석에서 일등석으로 업그레이드해주겠다며 내게 세개의 탑승권을 건네주었다. 그건 앞으로 좋은 일이 일어나리라고 예고해주는 듯했고 또 하나의 재앙이 또 하나의 작은 승리로 바뀐 행운이었다. 그리고 실제로 호아낀이 비행 중에 멀미를 해서 토하는 동안 받은 특별대우에 나는 만족했다. 도와준 승무원은 아이가 식사를 걸렀다는 걸 알아채고 바게뜨에 아르헨띠나 소고기를 넣은 맛있는 스테이크를 준비해줬고 그걸 호아낀이 두 입 베어먹고 나머지는 나중에 먹겠다고 한 것인데 난 그걸 가방에서 꺼내 그 아두아네로(세관 직원)에게 건넸다. 그는 익살스런 표정으로 샌드위치를 살펴보더니 눈썹을 올리고는 유감스럽지만 이 품목은 가지고 들어올 수 없노라고 말했다. "아이가 지금 이걸 먹든가 아니면 영영 못 먹을 겁니다."

난 그 장면을 방금 전에 일어난 것처럼 생생하게 기억한다.

"싫어요." 호아낀은 영어로 소리를 질렀다. "사촌들이랑 놀고 싶어요." 아이는 이십 야드쯤 떨어진 유리로 된 칸막이 너머로 고모와 삼촌과 할머니 아부엘라 엘바(Abuela Elba) 옆에서 사촌들이 깡충깡충 뛰고 있는 걸 볼 수 있었던 것이다.

세관 직원은 그 샌드위치를 몰수해서 조심스럽게 다시 싼 다음 서랍 안에 넣었지만—아, 악당 같으니, 그 사람은 그 소고기가 좋았던 것이고 나중에 자기가 연회를 즐기든지 아니면 먹고 싶어하는 자기 아이에게 줄 거였다──그건 상관없었으니, 내 나라에 다시 돌아왔고 재앙을 경고하는 그 모든 암시들은 거짓으로 판명된 것이었다.

그때 누군가가 내 어깨를 톡톡 두드렸다. 몇분 전에 우리 여권에 스탬프를 찍어준 직원이었고 더 큰 덩치에 눈꺼풀이 두꺼우며 창백한 얼굴에 수염이 없는 다른 남자가 옆에 있었다.

"잠시 함께 가주시겠습니까?"

"왜요?"

"그냥 잠자코 가주시죠."

우리는 세관구역 뒤쪽의 사무실로 안내되어 갔다.

"도르프만씨, 당신은 이 나라에 들어올 수 있다는 승인을 받지 않았어요." 둘 중 더 큰 쪽이 이렇게 말했고 옆에는 불길한 느낌을 주는 경찰들이 몇명 와 있었다. "댁의 이름이 다른 사람과 혼동되어 잘못 적혀 있었어요."

난 기록을 다시 체크하라고 요구했다. 형사는 정중하게 들어주었고 그래서 난 내가 체포되거나 고문당하거나 처형되지는 않고 그저 강제 추방될 거라는 걸 알았는데, 그 덕에 내가 결코 느껴보지 못한 자신감이 솟구쳐 올랐다. 심지어 난 영혼의 한 귀퉁이에선가 안도감마저 느꼈다. 드디어 내가 억압을 받게 되는구나. 드디어 내가 진짜 희생자가 되는구나!

"당신 큰 실수 하는 겁니다. 내가 누군지 모르는군요. 내무부에 전화하세요."

"일요일이라 거기 아무도 없습니다. 그리고 이건 실수가 아닙니다. 댁의 이름이 칠레에 들어올 수 없는 인데세아블레스, 입국금지자 명단에 있어요. 당신은 바로 그런 사람이죠."

"그 명단에 내가 있다는 걸 어떻게 내가 모를 수 있죠?"

이때부터 묘하게 돌아가기 시작했는데, 그는 공개적으로 유통되지 않는 어떤 기관지에 발표된 비밀칙령이 있다고 설명했다. 난 삐노체뜨가 유아론적 독재자의 궁극적인 모델로서 혼자 자기 궁전에 앉아 아무도 자세히 읽지 않는 신문을 읽다가 어느날엔가 칙령을 발표하고 그다음 날에 혼자 그걸 읽는, 앞뒤가 맞지 않는 장면을 떠올렸다. 하지만 이 상황은 웃을 일이 아니었고 상상의 나래를 펼 때도 아니었다. 나는 우리를 억류한 사람에게 내무부에서 비상상황을 담당하는 사람의 집 전화번호를 주었는데 로드리고 로하스의 생명을 구하기 위해 미친 듯이 노력한 그 사십팔시간 동안에 얻게 된 번호였다.

책임을 맡은 그 형사는 거기서 꽤 깊은 인상을 받은 모양이었다. 이 사람에 대해 들은 적이 있고 그가 권력이 있다는 걸 알고 있어서 어쩌면 나를 체포한 것이 실수일지 모른다고 생각했다. 그는 그 자리에서 전화를 걸었는데 자동응답기가 받았다. "주말에 어디 가 있어서 월요일에야 돌아오신답니다"라고 그 덩치 큰 형사는 말했다. "그런데 그때가 되면 당신은 이미 떠나 있을 겁니다."

"내 아들들은 어떻게 되죠?"

"아이들은 원하는 만큼 머물러도 됩니다."

호아낀은 울음을 터뜨렸다. 그 아이는 여덟살이었고 왜 나가서 사촌들을 만나지 못하는지, 이 사람들이 아빠한테, 그리고 어쩌면 자기와 자기 형한테 뭘 하려고 하는 건지 이해할 수가 없었다.

난 호아낀을 안아서 부드럽게 흔들며 달랬다.

"작은 애는 나하고 같이 있을게요." 나는 이렇게 말하며 로드리고를 쳐다봤고 로드리고는 고개를 끄덕였다. "큰아들은 스물입니다. 여기 남아서 친척들을 방문할 거예요. 이 아이가 일단 나가서 그 사람들을 안심시킨 다음에 다시 들어와 가방을 가져가도 될까요?"

책임자는 승낙했다. 그는 나만큼이나 어찌할 바를 몰랐고 우리 둘 다 살면서 이런 일은 처음인 것 같았다. 내 인맥과 질책의 가능성을 염려했기 때문에 그는 빡빡하게 굴지 않았다.

나는 마치 나의 어떤 분신이 이미 이런 장면을 겪어본 것마냥 이상하게 차분했고 안전한 거리를 두고 그를 지켜보았다. 어처구니없게도 나는 호아낀의 샌드위치를 돌려받을 생각이 났다. 들어가지 못할 거라면 그 샌드위치를 가질 권리는 있는 것 아닌가. 그 빌어먹을 샌드위치만 아니었다면 무사히 밖으로 나가 사랑하는 사람들과 껴안고 아나 마리아 집까지 갈 수도 있었을 텐데. 입국 서류에 그쪽 주소를 적지 않았으니 나를 찾는 데 며칠을 걸렸을 테니까. 아, 쿠데타 직후의 며칠 동안 그랬듯이 다시 위장을 하고 쫓기는 스릴을 다시 느꼈을 것이다.

로드리고가 나의 두서없는 생각을 멈춰주었다. 아이는 잠시 출격했다가 다시 돌아온 것이었고 우리는 마주보면서, 그래, 기관원들이 명백히 당황하고 있는 이 상황을 우리한테 유리하도록 이용하자는 의견을 나누었다. 덩치 큰 남자가 로드리고에게 친구들과 친척들에게 줄 엄청난 양의 선물들을 그 아이 가방에 옮겨 담아도 좋다고 허락했다. 로드리고는 제일 큰 가방을 열고는 열린 뚜껑에 몸을 가린 채 내 무릎에 안겨 페르난다(Fernanda)라고 이름 붙인 강아지 인형을 고적하게 쓰다듬고 있던 호아낀의 사진을 찍었다. 난 내 큰아들이 이토록 대담하다는 게 믿기지 않는다. 그 아이의 무책임함과 용기에 내가 기뻐한다는 게, 내가 이 메시지를 밖으로 전하는 데 집착한 나머지 아이에게 엄청난 재앙을 초래할지도 모를 그 행동을 막지 않았다는 게 믿기지 않는다. 하지만 우리의 교도관들은 최선을 다해 우리의 프라이버시를 존중해주었으므로, 맑스 브라더스(Marx Brothers, 20세기 전반 브로드웨이와 영화에서 활동한 가족 희극단─옮긴이) 영화에서처럼 옷가지들이 이 가방에서 저 가방으로 날아다녔고 우리 셋은 바지와 장난감과 꾸러미를 뒤적거렸는데, 이 상황이 계속해서 얼마나 초현실적이었는지 알려주는 장면이었다.

어찌된 일인지 그의 첫번째 태평스런 횡단이 안전한 행동으로 받아들여졌기에, 그 오후가 흘러가는 사이에 로드리고는 우리를 남겨둔 채 몇번이고 세관 사무실을 들락거렸고, 아이는 이 기회를 활용하여 바깥 세계를 뒤흔들기 시작한 스캔들에 대해 업데이트된 소식을 전해주었다. 아이는 앙헬리까에게 전화를 걸어 그녀가 에리끄 로메르(Eric Rohmer)의 영화를 감상할 수 없게 만들어놓았다. 그녀는 이미 『뉴욕타임즈』, 『워싱턴포스트』, 『로스앤젤레스타임즈』(*Los Angeles Times*), 런던의 『가디언』(*Guardian*), 『르몽드』와 주요 TV방송국에 전화를 했다. 나는 로드리고를 통해 그녀에게 내가 관계하고 있는 모든 지방 방송국에 연락을 해서 내가 체포당한 것이 해당 미디어 조직과 맺은 특정한 관계 때문임을 넌지시 전하라고 했다. 그러는 동안 나는 나를 체포한 사람들과 거센 논쟁을 벌였다. 그들은 내 왕복 항공권을 사용해서 나를 추방하려고 했고 나는 정부가 우리를 쫓아내겠다면 비용도 정부가 내야 한다고 주장했다. 마침내 이와 같은 인권 침해에 동참했으니 이스턴항공사에게 소송을 걸겠다는 미친 계획을 세우는 것 말고는 달리 할 일이 없는 지점에 도달했다.

이때쯤, 공항 보안책임자는 호아낀에게 형과 함께 나가 아직도 기다리고 있는 친척들과 잠깐이라도 인사를 나눌 수 있도록 허락해주었다. 로드리고는 호아낀과 함께 돌아오면서 내 남자조카 한명과 여자조카 둘을 데리고 왔는데 이 세 사람과 급히 안부를 나누고 길게 작별인사를 하는 사이 내 감정의 둑이 무너져 내렸다. 나는 띠오(삼촌) 아리엘의 무릎 위로 올라와 이야기를 해달라고 조르고 왜 삼촌이 암빠로(Amparo)와 마띨데(Matilde)와 마띠아스(Matías)랑 같이 가면 안 되는지 묻는 이 아이들의 순수함에 마음이 흔들렸다. 그들이 우르르 인도되어 나가고 나자 호아낀과 나는 집기라고는 때 묻은 의자 한쌍과 자물쇠 달린 낡은 타자기밖에 없는 그 답답한 방에 남겨졌다. 나를 감시하던 두 사람은 커피를 사주겠다고 제안했고 내가 앞으로 쓰게 될지 모를 소설에서 활용하도록 형사의 삶을 세세하게 말해주었으며, 한사코 자기네가 사주겠다며 먹을 것도 가져다주고 심지어 활주로에 잠깐 나가서 꿈에 그리던 산맥을 바라보라고도 했다. 그중 한 사람은 다른 쪽이 듣고 있지 않을 때 자기 집에 있는 내 단편집에 싸인해줄 수 있는지 물었다. 그러니까 언젠가 돌아오시게 되면 말이죠,라면서. 그리고 다른 흰 사람은 알고 보니 체스 기사여서 우리는 앉아서 게임을 했다. 썩 뛰어나진 않았는데 나는 잠시 져줄까 생각하다가, 오늘 내게 허락된 유일한 승리가 이거라면 아무렴 어떻겠나 싶어서 장군, 장군, 외통장군을 거듭 부른 끝에 완전히 박살을 냈다. 두번째 게임이 끝나자 그는 두 손 들었고 호아낀과 체커놀이를 했는데 둘이 자기 말들을 옮기고 뛰어넘고 하는데 우리가 탈 비행기가 이륙 준비가 끝났다는 소식이 왔다.

우리를 억류한 자들에게 작별인사를 하면서 난 내 소설에 늘 등장하던 사람들과 꼬박 한나절을 같이 지냈는데도 그들이 누구이며 어떤 사람들인지, 왜 억압하는지를 둘러싼 미스터리를 조금도 풀지 못했음을 깨달았다. 범죄를 목격하거나 어쩌면 저질렀는지 모를 사람들이 보여주는 과도한 정중함을 어떻게 설명해야 하나? 칠레의 전통적인 환대인가? 수많은 중하층 칠레 사람들이 중요하거나 인맥이 좋은 것으로 보이는 사람들에게 느끼는 두려움인가? 광부나 맨발의 농민에게도 그들은 똑같이 공손할 것인가? 내게 자기들도 삐노체뜨에게 불만을 품고 있음을 전하려 했던 것일까? 아니면 이 에피소드는 민주적이었던 나라에 독재가 제도화된 데 따르는, 가장 잔혹한 대결의 와중에 드문드문 떠 있는 섬처럼 이따금씩 품위를 발견하는 정신분열의 또다른 사례에 불과한가?

부질없는 사변이다. 이 사람들은 언제든 주어진 일을 해왔다. 지금 칠레에 돌아와 살고 있는 수천명의 망명 경험자들은 바로 이 순간에도 내 경우가 그렇듯이 그들 역시 다시 추방되지 않을까 염려하고 있다.

나는 쫓기다시피 비행기에 올라탔고 바로 전날 밤 일등석에서 우리를 그토록 잘 보살펴준 바로 그 승무원, 호아낀에게 스테이크 샌드위치를 가져다준 바로 그 여성은 우리가 네명의 사복경찰에게 재촉을 당하며 (물론 일반석인) 좌석에 앉는 걸 보고 놀라 입을 다물지 못했다. 비행기에 탄 모든 이들의 눈이 우리를 쫓아오자 모욕감으로 내 얼굴은 달아올랐다. 그들은 내가 마약사범이거나 아동성추행범이거나 테러리스트라 생각할 게 분명했다.

비행기가 엔진을 가동시켰을 때 또다시 칠레의 영토와 물리적으로 접촉할 수 없게 될 순간을 앞두고 나는 호아낀의 손을 잡았고, 그날뿐 아니라 거리감이라는 마귀와 싸워야 했던 수많은 세월에서 받은 긴장감이 나를 사로잡았다. 난 지쳤고 마치 내 뼈가 토하고 싶어 하는 것처럼 깊은 욕지기를 느꼈다. 압제는 현기증 나도록 반복을 거듭하며 빙빙 돌리는 식으로 작동했고 마침내 그만해, 포기할게,라고 소리치고 싶게 만들었다.

십사년 전, 내가 처음 칠레에서 추방되었을 때도 똑같은 노선으로 똑같은 활주로를 달렸다. 그때 나는 곧 다시 돌아올 거라는 거짓말로 나 자신을 달랬다. 이 산맥을 다시 보기까지 십년이 걸렸다.

이번에는 얼마나 오래 걸릴 것인가.

전혀 오래 걸리지 않는 쪽으로 판명났다.

국제적인 스캔들이 너무나 거대했고 삐노체뜨를 지지하던 보수 연립 내부의 혼란이 너무도 극심했으며 뉴스 논조가 너무나 적대적이었으므로 이주 후에 호아낀과 나는 의기양양하게 칠레로 돌아왔고 부에노스아이레스에서 합류하기로 했던 앙헬리까도 함께였다. 엄청난 수의 리포터들과 사진기자들이 거리에서 우리를 기다리고 있었고 내 얼굴에 마이크를 들이댔으며 TV 카메라도 빙그르르 돌아가고 있었다. 우리를 제지했던 세관 직원은 이제 마냥 기쁘게 우리를 대하며 그 샌드위치를 절대 먹지 않았고 다음번에 이 나라에 올 때는 원하는 만큼 많은 음식을 들여올 수 있게 해드리겠노라고 맹세했다. 그리고 호아낀이 같이 체커 놀이를 했던 사복경찰을 알아보자 그는 악센트가 강한 스페인어로 순진한 듯 친근하게 "이봐, 우리 게임 마무리는 언제 할까?"라며 인사를 했다. "안 그래도 되길 바라요"라는 게 대답이었다.

이 상황의 기이함을 더한 것은 칠레에서 『과부들』의 초판을 낸 출판사 아르뚜로 나바로(Arturo Navarro)에서 온 연락이었다. 애초의 출판사가 가명을 쓴다 해도 너무 위험하다며 출간을 거절한 터라 그 출판사로 간 것이었다. 내 이름을 달고 나온 그 소설이 삐노체뜨가 나를 공격한 덕에 베스트셀러가 되었다고 했다. 그리고 바로 그다음 날 북싸인회에서 한층 더 희한한 일이 일어났다. 매대의 책들이 다 팔리고 몰려든 사람들이 떠나기 시작한 다음 검은 정장을 입은 두명의 남자가 다가왔다. 전형적인 칠레 지식인이라면 대개 그런 옷차림은 아니었다. 이 사람들이 다시 나를 체포할 것인가? 그게 아니라 그들은 자기들이 산 『과부들』에 싸인을 해달라는 것이었다. 쎄뇨르 도르프만, 괜찮으시다면 누구에게라고 이름을 특정하실 필요는 없고, 날짜와 정확한 시간만, 네 거기에, 부탁드려요, 감사합니다.

어리석을 정도로 뻔뻔해진 나는 왜냐고 물었다.

"우리가 실제로 여기 있었는지 증명해야 될 경우에 대비해서요"라고 더 나이든 쪽이 말했다. "보스가 우리를 땡땡이친다고 생각하지 않았으면 해서요."

그 귀환기간 동안 그렇게 유머러스한 일만 있었던 건 아니다. 정부를 구석으로 몰아붙였다는 데서 느낀 나의 도취감은 앙헬리까와 함께 이 사건으로 발생한 장기적인 비용을 생각해야 하는 순간부터 사그러들기 시작했다.

호아낀은 부에노스아이레스로 가는 비행기에서 자신이 '뒤엉킨 철조망'처럼 느껴졌다고 털어놓았고 바로 그날 밤 악몽을 꾸고 울면서 깼다. 나는 그 아이를 달래어 침대 밑에 괴물이 숨어 있지 않다는 걸 보여주고 다시 이불을 덮어주며 옆에 있어주겠다고 약속했다. 그때 아이는 엄마가 죽었냐고 물었다. 그녀가 그 자리에 없었던 걸 생각하면 비논리적인 추론만도 아니었다. 그렇지만 앙헬리까가 아르헨띠나에 도착한 다음에도 유혈이 낭자한 꿈과 방마다 으슥한 곳에 사나운 것들이 숨어 있다는 두려움은 사라지지 않았다.

심리학자인 친구 엘리사베뜨 리라는 수많은 트라우마 환자들을 치료했고 그중에는 호아낀보다 어린 환자들도 있었는데 이런 반응이 놀라운 게 아니라고 했다. 우리의 낙천적인 아들이 잘 보호받고 있었을지라도, 테러에 대한 이야기들, 로드리고 로하스가 산 채 불태워졌고 호세 마누엘 빠라다의 목이 잘린 데 대해 목소리를 낮춘 채라도 무심코 주고받는 대화들, 뻬뻬 살라께뜨가 수용소에서 지냈던 일에 대한 회상, 우리 가족을 둘러싸고 끈질기게 지속되는 일상적인 억압이 둥둥 울리는 소리들, 처음에는 호아낀이 읽는 동화와 비슷하게 어떤 안전한 섬에서 일어나는 환상적인 사건이어서 지어낸 도깨비나 마법사처럼 실제로는 하나도 무서울 게 없다고 했던 그런 일들에 대한 이야기가 아이의 마음에 있는 스펀지에 흠뻑 빨아들여졌음이 분명했다. 그리고 아이들이 상상과 현실을 구분하기 시작하는 바로 그 나이에 명백한 역사적 폭력의 수문이 열려서 그 아이를 덮친 것이었다. 악귀들의 시간이 되었고, 과거에는 그토록 간단히 무시할 수 있었던 모든 것이 사실로 입증되어 이제 어둠속에서 나와 그를 삼키려 했다. 아이를 지켜주겠다던, 마음속의 짐승들에 대항하는 방파제여야 할 아버지는 그 자신이 역사의 짐승들에 의해 구금되었다. 상처받기 쉬운 아이를 지켜주지 못하는 무방비의 아버지는 내일 있을 또다른 공격에서도 그를 지켜주지 못할 것이므로 그저 꿈이니 걱정하지 말라는 말도 믿을 수 없었다. 엘리사베뜨는 우리에게 이 아이가 회복되는 데는 오랜 시간이 걸릴 거라고 미리 일러주었다.

얼마나 오래?

오랜 죄의식의 고통이 엄습해왔으므로 난 그녀에게 그렇게 묻지 못했고 나 스스로에게도 감히 물을 수 없었다. 난 내 행동이 어디로 이르게 될지 충분히 따져보지도 않은 채 앞으로 돌진했고 만사가 잘 될 거라 믿으며 내 운을 맹목적으로 믿은 것이다. 우리 아들의 솟아오르듯 발랄하고 다정한 영혼이 독에 감염된 것은 모두 나 때문이었다. 내가 삐노체뜨에 저항하는 투쟁을 단념하지 않아서, 굴복하여 침묵하지 않아서였다. 그렇다면 로드리고 로하스가 불타 죽어도 그를 살해한 자들이 처벌받지 않고 넘어가도 내버려두었어야 하나? 내가 그렇게 할 수 있었을까? 내 자식의 안전을 위해 다 포기한다면 그런 나 자신을 어떻게 견딜 수 있었겠는가?

모든 남자들의 삶에는, 모든 여자들의 삶에는, 가족을 가진 모든 이들의 삶에는, 더 신중해야 하는 순간이 있고, 내게는 그리고 우리에게는 그 순간이 불운에서 벗어나 미국으로 돌아간 때였다.

어쩌면 우리가 아르헨띠나에서 아바나로, 그리고 다시 빠리와 암스테르담과 고양이들로, 대서양을 건너는 증기선과 워싱턴에서 지낸 불안정한 조난의 시절을 거쳐 다시 더럼으로 옮겨가는, 계속해서 뿌리 뽑혀지는 경험들을 겪지 않았더라면. 어쩌면 우리가 한두 도시들만 견디면 됐더라면, 독재하의 칠레라는 불안정한 난장판을 무릅쓰는 게 가능했을지도 모른다. 1983년에 처음으로 다시 싼띠아고에 돌아갔을 때 우리는 투옥과 구타와 고문, 처벌, 심지어 죽음까지도 예상했지만, 또다시 추방될 가능성은 조금도 염두에 두지 않았고 쿠데타 이후에 그랬던 것처럼 다시 아르헨띠나행 비행기에서 어지럼증을 느끼게 되리라고는 생각지도 못했다.

마치 발밑의 땅이 입을 벌리는 것 같았고 우리의 삶이 다시 모래늪이 되어버린 듯했다. 다음 해에 또 추방되지 말라는 보장이 없었고 그런 일이 일어난다면 다시 맨땅에서 출발하여 받아줄 나라와 비자를 찾아 온 지구를 떠돌 에너지가 남아 있지 않을 거란 걸 나는 알았다. 우리에겐 미국에 머무르게 해줄 영주권이 있었다. 듀크대학의 일자리와 월급, 멋진 동료들과 성실한 학생들, 건강보험이 내게 있었다. 호아낀이 다닐 학교가 있고 로드리고는 버클리대학에 등록했으며 노스캐롤라이나에는 가구와 책이 있는 집도 있었고 마크 슈나이더(Mark Schneider)와 수전 슈나이더(Susan Schneider)처럼 우리를 보호해준 출판사와 편집자와 친구들이 있었으며, 안전, 안전, 안전이 있었다. 사실인즉 이러했다. 우리가 그토록 오래 걸려 얻어낸 이 미국의 피난처를 버리는 건 부주의한 일이 되리라는 것.

따라서 일단 그 트라우마의 경험이 우리에게 아주 오래도록 남아 있으리라는 걸 가늠하게 되자 민주주의가 다시 회복될 때까지는 싼띠아고에 다시 돌아가지 않기로 했다. 그렇게 해서 우리의 망명생활에 삼년이 더해졌는데, 그 삼년은 칠레로 돌아가는 과정이 아니라 그 나라와 우리가 최종적으로 단절하는 데 결정적인 시기가 되었다.

실상 우리가 겪은 일은 그저 사소한 형태의 억압이었다. 공항에서의 그날, 우리가 다시 추방될 거라는 사실이 준 충격, 우리의 신체에 멍 하나 남기지 않은 그 사복경찰들. 우리 삶에 끼어든 건 자그마한 개입이었으나 그것이 준 상처는 우리에게 계속 남았다.

호아낀은 이제 서른한살의 성공한 최고 기량의 작가가 되었고 랜덤하우스에서 펴낸 세편의 소설은 몇 나라 언어로 번역이 되었지만 아직도 그때 충격의 댓가를 치르고 있다. 앙헬리까와 로드리고가 일상생활의 표면에서는 아니더라도 그들의 마음 가장 깊숙이에서 기억하듯이, 우리의 존재는 우리가 결코 만난 적 없는 사람들에 의해 꼬여버렸다.

이 점은 우리 가족만의 예외가 아니었다. 난 그들이 내게 가장 가깝기 때문에, 그들의 고통을 내가 지켜볼 수밖에 없었기 때문에, 그들의 고통을 나도 피할 수 없었기 때문에, 그들의 길고도 험한 여정의 뒤틀린 세부들을 전할 수 있다. 하지만 내 가족의 고난이 독재로 손상된 그 넓은 칠레의 미미한 축도일 뿐임을 알고 있으며 그렇기 때문에 다른 이야기들이 들어올 쉼터가 되지 않고는 나 자신의 이야기를 말하는 것도 불가능하며, 삐노체뜨가 남긴 삐뚤어진 유산의 덫에 걸린 다른 이들의 고통이 계속해서 이 서사에 끼어들 수밖에 없다. 어쩌면 바로 그래서 희생자들이 나를 찾아내어 그들의 비탄을 전하게 하고 나 자신의 고통에만 갇혀 있지 못하게 한 것이리라.

이런 고난의 이야기에는 자주 여성들이 등장한다. 그런 여성들 가운데 두 사람이 2006년의 그 총격사건이 남긴 트라우마를 안은 채 나를 기다리고 있었다. 한 사람은 내가 몇년간 찾아다니던 사람이었고 다른 한 사람의 존재는 잊고 있다가 그녀가 나를 찾은 뒤에야 기억해냈다.

아델라이다(Adelaida)는 아기였을 때 내 품에 안긴 적이 있었다. 1973년 11월 초의 어느 아침 싼띠아고의 아르헨띠나 대사관에서 난생후 겨우 몇달도 채 되지 않은 그 아이의 울음을 진정시키려고 모차르트의 아리아를 불러주었다. 아무 소용도 없었다. 그 자그만 여자아이를 달래는 건 불가능했고 사실 아이가 거기 있다는 것부터가 말도 안 되는 일이었는데, 아빠인 쎄르히오 레이바(Sergio Leiva)는 거의 납치하다시피 아이를 데려왔으나 어떻게 보살펴야 하는지는 도무지 알지 못했다.

레이바는 사고뭉치였다. 아옌데 정부가 자기네를 탄압하지 않을 걸 알고는 모든 문제에 대한 답으로 무장투쟁에 대한 찬양을 부르짖는 무책임한 극단주의 좌익 분파들로 넘쳐나는 칠레에서도 그가 속한 한줌도 안 되는 급진적 파벌은 특히 미성숙하고 공격적이었으며 무기를 비축하고 노동자들에게 프롤레타리아독재를 시행하도록 촉구했다. 그러고는 군대가 칠레의 비무장 애국자들에게 온갖 잔혹행위를 자행하자, 레이바는 아옌데처럼 자기 자리를 지키는 대신 (가장 최근에 사귄 여자친구와 함께) 대사관에 들어온 것이고 거기서도 유혈과 혁명에 대한 멋들어진 수사들을 계속 부르짖었다.

이 모든 것에도 불구하고 우리는 가까워졌다. 그가 작곡한 침울한 노래들과 그의 격정적인 낭만적 기질이 내게는 매력적이었고 설사 잘못된 노선에 이르렀을지라도 불의를 향한 그의 증오 역시 그러했다. 게다가 아이가 엄마에게 돌아가야 한다는 게 분명해졌을 때 그가 느낀 두통을 그 누가 부인할 수 있겠으며, 그가 아델라이다와 작별해야 했던 날 망명객들 중 그 누가 그를 향해 연대의 정을 느끼지 않았으랴.

처음부터 그다지 안정적인 인물은 아니었지만 아이가 없어지자 레이바는 더욱 마음을 잡지 못했다. 대사관을 경비하던 경찰에게 시비를 걸었고 근처 고층건물에서 우리의 종잡을 수 없는 생활을 망원경으로 지켜보던 명사수들에게 가운뎃손가락을 들어 보였다. 우리는 그들에게 더이상 욕하지 말라고 계속 부탁했지만 그는 자기를 비난하는 사람들이 비겁하고 싸움을 계속하는 데 열의가 없다고 비판하는 것으로 응수했다. 그는 독재정권이 자신에게 칠레를 떠날 통행증을 거부하자 점점 더 화를 내고 더 침울해졌다. 아르헨띠나로 가는 비행기를 타려고 대사관을 떠나던 날 본 것이 그의 마지막 모습이었다. 그는 체 게바라라도 되는 양 주먹을 위로 치켜들며 내게 작별인사를 했고 내일의 안개 속으로 점점 더 희미해지는 사회주의의 미래를 노래하고 있었다.

1974년 1월 초의 어느날 부에노스아이레스에서 쎄르히오 레이바가 암살되었다는 소식을 읽었을 때 내가 전적으로 놀랐다고만은 할 수 없다. 대사관 정원의 나무를 타고 올라가 군사정권과 자본주의에

욕을 퍼붓던 그를 경찰이 쏘았다. 독재정권은 이 사실을 부인하고 레이바가 망명을 하겠다고 뒷담을 넘다가 담장 밖에서 살해되었다고 주장했는데, 그가 수개월 동안 이미 망명객으로 지낸 것을 생각할 때 터무니없는 이야기였다. 외교관 면책특권을 위반한 이 스캔들은 급속히 잦아들었고 역사에도, 그리고 내게서도 지워져, 잔혹상들이 지층처럼 켜켜이 쌓인 내 기억 속 어느 희미한 다락방에나 남아 있었다.

물론 아델라이다에게는 그렇지 않았다.

아버지에 관해 거의 알지 못했던 그의 딸은 여러해가 지난 후, 정확히는 2005년 11월 25일 삐노체뜨의 구십세 생일에 이 전(前) 독재자에게 살인 혐의를 물었고 그를 쎄르히오 레이바를 쏜 까라비네로(경찰)였던 이스마엘 마르띠네스(Ismael Martínez)와 함께 고소했다. 거의 일년 뒤에 한통의 이메일을 받지 않았더라면 신문에도 실리지 못한 이 사실에 관해 나는 몰랐을 것이다. 아델라이다가 보낸 메일이었다. 내가 그때 대사관에 있었다는 이야기를 들은 그녀는 아버지, 가수 쎄르히오 레이바를 만난 적이 있는지 내게 물어왔다. 아무도 그가 1973년의 마지막 몇달 동안 거기 있었다고 증언해주려 하지 않는다고 그녀는 말했다. 아버지를 살해한 이들이 정의의 심판을 받을 수 있도록 도와주시겠느냐는 것이었다.

나는 다음 달에 다큐멘터리를 찍으러 칠레에 갈 것이니 그때 증언하겠다고 답했다. 그리고 법정에 출석하는 날 카메라와 함께여도 괜찮을지 물었다. 누군가의 아픔이 노출되고 찍히는 것이 불편했지만 희생자들은 대개 개의치 않는다는 걸 경험으로 알고 있었다. 그들은 자신들의 이야기가 가능한 한 많은 사람들에게 가닿기를 바랐다.

아델라이다도 예외가 아니었다. 그녀는 그럴 기회가 있다는 걸 고마워했고 쏟아낼 슬픔이 너무나 많았다. 아버지를 죽인 총알이 자신의 존재를 초토화했다고 그녀는 말했다. 대화를 나누던 도중에 감정을 주체하지 못해 세상과 자기 운명의 불의함에 눈물을 쏟았고 어린 아들에게 안아달라고, 아주 세게, 아주 꼭, 아주 오래 안아달라고하며 자신을 달랬다. 그 아이는 할아버지의 음악적 성향을 물려받은 장난기 많은 악동이었지만 다행히도 쎄르히오의 거친 정치적 이념은 물려받지 않았다. 그래도 아이는 이미 가족사의 무게를 지고 있었고 자기가 태어나기 수십년 전에 시작되어 그의 어린 시절까지 퍼져나간, 그리고 얼마나 많은 다음 세대까지 바이러스처럼 전이될지 모를 소용돌이에 휘말려 있었다.

내가 그녀 인생에 짧은 순간 개입한 것이 무슨 보탬이 되었는지, 고통을 조금이라도 덜어주었는지 알 수 없다. 그녀는 큰 도움이 되었노라고, 내가 이런저런 방도를 써서 그녀를 아르헨띠나 대사관으로 데려가줘서 더 그랬다고 말했다. 어머니가 자기를 찾아 데려간 1973년의 어느날 이후 한번도 그곳을 본 적이 없었다고 했다. 아버지가 살해된 나무 아래에 아들과 함께 앉아 있는 것, 아기였던 자신이 보살핌을 받던 장소를 걸어보는 것이 뜻깊은 일이라고 했고, 얼굴에선 다른 의미의 눈물이 흐르고 있었다.

"난 사람들이 알기를 바라요." 아델라이다는 내게 말했다. "이런 일은 정말이지 있을 수 없다는 걸, 정말 있어서는 안 된다는 걸 모두가 알았으면 해요."

그러나 이 이야기가 진정으로, 온전히 말해질 수 없다면 어떻게 될 것인가? 상처받은 쪽이 말하지 않는 쪽을 원한다면 어떻게 되나?

군사정권이 끝난 뒤에 내가 만난 또 한 명의 여성이 그랬기 때문이다. 그녀 역시 삼십삼 년 동안 만나지 못했는데, 그녀의 이야기는 내 가슴에 새겨진 숨은 상처에 관한 이야기이고 2006년의 그 여행에서 내가 더더욱 마무리하지 못한 일이었다.

하지만 이번에는 내가 누군가를 도와 아버지에 대한 기억을 되찾게 해주는 이야기가 아니다. 누군가가 나를 도와 살아 있을 수 있게 해준 이야기다.

1973년 말이었고 나는 살기 위해 도망치고 있었다.

그때 빠뜨리시아(Patricia)가 나를 구해주었다.

그녀는 내가 숨어 있던, 쿠데타 이후 내 피난처가 되어준 여러 집들 가운데 하나인 어느 외교관의 해안 별장에 차를 몰고 왔다. 난 그녀가 아옌데와 함께한 사람들의 목숨을 구하는 데 헌신하는 지하 네트워크의 일원이라는 것, 내게 은밀하게 도피처를 제공할 의사가 있는 누군가를 그녀가 발견했다는 것, 잡히면 우리 둘 다 죽을 거라는 것 말고는 그녀에 관해 아는 바가 없었다.

군인들과 총으로 감염된 도시를 조용히 가로질러 그녀는 노동자들이 사는 마이뿌(Maipú) 교외에 있는 소박한 주택으로 나를 옮겨주었고 고맙다는 내 말에 반쯤 미소지으며 고개를 끄덕여주고는 떠났다. 우리가 말을 덜 할수록 군인들이 나를 잡을 경우 내가 털어놓을 게 적었다.

그러니 나의 과거에 미스터리가 있었던 것이고 그래서 우리가

「죽은 이들에게 한 약속」(A Promise to the Dead)이라는 다큐멘터리를 찍을 때 내 목숨을 구해준 그 여인을 찾아 제대로 감사하는 것이 내 목표 중 하나였다.

아기였던 아델라이다의 존재는 내 기억에서 사라진 반면, 십칠년 동안의 망명기간 중에 내가 이제 빠뜨리시아라 부르는 그 여성에 대해선 종종 생각하곤 했기 때문에 위태롭던 민주주의가 1990년에 회복되자마자 나는 「죽음과 소녀」를 써서 칠레와 비슷한 어느 나라에서 그녀처럼 희생자들을 구해주는 빠울리나(Paulina)라는 주인공을 만들어 경의를 표했다. 빠울리나와 달리 나의 익명의 구조자는 체포와 고문의 운명을 모면했기를 바라면서.

그녀는 안전하고 멀쩡한 상태라고 밝혀졌다. 그때 그 노동자 동네에 거처를 제공한 까를로스 쌀라스(Carlos Salas)가 계속 그녀와 연락하고 있어서 우리를 다시 연결시켜주었다. 그녀가 오랜전의 그 길을 되밟으며 다시 나를 태워주었을 때 난 그녀의 진짜 이름과 놀라운 이야기를 듣게 되었다.

쿠데타가 있던 날, 거친 우익 무뢰배로 그녀와는 진작 관계가 멀어진 남편이 일년간 발걸음도 하지 않던 집으로 다시 돌아왔다. 이미 가학적이던 그의 성정에서도 특히 최악의 상태를 탐닉해도 좋다는 허가를 군사정권으로부터 받은 터라 이 남자는 빠뜨리시아의 집을 아옌데 지지자들을 붙잡아 고문하는 소규모 파시스트 깡패 그룹의 본부로 삼았다. 어찌해볼 수 없는 상황에 놓인 다른 많은 여자들처럼 그녀 역시 빈틈을 보이지 않았고 그가 함께 있다는 사실을 그녀 자신의 혁명적 활동을 숨길 가림막으로 활용했다. 그녀가 나를 옮길 때 사용한 차도 사실 그녀의 전(前) 남편 소유였고 그는 그 차로 이 사악한 도시를 유유히 돌아다녔다. 삐노체뜨 신봉자의 차가 나를 구원해준 것이다.

하지만 그 특별한 이야기, 그 이름, 그 여성은 다큐멘터리에 나오지 않는다.

더는 싼띠아고의 거리가 군인들로 채워지진 않았지만 오랜 두려움은 여전히 공기 중에 떠돌고 있었다. 빠뜨리시아는 자기 가족 중의 우익들, 아들 한명과 딸 한명이 그녀의 은밀한 영웅적 행동에 관해, 그녀가 나 같은 사람들을 구하기 위해 온갖 위험을 무릅쓴 것에 관해 조금도 눈치채지 못하고 있기 때문에 영화에 나가고 싶지 않다고 말했다. 그녀의 정체성이 영화를 통해 표면에 드러난다면 무시무시한 댓가를 치르게 될 거라고 그녀는 덧붙였다. 삐노체뜨가 권좌를 떠난 지 십육년이 흐른 2006년의 칠레는 여전히 오염되어 있었고 빠뜨리시아 같은 이들은 여전히 은신하고 있었다.

난 우리의 영광스러운 재회가 이럴 것이리라고는 상상하지 못했다. 어느정도 순진하게 예전에 그녀가 죽음에서 나를 구했듯이 나를 따라 칠레로 온 다큐멘터리팀이 그녀를 부당한 망각에서 구해낼 거라고 생각한 것이다.

그러나 고대하던 장면은 카메라에 담지 못했을망정 뭔가 다른 것, 어쩌면 더 중요한 장면을 찍을 수 있었다.

이년 후 나는 칠레로 가서 대통령궁 이래편, 내가 숨었어야 했으나 그러지 않았던 바로 그 건물 아래 최근에 지어진 문화센터에서 그 다큐멘터리를 상영했다. 다큐에 나온 모든 사람들(심지어 결국 편집실에서 잘린 장면에 나온 사람들까지), 쿠데타기간과 그 이후의 수십년 동안 나를 살아 있게 해준 모든 사람들을 영화 상영에 초대했기 때문에 그날의 경험은 더욱 잊을 수 없는 것이었고 지나치게 현실적인 내 삶의 가장 초현실적인 순간이었다.

모두를 무대로 모셔 감사인사를 전하면서 마지막으로 나는 빠뜨리시아의 이름을 불렀다. 그녀의 허락을 구하고 한 일이었다. 그 한순간의 스포트라이트 속으로 걸어 들어오는 데 그녀가 동의해준 것이었다. 자신이 누구인지에 관한 진실과 대면하고 자식들에게 그녀 삶의 온전한 이야기를 받아들이게 할 때가 왔으며 감당해야 할 결과가 생긴다면 몹시 유감스러울 거라고 그녀는 말했다.

왜 공개하기로 했는지 그날 밤 그녀에게 물었다.

우리가 만난 그리고 그녀가 자기 이야기를 숨겨달라고 부탁한 2006년에 그녀는 암에 걸린 상태였다고 했다. 그러나 우리 삶에서 두번째였던 그 만남은 빠뜨리시아 내부에 어떤 기적을 만들어냈고 그녀의 정체성의 가장 깊고 용감한 중핵을 되찾게 해주었으며 그 결과 설명할 수 없는 병의 차도를 가져다주었다. 그녀는 비록 화면 밖에서나마 내게 그 이야기를 한 것이, 그저 자신의 몸에서 그걸 끄집어낸 것이, 수십년이 지난 후 자신이 죽음에서 구한 사람들 가운데 한명과 만난 것이 그녀로 하여금 죽음과 맞서게 도와주었고 자기 삶의 그런 면에 의미를 부여해주었으며 그녀 몸에 있는 어떤 천사가 계속해서 싸울 수 있도록 도와주었다고 믿었다.

삶이란 그런 것이다. 당신이 아이를 팔에 안고 노래를 불러주었는데 수십년이 흐른 다음 그 아이는 도움이 필요한 여인이 되어 있다.

그리고 알지 못하는 어느 여인이 당신을 총살집행단에서 구해주었는데 도움이 필요한 순간에 그녀의 곁을 지켜줌으로써 당신은 고마움을 전하게 된다. 그리고 젊은이는 불타 죽고 그의 어머니는 병실에서 그에게 작별을 고한다. 그리고 나의 호아낀은 이야기들이 살아남도록 지키려고 그의 아비가 해야만 했던 일 때문에 고통에 시달렸고 그 자신만의 생존방법을 찾아야 했다. 삶이란 그런 것이고, 우리의 삶도 결국 그러했다.

1990년 칠레로 돌아갔을 때의 일기에서

8월 25일

오늘 아침 뻬뻬 살라께뜨와 라 레이나에 있는 우리 집 위편 언덕으로 긴 산책을 나섰다. 토요일엔 교통량과 스모그가 적고 덜 혼잡해서 좋을 때가 있는데 오늘 아주 깨끗한 공기를 마시면서 난 '진실과 화해 위원회'(Comisión de Verdad y Reconciliación)의 수석변호사이자 여러모로 그 단체의 귀감이라 할 뻬뻬가 나와 지난 얘기를 나누려고 바쁜 와중에 몇시간 쯤을 내준 것에 감사했다. '진실과 화해 위원회'는 예상보다 더 많은 증인들이 나서고 비밀리에 묻힌 시신들이 느닷없이 출현한 새로운 장소들이 발견됨에 따라 일거리가 늠쳤는데, 설사 재판 계획이 없고 책임자 기소가 영영 이루어지지 않는다 해도 데사빠레시도 사건 하나하나가 다 기록되어야 했고 사람들이 처형된 정황에 대한 위원회의 설명은 빈틈이 없어야 했다. 다행히 아일윈 대통령은 자료들을 가지고 인색하게 굴지 않았고 뻬뻬는 이 사랑의 노동에 헌신적인 일군의 젊은 변호사들을 스태프로 모았다.

나는 이 위원회가 어디까지 할 수 있는지에 관해 다소 회의적이었지만 그럼에도 그 열정적인 헌신은 인상적이었고 독재가 낳은 미망인과 고아들에게 위원회가 어떤 마음과 정신의 평화를 가져다주었는지 전해주는 친구의 말에 감명을 받았다. 경찰에게 두들겨 맞고 당국에 조롱당하고 부패한 판사들에게 냉대받던 그들에게 마침내 정부 기관을 상대로 말할 수 있는 기회가 주어진 것이었다. "십오년 만에 처음입니다." 한 여인이 뻬뻬에게 이렇게 말했다고 한다. "자리에 앉으시라는 말을 들은 게요. 그 사람들은 정보를 달라고 요구할 때마다 나를 계속 서 있게 했지요."

그녀의 고통과 다른 수많은 이들의 고통이 공식적인 자리를 부여받고 있었다. 국가가 이렇게 승인해줌에 따라 그 고통은 역사의 합법적인 구성요소가 되었고 폭력행위들은 추측의 영역에서 대낮의 빛으로 옮겨져 학교에서 가르쳐지고 담화로 확인되고 추모비를 통해 기억되는, 결코 다시는 부인될 수 없는 진실이 되었다. 아일윈은 위원회가 뻬노체뜨에 반대하는 사람들로만 구성되는 일은 피했는데 그렇게 되면 지난 수십년간의 간극이 고스란히 지속되어 위원회가 내린 결론이 '우리 편'에게만 받아들여지게 될 우려 때문이었다. 위원회의 절반은 독립적인 판단을 내릴 태세가 되어 있기는 해도 지난 정권에 동조적인 보수파들이었다. 하지만 증거에 따라 결정할 점잖은 사람들이었다. 뻬뻬는 실제로 독재정권의 잔학행위에 가장 경악한 쪽은 종종 이 사람들이었고 역겨운 행위의 마지막 하나까지 밝힐 필요가 있다는 데 가장 단호한 태도를 보인 것도 이들이었다고 했다.

나는 그 과정들을 TV에 중계해서 사람들이 모이는 곳 모두에서, 모든 가정의 식탁과 일터와 술집과 대학에서 그 이야기를 할 수 있게 하지 그러냐고 물었지만 뻬뻬의 답은 일리가 있었다. 희생자들의 진술은 조사와 확증을 거쳐야 했고 그들의 고통이나 사적인 내막도 존중받아야 한다는 것이었다. 위원들도 마찬가지인데 그들의 숙의 내용이 비밀로 보장되어야만 그들이 의심을 풀어나가고 공들여 합의에 도달하는 과정이 오해를 사지 않을 것이었다. 뻬뻬가 딱히 그렇게 말한 건 아니지만 내가 보기에 그들은 이 비극을 대단한 구경거리나 미디어 서커스로 만들지 않으려고 애쓰고 있었다. 뻬뻬는 과시욕이 있는 그의 친구 아리엘과는 달리 언제나 엄격하고 신중했으며 그 편이 이 일에 가장 적합한 자질이었다.

난 다른 질문들을 더 던지지는 않았다. 어쩌면 답하기 곤란한 질문들일 것이라 일부러 피했는지도 모르겠는데 나는 뻬뻬를 사랑했고 그는 너무나 훌륭하게 해내고 있었다. 하지만 나는 살아남은 희생자들이 이 위원회, 칠레의 이 공식 역사에서 아무런 자리도 갖지 못할까 염려되었다. 그들의 고통은 어떻게 해야 하나? 강간당한 여자들과 감옥에 갇힌 남자들, 두들겨 맞고 체포당한 수백만의 사람들, 추운 겨울밤 아버지가 집에서 끌려 나가 마지막 한 조각의 속옷마저 벗겨진 채 축구장의 진흙탕에서 새벽까지 갇혀 있는 걸 본 아이들은? 그런 아버지를, 그 아버지의 헐벗은 몸이 빗속에 떨고 있는 모습을 차마 볼 수 없었던 세실리아(Cecilia)는? 목숨을 부지하기 위해 떠난 망명객들과 먹고살 길이 없어 떠나야 했던 이주자들은? 고국으로 돌아왔으나 일자리를 찾을 수 없었던 로사(Rosa)의 고통은 어떤가? 내가 만난 여인 중 한 사람으로 아들이 억류된 발디비아까지 먼 길을 찾아가 경비에게 아들을 만나게 해주지 않으면 누군가를, 누군가 처음으로 지나가는 사람을 죽여서라도 감옥에 들어가 아들이 강간당하지 않도록 지키겠다고 호소한 마리벨(Maribel)은? 총살집행부대로부터 모의 사격을 당한 후 자동차 엔진이 점화되는 소리에도 오줌을 지리게 된 호세 마리아(José Maria)는 어떤가? 그는, 그녀는, 그들은 어떻게 되나?

위원회가 그 모든 사람들을 다 받아들이고 청문회를 수없이 열어 그들 모두가 자신의 고통을 이야기하여 어떤 형태로든 인정 혹은 보상을 받을 수 있게 하는 건 실행 불가능하다는 걸 나는 알고 있다. 그건 이 이행과정을 통곡의 벽으로 만들고 우리를 영원한 회한의 늪에 붙들어놓을 것이며 애초에 이 비극으로 이르게 만든 분열과 상호비난이 반복되게 함으로써 우리의 민주주의를 불안정하게 만들 것이다. 문제는 정당하고 현명할 수도 있을 그런 식의 추론이 가해자들에게 빠져나갈 구멍을 제공해서 매일 아침 자식들의 얼굴을 바라볼 수 있게 하고 명령을 내린 자들에게 익명으로 버젓이 거리를 활보하고 마티니를 홀짝거리게 허용한다는 점이다. 과거의 상처에 대한 두려움은 테러를 통해 이득을 얻고 번창한 자들이 꼿꼿이 고개를 쳐들고 다니게 내버려두고, 고통을 받은 사람들과 그 고통을 가한 사람들이 나란히 살아가는, 모두가 공모하여 돌이킬 수 없는 피해에 관한 진실을 회피하는 끔찍한 나라를 만들어낸다. 내가 염려한 바는 바로 그런 것, 진실의 회피가 한 나라의 국민에게 어떤 결과를 가져오느냐 하는 것이다. 예전의 적들과 합의에 이르는 일은 물론 중요하며 그렇지 않으면 더 나은 미래를 향해 조금도 전진할 수 없게 될 것이다. 어제의 인권 이슈를 책임있게 처리하는 것은 또한 건강, 교육, 환경 악화, 삐노체뜨의 실정이 낳은 유산과 관련된 오늘의 수많은 시급한 문제들에 제대로 대처하는 데 필수적이다. 게다가 1990년 현재는 정의의 칼을 엄밀히 휘두를 수 있는 상황이 아닐지도 모른다. 몇년 후 이행기의 긴장이 완화되어 군대를 적절히 통제할 수 있게 된다면 그때 재판을 시작하여 가장 지독한 범죄들에 대해 처벌을 가할 수 있을 것이다. 나는 성급함이 위험할 수 있다는 걸 깨달았지만 여전히 마음이 몹시 편치 않았다.

지난 달 데사빠레시도 가족들을 방문했을 때 그들은 위원회 조사결과에서 정의가 진실만큼의 무게를 가질 수 있도록 위원회 이름을 '진실과 정의'로 지어달라고 아일윈 대통령에게 로비를 했었다고 말해주었다. 아일윈은 최종적으로 정의를 화해로 대신했는데, 그렇게 강조점을 바꾼 현실적인 이유가 납득이 가면서도 어느정도의 정의가 실현되고 우리의 적들이 최소한 자기네가 가한 고통을 인정하고 다시는 그런 행동을 되풀이하지 않겠노라 맹세하기 전에 어떤 진정한 화해가 있을 수 있는지는 의문이다. 그렇지 않다면 눈까 마스(결코 다시는)란 말은 수사에 불과하다.

나는 이와 같은 우려를 주저하면서 조심스럽게 쓰고 있다. 군대가 정권을 탈취하기 전부터, 내가 실제로 피해를 보기 전부터, 내 사랑하는 사람들을 죽일 수 있고 죽일 수 있어서 실제로 죽였으며 나와 내 가족을 추방할 수 있어서 실제로 추방했고 내 어린 아들을 체포할 수 있어서 실제로 체포한 사람들과 함께 살아가는 일이 얼마나 어려운지 알게 되기 전부터, 나는 싫어하는 이들과 공존한다는 것의 딜레마와 씨름해왔기 때문이다. 그 난감함은 내 삶의 두드러진 특징이었고 이제 우리가 바라고 또 누릴 자격이 있는 나라의 핵심적인 문제였다.

악의 존재를 근절할 수 없다는 사실을 받아들이면서도 그것에 대항하여 싸워야 하는 데서 비롯되는 이 윤리적인 수렁을 내가 처음으로 알게 된 순간을 꼽으려면, 내 안에서 이에 관한 논쟁이 시작된 그 순간을 추적한다면, 그것은 1973년 아마 쿠데타가 일어나기 한달 전 칠레의 어느 겨울 저녁일 것이다. 아옌데의 권력이 약화되고 미래는 암울해 보였지만 나는 어쩔 수 없이 여전한 실내악 애호가였다. 그래서 오리엔떼극장(Teatro Oriente)에서 콘서트가 열린다는 소식을 읽고 표를 사기로 했다. 모네다궁에서 우파들의 공세에 맞서는 대안적 미디어를 생각해내려고 고심하는 오후 시간과 친구들과 벽화를 그리는 늦은 밤 시간 사이에 짬을 내어 공연을 볼 작정이었다. 벽화 그리기는 칠레라는 타이타닉이 침몰하는 와중에도 여전히 아름다움을 위한 자리는 있다는 것을, 배가 심연으로 곤두박질하기 일보 직전인데도 갑판에서 연주를 계속하던 바이올린 연주자들이 옳았다는 걸 보여주기 위해서였다.

하지만 싼띠아고를 미친 듯이 휩쓴 갈등을 달래줄 위안 같은 건 없었다. 그 갈등은 숨죽인 콘서트홀에 나를 따라 들어와 내 바로 앞줄, 조금 비스듬하지만 건드리고 침 뱉을 수 있는 거리에 앉았다.

그 남자의 이름은 하이메 구스만(Jaime Guzmán)이었다. 군사정권이 들어선 후 삐노체뜨의 가장 가까운 보좌관이자 그의 헌법의 초안을 잡게 될 인물로서, 이 글을 쓰는 지금 현재는 상원의원이고 아일윈 대통령에 맞선 야당 지도자이자 신파시스트 독립민주연합(UDI)의 창건자이며 삐노체뜨의 폭거를 칠레를 구하기 위한 의무였다고 정당화해온 사람이다. 그러나 1973년의 그 콘서트 당시 그는 이 나라에서 가장 시청률이 높은 TV 프로그램에 출현하여 악명을 얻었는데 거기서 매주 일요일 그는 열광적인 오푸스 데이(Opus Dei) 스타일의 독설을 얼음처럼 차가운 논리와 엄밀한 구문 분석을 거친 어휘들로 쏟아냈는데 소문에 따르면 그는 수사들이 입던 말털 셔츠를 입고 십자가 앞에서 몇시간 동안 무릎을 꿇고 앉아 자기 몸을 채찍으로 때리면서 그 독설을 연습했다고 한다. 과연 그래 보였다. 악귀처럼 말랐고, 번뜩이는 안경 너머로 응시하는 움푹 들어간 눈에, 해골 캐리커처 같은 두상에, 까다로운 항문애적 성격에 억압되어 있는. 아 난 그를 참을 수가 없었다.

바로 그 인간이, 연주자들이 실내악의 절정이자 나 같은 불가지론자에게도 신성이 어떤 것인지 암시해주는 베토벤의 현악사중주 15번을 연주할 때, 그 잔인한 쿠데타를 모략한 바로 그 하이메 구스만이 내 가까이에서 숨쉬고 있었던 것이다. 숨쉬고 있을 뿐 아니라 난 그가 음색을 따라가며 만족의 한숨을 쉬는 소리도 들을 수 있었고 그래서 난 이 천상의 음악에서 어떤 즐거움도 어떤 고요의 순간도 얻을 수 없었으며, 그 인간의 목을 조르거나 아니면 만화에나 나올 것 같은 그의 두상을 한대 갈기거나, 그도 아니면 그 자리를 떠나거나 해야 했고, 그래서 일어나 나의 베토벤이 그 인간의 쾌감의 신음으로 더럽혀지지 않을 세상을 위한 싸움터인 거리로 피신해 나왔다.

그건 어쨌거나 실행할 수 있는, 쉬운 해결책이었고, 사실상 망명의 사전 예습이었다.

하지만 이제 여기 칠레로 영원히 돌아왔으니 매일 거리를 걸을 때마다 그 인간 같은 적들을 지나쳐야 하고 그나 그 같은 부류들이 어떤 짓을 할 수 있는지 알기에 그 마주침은 더더욱 힘들지만, 아이들의 몸을 태우고 부인들을 과부로 만들어 베토벤이 태어나 달래주었고 내가 태어나 맞섰던 그 엄청난 슬픔을 만든 몹쓸 인간들과 공존하는 법을 배워야 하는 것이다.

•

이런 것들이 「죽음과 소녀」가 나오게 된 먼 기원으로, 끔찍한 적들과 음악을 결합한다는 아이디어는 그 콘서트에서 씨앗으로 뿌려졌으나 십칠년이 지나 1990년 일기에 처음으로 기록되면서 하나의 기억으로서 내 삶 속에 꽃을 피웠다. 이제 먼 옛날이 된 당시의 그 가을날에는 하이메 구스만이 1991년 3월 극좌파 게릴라대원에게 비참하게 암살당하리란 사실을 알 도리가 없었다. 나로서는 받아들일 수 없는 그 행위는 민주주의로의 이행에 심각한 부정적 결과를 안겼으니 칠레 보수파들이 독재의 국가폭력을 겪은 수많은 희생자들과 등가로 치부하려고 시도했고 지금도 시도하고 있는 순교자를 만들어준 셈이었다. 오늘날 나는 하이메 구스만을 예전 같은 혐오의 말로 묘사하진 않을 것이지만 일기의 발췌는 적었던 그대로 남긴다. 왜냐하면 그것은 내 삶의 그 결정적인 시점에 내 머릿속에서 어떤 일이 일어났는지를, 비록 아직 인정할 준비가 되어 있진 않았지만 내가 이미 이런 딜레마에 문학적으로 접근할 방식을 궁리하고 있었으며 고문당한 여인이 내가 하이메 구스만과 그 사중주를 공유했듯이 그녀를 고문한 사람과 공유한 음악을 통해 그 사람을 찾아내는, 혹은 찾아냈다고 생각하는 이야기를 이미 예언하고 있었음을 알려주는 실마리이기 때문이다.

적과 음악 사이의 관계를 탐사하려는 이 충동은 나라는 존재에서 오랜 계보를 가진 것으로 어디선가 갑자기 튀어나온 것이 아니다. 그것의 다음 진화단계는 빠리 망명 시절의 어느 오후에 도래했다. 나는 언제나 헌신적인 장모 엘바가 싼띠아고에서 보내준 잡지에서 구스따보 리(Gustavo Leigh) 장군의 인터뷰를 읽고 있었는데 거기엔 마침 그가 베토벤의 후기 사중주들을 얼마나 열렬히 애호하는지 이야기하는 대목이 있었다.

난 그 불쾌한 잡지를 바닥에 던졌고 발로 밟아버리고 싶은 것을 자제해야 했다. 께 레 바 이 구스따르 베토벤 아 에스떼 이호 데 뿌따, 이 개자식이 베토벤을 사랑할 순 없어, 후기 사중주는 더더구나 아니야, 쿠데타를 계획하고 잔학한 공군 정보기관을 운영했던 이 장군이, 이 악마가 베토벤을 사랑할 수 있을 리가 없어. 몇분이 지나서야 날뛰던 내 심장은 정상적인 리듬으로 잦아들었지만 그사이에도 난 발밑의 그 잡지를 계속 노려보았고, 저녁이 고요하게 저무는 동안 리와 나, 그리고 칠레에서 그토록 멀리 떨어진 그 아파트의 고요함만 남았다. 그런 다음 난 다시 잡지를 집어들어 불을 켜고 그 인터뷰를 처음부터 다시 읽었다. 리가 정말로 베토벤에게 매료되었으면 어떻게 되나? 그같은 중첩이 그와 나의 입장을 더 복잡하고 어렵게 만드는 게 아닐까? 설사 그 지점에서 난 여전히 침묵에 사로잡혀 있고 이렇다 할 구절 하나를 만들어낼 수 없더라도 그 간극을 오가는 일, 그 접합점을, 어느 쪽도 다른 쪽을 인정하고 싶어하지 않을 방식으로 서로에게 들러붙어 있는 양 측면의 공존을 탐구하는 일이 작가의 임무 아닐까?

표현하는 역량이 회복되었을 때 나는 억압자들의 엉클어진 영토를 시험삼아 탐색하여 그들의 정체성의 수수께끼를 푸는 방향으로 작게나마 몇걸음 나아갔다. 하지만 네덜란드에서 『과부들』을 쓰면서야 비로소 충분히, 나 자신을 충분히 들여다보고, 출세하려고 자신의 가난한 가족을 배신했고 연인도 배신하게 될 등장인물인 당번병 에마누엘의 영혼에 가닿아 그를 동정하는 마음을 내 안에서 찾을 정도까지 발전했다. 처음으로 나는 내 여정에 그토록 상처 입고 훼손된 누군가를 초대하여, 어두운 골목이나 아무것도 없는 지하실이라면 만나고 싶지 않은 그 사람을 향해 진짜 연민을 느끼도록 스스로에게 허락했다.

내가 나의 적을 한 사람의 인간으로 그릴 수 있었던 건 문학적 기술이 회복되었기 때문만은 아니었다. 암스테르담에서 어떤 일이 일어났고 그 일은 나 스스로를 철저히 의문시하게 만들었다. 그 중차대한 도덕적 참사가 없었다면 나는 「죽음과 소녀」를 쓴 사람, 지금 이 글을 쓰고 있는 사람이 되지 못했을 것이다.

대형 위기가 자주 그렇듯이 그 일도 사소한 사건으로 시작되엇다.

호아낀이 태어난 지 한달가량 지난 1979년 3월의 어느 아침, 바위텐벨더르트의 우리 아파트의 전화벨이 울렸다. 좀 들러도 되겠느냐는 안키 페이퍼스의 전화였다. 우리의 전속 맏언니이자 네덜란드와 칠레와 문학과 관련된 온갖 일들의 상근 모의자로서, 그녀는 예기치 않은 시간에 방문하곤 했으나 이번에는 목소리에 과묵함이 담겨 있었고 늘 보여주던 가벼움이나 호아낀에게 시를 가져다준 한주 전의 방문 때 발산했던 유쾌함을 자제하는 분위기였다. 갓 태어난 호아낀의 눈에 담긴 심오한 지혜, 그 눈이 자궁이나 어떤 전생에서 본 것에 깊이 감동받은 나머지 그녀는, 물론 네덜란드어로지만, 몇편의 시를 써 와서 아기에게 부드럽게 읊조려주었는데, 어떻게 시작해야 할지를 가르쳐줘서 고맙다고 그녀가 감사를 표하는 동안 아이는 그녀의 눈을 똑바로 쳐다보았었다.

넌 내게 시작하는 법을 가르쳐준단다.

그건 내가 쓰고 싶은 말이기도 했다. 안키는 팔걸이의자 끄트머리에 걸터앉아 언제나처럼 앙헬리까가 건넨 한잔의 셰리와 크래커도 마다한 채, 자기가 지금부디 하려는 말은 오직 우리 세 사람만 알고 누구에게도 발설하지 않겠다고 내게 맹세하라고 했다.

"물론이지, 안키. 내가 약속은 지키는 사람이란 걸 알잖아."

연대운동만이 아니라 네덜란드의 정계에서도 영향력이 있는 어느 네덜란드 여성이 그녀에게 이 아리엘 도르프만이라는 자가 CIA를 위해 일한다고 말했다는 것이었다. 안 그러겠노라 약속은 했지만 우리의 우정을 생각해서 안키는 이런 혐의를 내게 알려주어야 한다고 느꼈다. 그녀는 또한 우리가 칠레 작가와 화가, 음악가 들에게 보낸 돈이 내가 소속한 정당 마뿌(MAPU)로 흘러들어간다는 이야기도 들었다고 했다. 네덜란드인들의 관대함과 유럽 전역에서 조직된 문화행사들에서 나온 자금으로 마뿌의 정치 지도자들이 혜택을 받고 있다는 것이었다.

나는 그런 혐의 자체보다 안키의 어조와 제스처 때문에 더 놀랐다. 그녀는 나와 눈을 마주치는 걸 피했고 금방이라도 날아가버릴 새처럼 의자에 제대로 앉지도 않으려 했다.

그다음 두시간 동안 그녀는 긴장을 풀기 시작했고, 내가 아옌데를 무너뜨린 미국 정보기관에 협력한다는 그 엄청난 비난이 앞뒤가 맞지 않고 순전히 터무니없다는 데 동의했다. 이 혐의의 신빙성을 뒷받침하는 유일한 증거는 내가 흠잡을 데 없는 영어를 구사한다는 것밖에 없는 것 같았다!

나는 그녀를 구슬러서 누가 그런 말을 했는지 알아냈다. 여기서는 그 사람을 쏘냐(Sonia)라고 부를 텐데, 그녀는 로테르담 시장이 세운 네덜란드 쌀바도르 아옌데 센터의 유력인사였다. 그런데 이 쏘냐라는 사람은 어디서 그런 정보를 얻었을까? 안키는 한참 주저하다가 쏘냐가 칠레에서 온 망명자 중 한 사람인 하이메 모레노(Jaime Moreno)와 '얽혀 있는' 것 같다고 일러주었다.

모레노는 칠레공산당(Chilean Communist Party) 당원으로 이 당의 자금과 영향력에 핵심적인 조직인 프리예 무직(Vrije Muziek)의 장을 맡고 있었다. 네덜란드에서 전세계를 상대로 활동하는 프리예 무직은 레코드와 책과 포스터를 만들고 인띠 이이마니(Inti-Illimani), 낄라빠윤(Quilapayún), 앙헬 빠라(Angel Parra)를 비롯한 칠레 음악그룹들이 나오는 대형 콘서트를 기획해서 상당한 현금을 벌어들였고 당 노선을 따르는 한 공산주의자들과 연결된 벽화가와 작가와 감독 들의 최저생활을 보장해주었다.

모레노와는 그간 어떤 긴장관계에 있었는데 그나 서열상 그의 상급자들은 내가 하는 문화적 활동들이 마음에 들지 않고 그 활동을 뒷받침하는 철학에 대해서는 더더욱 마음에 들어 하지 않는 기색이었다. 내가 홍보하고 있던 칠레문화센터(Centers for Chilean Culture, CCC)는 생산수단을 통제하면 다른 형태의 인간 활동도 지배할 수 있다는 스딸린주의식 사고에 대한 일종의 저항으로서 칠레 안과 밖의 예술가들이 관료들과는 독립적으로, 지원금이 끊길 것을 두려워하지 않고 자유로이 비판적일 수 있게 하고자 했다. 그것은 또한 연대운동에 참여한, 상당수가 스타나 셀럽인 외국인 문화인사들이 적극적으로 개입하여 칠레의 문화인사들을 돕게 만들 방도였으며, 단순한 온정주의를 넘어 대화를 열어나가게 할 방도이기도 했다.

모레노로서는 분하게 여길 일이겠으나 많은 과격파 공산주의자와 동조자 들이 우리 프로젝트에 동참했다. 그리고 물론 문화단체와 개인들을 돕기 위한 자금이 칠레로 흘러들어가고 있었고 프리예 무직이 감독하는 행사들과 경쟁관계에 있는 해외 행사들을 위한 지원금이 네덜란드와 다른 곳에서 모금되고 있었다. 모레노와 그의 당 문화기구에 문제를 더 꼬이게 만든 것은, 아옌데 정부의 외무부 장관이었고 칠레사회주의당(Chilean Socialist Party)과 삐노체뜨에 반대하는 정당 연합 둘 다의 장을 맡은 끌로도미로 알메이다(Clodomiro Almeyda)가 나를 해외의 저항적 문화운동의 대표로 지목하여 공인해준 일이었다.

나는 안키에게 그 중상모략성 거짓말을 우리 당에 알려야만 한다고 이야기했다. 그런 종류의 인신공격은 제때 막지 않으면 심각한 파문을 야기할 수 있었다. 저항운동의 잘 알려진 인물이(칠레를 떠난 이래 나는 마뿌 중앙위원회 위원으로 임명되었다) 적을 위해 일한다고 생각한다면 누가 우리를 신뢰할 것인가? 나는 안키에게 물론 그녀가 한 이야기는 비밀에 붙여질 거라 약속했지만, 그래도 이건 나치가 네덜란드를 점령하고 있을 때 나치에 부역했다는 혐의나 다를 바 없다고 말했다. 그 정도로 극단적인 사안으로 생각해야 하며, 또한 나와 내 가족의 안전과 다른 이들의 생명도 위험에 처할 수 있다고 말했다.

창백해진 안키는 여전히 나와 눈은 못 맞추는 채로 고개를 끄덕였다. 다른 혐의들은 어떤가? 그녀는 물었다. 내가 속한 당이 늘 이런 문화활동의 배후에 있었나?

이 대목에서 나의 자기정당화는 무너지기 시작했다. 왜냐하면 부분적으로 내 당이 이런 새로운 계획들을 주도한 게 사실이기 때문이었다. 나의 동지들이 각국의 칠레문화센터를 위한 하부구조를 제공해주었고 칠레로 몰래 자금을 반입하여 분배했고 그러는 과정에서 권력과 위신을 얻었다. 따라서 나는 내 당이 반입하는 자금에서 일부를, 중개자가 지불받는 커미션처럼 간접비로 이따금씩 떼어갔다고 해도 놀라지 않았을 것이다.

"그런데도 당신은 나나 칠레문화센터의 다른 이사진들에게 그 얘기를 하지 않았죠? 우리를 신뢰하지 못해서? 우리에게 당신네 당이 은밀히 이 프로젝트를 조종하고 있다고 말하면, 한 그룹이 다른 그룹에 대항하는 데 우리가 이용당하고 있다고, 우리가 정파투쟁의 볼모였다고 말하면, 우리가 프로젝트에 동의하지 않을까봐? 그게 나한테 말하지 않은 이유인가요?"

이 험악한 질문에 어떻게 대답해야 할지 정말 알 수 없었다. 그녀 말이 맞았기 때문이다. 내가 처음부터 이야기했더라면, 우리가 빠리에서 처음 만났을 때, 그때 바로 동료를 누르는 식의 비밀공작의 내막을 설명했더라면, 그녀는 아마 꺼려하면서 국제펜클럽이 하인리히 뵐을 통해 칠레 작가들을 지원한다는 대의로 모금한 자금을 내게 건네주지 않았을지 모른다.

사실이었다. 난 그녀가 나를 신뢰하듯이 그녀를 신뢰할 수 없었다. 나는 나와 내 가족을 자신의 삶과 자신의 조국 네덜란드로 반겨맞아준 막스 아리안도 그가 나를 신뢰하듯이 신뢰하지 않았다. 연대운동의 그 누구도 그쪽에서 나를 신뢰하듯이 신뢰할 수 없었다. 안키가 비난한 비밀주의와 조작이 내가 속한 조직들이 으레 운영되는 방식이었다. 그토록 엄중하고 격렬한 싸움에서는, 어쨌거나 그녀가 좋아하지 않는, 내가 좋아하지 않는, 더럽고 추한 일들이 행해지게 되어 있다. 수년 전 우리가 처음 만났을 때 난 그렇게 말했어야 했고, 앞으로 올 몇시간, 며칠, 몇달 동안 그렇게 말할 것이었다. 그 순간, 그녀의 분노, 슬픔, 당혹감과 마주하여 내가 할 수 있었던 건, 그녀에게 내가 한 모든 일이 다 합당한 이유가 있어서였다고, 중요한 건 우리가 이룬 놀라운 성과에 집중하는 것, 도움을 받은 칠레의 예술가, 유럽 전역에서 그려진 벽화에 집중하는 것임을 믿어달라고 부탁하는 것뿐이었다.

"그러면 당신이 여기 네덜란드에서 나와 내 친구들을 이용하는 것과 프리예 무직이 칠레 예술가들을 이용하는 게 뭐가 다르죠? 이 모레노란 사람과 당신이 뭐가 다르죠?" 그녀가 물었다.

내가 어떻게 답했는지 기억나지 않는다. 그때쯤엔 난 눈물이 쏟아질 것 같았고, 안키는 울고 있었으며, 앙헬리까는 안키의 손을 잡고 있었다. 안키의 손. 내가 그것을 처음 본 건 바스띠유광장에서였고, 그녀가 남편 마리우스와 함께 내가 어떤 사람인지, 뷀이 옳았는지, 내가 믿을 만한 사람인지 보러 왔을 때였다. 하지만 그 손에는 튤립 다발이 들려 있었으므로 그녀는 이미 우리를 사랑하기로 결심한 상태였고, 포옹을 나눈 다음 오종종 모여 앉은 빠리의 까페 테이블 너머로 몸을 기울이며 이건 부인께 드릴 거예요, 이 힘든 시기에 꽃을 받을 일은 별로 없을 테니까요,라고 말했다. 그리고 우리 침대 곁에는 다른 꽃들도 놓여 있었으니 그건 그녀의 침대였다. 그녀는 우리가 암스테르담에 막 도착했을 때 우리에게 자기 아파트와 침대를 내주었다. 네덜란드에 도착하자마자 우리가 고생을 하지 않도록 그녀가 시를 쓰려면 있어야 할 자기만의 방을 몇달씩이나 우리에게 내준 것이다.

나의 안키, 우리의 안키, 그녀는 바로 그런 사람이었고 이제 마침내 자리에서 일어섰다.

"아리엘, 난 이 사실을 칠레문화센터 이사진에게, 또 네 당이 만든 이…… 전선에 협력하는 다른 사람들에게 알려야 해. 공개해서 조종당했다고 느끼는 사람들이 계속 지원할지 말지를 결정할 수 있게 할 필요가 있어."

"그러면 우리가 쌓아온 모든 게 무너질 거야."

"우리한테 사실을 숨길 때 그 생각을 했어야지."

칠레인들 사이에서 스캔들이 일어났고, 모임들은 모호하고 비비 꼬였으며, 암스테르담과 베를린과 빠리와 싼띠아고에 있는 정당들 사이에는 대립이 빚어지고 비판과 반비판이 제기되었으며, 내 편을 든 공산주의자 친구들은 감히 공개적으로는 그렇게 하지 못했고, 당은 이 위기에 효과적으로 대응하지 못했다. "아리엘, 우린 분노해. 하지만 뭘 기대하는 거야? 이것 때문에 우리가 동맹을 깰 거라고 기대해? 여파를 생각해봐, 이 친구야. 대의를 생각해!"라는 식이었다. 그리고 물론 난 동의할 수밖에 없었다. 대의가 무엇보다 중요했고, 칠레에서 일어나고 있는 일에 비하면 내가 느끼는 혼란은 아무것도 아니었다.

하지만 더욱 치명적인 것은 네덜란드인들 사이에서 생긴 분열이었다. 내가 그들에게 온갖 정치적인 고민거리를 모르게 한 이유 하나는 혁명가 그룹들 사이에서 벌어지는 다툼과 불화에서 그들을 떼어놓기 위해서였는데, 이제는 그들 자체가 쪼개질 위험에 처했다.

막스와 안키처럼 배신당했다고 느끼는 사람들은 나의 학생들인 에릭과 딕과 에미가 이끄는 또다른 분파와 맞붙었는데, 이 학생들은 멘토의 은밀한 행위를 넓은 지평에 놓고 투쟁에 대한 의미있는 기여라는 잣대로 내 행동을 평가했다. 가령 또다른 내 제자인 베르트 얀선스(Bert Janssens)는 5월 1일 국제노동절을 싼띠아고에서 기념하기 위해 이름난 브라스밴드인 데 폴하르딩(De Volharding)과 함께 칠레 여행을 조직했다가 체포되어 추방되었는데, 그에게는 분명 우리의 활동이 엄청난 성공이었다. 다른 한편, 아리 스네이우(Arie Sneeuw)——내 벗이자 번역자이며 그의 부인은 우리를 위해 고양이가 갖춰진 우리 아파트를 속임수를 써서 얻어주었다——는 연대활동을 완전히 그만두었다. 그 이후로는 거의 한마디도 나누지 않았는데 나를 위해 자리를 만들라고 암스테르담대학에 압력을 넣은 교수가 이랬던 것이다!

몇차례의 격렬하고 고통스러운 회의 끝에 칠레문화센터는 내게 이사진에서 물러나고 컨설턴트로만 남아 있을 것을 요청하기로 결정했다. 남은 위원들은 온갖 정치적 신조를 가진 칠레인들을 포괄하도록 확대하고 지원금을 분배하는 방식에도 한층 주의를 기울이기로 했다. 이런 지저분한 일로 망가지기에는 앞에 놓인 임무가 너무도 엄중하기에 그들은 굴하지 않고 나아갈 자세가 되어 있었다. 그러나 안키와 막스와의 만남은 업무상의 일이 되었고 의혹과 후회로 가득한 형식적인 것이 되었다. 막스의 고통을 보는 것은 견디기 어려웠다. 그가 방문해서 앙헬리까를 찾고 그녀가 어떻게 지내는지, 호아낀이 어떻게 지내는지 물어보거나 로드리고가 자신의 두 아들과 놀 수 있게 시간을 잡아주면서도, 내가 어떻게 지내는지는 묻지 않는 것이 마음 아팠고, 마르티어는 만날 때마다 내게 따뜻하게 대했지만 우리는 더이상 그녀의 집을 방문하지 않는 게 마음 아팠으며, 그녀가 이 소원함을 어떻게 해야 할지 몰라 하는 게 마음 아팠다. 나는 오랜 우정이 사라지는 걸 보는 일이 참담했고, 내 말과 행동 어떤 것도 이 예의 바른 차가움을 녹이기에는 충분치 않았다.

나는 내가 잃어버린 것이 비통했다. 네덜란드, 내가 다시 거리감을 이겨내기 시작한 이 안식처는 내 새로운 자매이고 새로운 형제라 여긴 두 사람으로부터 고립되어 이제 새로운 고독으로 쓰라린 장소가 되었으며, 그들은 이제 나를 받아들인 일을 한탄하는 것 같았다. 나는 안키가, 아 아주 서서히, 나를 용서하기 시작하고 아침의 차 한잔이나 오후의 술 한잔을 위해 들르기 시작했을 때도 계속 이런 느낌이었다. 번역이라는 함정을 함께 탐사하면서 우리는 점차 예전의 말썽꾸러기 모략가이자 시를 위한 투쟁의 동맹자로 돌아갔다. 그녀는 다시 미소짓고 의자 깊숙이 앉았으며 셰리도 마다하지 않았고, 나는 우리가 곧 다시 형제자매처럼 될 거라고 스스로에게 말했지만, 이따금씩 그녀의 눈은 불현듯 경계하며 흐릿하고 희미해졌다. 나는 신뢰란 한번 상실하면 회복하는 데 평생이 걸릴 수도 있다는 것을 알아가고 있었다.

막스로 말하면, 그의 의혹은 그만큼 쉽게 누그러지지 않았다. 그래도 결국에는 우리 각자의 안강한 아내들과 엄청나게 선량한 그의 마음씨 덕분에 막스는 내게 우리의 상처를 치유하도록 허락해주었고 1980년 여름 네덜란드를 떠날 즈음엔 균열이 메워지기 시작했다. 그리고 오년이 지난 후 우리가 다시 방문했을 때 새벽 세시에 공항에서 꽃과 초콜릿과 시와 힘찬 포옹으로 우리를 맞아준 스무명 넘는 친구들 사이에 막스와 안키가 있었다. 이 글을 쓰는 2010년 나는 암스테르담의 막스를 방문하여 할 수 있는 한 많은 시간을 그와 함께 거리를 걷고 일곱명의 손주를 본 경사를 축하할 채비를 하고 있다. 그와 마르티어가 바로 얼마 전 내 가장 최근 오페라 「나시께따」 (Naciketa) 워크숍 공연을 보러 런던까지 와준 것을 기억하면 내 마음은 따뜻해지고, 우리가 이전보다 더 가까워졌다고 장담할 수 있다. 그리고 안키는, 그녀의 유골이 뿌려진 폭포 같은 강이 흐르는 프랑스 남부 마을을 곧 방문할 수 있도록 최선을 다할 것이다. 그녀가 죽은 지금도 나는 그토록 많은 삶과 웃음과 연대를 나누었을 때처럼 마음속 깊이 내 인생의 일부로 그녀를 느낀다.

그렇게 우리는, 안키와 막스와 나는, 앙헬리까의 도움을 받아 가까스로 우리 삶의 골절을 치료했으나, 그에 앞서 일시적이긴 했어도 두 소울메이트를 잃은 일은 나라는 인간의 핵심을 흔들어 너무도 오래 미루려고만 했던, 나 스스로를 향한 불안과 마주하도록 했다.

떠난다는 죄의식과 밖에 나가서 도울 필요가 있다는 생각으로 범벅인 채 나는 빈손으로 칠레를 떠났고, 거지로 네덜란드에 왔고, 해외를 떠돌았다. 그러면서 내게는 모든 무기를, 내 모든 재능, 내 모든 매력, 호감을 자아내는 내 모든 열정, 내 직업상의 수단인 말, 말, 말을 다 내 뜻대로 사용할 권리가 있다고, 찔끔찔끔 행하는 작은 거짓말이나 작은 허위 같은 건 문제가 되지 않는다고 스스로에게 말했다. 다 대의를 위한 것이니 문제가 아니라고, 나는 희생자이고 희생자는 언제나 옳으니 문제가 아니라고, 우리를 받아주는 사람들에겐 집이 있고 우리는 없으니까, 그들은 안전하고 우리는 아니니까, 그들에겐 민주주의가 있고 우리 칠레인들에겐 없으니까, 그들은 잘살고 우리는 그렇지 않으니까, 그들에겐 연줄이 있고 우리에겐 없으니까 문제가 아니라고 말이다.

프랑스에서 시작된 이런 패턴은 네덜란드에서도 지속되었다. 나는 칠레에서 도망쳤고 내 삶은 불확실로 가득했으며, 오로지 내가 역사의 옳은 편에 서 있고 삐노체뜨 같은 악마가 존재한다는 사실 자체가 청소년기 이래 나를 규제해온 스스로의 윤리를 유보해도 무방하게 만들어준다는 것만 확실했다. 자기를 공직에 지명해준 대통령을 배신하여 대통령궁을 폭격하고 의회를 해산한 독재자와 싸우고 있다면 자기 자신을 좋게 생각하고 양심의 가책을 눌러버리는 게 어렵지 않다. 일이 잘못된다면? 그냥 그 독재자 탓을 하면 된다. 이호 데 뿌따 삐노체뜨(삐노체뜨 개자식)라는 말이 일종의 농담이 되었고 나는 그 독재자가 한 일에 대해서도 비난했지만 그의 책임이라고 할 수 없는 일에 대해서도 그를 비난했다. 호아낀이 태어나기 전, 이 모든 사태가 벌어지기 전, 네덜란드에서의 어느 저녁, 우리 차가 눈보라 치는 거리에서 멈춰 서버린 일이 기억난다. 몇달 동안이나 오일을 갈아주지 않은 내 잘못이었는데, 선물로 받은 차였는데도 난 차를 갖는 게 싫었고 다소라도 특권을 가진 것처럼 보이는 게 싫어서였다. 나는 앙헬리까를 돌아보며 마치 삐노체뜨가 없었더라면 엔진 오일 가는 일을 기억했을 것처럼 이호 데 뿌따 삐노체뜨라고 소리질렀고 우린 둘 다 웃음을 터뜨렸다. 우리가 이토록 터무니없다는 데 웃음이 난 것이다. 고마워, 삐노체뜨, 우리가 스스로의 단점을 보지 않을 핑계를 줘서. 우리가 그 단점에 직면하지 않아도 되도록 보호해줘서 고마워, 그라시아스, 헤네랄(고마워 장군).

내 웃음은 오래가지 않았다.

내가 더는 외면할 수 없는 나 자신에 대한 진실이 여기에 있었다. 나는 벗들을 호도했고, 그들의 사랑을 착취했고, 나에 대한 그들의 신뢰를 이용했으며, 그것도 너무나 기꺼이, 거의 대담한 응징인 양 그렇게 했다. 내 머릿속에 있는 누군가가 매번 계산을 했고 이런 가식을 혐오하는 아리엘을 한 구석으로 밀어냈으며, 우호적인 불모지를 마주하여 다른 사람들을 그들 자체로가 아니라 그들이 저항운동에 무엇을 해줄 수 있는지, 내가 무엇을 뽑아낼 수 있는지로 보았으며, 내가 통제한다고 느끼는 게임, 내가 통제할 수 있는 유일한 게임에서 그들이 갖는 유용성을 재면서, 그들을 대상이자 물건이자 내 카리스마의 인질로 보았다. 상황이 어려웠던 쿠데타 이후, 내 주변 사람들 모두, 생존자인 우리들 모두가 연대라는 기적을 마치 상품처럼, 명단에 적힌 항목처럼 다루면서, 온갖 방법을 동원하고 받을 수 있는 도움이란 도움은 다 차지하면서 진흙탕에서 네 발로 기어 나오던 그때만이 아니라, 그런 태도는 쿠데타 한참 전에 이미 시작되었고 그 차갑고 계획적인 목소리는 내 기억이 미치는 만큼 오랫동안, 어쩌면 뉴욕의 그 병원에서 폐렴을 겪고도 살아남은 그때 이래 늘 나의 동반자였다. 겁에 질렸던 그 아이는 시달리고 버림받은 채, 계속 숨쉬기 위해서라면 뭐든 다 할 태세로 여전히 거기 그대로 있었고, 나는 그 악의에 찬 목소리를 한쪽에 치워버리고 대항해 싸우고 수치심으로 질식시켜버리려 했다. 하지만 그것은 늘 거기에 있었고 그 힘을 즐기는 누군가가 늘 거기 있었으며, 그 사악한 정령들은 일이 잘되어나갈 때는 잠시 중지했지만 쿠데타 이후 갑자기 나 자신이 다시 취약해졌다는 걸 알게 되자 다시 나와 설칠 태세였다. 가책 때문에 나는 내가 살아서 이야기를 전할 가치가 있는 인간이라는 걸 증명할 필요가 있었고, 그래서 어느 때보다 더 그런 우월감이 필요했고 합당한 자격이 있다는 권위와 성공의 스포트라이트가 필요했으며 무너진 나의 에고(ego)를 정복의 전리품으로 떠받칠 필요가 있었다. 연대라는 세계의 돈 후안처럼 혁명을 진전시키고 삐노체뜨를 제거하고자 필사적이던 나는 그 과정에서 누구에게 피해를 주는지 개의치 않거나 충분히 배려하지 않은 것이다.

탄생과 재생과 더불어 시작된, 그리고 니까라과 쏘모사(Somoza) 정권이 몰락하고 이란의 국왕을 비롯하여 여기저기서 독재자들이 쫓겨나면서 그토록 상서롭게 시작된 1979년은 지독히도 엇나가버렸다. 그 끔찍한 해가 전환점이었다. 그때 이래 나는 망명과 폭력의 불길 속을 조금도 그을리지 않은 채 헤쳐나갈 수 있는 척할 수가 없었다. 누구도 그 정도로 고통과 패배와 잔혹함을 이기고 살아남을 수는 없다. 누구도 집과 나라와 벗들을 잃고도 순수한 무결점의 상태로 남아 있을 수는 없다.

그래서 암스테르담의 그 자기반성의 참화에서 벗어나자 내 안에서 무언가가 완전히 바뀐 것 같다. 사람들을 조종하거나 속일 수 없는 인간이 되었노라고 주장하지는 않겠으며 앞으로도 다시는 그렇다고 선언하거나 그런 척하지 않을 것이다. 나를 신뢰하는 사람들을 결코 배신하지 않으리라고는 감히 말할 수 없다. 하지만 내가 겪은 시련으로부터 배운, 배웠으리라 희망하는 교훈은 이런 것이다. 나는 영웅이 아니며 사실 이 지구상의 다른 누구보다 우월하지도 훨씬 낫다고도 할 수 없다는 것. 내 기억보다 더 오래 내 가까운 동반자였던 그 괴물은 사라지지 않았고, 여전히 거기 있으며 여전히 뛰쳐나오려고 하고 있고 여전히 번드르르한 말을 때때로 내게 속삭인다. 나는 다만 그 어둠을 인정한다면 이미 그 지배를 이겨내는 셈이라고, 죽을 운명임을 받아들인다면 이미 좋은 죽음을 준비하는 셈이라고 바라고 또 기도할 수 있을 뿐이다.

그 어둠과 불완전함에서 「죽음과 소녀」가 나왔고, 관객들에게, 내 나라에게 스스로의 지옥을 온전히 겪을 것을 요구하려는 나의 충동, 삐노체뜨가 무대에서 사라지고 그의 그림자만, 그의 그림자는 남아 있게 된다면 우리가 무엇을 해야 하는가, 그가 더는 악마 같고도 할 아버지 같은 눈으로 이득을 탐하는 마음으로 우리를 지배하지 않는다면 우리가 무엇을 해야 하는가라는 근본적인 질문을 스스로 던질 것을 요구하는 나의 충동에서 비롯되었다.

1990년 칠레로 돌아갔을 때의 일기에서

8월 28일

오늘 에릭 헤르존이 보낸 편지를 받았다.

그토록 많은 우리의 형제자매들이 죽음을 맞은 1973년 9월의 그 불발된 앙헬리까 영명축일 파티 때만 해도 우리는 그의 존재도 알지 못했고 암스테르담에 발을 들여놓은 적도 없었지만, 이제 그는 내 형제나 다름없고 어쩌면 칠레에 있는 내 친구들보다 더 그렇다는 걸 인정해야겠다. 죽음이 해외까지 우리를 따라와 우리를 고독과 비탄의 깊은 골에 빠뜨렸으며 내게 거울에 비친 최악의 얼굴을 보여주고 내가 믿었던 모든 것을 부수며 나를 익사 직전으로 몰고 갔을 때, 그 영혼의 어두운 밤에 에릭이 곁에 있어 어머니의 사랑만큼 무조건적인 사랑으로, 어떤 일용할 양식보다도 우리에게 더 필요했던 무한한 시선과 부드러운 손길과 자비로 우리를 보살펴주었기 때문이다.

그리고 이제 네덜란드에 있는 그가 곧 쌴띠아고를 방문해서 이곳 사삐올라에서 우리와 함께 머무는 여행을 계획하고 있다는 소식을 알려온 것이었고, 기쁨에 겨워 내가 할렐루야를 몇번이고 외치는 소리에 앙헬리까도 달려와 이 반가운 소식을 들었는데, 시간이 역전되고 공간이 어긋나듯이 무언가 이상한 것이 내 안에서 뒤틀리며 휘어진다. 나는 칠레에서 온 편지를 받고는 그 허술한 봉투를 의심의 눈길로 살피고 계속 넘겨보며 그 불충분한 말들이 상쇄하고 있는 삶을 뽑아내려 애쓰던 때로 잠깐 돌아간다. 암스테르담에서 온 에릭의 메시지를 읽으며 나는 행간을 해독하고 거기 없을지도 모르는 함축된 의미를 파내려고 했던, 가차없이 지워진 것들, 절정에 이른 소문, 우리가 놓치고 있는 흐름들을 추론하던 망명의 시간들을 기억해낸다.

그리고 이제 그 간격이 다시금 시작된다. 나는 칠레에 있고 에

릭은 저 너머, 세계의 반대쪽에 있으며, 께노나 까초나 쑤사나나 삐삐만큼 내가 사랑하는 이 사람, 내가 살아남아 이제 그를 그리워하고 그가 우리를 마음속에 받아들였듯이 곧 우리 집에서 그를 맞이하게 될 이 땅에 돌아올 수 있도록 해준 그 다정한 영혼과 나 사이에 여드레의 시간이 가로놓여 있었다. 막스도 방문할 수 있을지 모르겠다고 했으니 어쩌면 안키와 디나(Deena)와 마르티어, 팻(Pat)과 마크(Mark)와 존(John), 모두 같이 올 수도 있고, 잭슨(Jackson)은 10월에 열리는 앰네스티 콘서트에 맞춰 오겠다고 했다. 난 빠리와 로스앤젤레스, 암스테르담과 워싱턴과 뉴욕에서, 따로든 함께든 모두 와서 그들이 그토록 열린 마음으로, 우리가 즐겁게 지내고 칠레로 돌아가는 것 말고는 아무것도 바라지 않은 채 우리에게 준 그들의 사랑을 이제 그들에게 돌려줄 수 있기를 바란다.

기쁘다, 정말이지, 할렐루야. 난 그들이 방문할 새벽을 기다린다.

하지만 칠레 친구들과 외국 친구들이 모두 함께 모이는 날, 씨앗들의 이산(離散)과 흩어짐이 끝나는 날은 내 생애에 다시 오지 않을 것이고, 필연적으로 그리고 영원히 불완전하지 않은 함께함이란, 그런 날이란 결코 다시는 없을 것이다.

망명의 이중성(doubleness)이 나를 따라 이곳까지 쫓아왔다.

•

이중성이란 말이 나왔으니 말이다.

반란이 끓어오르고 있다.

부에노스아이레스에서 빠리로, 다시 암스테르담까지 이른 여정을 더듬어보는 동안 참을성 있게 대기하고 있던 나의 두 언어는, 이제 이 회고록이 유럽에서의 오디세이의 끄트머리에 다다르고 거의 문자 그대로 미국 해안에 상륙하려고 하자, 주의를 기울여달라고, 이 서사 안에 넣어달라고 요구했다. 기억해, 아리엘, 이 이야기가 광적으로 단일언어적인 에스끄리또르(작가)임을 쁘로끌라만도세(선언하다)하며 칠레를 떠난 사람이 똑같이 엄격한 두 언어와 사랑에 빠진 나머지 그것들 사이에서 오락가락하며 불륜을 저지르는 이야기이기도 하다는 걸 레꾸에르다(기억하라)해.

망명이 한 일이었다.

키츠(Keats)와 링컨(Lincoln)의 언어는 1969년 내가 그 언어에 대한 일말의 충성도 저버린 그날 이래, 제국과 특권과 거리감으로 너무 오염되었기 때문에 칠레 구어에 토대를 둔 사랑과 문학과 혁명이라는 내 경험을 전달할 수 없다고 느꼈기 때문에 그때까지 내 정체성의 집이었던 그 언어를 포기했던 그날 이래, 한동안 자기 차례가 오기를 기다리고만 있었다.

어쩌면 영어의 인내심은 자기 쪽에 승산이 있다는 걸, 점점 더 지구화되는 이 세계에서, 그리고 점점 더 불안정해지는 내 삶에서, 결국 내가 자기 품으로 돌아가리란 걸 아는 데서 비롯되었을 것이다.

칠레를 떠날 때는 마크 트웨인과 그루초 맑스(Groucho Marx)와 몬티 파이튼(Monty Python)의 질투심 많고 짓궂은 말들이 몰래 부화시켜놓은 전략을 모르고 있었다. 1973년 부에노스아이레스에서 망명생활이 시작되자마자 나는 외국의 지인들에게 연락하고 유럽의 연대운동 참여자들과 접촉하여 문화적 저항운동을 위한 최초의 지원금을 얻으려 할 때 무심코, 두번 생각하지도 않은 채, 칫솔을 고를 때보다도 더 아무 고려 없이, 그저 일이 되게 하기 위한 수단으로 영어를 사용했다.

프랑스에서는 셰익스피어(Shakespeare)의 음절들이 나를 유혹하지 않았고, 빠리 밖으로 여행할 때, 베를린, 코펜하겐, 로마, 헤이그, 그리고 확실히 런던과 옥스퍼드에서 사람들을 설득할 목적일 때만 영어를 썼다. 그 링구아 프랑카(국제 공용어)를 동반하지 않았다면 감히 권력의 회랑에 대담하게 들어가지 못했을 것이다. 1975년 봄 스톡홀름에 갔던 일을 기억하는데, 당시 스웨덴 총리였던 올로프 팔메(Olof Palme)를 설득하여 우리 칠레 예술가들이 발빠라이소까지 항해하여 군사정권에 상륙을 막아보라고 도전하는 데 쓸 배를 빌려달라고 할 작정이었다. 말도 안 되는 계획이었지만 많은 칠레 문화계 인사들이 참가할 정도로는 그럴싸했던지 일반적으로 나보다는 더 냉철한 가르시아 마르께스도 합류하여 팔메의 오른팔인 피에레 쇼리(Pierre Schori)에게 전화를 걸어 만남을 주선해달라고 했다. 총리는 내 제안을 듣더니 잘 싸우시길 기원하고 다시 연락하겠노라고 덧붙였다.

연락은 오지 않았다. 나도 놀라지 않았다. (몇년 후에는 친구 사이가 될) 쇼리가 나를 바깥까지 안내해주면서 이렇게 말했다. "이건 내가 여태까지 본 중에 가장 무책임한 정치적 계획이네요. 해외에서 가장 널리 알려진 당신 나라의 얼굴이라 할 위대한 예술가들을 죽음으로 몰아넣을 수도 있어요." 나는 그의 훌륭한 지혜에 고개를 숙였어야 마땅했지만, 내 유창한 영어는 거기서 이 미친 계획이 말이 되는 온갖 이유를 또박또박 설명했다.

빠리에서라면 그런 표현력은 불가능했다.

나는 엄마 아빠 손을 잡고 빠리의 뤼(rue, 거리)를 이리저리 거닐면서 그 정확한 울림을 들었던 아홉살 이래 쭉 프랑스어를 사랑했다. 십년 후 칠레에서 발자끄와 프루스뜨(Proust)와 심농(Simenon)이 청소년이었던 내게 까르띠에(quartier, 구역)와 비스트로(bistro, 작은 식당)를 접하게 해주었다. 보들레르(Baudelaire)는 내게 그 불바르(boulevards)의 냄새를 알게 해주었으며, 졸라(Zola)는 야채와 고기와 여성의 육체와 아케이드와 쇼윈도우를 묘사해주었다. 그리고 빠리의 일몰을 그린, 분필색의 성긴 구름들, 쎈강, 성당, 오스떼를리츠역, 무프따르가(街)가 나오는 그림들. 트뤼포(Truffaut)와 고다르(Godard)와 장 르누아르(Jean Renoir)와 영화 「천국의 아이들」(Les Enfants du Paradis). 그리고 역사. 나는 칠레 독립보다 빠리꼬뮌에 대해 더 많이 알고 있었고, 에꽈도르 역사보다 맑스의 『브뤼메르 18일』(*Eighteenth Brumaire*)에 대해 더 많이 알았다.

하지만 바로 그 친숙함 때문에, 헤밍웨이(Hemingway)가 빠리에 있는 예술가들의 운명으로 그린 초대받지 못한 그 이동축제일 때문에, 오히려 내 삶은 한층 더 낙담스럽고 허깨비 같은 것이 되어버려, 내가 프랑스어를 다정하게 맞이하거나 프랑스어가 나를 다정하게 맞이해줄 기회를 차단했다. 나는 보부아르(Beauvoir)와 로댕(Rodin)의 사당에 경배를 바치러 이 도시에 온 게 아니었고, 감화받거나 교화되기에는 너무 어둠으로 가득했으며 까뮈처럼 레 되 마고

(Les Deux Magots) 까페에서 영원한 지혜를 받아들이기에는 너무 격분한 상태였다. 시도해보지 않은 건 아니었다.

빠리에 도착한 지 얼마 후, 훌리오 꼬르따사르가 나를 내 학문적 우상의 한 사람인 미셸 푸꼬(Michel Foucault)에게 소개시켜주었는데 나는 당황스러울 정도로 입이 안 떨어져서, 칠레에서 행해지는 억압이나 그것이 그의 파놉티콘과 갖는 연관성에 대한 생각들은 내 압도된 두뇌 속을 세차게 흐를 뿐 한마디 말로도 뱉어지지 않았다. 그런 다음 한달여가 지난 후, 칠레의 대의에 공감하는 프랑스 지식인 장-삐에르 페이(Jean-Pierre Faye)가 싸르트르와의 만남을 주선해주겠다고 했다.

칠레에서 보낸 청소년기와 그 이후의 청년 시절 내내, 장-뽈 싸르트르(Jean-Paul Sartre)는 나를 인도하는 빛이었다. 그는 당시 대유행했던 실존주의를 누구보다도 더 널리 보급시켰고 거기에 어떤 윤리적 지향성을 더하여 전세계적으로 내 세대의 많은 이들을 매료시켰으며, 특히 그가 식민주의와 베트남전에 반대했던 1960년대에 더더욱 그랬다. 아방가르드 작가들이 세계의 운명에 무관심할 수 없다는 그의 확신은 라틴아메리카의 근본적 변화에 헌신하겠다는 내 의지와 일맥상통하는 것이었고, 모든 미학적 선택이 정치적 행동을 수반해야 한다는 그의 선언도 그러했다. 에세이와 저널리즘을 개척자적인 드라마와 소설에 결합함으로써 그는 스스로를 당파적 투쟁과 예술이 분리되지 않는 지식인의 참여(engagé)를 구현한 하나의 모델로 제시했다.

이 모든 것에도 불구하고 나는 기회가 왔을 때 그를 만나지 않기로 결정했다. 복잡하고도 우아하게 세계를 분석하는 능력을 기르는 데 그렇듯 혁혁한 기여를 해준, 자유와 소외와 존재와 무를 정의하는 심오한 어휘를 제공해준 이에게 부정확하고 서투른 프랑스어로 더듬거린다는 걸 견딜 수가 없었다. 푸꼬와 의사소통하려고 할 때 나를 엄습한 어설픔을 싸르트르에게 반복할 위험을 무릅쓸 수는 없었다. 마음속으로 가장 정교한 문법을 사용하여 말을 건네며 그 위대한 장-뿔과 수년간 대화를 계속해왔으니, 앞으로도 계속 그런 식인 편이 나았다. 머지않은 언젠가 나의 프랑스어가 그 중차대한 만남을 감당하기에 충분할 정도로 정확해질 거라고 난 스스로를 속였다.

하지만 내 프랑스어는 날이 갈수록 더 녹슬기만 했다. 나는 연대모임에 참석하여 동지들과, 또 어형론상의 과실을 못 본 척 넘어가고도 남을 자세가 되어 있는 프랑스인들과 토론하면서, 이 언어 저 언어 섞어서 말을 하다가도 모 쥐스뜨(mot juste, 정확한 단어)를 찾느라, 혹은 쥐스뜨(juste)든 앵쥐스뜨(injuste)든 단어 자체를 찾느라, 또 정확한 뉘앙스나 예술가적인 인유를 찾느라 심하게 제스처를 하면서 말을 멈추었고, 쩔쩔매면서 말을 잇지 못하다가 마침내 스페인어와 사이비 프랑스어가 뒤섞이고 그에 더해 쓸데기없는 영어도 약간 들어간 어법으로 새곤 했다.

표현력이 떨어진다는 것이 특히 자신감을 잃게 만든 이유는 두 언어를 다 유창하게 말하는 아리엘에게는 일찍이 없던 일이었기 때문이다. 나의 당혹감은 빠리에 착륙한 닐 길을 잃으면서 시작되었는데 길을 물어보려고 다가간 사람은 내가 하는 말을 고스란히 내게 반복하면서 마치 아까데미 프랑세즈가 나의 일탈을 처벌하기 위해 파견한 사람인 것처럼 내 발음을 교정했다. 그 이후 숱하게 겪게 된 차가운 눈길과 분명하게 발음하는 입술과의 첫 대면이었고, 비슷한 사건이 계속되면서 나는, 뭐랄까, 두려움에 휩싸였다. 칠레와 아르헨띠나와 과떼말라를 휩쓸고 있던 진짜 공포를 감안하여 여기서 이 단어를 조심스럽게 쓰고 있다. 하지만 내가 느낀 무력감은 진짜였고 소통할 수 없는 것이었기에 한층 더 괴로웠다.

칠레에는 '엔 보까 세라다 노 엔뜨란 모스까스'라는 말이 있다. 닫힌 입에는 파리가 들어가지 않는다는 뜻이다. 난 그 충고를 받아들여 망명의 이 말라붙은 황야에서 모멸감을 사게 될 위험을 피하려고 했다. 종내는 프랑스어가 너무 유창해진 나머지 꼬르네유(Corneille)마저 무덤에서 뒤척이게 만들 정도가 된 로드리고에게 나는 자주 같이 장을 보러 가자고 부탁하곤 했다. 귀 먹고 입 닫힌 어느 날엔가는 정육점에서 너무 소심해진 끝에 스페인어마저 떠오르지 않았다. 무슨 전염병에라도 걸린 듯 말을 더듬으며 손가락으로 고기 한조각을 가리키면서 아들의 흠잡을 데 없는 말솜씨에 의존하는 이자가 정말 나란 말인가?

로드리고의 언어적 성취가 자랑스럽고 그 아이가 자주 나를 굴욕에서 구해준 데 감사하면서도, 나는 또한 내 혀한테 그러듯이 적의에 차서 그 아이를 억누르기도 했다. 공공장소에서 그 아이가 조금이라도 떠들거나 흥분해서 목소리를 높이면 쉿 소리를 내며 조용히 하라고 했다. 난 말썽이 생기는 걸 원치 않았다. 공원이나 놀이터에서 일군의 이웃들이나 프랑스 여자들과 대면한다는 생각은 견딜 수 없었고, 내 무능력이, 내가 더는 발휘할 수 없는 미묘함과 아이러니를 구사하여 내 아이를 방어할 수 없다는 사실이 견딜 수 없었다. 이 목을 끌지 마, 아리엘. 조신하게 행동해, 로드리고. 이 사람들은 우리한테 마음대로 할 수 있단다, 얘야. 자기네 도시에 있는 이 사람들은 자기네가 내키는 대로 할 수 있다구.

그렇다. 당국의 처분을 완충해줄 수단을 갖지 못한 수많은 추방당한 이들이 매일 아침 느끼는 것이 바로 이런 것이다. 당신에게 속하지 않은 세계에서 이방인이 된다는 것, 가자에서 무력해진다는 것, 빛의 도시 빠리에서 눈먼다는 것은 바로 이런 의미다.

네덜란드에서 그토록 안도할 수 있었던 건 놀랄 일이 아니었다.

네덜란드어가 절대적으로 낯선 언어였어도, 네덜란드에서 산 사년 동안 그 말을 익히지 못했어도 상관이 없었다. 암스테르담이 그랬듯이 그 나라는 나를 환영해주었다.

그 증거는 거기서 보낸 첫해였던 1976년 11월에 확인되었다. 낮이 점점 짧아지면서 나는 이 도시의 거리에서 어떤 이상한 광란의 기색을 감지했다. 사람들이 글쓰기 열병에 사로잡혀 소년과 소녀, 어머니와 할머니와 할아버지 할 것 없이 메모지에 무언가를 갈겨쓰고 있었고, 다채로운 색상의 트램과 보라색 버스에서, 그리고 까페에서 열광적으로 글을 쓰고 있는 시인들로 도시는 넘쳤다. 렘브란트 (Rembrandt) 그림에서 곧장 걸어 나온 것 같은 노부인이 꽃으로 둘러싸인 커다란 내닫이창에 걸터앉아 무언가를 적고는 혼자 중얼거리며 빙그레 웃었던 게 기억난다.

"신터르클라셰(Sinterklaasje, 싼타클로스) 때문이에요." 11월 중순의 어느 토요일 자기 가족과 함께 레이처광장(Leidseplein)에 가자고 초대하며 막스 아리안이 일러주었는데, 그곳에는 사과 같은 뺨을 한 사람들이 쏟아져 나와 스페인에서 그곳까지 데려다 준 배에서 거대한 흰 말을 타고 내리는 세인트 닉(Saint Nick)를 환호했다. 이 네덜란드판 싼타클로스가 겸허히 도시로 들어가는 열쇠를 받는 사이, 검은 얼굴에 중세 어릿광대 옷을 까불거리며 그의 조력자인 즈바르터 피트(Zwarte Piet, 검은 피터)는 아이들에게 사탕을 던진다. 막스는 이건 단지 기념제의 첫 단계일 뿐이라고 설명했고 바라건대 이 성인의 탄신일이자 선물 교환이 이루어지는 12월 5일까지 계속 이어질 거라고 했다. 선물은 장난스러운 것이어야 해서, 엄청난 상자에 아주 작은 돈을 숨겨둔다거나 누군가의 주머니나 심지어 가령 감자 같은 데 싸구려 장신구를 몰래 넣어두는 식이었다. 네덜란드말로 쓴 엉터리 시를 같이 준다는 조건을 충족하는 한 어떤 것이라도 괜찮았고, 우스꽝스러울수록 더 좋은 선물이었다.

집에 돌아온 후 실제로 해보는 걸 좋아하는 앙헬리까는 선물 쇼핑을 하겠으니 그동안 로드리고와 아리엘은 장난스런 5행시를 지어야 한다고 정했다. 그다음 몇주 동안 나는 시에 미친 네덜란드인 무리에 합류하여 다종다양한 2행 댓구를 대량 생산했고, 로드리고와 나는 네덜란드 단어들을 오용하면서 엉터리 운율을 맞추고 여기에 희한한 스페인어와 영어로 된 종결부를 갖다 붙이면서 배를 잡고 웃었는데, 더없이 행복하고 태평한 문법적 난장판이었고 벼룩시장에서 산 다용도 녹색 테이블 위에 엄숙하게 쌓여 있던 데사빠레시도들의 시에서 한숨을 돌린 여유였다. 싸르트르에게 보여줄 수도 없고 푸꼬와 더불어 논할 수도 없으며 올로프 팔메에게 줄 수도 없는 시였지만, 평가받지 않는다는 게 얼마나 즐거웠던지. 또 먹기 좋고 아주 맛있다는 뜻의 레커르(lekker)라는 단어를 만났을 때 명료해야 한다는 부담 없이 곧바로 그것을 우디 우드페커(Woody Woodpecker)와 운을 맞추어 아이들에게 과자와 함께 주는 건 얼마나 유쾌한 일이었던지.

내가 해야 한 네덜란드어는 그런 정도였다.

네덜란드에서 나는 대부분의 사람들과 영어로 연결되어 있어서 내 프랑스어 대화상대들을 당황스럽게 만든 구문론적 곡예를 피할 수 있었다. 영어가 마치 두번째 피부처럼 다시 일상 경험의 일부가 되었을 때, 괜찮아라고 난 말했다. 내 글쓰기 언어인 스페인어가 대학과 연대운동에서, 그리고 물론 집에서도 여전히 지배적이었다.

그럼에도 불구하고 내가 쓰던 이야기나 시나 아니면 그때 시작하고 있던『과부들』에서 시선을 들면 거리에서 암스테르담 친구들과 즉석에서 짜낸 미니 축구경기를 하는 로드리고의 목소리가 나를 지금 이곳으로 홱 잡아당겼고 내가 지어내고 있던 칠레는 변경과 바다와 국경수비대의 세계를 뒤에 남긴 채 어느새 사라지기 시작했다. 그런 순간에 어떤 부드러운 폭풍처럼 내게 육박했던 것은 삐노체뜨가 우리에게 벌로 내린 실제 지리적인 거리였고, 로드리고가 나라뿐 아니라 그 나라의 궁극적인 수호자인 언어까지도 잃을 위험에 있다는, 아기였던 내게 일어난 일이 어린아이인 그에게도 일어날 수 있다는 사실이었다.

언어는 공유된 침묵, 사전에는 결코 기록되지 않는 가정들, 우리가 생략하는 것, 무슨 말인지 설명할 필요가 있다는 사실을 모르기 때문에 설명하지 못하는 것들을 토대로 구축된다. 어느날 암스테르담대학 학생이며 지방 신문에 기고할 칠레 실종자들에 대한 내 기사를 번역하던 도로트허(Dorothée)가 물었다. "여기," 그녀는 어떤 단락을 손가락으로 가리키며 말했다. "아이 우나 꼰뜨라딕시온(앞뒤가 안 맞는 게 있어요)."

난 문제의 그 구절이 뭐가 잘못된 것인지, 앞뒤가 안 맞는 게 뭔지 알 수 없었다. 그 구절은 독재자들이 인류의 마음에서 사람들을 쓸어내어 아카이브 같은 데 저장하여 잊히게 만든다고 주장하고 있다. 도로트허는 "이게 안 맞는 단어예요"라고 주장하며 아카이브의 자료를 분류한다는 뜻의 스페인어 단어 아르치바르(archivar)를 가리켰다. 그녀에겐 무언가를 공식적으로 치워둔다는 건 나중에 다시 복구할 수 있도록 기억에 위탁한다는 의미였다. 그녀는 만약 국가, 엘 에스따도가, 칠레에서 데사빠레시도들에게 그랬듯이, 반대자들을 말살하고 싶어한다면 분명 그들을 아카이브에서 빼버렸을 거라고 했다. 네덜란드 시민으로서 그녀는 공무원들이 공인된 과거를 보존할 것으로 기대했으며, 이런 과거는 바다를 막아주는 댐만큼이나 반박의 여지 없이 존재하는 것이었다. 반면 대다수의 라틴아메리카인들에게는 공공 아카이브에 보관된 것은 결코 신뢰할 수 없는 적대적이고 수상쩍은 국가가 몰래 감추어두고 있는 것이며 끊임없이 망각의 위험에 놓여 있었다. 도로트허가 불변의 것이라고 간주한 과거에 대해 말할 것 같으면, 나는 그것을 누구도 실제로 등록하지 않은, 계속 바뀌는 사건들의 연쇄이며 각 세대마다 매번 새롭게 재발명해야 하는 것으로 보고 있었다.

그러니 로드리고가 엘 에스따도를 어떻게 보겠으며, 과거를 어떻게 해석하겠는가? 거리의 네덜란드 아이들처럼, 아니면 멀리 창문 너머로 그를 지켜보는 칠레인 부모처럼? 발빠라이소에서 태어났지만 마스트리히트에서 자란 아이들이, 그들을 인도해줄 끄루스 델 쑤르(남십자성)도 없는 북쪽 하늘 아래 있는 지금, 조상들의 땅은 벽에 붙은 빛바랜 포스터일 뿐이고 하루저녁이 지날 때마다 점점 기억이 희미해지고 하루아침이 지날 때마다 점점 더 잘못 발음하게 되는 지금, 그 밤을 어떤 이름으로 부르겠는가.

갑자기, 서로 전혀 다르고 여기저기 흩어져 있는 나라들로부터 수많은 계획들이 동시다발적으로 개시되었다. 저항운동 지원에 헌신적인 주민자치센터들이 난민 그 자체에 집중하기 시작하여 칠레 역사와 문학에 관한 강좌, 기타와 그림 수업, 축구 토너먼트와 여름캠프 등 아이들이 서로 접촉할 수 있는 기회를 제공했고, 잊어버릴 수도 있는 그 나라와의 연계를 다시 맺어주었다. 문제는 로드리고가 주변의 유일한 프랑스학교에 주 오일 버스로 통학하는 바람에 너무 피곤해서 로테르담에서 열리는 저녁반이나 주말반을 들을 수가 없다는 점이었는데 그게 매번 헤이그로 두 시간이나 걸리는 통학이었다. 그에게는 엄청난 희생이었고 학비를 지불하는 우리 부모님에게도 상당한 부담이었지만 적어도 그 아이의 공부에서 언어적인 연속성을 일정하게 보장해주었다. 우리는 다음번에 어느 나라에 있게 되든 거기에 리세(lycée, 고등학교)가 있어야 한다는 걸 중요하게 생각했다.

로드리고가 스페인어와 맺는 결속감을 강화하기 위해 내가 은밀히 고안한 사악한 계획은 잠들기 전 한시간 동안 우리가 같이 독서를 한다는 것이었다. 아들이 한 페이지, 아버지가 한 페이지, 이런 식으로 한 장(章)을 끝냈다. 정치적이거나 칠레 역사가 빽빽이 담긴 책을 고르지는 않았다. 로드리고와 나는 매일 저녁 숨이 멎을 만큼 놀라운 방랑의 이야기를 한자 한자 읽어나갔는데, 시건방진 고양이로 가득하고 어쩌다 한번씩만 다채로운 신터르클라셰가 있는 우리 이야기가 아니라, 훌륭하기 그지없는 소설 『말레이시아의 호랑이』(*Tigre de la Malasia*)에 나오는 위대한 싼도깐(Sandokán)이 곤경에 처해 움츠러든 여자들과 가학적인 폭군에게 노예로 잡힌 사람들을 수호하는 방랑 이야기였다. 그 모험들은 사실 원래 스페인어로 쓰이지도 않았고, 19세기 후반 몇세대의 독자들을 매료시킨 에밀리오 쌀가리(Emilio Salgari)라는 이딸리아 작가가 휘갈긴 것이었다.

쌀가리의 이야기는 어딘가 바깥에서 홀연히 들어와 수동적인 대중들을 대신하여 딜레마를 해결하는 슈퍼히어로들을 공격하는 것으로 악명을 얻은 지식인, 그때까지 쓴 것 중에 가장 유명한 책이 대중문화에 담긴 제국주의를 비판한 『도널드 덕 어떻게 읽을 것인가』(*How to Read Donald Duck*)였던 작가가 고른 것치고 이상한 선택이었다. 어쨌거나 싼도깐은 역사가 일상적인 인간들의 다양한 창조의 산물이라는 내 지론과 어긋나는 인물이었다. 하지만 나는 많은 좌파 인물들이 그렇듯 실용주의 쪽으로 기울었다. 중요한 건 스페인어가 망각의 아카이브에서 진압되지 않게 하는 것이었다. 사람들뿐 아니라 음절과 의미 역시 매일 밤 납치되어 우리가 다시는 소식을 들을 수 없게 될 수도 있기 때문이다. 그리하여 싼도깐이 악당과 해적들과 싸우고, 달아나는 코끼리들에게 밟히거나 악어가 들끓는 늪에 빠지는 상황을 모면하는 사이, 로드리고는 저 먼 곳의 벗인 세르반떼스와 볼리바르(Bolívar)를 놓치지 않을 권리를 얻기 위해, 역사의 알라메다스(가로수길)가 열리고 내일의 자유인들은 그 길로 걷게 될 거라는 쌀바도르 아옌데의 예언을 언젠가는 읽을 수 있기 위해, 께베도(Quevedo)의 「내 조국의 성벽을 보았노라」(Miré los muros de la patria mia)와 가르시아 마르께스의 "여러해가 지난 뒤 총살을 당하게 된 순간"(Muchos años después, ante el pelotón de fusilamiento, 『백년 동안의 고독』에 나오는 구절—옮긴이)을 읽을 준비를 하기 위해 혀와 이빨과 침을 동원하며 노력했다. 그리고 로르까의 "초록이여 나 그대를 사랑하노라"(verde que te quiero verde, 로르까의 시 「몽유(夢遊)의 민요시」에 나오는 구절—옮긴이)도. 난 그 아이가 초록색을 스페인어로 꿈꾸길 원했고 나 스스로도 그 색깔을 스페인어로만 꿈꾸고 싶었다. 스스로에게 단 일년 동안이고 멕시코처럼 스페인어를 사용하는 나라에 좀더 장기적으로 살 집을 마련하기 전에 거치는 경유지일 뿐이라 말하긴 했어도, 임박한 미국행이 가까워질수록 나는 스페인어에 점점 더 집중했다. 그러면서도, 네덜란드어나 프랑스어와 달리 마침내 내가 쉽게 거부할 수 없는 언어를 말하는 사람들 사이에서 살게 될 것에 초조해졌다.

적의 언어, 아옌데를 파괴한 자들의 언어였다.

나는 유럽에 망명해 있는 동안 칠레를 위한 문화적 연대를 조직하는 일을 돕기 위해 두번 미국을 방문했다. 내 어린 시절을 살찌운, 루 게릭(Lou Gehrig)과 봅시 쌍둥이(Bobbsey Twins)와 어사

키트(Eartha Kitt)의 「싼타 베이비」(Santa Baby), 「34번가의 기적」 (Miracle on 34th Street), 「3시 10분 유마행 열차」(3: 10 to Yuma) 의 글렌 포드(Glenn Ford), 「다음번엔 불을」(The Fire Next Time) 과 이번엔 마스(Mars) 초콜릿바를 내게 준 그 나라에 다시 돌아간다 니 기분이 묘했다. '지하철도 조직'(Underground Railroad)과 마틴 루서 킹(Martin Luther King Jr.)과 세사르 차베스(César Chávez)와 윌리엄 슬로언 코핀(William Sloane Coffin)과 테디 케네디(Teddy Kennedy), 톰 헤이든(Tom Hayden), 스터즈 터클(Studs Terkel) 과 수전 B. 앤서니(Susan B. Anthony)의 나라. 하지만 또한 닉슨 (Nixon)과 키신저(Kissinger)와 해병대와 미육군학교가 있는 나라. 나는 아옌데 대통령을 밀어내려는 음모가 꾸며진 워싱턴 D.C. 건물 들 앞을 지나면서 욕지기를 느꼈지만, 길거리 행상인의 라디오에서 거슈윈(Gershwin)의 인상적인 곡을 부드럽게 노래하는 엘라 피츠 제럴드(Ella Fitzgerald)의 목소리를 듣자마자 곧 누그러졌다. 늘 무 언가가 내게 미국의 어떤 면이 좋은지 기억나게 해주었다. 감옥에 갇힌 소로(Thoreau)에게 그 안에서 뭐하고 있냐고 에머슨(Emerson) 이 묻자, 아니지, 거기 밖에서 뭘 하고 있느냐를 물어야지,라고 한 소 로의 대답이나, 아르헨띠나 군대에 맞선 카터(Carter) 정부라든 지 말이다. 하지만 다음 순간, 처치위원회(Church committee)가 CIA의 전복활동에 관해 상원에 제출한 보고서를 보면 나의 그링고 (gringo, 라틴아메리카 나라들에서 미국인을 일컫는 표현—옮긴이)로서의 심 장은 얼어붙는다. 그리고 두번의 예비방문 때 하원의원과 작가, 변 호사와 유명 영화배우 들에게 우리의 대의를 설명하면서 나는 또한 내가 이런 미국에 얼마나 잘 적응하는지, 내가 미국의 정신과 동기를 얼마나 깊이 이해하는지, 참고자료와 비유들에 얼마나 즉각적으로 접근할 수 있는지 깨닫기도 했다. 어떤 다른 칠레인이 윌 로저스(Will Rogers)와 윌트 체임벌린(Wilt Chamberlain), 에밀리 디킨슨(Emily Dickinson)과 찰리 브라운(Charlie Brown)을 오가며 인용할 수 있겠는가? 맙소사, 난 대륙과 문화를 잇는 다리라는 나의 미래의 전조를, 내 정신의 풍경에 있는 희미한 깜박임, 일별, 암시를 보았으며, 그리고는……

아니, 미국은 아니다. 다음 소설 『마누엘 쎈데로의 마지막 노래』(*La Última Canción de Manuel Sendero*)를 쓰면서 스미소니언 윌슨센터에서 일년간 근무하기로 했을 때도, 그해가 지나면 서둘러 멕시코로 갈 것이라 그렇게 했다. 워싱턴 D.C.에서의 체류가 심리적으로 가능했던 것은 노르떼 아메리까(북미)에서 더 영구적으로 거주하지는 않을 생각이었기 때문이다. 어린 시절을 보낸 나라에 한번 자리를 잡고 나면 영원히 거기 머물게 될까봐 두려웠던 것 같다. 아니면 그저 친구가 될 수도 적이 될 수도 있으며 친구이자 적일 수도 있는 이웃들과 허물없이 가까이 지내는 것이 두려웠는지도 모르겠다.

바모스 아 아세르 엘 끄루세 뽀르 마르(바다를 건너가자).

1980년 임박한 워싱턴 방문에 대해 생각하던 어느날 나는 앙헬리까에게 바로 그렇게, 바다로 가야 한다고 말했고 윌슨센터도 그 계획에 동의해주었는데, 그 방식은 우리가 미처 생각조차 못하고 있던 문제도 해결해주었다.

책이 그 문제였다. 유럽을 떠날 때 월급을 받는 사년 동안 꾸준히 늘어난 장서를 약간의 소지품과 함께 가지고 가야 했는데, 바다로 가면 그 운임이 무료였다. 그렇게 길어진 이동기간은 우리에게 적응할 시간을, 칠년의 유럽생활과 불확실한 미래 사이의 장벽을 연장해 줄 시간을 줄 것이었다.

화물선이 출발하고 갑판에서 네덜란드 친구들에게 작별을 고하고 나서야, 해안선이 점점 우리 뒤편으로 물러나는 걸 보고서야, 나는 우리의 선택에 본의 아닌 어떤 의미가 있음을 깨달았다. 손을 흔드는 암스테르담의 벗들 옆에 우리의 이주를 도우러 온 내 부모님이 계셨다. 바로 그 부모님이 수십년 전에 각기 따로 유럽에서 대서양을 건너는 여행을 했었고, 세기가 바뀔 무렵 구대륙을 떠나던 그들의 가족이 밟았던 루트가 바로 이 노선이었다. 내 방랑모험의 이 단계는 내 조상들이 칠십여년 전에 시작한, 18, 19세기에 앙헬리까의 조상들이 겪은 순환주기를 갱신하는 것이기도 했다.

내 어머니는 외조부모가 함부르크에서 항해를 떠날 때 생후 삼개월이었다. 외할머니 바바 끌라라(Baba Clara)는 언젠가 부정확한 스페인어로 내게 "삼등석보다 못했지"라고 중얼거리고는 내가 알아들을 수 없는 이디시어로 뭐라고 했다. 나는 냄새나는 짐 선반, 넘실거리는 파도, 여자들과 격리된 남자들, 씻지 않은 몸에서 나는 냄새, 뒤섞인 언어들을 떠올릴 수 있었고, 그런 것들은 다음번 대학살을 모면할 수만 있다면 금욕적으로 견뎌내야 하는 것이었다. 소 중개상이던 외할머니의 아버지는 1905년 코사크인들에게 살해당했고 집은 약탈당했다. 내 어머니 가족인 바이스만(Weissman)가의 다른 사람들은 근처 교회로 피신해 있었는데 그들 대부분은 몇년 후

키시네프에서 빠져나왔다. 흑해 건너 도르프만 가족이 살았던 오데사에서는 주로 유대인 산적과 도적과 밀수꾼으로 이루어진 비정규 부대들, 이사끄 바벨(Isaac Babel)의 이야기에 나올 것 같은 부류들이 그 잔혹한 무리들에 맞서고 있었다. 그래서 내 아버지 가족은 대학살을 피하기 위해서라기보다 경제적 기회를 찾아 아르헨띠나로 이주했다.

내 조부모들이 보았더라면 수십년 후에 새로이 벌어진 나의 국외추방 절차는 기꺼운 일이 아니었을 것이다. 그들은 후손들이 다시는 바다를 건너지 않아도 되게 하려고 이주했는데, 나는 여기 다시 누구에게도 속하지 않은 바다에서 내 부족의 가까운 유령들과 기억과 함께 내 나라가 아닌 나라들 사이를 건너고 있는 것이었다. 하지만 그들은 내가 느낀 새로이 출발한다는 개척자적 흥분을, 무에서부터 시작하는 스릴을 이해했을 것이다.

뭐, 정확히 무에서 시작한 건 아니었다. 책 상자들이 있었으니까. 볼티모어의 부두에 쌓여 있었는데 워싱턴 D.C.까지 가지고 갈 방도가 없었다.

우리 물건을 미국까지 슬쩍 들여온 것부터가 이미 기적 같은 일이었다.

"상자가 마흔일곱개네요?" 세관원이 물었다. "임시 비자로 여기 오면서 상자 마흔일곱개와 가방 열여섯개를 갖고 온 건가요?"

나는 여기는 멕시코로 가는 길에 잠시 들른 곳이라고 설명했다.

"멕시코요? 멕시코 비자나 취업제안 받았나요?"

"몇군데서 제안을 받았는데 받아들일지는 아직 결정하지 못했어요. 다음 주에 그리로 가볼 거고, 여기 비행기 티켓도 있는데, 그런 다음에 결정할 겁니다."

"그럼 상자 안엔 뭐가 있나요?"

"재봉틀하고 장난감 몇개가 있는데 대부분은 책입니다. 저는 작가입니다."

"당신이 작가라고요?"

난 그를 쳐다보았다. 키가 컸고 엄청난 콧수염을 하고 있었다. 눈에는 어떤 장난기가 어려 있었고 입술 끝의 주름엔 웃음기가 엿보였다. 한번 믿어보기로 했고, 탄원을 쏟아내보기로 했다. "네, 작가예요. 자리잡고 나면 볼티모어로 다시 와서 아시겠지만 포우(Poe)의 묘지를 방문하는 게 내가 해보고 싶은 일 중의 하나지요. 늘 그의 작품을 사랑했거든요. 그렇게 빨리 죽어서 안타까워요. 하지만 어차피 죽어야 했다면 남과 북의 중간인 여기서 죽는 게 맞아요. 왜냐하면……" 난 초조한 나머지 모터가 달린 것 같은 내 입을 멈출 수가 없었다. "포우는 미래의 냉철한 형사 추리물과 과거의 고딕적인 공포물 사이에서 왔다갔다했으니까요. 저 상자 안에는 스페인어로 된 포우의 단편소설집 두권이 있는데 아르헨띠나 작가인 홀리오 꼬르따사르가 번역한— "

"『돌차기 놀이』(Hopscotch)." 그 세관원이 느닷없이 말했다. "네, 그걸 읽었죠. 좀 어려웠지만 좋았어요."

"그는 내 친구예요." 좀 급하게 내가 말했다. "우리한테 헌정사까지 써주었죠. 원한다면 보여드릴 수도— "

"『넙치』(The Flounder) 읽었어요?" 그 남자가 물었다. "귄터 그라스(Günter Grass)가 쓴 거요. 내가 좋아하는 작품이에요."

대체로 말수가 적은 앙헬리까가 갑자기 큰 소리로 말했다. "귄터 그라스와 아는 사이에요. 함부르크 교외에 있는 그 사람 시골집을 방문했었죠." 그 방문의 전모를 밝히지 않은 채 그녀가 말했다.

"그래요? 그 사람 요리가 형편없다고들 하던데."

"우리한테 요리해주었죠"라고 내가 말했는데, 진실의 전부는 아니었지만 완전히 거짓도 아니었다.

그런 다음에는 만사형통이었다. 세관원은 우리의 신고서를 쥐고 스탬프를 찍었고 우리에게 포우의 무덤을 찾는 법을 일러주었다. 약간 외진 곳에 있지만 방문할 가치가 충분하다고 했다.

문학이 우리를 볼티모어에 들어가게 해주었으나, 우리를 볼티모어에서 워싱턴까지 데려다주지는 않았다.

그러려면 신용카드가 필요했다.

나는 앙헬리까에게 밴을 빌리는 건 간단한 일이고 여러 렌트 회사 중 한군데에 전화만 하면 바로 출발할 수 있다고 했고, 내 아내는 몇 가지 이유에서 내 말을 믿었다. 이따금씩 그녀는 내가 무언가를 단언하거나 예상할 때 보이는 경쾌한 자신감에 토를 다는 일을 피곤해하면서 그저 맞으려니 하는 것 같았다. 더 의심했어야 마땅했다.

어떤 렌트 회사도 내게 밴을 빌려주려고 하지 않았다. 아비스도 헤르츠도 버짓도 내셔널도. 신용카드 없으시다고요? 미국 면허증도 없으시다고요? 내가 예치금을 주겠다고, 현금이 있다고 했지만, 나의 간청은 들은 척도 하지 않았다. 그중 한 직원은 전화로, 미국에선 신용카드가 없으면 존재하지 않는 겁니다,라고 직설적으로 말했다.

난 부두 끄트머리의 작은 가건물에서 전화를 하고 있었는데, 매번 내가 전화를 끊을 때마다 상냥한 직원이 어깨를 들었다 놓으며 동정심을 표시했다. 밖으로는 상자 하나에 걸터앉은 앙헬리까, 그리고 기름이 흐르는 볼티모어항에 뛰어들지 않도록 가죽끈에 묶인 호아낀과 함께 뛰어다니는 로드리고가 보였다. 하늘은 어두워졌고 곧 우리들과 우리 상자들에 비가 들이칠 것이었다. 그저 내리는 정도가 아니었다. 쏟아부을 태세였다.

"호아낀의 기저귀를 갈아야 해요." 앙헬리까가 말했다.

나는 친구인 팻 브레슬린(Pat Breslin)과 통화해보려고 했다. 멕시코에 다녀오기까지 워싱턴 D.C.에 있는 그의 집에 짐을 풀 작정이었던 것이다. 전화를 받지 않았다. 부모님의 칠레 시절 친구였던 아트(Art)와 조운 도미케(Joan Domike) 부부에게도 전화를 했다. 집에 아무도 없었다.

로드리고와 내가 구원자를 찾아 일대를 샅샅이 뒤져봤지만 사태는 나아지지 않았다. 1849년 선거일 밤, 그 선창가에서 멀지 않은 곳에서 포우는 여러번 투표를 하려고 이 술집에서 투표장으로, 또 저 술집에서 투표장으로 볼티모어 거리를 휘청거리며 다녔다. 나는 포우가 남긴 마지막 말이라고 알려진, 신이시여 내 영혼을 도와주소서,라는 말을 다시금 부르짖고 싶은 심정이었는데 기적이라는 것이 왜 그리고 어떻게 일어나는지 누가 알 수 있으랴만 어쨌거나 우리를 도우러 와준 건 신이 아니었다. 이 경우에 기적은 위더스푼(Witherspoon)이라 불리는 건장한 남자의 형태와 모양과 이름으로 일어났다. 그는 방금 근무를 마친 부두 인부였는데, 물론, 밴이 있고,

또 물론, 댁들을 워싱턴 D.C.까지 데려다 줄 것이고, 내 동생이 저쪽에 쌓인 상자를 옮기는 걸 도와줄 것이고, 그 상자들은 밴에 실리고, 당신네들 모두 다 밴에 탈 수 있고, 그렇게 다 해서, 백 달러 어때요, 라는 것이었다. 그의 미소는 지평선만큼이나 넉넉했으며, 그때쯤엔 이미 어두워져서 지평선을 볼 수조차 없었으니 한층 더 감사한 것이었는데, 기적은 계속해서 일어났다.

끙 하면서 마지막 상자를 밴 안으로 밀어 넣자마자 태풍이 불었으나, 위더스푼은 운전석에, 나는 호아낀을 무릎에 앉힌 채 그의 옆자리에, 앙헬리까와 로드리고와 복 받아 마땅한 위더스푼의 동생은 뒷자리에 아늑하고 안전하게 자리잡고 출발했고, 우리의 운전수가 가족 이야기, 자기네도 집이 없어서 고생했던 이야기를 들려주느라 워싱턴 D.C.로 빠지는 길을 놓쳤어도 아무렇지 않았다. 알고 보니 우리를 구원해준 이는 바다가 내다보이는 특등실이 아니라 배 선창에서 여기까지 건너온 노예의 후손이었다.

그다음엔 아일랜드 이주민의 아들인 팻 브레슬린과 임신한 그의 쾌활한 아내 재닛(Janet)이 우리를 맞아주었고 두 사람 모두 우리가 그렇게 늦은 시간에 도착한 것에 개의치 않았다. 곧 우리의 상자와 짐 전부가 지하실에 들어갔고 볼티모어에서 온 우리의 이 구원자 부두 인부 친구들은 아내들이 걱정하기 전에 집에 가야 했던 것이어서 팻이 뭐 좀 먹고 가라고 권하자 사양했고, 난 그들이 밤의 어둠속으로 멀어지는 것을 보며 공감이 어떤 마법을 행하는지 다시금 경이를 느꼈으며, 팻이 막 마개를 딴 칠레산 꼰차 이 또로(Concha y Toro) 띤또(적포도주)를 홀짝거리면서, 이봐, 우리가 신용카드는 없어도 분명히 존재하잖아,라고 깨달았는데, 소란이 잦아들고 느긋해지고 나서야, 그때서야 비로소 내가 돌아왔다는 사실, 어린 시절을 보낸 나라로 되돌아왔다는 사실을 받아들이거나 의식할 틈도 없었다는 생각이 들었고, 이 환대가 좋은 징조이며 마치 망명의 악령들이 우리에게 또 한번 거친 장난을 치려고 했으나 늘 그랬듯이 이곳 미국에서조차 연대의 천사들이 싸움에서 이겼음을 알았다.

생각한 것보다 더 빨리 미국에서 우리는 그들이, 그 천사들이, 그 연대가 필요해졌다.

곤란한 상황을 예상한 건 아니었다.

난 우리의 다음번 목적지인 '어여쁜 멕시코'(México lindo)에 관해서는 어떤 것도 운에 맡겨두지 않았다. 거기서 우린 삐노체뜨가 물러나기를 기다리며 우리 아들들을 스페인어로 기를 작정이었다. 난 두차례의 멕시코 여행을 통해 세부 하나하나까지 전부 정해두었다. 첫번째 방문은 내 새 소설집과 시집을 내려고 준비하던 출판사 누에바 이마헨(Nueva Imagen)과 타의 추종을 불허하는 훌리오 스체레르(Julio Scherer)가 이끄는 멕시코 잡지 『레비스따 쁘로세소』(Revista Proceso)가 공동 주관한 문학상 심사위원으로 초청되어 가족들과 함께 갔던 1980년 8월의 일이었다. 맬컴 라우리(Malcolm Lowry)를 돌아버리게 만든 화산 그림자 아래 있는 꼬꼬욕(Cocoyoc) 리조트에서 한주를 보낸 마지막 날 밤, 난 동료 심사위원인 가르시아 마르께스와 꼬르따사르의 부추김을 받아 스체레르에게 갑자기 질문 하나를 던졌다. 두 사람은 스체레르가 멕시코에 있는 망명자들이 이민자 지위를 갱신하기 위해 매년 겪고 있던 지옥을 피하도록 도와주는 일을 즐기고 있다고 확신했는데, 난 그에게 1981년 9월부로 우리가 그의 나라에 체류할 수 있도록 영구비자를 얻어줄 방도가 있겠는지, 그래서 냉담한 관료들을 거치지 않을 수 있게 해줄 수 있겠는지 물었다.

"기꺼이 그러죠"라고 그는 답했고 여느 때처럼 관대하게 덧붙였다. "당신을 비행기에 태워 이리 데려와서 필요한 준비를 하죠."

1981년 2월 나는 두번째로 멕시코시티에 가게 되었다. 그곳에서의 첫날 저녁, 인수르헨떼스 외곽의 작은 식당에서 식사를 하면서 훌리오 스체레르는 내게 채비가 다 되었다고 말했다. "어제 로뻬스 뽀르띠요(López Portillo) 대통령을 만났어요." 그가 말했다, "그랬더니 대통령이 어째서 아리엘 도르프만이 아직 여기 오지 않은 거냐고, 어제든 그제든, 께 벵가 야 미스모(곧바로 오게 하지)라고 묻더군요. 대통령이 고베르나시온(지방정부)에 영주절차를 더 신속히 처리하라고 지시했어요."

다음 날 나는 후안 쏘마비아(Juan Somavia)를 만나 그가 장(長)을 맡고 있는 라틴아메리카 트랜스내셔널 연구소(Latin American Institute of Transnational Studies, ILET)에서 대안미디어에 관한 프로젝트를 진행하기로 합의했다. 후안은 내 지위를 보장받기 위해 인정사정없는 멕시코 정부청사의 복도를 헤매고 다니지 않아도 되는 걸 다행스러워했다. 스체레르가 그 문제를 처리했다면 걱정할 필요가 없다는 게 다른 칠레 사람들의 의견이기도 했다. 아옌데의 미망인 뗀차 부시(Tencha Bussi)와 함께 했던 점심식사가 기억나는데,

그녀도 자기가 끼어들 필요가 없다는 데 동의했다. 훌리오 스체레르가 개입하고 있다면 안심해도 좋아요, 그는 약속을 지키는 사람, 운 베르다데로 까바예로니까요,라는 게 그녀의 말이었다.

이 모든 것에 고무되어 난 워싱턴으로 돌아왔고 거기서 사진과 ILET와의 계약서를 들고 멕시코 영사관을 찾았다. 1981년 5월 말, 나는 멕시코로 전화를 걸었고 한치 동요도 없는 훌리오는 만사가 잘되고 있으며 우리의 허가증이 6월 언제쯤 도착할 것이니 걱정할 것 없다고 했다. 나는 아무 걱정할 필요가 없노라고, 노 아이 빠라 께 쁘레오꾸빠르세, 미 아모르, 자기야, 다 잘 처리되고 있어, 이런 일은 시간이 걸리는 거 알잖아,라며 그대로 앙헬리까에게 단언했다. 우리는 베데스다의 임대주택을 빼겠다고 통보했고 주인은 이미 새 세입자가 될지도 모를 사람들에게 집을 보여주고 있었으며, 로드리고는 근처 프랑스학교 리세 로샹보(Lycée Rochambeau)의 꼬뺑(copin, 친구)들에게 아쉬운 작별을 고했고, 전학 첫 해를 차질 없이 맞이하려고 멕시코시티의 프랑스학교에 성적표를 보냈지만, 여전히, 아직, 비자는 나오지 않았고, 영사관 직원들은 차갑게 굳은 얼굴로 아무 정보도 전해 받지 못했노라고, 마냐나(내일) 그리고 마냐나에 다시 오라는데, 그건 언제나 또다른 마냐나로 이어져, 마치 우리는 까르멘 미란다(Carmen Miranda)의 노래에 갇힌 것만 같았다.

몇번 더 초조하게 스체레르에게 전화를 걸었으나 그는 만사가 잘되고 있으며, 잘못될 게 뭐가 있겠냐고 거듭 말했다. 그래서 우리는 가방과 상자를 다시 꾸렸고, 지칠 줄 모르는 앙헬리까는 마지막 남은 물건들까지 남김없이 챙겨 넣었으며, 1981년 7월 중순 언제나 기꺼이 베풀어주려는 내 부모님이 경비를 댄 고대하던 휴가여행을 위해 캐나다로 떠났다.

옆자리에 아버지를, 그리고 앙헬리까와 어머니와 두 아들을 뒷좌석에 태운 채 렌트한 셰비를 몰고 프린스 에드워드 섬으로 가면서, 나는 속으로 휴가를 떠나기 전에 훌리오 스체레르에게 연락이 닿지 않았던 게 이상하다고 생각했다. 하지만 감히 그런 우려를 입 밖으로 내뱉지 못했고, 모든 게 일정대로 진행되고 있으니 참고 기다리시라고, '노 아이 께 쁘레오꾸빠르세'라고 했다고 그의 비서는 전했다. 바로 그때, 난 차창 밖으로 에드워드 호퍼(Edward Hopper)나 어쩌면 앤드루 와이어스(Andrew Wyeth)의 그림에 나오는 장면을 본 걸 기억한다. 바로 거기에, 캐나다 초원을 배경으로 오롯이, 호수의 푸른 광휘와 반사하는 태양을 되비추며 전화부스가 홀로 서 있었고, 내 발에 있는 무언가가 내게 브레이크를 밟으라고 일렀고, 차는 내 말에 복종하여 그 환영 같은 전화부스 옆에서 멈추었다.

그 기억은 너무도 기괴했기에 이제 와서는 내가 꾸며낸 것이 분명하다고, 아마 실제로는 주유소에서 스체레르에게 전화를 했을 수도 있고, 아니면 그날 밤 호텔에서였을지도 모르겠다고 스스로에게 이야기하지만, 어쨌든 내가 기억하기로는 그랬다. 나는 멕시코시티의 전화번호를 누르고 동전을 계속 집어넣었으며 툰드라 같은 풍경과 내가 세상에서 가장 사랑하는 다섯 사람을 태운 차에 번갈아 눈길을 주었고, 다음 순간 훌리오기 전화를 받았고, 훌리오 스체레르는 인정했고, 시간을 들이고 있다고 했고, 애매하게 즉답을 피했고, 무지하게 당황스럽다고 했고, 뭐라 말해야 할지 모르겠다고 했지만, 어쨌거나 요컨대는 이런 얘기를 질질 끌며 하고 있었다. 에스따모스 호디도스. 우린 망했어요,라고. 『쁘로세소』가 석유부(Oil Ministry)의 부패에 관한 시리즈 글을 게재했고 격분한 대통령이 이 잡지에 선전포고를 해서, 스체레르가 전에 운영했던 신문 『엑셀시오르』(*Excelsior*)를 두고 전임 대통령 에체베리아(Echeverría)가 그랬듯이 모든 광고를 끊고 있어, 바야흐로 역사가 반복되고 있다는 것이었다. 로뻬스 뽀르띠요는 『쁘로세소』를 고사시켜 굴복하게 만들 작정이었고, 모든 권력이 제왕적 대통령과 정부 여당인 제도혁명당(Partido Revolucionario Institucional, PRI)에서 나오는 이 나라에서 어떤 요청도 거부할 것이었다. 로뻬스 뽀르띠요는 스체레르에게 제공된 어떤 은전도 중지하고 스체레르의 친구 도르프만을 특정하여 어떤 특별대우도 해주지 말라고 지시했다.

훌리오는 수치와 분노로 어쩔 줄 몰라 했지만 할 수 있는 게 아무것도 없었다. 그는 석유산업에 관한 글 출간을 멈출 수 없었고, 제의할 수 있는 최선은 우리가 관광비자로 오면 고베르나시온에 있는 아는 사람에게 접촉해서 카프카적인 관료조직에서 어떻게 길을 찾아갈지 알아봐주겠는데 모든 게 잘될 것이고 이 대치상황은 오래가지 않을 것이며 이번 대통령이든 다음 대통령이든 결국 누그러질 것이니 협상을 해서 영구비자와 내 취업허가증을 얻어내게 될 거라는 것이었다. 스체레르는 자신의 명예가 더럽혀졌다고 느끼고 있었고, 그래서 '노 아이 께 쁘레오꾸빠르세'라며, 우린 더한 일도 겪었다며 내가 그를 위로하는 판국이었다.

그날 밤, 이제껏 내가 가본 중에 가장 북쪽이고 칠레에서 가장 먼

캐나다 하늘을 감싼 긴 황혼의 기운이 드리운 아래, 부모님과 앙헬리까와 나로 이루어진 원로회의가 소집되었고 회의는 재빨리 합의에 이르렀다. 우리는 또다시 모험에 나서지는 않을 것이고, 법률의 지배가 독단적이며 나라의 가장 강력한 인물이 내 보호자의 철천지원수인 멕시코의 미로를 모험하는 일은 분명 없을 것이었다. 미국에 거주하고 싶은 마음은 딱히 없었지만 당분간은 다른 선택의 여지가 없어 보였다. 유럽으로 다시 갈 수는 없었고, 독재국가인 아르헨띠나에 갈 수도 없었으며, 칠레는 말할 필요도 없었으나, 최소한 워싱턴에는 반쯤 자리를 잡은 상태였고, 이제 오도 가도 못하게 생겼으니 내 영어, 그렇다, 내가 등한시한 바로 그 영어가 어떻게든 먹고살 수 있게 도와줄 것이었다.

다음 날 아침, 나는 베데스다의 셋집 주인인 펜턴(Fenton) 부부에게 전화를 걸었고, 다행스런 소식을 접했다. 새 세입자와 막 계약을 할 참이었지만 우리가 마음에 들고 특히 걸음마를 하다가 넘어지곤 하면서 주변의 모든 사람들을 매료시킨 우리 호아낀에게 홀딱 빠졌으니, 한해 머물러도 좋다고 했다. 우린 또 로드리고를 다니던 프랑스학교에 다시 등록시켰고 우리가 갑작스레 다시 거지가 되었으니 부모님이 학비를 맡기로 했다. 로드리고는 또다시 뿌리 뽑혀 옮겨지지 않게 되어 행복해했다. 그리고 앙헬리까도 이 낭패에 약간의 죄의식과 심지어 책임감도 느낀다고 고백했다. 지난 팔년에 걸쳐 다섯번째로 오래 머물게 될 멕시코, 범죄와 오염으로 넘치는 그 나라 수도에 대해 염려가 되었고, 그래서 자기가 자란 안데스 시골의 어떤 미신적인 의례를 행함으로써 그리로 갈 가능성을 미연에 막았다는 게 그녀의 말이었다. 그 의례란 건 손수건에 삘라또스(pilatos)라고 불리는 매듭을 만들어 그걸 계속 두들기면서 만일 미국에 남고 싶은 자신의 소망이 실현되지 않으면 더 앙갚음을 할 거라고 위협하는 것이었다.

매듭은 풀렸고 무자비한 박해를 모면했지만…… 뭘 소망할 때는 조심해야 하는 법이다. 우리의 J-1 비자는 만료를 앞두고 있었고 나는 직업도, 직업을 구할 수 있는 법률적인 허가증도, 의료보험도, 사회보장카드도, 안전망도, 독자적인 수입도, 신용카드도, 또 그런 문제에 대한 신용 자체도 없었다.

우리는 천천히 장애물을 하나하나 극복했다. 삐노체뜨의 폭력배들이 남편 오를란도를 살해한 뒤에 계속 워싱턴에 살고 있던 우리의 소중한 벗 이사벨 레뗄리에르(Isabel Letelier)가 우리를 도울 사람으로 연대 공동체에서 활동하는 이민 전문 변호사 마이클 마지오(Michael Maggio)를 소개해주었다. 우리의 거주 지위를 바꾸기 위해 그가 구사한 전술은 독창적이었다. 대부분의 사람들은 미국에 영구적으로 체류하고 싶다고 주장하지만 도르프만씨는 그런 걸 원하지 않는다고 마지오는 이민국 담당자들에게 성심껏 설명했다. 도르프만씨는 미국이 삐노체뜨 정부에 자신을 받아들이도록 설득한다면 기꺼이 칠레로 돌아갈 것입니다. 그러면 이곳에 남아 있지 않으실 건가요, 도르프만씨? 그렇습니다, 저는 제 나라의 상황이 바뀐다면 곧바로 돌아갈 겁니다. 담당관은 어찌할 바를 몰랐던지, 아마도 우리가 처한 곤경에 마음이 움직였던지, 우리에게 영주권을 줄지를 고려했고 워싱턴의 정책연구소(Institute for Policy Studies)에서 받은 취업 제의에 더욱 그쪽으로 기울었다. IPS에 있던 나의 좌파 친구들, 마크 래스킨(Mark Raskin), 딕 바넷(Dick Barnett), 사울 랜도(Saul Landau), 밥 보로시지(Bob Borosage)에게는 그들이 공채광고를 낸, 실은 순전히 나를 위해서 만든 직책을 위한 재원이 있을지(결국 한푼도 없는 걸로 판명되었다) 분명치 않았는데, 그 가계약서가 없으면 난 진짜 곤란해질 것이었다.

어쩌면 내가 입고 있던 코트가 도왔는지도 모르겠다. 이민국 담당관에게 인상을 남긴 건 어쩌면 지위의 상징인 그 코트였는지 모른다.

코트라니?

난 지금도 그걸 갖고 있다. 노스캐롤라이나의 우리 집 옷장의 반쯤 가려진 옷들이 빽빽한 옷걸이에 걸려 있는 그 매끄러운 꿀색 낙타털로 만들어진 마법의 코트는 세상의 모욕에 맞서 거듭거듭 나의 신비한 방패가 되어주었다.

거의 안다고 할 수 없는 사람에게서 그걸 물려받았다. 드라기 니콜리치(Draguy Nicolitch)는 마르고 잘생긴, 나이 지긋한 유고슬라비아 사람이었고 장성한 이후 대부분의 시간을 프랑스에서 보냈다. 우리는 늘 그렇듯이 부모님이 지원해준 1975년 여름휴가 중의 어느 오후에 달마티아 해안에 있는 브렐라의 한 호텔에서 그를 우연히 만났고 서로가 곧바로 호감을 갖게 되었다. 그는 빠리 출신인 아내 앙리에뜨(Henriette)와 식사를 하던 자기 테이블로 우리 가족을 초대했고 내 프랑스어보다 거의 더 낫다고 할 수 없는 프랑스 억양으로 네루다 시를 읊었다. 그에게 내가 네루다의 포도, 내 조국의 맛, 드라기 자신의 조국의 해변을 쓸어내리는 바다만큼 푸른 칠레의 바다가 얼마나 그리운지 이야기하자 그의 주먹이 불끈 쥐어지는 걸 알아볼 수 있었다. 나중에 나는 앙리에뜨로부터 나치 점령 기간 중에 그가 레지스탕스운동인 마끼(Maquis)의 일원이었고 프랑꼬가 죽기를 고대하며 샴페인 한병을 오랫동안 차갑게 식혀두고 있었으며 칠레에서 쿠데타가 일어난 날 삐노체뜨의 죽음을 두고 또 한병을 보냈다는 이야기를 들었다.

우리는 빠리에서 다시 만나기로 했다. 어김없이 1975년 어느 늦은 저녁 전화가 울렸고 앙리에뜨였다. 우리가 브렐라를 떠나고 며칠 후, 드라기가 바다로 걸어 들어갔는데 심장마비로 사망했다고, 그냥 그렇게 됐노라고 그녀는 말했다. 그 크고 당당한 노인이 마치 죽음이 아니라 어린 시절의 기억과 만나는 듯이 고집스럽게 아드리아의 바다로 걸어가는 모습을 상상할 수 있었다. "당신에게 드릴 게 있어요"라고 그 미망인은 덧붙였다.

그게 이 우아한 코트였다.

앙리에뜨의 말에 따르면 우리가 유고슬라비아의 그 리조트를 떠난 뒤 드라기가 몇번인가 예언이라도 하듯 자기가 죽으면 그 코트를 내게 주라고 했다는 것이다. 그녀가 그걸 내게 건넸을 때 난 감사를 표했을 뿐 그렇게나 단정하고 그렇게나 비싼 건 절대 입지 않으리란 걸 차마 밝히지 못했다. 칠레에서는 늘 앙헬리까가 내 옷을 사주었고 그녀가 가게에 가서 뭔가 고르고 나중에 다시 나를 데리고 가 입어보게 하는 일이 대체로 지금까지 이어지는 상황이라, 난 여태 목둘레나 허리둘레 같은 내 치수나 신발사이즈도 제대로 알지 못한다.

아내가 결혼생활의 숱한 세월 동안 나를 훈련시키지 않았던들 난 짝짝이 양말을 신고 다녔을 것이다. 어쨌든 빠리에서 우린 거의 생존의 한계선을 위태하게 넘나들며 빌린 물건이나 중고로 때워나가는 존재였으므로 왕자에게나 어울릴 윤기가 감도는 드라기의 의상은 특히 생뚱맞게 느껴졌다.

실제로 난 한해가량 지나 암스테르담에 가게 되기 전까진 그 코트를 입지 않았다. 그러다가 어느날엔가 그저 드라기를 기억하기 위해 그걸 빼빼 마른 돈끼호떼 같은 내 몸에 걸쳤던 것이다.

거울에 비춰보니 망명객은 없었다. 웬 신사가 한명 있었다.

그 유고슬라비아 노인은 젊은 시절 프랑스로 이주했으므로 말을 제대로 못한다고 경멸을 사고 서류를 갖추지 못했다고 차별받는 게 어떤 건지를 일찌감치 배웠다. 다른 이주자들과 나란히 줄 서서 기다리는 게 어떤 건지, 경찰이 이주증명서가 없는 사람들을 어떻게 옥박지르는지, 파시스트들이 자기네와 다른 사람들을 얼마나 혐오하는지 알고 있었다. 아마도 우리가 대화를 나누던 중에 내가 모국어의 미묘함을 구사할 수 없는 상황에서 허름하고 낡은 차림새로 사람들을 설득해서 도움을 얻는 일이 쉽지 않다고 했을 때, 아마도 그때 그는 겨울 추위보다 한층 무서운 위협에서 나를 지켜주리란 걸 알고서 그 코트를 내게 주겠다고 결정했을 것이다.

네덜란드 이민 당국과 처음 만날 때 그걸 입고 갔다. 내 경우는 단순히 형식적인 절차였지만 그래도 지나치세 난방이 되어 숨이 막히는 대기실에서 불안에 시달리며 네다섯시간을 보내야 했는데, 그곳은 청원자, 구직자, 난민, 불법체류자, 터키 사람, 모로코 사람, 슬라브 사람, 파키스탄 사람, 멕시코 사람, 인도네시아 사람, 과떼말라 사람, 나이지리아 사람 등 온갖 국적과 온갖 신념과 온갖 피부색의 사람들이 뭔가 잘못될 것을 두려워하며 변덕스러운 관료들이 앉아 있는 다음 대기실이 등장할 때까지 고작해야 일시적으로 유예해줄 스탬프 찍힌 종이쪽지 하나만 달랑 받게 될 뿐일지라도 대기하고 또 대기하고 있었다. 암살부대가 나를 찾아오기 전에 아르헨띠나를 떠날 허가를 받기 위해 며칠 동안 앉아 있었던 부에노스아이레스의 대기실과 마찬가지로, 그곳은 바벨의 대기실이었다. 체류 허가를 받겠다고 기다리던 빠리의 씨떼섬(Île de la Cité)에 있던 대기실이나, 미국에서 계획이 좌절되었다면 우리의 미래에 도사리고 있었을 볼티모어의 대기실처럼. 하나하나의 방이 저 먼 나라에 있는 또다른 방들이 버린 나머지들을 토해내고 있던 숱한 비슷한 방들, 다른 피부색과 다른 음조의 목소리와 다른 비극을 품은 해변들, 아이들에게 젖을 먹이는 어머니들, 소란을 피우는 아이들을 때리고 다 큰 아이들에게는 다른 애들 건드리지 말고 소리 지르지 말라고 경고하는 아버지들이 있는 곳.

재앙으로 얼룩진 나라에서 도망친 이민자 요리사, 청소부, 도망나온 가사도우미, 강제추방 당할까 노심초사하는 학생, 그 방들에서 나는 세상에서 잊힌 숱한 부유물들과 스치듯 만났다.

네덜란드에서의 경험은 내가 망명했던 다른 나라들보다 더 고된 것이었다. 경찰은 먼저 취업허가증을 요구했지만, 노동부는 그건 안될 말이고, 먼저 체류자가 되어야 하는데, 증명서도 없고, 내 폐 엑스레이 사진은 흐릿한데, 결핵이라도 있으면 어쩌겠냐는 것이었다. 칠레에서 받은 서류는 서명은 진짜지만 엉뚱한 곳에 되어 있다거나, 아니면 제대로 되어 있지만 서명이 가짜라느니 해서 공증을 받아야 한다고 했다. 암스테르담대학이 마침내 문제를 해결했지만 그건 내 계약서가 사년이 지나면 끝날 것이라 해서 가능했다. 왜 하필 사년 인가요? 그건 당신이 네덜란드에 계속 남아 있지 않으리란 걸 보장 하려고요. (오년이 지나면 영주권 신청을 할 권리가 생겼다.) 난 개 의치 않았다. 내일이면 삐노체뜨가 끌려 내려올 거라 기대했다.

그러는 동안 내 코트는 기적을 행했고, 적어도 헤어나기 힘든 내 위장의 공복 상태와 나를 분리시켜주었다. 그리고 네덜란드 공직자 들에게 좋은 인상을 심었고 미국에서도 그랬다. 문들이 열렸고 미소 가 피어났으며 인내는 너그러워졌다.

이후로도 코트는 여러차례 등장했고 주의를 아끼지 않는 앙헬리 까 덕분에 잘 어울리는 타이도 갖추었다. 난 매년 비자를 갱신할 때 나, 칠레를 위해 호의를 요청해야 할 때, 무슨 장관이나 아니면 주 요 인사를 만나러 내 동지 엔리께 꼬레아와 동행할 때, 세금 사정관 을 대면할 때나 은행 대출이 필요할 때 그걸 입었다. 애가 제멋대로 라는 선생님들의 비난에 맞서 로드리고를 옹호할 때도 그걸 입었다. 아, 빠리 뱅센에 있던 학교 교장에게 끌려 나오던 그날 그걸 입었으 면 얼마나 좋았을까. 그는 능수능란하고 팔팔한 프랑스인으로 철저 히 예의를 지키면서도 내 아들이 혐오스럽게 굴었다고 말할 때는 면 도날처럼 날카로웠는데, 아이가 무료급식 마지막에 나오는 치즈를 안 먹겠다고 했다는 것이었다. 맙소사, 친애하는 선생님, 어째서 얘 가 치즈를 먹지 않는 거지요, 어째서 이 아이는 이토록 사람을 힘들게 하지요?(mon Dieu, mon cher monsieur, pourquoi est-ce qu'il ne mange pas son fromage, pourquoi cet enfant est tellement difficile?) 로드리고가 지독히 말 안 듣는 아이라서 까망베르를 안 먹고 버티며 선생님에게 자기를 계속 지켜보시려면 그러시라고 했다는 것이다. 그럼 선생님은 쉬는 시간을 놓치시게 될 테고, 저는 상관없어요, 전 여기 내내 있을 수 있어요. 교장은 점점 더 격분하여, 하지만 그렇게는 안 된다(mais, c'est pas possible)고 했다. 그의 책상에 놓은 미떼랑의 사진과 사회주의 신문 『르 마땡 드 빠리』(Le Matin de Paris)를 보고 난 영감을 받아 이건 문화적인 문제이고 칠레에서는 아이들이 그런 종류의 치즈를 먹지 않는다고 설명했다. 모든 걸 잃고 밤이면 삐노체뜨와 학살당한 선생님들에 대한 악몽을 꾸는 이 망명 아동에게 뭘 하라고 강요하는 건 잔인한 일이고, 냄새가 강한 로끄포르 치즈 앞에 아이를 계속 앉혀두는 건 불공평하며 인간적 호의라는 젖줄을 결핍한(당연히 난 이 정도로 유창하지 않았고 『맥베스』Macbeth를 인용하지도 않았는데, 프랑스어로는 더구나 어림없었다!) 행위였지만, 교장은 물론 칠레에 연대감을 갖고 있으나 프랑스에서 프랑스 사람들이 하는 대로 하지 않겠다고 버티면서 아스떼릭스나 오벨릭스처럼 진정한 갈리아인이 되길 꺼리는 이 특정 칠레 아동에게는 일말의 연대감도 느끼지 않았다. 그 와중에 나는 이자의 허영심을 채워주고 그의 존경을 불러일으킬 열쇠를 뱅센의 내 아파트에 남겨두고 갔던 것이다. 드라기의 코트를 걸친 채 등장했어야 했고, 그랬다면 만사가 오케이, 대단히 완벽했을(bien, tellement parfait) 것이었다.

코트, 그 코트! 국경을 건너다 문제가 생길 걸 예상했을 때 나를 보호해주었고, 한번은, 딱 한번은 암스테르담으로 우리를 찾아왔다가 여권 직인에 뭔가 문제가 있어서 독일과 맞닿은 국경에서 억류된 벗 안또니오 스까르메따를 구하러 갈 때도 그걸 입었다. 난 네덜란드 펜(PEN)협회 회원인 친구 미네커 스히퍼르(Mineke Schipper)에게 전화를 했고 그녀는 외무부에 연락해보고 나서 전화를 주겠다고 했으나 난 기다릴 수 없었다. 내 친구가 네덜란드 경찰에 붙잡혀 있었으니 어떻게든 그들을 설득해서 그를 바위텐벨더르트구(區)로 데려오고 그의 저명한 친구 아리엘 도르프만 박사가 보석금을 낼 거란 걸 설명해야 했다. 내가 그 코트를 입고 들어섰을 때 경찰들이 지은 표정을 봤어야 한다. 주정뱅이들과 좀도둑들과 훌리건들과 입술과 눈자위에 멍이 든 창녀로 보이는 어떤 여자 사이에서, 난 한마디로 눈부셨다. 부상을 이길 마법의 물약을 지닌 채 성배를 찾는 중세의 기사처럼, 나는 왜 전사들이 전투를 앞둔 밤에 보초를 세워 자기 갑옷을 지키게 하는지, 날이 밝아올 때 왜 그들이 불사(不死)를 기원하는지 이해하게 되었다.

그 코트가 행한 마법은 그게 다가 아니었다.

1978년 크리스마스를 앞둔 어느날, 난 장모에게서 소포를 받았다. 그녀는 몇년 동안이나 매주 칠레에서 간행된 인쇄물, 부지런히 챙긴 기사와 사설을, 자동차와 부동산 목록, 구인광고, 부고, 결혼식 공지처럼 마치 거기 살고 있는 것같이 느끼게 해주는 것들과 함께 보내주고 있었다. 그즈음 장모 엘바는 끊임없이 폐간될 위협을 겪는, 반대파가 만든 주간지 『레비스따 오이』(Revista Hoy)도 추가했다.

그 잡지는 나와 사이가 늘 좋지만은 않았던 기독교민주당원 에밀리오 필리삐(Emilio Philippi)가 운영하고 있었다. 그는 1967년 기자협회의 장이었는데 그해 나는 소유주인 또레띠(Torreti)라는 인물이 저명한 꾸바 시인 니꼴라스 기옌을 인터뷰한 내 글을 싣지 않겠다고 하는 바람에 『에르시야』를 보무당당하게 사임했었다. 듣자하니 또레띠는 교정지를 읽고는 "내 잡지에 깜둥이 공산주의자는 싣지 않겠어"라고 소리쳤다는 것이다. 필리삐가 이 노골적인 검열행위에 미적지근하게 반응했을 때 난 그의 지원 부족을 비난하고 대학 언론학부에 속한 이백명의 내 제자들이 그의 사무실 밖에서 항의시위를 하도록 격려했다.

하지만 십년이 지난 후, 어쩌다보니 난 바로 그 '비겁자' 필리삐에게 드라기의 코트에 관한 글이 담긴 편지를 보내고 있었다. 난 당연히 그가 무슨 적의에서가 아니라 내가 아는 한 내 이름은 칠레에서 금지되어 있기 때문에 내 요청을 무시할 거라 예상했다. 쌴띠아고의 우파 신문들이 나를 맹비난하고 매도하고 군사정권에 반대하는 내 활동을 폭로하는 기사를 낸다면 나로선 오히려 반길 일이었겠지만, 그들은 마치 내 존재가 자신들의 레이다에 등록되어 있지 않은 것처럼 오로지 침묵만 있었다.

"그래서 『오이』에서 답이 없는 거야"라고 난 앙헬리까에게 말했다. "감히 내 글을 실을 수가 없는 거지. 난 너무 위험하거든." 앙헬리까는 글쎄라는 듯 어깨를 으쓱했다. 내 글이 특별히 선동적이라고 생각하진 않는 눈치였다. 그러고는 자기 호흡 연습을 도와주겠냐고 물었다. 그녀는 호아낀을 임신해서 만삭의 상태였고 더 시급히 처리할 일이 많았다.

그랬는데 소포가 도착했다. 거기 『레비스따 오이』에 떡하니 코트에 대한 내 글이 실려 있었다! 형용사 하나, 동사 하나, 명사 하나도 빼놓지 않은 채 말이다! 그 코트가 나를 지켜준 것이 단지 추위와 바람으로부터만이 아니었다는 것, 파시즘에 대항해서 싸운 유고슬라비아 전사 드라기가 나 같은 사람에게 왜 마법 망토가 필요한지 잘 알고 있었다는 것까지. 우리의 망명과 가난, 우리의 방랑, 치욕, 위엄, 이 모든 것에 관한 이야기가 칠레에서 유통되고 있었다. 그 잡지에서 내 나라 사람들의 시선으로 곧장 옮겨지고 있었다. 내가 아는 사람들과 내가 알지 못하는 사람들이 내가 쓴 글에서 시선을 들어 바위텐벨더르트의 잿빛 겨울 하늘이 아니라 불완전한 칠레의 푸른 여름을 올려다본다. 그들은 나처럼 해독할 수 없는 언어로 외치는 아이들의 소리를 듣지 않아도 된다. 싼띠아고의 내 독자들의 시선은 다시 내 글로 돌아가 기사와 나란히 실린, 어딘가 버려진 기록보관소에서 누군가 찾아낸 내 사진에 머물 것이다. 그 사진에서 난 마치 열여섯처럼 보여 그 글에 떠돌이 고아의 감수성을 더해주었다.

그렇게 드라기의 코트는 나를 고향에 데려다주었다. 네덜란드의 낯설고 익숙지 않은 빛 아래 내가 쓴 글을 읽는 몇분 동안 나는 내게 금지된 땅으로 되돌아간 기분이었다.

동화처럼. 죽어가는 사내가 젊은 방랑자에게 여행에서 마주치게 될 악의 무리에서 지켜줄 부적을 준 것이다.

하지만 삼십년이 지난 지금의 관점으로 보면 드라기가 물려준 그 망토에 마법을 부여했던 당시가 나로서는 끔찍한 상황을 넘기고 몇

가지 선택을 통해 차츰 다시 유력자들과 이어질 수 있게 된 시기였음을 알아볼 수 있다. 굳이 말하자면 그건 버리더라도 나의 상승 궤도에 큰 지장은 없었을 과도기의 물건이었지만, 나 자신이 가라앉고 있다고 느낄 때마다, 다시 일어나 망명생활에서 살아남을 수 있을지 의문이 생길 때마다, 심리적 고통의 시기에 뭔가 안전한 것에 매달릴 수 있게 해준 물건이었다.

하지만 물론 실제로 살아남을 수 있게 도와준 진짜 코트는 내가 이런 말을 만들어낼 수 있었던 영어였고, 그것이야말로 우리가 오도 가도 못한 채 갇힌 용의 나라에서 내가 휘두른 진짜 방패이자 다른 종류의 괴물들로 들끓는 칠레로 되돌아갈 때 내가 들고 갔던 방패였다.

마치 거기서 나를 기다리는 것으로부터 영어가 나를 지켜줄 수 있을 것이라는 듯.

1990년 칠레로 돌아갔을 때의 일기에서

9월 1일

줄서서 기다리는 일로 지난 몇주를 보냈다.

서재 청소를 끝내고 어린 미겔을 벽돌공 일을 배우도록 내보낸 이래 계속 어딘가 다른 데 에너지를 쏟아야 했다.

나는 엑소네라도, 그러니까 1973년 쿠데타 직후에 직장에서 쫓겨난 수천명의 사람들 중의 하나였다. 새 민주정부는 나 같은 사람들에게 예전 직위로의 복귀를 고려할 기회를 제공하고 있다.

박사학위나 인상적인 학술저작을 여러권 출간한 경력을 쌓고 돌아온 다수의 예전 동료들에 비해 나는 이런 전망을 열렬히 환영하진 않았고 이런저런 일군의 행정적인 지시를 따르느라 녹초가 되었다. 대부분이 군대가 대학에 '개입'(군대가 군 장성을 총장이나 학장으로 임명하여 '체제전복을 꾀하는 이들'을 학교에서 제거하는 일을 의미)한 후에도 계속 남아 있었던 똑똑지 않은 인간들인 현재의 스페인어과 교수진들이 무슨 권리로, 그 학문적 쓰레기들이 무슨 권리로, 무슨 권위로, 내가 어디에 적당한지 적당하지 않은지 평가한단 말인가. 왜 내가 그들을 평가하는 게 아니란 말인가. 왜 그들이 사임하고 그래서 모두가 복귀 경쟁을 하는 게 아니란 말인가. 하지만 다른 숱한 경우가 그렇듯이 여기서도 독재에서 이득을 얻은 이들은 건드릴 수 없는 존재였다.

그러니 가까운 장래에 내가 칠레에서 가르치게 될 거 같지는 않고, 내가 박해당하는 동안 웃고 있던 그 번드르르하고 따분한 대학교수들에게 웃음을 짓는 나 자신을 상상할 수 없다. 독재가 훔쳐간 연금기금, 처음에는 라틴아메리카 문학 조교수로, 그다음엔 부교수로, 최종적으로는 정교수로서 십년 동안 냈던 사회보장연금을 되찾는 건 마다하지 않겠고, 저들이 사과를 한다면 그것도 어쩌면 마다하지 않을 것이다. 그래도 정말 내 마음을 사로잡은 건 니를 해고한 일을 어떻게 성냥화했는지 알아낼 수 있을지 모른다는 점이다. 어느 먼지 쌓인 지하 보관실에 몰래 감추어져 있는 파일에서 왜 나를 쫓아냈는지 설명한 기록을 읽고 싶다.

그리고 지난 몇주 동안 때때로 나는 이곳 내 나라에서 망명자들의 음울한 대기실을 또다시 경험했다. 칠레대학의 어느 사무실에서 또다른 사무실로, 다 허물어져가는 어느 건물에서 또다른 건물로 묵묵히 옮겨 다니면서, 이 서류를 공증해 오시겠어요, 이 팩시밀리는 잘 안 보이는데요, 당신 이름은 블라디미로(Vladimiro) 아리엘인데 여기는 왜 아리엘이라고 되어 있지요, 같은 습관적인 발뺌을 듣던 끝에, 정보가 손에 들어왔다. 공식 포고령에 따르면 나는 젊은이들을 부패시키고 전체주의적 이념을 천명했기 때문에 쫓겨났다. 예상치 못한 사실도 밝혀졌다. 어떤 익명의 관료가 내 연금을 훔친 데 만족하지 못하고 팔개월 동안 불법적으로 나를 다시 직무에 복귀시켜 내가 부에노스아이레스와 빠리에서 무일푼으로 헤매는 동안 내 월급까지 챙긴 것이다.

이 세월 동안 삐노체뜨 정권을 지탱한 것이 바로 그 옹졸한 사무관이나 그 사람 같은 인간들이었고, 이들이야말로 우리의 비극을 이용해먹으며 음지에서 번성한 침묵의 공모자였다. 이런 거머리들, 기생충들, 거래를 한 작자들, 억압의 목격자 역할을 억누르는 데서 이득을 얻은 이들이 얼마나 많은가. 하지만 그 사람, 당연히 결코 책임을 추궁당하지 않을 그 사람이 내 인생을 망친 건 아니라고, 나와 함께 벤치에 앉아 있던 사람들 대부분은 그렇게 말할 수 없었다. 서류양식을 채워 넣고 어떤 음침한 공무원이 내 사건을 살펴주기를 기다리던 그 나날에서 내가 배운 것이 바로 그런 것이었다. 수년 전에 쫓겨난 이래 직장을 구하지 못한 병원 노동자가 있었는데 정치에 전혀 관심이 없던 그의 딸도 '단지 같은 성(姓)을 가졌다는 이유로' 직장에서 쫓겨났다. 그리고 생명과학을 전공한 잡역부는 네루다가 썼던 것 같은 베레모를 쓰고 그 아래 곤봉으로 맞은 것 같은 표정을 씩씩하게 감추려 했다. 그 노인은 마치 아빨레아도 당한, 막대기로 두들겨 맞은 것 같았다. 이 모든 걸 더욱 마음 아프게 만들었던 건 그들의 금욕주의, 즉 불평하지 않으려는 태도였다.

그럼에도 나는 자신들이 살았던 삶에 대해 구구하게 말하지 않으려는 그들의 태도에는 위엄 이상의 무언가가 연루되어 있음을 감지했다. 두려움, 그토록 많은 얼굴들을 무표정한 가면으로 만든 것도 바로 그처럼 만연한 공포이며 진짜 생각과 깊은 감정은 조심스럽게 그 뒤에 숨겨져 있다.

칠년 전인 1983년 귀국 허가를 받았을 때 맨 먼저 깨달은 것 하나가 그것이었다. 우스떼드 노 아블라 엔 칠레노(당신 칠레 말로 안 하는군요). 거듭거듭 내가 어느 정도의 반대파인지가 그렇게 묘사되었고, 그들은 눈을 피하며 내가 칠레 사람처럼 말하지 않는다고 우겼다. 문자 그대로는 '칠레 언어로 말하지 않는다'는 것이지만 내 위장술이 능숙지 않고 내 목소리는 너무 크고 공포의 세월을 살아온 사람들과 나를 갈라놓은 심연 너머로 들리게 말하느라 너무 애를 쓴다는 뜻이었다. 그들이 자기 얘기를 해야 한다고, 그게 상처를 치유할 유일한 방법이라고 주장하면서.

과연 그런가?

한주 전에 나처럼 망명지에서 막 돌아온 마뿌(MAPU)의 동지 한 사람과 마주쳤는데 그는 내게 우파인 자기 가족과 첫 저녁식사를 마친 후 그의 어머니가 거실로 걸어가는 그를 보며 왼발을 살짝 끈다고 했다는 것이다. "무슨 일이 있었던 거니, 이호(아들)?" 그녀가 물었다. "다쳤니?"

"내가 왜 다리를 저는지 잘 아시잖아요, 엄마. 고문당했잖아요. 그래서 그런 거잖아요. 다신 정상적으로 걸을 수 없어요. 아시면서."

고문당했다고? 그의 어머니는 마치 말 안 듣는 자식이 장난친 걸 사과하듯이 다른 가족을 쳐다보았다. 물론 넌 고문당하지 않았고, 아스따 꾸안도(언제까지) 그런 정치적 선전을 일삼을지 모르겠지만, 그런 유쾌하지 않은 문제는 왈가왈부하지 말자꾸나, 미 아모르(내 사랑). 우린 너의 귀국을 축하하러 여기 모인 거니까.

나의 동지는 자기 어머니가 아들의 비탄을 인정하면 스스로를 견딜 수가 없을 것이며 또 그녀의 친애하는 삐노체뜨 장군이 이끄는 칠레를 참을 수가 없을 것이므로 아들에게 일어난 일을 정말로 잊어버렸다고 생각한다. 어떻게 그 장벽을 무너뜨릴 것인가. 대화를 나눌 때마다 다친 다리와 굴욕당한 이야기를 들이밀고, 차갑게 식힌 샤르도네를 와인 잔에 따르며 한담을 시작하는 순간 그 사연을 토해내는 게 맞는 것일까? 그가 그렇게 살 수 있을까, 알고 싶어하지 않고 마음을 쓰지도 않는 것 같은 사람들을 상대로 끊임없이 자신의 끔찍한 경험을 재연하면서 살 수 있을까?

"그냥 조용히 있을 거야." 그는 내게 말했다. "달리 뭘 할 수 있겠어? 옥상에 올라가 내가 뭘 겪었는지 소리 지르고 입을 열 때마다 스캔들을 만들기라도 할까?"

뭐라 대답할 수 있을지, 망명의 십년 세월을 끝내고 바로 그해

1983년에 여기 돌아온 이래 난 정말 알 수 없었다.

가족 전체가 우리를 환영하려고 처가의 점심 연회에 모였는데, 전부 아옌데 지지자들이었으므로 우리들 중 누구에게 일어난 일을 두고 거짓말을 할 필요는 없었다. 하지만 그 흥겨움은 내가 감당하기 힘든 것이었고 그래서 난 표나지 않는 핑곗거리를 웅얼거리고는 슬며시 집을 빠져나온 다음 덜커덕거리는 엘리베이터를 타고 내려와 싼띠아고 중심의 번화가 몬히따스로 나섰다.

그 길모퉁이에서 그저 지나가는 차들을 바라보자니 잠시나마 유예된 느낌이 들었다. 깃발과 노래, 포옹과 선물과 눈물과 함께 공항에서 우리를 맞이한 친구들과 친척들 모두와 만나는 일은 너무 벅찼고, 나는 홀로 그 도시에 몸을 담근 채 잠시나마 나만의 시간을 가지며 신성한 휘발유 매연으로 내 폐를 취하게 만들고 지나가는 노동자 두명이 나누는 야한 농담을 엿듣고, 마른 여자들과 느릿느릿 걷는 여자들과 엉덩이가 펑퍼짐한 여자들을 쳐다보면서 그들의 스틸레토 구두굽이 다른 데서는 들을 수 없는 어떤 리듬에 맞춰 또각거리는 소리를 들어야 했다. 그러다가 그 나무를 보았다.

앙상하고 마르고 잎 없는, 붐비는 보도의 한뼘 흙에 심어진 왜소한 한그루 나무, 싼띠아고의 인도에서 간신히 생명을 유지하는 숱한 보잘것없는 나무들 가운데 하나. 누군가 그 나무가 곧게 자라도록 도와주려고 찢어진 천조각으로 뼈만 남은 줄기를 막대기에 묶어놓았다.

나는 마음속으로 이 나라의 낱낱의 작은 세부에 매달리고자 애쓰면서 그런 내 노력이 무용하다는 걸 의도적으로 무시했는데, 어둠이 그 컴컴한 가장자리 너머로 넓게 펼쳐져 있는 경험을 되찾아올 수 없게 막고 있는 상황에선 기억 하나하나가 짧고 날카롭게 집중된 자상(刺傷) 같은 빛이었다. 노스탤지어의 덫에 굴복할 때마다 매번 보태기보다는 빼는 걸로 끝났다. 사진을 모으고 오랜 습관들을 고집하고 고국을 방문하는 친구들에게 야생화를 가져다 달라고 부탁했다. 하지만 망각에 맞선 격렬한 싸움에서 나는 한번도 연약하고 겸손한 위엄을 지닌 이 나무를 떠올린 적이 없었다. 추방의 그 오랜 시간 동안 한번도 말이다.

그럼에도 그 무엇도 어쩌지 못할 저 나무의 인내를 떠올리지 못했다는 사실이 나를 불편하게 만들지는 않았다. 오히려 나무를 보자 안도감이 몰려왔다.

금방이라도 쓰러질 듯한 이 나무는, 내가 스스로 우려하는 것처럼 어떤 정체성도 없이 뿌리째 뽑히거나 난파되지는 않았음을, 1990년 현재 그렇듯이 그때도 이 나라를 사랑하고 있으며 이 나라도 나를 사랑하고 있음을 일러주었다. 그 나무는 나름의 빛과 영광을 지닌 채 내가 결코 진짜 떠난 적은 없다는 것을, 그저 잠시 나가 있었을 뿐임을 확신시켜주었다. 버려진 이 연약한 전령은 부재의 시간이 나를 이방인으로 만들 거라는 두려움을 비웃고 있었다. 마치 망명의 그 오랜 세월이 일순 사라지는 것 같았고, 마치 내가 역사 밖으로 걸어 나갈 수 있는 것만 같았다.

요란한 엔진 소리 때문에 이 주술은 깨어졌다. 군인을 가득 실은 트럭이 지나가면서 내가 실제로 있는 곳이 어딘지를 일깨웠다.

나무와 내가 소통을 한 곳에서 스무 블록도 채 떨어지지 않은 곳에 모든 덤불과 잎사귀와 그걸 바라보는 모든 사람을 좌지우지하는 진짜 주인, 손가락을 움직이는 것만으로 나를 사라지게 만들 수 있는 사람이 있었다. 그 나무는 억류된 나라의 포로였고 나나 다른 누구에게 어떤 일이 일어나든 항의하지 않을 것이었다. 그렇게 해서 그 나무는 살아남은 것이다. 그러므로, 중립적이고 어디에도 물들지 않았다는 바로 그 이유 때문에 그 나무가 나의 적들에게도, 빨간 불에 걸려 멈춰 서 있는 트럭에 실린 저 군인들에게도, 방수포 아래에서 내다보는, 철모 아래 가려져 눈이 보이지 않지만 거무스레하고 긴장된, 공격을 예상하며 주변을 살피는 적대적인 저 징집병에게도 속한다는 사실은 아무렇지 않았다. 한순간 나는 그 징집병이 나를 쳐다본다고 상상했지만, 그의 시야에 담긴 건 누군가 다른 사람, 내게서 몇 피트 떨어진 곳에서 트럭을 주시하는 한 남자였다. 난 그가 옆에 있는 줄도 모르고 있었는데 내가 갑자기 주의를 기울인 것이 그를 당황하게 만든 것 같았다. 그 남자는 갑자기 몸을 돌려버렸지만 잠깐 동안 나와 눈이 마주쳤다.

난 그의 눈동자에 담긴 것을 읽을 수 없었고, 그가 막 엔진 속도를 올리고 있는 그 군용 트럭을 어떻게 생각하는지, 트럭이 매연을 트림처럼 뱉어내면서 사라져갈 때 그 젊은 군인의 차가운 응시에 담긴 것이 무엇인지 알 수 없었다. 마지막으로 이 거리를 걸었던 민주화 시절엔 적과 친구를 구분할 수 있었고 그들의 눈동자에 담긴 불안 혹은 희망의 별자리를 해독할 수 있었을 것이다.

이제 아무것도 읽을 수 없었다.

그 남자는 숨기는 법을 배웠을 것이다.

칠년이 지난 다음에도 난 여전히 그 사람 같은 누군가가 군인들을 증오하는지 환영하는지, 아니면 그 나무처럼 무심한지 알 길이 없고, 그가 병든 나무에 천쪼가리를 묶어 그것이 자라도록 도와줄 사람인지 아니면 성가시다고 나무를 잘라버릴 사람인지 알 길이 없다. 당시 귀환했을 때나 이번 1990년에 귀환했을 때나 나는 그의 영혼에, 이 나라의 길 잃은 영혼에 무슨 일이 일어났는지 알 도리가 없다.

어쩌면 결국 어떤 것도 초원의 빛과 꽃의 영광의 시간을 되돌리지 못할 것이다.

딸 베스 엘 두엘로 뽀르 미 빠이스 쏠로 아까바 데 꼬멘사르(어쩌면 내 나라를 두고 벌어지는 싸움은 이제 막 시작되었는지도 모른다).

어쩌면 내 나라의 슬픔은 이제 막 시작되었는지도 모른다.

•

우리가 미국에서 조난당했다는 이유로 스페인어가 내 삶에서 그 특권적 지위를 순순히 내놓지는 않았다.

그것은 자신이 우리를 계속 항해할 수 있게 해줄 유일한 언어임을 확인시켜주려고 전력을 다해 싸웠다. 세상이 근본적으로 개혁되기 전까지는 태어나지 않겠다며 어른들에 대항하는 파업을 일으키는, 우리보다 한층 더 데삼빠라도르(이탈자)가 된 아기들에 관한 이야기인 『마누엘 쎈데로의 마지막 노래』를 끝낼 동안, 나는 근처 대학에 있는 다정한 벗들이 마련해준 스페인어 강좌를 맡아 겨우 생계를 꾸려갔다. 그리고 유네스코에 제출할 라틴아메리카의 공연예술에 대한 보고서를 스페인어로 쓰기도 했다. 더 돈벌이가 된 것은 기사였는데, 마드리드의 『뜨리운포』(*Triunfo*), 멕시코의 『쁘로세소』, 까라까스의 『엘 나시오날』(*El Nacional*), 그리고 고료를 받아낼 수 있는 다른 정기간행물에 한달에 두번 기사를 썼다.

내 스페인어는 미국이 획일적인 그링골란디아(Gringolandia, 백인 미국인의 나라)가 아니라는 예상치 못한 상황의 뒷받침을 받았다. 멕시코 대통령은 내가 자기 국민들 사이에서 살기를 원치 않았지만, 그의 불행한 수백만 동포들은 터벅터벅 사막을 건너고 철조망 아래를 버둥거리며 빠져나와 악취가 진동하는 터널을 토악질하며 통과해서 코요테들에게 배신당하고 국경수비대에 쫓기며 북미 미합중국(los Estados Unidos de América, el Norte)에 이르러 내가 좌초하여 멈춘 이 도시 워싱턴까지 당도한바, 이 도시는 사실상 라티노의 경향을 띠고 있었다. 뭐, 도시의 어떤 지역들은 그랬다.

특히 애덤스 모건(Adams Morgan) 지역이 그랬는데, 그 지역은 앙헬리까가 주로 출산을 앞둔 여성들을 상담하는 일을 하는 곳이었다. 일부는 북쪽으로 오던 도중에 강간을 당하거나 버려진 이들이었고 또다른 이들은 남자 가족구성원들에게 학대를 받은 여성들이었는데, 아내의 업무는 이들에게 적절한 보건진료를 안내하고 아이가 태어나면 분유와 식량배급표와 검진을 받을 수 있게 하는 것이었다. 늘 그렇듯 품이 넓은 그녀는 엘 네베르(해야 하는 업무) 이상으로 그들과 함께했다. 그들이 아이를 낳을 때도 같이 있었고 그들이 사는 곳을 방문했으며 남편들을 꾸짖고 아이들이 입을 옷을 구해주었는데,

이 모든 것이 쁘로뗴히다스(도움을 받는 이들)의 문화와 관습에 익숙해야만 할 수 있는 일이었다.

이따금 나도 그녀가 일하는 패밀리 플레이스(Family Place) 건물을 방문했다. 최근에 이주해온 라틴아메리카 이민자들이 거의 차지한 동네라 나를 거부한 대륙에 잠시나마 다시 돌아온 듯이 기쁘고 기운이 솟곤 했다. 그저 거리를 어슬렁거리며 카리브해와 폰세까만(灣)과 마나과호(湖)의 물맛이 나는 악센트와 굴린 발음으로 양념을 친 스페인어를 듣는 것만으로도, 상점에서 터져나오는 볼레로와 꼬리도 음악을 듣는 것만으로도, 컬럼비아 거리의 세이프웨이 슈퍼마켓이 수입 농산물과 스페인어 상표로 가득한 것을 보는 것만으로도, 이중언어적인 아메리카의 잠재성을 엿볼 수 있었다.

이런 것들은 내가 그때까지 지리를 구분할 때 신뢰해온 범주가 아니었다. 스페인어를 하면 엔 엘 쑤르(남쪽)에, 영어를 하면 여기 엘 노르떼(북쪽)에 산다는 식으로 구분한 것이다. 로널드 레이건(Ronald Reagan)이 대통령으로 있는 미국에 처음 도착했을 때만 해도 나는 스스로를 거대한 사회운동, 거대한 이주 움직임의 일부로 볼 준비가 되어 있지 않았다. 그 움직임 안에서 나는 문학하는 웻백(wetback, 미국에 밀입국한 멕시코인을 일컫는 말) 혹은 내가 최근에 만들어서 대화에서 마음껏 유포하고 있는 용어로 올터-라티노(alter-Latino, 또다른 유형의 라틴아메리카인)로 정의될 법하다. 난 언젠가 노스캐롤라이나에 살게 되리라고는 꿈에도 생각하지 못했다. 노스캐롤라이나는 미국에서 라틴계 공동체가 가장 빠르게 성장하는 곳이었다. 내가 스페인어를 잊지 않게 해주려고 애쓰고 있는 로드리고가 성인이 되어 그의 모국어인 그 언어를 싼띠아고가 아니라 하필 더럼에서 주로 사용하게 되리라고는, 미국 뉴사우스에서 새로운 삶을 일구고 있는 멕시코인들과 베네수엘라인들과 꼴롬비아인들과 꼬스따리까인들과 니까라과인들과 그밖의 온갖 경계 남쪽 나라 사람들과 일상적으로 연계하기 위해 사용하리라고는 예상하지 못했다. 로드리고가 그 이민자들의 고난과 꿈을 영화에 기록하는 것으로 생계를 꾸릴 거라고 어떻게 상상이나 했겠는가. 그리고 내가 불과 몇달 전 '라티노를 위한 라티노'(Latinos for Latinos)가 설립한 지역공동체 신용조합인 코페라티바(Cooperativa)에서 사용할 조합가를 써달라고 부탁받던 날을 어떻게 그려봤겠는가. 나는 자기 여인을 잃을 지경에 처하여 그녀를 되찾으려고 애쓰는 어느 연인의 운명을 슬퍼하는 잘 알려진 멕시코 꼬리도를 골라 그 가사를, 반(反)이민 열기가 극도로 과열되어 이민자를 배척하는 티파티(Tea Party)식 분위기가 정점에 다다른 시점에서 코페라티바의 고객과 구성원들에게 자주성과 경제적 자립과, 당연히, 자부심을 고취하는 방식으로 바꾸어 썼다.

1980년대 초에는 이런 일은 생각조차 할 수 없었다.

내가 열망한 건 단일언어의 칠레에서 사는 것, 아내의 보살핌을 받는 그 임산부들에게 버려진 바로 그 남쪽으로 가능한 한 속히 돌아가는 것이었다. 난 내가 찬란하리만큼 다문화적인 미래의 미국을 향해 항해하는 애덤스 모건의 히스패닉 물결에 몸을 담그고 있음을 알아차리지 못했고, 다시 살아난 나의 영어가 우리 안으로 나를 유인하기 시작한 위태로운 시점에 과거의 언어적 동맹자들과 다시금 연계를 맺은 것이라 생각했다.

그러다가 그때만큼은 우리에게 직접 닥친 게 아닌 어떤 재앙으로 인해 예기치 않게 내 어린 시절 연인과의 첫번째 연애를, 방랑생활의 그 시점까지 다만 대의를 위한다는 산문적인 목적으로 마지못해 휘갈겨 쓰곤 했던 영어가 가진 달콤한 음절들을 떠올리게 되었다.

1982년 벽두의 엄청난 눈폭풍 때문에 에어플로리다 90 항공기가 워싱턴 14번가 다리에 추락하여 일흔여덟명의 승객이 사망하는 일이 있었지만 그 사고는 또한 근처를 지나던 행인들을 예외적인 고귀한 행동으로 이끌어 포토맥강의 얼음장 같던 찬물에서 생존자들을 구출하게 했다. 다음 날 아침 베데스다의 집에서 허연 황무지와 그 너머의 황량하고 마비된 도시를 내다보던 내 마음속에서 무언가가 꿈틀거렸다. 스페인어가 아닌, 영어로 된 무언가였다. 처음엔 어린 시절을 보낸 퀸즈의 지독히 추웠던 1948년의 겨울, 내 자그만 키보다 더 높이 쌓인 눈의 벽 사이로 길모퉁이까지 걸어간 일을 떠올렸다. 하지만 내 안에서 진짜 소용돌이치고 있었던 건 그 기억이 아니었다.

칠레를 떠나 망명한 지 팔년이 지난 내가 집에 돌아간 기분을 느끼기 위해선 창밖을 내다보기만 하면 된다. 이번 겨울은 미국에 사는 라틴아메리카인에게 슬프게도 낯익은 풍경을 만들어놓았다.

영감에 사로잡혀 감정의 샘에서 솟아난 말들을 뒤지며 나는 영어가 나를 침범하고 나를 소유하도록 내버려두었다. 눈 때문이 아니다. 남쪽에는 거의 눈이 오지 않는다. 어쨌거나 우린 태양을 피하기 위해 씨에스따를 갖는다는, 우리를 묘사하는 캐리커처에 부응해야 한다.

그리고 계속해서 이런 말. 친숙한 건 재앙이다. 창밖을 내다보거나 TV

뉴스에 몰입하기만 해도 난 다시 그리로 돌아가서 마치 내 나라를 한번도 떠난 적이 없는 것처럼 느껴진다. 학교에 다니지 않는 아이들이 수백만이고 사람들은 거리에서 죽어가고 교통은 엉망이고 수도와 전기가 없는 집이 부지기수이고 공장들은 제대로 돌아가지 않는다. 가게에는 먹을 것이 넘쳐나지만 손에 넣을 순 없다. 그리고 삶의 리듬은 여느 때의 활기를 잃어버렸다. 마치 슬로우모션——아니 스노우모션인가——카메라에 사로잡힌 것처럼, 제때 도착하는 건 아무것도 없다.

말장난? 농담? 원어민처럼 말을 가지고 놀기?

난 실제로 원어민이었고 내 말의 리듬과 그 풍경의 리듬이 드러낸 준 건 바로 내 존재의 육체적 범위에서 추방된 이 언어를 내가 사랑하고 있다는 사실이었다. 어릴 때 배운 모든 단어를 사랑했으며, 저 아래 남(南)의 눈은 보이지 않는다고, 만일 허리케인에 이름을 붙이듯이 우리의 만년설에도 이름을 붙인다면 서글프게도 다른 마스크를 한 같은 얼굴의 독재자들의 이름일 것이라고 쓸 때 난 더는 그 언어의 상속권을 부인할 수 없었다. 그리고 마치 나 자신이 짙은 눈보라가 된 듯, 왜냐하면 내가 실제로 쓰고 있는 게 바로 그것이었으므로, 남(南)의 보이지 않는 눈은 인간이 만든 것이라 봄에도 녹지 않으리라고 계속해서 써 내려갔다. 그 영토의 상존하는 일상이 되어버렸으므로 남에 사는 우리는 스스로 항구적인 비상사태 속에 살아가고 있다는 걸 잊어버린다. 대재앙이 닥치면 사회가 형제적인, 혹은 말하자면 자매적인 유대관계로, 거대한 부족이나 가족으로 바뀌듯이, 비상사태란 무릇 모든 이에게 최상의 일면을 끌어내어야 마땅할 것인데 말이다.

그리고 난 한달음에 내가 하고자 했던 말의 결론에 이르렀다. 어쩌면 우리에겐 매일 날씨뉴스가 끝난 다음 사람들에게 매일 아침 얼마나 많은 양의 고통이 이 지구상에 여전히 남아 있는지, 밤이 되기 전에 얼마나 많은 불행이 더 내릴 예정인지 알려주는 불행뉴스가 있어야 할지 모른다…… 왜냐하면 나는 여전히 가난과 무지와 불의와 억압이라 불리는 겨울이 우리의 공동의 관심으로 녹을 수 있다고 믿기 때문이다.

그건 그렇게, 끝이 났다. 하지만, 그게 과연 무엇이었을까. 이 수수께끼는 내게서 박차고 뛰쳐나갔고 이제 다른 사람들에게 닿아서 그들과 더불어 세계를 치유하고 내 분열된 마음과 정신도 치유할 것을 요구했다. 그것은 출판되어야 했으나, 어디서, 그리고 다음엔 무엇을 해야 할지? 어쩌면 정책연구소(IPS)에 있는 친구들이 신문사와 연계가 있을까?

몇시간 후 베데스다의 우리 집 전화벨이 울렸다.

"하워드 골드버그(Howard Goldberg)라고 합니다. 『뉴욕타임즈』의 칼럼기사면 담당인데 선생님 글을 실었으면 해서요. 내일 말입니다."

그보다 몇년 전 네덜란드에 있을 때 난 『오이』 잡지에 스페인어로 실린 내 글이 검열을 뚫고 고국 칠레까지 나를 인도해준 것을 발견하고 무척 기뻐했다. 그리고 이제 기적의 순간이 영어로 도래하여, 거의 삼십년이 지나 영어로 이 회고록을 쓰는 지금도, 심지어 내 정체성의 답을 찾을 언어로 영어를 택한 이후인 지금도, 네덜란드에서의 그 경험과 유사한 기쁨이 창밖의 바람처럼, 내가 그들을 환영하듯이 나를 환영해주는 내 안의 말들의 바람처럼 내 온몸을 통과하며 불고 있다고 적으며 몸을 떠는 지금도, 내가 다만 머뭇머뭇 집이라 부르는 곳으로 마침내 돌아온 것이었고, 그렇게 1982년 1월 15일 세계에서 가장 중요한 신문에 내 칼럼이 실렸다. 그건 배제당한 채 누더기가 되고 잡종의 정체성으로 혼란에 빠진 내 자아에게는, 직업도 없고 자신과 자기 가족을 보호해줄 정부도 없는 사람에게는, 정당성을 입증받는 일과도 같았다. 그래, 삐노체뜨 장군, 당신은 날 망명의 황무지에서 죽으라고 내보냈지. 그런데 당신이 발급한 사망진단서를 갖고 내가 뭘 했는지 봐. 내가 당신의 증오를 무엇으로 바꾸어놓았는지 보라고!

그렇게 시작된 영어로 된 내 글의 출판은 일회적인 성과로 끝나지 않았다. 그건 이후 내가 공적인 지식인으로 기능할 조건을 마련해주었다. 어릴 적엔 사랑했고 성인이 되어선 개탄했던, 그래서 살갑기도 하고 적대적이기도 하며, 분노하기도 하고 공감하기도 하는 이 나라에서 오도 가도 못하는 처지가 된 내게 이 민주주의적인 제국을 바로 가까이에서, 이제 칠레인이 된 내 눈으로 살펴볼 기회가 주어진 것이었다. 『뉴욕타임즈』를 통해 미국 독자들에게 가닿고자 한 그 시도는 이후 라틴아메리카적인 실존을 통해 가다듬은 전망과 감정의 들판에서 떨어져 고립되어 머물던 이 나라를 두고 행한 숱한 탐사의 시작이다. 하지만 그 길에 나섬으로써 나는 또한 라틴아메리카와도 그와 비슷한 무언가를 하도록 스스로를 이끌었다. 내가 태어난 그 대륙을 새로운 눈으로, 이제 먼 시선이 된 내 눈으로, 갑자기 낯선 시선이 된 내 눈으로 보는 것, 칠레를 한번도 떠난 적이 없는 듯이 미국에서 칠레에 관해 쓸 수 있으리라는 생각을 버리는 것 말이다.

1982년 1월 중순의 그 아침, 『뉴욕타임즈』의 칼럼란은 내 인생을 괴롭힌 두번의 눈, 메릴랜드의 거리를 얼어붙게 만든 바깥의 눈과 칠레의 여름 내 마음속에서 보이지 않은 채 나를 응시하는 눈만큼이나 나 자신이 분열되어 있음을 일깨워주었다. 내 두 서재만큼 분열된 채 바로 그 순간 나는 지금의 나에 이르는 노정, 여기 더럼에서 이 글을 쓸 수 있는 사람, 서로 다른 문화들을 잇는 다리, 미국의 이방인이자 원주민이라는 저주와 축복을, 라틴아메리카의 원주민이자 또한 이방인이라는 축복과 저주를 지속적이고도 보람찬 긴장의 원천으로 전환시킨 인물에 이르는 노정에 무심코 나서기 시작한 것 같다.

그건 저 앞쪽에 설핏 보이는 화해 작업의 출발점일 뿐이었고 암시에 지나지 않았다. 수년간 적대시해온 끝에 다시 영어에 친근하게 말을 건네기 위해선 고향 상실이라는 내 상황을 깊이 들여다보지 않을 수 없었고 또 그런 조건을 받아들이고 그것이 드러내주는 바를 기꺼이 맞이할 수밖에 없었다.

한번도 머물고자 한 적 없던 이 나라에서 내가 지금 쓰고 있는 이 회고록을 위한 리허설. 칠레로 가는 다른 방법을 제시해주는 반쯤 열린 문 너머를 일별하기. 당시 살기를 열망했고 지금은 살지 않고 있는 그 나라를 프리즘으로 삼아 동시대의 세계를 이해할 가능성.

눈송이 하나처럼 덧없는 어떤 것이 하나 더 쌓이고, 그리고 또다시 쌓이면서 너무나 많은 것을 이루었다. 미국이라는 당장의 직접성에 나를 정박시켜주면서, 동시에 지리적 장소만큼이나 강력하게 충성심을 빚어내는 은유들을 통해 나를 칠레에도 단단히 연결시켜주었던 것이다. 그날의 눈보라 속에는 너무 많은 것이 숨겨져 있기도 하고 드러나 있기도 했다. 내가 들을 수만 있다면, 그것은 내게 살아 가고픈 나라가 공감 어린 상상에서 생겨난 나라이며 죽음만이 그 나 라에서 나를 떼어낼 수 있을 따름임을 약속해주고 있었기 때문이다.

제 3 부

출발

워런　"집(home)이라니." 그는 살짝 조롱했다.
메리　"그래요, 십이 아니면 뭐겠어요?
　　　　집을 뭐라 생각하는가에 달려 있겠지만……"
워런　"집이란 당신이 거기 가야만 할 때 당신을 받아주어야 하는 곳이지."
메리　"가질 자격 같은 건 필요 없어도 되는 거라고 해야겠죠."
― 로버트 프로스트 「일꾼의 죽음」

칠레에 까를로스(Carlos)라 불리는 목수가 있고 그는 우리에게 두려움에 대해 어떤 가르침을 준다.

2006년 피터 레이몬트의 다큐멘터리를 찍을 때 싼띠아고의 어느 빈민지역에서 몇시간을 보내면서 리브로스 리브레스(Libros Libres) 활동의 일환으로 내 서재에서 가져온 책을 나눠주다가 그를 만났다. 리브로스 리브레스는 몇년 동안 도서를 여러 공동체에다 '자유로이 해방시키는' 일을 나와 같이 해온 여성인 라껠 아소까르(Raquel Azócar)가 만든 소박한 DIY식 조직이었다. 난 아동용으로 썼던 이야기 하나를 ㄱ 지역 악동들에게 막 읽어준 참이었는데 노인 한 사람이 내게 다가왔다. 내가 쌀바도르 아옌데와 일했다는 이야기를 듣고 뭔가 할 얘기가 있었던 것이다.

까를로스는 아옌데의 열렬한 지지자였는데 기본적으로는 아옌데 정부가 그에게 집 한칸이나마 장만할 수 있도록 지원하는 프로그램을 만들었기 때문이다. 군사정권이 들어서서 군인들이 그의 뽀블라시온을 급습했을 때 까를로스는 너무 겁에 질린 나머지 그 순교한 대통령의 초상화를 벽 뒤에 숨겼고 독재가 지속된 십칠년 동안 내내 거기 넣어두었다. 까를로스는 심지어 칠레에 민주주의가 회복되고 삐노체뜨가 정부를 옥죄어온 통제력을 포기했을 때조차 그 사진을 도로 꺼내지 않았다고 했다. 연이어 행해진 자유로운 선거도 그의 무섬증을 가시게 만들기엔 충분치 않았다. 삐노체뜨 장군이 비인도적 범죄 혐의로 런던에서 체포된 1998년에 가서야 비로소 까를로스는 초상화를 감춘 판자벽 뒤쪽을 살펴보았고 거기에 이십오년을 보낸 그의 쁘레시덴떼 린도, 그의 어여쁜 대통령이 있었다고 했다. 그는 아옌데를 그렇게 불렀다. 그리고 삐노체뜨가 런던에서 가택연금을 당한 지 십팔개월이 지난 후 칠레로 송환되었을 때, 까를로스는 용기를 그러모아 아옌데의 초상을 보란 듯이 벽에 걸었다. 다시는 그것을 감추지 않겠노라고 그는 말했다.

까를로스가 공동선을 위해 자신을 희생하는 무슨 혁명전사나 군인이 아니었다는 점에서, 그건 감동적인 이야기였다. 과거로부터 온 그 초상이 은신처에서 나와 칠레의 대기와 산맥과 손주들을 함께 누릴 수 있었다면 그건 까를로스가 잊어버리기를 거부했기 때문이다. 그 사람은 치안부대가 바깥을 휩쓸고 날뛰는 와중에도 그 그림을 불태우지 않았고 다시 찾을 수 있을 때까지 벽 뒤에 그리고 자기 마음속에 남몰래 묻어둔 것이다.

감동적인 이야기, 그랬다. 하지만 동시에 정신이 번득 들게 하는 이야기이기도 했다.

기억도 용기처럼 진공 상태에서 존재하지는 않는다. 만일 정의가 이루어지지 않았더라면, 삐노체뜨가 런던에 있던 그 일년 반 동안 판사들 앞에 서서 자신의 죄를 추궁받지 않았더라면, 그 초상은 여전히 은닉처에서 나오지 못했을 것이다. 기억이 열려 흘러나오기 위해서는 두려움 또한 흘러나와야 하며 과거로부터 온 그 초상이 안전할 수 있는 사회적 공간이 있어야 한다. 금지되었던 형상들과 생각들이 바깥으로 드러난다는 건 그 자체로 수많은 다른, 더 집단적인 행위의 산물이다. 까를로스가 결국 자신의 사적인 기억과 공적 기억을 합칠 수 있었던 건 다른 사람들이 모든 것을 무릅써서 해방의 공유지를 만들어낸 덕분이었다. 그가 가진 충성심이 아무리 열렬한 찬사를 받을 만하다 한들 목수 까를로스의 사례가 정신을 들게 만드는 이유는, 그의 은신처가 그토록 고립되고 은밀했다는 사실 자체가 그저 내적이고 비밀스럽기만 한 반란이란 궁극적으로 얼마나 위태로운지, 모든 시민들이 민주주의로 이행하는 시기에조차 두려움이 삶을 지배하도록 내버려두었더라면 칠레 같은 나라에 어떤 일이 일어날지 드러내주었기 때문이다.

싼띠아고에서 우리는 자질구레한 일을 맡아서 해주는 일꾼을 한 사람 고용했는데 그를 롤란도(Rolando)라고 부르겠다. 페인트칠을 하고 배관을 손봐주고 문 몇개에 시포질을 하면서 앙헬리까와 여러 차례 대화를 나눴지만, 그 대가급 장인(匠人) 롤란도가 우리 일을 해준 이래 처음으로 내 아내에게 인생 최대의 트라우마가 된 경험을 털어놓은 것은 1998년 런던의 법정에서 삐노체뜨가 공개적으로 기소된 이후, 수감자가 된 삐노체뜨가 피고석에 앉은 사진이 찍힌 그 다음 날의 일이었다.

쿠데타가 일어나고 몇년이 지났을 때 삐노체뜨 장군의 경찰에 체포되어 고문을 받았노라고, 그는 아무렇지 않은 목소리로 말했다. 당시 그는 어느 학교의 수위로 일하고 있었는데, 그를 고문한 자들은 그에게 동료들을 엮어보라고, '테러'에 가담했을 것 같은 선생들을 찌르라고 했다. 구금기간은 짧았다. 이삼일이 지난 다음 그는 풀려났다. 하지만 그 결과로 그는 직장을 잃고 몇달이나 신체적 고통에 시달렸으며 심리적인 손상은 얼마나 더 오래갈지 알 수도 없었다.

목수 까를로스나 그밖의 수백만의 동포들처럼 거의 이십년 동안 롤란도는 숨겨진 감정의 벽장 속에 스스로를 가두어왔고 그 이야기를 오로지 자기 안의 그림자에게만 중얼거렸다. 그의 목소리에 자유를 주고 앙헬리까 같은 누군가에게 자기 이야기를 말할 용기를 준 것은 삐노체뜨가 법 위에 있지 않다는 확신이었다. 그 덕이었다. 여섯명의 영국 경찰이 전(前) 독재자를 런던의 법정으로 인도하여 고소인들 앞에 세운 것, 삐노체뜨의 변호사가 파킨슨(Parkinson) 판사에게 그의 고객에게 정원을 산책할 수 있게 허가해달라고 요청했다는 사실 말이다. 장군이 무소불위가 아니며 쇠락하고 있다는 증거가 거기 있었다. 정원을 산보하고 싶으면 허가를 요청해야 하는 사람인 것이다!

"그럼 이젠 무섭지 않은 건가요?" 앙헬리까가 롤란도에게 물었다.

"바보만이 무서워하지 않는 법이죠."

그가 무슨 말을 하는지 난 이해했다. 나도 그런 공포에서 자유롭지 않으며, 나 또한 공포의 쓰디쓴 담즙과 그것이 남겨놓는 훨씬 더한 쓰라림을 맛본 적이 있으며, 일단 불안의 구렁이들이 마음속을 꿈틀거리며 지나가고 나면 그것들을 떨쳐내기란 얼마나 힘든지 알고 있었다.

2006년의 칠레 여행에서 난 우리들의 죽은 대통령을 기념하기 위해 설립된 쌀바도르 아옌데 재단을 방문했다. 재단 이사진의 한 명이긴 했어도 난 아카이브와 박물관을 갖춘, 구한 지 얼마 안 되는 그 건물을 둘러본 적이 없었고 제멋대로 뻗어나간 것 같은 그 대저택의 독특한 역사에 대해 모르고 있었다. 그래서 난 옛 대학 동기이자 아옌데가 가장 신뢰하는 비서 가운데 한 사람이었던 빠띠 에스뻬호(Patty Espejo)가 함께 그곳을 둘러보자고 초대했을 때 반갑게 응했다.

"이 집을 살 땐 그걸 몰랐어요." 나와 우리 촬영진을 건물 지하실로 안내하면서 빠띠가 말했다. "이 건물이 국가정보국 소유였다는 걸 말이죠. 삐노체뜨의 비밀경찰 본부 중의 하나가 여기였어요. 그들이 뭘 놔두고 갔는지 보세요. 일부러 안 챙긴 거죠."

독재 시절 우리의 개인적인 삶이 어떻게 침해당했는지에 관해선 많은 글을 썼으면서도 난 그 굴 같은 지하시설, 삐노체뜨의 게슈타포가 칠레 사람들을 염탐하던 그 깊숙한 지하공간을 감당할 마음의 준비가 되어 있지 않았다. 거기엔 누수한 원색으로 갈라져 있는 꼬인 전선 꾸러미가 남아 있었고 그것이 그들을 더한층 변태적으로 만들었다. 이름없고 아무 탈도 없는 신원 미상의 기관원들은 엉킨 전선 무더기를 치우지 않고 버려두었는데, 자신들이 처벌받지 않았다는 메시지를 과시하기 위해, 우리가 어떤 얘기를 주고받았는지 다 들었고 우리의 비밀을 다 알고 있으며 한때 자기들이 누린 그 권력이 여전히 지속되고 있다고 경고하여 우리를 메스껍게 만들기 위해 그랬던 것이다.

나도 그 도청장치에 포착된 사람이었다.

1983년 처음 칠레로 돌아왔을 때 나는 쿠데타가 일어난 지 십년째 되는 9월 11일 일요일자에 싣기로 하고 『뉴욕타임즈』에 칼럼을 쓰기로 흔쾌히 동의했다. 그 신문사의 내 편집 담당이던 하워드 골드버그는 내게 자기가 편집과 관련한 제안을 할 수 있도록 며칠 말미를 두고 미리 뉴욕으로 전화해서 내 논평을 구술해달라고 했다.

난 모든 것이 참으로 정상적으로, 너무 지나치게 정상적으로 보인다고, 독재 치하에선 뭔가 새들도 다르게 울 거라고 기대했다는 이야기로 글을 시작했다. 음식의 맛과 사람들이 웃는 모습 같은 일상의 삶은 동요가 없어 보인 반면, 장군이 밀어붙인 억지 근대화가 진행되면서 악의적으로 심화된 빈부 간의 심연 같은 격차는 십년을 떨어져 산 내게 날카롭게 의식되었다. 칠레에서 일어난 변화에 대해 내가 읽은 어떤 것도, 사실상 변함없이 고통으로 가득한 싼띠아고를 둘러보다가 전통적으로 특권층이 거주하던 경사 지역 바리오 알또(barrio alto)에 이르렀을 때 내가 받은 느낌에 대해 미리 마음의 준비를 시켜주진 못했다. 난 마치 관광객처럼 수백개의 유리 건물과 쇼핑몰, 화려한 정원과 효율적인 간선도로로 가득한 알 수 없는 거리들을 따라 움직이고 있었다. 그 매끈하고 배타적인 도시 안의 도시에서 불과 몇 마일 떨어진 곳에 수백만명의 가난한 칠레인들이 누추하게 살아가는 슬럼이 있었다.

"칠레는 마치," 난 전화기에 대고 이렇게 말했다. "역병에 시달리는 듯하다."

자정이 지난 다음 난 단지 귀국했다는 이유로 내 글이 어떤 식의 수위조절이나 검열로 좀먹지 않으리라는 것을 어쩌면 다른 사람들보다 나 자신에게 입증하기로 결심한 채 열에 들뜬 듯 휘갈겨 썼던 것이다. 이 위험한 싼띠아고에 있을 때도 보복이 미치지 못할 외국에 있을 때만큼 무모하고자 했다.

그때 열여섯이던 로드리고가 어슬렁거리며 방에 들어와 앉았고 경탄과 놀라움이 섞인 표정이 되더니 마침내 "어이, 이보세요. 이건 너무 센데요"라고 속삭였다.

난 베개를 던졌지만 아이는 피했고 거기 앉아서 점점 더 센 얘기가 나오는 걸, 검열과 고문과 살인을 비난하는 내 말을 듣고 있었다. 그런 이야기를 하던 어느새 난 내 목소리를 로드리고의 귀를 통해 듣기 시작했다. 그러자 어쩌면 비밀경찰이 내가 앉은 곳에서 멀지 않은 어느 지하실에서 한마디 한마디를 다 적고 있을지도 모를 싼띠아고에서 내가 이런 비난을 뿜어내고 있다는 사실이 번득 떠올랐다. 하지만 1983년의 나는 국제적인 언론이 나를 보호해주고 있고, CBS가 팀을 보내 내 첫 귀국을 촬영하고 있다고, 미국에 보고했다는 이유로, 영어를 사용하여 우리이 폭군이 칠레의 꿈이 걸린 전투에서 지고 있음을 공공연히 선포했다는 이유로 나를 체포할 만큼 삐노체뜨가 어리석진 않을 거라고 스스로에게 이야기하며 떨리는 심장을 달랬다. 그리고 그 전화기에 대고 내 마지막 문장을 말했다. "내 나라에 있어서 좋고, 아침에 나를 깨우는 게 새들만이 아니라고 말할 수 있어서 좋다. 세계를 향해 내 나라가 아직 살아 있다고 말할 수 있어서 너무 좋다"고.

그렇게 끝났다. 마감하고 서명해서 던져 보낸 것이다.

그런데 말을 끝낸 몇초 후에 지구의 저쪽 반구에 있는 상대편에서 브루클린 억양이 강한 목소리가 소리를 질렀다. 저 먼 맨해튼의 사무실에서 녹음기기를 맡고 있던 사람이었다. "다시 한번 말해주시겠어요?"

그리고 이쪽의 아리엘이 말했다. "뭘요?"

"칼럼 말이에요. 처음부터 다시 부탁드립니다. 이런 일이 좀체 없는데, 테이프가 다 엉켜버렸네요."

난 그 이야기를 한번 더 반복해야 했는데 그걸 다시 한번 뉴욕으로 보낼 기회를 갖기 전에 삐노체뜨의 기관원이 도착할 거라 확신했다. 비밀경찰이 그 정도로 나한테 관심이 있다고 가정하는 건 과대망상이고, 그들이 내가 영어로 하는 말을 즉각 알아듣고 그 자리에서 나를 체포하도록 결정할 수 있다고 생각하는 것도 웃기는 일이었다. 하지만 그들이 나를 잡으러 올 때 쓰게 될 말과 같은 스페인어로 말하는 내 안의 목소리는 불안으로 가득했다. 내가 듣고 있는 저 소리가 엘 알리엔또 깔리엔떼 데 알기엔이라면, 누군가의 뜨거운 숨소리라면 어쩌지? 이 통화가 이미 끊겼고 내가 수신자도 없는 전화기에 대고 말하는 거라면 어쩌지? 싼띠아고의 사무실에서 정체 모를 누군가가 소리쳐 명령을 내리고 사람들이 나를 잡으러 차를 타고 오고 있는데,『뉴욕타임즈』에서 누구든 계속 이걸 녹음하고 있는지 내가 무슨 수로 알 수 있지?

상대편 목소리가 내게 테이프리코더가 이번에는 잘 작동했다고 알려준 다음 난 전화를 끊었고 여전히 패닉 상태로 거기 앉아 내가 받은 이 교훈을 납득하려고 애쓰면서, 이 사건을 귀향이라는 큰 틀에서 이해하려고 애쓰면서, 허용된 것들의 경계를 가늠하기 시작했고 억압이 어떻게 우리가 하는 모든 말에 음영을 만들 수 있는지를 발견했다. 망명과 비밀활동 사이의 차이, 독재 치하에서 우리가 마음속 외딴 성채 안에서 스스로에게 하는 말과 위험한 거리에서 하는 말 사이의 미세한 차이에 관한 교훈이었다.

나는 내 영어 덕분에 신중함의 경계를 넘을 수 있었고 안전하다는 가짜 감각을 가질 수 있었으며 궁극적으로 내가 부재하는 동안 그토록 많은 칠레 사람들이 더불어 살아온 두려움과 나를 연결시킬 수 있었다. 과연, 두려움에도 불구하고 보란 듯이 비판하고 반항하고자 하는 사람들이 무릅써야 하는 게 바로 이런 것이었다.『뉴욕타임즈』나 CBS 카메라라는 피신처도 없이 그저 자기 양심과 기술, 계책과 운에만 의지해야 하는 사람들 말이다. 나의 영어는 얼마나 많은 걸 그 언어로 쓰고 출판한다 해도 내가 결코 온전히 보호받지는 못할 것이며 내 육신은 늘 무방비일 거란 점을 예기치 않게 일러준 셈이다. 내가 계속해서 공개적으로 의견을 표명하는 한, 영어는 칠레든 아니면 다른 혜택받지 못한 세계에서시든 나를 빼내줄 수 없었다. 권력에 반박하는 일은 은신처가 아니라 현실의 위태하고 불안정한 표면에서 이루어져야 하며, 이 나라가 권위주의적 정부의 손아귀에서 빠져나오는 건 나날의 회색빛 속에서 일어나야 하는 일이고, 바로 거기가 대다수의 사람들이 살아가는 곳이며 밤의 군대를 물리쳐야 하는 곳이다. 외국에서만이 아니라 칠레에서도 나와 같은 목소리들이 들려야 한다면, 난 위험 속에 살아가는 데 마땅히 익숙해져야 했다.

그리고 그 이후 몇년 사이에 난 내 고삐 풀린 편집증을 통제하고 공포를 이겨낼 수 있다고 스스로를 확신시키는 법을 이럭저럭 찾아냈다.

두려움이 나를 좌우하지 못한다는 망상을 전형적으로 보여주는 사례가 1985년 말 이제 항구적으로 정착하리라 생각하며 싼띠아고에 도착한 다음 날의 경험이었다. 정착하리라는 의도가 육개월 후 로드리고 로하스가 불타는 사건으로 좌절되리라는 걸, 또다시 '확고한' 귀국을 시도하기까지는 1990년까지 기다려야 한다는 걸 당시의 나는 알 도리가 없었다. 어쨌든 1985년 그때, 어쩌면 공포의 명령에 굴하지 않는다는 걸 증명하려고 난 아르마스광장에서 항의시위 중이던 여성들에게 합류하기로 결심했다. 내 친구이자 훗날 칠레 대통령이 된 미첼(Michelle)의 어머니인 앙헬라 바첼레뜨(Angela Bachelet)는 내게 나오지 말라고 했다. "최근엔 저들이 남자들한텐 아주 폭력적이야. 반면에 우린…… 어쨌거나, 저들이 우리를 좀더 존중심을 갖고 대해주길 늘 희망하고 있지." 하지만 난 말을 듣지 않았고 허공에 손을 들고 있는 그 여성 시위대가 아주 평화로워 보여 용기를 얻었다. 그리고 주변엔 버클리에서 대학 첫 학기를 시작하기 전에 칠레에서 지내고 있던 내 아들 로드리고 말고는 아무도 없었다. 그 아이는 반(半)합법 뉴스영화 프로젝트 단체인 뗄레아날리시스(Teleanálisis)를 위해 카메라를 들고 있었다.

난 서둘러 시위대 속에 들어가 자리를 잡았는데 불평 소리가 나를 맞이했다. 이게 여성들만을 위한 행사라는 얘기를 못 들은 건가? 난 내 양쪽 옆에 선 이들의 치켜든 손을 잡으며 내가 명예여성이고 페미니스트라는 둥 여성적 영혼을 가졌다는 둥 이런저런 이유들을 웅얼대며 갖다붙였다. 정신과 의사인 내 친구 파니 뽀야롤로(Fanny Pollarolo), 군인들에게 살해당한 아옌데 정부 부통령의 미망인 모이데 또아(Moy de Tohá)가 거기 있었고, 데사빠레시도의 몇몇 가족들도 무리에 있었다. 얼마 안 있으면 까라비네로들이 우리 무리를 향해 파견될 것이므로 나를 내보내느라 시간을 낭비하는 게 터무니없다는 걸 그들은 알고 있었을 것이다.

요컨대 우리가 「기쁨의 노래」(Canción de la Alegría)를 채 시작하기도 전에 시위대 한명 한명을 담으며 카메라를 회전시키던 로드리고가 긴급하게 내게, 아리엘, 비에넨 로스 빠꼬스(경찰이 오고 있어요)라고 알려왔다. 렌즈를 통해 일군의 경찰 무리가 폭동진압 장비를 갖춘 채 우리 쪽으로 속보로 걸어오고 있는 걸 본 것이다. 난 주저했다. 내가 어떻게 이 여인들을 버리고 도망을 친단 말인가? 그때 내 왼쪽에 있던 한 여성이 소리쳤다. 안다떼, 우에본, 께 떼 반 아 싸까르 라 끄레스따. 여기서 나가, 멍청이, 저들이 널 아주 죽도록 두들겨 팰 거라구. 난 그녀의 손에서 내 손을 빼내시 아름다운 성(fair sex)에 속하는 그들이 스스로를 지키도록 버려둔 채 떠났다. 난 광장의 나무 뒤에 안전하게 몸을 숨긴 채 내 꼼빠녜라(동지)들이 경찰차로 질질 끌려가는 것을, 누구는 머리채를 잡히고 누구는 정중히 인도되며, 또 누구는 얻어맞고 다른 이는 풀려나는 것을 지켜보았다. 늘 그렇듯이 모든 게 자기들 마음대로였고 예측 불가능했다.

몇시간 뒤 우리는 앙헬리까에게 그 장면을 묘사해주고 있었다. 로드리고도 거의 잡힐 뻔했으나 날쌔게 들어갔다 나왔다 하면서 그 아수라장을 계속 카메라로 찍었다. "하지만 아버진, 여자들 무리에 있는 유일한 남자로 개들한테 잡혔으면……" 난 그 아이에게 내겐 늘 운이 따라줘서 어떻게든 궁지를 벗어나게 된다고 안심시키면서 웃어넘겼다. 나는 독재적인 칠레가 부조리 상태에 빠짐으로써 압박을 늦춘 게 기뻤다.

무소불위라는 이 잘못된 감각에 의지하여 난 1986년 칠레에 길게 머무는 동안 마치 삐노체뜨에 대한 비난을 고스란히 한번 더 반복해달라는 뉴욕의 그 전화 목소리를 들었을 때 내 뱃속에서 꼬였던 응어리를 다 무찌른 척 점점 더 위험을 감수했다.

그러던 중에 1986년 4월 핼리혜성이 남반구의 하늘에 나타났다.

1910년 이래 지구에 가장 가까이, 화려한 자태로 접근하고 있었다. 이 우주의 손님을 볼 수 있는 생애 단 한번뿐인 기회, 그리고 그 손님에게 삐노체뜨를 데리고 가서 어디 엘 에스빠시오 씨데랄(우주 공간)에다 처분해버리도록, 그를 텅 빈 공간에 던져버리도록, 예바뗄로(그를 데려가), 그리고 절대 다시 돌려보내지 말도록, 아디오스 헤네랄, 노 부엘바스 눈까 마스(잘 가시오 장군, 다시는 돌아오지 마시오), 칠십육년 뒤에나 만나,라고 말할 수 있도록 부탁할 생애 단 한번뿐인 기회였다. 그 거대한 불타는 몸은 바로 그해 이미 아이티에서 뒤발리에(Duvalier)를, 필리핀에서 마르코스를 낚아채 갔으니, 다음번엔 칠레가 되지 말라는 법이 어디 있겠나? 권력자들이 무너진다는 호랑이해가 아닌가?

난 이딸리아광장(Plaza Italia)에 모인 삼백명가량의 마니페스딴떼스(시위자들)의 한 사람이었고, 밀집대형을 한 경찰들이 가짜 망원경을 든 채 싼띠아고의 밤을 밝힌 불타는 핵과 그 자욱한 구부러진 꼬리를 향해 작별을 고하는 일군의 시민들이라는, 겉보기에 무해한 무리를 향해 어떻게 반응해야 할지 갈피를 못 잡고 조심스레 거리를 유지하고 있는 동안 그런 농담을 던지며 즐기고 있었다.

로드리고가 곁에 있었더라면 좋았겠지만 그 아이는 이미 대학 신입생 시절을 만끽하고 있었으므로, 두대의 대형 트럭이 땅에서 솟은 듯 갑자기 출현하고 수십명의 군인들이 트럭에서 뛰어내릴 때 나한테 어떻게 하고 어디로 가라고 일러줄 사람이 아무도 없었다. 그들을 지휘하는 사람은 매부리코와 근육질의 마른 몸에 얼굴은 검은 기름으로 완전히 덮인, 밤의 악령, 까라삔따다(극우파) 장교였다. 내가 속한 시위대는 자리를 지켰다. "께 안쎈 아까, 미에르다스? 여기서 뭐 하는 거야, 이 개 같은 자식들아"라고 그 장교가 소리쳤다. 이어 "안단도, 안단도, 이호스 데 뿌따, 꼰차스데수마드레(움직여, 움직여, 개새끼들, 니기미 씹할놈들아)"라는 고함과 함께 군인들은 거리에 모여 있던 우리에게 다가와 무수히 발길질을 하고 라이플총 끝으로 쑤셔댔다. "알 뜨로떼, 알 뜨로떼, 로스 이호스 네 뿌따(뛰어, 뛰어, 이 개새끼들아)."

난 발이 걸려 대자로 넘어졌고 무릎에 통증을 느껴 손으로 쓸어보니 바지가 길게 찢어져 있었다. 간신히 일어났는데 다시 발길질이

가해져 휘청거렸고 또 한차례 몸통을 가격당했지만, 절뚝거리면서도 용케 이딸리아광장에서 떨어진, 사진기자들과 행인들이 있는 아베니다 쁘로비덴시아(Avenida Providencia)까지 갔다. 체포를 당하게 될지 총에 맞게 될지, 아니면 또 어떤 일을 당하게 될지 알 수 없었는데, 번들거리는 눈빛의 그 장교는 검게 칠한 자기 얼굴과 부하들을 데리고 다른 불온분자들을 처리하러 돌아가고 싶었던가보다. 난 안전한 건가? 동료 시위자들에게 뒤처진 채 거기서 숨을 헐떡이며 멍한 상태로 피를 흘리고 있다가 군인 한명이 뒤에 남은 것을 보았다.

스무살이나 어쩌면 더 어린, 누가 봐도 최근에 입대한 신병이었다. 그는 자동소총을 내게 겨누었는데 방아쇠에 걸린 손가락을 떨고 있었다. "노 쎄 아세르께(가까이 오지 마)." 그는 소리쳤다. "손들어. 물러서. 오 미터, 오 미터 떨어져. 아 싱꼬 메뜨로스(오 미터)"라고 했다. 손을 들면서 난 이 젊은이가 나를, 잘 움직이지 않는 내 손을, 나의 극도의 무방비를 제대로 보지 못하고 있음을 깨달았다. 믿을 수 없게도, 그는 나를 무서워하고 있었다.

난 망명기간 동안 숙련해온 유일한 행위를 함으로써 내 생명을 구했다. 나와 다른 사람들과 의사소통하는 것 말이다. 마치 세상에서 가장 정상적인 교류인 것처럼 부드럽게 그에게 나를 쳐다보라고 부탁했다. 내 손에는 사탕 한알 없었지만 난 어린 시절에 먹었던 사탕 이름, 니 운 암브로솔리(ni un Ambrosoli)를 이용했다. 마치 그게 그에게 그의 순진무구와 나의 순진무구를 상기시켜줄 것처럼, 난 그가 어린 시절에 분명 먹어보았을 사탕 이름을 말했고, 그런 다음 내게 두 아들, 하나는 그보다 좀더 나이가 많고 다른 한명은 더 어린 아들이 있다고 했고, 관계를 만들어줄, 그 오 미터보다 더 가까이 가게 해줄 아무것이든 이야기했다.

"입 다물어." 그가 말했다.

우린 몇초 더 그렇게 서 있었는데 어쩔 도리 없이 내 머리는 분석하고 분류하고 해석하기 시작했다. 죽음에서 오 미터밖에 떨어져 있지 않았음에도 지적인 작업을 멈출 수 없었고, 그 몇초 동안 우리를 가르는 차이를 날카롭게 의식하게 되었다. 그는 가난하고 교육받지 못했고 난 잘살고 서구적인 말들을 능숙하게 다루며, 그는 원주민 조상을 가졌고 내 집안사람들은 어느 다른 곳 출신임이 확연했다. 삶은 그에게 관대하지 않았고 이제 처지가 바뀌었으니 그가 내게 수백년 동안의 무시에 대한 댓가를 치르게 할 수도 있었다.

그는 방아쇠를 당기지 않았다. 피가 흐르는 내 다리를 내려다보더니 눈을 끔뻑거렸고, 잔혹하고 슬픈 무언가가 그의 눈에서 빠져나가는 게 보였다. 그는 폐에서 안개를 걷어내기라도 하듯 깊이 숨을 내쉬더니 총신을 돌린 채 자유로운 손으로 내게 여기서 빨리 나가라는 제스처를 해보였다.

며칠이 지난 5월 1일 국제 노동자의 날을 기념하는 또다른 시위가 열렸다. 그날 아침 난 잡힐 경우를 대비해서 양말 몇켤레를 더 가방 안에 집어넣었다. 하지만 그런 다음에는 시내로 나가는 대신 다른 방향을 택해서 앙헬리까와 호아낀와 함께 언덕을 올랐고, 강가에 앉아 출렁이는 강물이 흘러가는 걸 바라보면서 호아낀이 잔가지를 물에 던지거나 돌 세례를 퍼붓거나 하는 동안 앙헬리까는 잠자코 내 손을 잡았다. 이딸리아광장에서 넘어지다가 다쳤기 때문에 세게 잡지는 않았다. 내 등에는 피멍 자국이 두개 있었고 늑골 쪽에도 라이플 총신이 메시지를 새겨놓은 자리에 또 하나의 자국이 있었다. 그리고 왼쪽 무릎은 온통 딱지가 앉아 다리를 절 정도로 깊은 상처를 덮고 있었는데, 이십사년이 지난 지금도 그쪽 무릎에는 여전히 흉터가 남아 있다. 하지만 내 자아에 입은 상처가 훨씬 아팠다.

1986년 그 5월 1일에 내가 느낀 것은 쿠데타 이후에 쫓겨 다닐 때 나를 따라붙던 그 두려움은 아니었고, 저 멀리 『뉴욕타임즈』에서 내 목소리를 녹음하던 남자가 내게 불온한 말들을 한번 더 반복해달라고 했을 때의 두려움도 아니었으며, 네덜란드에서 신뢰의 위기가 생겼을 당시 내가 사태를 망칠 것에 대해 가진 두려움도 아니었다. 그 장교가 나를 몰아넣은 상태는 이제껏 겪은 것과는 달랐고 바로 내 몸 안에 암호처럼 새겨진 공포였다.

칠레로 돌아온 1990년 무렵엔 시간과 거리가 그 뼛속 깊은 두려움을 다소간 녹여주었다. 그리고 비밀로 가득한 나라가 된 칠레로 과감히 돌아오기 위해선, 대다수의 사람들이 서로를 피해, 또 스스로를 피해 숨고, 대면하기를 원치 않는 진실을 피해 숨는 나라에서 감히 자기 의견을 표명하기 위해선, 새롭게 용기를 찾아낼 필요가 있었다.

1990년 칠레로 돌아갔을 때의 일기에서

9월 3일

침묵의 서약을 깰 작정이다.

아직 미국에 있을 때 '진실과 화해 위원회'에 관해 듣고 그 목적에 대해 읽고 또 위원회 활동의 부인할 수 없는 중요성이 그것이 다룰 수 없는 고통이 있다는 사실로 인해 반감될 수 있음을 깨달은 이래, 무언가 내 안에서 꿈틀거리기 시작했고, 그 열기는 육 주 전 칠레로 돌아온 이래 더 심해졌다.

그리고 이제 난 무엇을 해야 할지 안다. 난 극을 쓰려 한다.

팔년 전 미국에 있을 당시 소설로 시작된 극이고 내 저작이 종종 그렇듯이 일상적이고 평범한 사건에 뿌리를 두고 있지만 물론 사건의 먼 발단이 되는 일들은 그 훨씬 전부터 퍼지고 있었다.

망명의 첫 몇년간은 자동차를 원치 않았거나 필요로 하지 않았다. 그러다가 1977년 그보다 오년 전에 런던에서 돌아가신 앙헬리까의 아버지 움베르또(Humberto)로부터 유산을 받았다. 앙헬리까가 아끼는 이복여동생 나딸리에(Nathalie)의 엄마인 그의 아내 리따(Lita)에 따르면 장인은 우리가 오래된 자기 차를 가졌으면 한다는 것이었다. 네덜란드에서 그 차를 몇달간 몰았지만 어느 눈 내리는 날 고장이 나는 바람에 영구적으로 폐차시켰다. 하지만 미국에선 교외지역인 베데스다에 살다보니 차는 필수품이었다.

난 망명생활을 하던 칠레 통역사이자 수상경력이 있는 사진가인 마르셀로 몬떼시노(Marcelo Montecino)에게 연락했다. 그의 사촌이 엘쌀바도르 출신으로 최근에 버지니아 페어팩스에 온 뻬드로(Pedro)라는 정비공을 알고 있는데 그에게서 비싸지 않은 모델을 살 수 있을 뿐 아니라 뭔가 잘못되면 수리까지 받을 수 있다는 것이었다. 그래서 실제로 그에게 산 차분한 녹색의 튼튼한 중고 폭스바겐 스퀘어백이 어느날 아침 시동이 걸리지 않자 뻬드로는 버지니아에서 신속하게 그 먼 길을 와서 망할 놈의 기화기를 고쳐주었다. 우리 집에서 커피를 마시며 이야기를 나누던 중 우리는 뻬드로가 쌀바도르 군대의 병장이었단 걸 알고 깜짝 놀랐는데 그건 이루 상상할 수 없는 숱한 잔학행위에 그가 참여했을지도 모른다는 사실을 의미했다.

난 뻬드로가 마음에 들었다. 차분하게 말을 아끼는 것이나 은근한 유머감각, 그리고 무엇보다 내 차에 문제가 생길 때 해결해줄 수 있는 누군가가 있다는 것 자체가 좋았기 때문에, 그가 떠난 다음 난 그런 끔찍한 일들을 하지 않으려고 그가 군대와 나라를 버린 것이라 마음대로 상상했다. 하지만 몇달 후에 다시 그가 브레이크를 고쳐주려고 왔을 때 그가 자기 나라와 갈등을 일으킨 지점이 무엇인지가 분명해졌다. 그가 사실이 이렇다고 분명히 말해준 건 아니었고, 그나 나나 서로 조심스러워서 간접적이고 암시적인 방식으로 빙빙 돌려 대화를 나누었다. 우리가 다른 쌀바도르, 즉 쌀바도르 아옌데의 지지자였다는 걸 그도 알고 있었고, 우리가 그를 좋아하는 만큼 우리를 좋아하는 것처럼 보였다. 그는 폭스바겐을 계속 살펴봐주겠다고 약속했고 그 약속을 지키면서 계속 거래할 것이었으므로, 우리는 둘 다 각자의 고국에서 있었던 참사의 불길을 이 먼 곳까지 옮겨 붙게 만들 만한 것에 대해 언급을 피했다.

우리의 그 착한 사마리아인이 칠레 사람이라면 어땠을까. 내가 갈라진 내 나라에 돌아갔을 때 외진 도로에서 차가 고장나고 마침 뻬드로 같은 사람이 지나가다가 날 구해준다면 어떨까. 내가 그를 집으로 초대했는데 거기 누군가가, 어쩌면 내 아내가 그가 어떤 짓을 한 사람인지 알아낸다면 어떨까. 그가 그런 짓을 했다면…… 그 정비공이 칠레인이었다면 내 철천지원수였을 테지만, 여기서 난 만리오 아르게따(Manlio Argueta)와 끌라리벨 알레그리아(Claribel Alegría)와 다른 많은 내 쌀바도르 동지들의 친구와 가족을 죽였을지 모르는 사람과 케이크와 맥주(실제로는 커피지만)를 나누고 있는 것이다. 만일, 만일 칠레의 도로에서 차가 고장났을 때 멈춰 선 사람이 교육받지 못한 병장이 아니라 칠레의 그 극장에서 베토벤의 현악사중주를 들으며 감탄의 한숨을 내뱉던 하이메 구스만처럼 세련된 인물이라면, 멈춰 도와준 그 사람이 내 가족이나 내 친구에게 해를 끼치고도 무마하려는 사람이라면, 그가 모네다궁이 폭격을 받던 그날 끌라우디오 히메노(Claudio Gimeno)에게 접근했던 그자라면 어떨까……

만일, 만일,이라는 식으로 생각이 작동했고 수백가지의 분기점과 인물과 구절이 다투어 떠올라 하나로 연결되어 구체화되기를 기다렸으며, 거기서 출발하여 나는 시로, 이야기로, 기사로, 극, 소설, 에세이로, 나를 따라붙는 감정에 어울린다고 느껴지는 어떤 장르로든 뛰어들었고 내 몸의 기관에서 끄집어내어 페이지 위로,

독자들의 삶으로 옮겨놓아 나는 정화되고 그들은 동요하게 만드는 데 필요한 것이라면 무엇에든 달려들었다.

1982년의 무더운 여름이 한창이던 언젠가 나는 『기억』(Memoria)이라는 잠정적인 제목을 붙인 소설에 착수하여, 그 오도 가도 못하게 된 운전자의 아내가 천상의 음악을 사랑하는 어느 착한 사마리아인에게 강간당하고 고문당한 적이 있었다는 구도를 전개했다. 자신을 고문한 이가 집에 들어서자마자 그의 목소리를 알아챈 그녀는 그를 묶고 복수를 꾀한다. 그 여인의 집 밖에선 삐노체뜨의 깡패들이 자기 동료를 찾고 있을 것이었다. 나는 그림자와 어둠과 위협으로 가득한 칠레를 상상했고, 그녀의 분노가 순식간에 폭발하는 걸 상상했다. 헤이그에서 소름끼치는 그 휘브너라는 자가 감히 나를 건드리려고 할 때 그랬듯이, 하이메 구스만이 가까이, 그토록 가까이 앉아서 나의 베토벤을 훼손할 때 분노가 거의 터져나오다시피 했을 때처럼, 빠리의 그 잡지에서 구스따보 리 장군이 내 영혼의 음악에 대해 소유권을 주장하는 걸 읽었을 때의 분노처럼 말이다.

난 1982년의 그 소설의 첫 페이지와 두번째 페이지를 썼다가 다 찢어버렸고 다시 시작해서는 또 버리기를 몇주간 계속했는데, 뭔가 문제가 있었다. 뭔가 확실히 문제가 있었다.

아직 준비가 되지 않았던 것이다.

먼저 쌴띠아고로 돌아가야 했고, 최종적으로 돌아가서 칠레의 쓰라리고도 희망찬 강물을 강바닥이 드러날 때까지 마셔야 했다.

그 이야기에서 부족한 것이 무엇인지 찾아내는 데는 팔년이, 민주주의를 되찾을 때까지 내 나라가 팔년 동안이나 더 겪어야 했던 지옥이 있어야 했고, 내가 칠레라는 고통의 대양에 빠지는 데도 그 팔년이라는 끝나지 않는 세월이 걸렸다.

나는 지난 십칠년을 그 모든 비탄을 모으는 데, 슬픔의 스펀지에 흡수하는 데 보냈다. 이 긴 귀향의 항해에서 내가 맡은 역할을 나는 단 하나의 연약한 희망의 조각을 찾으러 과감히 그 심연에 뛰어드는 사람으로 정의했다. 바로 그렇게 난 내 희망의 미학을 한 단어 한 단어 쌓았다. 독재의 나날 동안 그 모든 고통은 끔찍한 공통의 의미를 갖고 있었고, 그래서 나는, 어쩌면 우리 모두는 삐노체뜨가 사라졌을 때 어떤 카타르시스가 있을 거라고, 어떤 공적인 심판이 있으리라고 생각했다. 자 이제 그는 사라졌거나, 최소한 불과 칠개월 전만 해도 그랬듯이 억압을 계속 행할 수는 없게 되었지만, 그의 부재를 활용하여 독재를 처리하기는 고사하고 그런 이슈 자체가 거의 사라지다시피 했다. 이제 전쟁이 끝났으니 작가들은 장미와 새와 아름다움을 노래하라는 식이다. 페이지를 넘기고, 멈추었던 삶을 살아가라.

하지만 난 그럴 수 없다. 페이지를 넘길 수 없다. 어디를 가든 사람들의 표면을 살짝 긁기만 해도, 질문이나 표정으로 사람들에게 다가가는 문을 열기만 해도, 과거의 울부짖음이 새어나오기엔 충분하다. 소리 없는 울부짖음, 숨겨진 울부짖음, 아무도 물어주지 않는, 방치된 울부짖음, 울부짖음이기보다 오히려 숨막힘, 하지만 다가와서 들어줄 누군가를, 들어줄 만큼 관심을 가져줄 누군가를 기다리는 숨막힘.

바로 그 울부짖음으로부터 빠울리나(Paulina)가 출현했다.

난 그녀를 그렇게 불렀다.

워싱턴에 망명해 있던 팔년 전에 중단한 그 이야기는 나의 풍경에서 사라지지 않았다. 그것은 나를 감염시켰고 지난 몇년 동안 내 삶을 장악하기 시작했다. 빠울리나는 내 마음속을 파고들어왔고, 난 그녀가 홀로 포효하는 바다에 있는 것을, 남편이 늦는 데 어쩔 줄 모르고 겁을 먹고 있는 것을, 그 남편은 어딘가 근처에서 타이어에 펑크가 나고 낯선 이가 도와주기를 기다리는 것을 본다. 빠울리나는 집에 혼자 있고 그녀를 낳은 그 땅만큼이나 돌이킬 수 없이 손상되었지만 격렬하고, 너무 격렬해서 나를 내버려두지 않는다. 아니면 그 여인이 침묵하도록 내버려두는 게 내겐 너무나 고통스럽기에, 그녀의 고통과 나의 고통이 더하기에, 그녀와 같은 여인들이 너무 많고 그녀의 목소리가 들릴 필요가 너무나 컸기에, 내가 그녀를 내버려두지 않는 건지도 모른다.

애초에 계획했듯이 소설이라는 외양을 띠지는 않았다. 이제 삐노체뜨의 절대 권력이 없는 이 격변의 칠레로 돌아오니, 그 서사를 재개하려고 할 때마다 내 머리를 대고 찧어야 했던 벽이 마침내 무너졌다.

빠울리나의 가장 큰 비극은 고문을 당했다는 게 아니다. 그건 그녀가 배반당했다는 것이다. 그녀가 열망한 민주주의, 그녀가 자기 이야기를 할 수 있고 정의를 얻을 수 있어야 하는 그 민주주의가 도리어 쾅 하며 문을 닫았고, 공동의 선을 위해 그녀에게 희생을 요구했다. 그리고 칠레의 이행기는 또한 그런 요구를 하는 사람이 누구인지 내게 드러내주었다. 그건 빠울리나의 남편, 진실과 화해를 찾는 그 위원회의 변호사인 헤라르도(Gerardo)였고, 이 왜곡된 중재 기간 동안 실종된 시신을 찾기 위해, 칠레에 질서와 진보를 가져오기 위해, 빠울리나가 거실에 잡아놓은 그 의사를 방어해야 했던 사람이 바로 그라는 것이 내가 이제껏 추측하지 못했던 점이다. 갈등은 무대에서 실제 사람들이 재연할 필요가 있었다. 앞으로 일년도 넘게 걸릴 소설의 표지 안에서 시들어가기에는 하나의 나라로서의 우리의 온전한 정신상태에 너무나 핵심적이고, 너무나 긴요하고 절박한 갈등이었다. 내가 쓴 말들은 폭력이 행해지는 그 물리적 공간 속으로, 시신들의 존재 자체가 금지되고 숨겨진 그 공간으로 치고 들어가야 했고, 그런 의사가 자유롭게 돌아다니는 도시, 빠울리나 같은 여인이 자신도 그녀의 삶을 파괴한 그 괴물처럼 변하고 만 것인지 자문하는 도시, 칠레의 이행기의 영웅이자 중심인물인 그 변호사가 자기 아내와 또 자기 조국을 위해 옳은 일을 하려고 하는, 자기 나라를 구하고 또 일생일대의 사랑을 구하길 원하지만 그 중재과정에서 영혼을 잃을 수도 있는 남편이 있는 도시 안으로 치고 들어가야 했다. 거짓들이 폭파되고 이 균열된 공간의 이야기가 모두가 볼 수 있도록, 모두가 알아차릴 수 있도록 벗겨져 드러나는 동안, 이 세 사람, 빠울리나, 그녀의 남편, 그리고 그 의사는 모두 무대 위에 있어야 하고 바라보는 관중들 앞에 있어야 할 것이었다. 모두가 살아 있는데 아무도 말하지 않는 그 이야기, 희생자들과 고문자들이 나란히 걷는, 버스에서 팔을 스치거나 카페에서 나란히 아이스크림을 먹거나 하는 이 칠레, 어디를 가든, 어디를 가든, 택시운전사나 회색 오버코트에 가는 세로줄 무늬의 타이를 맨 건장한 남자가 거리에서 까르멘 부에노(Carmen Bueno)에게 다가간 그 사람일까, 까르멘의 비명을 들으면서 커피를 홀짝거리고는 설탕은 더 넣고 크림은 덜 넣어달라고 하며 전기량을 재고 비명 강도를 재던 바로 그 사람일까 알 수 없는 이 칠레에 관한 이야기.

망명기간 동안엔 만날 수 없던 사람들과 한곳에 살며 만나고, 이 나라에서 하이메 구스만 같은 누군가와 인사하고, 휘브너 같은 누군가와 악수를 나눌 필요가 있었다. 내가 돌아온 진짜 이유가 그것이었다. 기억상실의 홍수를 거스르며 이야기를 하는 것, 내 손으로 하여금 역사가 한 작가에게 전한 가장 극적인 상황에 관해 쓰도록 만드는 것, 누구도 관심을 갖지 않는 숱한 상처들에 대해 쓰는 것.

그건 내가 자진해서 떠맡은 임무가 아니었다.

이 귀국은 성마르다는 평판을 피하면서 칠레의 상처마다 쑤셔대기보다는 내 동료 시민들로부터 배우는 시간으로 삼기로 하지 않았던가? 이십년 동안 쉬지 않고 활동했으니 좀 천천히 가야 하건만 연극을 리허설하고 제작하고 선전하는 숨가쁜 소용돌이에 정말 들어가고 싶은가? 이제 막 호아낀을 니도 데 아길라스에서 데려왔고 좀더 편의를 제공해줄 새 학교도 찾아야 하니 가족이 자리를 잡는 걸 돕는 게 더 맞는 일 아닌가? 이곳의 집은 여전히 허물어져가고 있고 가족과 친지들도 방문을 기다리고 있지 않은가? 게다가 창조력만 해도, 당면한 우발적 사태를 따르는 노선을 지속하면서 내 작품을 삐노체뜨에게 묶어서 영원히 그의 운명에 붙여두고 싶은가? 가장 최근의 소설에선 그의 영향에서 벗어나고자 시도했고 내 영감의 유일한 원천으로서의 칠레로부터 독립을 선언하지 않았던가?

이 나라 역시 침묵하고 있다는 이유만으로 내 침묵의 서약을 깨야 하는가? 이 배신과 보복의 이야기를 전할 준비가 된 누군가 다른 이가 이 나라에 분명 있을 것이다.

하지만 과연 그런가?

•

내 삶에는, 내 삶과 내 이야기에는 뭔가 빠져 있었고, 2006년 다큐멘터리를 찍으러 싼띠아고로 가면서 내가 찾고 싶었던 것은 사진 한장, 아주 특정한 사진 한장이었다.

오래전, 국외 추방 시절의 최악의 순간에 누군가 내게 그 사진을 보여주었는데, 그러고는 그걸 잃어버렸거나 아니면 너무 잘 감춰두어서 더는 그 존재의 흔적조차 찾을 수 없게 되었다. 당시 정황이 어땠는지는 분명치 않고 사진 자체에서 무엇이 도드라졌는가만 빼면 모든 게 흐릿했다.

사진은 아옌데의 영광스런 시절에 찍은 것이었고 모네다궁 앞에서 주먹을 흔들고 있는 수많은 열정적인 혁명가들 사이에서 내 얼굴은 기장지리에 하나의 점으로 떠 있었나. 너이상은 기억나지 않고, 날짜라든가 계기라든가 그 햇살 좋은 날 누가 나와 동행했는지, 내 친구와 동지 중 누구였는지도 기억나지 않는다. 하지만 그 사진은 내가 혁명의 시절에 칠레에 있었다는 것을, 망명이 나를 그렇게 만들어놓았을까 스스로 두려워하는 그 허깨비가 아니라는 것을 실물로 보여주는 유일하게 남은 증거였고, 피터 레이몬트의 영화를 위해 내 삶의 현장을 다시 방문하게 되었으니 그 사진만큼 시각적인 어떤 것에, 사진을 들여다보는 2006년의 아리엘과 한때 그의 모습이던 그 청년 사이의 거리를 확정지을 수 있을, 자신은 결코 떠나지 않으리라 생각하는 혁명가와 다시는 돌아오지 못할까 의심하는 망명자 사이의 거리에 마침표를 찍을 수 있을 한조각의 셀룰로이드에, 그 과거를 단단히 매어두겠다고 결심했다.

애석하게도 그 사진은 2006년의 방문기간 내내 나를 피했다. 물어본 친구들마다 고개를 저으며, 아니, 난 거기 없었다고 했고, 가족 사진첩들을 다 쏟아내고 다락방과 벽장 속의 낡은 상자들을 다 열어보았지만, 없었다, 나다(nada)였다. 안또니오 스까르메따만이 흐릿하게 그 비슷한 사진을 기억했지만, 그가 기억하는 사진은 승리감에 찬 분위기가 아니라 수심에 잠긴 쓸쓸한 분위기인데다, 어쨌거나 자기한테 실제로 그 사진이 있었다 한들 지금 어디에 있는지는 전혀 모르겠노라고 했다. 아, 그렇다면야, 어쩌면 내 원정의 좌절은 뭔가 적극적으로 해석될 수 있을지도 모르고, 그 사진이 이토록 나를 피한다는 건 어쩌면 과거가 결코 온전히 파악될 수 없다는 것을, 억압의 시대에는 더욱이 그럴 수 없다는 걸 일러주는지도 몰랐다.

그러다가 뜻밖의 일이 일어났다. 촬영 마지막 날 피터 레이몬트, 로드리고, 그리고 촬영팀 전체가 싼띠아고 어디선가 누군가로부터 그 사진을 찾아내어 그것이 찍힌 배경으로 추정되는 모네다궁 앞,

바로 그 광장에서 내게 건네주었다. 너무 기쁜 나머지 심장이 뛰었다. 거기, 바로 거기에, 나일 수밖에 없는 안경 긴 긴 실루엣이 있었고, 비록 내 안의 무언가가 옆에 같이 있는 사람들이 누군지 모르겠고 정황도 내 회상과 부합하지 않고 그 사람은 나처럼 생기지 않았고…… 등등을 경고하고 있었음에도 아무튼 난 계속 웃었고 어쩌면 내가 아니지 않을까 의심이 드는 그 흐릿한 인물을 가리키며 사진을 들고 포즈를 취했고 아무튼 카메라를 실망시킬 수가 없었다.

그 가짜 사진을 들고 있는 장면은 영화에 나오지 않는다. 왜냐하면 두달 후, 훌리오 스체레르의 잡지 『쁘로세소』의 아카이브 부서의 주선으로 1974년 멕시코에서 출간된 책 표지에서 진짜 사진이 발견되었기 때문이었는데, 그건 진짜 나였고 옆에는 스까르메따가 있었으며 그의 말대로였다. 우리는, 우리 둘 다 실제로 수심에 잠겨 있었고 치켜든 주먹 같은 것 없었고 누구의 입에도 기쁨의 미소는 없었다. 그 세월 동안 난 그걸 잘못 기억하고 있었고, 어쩌면 그 사진에 승리의 상징이 결핍되어 있다는 걸 기억하지 못하도록, 패배의 암시를 닦아내어버리도록 일부러 엉뚱한 곳에 사진을 놓아두었는지도 모른다. 어쩌면 난 그것이 바로 그 광장에서 있었던, 내가 잊지 않고 있던 어떤 중요한 순간에 이의를 제기하는 걸 원치 않았는지 모른다. 그 사건에 대해선 사진 한장 남아 있지 않지만, 그날 밤의 이미지는 오직 내 마음속에만 있지 다른 어디에도 남아 있지 않지만 말이다.

살아 있는 쌀바도르 아옌데를 내가 마지막으로 본 것은 쿠데타가 일어나기 한주 전인 1973년 9월 4일이었고 그때 나는 선거를 통해 우리가 승리한 지 삼주년이 되는 날을 기념하여 싼띠아고 거리로 쏟아져 나온 백만명의 사람들과 함께 있었다. 그날 밤, 마누엘과 안또니오, 까초 루비오와 까를로스 바라스와 헤니 로뜨(Jenny Roth)와 미겔 로뜨(Miguel Roth)가 함께했던 우리 무리가 아옌데가 군중들에게 인사를 하던 모네다궁의 발코니 아래 거리까지 가는 데는 열기로 가득한 일곱시간이 걸렸다. 우리는 노래하고 구호를 외치고 깃발을 흔들고 혁명을 수호하겠노라 맹세하는 막대를 휘두르면서 그의 곁을 줄지어 걸어 내려갔고, 영원한 마법의 한순간 동안 우리는 우리가 여전히 인류 역사를 바꿀 수 있으리라 확신했으나, 다음 순간 뒤를 돌아 그가 홀로 멀리 발코니에서 흰 손수건을 흔들며 서 있는 걸 봤을 때, 말이 되어 입 밖으로 나오지 않은 어떤 비통함에 휩싸였고 그걸 떨쳐내고자 한마디 상의조차 않은 채 우리는 서둘러 내쳐 그 거리를 돌아 그다음 쇄도하는 무리, 우유배달원과 여성 방직노동자와 아이스크림 노점상들과 섞였고, 그렇게 긴 마지막 시간을 보냈다. 우리의 쉰 목소리는 엘 뿌에블로 우니도 하마스 쎄라 벤시도(하나된 민중들은 결코 패배하지 않으리), 우리 승리하리라, 벤세레모스, 벤세레모스라 외쳤을지 모르지만, 그날 밤 우리가 실제로 하고 있었던 건 우리의 대통령에게 작별을 고하는 일이었다.

한주 뒤 그는 죽었고 시신은 바닷가의 어느 무덤에 은밀히 내던져졌으며, 삐노체뜨가 숨긴 데사빠레시도 중 첫번째, 기억에서 지워질 수 있도록 묘비조차 거부당한 수많은 죽음의 첫번째가 되었다.

다만 우리가 그에 순순히 따르지 않았을 뿐.

삼십삼년도 더 지난 2006년 12월의 어느 화창한 날, 난 그 모든 세월 동안 품어온 꿈을 실현했다. 아옌데를 마지막으로 본 그 발코니에 선 것이다. 다큐멘터리 제작 덕분에 그 상징적인 공간에 접근할 수 있었고 우리의 순교당한 대통령이 우리에게 손을 흔들던 바로 그곳에서, 그가 흰 손수건을 흔들며 작별하던 그날 밤에 이르기까지 수많은 연설을 행한 바로 그 지점에서, 텅 빈 헌법광장(Plaza de la Constitución)을 내다볼 기회를 얻을 수 있었다. 아래에는 이제 모르는 사람들만 걸어 다니고 있었고, 저항을 부르짖으며 역사가 가난하고 버림받은 자의 편이리라 희망한 이들 누구도 그곳 광장으로 모여들지 않았으므로, 그것은 유령과 기억을 찾는 통한의 방문이었다. 아옌데는 죽었고 혁명은 내 안에서 빛바래고도 장엄한 어떤 것이 되었지만, 그 방문은 내게 어떤 위안을 심어주어 사진이 승리로 빛나건 패배로 일그러져 있건 상관없었고, 사진이란 사진이 다 어느 오래된 다락방에 잘못 놓여 있다 한들 상관없었다. 삐노체뜨의 그 모든 억압도 아옌데가 서 있던 그곳에 내가 서는 걸 막지 못했고 누구도 이 기억들을 꺼뜨릴 순 없었던 것이다.

혹은 아옌데의 대의, 더 나은 세계를 향한 그의 꿈, 다른 세상이 정말로 가능하다는 확신이 정당하다는 내 믿음을 막지 못한 것이다.

하지만 그가 그린 그 완벽한 사회에 어떻게 도달할 것인가. 아, 그건 다른 문제였다. 자본주의의 종말이 가까이 다가왔고 따라서 사회주의로 향하는 도정에 어떤 희생도 정당화될 수 있다고 믿은, 두려움을 모르는 혁명가로 칠레를 떠난 청년은 삼십삼년이 지난 후 그 발코니에 서 있던 나이 든 그 남자가 아니었다.

언제 바뀌었던가? 한 사람의 아리엘을 다른 아리엘과 분리시키는 어느 한순간, 어느 한 균열의 지점, 나 자신의 두가지 버전, 혹은 두 아바타 사이의 차이를 뚜렷이 표시한 사건이 있었던가?

어느 하루를 꼽아야 한다면 그건 내가 워싱턴 D.C.의 폴란드인민공화국 대사관 사무국에서 즉결 추방되던 1982년 겨울의 어느 차디찬 아침일 것이다. 그 대사관 정문을 통과해 들어가 화려하게 장식된 부르주아 샹들리에 아래 그 대사를 만나기까지 몇년이 걸렸고, 의심의 여지 없이 폴란드연합노동당(Polish United Workers' Party)의 일원일 그 폴란드 대표에게 사회주의자이자 쌀바도르 아옌데의 추종자로서 그의 정부가 칼 맑스(Karl Marx)의 이름으로 그의 나라 노동계급에게 자행한 바에 대해 수치와 분노를 느낀다고 말할 수 있기까지는 내 한평생이 걸렸다.

그 몇달 전인 1981년 12월에 있었던 쏠리다르노시치(Solidarność, 연대노조)에 대한 탄압 때문이었다. 야루젤스끼(Jaruzelski) 장군이 선포한 계엄령, 그단스끄 조선소에서의 학살, 자유노조 금지와 연대운동 지지자 수천명의 투옥, 프롤레타리아트의 희망과 욕구를 대변한다는 정당이 바로 그 노동자들을 향해 총구를 겨누는 광경, 이런 사건들이 아리엘의 이데올로기적 등뼈를 부러뜨린 마지막 지푸라기, 라 고따 께 꼴모 엘 바소(잔을 넘치게 만든 마지막 한방울)였다.

공산주의와 나의 관계는 청소년 시절 내 정치적 교육이 시작된 이래 내내 모호했는데, 아마도 내가 어머니와 아버지 사이에서, 그리고 사회 변화에 대한 그들의 상반된 시각 사이에서 오락가락했기 때문일 것이다. 대공황과 자본주의 대실패의 와중에 파시즘에 대항하는 싸움으로 단련된 그의 세대의 많은 이들과 마찬가지로 내 아버지는 공산주의 운동에 열정적으로 합류했다. 내가 태어난 1942년 무렵에는 경화되고 관료화된 아르헨띠나 공산당과 결별했지만 그는 계속해서 맑스·레닌주의에 충실했고 소련과 다수의 스딸린주의적 실천들을 맹종하다시피 고수했다. 정 많고 세심한 아버지이자 배우자였지만 그는 계급 없는 사회라는 가상의 낙원을 가져올 조치들을 방어하는 데 있어서는 차갑고 강경했다. 실제로 그는 그와 같은 산고의 진통을 그럴 수밖에 없는, 유감스럽지만 필수적인 것이라 생각했는데, 이 입장을 심지어 제20차 당대회에서 엉클 조 스딸린(Stalin)의 범죄들이 지탄받은 이후에도, 심지어 헝가리와 체코슬로바키아에 대한 침략 이후에도 유지했다. 불평등과 비참함과 나치즘에 분노하는 내 아버지에게 볼셰비끼적 신념은 그의 이민자 정체성의 토대였고, 추측건대 그것들을 버리는 건 그가 이데올로기적으로나 심리적으로나 맞설 준비가 되어 있지 않은 자기성찰의 심연이 열리는 걸 뜻했다.

반면 내 온화한 어머니는 사형제도나 여타의 모든 잔혹함에 대한 확고한 반대자로서 공산주의의 결함에 대해 늘 경계해왔다. 정치위원의 직책과는 잘 어울리지 않는 활발한 유머감각으로 그녀는 SRCLCP, 즉 '살짝 개량된 생명보존 공산당'(Slightly Reformed Conservation Life Communist Party)을 창건했는데 그녀 자신이 유일한 당원이었다.

밥상머리에서 성지토본이 많이 벌어지고 했던 건 아니었다. 아버지가 주의주장 및 현 정세와 과거 역사에 대한 해석을 내놓으면, 어머니는 이 집안의 마초에게 실제로 맞서지는 않으면서도 그의 경직

된 견해를 약화시키는 그녀 자신의 어떤 유연한 안을 제시하는 식이었다. 오만한 양키의 개입으로 상처 입은 라틴아메리카 나라, 수많은 가난한 이들이 있는 칠레에서 자란 나는 젊은 좌파의 독단성으로 분개하고 상기된 채 아버지 입장 쪽으로 이끌렸으나, 이 나라의 긴 잔혹사에 또 한 사람의 희생자를 보태지 않겠노라는 어머니의 만류로 늘 제지되었다. 그랬기 때문에 쌀바도르 아옌데는 나를 낳은 두 사람의 완벽한 조합이었다. 꾸바 찬미자이자 열렬한 맑스주의자인 그는 동시에 우리가 적들을 탄압하지 않고도 더 정의로운 사회질서를 건설할 수 있다고 주장했다. 아옌데의 민주주의적 소명은 내 기질이나 유혈을 피하고 싶은 소망, 살아 있는 존재에게 상처를 입히는 것에 대한 우려와도 잘 들어맞았다.

우리의 평화로운 칠레혁명의 실패가 나를 무장투쟁 옹호자로 바꾸어놓지는 않았다. 오히려 내 안에서나 칠레와 전세계의 좌파들에게 그것은 우리 시대에 사회주의를 성취하면서도 우리가 싸우고 있는 자들에 의해 학살당하는 걸로 귀결되지 않을 방도에 관한 다각적인 대화를 추동했다. 이 논쟁은 때가 되면 주로 이딸리아와 스페인의 (그리고 그 정도는 아니라도 프랑스의) 공산당이 제안하는 유로꼬뮤니즘에 이르게 될 것이었는데, 일종의 사회민주주의적 이상과 전략으로의 선회였고 내가 점차 마음 편히 받아들이게 된 경향이었다.

동시에 칠레의 투쟁에는 무시할 수 없는 두가지 현실이 있었다. 첫째, 독재에 대항하는 국제적 싸움이 우리가 조직하고자 하는 반(反)파시즘 전선에 자원을 쏟아부은 소련에 의해 진두지휘되었다.

그리고 둘째, 칠레공산당이 그 조직력과 대중성, 이전 시기의 맹렬한 탄압을 이기고 살아남은 경험에 힘입어 삐노체뜨에 대한 저항의 중추를 이루었다. 따라서 나는 경직된 맑시즘의 도그마에서는 멀어지면서도 쏘비에뜨와 공산주의자들이 공격받을 때마다 혀를 깨물며 분노를 견디곤 했다.

균형을 맞추는 행위는 때로 어설프고 겸연쩍은 실수로 이어졌다.

그런 것 가운데 가장 당혹스러웠던 예는 1975년 독일에서의 일이었다. 여당인 사회민주당의 좌파 하원의원이던, 그리고 곧 로볼트출판사(Rowohlt Verlag)의 내 편집자가 될 친구 프라이무트 두베(Freimuth Duwe)가 앙헬리까와 나를 함부르크의 자기 집에서 이틀 재워주고 그 도시 근처에 있는 귄터 그라스의 별장을 방문할 수 있게 주선해주었다.

그라스 방문은 한동안 매끄럽게 진행되었다. 그 위대한 작가(이자 예술가)는 우리에게 최근에 제작한 동판화를 보여준 다음 식당까지 안내했고 거기서 우리를 위해 근사한 생선스튜를 만들었다. 문학과 칠레, 칠레와 음식, 음식과 와인과 정치. 난 그의 책이란 책은 다 읽은 터였고 우린 최상의 대화를 나누었으며 그는 고국의 예술가들을 돕는 우리 위원회에 너무도 기꺼이 서명해줄 듯이 보였다. 모든 게 너무나 다정하게 흘러가던 중에 그가 내게 최근에 프랑스 남부에서 열린 쏘비에뜨 점령에 항거하는 체코 저항운동과의 연대를 위한 모임에 참석했다고 말했다. 칠레사회주의당은 참석을 거부한 모임이었다. "그 사람들은 깨닫지 못하나요, 아리엘." 그라스가 말했다. "프라하의 봄과 칠레혁명 둘 다 비슷한 세력에 의해 부서졌다는 걸요. 하나는 쏘비에뜨 제국, 다른 하나는 미국인들한테 말이오."

힐끔 쳐다보니 내 독일 초청인 프라이무트는 내 반응을 가로막으며 대화 주제를 넙치와 양철북으로 다시 돌려놓으려 하는 게 역력했지만 난 그라스를 동지로 대하고 싶었다. 좌파의 한 사람으로서 그가 칠레사회주의당이 쏘비에뜨나 다른 공산주의 동맹에 반대하여 공개적으로 체코인들 편을 들 수는 없다는 점을 이해하리라고 생각했다. 귄터의 눈은 가늘어졌고 덥수룩한 수염은, 그럴 수 있는지 모르겠지만, 한층 더 뻣뻣해졌다. 프라하의 봄에 대한 나의 입장은 어떤 것인가?

나는 아옌데가 그랬듯이 자유의 개화를 옹호하고 쏘비에뜨의 침공을 비난한다고 했는데, 그에 대해 우리의 호스트는 그렇다면 지금의 내 태도는 의견의 자유를 저급한 당리당략에 종속시키고 있는 것이니 더더욱 수치스러운 것이라고 답했다. 당신은 둡체끄(Dubček)와 아옌데가 같다는 걸 이해하지 못한단 말인가?

그때부터 모든 게 어그러졌다. 나는 그 모든 잘못에도 불구하고 소련을 미국과 동일시할 수 있다고는 생각지 않았고, 그는 작가와 그의 책임에 관한 이야기로 응수했으며, 나는 그 감미로운 스튜를 바라보며 마음을 가라앉히려고 애썼지만 내 입은 말을 듣지 않은 채 칠레에서 싸우는 꼼빠녜로들과 불화를 일으키지 않는 게 중요하다고 주장했고 프라이무트는 중재해보려고 노력했으나 이미 늦은 일이었다. 생각건대 앙헬리까가 그토록 매력적이고 완전히 멋지지만 않았더라면, 그리고 그라스의 개가 나를 좋아하지 않았더라면, 그는 우리를 그 순간에 당장 내쫓았을 것이었다. 대신 그는 갑자기 돌아서더니 제도용 책상으로 가서 형상을 새기던 작업을 다시 시작했고, 우리의 만남이 끝났고 단 한방울의 스튜도 맛볼 수 없으며 더는 할 말도 없다는 게 분명해졌다.

다만 소심하게 일어나 작별을 고하는 일만 남았다. 그가 고개를 들더니…… "뭔가가 도덕적으로 옳다면, 정치적이거나 개인적인 결과를 고려하지 않고 그 입장을 지켜야 합니다"라고 말했다.

내가 그라스에게 말할 수 없었던 것은, 어쩌면 나 스스로도 인정하고 싶지 않았던 것은, 내가 맑스주의에서 영감을 받았다고 주장하는 통치자들의 확연히 지나친 숱한 행위들을 못 본 체한 것이 정치적 실용주의에서 비롯된 것만은 아니었다는 점이다. 아버지를 향한 의리와 존경심을 넘어, 칠레나 다른 라틴아메리카에서 함께 싸웠던 그 모든 공산주의자들이 나를 제지한 것이다.

죽은 이들, 죽은 이들, 우리는 너무나 많은 유령들을 데리고 다녔고 종종 살아 있는 이들에게보다 더 많은 충성서약을 그들에게 바쳤다. 착취 없는 사회를 만들려다 처형당한 빠리꼬뮌의 신화적 순교자들, 내 광대뼈와 폐만큼이나 나 자신의 일부가 된 내 청춘의 숱한 영웅들, 대영도서관의 맑스, 쌍뜨뻬쩨르부르그의 겨울궁(Winter Palace)으로 돌진했던 노동자들과 군인들, 자기 나라를 구하기 위해 수천명씩 죽어간, 그리고 세계를 향해 작은 나라라도 폭탄과 위협에 굴할 필요가 없다는 것을 알린 베트남인들, 호, 호, 호찌민(Ho Chi Minh), 루치 레모스 아스따 엘 삔(끝까지 싸운다). 나는 싼띠아고 거리에서 이쑤시개처럼 깡마른 삐또 엔리께스(Pito Enríquez)와 나란히 그렇게 구호를 외쳤는데, 그는, 내 친구 공산주의자 삐또는 토론토의 어느 병원 무균실에서 비통함 때문에 죽었고, 그러니 그는 더 나아갈 수 없으며, 난 그에게 나의 변화에 대해 이야기할 수 없고, 그가 믿었고 또 내가 동지애의 이름으로 용인했던 그 도그마로부터 벗어나는 이 항해에 그를 함께 데리고 갈 수 없다. 그리고 고문으로 죽은, 모네다궁에서 거세당한 엔리께 빠리스(Enrique París), 그리고 어느 흐린 날 에가냐광장(Plaza Egaña)에서 잡혀가 다시는 돌아오지 않은, 다시는 칠레대학(Universidad de Chile)의 알라모스(미루나무) 아래를 함께 걸으며 내게 미소를 짓지 않을 페르난도 오르띠스(Fernando Ortiz). 그리고 또 스페인내전의 노래들, "엘 에헤르시또 델 에브로(에브로의 군대여), 룸바 라 룸바 라 룸 밤 밤", 공화국 군대가 에브로(Ebro)강을 건너 프랑꼬의 용병들을 물리치던 밤의 "아이 까르멜라, 아이 까르멜라(아 까르멜라)", 난 그 노래(스페인내전 당시 공화국 군대의 가장 유명한 노래의 하나인 「Ay Carmela」─옮긴이)를 자궁에서 들었고, 또스까나의 언덕에서 무쏠리니(Mussolini)와 싸울 때 빨치산들이 부른 「벨라 차오」(Bella Ciao, 안녕 내 사랑)가 어디서나 울려 퍼지는 걸 같은 자궁에서 들었으며, 스딸린그라드 전투와 피델(Fidel)이 아바나에 들어갈 때 "아이 까르멜라, 아이 까르멜라"를 들었고, 그리고 내 안에는 네루다와 브레히트(Brecht)와 나짐 히크메트(Nazim Hikmet)와 체 게바라가 있으며, 그들은 모두 죽었고, "룸바 라 룸바 라 룸 밤 밤", 너무나 확고하게 죽었으나 또한 나의 '인터내셔널한' 마음의 광대한 어휘 안에서 여전히 살아 있으니, "아리바 로스 뽀브레스 델 문도"('일어나라, 세계의 헐벗은 이들이'라는 의미의 인터내셔널가의 가사─옮긴이)는 내가 물려받은 유산이었다.

348

어떻게 내가 그저 끔찍한 일들이 행해졌다는 이유만으로, 어떻게 내가 평등의 모색은 결코 파탄나지 않았으며 따라서 그 모색을 무화시키지 않았고 또 무화시킬 수 없다고 스스로 얘기하는 그런 실수와 범죄와 잔혹함이 있었다는 이유만으로, 더 열렬했던 시절에 지지하고 배웠던 모든 것을 던져버릴 수 있겠는가? 어떻게 내가 우리의 빛나는 운명일 수 있다고 상상한 선지자적 인류를 만드는 토대를, '능력에 따라 일하고 필요에 따라 나눈다'는 그 특별한 구절에 담긴 공정함의 표상을 포기할 수 있겠는가?

하지만 무엇보다 인종적 평등과 노동자의 결사의 권리를 위해 그토록 많은 평범한 사람들이 끝없이 투쟁하지 않았다면 우리 세계가 어떻게 되었을지 알고 있기에, 수많은 전사들이 여성이 자유로운 공간을 열지 못했다면, 그들이 우리 지구의 불운한 식민지들이 해방으로 향하는 도정을 지원하지 않았더라면 이곳이 얼마나 끔찍한 행성이 되었을지 알고 있기에, 난 그렇게 할 수 없었다.

그래서 오류와 침공과 배반과 대량학살들이 끈덕지게 조금씩 조금씩 축적되고서야 난 그 혼란스러운 충성심에서 빠져나왔고, 동료 여행자의 체현이었던 내가 그 기차에서 내린 것은 숱한 잘못된 행동들이 이어진 다음이었다. 중국의 문화혁명으로도 충분치 않았고, 프라하의 봄도 충분치 않았으며, 캄보디아의 킬링필드도 충분치 않았고, 쏘비에뜨의 끔찍한 아프간 침공도 충분치 않았으나, 이 사건들 하나하나가 내 갑옷을 조금씩 깎이었고 마침내 뽈란드 노동자들, 라 끌라세 오브레라, 로스 뜨라바하도레스, 로스 뽀브레스 델 문도(노동계급, 힘써 일하는 이들, 세계의 헐벗은 이들)의 그 노동자들, 대지의 저주받은 자들에 다름 아닌 이들이 칠레 인민들이 요구한 것과 똑같은 자유를 요구하다 탄압을 받고 있었으니, 이제 그만, 바스따, 그게 임계점이었다.

하지만 망명 또한 역사만큼이나 나의 변모에 기여했다.

1975년이었을 것이다. 빠리에 살던 어느날, 난 싸부아 거리의 위그네 까르벨리스(Ugné Karvelis)의 아파트 문을 두드렸다. 그녀와 살고 있던 훌리오 꼬르따사르가 문을 열어주었고 내게 프라하에서 막 도착한 손님이 며칠 머물고 있다고 얘기했다. 그때 위그네가 거실에서 슬며시 나와 내게 그 사람이 나도 앞으로 많이 듣게 될, 위대해질 운명의 소설가라고 속삭였다.

그가 밀란 쿤데라(Milan Kundera)였다.

내가 본 중에 가장 슬픈 사람.

그의 얼굴에 깊이 새겨진 것은 범상한 슬픔이 아니었다. 그 아우라는 사람을 압도했고, 마치 달래지지 않는 비탄의 물결처럼, 나의 상실도 그만큼 달래질 수 없는 것이지만 내가 억지로라도 느끼려고 하는 희망 같은 건 조금도 없는 상실감의 물결처럼 그로부터 밀려왔다. 그는 마치 자기 피부인 듯, 거기서 나오고 싶지 않은 듯, 그 슬픔에 침잠해 있었고, 그것을 사용하길 원했고, 그 깊이까지 닿아 그것이 자기 안에서 끝없이 흐르게 하길 원했다.

그는 삐노체뜨 반대 운동의 한 초석이 된 정권, 내가 불과 몇달 전 귄터 그라스의 집에서 공개적으로 비난하기를 거부한 정권, 바로 그 순간 수많은 형태의 지원과 포럼을 제공하며 우리 투사들을 훈련시켜주고 있던 그 정권을 피해 도망쳐 온 것이다. 하지만 그 독일 작가와 토론할 때 내가 펼친 주장들은 밀란에게는 무용하고 거칠고 헛된 주장이 될 것이었다. 프라하에 쏘비에뜨 탱크가 심어놓은 정부를 어떻게 생각하든 간에(참고로 난 그 가혹한 독재에 전혀 동조하지 않는다), 쿤데라가 느끼는 것 같은 절망을 두고 할 수 있는 유일한 반응은 그 자신의 비탄만큼이나 우주적인 공감을 표하는 것뿐이었다. 내게 호소해오는, 나의 동맹에 의해 박해당한 사람에게 어떤 얼굴, 어떤 진짜 얼굴, 내가 알아볼 수 있는 어떤 고통의 얼굴을 하게 만든 비극적 실의의 존재 앞에서, '내 친구의 적은 내 적'이라는 실용주의적 대응은 그저 녹아버렸다.

일년이 채 지나지 않아 헤이그에서 열린 국제펜(PEN) 회의에서 우리가 칠레 센터를 쫓아내던 그때, 난 호텔 바에서 감미로운 아르마냐끄 잔을 신줏단지 모시듯 들고 있는데 며칠 면도도 하지 않은 듯 뺨에 듬성듬성한 수염이 세심하게 다듬어진 아래턱의 염소수염과 대조를 이루는 고뇌하는 표정의 키 큰 남자가 내게 다가왔다. 그는 러시아인이었고, 나와 달리 혁명적 열정으로가 아니라 눈동자에 담긴 반짝이는 장난기 덕분에 쿤데라식 비애감에서 구원받은 이였는데 그의 눈동자는 너무나 많은 것을 봐왔기에 인간의 어리석음을 재미있어할 줄 알았다. 그는 칠레가 추방당한 걸 기쁘게 여겼고 그 비슷한 일이 펜(PEN)의 모스끄바 지부에도 일어나기를 희망했지만, 내 나라의 경우에 만들어진 만장일치가 러시아에 대해서도 유지될 수 있을지는 의심했다. 마치 이런 정치적 미궁에 익숙하다는 듯 그는 어깨를 한차례 치켜올리는 제스처를 했고, 그런 다음 자신이 몇년 동안 정신병동에 있었던 이야기를 내게 풀어놓았다. "그들은 내가 공산주의에 반대한다면 그건 정신이 나간 것일 수밖에 없다고 했어요. 제 정신이라면 공산주의에 반대할 수가 없고 제정신이라면 내가 쓴 것 같은 시들을 쓸 수 없다고요."

그가 슬라브 억양의 영어로 그런 말을 하는 동안 난 실제로 그가 미치광이가 아닐까, 시인인 척하는 실성한 정신병원 수감자가 아닐까 생각했지만, 아니었다. 그는 다정한 성품의 상당히 차분하고 신중한 사람이었다. 물론 나는 쏘비에뜨가 반대파들에게 사용하는 전술, 그들에게 약물을 처방하고 시설에 그들을 감금한다는 것을 이미 들어 알고 있었다. 실상 나는 그게 적어도 처형을 하거나 시베리아의 강제노동수용소에 보내버리는 건 아니니까 어떤 긍정적인 신호라고 보았다. 그런 통탄할 유사(類似) 정신과 치료를 용납한다기보다 어쨌든 거기에 익숙해졌다고 할지, 어디까지나 내가 그 피해 당사자 옆에 앉아서 그와, 혹은 그녀와 뭔가 마시고 있지 않은 한에서는 그랬던 것이다.

세월이 흐르면서 난 그 비슷한 사람들을 숱하게 만났다. 암스테르담의 체코 출신 어린이 축구팀 코치, 베트남 출신 재단사, 대수롭지 않든 대단하든 그저 입에서 터져나오는 말 그대로를 읊을 수 있는 자유를 원했던 동독과 꾸바 출신의 시인들. 추방된 이들과 동맹자들로 이루어진 그 정신 사납고 괴팍한 임시변통의 무리들 사이를 헤쳐나오는 동안 내 안의 어떤 것이 변하기 시작했다. 각각의 망명을 당사자의 소속에 따라서만 분류하기가 점점 어려워졌다. 난 그들의 이야기를 알아보았고, 그들이 고국에서 차를 끓여 마시던 법을 간절히 그리워한다는 것, 내가 겪은 것과 맞먹는 그 모든 굴욕들, 내 것과 꼭 마찬가지로 내팽개쳐진 그들의 자부심을 알아보았다. 그들의 고통을 이해하기 위해 그들의 정치적 선택들과 일체화될 필요는 없었다.

공산주의의 경험에 희생된 이들에게 서서히 마음을 여는 과정은 또 하나의 진전, 곧 나 자신의 당과의 유대가 점차 느슨해지는 과정을 동반했다.

죄의식과 애정이 뒤섞인 감정의 부추김을 받아 망명의 첫 몇년 동안 나는 한층 더 열광적으로 참여했고 그것이 밀란 쿤데라에게서 뿜어져 나오는 낙담, 혼란스러움 마음 말고는 아무것도 없이 망명의 어둠으로 향하는 고독한 도피에 대응할 최상의 해독제였다. 그럼에도 시간이 쏜살같이 흘러가고, 오로지 지극히 희생적인 사람들만이 감당할 수 있는 미친 듯이 집중된 페이스로 끊임없이 이 임무에서 저 임무로 돌진하면서, 나는 내가 직업적 혁명가에 맞는 사람이 아니라는 걸 깨달았고 그 사실에 점차 더 안도하게 되었다.

좀더 자발적이 되고, 조직된 저항과는 좀 덜 의존적인 관계로 가는 변화는 추측건대 문학이 나를 침묵의 회한에서 구해주었기 때문에 가능했다. 그리고 더는 집단적인 것이 외로움을 막아주는 주된 완충지대가 아니게 되고 쿠데타 직후의 트라우마가 완화되면서, 내가 속한 정당과 다른 모든 정당뿐 아니라 좌파 일반에 대해서도 비판을 할 수 있는 공간이 열리기 시작했다. 너무도 오랫동안 억누르고 있던 질문들이었다. 자체 군대를 가진 포악한 적에 대항하는 전쟁에서 이런 조직들이 없어서는 안 되긴 하지만, 그것들이 삶의 모든 면을 삼켜버리고 모든 불운에 대해 확실한 답을 제공하고 온갖 문제들 하나하나에 집단적인 답을 강요해야 하는가? 우리가 숨어든 이 지하묘지들만큼이나 숨막히는, 자기영속적인 정당으로 어떻게 민주주의적인 사회를 건설하겠는가? 우리가 내일 건설하길 원하는 국가, 곧 다원주의적이고 관용적이고 인간적인, 우월하다고 가정된 계몽주의자 일파가 궁극적이고 총체화하는 진리를 결정하지 않는 국가를 가져올 오늘의 기초공사를 위해 레닌주의적 위계구조를 버려야 할 때가 아닌가?

그리고 내가 답할 수 없고 감히 물을 수는 더더욱 없던 질문은 이것이었다. 나 자신이 이렇듯 신념에서 멀어지게 된 것이 신념 그 자체에 깊이 새겨진 문제점들의 결과는 아닐까? 신좌파적 변종이기는 하지만 혁명적 정당에 난 내 자유와 양심을 맡겨왔고 정당의 맑스주의 철학은 여전히 자본주의를 인식하고 비판하는 훌륭한 도구이며 또 여전히 내가 지지하는 미래의 열정적인 비전이지만, 우리 시대의 새로운 딜레마들에 대한 반응으로는 점점 더 막연해 보였다. 현재의 위기에서 벗어나는 도정에서 토착민들의 역할은 무엇인가? 그들의 오랜 지혜를 어떻게 현대 세계와 융합시킬 것인가? 우리 지구를 잠식하는 환경 악화를 직시하지 않고서야 우리의 모든 문제들을 해결할 만병통치약으로 좌파와 우파 모두가 찬양하는 산업화라는 괴물을 어떻게 다룰 수 있겠는가? 그리고 세계가 하나의 입장으로 환원될 수 없는 신비와 수수께끼로 가득하다고 인정하는 편이 이치에 닿지 않는가? 또 페미니즘과 성혁명과 동성애와 새로운 기술과 종교의 도전들, 이런 질문을 던지면 던질수록 난 스스로를 어떤 집단의 연결망과 요구에 따르는 투사보다는 모든 형태의 해방에 봉사하는 공적 지식인으로 보게 되었고, 나의 정치적 활동은 주로 글쓰기와 지지 표명이라는 불확실한 영역에서 벌어지는 것임을 이해하게 되었다.

그렇다 해도, 나의 이념적 사고방식이나 승리와 패배의 내밀한 기억들을 감안하건대, 세계사의 모든 변화와 내 삶의 모든 정서적이고 지적인 변모만으로는 워싱턴에서의 그 찬바람 불던 날 나로 하여금 폴란드 대사관의 벨을 그토록 공공연하고 요란스럽게 울리게 만들기엔 충분치 않았다. 그토록 헌신해온 운동으로부터 도덕적으로 독립하는 방향으로 나를 움직이게 하는 데는 한가지 요소가 더해져야 했다. 이상한 일이지만, 적어도 내게 있어서는 이런 자주적 행위가 제국의 중심인 미국에서만 일어날 수 있었다.

왜냐하면 그날 그 대사관에서 난 혼자가 아니었기 때문이다. 그즈음 '평화와 민주주의를 위한 운동'(Campaign for Peace and Democracy)이라는, 자기 정부가 해외에서 벌인 호전적 행위에 반대하면서 쏘비에뜨 진영 국가들에 있는 반대파들과 연계하고 그들에게 지원도 제공하는 미국의 활동가 그룹을 만든 친구 더그 아일랜드(Doug Ireland)와 조앤 랜디(Joanne Landy)가 그 방문을 조직했다. 미국이든 공산권 국가든 탄압이 일어나면 함께 규탄해야 한다는 귄터 그라스의 논리를 거부한 지 칠년이 지난 후, 나는 바로 그런 목표에 완벽하게 헌신하는 형제자매 무리, 니까라과의 자유를 지지하면서 헝가리의 자유를 반대할 수는 없다는 것을, 삐노체뜨를 지지하는 미국을 규탄하면서 모스끄바에 있는 야루젤스끼의 멘토들을 찬양할 수는 없다는 것을 이해하는 급진파 (군대troop가 아니라) 일단 (troupe)을 발견한 것이다.

어떤 의미에선 난 언제나 인권운동가였지만, 오늘날의 나라는 인물로 조금씩 다가가기 시작한 것은 그링고 저항세력과 다시 연결되는 과정을 통해서였다. 내게 창조적으로 생각할 공간을 주고 그 안에서 성장할 수 있는 다른 종류의 공동체를 제공하여 그로부터 내가 어린 시절 사랑한 그 나라에 남다른 방식으로 귀향하게 해주고, 그 대사관으로 걸어 들어가 대사를 부끄럽게 만들 자유를 발견하고 또 쫓겨나는 것이 주는 만족감을 느끼게 도와준 것은 미국의 좌파들이었다. 내가 계속 마뿌(MAPU)의 일원으로 남아 있었더라면 착한 혁명군처럼 위계 서열의 상부와 상의했을 것이고 공식 라인의 지시대로 했을 것이다. 그러니 폴란드 대사관에서의 그날, 난 그 착한 군인에게 작별인사를 했지만 혁명에 작별인사를 한 건 아니었고, 당리당략에 긴 이별을 고했지만 해방 정치에 이별을 고한 건 아니었으며, 이제부터 더는 어느 조직의 수장들의 지시나 설득이 아니라 나 자신의 양심에 답하겠노라 선언했다.

이후 다른 결심들도 뒤따를 것이었다. 폴란드 사회주의자들이 행한 바가 내 의사를 대변하지 않는다고 표명함으로써 나는 다른 가차없는 평가를 내릴 준비를 한 셈이었다. 베를린장벽의 붕괴를 축하하고 천안문광장의 학살을 개탄하며 피델이 꾸바혁명의 충직한 일꾼이자 앙골라 해방의 영웅이고 남아프리카의 아파르트헤이트를 물리치는 데 조력한 오초아 장군(Comandante Ochoa)을 처형한 것을 비난할 수 있었다. 그 모든 것은 내가 그 폴란드 대사에게 민주주의 없이는 사회주의도 있을 수 없다고 말한 워싱턴에서의 그날 시작되었다.

그날 밤 집에 돌아와 나는 전화를 한통 걸었다. 귄터 그라스에게는 아니었다. 밀란 쿤데라에게도 아니었다. 부에노스아이레스에 계신 내 아버지에게였다. 그리고 그날의 일을 이야기했고, 그 공산주의자 대사가, 젊은 시절에 틀림없이 「벨라 차오」와 「아이 까르멜라」를 불렀을, 틀림없이 자신의 순교자들과 바로 자기 내부에서 솟아나는 것에 충실하려고 애썼을, 아버지의 그 폴란드 동지가 어떻게 나를 건물에서 쫓아냈는지 아버지에게 말했다.

전화 저편에서 잠시 침묵이 있었다.

"아리엘," 아버지가 말했는데 난 그가 웃고 있는지 찌푸리고 있는지 알 수 없었다. "너도 알다시피 난 네 생각에 동의하지 않는다. 그렇지만 네가 내 아들이라서 내가 얼마나 자랑스러워하는지도 분명 알고 있겠지."

"나도 아버지 생각에 동의하지 않아요, 체보치(Chebochy)." 그의 애칭인 그 사랑스런 이름으로 부르면서 말했다. "그리고 나도 아버질 자랑스러워하는 거 알고 계시죠."

우린 그 정도 선에서 합의를 보았다.

아이 까르멜라, 아이 까르멜라.

1990년 칠레로 돌아갔을 때의 일기에서

9월 5일

어제 우리는 쌀바도르 아옌데를 묻었다.

차분하고도 열정적인 군중들, 그 세월 동안 매트리스 안에 숨겨져 있다가 이제 운구가 지나갈 때 높이 들린 사진들, 손에 쥔 칠레 국기에 얼굴을 묻고 우는 노인, 군사정권이 태평양 근처에서 아옌데를 이름도 없이 처음 묻었던 때 아직 태어나지도 않았던 젊은이들, 죽음을 이기는 현현으로서 그의 이름을 부르는 그 젊은이들, 여기 이 평온한 전쟁터에 있었노라고 손주들에게 말할 수 있도록 하루의 벌이를 포기한 수천명의 찢어지게 가난한 이들, 마치 천국에 오듯이 아옌데의 새 묘소에 휠체어를 끌고 온 나이든 여인들, 무수한 손에서 떨어지는 꽃들을 지켜보면서, 나는 그 모든 기적이, 이 꼼빠녜로들이 절망의 한가운데서도 아옌데의 기억을 계속 활활 타오르게 해온 것이 놀라웠다. 그들이 상상력이라는 금지된 어둠 속에서 계속 살아 숨쉬도록 지켜온 몸, 그 몸을 부활시킬 수 있을 만큼 강해질 날을 그들이 헤아릴 수 없는 시간 동안 기다려왔다는 게, 그들이 쌀바도르를 집으로 데려올 수 있을 만큼 치열하고 충실했다는 게 놀라웠다.

그리고 이제 진짜 업무가 앞에 놓여 있다. 쌀바도르가 묘비 없는 무덤에 누워 있는 동안에는 우리는 그의 신화를 조금의 논란도 있을 수 없는 청정한 상태로 지켜야 했다. 신화는 영감을 주지만 그 뒤편에 있는 인물과 대화하는 것을 불가능하게 만든다. 온전히 죽었으되 또 온전히 살아 있는 쌀바도르 아옌데가 그 세월동안 우리가 그를 위해 마련해둔 땅으로 돌아왔으니 이제 그 대화를 시작할 수 있게 되었다. 이제 우리는 그와 더불어 또 그 없이 살기 시작할 수 있고, 이제 그의 나라는 그를 비판하면서도 그가 목숨을 바친 사회정의와 민주주의의 비전에 충실할 길을 모색할 수 있다.

그리고 그 불끈 쥐어진 주먹들과 울리는 구호들의 숲에서 길을 잃기도 찾기도 하는 사이에 불현듯 내게 하나의 계시가 찾아왔다. 아옌데 없이 헤쳐나가야 했던, 순수에서 성숙으로 가는 이 이행기에서 난 신념에서 오는 용기를 늘 보여주지는 못했다. 모네다궁에서 그와 함께 죽을 만큼 용감하지 않았고 군사정권의 수배를 받을 때 칠레를 떠나라는 당의 명령을 거부할 만큼 용감하지 않았다. 우리 시대의 이야기를 전하기 위해 살아남았다고, 내가 여전히 믿고 있는 유토피아적인 꿈에서 한걸음 물러날 적마다 나는 그렇게 내 존재를 정당화해왔고, 그런 식으로 또 거기서 나는 스스로를 구원할 수 있었다.

이제 그 빌어먹을 희곡을 써야 할 때다.

난 그걸 「죽음과 소녀」라고 부를 작정이다.

•

1980년 책 상자들과 멕시코로 이주하겠다는 꿈을 안고 볼티모어에 도착했을 때 관공서마다 걸린 지미 카터(Jimmy Carter)의 초상화가 우리를 맞이했고 그가 재선되지 않을 거라고는 거의 생각할 수조차 없었다.

도착한 지 오개월도 채 되지 않아서 로널드 레이건이 승리하게 될 것에 전혀 각오가 되어 있지 않은 건 아니었다. 싼디니스따혁명과 이란 국왕의 폐위와 우리 호아낀의 경천동지할 탄생이라는 겹경사로 출발한 1979년이, 쏘비에뜨 탱크가 아프가니스탄으로 밀고 들어

가고 영국에서 마가렛 새처(Margaret Thatcher)가 정권을 잡으면서
전지구적 암울함으로 끝나지 않았던가? 그녀의 정권과 곧 뒤따른
레이건의 집권은 참담하게도 내가 도망쳐 나온 사악한 라틴아메리
카 실험실을 연상시켰다.

칠레에서 자행된 충격요법이 미국이라는 더 큰 스케일에 적용되
는 것을 보는, 정신 번뜩 들게 하는 경험. 삐노체뜨의 신자유주의 권
위자였던 시카고학파와 밀턴 프리드먼(Milton Friedman)과 여타
이데올로그들의 바로 그 공식들, 복지국가와 가난한 이들을 위한 안
전망의 바로 그 파탄, 부자들에게 유리한 바로 그 세금정책, 빅토리
아시대의 흉악한 자유방임시장으로의 바로 그 회귀, 노동조합에 대
한 바로 그 타격, 바로 그 체질적인 반(反)공산주의와 군사주의적 어
법. 비록 미국인들과 영국인들은 우리 칠레인들과 달리 독재에 따르
는 참상은 면했지만. 그러나 다른 곳에서는 엄청난 폭력이 자행되
었다. 엘쌀바도르와 앙골라와 모잠비크의 내전, 곧이어 싼디노의 땅
에서 벌어진 니까라과 반정부세력의 농민 살육, 에리트레아의 학살,
포르투갈의 사회주의적 신기루의 종말. 그리고 문화혁명의 참사와
마오(Mao)의 압제에서 깨어난 중국은 전체주의적 자본주의(덩샤
오핑Deng Xiaoping은 "부자가 되는 건 영광스러운 일!"이라 했다)
를 실험했다. 이란으로 말할 것 같으면, 노동조합을 박해하고 여성
의 권리를 축소하고 있었다. 지미 카터의 대통령직을 흔든 게 테헤
란의 인질 위기였고, 내가 그 최초의 현시로부터 도망친 지 그토록
오랜 세월이 지난 다음 이제 다시 되돌아가고 있는 이 미국의 악몽
을 배태한 것도 그 사건이었다.

매카시(McCarthy)의 마녀사냥이 자행되던 내 어린 시절을 괴롭힌 공포가 다시 한번 나를 따라잡은 것만 같았다. 다만 이런 차이가 있었다. 지금의 나는 공포에 대해 그리고 그것이 어떻게 만들어지는가에 대해 더 알고 있고, 두려움이 민주주의 나라에 어떤 일을 할 수 있는지 보았으므로, 레이건의 미국에서 그 징후들을 알아보았고 그의 정책들이 유권자 다수의 승인으로 실행될 수 있다는 데 경악했다. 나를 가장 낙담시킨 건 바로 그 꺼질 줄 모르는 인기였다. 그것은 이 초(超)보수의 역병이 우리 시대의 지배적 정신이며 아옌데의 몰락은 예외가 아니라 규칙이었음을 입증했다. 그리고 그것은 미국이 한창 급진적이던 시절에 내가 떠들고 다녔듯이 구원이나 회복이 불가능하다고 속삭이는 (혹은 어쩌면 소리치는) 것처럼 보였다.

하지만 놀랍게도 식탁에 바게트가 떨어지지 않게 해주고 우리가 대출금을 갚게 해준 것은 바로 기퍼(The Gipper, 로널드 레이건의 별칭, 그가 연기한 배역에서 기인함—옮긴이)였다. 레이건의 반혁명이라는 암초에 걸린 나는 이 세계 인민의 재앙을 특이한 수입원으로 바꾸기 시작하여, 할리우드 배우 출신을 최고 경영자로 선출한 나라에서 벌어진 정치와 문학의 기이한 교차에 대한 글들을 출간했다.

그 글들, 그리고 그와 나란히 출간된 영어로 된 책들은 재정적 생존의 절박한 수단만은 아니었다. 새로운 독자에게 맞추어가는 일은 나의 전제와 확신들을 재점검하지 않을 수 없게 만들었고 그 과정은 오늘날까지 지속되고 있다. 혁명의 칠레라는 관점에서 미국에 관해 통렬한 글을 쓰는 일과, 바로 그 나라에서 피난처를 구하면서 그 비밀들을 뒤지는 사람의 입장에서 숙고하고 발언하는 일은 다른 문제였다. 지적으로 낱낱이 해부하고 있는 사람들과 실제로 함께 쇼핑하고 운전하며 살아갈 때는 공격적인 태도를 취하기가 힘들었다. 순수함을 향한 나 자신의 모색이 십년간의 혁명과 압제를 거치면서 통렬하게 시험받고 있는 와중에서 스스로 독특하게 선하고 순수하다는, 왜곡된 기억상실증의 미국적 믿음을 단칼에 찔러버리는 것은, 매일 아침 나 자신이 타락해버렸을 가능성을 쫓기 위한 주문을 외우며 잠을 깨는 것과 결코 같을 수 없었다. 칠레에서 내 글에 쓰인 거친 말들은 내가 거리에서 우리의 집단적 미래를 부르짖으며 썼던 말이었고, 한때 담배연기로 자욱한 방에서 동지들과 모의할 때 썼던 언어였다. 이제 그 꼼빠녜로들의 자리를 다른 사람들이 차지했고, 나는 새로운 외국인 독자들이 나를 따라 내가 하는 해석의 사육장 속으로 들어올 수 있게 해야 했다. 동시에 나는 내가 유지하고 싶은 내 고유의 경계, 아무리 기복이 심하고 불안정하더라도 버리고 싶지 않은 정체성의 영역을 알고 있었다. 나는 내 안의 그 반항적인 아리엘을 대리하여 일련의 소규모 접전들을 벌여, 텍스트를 너무 투명하고 명쾌하게 만들어서 신비와 난해함을 완전히 잃어버리게 만들 필요에 대해 반박했고 나의 비전에서 애초에 그것을 독특하고 흥미롭게 만들어주었던 원죄를 다 지워버리겠다는 위협에 맞섰다.

물론 나와 영어 사이의 불륜관계와 분리될 수 없는 싸움이었다. 이 글을 쓰면서 택하고 있는 언어, 내부에 있는 스페인어라는 쌍둥이 때문에 비스듬히 기울어지고 살짝 이질적이 된 언어, 대부분의 앵글로 작가들의 익숙한 표현과는 다르게 리듬과 흐름과 꼬임이 뚜렷한 이 언어를 실험하기 시작한 것은 미국에서 보낸 첫 몇년 사이였다. 세계 도처에서 조이스(Joyce)와 쌀만 루슈디(Salman Rushdie)와 밥 딜런(Bob Dylan)의 언어 안에 파고들어 자기 자리를 만듦으로써 그 언어를 바꾸어내는 작가들의 대열에 나도 합류했다.

발견하여 탐닉하는 식의 쉬운 여정이 아니었다. 나는 두 언어에 함께 거주한다는 미지의 영역에 뛰어들어, 하나로 다른 하나를 문지르는 과정, 하나의 통합된 아리엘과 이 행성의 또 하나의 언어적 잡종을 창조하고자 하는 자발적 노고에 착수했다. 새로운 작가적 자아가 잉태되는 점진적인 과정은 한 구절 한 구절의 리듬을 둘러싼, 잘못 놓였다고 여겨질 하나의 형용사나 변형되어 만들어진 하나의 동사를 둘러싼, 흐름과 어휘와 스타일과 문법을 둘러싼 내적 싸움을 동반했다. 그렇다, 내 글쓰기는 내가 얼마나 다른지, 내밀하게는 얼마나 이질적인지 드러내 보여야 했고, 그렇다, 위반을 향한 불꽃이라는 그 원천과 계속 이어져 있어야 했으며, 그렇다, 내 마음은 거의 미쳐가고 있었고, 그렇다, 난 그렇다고 말했고 그렇다고 말할 것이었다. 이 오락가락하는 문학적 탐험이 자신의 한계를 인정하며 세계 제일의 나라에서 생존하는 내 능력과 그 나라의 영어가 내게 제공한 힘을 훼손하고자 하지 않는 한, 그렇게 할 것이었다.

1980년대 초에 일단 풀려나자 내가 최대한으로 행사했던 힘.

1965년 5월 6일 앙헬리까와 나는 싼띠아고의 미대사관 밖에서 린든 존슨(Lyndon Johnson)의 도미니까공화국 침공에 항의하는 수많은 칠레인들의 시위에 합류함으로써 내 스물세번째 생일을 축하했다. 다른 사람들이 빠르게 포레스딸(Parque Forestal) 공원 맞은 편의 그 건물에 돌과 썩은 계란과 야채들을 무수히 던지는 동안, 언제고 평화주의자인 나는 다만 말로 욕을 퍼부었을 뿐이었으나, 욕이라는 게 사람을 죽일 수도 있으니……

십팔년이 지난 또 한번의 5월 6일, 마흔한살 먹은 아리엘은 다시 자기 생일을 이번에는 미국의 지배자들에게 욕이 아닌 다른 무엇을 제공하면서 축하하고 있었다. 그날 나는 워싱턴의 국회의사당을 걸으며 호아낀의 빨간 손수레에 담아 덜컹덜컹 밀고 다니던 책을 나눠주었다. 정확히 말하면 오백삼십오권의 책을, 하원의원 한 사람 한 사람에게, 또 상원의원 한 사람 한 사람에게 말이다.

이 정신 나간 정치적·문학적 프로젝트의 아이디어는 1983년 그해 나의 충직한 편집자 톰 엥겔하트(Tom Engelhardt) 덕분에 팬시언 출판사에서 펴낸 영어판 『과부들』을 교정하던 어느 불면의 밤에 문득 떠올랐다. 당시 나는 어린 시절의 언어로 소설을 출간하고 싶다는 청소년기의 야망을 실현한다는 데 전율하고 있었고, 우리 시대의 국제 공통어로 된 책이 있다는 게 다수의 언어로 번역될 수 있는, 그리고 문학계에서의 성공으로 가는 문을 여는 지렛대가 될 수 있다는 걸 알았기에 곱으로 전율하고 있었음을 부인할 수 없다.

하지만 암스테르담에서 품었던, 바로 이 소설을 이용해서 칠레로 잠입해 들어가겠다는, 거기 있는 내 독자들에게 가닿겠다는 애초의 목표에서 여전히 얼마나 먼지 알고 있었기에 그저 환희에 젖어 있을 수만은 없었다. 『과부들』의 주인공 노파, 강가에서 사라진 남자 가족들이 집에 돌아오기를 기다리는 그 불같은 여인은 미국의 서점과 서평 들에 막 등장할 참이었지만, 나처럼 그녀의 고국을 방문하는 일은 여전히 금지당하고 있었다. 그때 그 생각이 들었고, 발랄하고 늘 낙관적이며 주의력결핍증인 아리엘이 주도권을 잡았다. 뉴욕에서 새로 찍어낸 이 소설을 이용해서 이 나라의 입법자들에게 접근하면 어떨까? 내 모험을 댓가로 정책연구소의 어떤 부자 친구들이 이 책을 사줄지도 모르는데 그게 내가 하려는 바였다. 머릿속으로 나는 이미 그들과 나눌 대화를 리허설하고 있었다.

"안녕하세요, 의원님, 상원의원님, 하원의원님"이라 한 다음, 이렇게 설명한다. 제가 고국으로 돌아가지 못하는데요, 그렇지만 의원님, 지금 드리는 이 소설에 그려지다시피 저의 곤경은 칠레에서 실종자와 그들의 가족에게 일어나는 일에 비하면 아무것도 아닙니다. 제 나라의 국회는 폐지되었고 제게 돌아갈 권리가 없듯이 그 나라에선 아무도 투표할 권리가 없기 때문에 거기서는 지금 여기서 제가 하고 있는 일을 하는 게 불가능합니다. 의원님, 어쩌면 의원님은 칠레정부를 압박하여 제가 제 나라로 돌아갈 수 있게 해주실 수도 있고, 어쩌면 실종의 잔학상에 항의하실 수도 있습니다. 그리고 레이건 정부가 어떻게 삐노체뜨 정권을 떠받치는지도 말씀드리죠.

그런 것이 내가 그 오월의 여드레 동안 수없이 반복한 장광설이었고 그후 몇개월 몇년 동안 질풍처럼 이어진 인터뷰들의 리허설이었다. 내 영어는 칠레와 라틴아메리카와 세계 모든 억압받는 국가의 대의와 연결되어 있고, 내 영어는 레이건 정부 중하위 공무원과 은행가, 전문가와 권위자 들과의 숱한 만남을 주선해주었으며, 널리 알려진 스타들의 대열을 조성하여 칠레의 유일한 스타에게 얽어매기 시작한 것도 그때였다.

그건 위험이 잠재한 여정이었다.

내가 대의를 위해 부유하고 유명한 권력자들에게 구애하고 있던 그 밝은 세계와 칠레 같은 곳의 어둠속에서 탄압받는 이들의 익명의 세계 사이에 어쩔 수 없이 놓인 거리가 더 크게 벌어지기 시작했다. 극빈의 방랑 시절 나는 내가 섬기던 그 이름없는 이들과 함께였지만, 미국에 자리잡고 부지런히 영어를 갈고 닦으면서는 비록 주변적이기는 해도, 또 양가적이기는 해도, 셀럽의 화려함에 합류할 가능성도 생겨났다.

내가 그로부터 짜릿함을 느꼈다는 건 사실이다. 워싱턴에서 「실종」(Missing)이 개봉될 때 코스타-가브라스(Costa-Gavras)를 만나고 로스앤젤레스에서 리처드 드레퓌스(Richard Dreyfuss)를, 뉴욕에서 아서 밀러(Arthur Miller)를, 코네티컷에서 빌 스타이런(Bill Styron)을 만나는 건 꿈같은 일이었다. 나는 마틴 쉰(Martin Sheen)과 댄 래더(Dan Rather), 잭슨 브라운(Jackson Browne), 제인 폰다(Jane Fonda)와 해리 벨라폰테(Harry Belafonte)에게 로비했다. 다른 이들을 대리하여 언론에 등장하는 일을 갈망하게 되었지만, 그래도 내가 생명을 살리기 위해 이 일을 한다는 사실은 절대 잊지 않았다. 1987년 11월 초 더럼의 집에서 마리아 엘레나 두바우체예(María Elena Duvauchelle)와 니심 싸림(Nissim Sharim)의 전화를 받았을 때 알게 되듯이, 생명을 살린다는 건 막연한 비유가 아니었다. 일흔 다섯명의 다른 칠레 연극계 사람들과 함께 두 사람은 그달이 가기 전에 나라를 떠나지 않으면 처형당하게 될 거라고 경고받았다. 한 세기 전에 원주민들을 학살한 칠레 자경단원의 이름을 딴 자칭 뜨리사노(Trizano)라는 부대가 그 협박문에 서명한 것으로 되어 있었는데, 칠레의 몇몇 저명인사들이 다가올 1988년의 국민투표를 위한 캠페인에 나서지 못하게 막으려는 뻔뻔스런 시도였다. 11월 30일 심판의 날에 슈퍼스타가 이들 편에 선다면 큰 도움이 될 것이었다.

난 『뉴욕타임즈』에 칼럼을 쓰기로 했다. 몇시간 뒤 칼럼이 실렸고 전화가 울렸다. 마곳 키더(Margot Kidder)였다. 빌의 아내이자 그녀 자신이 연대의 화신인 로즈 스타이런(Rose Styron)에게 소식을 듣고 키더는 「슈퍼맨」(Superman) 영화에 함께 출연한 스타 크리스토퍼 리브(Christopher Reeve)에게 연락했다. "그이가 당신이 『뉴욕타임즈』에 쓴 글을 읽었대요"라는 그녀의 말을 들으면서도 나는 로이스 레인이 내게 말하고 있다는 느낌을 머릿속에서 지울 수가 없었는데, "그 사람은 두려움을 몰라요. 내 생각엔 해줄 것 같아요"라는 것이었다.

그날 늦게 다시 전화가 울렸고 이번에는 영화관에서 들은 적 있던 그 깊은 바리톤의 목소리를 알아보았다. 슈퍼맨의 목소리이자 「죽음의 함정」(Deathtrap)에 나오는 사악한 위선자의 목소리이자 「보스턴 사람들」(The Bostonians)의 자상한 변호사의 목소리가 칠레 배우들을 어떻게 도우면 될지 묻고 있었다. 반시간 동안의 대화를 끝맺으며 그는 "나 같은 사람에게 칠레가 얼마나 위험한가요?"라고 물었다.

"당신이 해를 입는 것보다 독재에 더 나쁜 게 없겠죠. 하지만 비밀경찰 출신의 이탈자들이 상내년을 비난하려고 당신을 죽이려 들 수도 있어요."

"그래도 내가 가면 그게 내 칠레 동료들에게 도움이 될까요?"

"당신이 가면 아마 그들을 살리게 될 겁니다."

그는 잠깐 동안, 아마 한 사초 정도 침묵한 후 "그럼 가지요"라고 했다.

리브는 내게 같이 가달라고 했다. 난 최근 싼띠아고 공항에서 체포되었던 걸 감안하면 내가 거기 있는 게 그를 곤란하게 만들 수 있다고 답했다. 그리고 내 존재는 그의 임무가 미칠 영향력을 제한할 것이었다. 그가 당파적인 입장을 피하는 것이 핵심이었다. 하지만 내 아내는 그와 함께 가고 싶어한다고 했는데 이 제안은 긴 침묵 끝에 받아들여졌고, 그런 다음 그는 감사를 표하며 거의 아무것도 모르는 나라에서 자기를 안내해줄 누군가가 있다면 기쁠 것이라고 했다.

그건 엄청나게 용기있는 행동이었다. 많은 이들이 빌딩에서 떨어지는 아이를 잡고 공중에서 비행기를 세우고 댐이 폭파하는 걸 막는 사람, 그 슈퍼맨이 누군가를 구출하러 날아간다고 농담을 했지만, 크리스 리브의 몸도 다른 필멸의 존재들처럼 상처를 입을 수 있는 몸이었고 이는 그가 몇년 후 말에서 떨어지는 사고를 당해 남은 일생 동안 마비 상태가 되면서 드러나게 될 일이었다.

하지만 크리스는 칠레라는 도전에 맞선 것과 똑같은 방식으로 그 절망적인 비극과 맞섰다. 운명이 그에게 그토록 많은 명성을 허락한 이상 그것을 현명하게 쓰지 않는다는 건 죄가 될 것이었다. 어두운 영화관에서가 아니라 역사라는 더욱 어두운 영역에서 말이다. 그래서 그는 싼띠아고에 도착한 다음 날, 위험에 처한 배우들과 예정된 공개적인 연대활동을 정부가 금지했으므로 시위장소가 수천명이 위험하게 모인 좁아터진 창고 가라헤 마뚜까나(Garage Matucana)

로 옮겨졌을 때도 움츠러들지 않았다. 나는 멀리서 그녀 자신도 위험을 무릅쓴 앙헬리까, 크리스만큼이나 용감한, 그 배우들만큼이나 용감한 나의 앙헬리까가 전하는 이 사건들, 그들 모두가 기념비적 저항활동으로 힘을 합쳐 이룬 일들을 숨죽인 채 쫓아갔다.

그가 칠레에 기여한 건 그게 마지막이 아니었다.

1988년의 국민투표에서 삐노체뜨에게 '노'(No)를 투표하자는 운동이 본격화되면서 나는 그에게 독재가 매일 밤 아주 늦은 시간 우리에게 마지못해 제공해주었지만 칠레인 모두가 보는 방송에 출연하게 했고 거기서 다시 크리스는 TV 시청자들을 향해 두려워하지 말라고, 당신들은 혼자가 아니라고 이야기했다.

그도 혼자가 아니었다.

국민투표를 위한 내 임무는 가능한 한 많은 유명인사들을 참여하게 만드는 것이었다. 그렇게 해서 표를 모았으나, 실은 내가 모았다기보다 **그들이** 표를 모아주었고, 난 캠페인에 포함되어 **중요한** 사람이 되는 게 짜릿했다. 그래서 수많은 세월 동안 팬덤이 시민의식을 약화시키고 책임을 미루게 한다고 비난했고, 할리우드가 우리의 정서를 조작하고 우리의 반란을 틀어막는다고 비난했으며, 평범한 사람들에게 음지에서 나와 양지로 나서도록 촉구하면서 삶의 상당부분을 보냈으면서도 기회가 오자 저명인사들의 매력에 사로잡혀 그들과 어울리는 일을 즐긴다는, 그 불편한 진실을 억누르려고 애썼다. 이건 대의를 위한 게 맞고, 그들에게 뭔가 의미있는 일에 자신의 명성을 활용할 기회를 주는 것도 맞지만, 내가 느끼는 이 우쭐함은…… 아무튼 꼴사나웠다. 그 스타들과 대화를 나누고 얼굴을 맞대며 개인적으로 접촉할 때 나는 나의 에고가 팽창하여, 거부당하고 망명해 있던 세월 동안 강화된 어떤 깊은 불안감이 스멀스멀 지펴 올린 유치한 기쁨으로 한껏 부풀어 오르는 것을 느낄 수 있었다.

그 국민투표에서 칠레 국민들이 삐노체뜨에게 압도적인 패배를 안긴 직후인 1988년 10월의 어느 열광적인 밤 나는 겸손에 대한 교훈을 배우게 될 터였다. 국민투표 며칠 전 어느 뽀블라시온(도시)에서 투표를 독려하는 모임을 열고 있을 때 어느 노부인이 비밀을 알려주듯이 "그는 모든 걸 볼 수 있는 눈을 가졌어요"라고 귓속말로 내게 얘기했다. "그 사람은 투표부스까지 나를 따라올 거고 내 집을 빼앗아 갈 거예요. 그래도 난 그 사람에게 반대투표를 할 겁니다. 이 게 내 유일한 기회니까."

그 부인이나 그녀 같은 수백만의 사람들이 민주주의의 길을 택한 것을 축하하는 방식으로, 또 그 기쁨을 만끽하는 장소로, 투표에서 승리한 바로 다음 주 국제앰네스티 콘서트가 열리는 스타디움에서 소리치며 출렁이는 칠만명의 록 팬들이 자아내는 몽롱함과 함성과 물결에 귀를 기울이는 것 만한 게 있겠는가? 물론 그곳이 칠레는 아니었고 싼띠아고에서 그 콘서트를 열 수 있기까지는 이년을 더 기다려야 할 것이었다. 하지만 그 '자유를 위한 월드투어'에 참여한 스팅(Sting)이나 다른 가수들은 칠레의 투쟁에 관심을 촉구하기 위해 아르헨띠나 멘도사의 월드컵 스타디움(Estadio Mundialista)에서도 쇼를 열었다. 물론 삐노체뜨는 그 말썽꾼 뮤지션들이 한명이라도 칠레에 발을 딛지 못하게 했을 것이다. 하지만 안데스산맥 바로 건너편에 있는 멘도사는 1817년 칠레를 해방하기 위해 싼 마르띤(San

Martín)의 오합지졸 군대가 출발한 도시였으니, 이번에는 수천명의 칠레인들로 새로운 에헤르시또 리베르따도르(해방군)를 조직하여 산맥 넘어 아르헨띠나로 가서 인권을 기리는 것도 좋지 않겠는가.

스팅은 내가 그를 관중들에게 소개하기 전에 내 시 한편을 낭송해 달라고 부탁했고 나는 스스로 그 영광을 누릴 만하다 느끼며 기꺼이 응했다. 난 이 열광적이고 화려한 쇼의 조직을 도왔고 스팅의 「그들은 홀로 춤춘다」(They Dance Alone)라는 곡은 부분적으로 내 시와 소설에서 영감을 받았으므로 이 자리가 내 금지된 시를 젊은 칠레인들의 귀에 닿게 할 특별한 기회일 것 같았다.

쇼의 프로듀서인 빌 그레이엄(Bill Graham)은 미심쩍어했다. "걔네들은 스팅을 기다리면서 햇볕 속에 몇시간이나 있다가 또 밤의 추위도 감수해야 할 거라," 시를 들을 기분이 아닐 수도 있을 거라고 그가 말했다. 하지만 그레이엄은 어쨌든 시를 들려달라고 했고 내가 읽어주자 고개를 끄덕이며, 좋아요, 각오하고 한번 해보시겠다면 시야 언제든 좋죠,라고 했다.

나는 차가운 멘도사의 밤에 땀이 날 정도로 홍수처럼 내리비치는 조명 아래 무대에 올랐는데, 더욱 땀이 난 건 관중들이 스팅을 기대하지 알지도 못하는 이 도르프만이란 친구를 기다린 게 아니라는 걸 깨달았기 때문이다. 어찌 된 건지 어리둥절해하는 침묵 사이에 몇몇 야유가 끼어들었고 난 망설였다. 어쭙잖은 시 따위 던져버리고 「샤이닝」(The Shining)에 나오는 잭 니컬슨(Jack Nicholson)의 광기어린 현현처럼, 자…… 스티이이잉입니다!,라고 알리는 게 낫지 않을까. 난 관중들의 시선 바로 바깥에서 피터 가브리엘(Peter Gabriel)

옆에 서 있는 실제 스팅을 쳐다보았고, 두 사람은 자기들은 이런 유의 괴물들을 수없이 길들인 적 있으니 내게 안심하라는 듯이 미소를 보냈으며, 나는 터무니없게도 앙헬리까가 좋아하는 영화 「추억」(The Way We Were)에서 로버트 레드퍼드(Robert Redford)가 바브라 스트라이샌드(Babra Streisand)에게 "나가 무찔러버려, 케이티"라고 하는 장면을 떠올렸는데 내 안에 있는, 분명 레드퍼드의 것은 아닌 어떤 목소리가 "나가 무찔러버려, 아리엘"이라고 말하고 있었다.

난 숨을 깊이 들이마시고 나가 그들을 무찔렀다,기보다 그러려고 시도했는데, 오히려 그들 쪽이 나를 무찌르려고 드는 듯했기 때문이다. 내가 첫 연을 시작하자 스타디움의 허리께에 뭔가 동요가 일어났고 그것은 곧 함성이 되었다. 나는 거기 온 벗들의 딸들과 아들들, 께노의 아들 마띠아스(Matías), 로드리고와 그 친구들이 보내는 격려의 외침이 들리거나 적어도 들린다고 생각하고 싶었고, 계속해서 터벅터벅 이어나갔는데, 야유와 항의 소리가 이제 너무 커져서 나 자신의 말, 죽음과 실종에 맞서는 내 탄가가 나한테조차 들리지 않았으므로 외부의 아우성보다 더 큰 소리를 내려 하면서 속으로는 내가 무슨 권리로 이 팬들과 그들의 우상 사이에 끼어들려고 하는가를 자문했다. 도대체 왜 나는 록스타를 대리하고 그의 아우라에 몸을 담그고 싶어했단 말인가. 어떻게 내가 세상의 아첨과 카메라 돌아가는 소리에 그토록 중독되고 말았단 말인가. 무슨 정신 나간 망상에 사로잡혔단 말인가, 왜, 왜? 그러면서도 계속했다. 삐노체뜨도 나를 침묵시키지 못했으니 이 군중도 날 침묵시키지 못하리라. 그러면서 최종 단계에 접어들어 꾸역꾸역 끝을 맺고는, 마침내 한 쪽을 가리키며 폐 가득히 내 마지막 숨을 담아 이 아오라(그리고 이제), 스팅!을 외칠 수 있었다. 그러자 그가 밴드와 함께 등장하여 나를 껴안아주었고 난 그 끔찍한 조명 아래에서 비틀거리며 빠져나왔으며 빌 그레이엄은 내 팔에 다정한 펀치를 먹이며 이렇게 말했다. "대단했어, 친구. 정말이지 배짱이 두둑했어."

난 목도 쉬고 원통하기도 했지만 더 즐거운 일이 목전에 있었으니, 바야흐로 음악 그 자체의 롤러코스터가 시작되었고, 더구나 난 스팅 콘서트가 처음이었다. 어디든 들어갈 수 있는 백스테이지 출입증을 목에 건 채 빙 둘러 무대 바로 앞 섹션에 있는 친구들과 가족에 합류했더니 앙헬리까는 내게 위로하는 키스를 해주었고 베로니까데 네그리는 날 안아주었다. 칠레 군부가 불태워 살해한 로드리고 로하스의 어머니는 한달 반 동안 이 투어에 함께하면서 순교한 아들을 위해 정의를 요구하고 있었는데 그녀도 곧이어 데사빠레시도들의 여인들과 함께 무대에 올라 죽은 이들과 실종된 이들과 보이지 않는 이들과 춤추지 못하는 대신으로 스팅과 피터 가브리엘과 춤을 출 것이었다.

결국 중요한 건 그런 것이었다. 국민투표 승리에 대한 축하, 노래들이 주는 잠깐 동안의 위안. 난 내 공개적 수치를 뒤로 한 채 「록산」(Roxanne)에, 붉은 등을 켤 필요 없어…… 밤에게 네 몸을 팔지 않아도 돼,에 넋을 잃을 수 있었고. 피날레에는 모두가, 스팅과 피터와 트레이시 채프먼(Tracy Chapman)과 유수 은두르(Youssou N'Dour)와 인띠 이이마니가 함께, 일어나, 일어서, 권리를 위해 일어서,라고 노래했고, 그렇게 멘도사에 되살아온 밥 말리(Bob Marley)

는 우리에게, 칠만명의 우리들에게 천국은 지하에 있지 않다고, 그 이야기가 아직 전해지지 않았음을 기억하라고 세상에 촉구하며, 일어나, 일어서, 권리를 위해 일어서,라고 일러주었다.

시간이 좀 지나고 나서야, 그리고 명성에 개의치 않고 유명인들에 대해서도 그리 신경 쓰지 않는 앙헬리까의 도움을 받고서야, 나는 그 공개 망신의 의미를 헤아리고 뺨 한대를 맞아도 그것을 고맙게 여기고 그 아픔을 교훈적인 경험으로 받아들일 수 있다면 좋은 일이라는 걸 깨닫게 되었다.

「죽음과 소녀」의 엄청난 성공으로 더 많은 문이 열리고, 단순히 인권운동에 동참하기를 권하기 위해서만이 아니라 내 예술 작업, 내 희곡, 내 영화의 공동창작자로 수많은 배우와 감독과 뮤지션과 접촉하게 되면서, 더욱 긴요해질 교훈. 멘도사의 그날 밤 스팅을 소개한 그 시인 아리엘이 질시할 정도로 엄청난 인맥을 가지게 되면서 필요해질 주문(呪文), 내가 결코 잊지 않으려고 노력하는 주문은 이런 것이었다. 아리엘, 이건 너에 관한 게 아니야. 각광받는 기쁨을 덧없는 것으로 여겨라. 명성이라는 허상에 겸허하게 다가가고 가능하다면 삼가는 태도로 임해라.

「죽음과 소녀」가 브로드웨이에서 성공을 거두고 폴란스키(Polanski)에 의해 영화로 만들어졌을 때 내가 스스로에게 거듭 되뇐 문구였고 보노(Bono)가 내 이름을 외치면서 U2 콘서트를 내게 헌사했을 때도 그렇게 새겼다. 난 내가 쓴 말들이 무대에서 메릴 스트리프(Meryl Streep)와 숀 펜(Sean Penn)과 케빈 클라인(Kevin Klein)과 줄리앤 무어(Julianne Moore), 시고니 위버(Sigourney

Weaver)와 알렉 볼드윈(Alec Baldwin)의 입으로 발음되어 나올 때 스스로에게 이렇게 속삭이며 나의 궁극적인 하찮음을 상기했다. 이건 네가 그럴 만한 인물이라서 생기는 일이 아니야. 너 개인으로는 어떤 것도 누릴 자격이 없어. 이건 너에 관한 일이 아니고 또 그래서도 안 돼.

스스로 자랑스럽게 느끼는가? 계속해서 관심을 갈구하는가? 물론 그렇다. 새 연극을 리허설하는 동안 표현과 뉘앙스를 조율하며 비고 모텐슨(Viggo Mortensen)과 몇주를 보낼 때나, 유엔총회에서 일어나 연설하고 각국 대표들에게 시를 읽어줄 때, 혹은 남아메리카에서 만델라 강연을 할 때, 물론 난 이게 꿈이 아닐까 나 자신을 꼬집어보며, 빠리의 화장실 변기에 앉아 절망감을 타이핑해야 했고 쌩드니로 가는 기차 일등칸에서 쫓겨나 수십년간 도움을 구걸하며 보낸 작가에게 어떻게 이런 일이 일어날 수 있냐고, 집도 비자도 직업도 없이 적대적인 나라에서 오도 가도 못하게 된 망명자에게 일어날 수 없는 일이라고, 이 성공은 현실이 아니라고, 대통령들과 노벨상 수상자들과 슈퍼스타들과 함께 있는 나를 찍은 이 사진들은 현실이 아니라고 말한다. 그러나 일말의 건방이나 그럴 만한 자격이 있다는 생각이 내 영혼으로 슬그머니 들어오는 기색을 알아차리는 순간, 난 재빨리 멘도사의 대실패가 준 다모클레스의 메시지(다모클레스는 시라쿠사의 참주 디오니시오스의 신하로 어느 연회에서 디오니시오스가 그를 말총 한 올에 매달린 칼 아래 앉혀 권력의 지리가 인세나 위태로움을 일깨웠다는 '다모클레스의 칼'이라는 이야기에 등장한다—옮긴이)에 맞는 크기로 스스로를 깎아내고, 내가 필멸의 존재임을 기억하고, 이것이 나에 관한 일이 아니고 그럴 수 없고 그래서도 안 된다는 걸 기억한다. 내 삶을 다룬 피터 레이몬트의 다큐멘터리가 오스카상 후보에 올랐을 때나 내가 올리비에상을 수상했을 때도 그 문구를 잊지 않으려고 노력했고, 이건 나에 관한 것이 아니다, 나는 곧 사라질 것이고 이 모든 멋진 배우들과 감독들도 곧 사라질 것이며, 오 헛되고 헛되도다, 무엇이라도 남아 있게 된다면 그건 우리가 함께 창조한 것, 운이 좋다면 희미한 아름다움의 어떤 흔적, 호의가 우세하리라는 미약한 희망, 자유를 맛보았고 그래서 더 많은 자유, 더 많은 아름다움, 더 많은 정의를 향한 열망의 영감을 받은 어딘가의 누군가일 것이고, 나는 그저 우주에 있는, 나를 통해 불어가는 힘의 도구일 뿐임을 잊지 않으려 했다. 번쩍거리는 조명이나 과대선전이나 칭송을 믿지만 않는다면, 네덜란드에서 의리와 진실에 관한 교훈을 배운 그 남자, 칠레의 이름없는 이들에게서 공포와 진실에 관한 교훈을 얻은 그 남자를 기억하기만 한다면, 이제는 내가 축복으로 기억하는 그 굴욕의 밤 멘도사에서 배운 나르씨시즘과 진실에 관한 교훈을 결코 잊지 않기만 한다면, 저명인사들의 세계를 들락날락하는 건 괜찮은 일이고, 또 어쩌면 내 기질이나 배제당해본 내 과거를 감안할 때 피할 수 없는 일이다.

1990년 칠레로 돌아갔을 때의 일기에서

10월 8일
오늘 아침 그 희곡을 완성했다.

밤과 낮, 그리고 그 사이의 모든 시간을 썼고, 지금부터 석달 후 듀크로 떠나기 전에 무대에 올릴 준비를 갖추기 위해 낮에 어쩌다 나는 자투리 시간들도 모두 쥐어짰는데, 어떤 이야기에 이토록 사로잡힌 적은 없었다.

쓰고 보니 스릴러가 되었다.

바닷가의 홀로 동떨어진 집에서, 아가사 크리스티(Agatha Christie)적인 배경만큼 폐쇄적인 분위기에서, 빠울리나는 자신을 고문한 사람이라 믿는 그 남자에게 온갖 모욕을 가하고 자신이 바라는 건 그가 진실을 말하는 것뿐이라고 주장한다. 의사 미란다(Miranda)는 자신의 결백을 내세우고 빠울리나의 남편 헤라르도는 여러 이유에서 그를 방어한다. 고통을 당한 시민들이 자경단식 정의를 실행하려 한다면 이 나라에, 법적 통치에 무슨 일이 생기겠는가? 그리고 이 이행단계에, 너무나 쉽게 흔들릴 수 있는 힘의 미묘한 균형에, 독재의 지지자들과 공모자들과 집행자들을 처벌하지 않겠다고 보장한 과거 적들과의 협정에 무슨 일이 생기겠는가? 게다가 이 로베르또 미란다(Roberto Miranda)라는 사람이 죄가 없다면, 빠울리나가 범죄자를 잘못 짚어서 법정에서라면 받아들여지지 않을 정황 증거를 가지고 엉뚱한 사람을 공격하는 거라면? 복수를 향한 그녀의 열망이 '진실과 화해 위원회'와 이 땅의 상처를 치유할 그 능력을 무너뜨리게 된다면? 그러나 빠울리나의 변호사 남편이 휘두르는 법적·철학적·정치적 논리 배후에는 개인적인 동기가 있다. 이 '심판'이 헤라르도의 경력에 어떤 영향을 미칠 것인가? 그가 혜성같이 등장해 법무부장관에 임명될 가능성을 훼손하지 않을까?

그렇다면 빠올리나는 어떤가?

빠올리나는 긴 하루의 낮과 밤 사이에, 자신이 진정 어떤 사람 인지, 고통이 그녀를 자신을 강간하며 슈베르트(Schubert)를 듣던 그 의사와 똑같은 사람으로 만들고 말았는지, 아니면 그녀가 시작하지 않았지만 그럼에도 갇히게 된 폭력의 악순환을 벗어날 수 있는지를 결정해야만 한다.

물론 그녀가 자신의 정체성에 관한 근본적인 질문들을 스스로에게 던질 수 있으려면, 먼저 그 의사나 자기 남편보다 한수 앞서나갈 필요가 있고, 그들에게 덫을 놓아 최악의 상황에서 남성들이 저지르는 도착행위를 상기시키는 것으로서가 아니라 그녀 자신의 영혼의 더 나은 부분을 달래주는 향유(香油)로서 슈베르트를 되찾아올 필요가 있다. 그랬을 때만 빠올리나의 시련이, 극 자체가 끝날 수 있고, 그랬을 때만 관객들이 자신의 고통, 자신의 공모, 자신의 나라에 대해 같은 질문들을 스스로에게 던질 수 있다.

관객들? 이 극을 쓰는 동안 몇몇 친구들에게 플롯을 요약해서 들려줄 기회가 있었는데 그들 중 한둘은 권력의 회랑에서 꽤 높은 자리에 앉아 있었다. 뻔한 격려의 미소를 보내준 다음, 어떤 망설임이 그들의 시선에 스며들고 그들의 입가를 비쭉거리게 하고…… 그들이 말하거나 혹은 말하지 않고 그저 암시한 건 내가 설명해준 그 이야기가, 말하자면, 껄끄러운 것이 될 수도 있다는 것이었다. 어쩌면 이 나라는 아직 그럴 준비가 안 됐고, 어쩌면 네가 기다려야 할지도 모르겠고, 지금은 이런 식의 도발을 할 적기가 아닐 수 있지 않은가?

적기가 아니라고?

이런 의구심들을 내 심리학자 친구인 엘리사베뜨 리라에게 털어놓았더니 그녀는 지금 권력에 있는 사람들이 나를 두려워하는 거라고 답했다. 나를? 두려워한다고? 그렇다, 난 그들에 대해, 이 나라의 엘리트들, 저항을 이끌었던 사람들을 소상히 알고 있기 때문에, 그들 스스로가 이 이행단계에 품고 있는 의문들을 투사하여 안정을 위해 치러야 하는 댓가들을, 그들이 인정할 여력이 없는 가책들을 그들에게 상기시키고 있는 것이다.

그래서 칠레는 빠울리나를 위한 나라가 아니다. 하지만 그녀는 죽지 않았다. 버려졌을지 모르지만 죽지는 않았다. 그러므로 내가, 나라도, 말로써 그녀를 어둠 바깥으로 데려나올 것이다.

너 혼자는 아니다, 아리엘. 네가 망명에서 돌아왔다는 표시로, 무대에 올리려면 공동체가 있어야 하는, 극을 받아들일 공동체, 극을 지지할 공동체가 있어야 하는 극을 쓰는 것보다 더 나은 게 어디 있겠으며, 스페인어로 쓰이고 말해지는, 우리 도시의 거리에서 질식당한 분노와 희망과 똑같은 언어로 끓어오르는 극을 쓰는 것보다 더 나은 귀국 선물이 어디 있겠는가?

하지만 난 이 나라 국경 너머의 세계도 무시할 수 없다.

내 노고는 아직 끝나지 않았다.

극을 영어로 번역하는 일이 남았다.

그것이 내 두 언어가 동의한 조약, 내 목소리를 둘러싼 전쟁에서 그들이 도달한 휴전협정이었다. 미국에서 지낸 지난 십년 사이에 나는 내 이중언어적인 존재의 영광스런 다중성을 받아들게 되었다. 「죽음과 소녀」(La Muerte y la Doncella)가 구상된 건 스페인어로였을지 몰라도, 빠울리나가 고문당하고 미란다가 결백을 맹세하고 헤라르도가 출구를 찾은 건 스페인어로였어도, 영어가 그 창작과정에 부재한 적은 없었다.

실상, 영어가 내 안에 있어서, 망명이 내 안에 있어서, 스페인어로 극을 쓰는 동안 암시들을 속삭여주었기 때문에, 어쩌면 비록 지리적으로는 여기 라 레이나의 집에 붙박여 있었지만 이 탄생과정에 거리가 개입하고 있었기 때문에, 어쩌면 그랬기 때문에 난 리얼리즘의 함정을 피할 수 있었다. 내 극은 어쨌거나 칠레에서 일어나는 일이 아니라 빠울리나가 일정 정도의 정의를 얻을 수 있는 상상의 나라에서, 혹은 적어도 그녀 마음의 황량한 땅에서 일어나는 일을 묘사하고 있고, 아마도 그래서 이 극이 베를린장벽이 무너진 이후 마찬가지의 이행과정을 겪는 세계 다른 지역에서도 의미있는 것이 되었는지 모른다.

11월 말, 런던의 현대예술연구소(Institute of Contemporary Arts)가 한주 동안 검열에 항의하는 행사를 여는데 그중 하루 저녁에 내 극 「독자」(Reader)를 무대에 올릴 예정이다. 하지만 영어로 'Death and the Maiden'이라 불리게 될 극이 더 적절해 보이는데, 그들이 어쩌면 연관성을 알아보고 그걸 상연할지도 모른다. 그렇게 되면 난 양쪽에 베팅을 할 수 있고 지난 이십년의 대부분을 지낸 더 넓은 세계에서 내 작업이 날개를 펼칠 수 있게 된다. 빠울리나의 이야기가 정말로 칠레에 껄끄러울 경우에 대비하여. 왜냐하면, 이 나라의 광기를 파고든 이 탐사가 이 나라 바깥에서만 미래를 갖게 되지 않을까, 내가 갈망하는 성공이 스페인어가 아니라 영어로 이루어질 거라면 어쩌나, 하는 의구심이 가시지 않기 때문이다.

싼띠아고에서 아무도 그걸 무대에 올리고 싶어하지 않으면 어쩌나. 그들이 너무 겁을 먹으면 어쩌나.

•

그 극을 서둘러 해외에서 공개 상연하고 런던에서 낭독회를 마련하려 한 배후에는 내가 인정하고 싶지 않은 문제들, 1990년의 귀국 이전에도 내가 방문했을 때마다 표면 아래에서 부글부글 끓어오른 이 나라의 문화적 엘리트들과의 갈등이 있었다. 난 원한의 앙금, 망명자들이 사치스런 생활을 했다는 여기저기서의 암시들, 나의 엑시또(성공)와 관련한 비방들, 그토록 많은 자격 있는 칠레 작가들이 해외에 알려지지 않고 있다는 게 얼마나 불공평한가,라고 어떤 이들이 계속 이야기하는 것을 무시하는 편이 낫다고 보았다. 이런 논평들을 흘려듣고, 나의 연대로 가장 이득을 볼 사람들이 왜 그토록 짜게 평가하는지 자문하지 않는 쪽을 택했다.

치사를 받자고 작업하지 않았고, 적어도 망명 시절 새벽에 걸려온 다급한 전화에 응할 때, 고국의 예술가들에게 기금을 보내거나 지원을 얻기 위한 그들의 해외여행을 조직할 때, 문을 열고 기사를 쓰고 유력자들에게 로비할 때, 난 그렇게 믿고 일했다. 내 모델은 쿠로사와(Kurosawa)의 영화에 나오는 사냥꾼 데르수 우잘라(Dersu

Uzala)였고, 그는 장차 자신이 베푼 선의로 양식을 얻고 몸을 덥힐 이가 누군지도 모른 채 시베리아 동굴에 식량과 물과 담요를 놓아두는 인물이다. 난 내 사심 없음을 그런 식으로 투사했다. 하지만 그 우화가 주는 교훈은 한 일생이 지난 다음에 등장하는데, 쇠약하고 늙어 다른 툰드라 지역에서 길을 잃은 그 주인공이 우연히 어느 피난처를 발견하게 되고 거기에는 어느 이름없는 이가 남긴, 고난에 빠진 여행자를 위한 원조물자가 있다. 데르수가 과거에 그랬던 것과 똑같이 말이다. 그러니 생각건대 어쨌든 나도 어떤 식의 상호성을 기대했고, 망명기간 동안 칠레에 돌아가면 따뜻한 환영을 받게 되리라는 잠재의식적인 생각을 키웠던 것 같다.

그러나 망명기간의 내 옛 동지들 다수를 포함하여 문화적이거나 정치적인 권력을 조금이라도 가진 이들 대부분은 나 같은 아웃사이더에게 등을 돌렸다. 그들은 지위 상승을 해서 내부자가 되는 데 시선을 집중했고 어떻게든 사회 속에 자리잡으려 하고 있었는데, 내가 보기에 이런 욕망은 『엘 메르꾸리오』(El Mercurio)라는 명예의 전당에 들어가는 것으로 상징되었다.

1827년 창간된 이래 『엘 메르꾸리오』는 보수적인 나라의 보수적인 목소리였고, 딱딱하고 거만한 태도로 자기네가 가졌다는 지혜를 증류하면서, 전통적인 칠레의 벽돌들을 한데 붙여주는 이데올로기적 모르타르이자 나라 운명의 중재자 노릇을 해왔다. 극도로 반(反)아옌데주의적인 이 일간지는 닉슨과 키신저가 제공한 CIA의 돈을 이용하여 우리 대통령에 대한 음해의 선봉에 섰고, 칠레의 어느 다른 조직보다 그를 무너뜨리는 데 더 기여했다. 그후, 독재 시절 동안 그 소유주는 삐노체뜨의 가장 충실한 지지자였고 데사빠레시도의 가족을 거짓말쟁이라 조롱하고 주요 사설을 통해 그 체제가 나아가야 할 반동적인 방향을 제시했다. 그것은 내가 대표하는 모든 것의 정반대였지만 그 지명도와 실제 저널리즘적 실력 때문에 읽지 않으면 안 되는 신문이었다.

해외에서도 난 그 마력을 피할 수가 없었는데, 장모님이 보내준 그 신문을 읽으면서 시간이 지남에 따라 흥미로운 변화를 보이는 점을 포착했다.『엘 메르꾸리오』는 늘 사회면을 요란하게 과시했고 칠레의 디네라띠(돈 많은 이들)가 그 지면의 몇페이지에 걸쳐 세례식과 결혼식과 기업의 중대사를 전시하느라 돈을 썼다. 그 부유층의 재산이 칠레의 부를 사유화하는 삐노체뜨의 법령이 발효될 때마다 더 늘어남에 따라, 칵테일 파티와 병원 개원식과 부띠끄 개원 기념식에서, 어울리기에 적절한 종류의 사람들만, 군사정부의 지원자들만 해당되는 칠레 상류사회(haute monde) 저명인사들을 찍은 수십개의 사진들이 빠히나스 쏘시알레스(사회면)라 불리는 그 페이지에 매번 실렸다.

그런데 1988년의 국민투표부터는 조금씩 조금씩, 얼굴 하나씩 하나씩, 권력에 이르는 도정에 있던 민주주의적 반대파들이 그 사교생활의 창으로 스며들어가기 시작했고, 처음에는 이 인물과 저 인물, 그리고 이 다른 여성이라는 식으로 조심스럽게 곧 이 나라를 떠맡게 될, 하지만 수십년 동안 공식 언론에는 언급되지 않은 인물들이 등장했다. 상류사회에 이들이 서서히 모습을 드러낸 일은 어느날 갑자기, 이 친구, 저 친구, 이 부인, 저 애인, 이 망명자 출신 인물 옆에 있는 이 대표이사, 다른 정치범 출신 인물 가까이에서 마티니를 마시고 있는 이 장군, 이봐, 수지의 미술관 개원식에서 자네를 봤어, 끌라로 께 씨(그렇고 말고), 그리고 그 동창회 모임에서 당신을 봤어요, 성(聖)마가렛 영국 여학교를 졸업한 줄 몰랐네요,라는 식의 가십거리가 되었다. 추방당했던 이들이 우파 언론에 사진 찍혀 자신들의 삶을 검증받고자, 칠레의 그 소유주들로부터 나무랄 데 없는 예의범절과 조신한 행동(buena conducta)에 대한 증명서를 발급받고자 줄을 섰다. 적의 제트족(20세기 중반 이후 서구 문화에 끌리던 소련의 청년들을 지칭함—옮긴이) 지면에 안내받아 들어가려는 그 숨가쁜 열의, 앙헬리까가 빈정대며 좌파족이라 부른 이들의 설익은 지명도를 향한 쇄도, 각광을 받으려 아우성치는 반대파들의 무리는, 주인을 불편하게 만들 언급을 삼가는 것이 그들이 치러야 할 입장료였음을 생각할 때 황망했고, 아니 어쩌면 메스꺼웠다는 게 더 나은 표현이겠다.

이 빠히나스 쏘시알레스(사회면), 라 따끼야(매표창구)로 이름 붙여진 것, 특권집단, 이 단사 베르사예스까(베르사유식 사교댄스)는 내게 독재의 잿더미에서 날아오르는 이 새로운 칠레의 축소판이 되었다. 그 칠레는 친구와 적이 빠뜨리아(조국)의 이익을 위해 공존할 수 있는 곳, 자신들의 범죄로 가득하기 때문에 과거를 잊고 싶어하는 자들과 너무 고통스러워서, 너무 끈질기게 그 공포를 기억하는 일이 공포를 반복할 수 있기 때문에 과거를 잊고 싶어하는 이들 사이의 불편한 동맹이 맺어진 곳이었고, 그래서 딕따두라(독재)라는 말이 어휘에서 사라지고 더 중립적인 레히멘(정권)이라는 말이 자리잡았으며, 마치 무언가에 대해 말을 하지 않으면 그것이 사라질 수 있다는 듯이 로스 뽀브레스(빈민)나 빅띠마스(희생자)에 관해 언급하면 저속한 행동이 되는, 승자와 패자가(하지만 누가 이기고 누가 졌는가?) 숨죽인 샹들리에 아래 함께 어울리면서 그 부드럽게 반짝이는 빛 아래 차를 마시는 동안에는 잔혹행위에 대해 말해서는 안 되는, TV에서 생식기에 대해 언급하는 건 외설이지만 근처 지하감옥에 있는 이들을 전기로 고문하는 건 외설이 아닌 나라, 낙태는 불법이지만 나라를 말아먹는 건 불법이 아닌 나라, 아이 께 말 구스또, 매너 좀 지키시라고 하는 나라.

내 주인공 빠울리나처럼 나도 그 세계, 그 타협, 여인들이 미껠란젤로(Michelangelo)를 이야기하며 거니는 그 방의 일부가 되고 싶지 않았다. 그럼에도, 멘도사에서 스팅과 함께 무대에 서 있던, 이제 『엘 메르꾸리오』에게 인정받고 환대받고 싶어하는 그 아리엘, 그토록 많은 집들을 버리고 많은 친구들을 뒤에 남겨두었던 터라 다만 소속되고 싶기만 한 그 아리엘, 어떻든 이 클럽의 멤버이고 미껠란젤로에 대해 이야기할 자격을 가졌다고 생각하는 아리엘이 내 안의 어떤 병든 지대에 웅크리고 있었다. 다만, 어떤 지점에서 난, 아이 께 말 구스또, 참으로 천박하게도, 고문에 대해, 질에 쥐를 집어넣은 것에 대해, 생식기를 짓이긴 것에 대해 말할지도 모른다는 걸 나도 알고 있고, 나를 초대하지 않은 그들도 분명 알고 있었을 것이다. 내 면전에서 문이 �꽝 닫힌 건 놀랄 일이 아니었다. 난 아무것도 아니었고, 사람들이 비난받지 않고도 얼마든지 무시할 수 있는 돈 나디에(아무것도 아닌 사람)였지만, 이러나저러나 난 전혀 개의치 않았고, 포함되고 싶어하면서도 배제되는 게 유쾌했다. 아빠레시스떼 엔 엘 메르꾸리오?『엘 메르꾸리오』에 나왔나요? 아니요. 난『엘 메르꾸리오』에서 실종되었어요. 나의 그 많은 불운한 동포들이 겪은 것보다는 훨씬 가벼운 방식으로 나 또한 데사빠레시도였다.

그리고 이십년이 지난 지금, 난 그 새로운 엘리트들의 무도회장에서 지워진 것이 얼마나 큰 행운인지 가늠할 수 있다. 그 삭제가「죽음과 소녀」를 키웠고 나로 하여금 어쩔 도리 없이 빠울리나의 격한 목소리와 연결되어 있게 해주었다. 내가 그 권력의 전당에서 추방되지 않았더라면 빠울리나의 분노와 칠레의 들끓는 숨은 이야기에 귀를 기울이기가 더 힘들었을 것이다.

내가 존재했다는 걸 잊은 사람들, 나를 잊어줘서 내가 나 자신이 누군지 기억할 수 있게 해준 사람들, 그들이 내게 얼마나 큰 호의를 베푼 것인지. 빠울리나가 내 안에서 자라나면서 내게 보여준 것, 그 허구적 존재가 실재하는 고통에서부터 내게 속삭여준 것은 다름 아닌 소외였다. 대다수의 사람들이 감정을 숨기는 칠레에 자기 마음을 말하는 사람의 자리는 없고, 거짓을 따르는 침묵과 그토록 오랜 시간 싸워온 작가의 자리는 없었다. 당신을 감방에 가두거나 추방시키거나 일자리에서 내쫓을 사람이 없는 지금, 당신을 제지할 사람은 당신밖에, 사랑받고 싶고 사진에 나오고 싶고 유명인들과 함께 도열하고 싶은 당신의 욕심밖에는 없는 지금, 그 어느 때보다 더, 민주주의가 반대와 비판과 양가성으로 더 강화되어야 하는 지금 그 어느 때보다 더 그랬다. 나는 행동하기 전에 허락을 구하기보다 뭔가 저질러놓고 미안하다고 말하는 사람이다. 설사 정치와 문화의 공식 세계로부터 환영을 받았더라도, 새 정부에 의해 역할을 부여받았거나 최소한 존중을 받았더라도, 칠레를 좌우하는 일류 중의 일류들의 의례와 모임과 사진 촬영에 끼어들어갔더라도, 어쨌든, 어떻게든 그 극을 썼을 것이다. 하지만 운좋게도 그들은 내게 유혹당할 기회를 한번도 주지 않았다.

왜 나는 그들의 거부에 상처받은 걸까? 왜 나는 망명 시절이나 그전엔 나의 친구였고 이제 권력을 갖게 된, 가령 아일윈의 배후 인물이자 그 대통령의 심복인 엔리께 꼬레아 같은 사람들의 문을 계속해서 두드린 걸까? 당을 떠남으로써 독립은 얻었을지 모르지만 내 관심사를 살펴줄 영향력과 접근권과 유대관계를 잃었다는 걸 깨닫지 못했던 걸까? 아옌데가 무탈하게 죽어 있는 칠레에 나 같은 예측 불능의 인물이나 유토피아주의자를 위해 환영 카펫이 깔려 있을 거라 생각했던 걸까? 그 유쾌하지 않은 진실을 깨닫는 데 왜 그토록 오랜 시간이 걸린 걸까?

응석받이가 되었기 때문이다.

1990년 칠레로 돌아왔을 때 내 안에는 1983년 9월 우리가 망명에서 처음 귀국했을 때 백명의 친구들과 꼼빠녜로들이 열어준 환영 만찬에 대한 기억이 있었고 이제 결코 거기 돌아가 살지 않으리란 것을 아는 지금도 그 기억은 내 안에, 나와 함께 있다.

사정이 좋았을 때 앙헬리까와 나는 싼띠아고 언덕의 높은 골짜기에 아늑하게 자리잡고 넓게 퍼져 앉은 레스토랑 라 께렌시아(La Querencia)에서 점심을 머은 적이 있었다. 오후에는 아주 조용한 곳이라 사랑스럽게 늘어진 버드나무 잡목림에 반쯤 가려져 있고, 깨끗하기가 태곳적의 맑은 샘 같은 시냇물 소리를 들을 수 있었다. 하지만 밤이 되면 싼띠아고에서 가장 시끄러운 곳이 되어 연회객 무리가 그저 그런 음식을 마구 먹으며 귀를 찌르는 관악기와 터무니없는 타악기의 오케스트라에 맞춰 춤을 추곤 했다.

십년 동안 와보지 못했는데도 라 께렌시아는 변함이 없었다. 커다란 메인 식당에서 똑같은 오케스트라가 똑같은 볼레로와 룸바를 똑같이 시끌벅적 흥청거리는 사람들 무리를 위해 연주하는 것 같았다. 우리 일행은 힐끔거리는 사람들 시선이 미치지 않도록 이동식 반투명 유리문이 달렸고 참을 수 없을 정도로 시끄럽지는 않은 별실을 예약했다.

우리는 이딸리아 망명에서 막 돌아온 또다른 주빈인 호세 안또니오 비에라-가요(José Antonio Viera-Gallo)와 그 부인 떼(Te)와 인사를 나누었다. 포옹으로 인사를 나누면서 그는 시끄러운 음악을 이기려고 소리를 지르며 거룻배 어쩌고 하는 말을 했다.

"뭐라고요?"

"당신이 그럴 거라 했듯이 거룻배가 마침내 우리를 고향으로 데리고 왔네요."

1978년 앙헬리까와 내가 로마에 있던 호세 안또니오 비에라-가요와 떼를 마지막으로 찾아갔을 때 목이 쉬어라 요란했던 식사를 마친 열인가 열둘인가 되던 우리 일행은 결국 비에라-가요의 작은 아파트 마룻바닥에 널브러졌고 난 우리 모두가 노를 젓기 시작했다고, 우리가 힘껏 근육을 쓴다면 칠레까지 도착할 거라고 주장했다. 그렇게 일행은 보이지 않는 노를 잡아 끌어당기면서 상상의 바람 속으로 희망의 노래를 불렀고 지중해를 건너고 헤라클레스의 기둥을 지나, 보라, 저기 지브롤터가 있고, 그런 다음 대서양으로 들어가 까보 데 오르노스(Cabo de Hornos, 혼곶)와 마젤란해협과 빠따고니아를 지나 발빠라이소까지 이르렀고, 계속해서 눈부신 갤리선의 노예들처럼 뭍을 향해, 우리의 삶을 위해 노를 저었고, 추방에서 벗어나 고국으로 돌아가고자 노를 저었다. 그리고 이제 우리는 해냈고, 저 먼 이방의 도시가 아니라 여기 라 께렌시아에서 벗들과 다시 만났다. 원하고 또 사랑한다는 뜻의 께레르(querer)에서 파생된 께렌시아(querencia)는 열망을 의미하며 애착, 까리뇨(cariño)와 가까운 말이었고 여기가 우리가 사랑받은 곳이라는 뜻이었다.

저녁이 다가오도록 나는 우리가 무엇을 먹는지 무슨 얘기를 하는지 거의 알아차리지도 못한 채 그저 벗들의 얼굴, 우리의 귀국을 위해 싸워온 모든 이들, 우리를 위해 나라 꼴만 겨우 갖춘 이곳을 안전하게 지켜온 이들 한 사람 한 사람의 얼굴을 바라보며 눈을 호강시켰다. 그러다가 인권변호사로 널리 알려진 호르헤 몰리나(Jorge Molina)가 스푼으로 반쯤 빈 와인잔을 울리고는 일어서서 밴드가 딱 삼분만 음악을 멈춰주겠다고 했노라 비꼬는 투로 전하면서 그러니 짧게 한마디 하겠다고 했다.

그는 이 세월 동안 칠레에 남아 있던 사람들이 우리를 얼마나 필요로 했었는지 이야기했다. 그는 우리가 성장했다고, 당신들이 성장했다고, 그리고 당신들이 그 세계에서 견디고 살아낸 것 때문에 우리와는 딜라졌음을 알고 있지만 너무 많이 달라진 건 아니라 믿어야 한다고 말했다. 우리는 십년 전과 같은 사람들이 아닐지 모르고 너무 많은 일이 일어났고 너무 많은 것을 보았지만, 그래도 당신들은 우리를 여전히 알아볼 수 있다. 그리고 이어 그는 이제 우리는 기회를 얻었고, 이 기회를 위해 싸워왔고, 통합의 과정을 시작할 이 기회, 에스따 오뽀르뚜니다드를 위해 댓가를 치렀으니, 우리를 위해 또 당신들을 위해, 이제 같음과 다름을 한데 합칠 시간이라고 말했다.

그의 말에 담긴 소박함과 진실성은 그날 저녁 처음으로 귀가 떠나갈 듯한 음악의 공격을 면한, 그 고요한 친밀감으로 인해 한층 고양되었다. 마치 큐 사인을 받은 것처럼, 마치 어떤 숨은 거장이 엿듣고 있기라도 한 듯이, 옆방에서 차차차가 폭발했다. 승인의 포효였다! 라 께렌시아의 나머지 고객들은 자기네 방식의 함께하는 즐거움에서 밀려나기를 바라지 않았던 것이다. 옆방의 발 구르는 소리는 그들이 앞서 흥청망청 즐기던 유흥을 한층 격하게 이어감으로써 잃어버린 삼분을 보상받고자 한다는 걸 알려주었다. 갑자기 유리문이 활짝 열리고 젊은 여인들의 뱀춤이 우리 방으로 왈칵 밀려들어왔다.

"라 노비아(신부)," 그들은 소리쳤다. "께레모스 아 라 노비아(신부 나와라)!"

우리 같은 무지막지한 반체제 인사들 무리를 접대하는 것이 몰고 올 여파가 두려워 주인이 다른 손님들에게 우리가 결혼 피로연을 열고 있다고 말한 게 분명했고, 독신여성 낭자군들은 아직은 그들 무리의 한명일 신부가 결혼의 매듭을 묶기 전에 아주 유쾌하게 그녀에게 작별을 고할 작정이었다. 그들은 우리의 운좋은 신부로 떼를 골랐다. 현명하게도 그녀는 자기에게 할당된 역할을 받아들였고 다른 사람들에게도 이 유흥에 동참하라는 신호를 보냈다.

메인홀의 무도장으로 해방된 우리 작은 일행은 식사 중에 쌓였던 모든 긴장을, 나란히 서거나 짝을 지어서가 아니라 한덩어리가 되어 미친 듯이 기뻐 날뛰는 춤으로 해소했고, 마침내 밴드가 역대급 애창곡 「알리바바와 사십인의 도적들」(Ali Baba y los Cuarenta Ladrones)을 연주하기 시작하자 우리는 목청껏 소리 지르며 따라 불렀고 주제 구절인 "아브레떼, 아브레떼, 쎄사모(열려라, 열려라, 참깨)"를 반복했다. 쎄사모(참깨)라고 불리는 마법의 문이 열리길 바라는 순진한 요청인 그 말은 지난 십년 동안 이 나라를 열어보려고 애쓴 우리 일행에게 특별한 울림을 가졌으니, 그 십년 동안 우리 면전과 두드리는 우리 손가락에 대고 꽝 하고 문이 닫혀버렸고, 비밀경찰에 의해 문이 부서져버렸으며, 칠레의 모든 문이 닫히지 않으면 억지로 비틀려 열리거나 했던 세월이었고, 우린 닫힌 문에 마침내 금을 내고 그 사이로 어떻게든 되돌아가려고 했던 세월이었다. 우리가 한 건 그런 일이었다. 처음에는 속삭임, 그다음엔 저항의 연설, 그리고 이제는 그 사십인의 도적들을 없애라는 외침이라고, 우리 모두는 그렇게 생각하고 있었다. 백번의 잽을 넣는 우리의 손가락이 아브레떼, 아브레떼, 쎄사모를 강조하면서, 우리는 그 위장된 정치적 구호와 위장되지 않은 감정들을 외치면서 여전히 닫혀 있는 문을 열기 위한 에너지를 모았고 이제 함께 모였으니 우리는 천하무적임을 축하한 것이다. 칠레에 남아 있던 사람들이 처음으로 우리 같은 망명자들과 춤출 수 있었을 뿐 아니라, 공공장소에서 자기들끼리 춤출 수 있었던 것도 처음이었기 때문이다.

우리를 이 카니발로 꾀어냈던 그 열정적인 젊은 여인들이 다시 주도하여 다른 게임으로 이끌었는데 무도장 한구석에서 신부 될 이의 친구들이 신부를 붙잡고 그 제물을 공중에 던진 다음 내려오는 그녀를 아슬아슬하게 잡는 게임이었다.

우리 무리는 이에 질 사람들이 아니었다.

곧 비에라-가요가 공중으로 날아올랐다. 난 그가 놀라 숨이 막힌 채 반항하는 모습에 배를 잡고 웃었고 심지어 내가 그다음 차례인 줄 알고 있었어도 웃음이 났는데, 다음 순간 위를 올려다보고는 왜 그가 내려달라고 애원했는지 알아차렸다. 우리 바로 위 천장에 매달린 팬이 솟아오른 그의 몸 바로 일, 이 인치 옆에서 불길하게 돌아가고 있었던 것이다. 난 넋을 잃은 채 던지는 사람들이 여덟, 아홉, 그리고…… 열까지 세는 걸 지켜보았고, 마침내 비에라-가요는 사지 멀쩡한 채 안전하게 내려왔으나, 오 맙소사, 다음은 내 차례였다!

난 그들에게, 팬이 있어, 팬이 있어, 조심해, 이봐, 봐, 봐, 저기 보라고, 하며 경고하려 해보았다. 하지만 아무도 아무 주의를 기울이지 않았다. 나하고 하늘 높이 올라가보세!

난 내 발 한짝이 마구 흔들리며 팬 근처까지 갔다가는 떨어지면서 다시 멀어지는 걸 본다. 난 팬을 가리키며 재갈이 물린 듯 씩씩거리지만, 다시 한번 위로 올려지고, 이번에는 팬의 날에 더욱 가까워진 것 같다. 환호의 우렁찬 함성이 나의 초조한 고함에 답하며, 그렇게 좋아, 어, 아리엘?,이라 한다. 난 '귀국 망명자 팬에 부딪혀 사망'이라는 타블로이드의 헤드라인을 눈앞에 떠올린다. 나로 말하면 1973년 대통령궁에서 죽음을 모면했고, 망명생활의 온갖 무도함과 모멸에도 살아남은 몸이니, 적어도 이런 식이 아니라 어떤 서사시적인 상황에서, 엄숙하게 죽게 해달라. 이제 그들은 일곱번에 이르는데 그 행운의 숫자가 나를 달래준다. 내가 모든 걸 받아들이는 경지에 도달할 때야, 내 두 다리는 모두 무사히 땅에 닿고 이제 돌아갈 시간이 되지만, 아직 저녁이 다 끝난 건 아니다.

반투명 유리문이 달린 우리 방으로 돌아왔을 때 내 친구 마누엘 호프레가 내 시집을 건넨다. "살아야 할 때와 죽어야 할 때," 그는 붉은 머리칼을 흔들며 말한다. "그리고 시를 읽어야 할 때."

"이봐, 난 그럴 상태가 아니ㅡ"

"오케스트라를 이미 매수해놓았어"ㅡ그리고 실제로 다음 순간 또다른 정적이 찾아든다. "그 사람들 우리 편인 것 같아. 노동계급다운 뻣뻣함이 좀 있지만 말이지. 주인이, 그 삐노체뜨 지지자 새끼가 뭐라 하든 우리한테 삼분 주겠다고 했어."

난 벗들에게 내 가장 악명 높은 시 「유언」(Testamento)을 읽어주기 시작했다. "그들이 네게 내가 수감자가 아니라 할 때, / 믿지 마. / 그들은 인정해야 할 거야 / 언젠가. / 그들이 네게 나를 풀어주었다고 할 때, / 믿지 마. / 그들은 인정해야 할 거야 / 그게 거짓말이라는 걸 / 언젠가, 알군 디아."

그 말, 알군 디아에 이르자 오케스트라가 다시 시작되어 느리고 낮은 볼레로를 연주했는데, 뭔가 감미롭고 상대적으로 조용한 음악을 선택함으로써 주인의 압력에 숙이고 들어가면서도 우리와의 연대를 보여주는 방식이었다. 빠사란 마스 데 밀 아뇨스 무초스 마스, 천년이 지나길 깃이네, 너 오래, 천년보다 훨씬 더 오래. 가수는 부드럽게 노래했다.

갑자기 그 모든 게 딱딱 맞아떨어지고 어떤 패턴이 드러나는 것 같았다. 우리는 아브레떼, 아브레떼, 쎄사모를 부르며 문이 열리고 도적들이 심판받을 것을 요구했고, 여기에 답이 있었다. 그러려면 천년이 더 흘러야 한다고…… 뭐를 하려면? 정의가 이루어지려면? 문이 열리려면? 우리가 서로를 다시 보려면? 진정한 사랑이 가능하려면? 음량이 무자비하게 높아짐에 따라, 난 시를 소리 높여 외치기 시작했다. "그들이 네게 / 내가 프랑스에 있다고 할 때 / 믿지 마. / 그들이 네게 / 내 가짜 신분증을 보여줄 때 / 믿지 마. / 그들이 네게 보여줄 때 믿지 마 / 내 시신을 찍은 사진을, / 그들을 믿지 마."

마치 천년이나 떨어진 곳에서, 망명지에서, 반드시 다른 이들의 귀에 들리게 하기 위해 소리 지르고 있는 것 같았다. 그 레스토랑 주인 개자식이 우릴 침묵시키려고 한다고? 좋아, 내 목소리는 퍼져나오는 볼레로의 멜로디를 넘어 라 께렌시아의 고객 한 사람 한 사람에게 모두 닿을 테다. "그들이 네게 말할 때 믿지 마 / 달이 달이라고, / 그들이 네게 달을 달이라 말해도 / 이게 테이프에 담긴 내 목소리라 말해도 / 이게 자백서에 적은 내 서명이라 말해도 / 그들이 나무를 나무라 말해도 / 그들을 믿지 마, / 믿지 마 / 그들이 네게 말한 어떤 것도 / 그들이 맹세한 어떤 것도 / 그들이 네게 보여주는 어떤 것도, / 그들을 믿지 마."

나는 한번도 기대해본 적 없는 청중들에게, 은혼식을 기념하는 부부들에게, 약혼한 친구에게 작별인사를 하는 소녀들에게, 생일파티에 온 사람들에게, 그리고 그저 좋은 시간을 보내러 온 향락객들에게 가닿았고, 먼 데서 모습을 나타내기 전부터 레일의 떨림으로 기차 소리를 듣는 것처럼 바깥의 큰 방에서 사람들은 춤을 추지 않고 다만 귀를 기울이고 있었으나, 다만 주인의 닦달로 음악 소리는 점점 더 커져갔는데 난 그를 거의 광란에 빠진 악마적인 지휘자로 상상했고, 그는 내 시의 결말인 이 말들을 좋아하지 않을 것이었다. "그리고 마침내 / 그때가 / 그날이 / 올 때 / 그들이 네게 / 시신을 확인하라고 할 때 / 그리고 네가 나를 볼 때 / 그리고 어느 목소리가 말할 때 / 우리가 그를 죽였다 / 이 불쌍한 새끼는 죽었다 / 그는 죽었다고, / 그들이 네게 / 내가 / 완전히 절대적으로 확실히 / 죽었다고 말할 때 / 그들을 믿지 마 / 그들을 믿지 마 / 그들을 믿지 마."

노 레스 끄레아스

노 레스 끄레아스

노 레스 끄레아스.

우리 방 사람들만이 아니라 다른 방에서도 박수가 터져나왔다. 우리가 추방당하고 박해받는 동안, 우리가 모르는 그 사람들은 그 지옥 같은 십년을 관중으로 또 관중보다 못한 사람으로, 하찮은 가락에 춤을 추면서, 생일 케이크의 초를 불면서, 작은 은총들에 감사하면서, 살았거나 허울로만 살았다. 그들은 그 세월 동안 우리의 연설이나 심지어 그들을 변화시키려는 우리의 계획이 미치지 않는 그곳에 있었다. 그리고 이제 그들의 축하와 우리의 축하가 흘러넘치며 서로의 공간으로 침범해 들어갔고 그들의 삶을 지배하던 부동성을 무너뜨렸다. 거기 있는 모든 사람들, 우리를 환영하는 사람들 한 사람 한 사람, 그리고 이제 믹 들어온 망명자들 한 사람 한 사람, 우리는 고립된 게토였고, 우리 모두는 야만인들 한가운데 있는 수도원이었고, 우리는 어찌어찌 살아남았고, 오래 살아 있어 이제 다시 만날 수 있게 되었고, 이 무도장에서 서로 교배하며 다시 노래하고 있었다.

이 일이 있기 전이나 그 이래나, 나는 한번도 그날 밤 라 께렌시아에서처럼 여러 스타일과 꿈과 욕망과 계급들이 한데 섞이는 경험을 해보지 못했다. 그것은 독재자를 쫓아냈을 때, 그리고 우리 내부의 독재를, 내부의 검열을 쫓아냈을 때, 계획하지 않은 일에 가까스로 마음을 열 때, 무도장에서의 그 마지막 시간만큼 풍요롭고 다양한 공동체를 창조해낼 때, 스스로를 풀어놓아 우주의 문이란 문은 다 발로 차버릴 때, 우리를 산산조각 낼지 모를 팬의 위협을 무릅쓸 때, 이 나라가 어떤 모습이 될지에 대한 영광스러운 예감이었다.

어떤 댓가가 따르든, 얼마나 위험한 일이든, 어떤 소음이 나를 묻어버리려 하든, 난 그 천국의 맛이 그만한 가치가 있다는 것을 알고 있고, 맹세코 앞으로도 결코 그걸 잊지 않으리라.

나를 응석받이로 만들고 달래고 어른 건 바로 우리 모두를 위한 나라라는 그 비전이었다.

그랬기에 1990년의 칠레 귀국에서 내 마음이 그토록 아팠던 것, 연대라는 그 공동의 꿈에서 점점 더 멀어지는 것 같은 나라에 돌아올 때마다 매번 마음 아팠던 것도 그 때문이었다. 2006년 여행에서도 그 때문에 비탄에 빠졌고 그건 앞으로도 결코 덜어지지 않을 슬픔이었다. 칠레에 배반당한 건 내가 아니라는, 칠레는 칠레 자신을, 더 나은 자신을, 천년이 지나도 내가 잊을 수 없고 또 잊지 않을 그 경이로운 칠레를 배반했다는 확신.

1990년 칠레로 돌아갔을 때의 일기에서

11월 10일

내가 염려하는 게 무엇인지 부모님에게 말할 수 있다면, 함께 앉아 그분들에게 전부 다 털어놓을 수 있다면 좋으련만, 부모님은 한주간의 짧은 방문을 마치고 막 아르헨띠나로 떠나셨고 난 그 주제는 꺼내지도 못했다.

그분들은 그지없이 행복하게 여러해를 지낸, 그리고 지금도 많은 친구들이 있는 칠레에 다시 오는 걸 기뻐하셨고, 쁘로비덴시아(Providencia)에 있는 작고 쾌적한 호텔 오를리(Hotel Orly)를 발견했다. 앙헬리까가 망명해 있던 때에 늘 그랬던 것처럼 집에서 우리와 함께 지내시자고 초대했지만, 어머니는 한시라도 손자 호아낀과 함께 있고 싶어하시면서도, 싸뻬올라의 우리 집이 실제로는 부모님처럼 여러 편의가 필요한 노년의 손님을 맞을 준비가 되어 있지 않다는 걸 알고 계셨다. 앙헬리까가 할 일이 너무 많구나, 아리엘. 어머니는 내게 얘기하셨다. 네가 신경을 써야겠더라. 이 귀국이 그 아이를 많이 지치게 했어.

우리가 유럽을, 그리고 그다음엔 미국을 떠돌 때 한동안 부모님은 우리가 칠레로 돌아오면 함께 이리 돌아올까 하는 생각도 했지만, 실제로는 부에노스아이레스에서 께리도(마음에 딱 드는 집)를 구해 이미 자리를 잡아서 또다시 집을 떠날 여력이 없었다.

더구나 그곳에서 아버지는 하시는 일이 많았다. 여든셋이지만 여전히 굳셌다. 아르헨띠나 독재가 무너진 후 그는 알폰신

(Alfonsín) 대통령의 경제자문이 되었는데 알폰신의 뒤를 이은 까를로스 메넴(Carlos Menem)과는 협력하기를 거절했고 미국정부가 부과한 신자유주의 정책과 엮이길 원치 않았으며 대신 아랫세대 경제전문가와 공학자 집단과 함께 아르헨띠나 경제에 비판적 관점을 제공할 싱크탱크를 만들었다.

부모님이 여기 오셔서 며칠 동안 그분들의 애정에 듬뿍 젖어 지내는 건 너무 즐거운 일이었고, 우린 마침내 같은 나라 같은 도시는 아니라도 최소한 비행기로 두시간밖에 안 걸리는 같은 대륙 같은 위도에 살게 되었다는 사실을 만끽했다. 만에 하나를 위해서라도······

기억하는 한 내겐 늘 부모님의 죽음에 대한 두려움이 있었다. 젊은 시절 난 내 다정한 어머니 곁에 앉아 작별을 고하는 그녀의 손을 잡고 있게 될 날을, 내 아버지가 고요히 혹은 격렬히 어둠속으로 들어가게 될 밤을 떠올리곤 했고, 그 그림 속에서 그분들 곁엔 언제나 내가 있고, 앙헬리까도, 우리 아이들도, 가족 전부가, 삶에서 그랬듯이 죽음에서도 언제나, 언제나 가까이 죽음을 지키고 있다. 망명은 이런 전망을 어지럽혔고 그분들이 아무도 없는 방에서 돌아가실지도 모른다고 암시했으며 그분들의 마지막 병상에 대한 소식을 내가 멀리 떨어진 곳에서 듣게 될 거라고, 그분들이 자신을 기다리는 슬픔과 망각의 강을 건너갈 때 내가 그 곁에서 함께하지 못할 거라고 속삭였으므로, 난 그 순간이 오기 전에 나의 떠도는 삶이 끝나기를 기도했다.

그런데 이제 우리가 여기 이 싼띠아고에 돌아왔고, 우리가 예언한 대로, 수백만년 전 우리의 조상이 죽음이라는 불가능한 불확실성, 그토록 다양한 의례를 통해 탐구되고 확인될 그 신비, 과거와 미래를 향한 그 신성한 의무, 과거와 미래가 연결되는 그 순간을 어떻게 다루어야 하는지 배워 최초의 무덤을 만든 이래, 최초의 진정한 이별에 앞선 마지막 인사를 바친 이래, 인류의 기나긴 역사를 걸쳐 그래왔듯이, 마땅히 그래야 하듯이, 여기 가족들이 함께하고 있다. 이제 여기 싼띠아고에 우리가 있다. 그런데 우리는…… 그리고 나는……

나는 나의 체보치, 나의 추아(Chúa)에게 우리가 칠레를 영원히 떠날 생각을 하고 있다는 얘기를 하지 않았다. 나 스스로도 감히 그걸 받아들이지 못했기에 그들에게 말하지 않았다. 여기에 쓰는 것만으로도 그 이야기는 참을 수 없을 만큼 현실적인, 그럴싸한, 실제로 일어날 수 있는 무엇이 되어버린다. 말로 하는 건 다른 문제라, 앙헬리까와 나는 이 새로운 이주의 가능성에 관해 이미 이야기를 나누었고, 어떤 의미에서 그 생각은 여기 도착한 이래 계속 우리를 잠식했고 칠레가 너무 많은 방면에서 견디기 힘든 나라임이 판명되자마자 우리는 대안을 논의해왔다. 이건 무슨 의미일까, 어떤 결과가 나올까, 그토록 오랜 세월 이 귀환을 꿈꿔왔는데 이제 와서 새로운 출발을 정서적으로 어떻게 감당할 것인가? 또다시 어머니와 세 형제로부터 떨어지는 게 앙헬리까에게 어떤 의미일까? 우리는 그 주제를 놓고 근심했지만 답이 나오지 않았다. 나는 극을 쓰느라 바빴고, 그것이 일종의 기적을 일으켜 마치 내가 고집스런 나무라도 되는 듯이 이 나라 땅속을 파고들 수 있게 해주고 새로운 망명을 피할 수 있게 도와주지 않을까 하는 희망을 품게 만듦으로써 그 극은 나를 칠레에 뿌리내리게 하고 있다.

몇번인가 나는 부모님께 우리가 1월에 싼띠아고를 떠나면 미국에서 살게 될지 모른다고 이야기하려고 했고, 그분들이 우리를 격려하고 늘 그랬듯이, 늘 우리를 위해 당신들의 행복을 기꺼이 희생했듯이, 우리 결정을 지지하리라는 걸 알기에 그 말은 혀끝에서 계속 맴돌았다.

하지만 난, 적어도 이번에는 털어놓을 수가 없었다. 앞으로 외로운 새벽이 그들과 나를 기다리고 있다고 어떻게 말할 수 있겠는가, 내게 생명을 준 그 남자와 그 여자에게 그들이 나를 가장 필요로 할 때 내가 거기 없을지도 모르겠다고, 거기서 작별인사를 하지 못할 수도 있다고 어떻게 말할 수 있겠는가?

•

2006년의 칠레 여행 중에 난데없이 우리는 삐노체뜨 장군이 심각한 심장발작을 일으켰다는 소식을 듣고 놀랐다.

나의 첫 반응은 믿을 수 없다는 것이었다. 내 시가 권고했듯이 난 그를 **믿지** 않았고 그가 하는 어떤 말도, 그의 패거리 누군가가 그에 관해 하는 어떤 말도 믿지 않았다. 이미 1998년 런던에서 체포됐을 때 그는 스페인이 요구한 본국 송환을 피하기 위해 치매에 걸린 시늉을 한 적이 있다. 원치 않는 손님을 기꺼이 보내고 싶어한 영국 당국을 속이고 삐노체뜨는 싼띠아고 공항에 도착하자마자 휠체어에서 일어나 승리한 권투선수처럼 두 손을 공중으로 치켜들었다.

그러니 내가 삐노체뜨의 이 새로운 '질환'을 의심하는 것도 무리가 아니었고, 특히나 칠레 법원에서 이루어진 또다른 중요한 기소, 영국이 그를 체포한 데 수치를 느껴 뭔가 하지 않을 수 없었던 법원이 백건 이상 제기된 소송을 받아들여 이루어진 기소와 하필 맞아떨어졌으므로 더더욱 그랬다. 그러나 그는 아흔한살의 노인이었고 그의 의사는 진심으로 걱정하는 듯 보였으므로 피터 레이몬트와 나는 싼띠아고육군병원(Hospital Militar de Santiago)에 가보기로 했다.

거기서 나는 삐노체뜨 지지자들과 두번 마주쳤고 두번 다 여성이었다. 한번은 병원시설 뒤에서였다. 내가 일군의 기자들에게 이야기를 하고 있는데 마르고 우아한 차림새의 여성이 하이힐을 또각거리며 지나가다가 내게 꼬무니스따 아스께로소, 더럽고 역겨운 공산주의자라며 욕을 내뱉었고, 내가 공격적이지 않은 태도로 다시 와보라면서, 내가 뭘 어쨌다고 그런 공격을 하냐고 물었으나 답하지 않았다. 그녀는 그저 휙 하니 모퉁이를 돌아 건물 앞쪽으로 갔고 거기에는 다른 삐노체뜨 열광자들이 그들의 죽어가는 지도자를 위해 통곡하고 있었는데 그 무리를 이끈 건 립스틱이 번진 입술에 자기 영웅의 초상화를 손에 움켜진 채 상황에 어울리지 않는 선글라스 아래로 비탄의 눈물을 줄줄 흘리고 있는 작고 통통한 여자였다. 온 세상이 보라고 스스로를 가련한 구경거리로 만들고 있는 여인, 외국에서 또 싼띠아고에서 고문자이자 도둑으로 기소된 남자를 옹호하면서 적들을 향해 배은망덕하다며, 말라 메모리아를, 살못된 기억을 갖고 있다고 비난하는 여인이 거기 있었다.

하지만 나는 그녀의 비참함에 설명할 수 없이, 제어할 수 없이, 감동을 받았다. 나는 그녀의 한탄을 취재하며 맴도는 기자들이 사라질 때까지 기다려서 우리 촬영팀이 그 장면을 찍고 있다는 것도 잊을 만큼 내 감정에 몰입한 채 그 여인에게 다가가 부드럽고 예의 바른 목소리로 내가 아옌데의 죽음을 너무도 슬퍼했으며 그랬기에 이번에는 그녀가 지도자를 애도할 때라는 걸 이해한다고, 그렇지만 또한 우리 쪽에 얼마나 많은 고통이 있었는지 그녀가 알아주기를 바란다고 말했다. 우리가 아옌데의 오류를 인정할 수 있다면 그녀도 삐노체뜨의 폭압을 인정할 수 있지 않겠는가?

영화의 이 대목, 내가 그 여인에게 이야기하고 그녀가 놀랄 만큼 조용히 귀 기울여 듣는 대목은 특히 라틴아메리카에서 가장 많은 비판을 불러일으킨 장면이었다. 사람들은 묻는다. 어떻게 그럴 수 있나? 어떻게 삐노체뜨를 향한 그 여자의 애통함을 승인하고 그걸 아옌데를 향한 당신의 애통함과 비슷한 것으로 존중할 수 있나? 어떻게 죽어가는 자기 영웅이 야기한 우리의 고통을 축하했던 적에게까지 공감할 수 있는가? 무엇에 씐 것인가? 사람들은 계속해서 그렇게 물었다.

맞는 말이다. 내가 보기에도 실제로 난 뭔가에 씐 것이었다. 마치 내 안에 있는 어떤 깊은 격동이나 천사가 나를 사로잡은 것 같았다.

심리학자들의 발견에 따르면 아기들은 녹음된 자기 울음소리보다 괴로워하는 다른 아이들의 울음소리를 들을 때 더 격하게 또 더 오래 운다. 생각해보라. 아기가 자기 문제보다 다른 사람의 비탄의 목소리에 더 속상해하는 것이다. 그 아기는 다른 아이와 연대하여 더 격렬하게 울고 그 고통을 나누고 그 아이에게 혼자가 아니라는 신호를 보낸다. 내게는 그것이 우리가 필요로 한다면 공감은 이미 우리 종 내부에 새겨져 있고 우리 뇌의 순환계에 코드화되어 있다는 증거이다.

바로 이런 방식으로, 다시 말해 다른 이들이 고통받는 게 참을 수 없어서 괴로워하는 이들을 달래주는 사회적 네트워크의 조건을 만듦으로써, 우리는 가까스로 인간이 되는 것이다. 물론 그게 인간의 유일한 정의는 아니다. 우리는 또한 잔혹함과 이기심, 냉담과 탐욕이라는 특성도 가졌다. 하지만 우리들 각자는 우리의 원초적 인간성을 무엇으로 정의할지 결정할 수 있으며, 나는 대결로 점철된 일생을 거쳐 온 뒤 우리의 가장 중요한 특징이 타자에 대한 탁월한 감정이입이라 결론을 내렸거나 그런 결론을 택하게 되었다. 그 점이 우리의 진화의 토대를 구성하는 것이자 언어를 향한 우리의 추구에 기초를 닦아준 것이며, 언어의 핵심은 누군가 다른 이가 일생 동안 우리와 함께하리라는 표현이자 믿음이다. 우리 종의 상상력 추구의 기원에 공감이 놓여 있고 그 상상력으로 우리는 다른 사람의 피부를 뚫고 그 안으로 또 그 아래로 슬그머니 들어갈 수 있다. 그때 나를 사로잡았던 건 단순했다. 난 그 여인이 애처로웠다.

그럼에도 내 행동은 더 심문해볼 필요가 있다. 어쨌든 히스테리에 빠진 그 여성은 나 같은 사람들, 바로 이런 회고록, 장군의 죄상을 잊기를 거부하고 아옌데를 기억하는 행위를 겨냥하여 말라 메모리아를 가졌다며 폭언을 퍼붓고 있었기 때문이다. 그게 우리에게 반대하는 그녀의 기억이고, 이 세상에서 그리고 의문의 여지 없이 다음 세상에서도 그녀가 기억하는 바, 그녀가 스스로를 위해 구축한 정체성을 지키려고 기억하겠다고 택한 바를 바꾸기 위해 내가 할 수 있는 건 아무것도 없다. 그녀의 서사, 그녀의 가장 내밀한 이야기, 그녀가 수십년간 의지하며 살아온 신화는 아옌데가 자신의 평화와 재산을 위협한 사회주의자였고, 따라서 야만적인 아옌데 지지자들은 아버지를 대리하는 삐노체뜨에 의해 폭력적으로 탄압받아 마땅했다는 것이다.

그런 사람들과 대화를 시작하는 건 힘든 일이고, 병원 뒤편에서 내게 욕을 하고 쌩하니 사라진 그 사나운 여자가 이를 입증해주었는데 그녀는 내게 접근 기회조차 주지 않았지만, 립스틱이 번진 그녀의 동료 삐노체뜨 지지자가 세운 장벽에 금이 간 것을 보았을 때 나는 그녀에게 접근했다. 물론, 내가 그녀의 고통을 이해한다고 했으니 그 댓가로 그녀 또한 한번 내 입장이 되었다고 생각해보라고, 내가 말라 메모리아가 아니라 그저 그녀의 기억과 일치하지 않는 기억의 영향을 받고 있음을, 그리고 그렇더라도 그 때문에 우리가 서로를 죽이거나 증오할 필요는 없음을 인식하라고 부탁했다.

어떤 면에서 그것은 음악회에서 하이메 구스만 가까이 앉았다가 그의 존재를 피해 달아남으로써 베토벤의 위안을 그 혼자 누리게 했던 때부터 시작된 공존의 답을 찾는 모색, 쿠데타 이후 지속되어 망명에 이르기까지 심화된 모색의 정점을 이루는 만남이었다. 그 여인을 향한 내 반응은 곧 나 자신을 향한 반응, 헤이그의 데스 인더스 호텔 계단에서 파시스트 사서 위브너를 공격했던 그 격분한 아리엘, 칠레에서 조깅하면서 누가 적이고 누가 친구인지 몰라 역겨움에 가득했던 아리엘, 워싱턴에서 당신의 꿈을 파괴하려고 공모한 사람들과 어떻게 함께 살 수 있느냐고 물으며 어리둥절해하던 그 아리엘을 향한 반응이었다고 말해도 좋을 것이다. 울부짖던 그 삐노체뜨 지지자와의 만남은 하나의 정점이었는데,「죽음과 소녀」이후 나는 줄곧 극과 소설, 시와 에세이에서 우리에게 돌이킬 수 없는 해악을 가한 자들과 우리를 갈라놓는 벽에 대해 널리 성찰해왔고 내 등장인물로 하여금 그들의 가장 끔찍한 적들과 상대하게 만들고 그들에게 희생과 보복이라는 달콤한 덫을 피할 방도를 스스로 묻게 했으며 내 가장 최근 희곡인「연옥」(Purgatorio)에서도 의미있는 대화가 이루어지기 위해서는 속죄가 필수적임을 암시했다.

하지만 실제 삶에서는 그런 뉘우침을 영원히 기다리고 있을 수만은 없다. 비록 잠깐씩일 뿐이지만 실제 삶에서 난 스스로 그 벽을 부수고 간극을 뛰어넘고 다른 종류의 세계를 상상하고 싶은 충동을 느꼈다. 내 마음이 나를 잘못 이끌었을 수도 있지만, 만일 슬픔을 가누지 못한 그 여인이 현실에 눈감고 있고 나는 한 눈을 뜨고 있다면, 한 눈이라도 떠서 설핏 보고 있다면, 모든 적들의 마음속에 분명 숨겨져 있을 일말의 호의를 발굴할 희망으로 먼저 나서서 머뭇거리는 첫 발걸음을 떼는 것이 중요하지 않을까? 아니면 반대자들을 가두고, 죽이고, 추방시키고, 또다시 폭력을 가동해야 하나? 그렇다면 우리 각자가 스스로를 무장해제시키고 벌거벗음에 대한 공포를 이겨내고 우리 중 누구도 지배의 유혹에서 자유로울 만큼 완벽한 성인군사가 아니라는 설 인정할 필요가 있지 않나?

그렇다고 해서 내가 그 삐노체뜨 광신도에게 화해나 용서를 제의했던 건 아니다. 장기적 휴전이 가능하려면 어떤 회한이 그 여인의 마음속에 사무쳐야 하고 그녀가 기꺼이 내 기억을 받아들이고 목수 까를로스 같은 이가 대화재의 참사 속에서 자기 기억의 강을 살려 놓으려고 이십오년 동안 무슨 일을 겪어냈는지 인정해야 할 것이다. 나는 그녀가 두려움 없이 삐노체뜨의 초상을 보여줄 권리를 가졌듯 이 그도 아옌데의 초상을 보여줄 권리가 있다는 걸 그녀가 알아차 리길 원한다. 나는 그녀가 내 빠울리나의 모델인 빠뜨리시아가 무슨 일을 겪었는지 알기를 원하며, 나를 구했던 그 훌륭한 여성이 자기 의 이름이 알려지거나 자기 이야기가 전해지는 걸 원치 않았고 세상 의 카메라 앞에서 자신의 죽음과 자신이 사랑하는 나라를 위해 울지 못한다는 사실이 우리나라의 비극임을 인식하길 원한다. 나는 그 파 시스트 삐노체뜨 애도자가 빠울리나가 존재할 권리, 우리의 기억할 권리, 우리의 애도할 권리를 인정하길 원한다.

그 여인이 그와 같은 품위있는 태도와 매우 거리가 멀다는 건 부 인할 수 없다. 하지만 그녀와 나, 우리는 최소한의 이해를 위한 최소 한의 공간, 어떤 순한 막간의 시간을 만들어냈고, 역사는 우리에게 격렬한 적들이 서로에게 말을 거는 그런 정전(停戰)이 뭔가 기적적 인 것의 시작일 수 있음을 보여준 바 있다. 노력 없이는 그런 휴전에 도달할 수 없고 종종 무력과 계책으로 적을 그 테이블로 몰고 갈 필 요가 있으니, 그와 같은 마음의 만남이 가만히 있어도 일어날 수 있 다고 생각해선 안 된다. 하나하나의 작은 걸음에 위험과 거짓 유혹 과 왜곡된 망상이 실려 있다. 실제로 그 흐느끼는 여인을 만나 그녀 와 일말의 이해에 도달하고 난 다음 월요일에, 난 오푸스 데이에서 영감을 받은 하이메 구스만의 정당 출신의 극우 의원인 빠뜨리시오

멜레로(Patricio Melero)와 다른 종류의 언쟁을 벌였다.

우리는 둘 다 아직도 육군병원에서 병고에 시달리는 삐노체뜨 장군이 국장(國葬)의 영예를 받아야 하는가라는 질문에 답해달라는 초청을 받고 어느 TV 프로그램에서 출연했다. 서구 문명의 토대가 된 서사시 『일리아드』(*The Iliad*)에서 아킬레스가 그랬듯 진짜 전사도 아니고 적들에게 묻힐 기회마저 주지 않았으므로 군장(軍葬)조차 받을 자격이 없다는 내 말에, 멜레로는 나더러 앙심에 차서 과거를 극복할 의지가 없다고 했다. 난 질문으로 응사했다. 당신은 칠레에서 사람들이 고문당하고 있다는 걸 언제 처음 알았죠?

그는 허둥대면서 처음에는 삐노체뜨 정권 내내 고문에 대해 알지 못했고 최근에 와서야 그런 '지나친 일'에 관해 들었다고 주장하다가, 나중에는 꼴사납게 정반대로 자신과 자기 정당이 고문을 막기 위해 거듭 개입해왔노라고 했다. 고개를 돌리고 싶어하는 많은 칠레인들이 그렇듯이 여태껏 해오던 대로 자기 인생과 자기 프로그램을 계속하고 싶어한 사회자가 덜 불편한 영역으로 논의를 옮겨가려고 할 때, 난 내 마지막 질문을 던졌다. 커피를 내온 사람은 누구였나?

왜냐하면 엘 헤네랄(장군) 혼자 한 일이 아니기 때문이다.

방아쇠를 당기거나 칼을 꽂아 넣거나 쇠로 된 걸쇠를 채우거나 했던 수많은 사람들 뒤에는 이 끔찍한 일을 자행할 도구를 산 사람, 그걸 구입할 예산을 관리하고 수지를 맞춘 사람, 지하실을 빌려 청소한 사람, 기관원의 월급을 지급하고 보고서와 자백시를 타이핑한 사람, 그리고 실제로 그 영웅적 전사들이 그들의 마라톤급 임무를 수행하느라 지칠 때 커피와 쿠키를 내온 사람, 또, 그렇다, 고통스런 장면에서 시선을 돌려버린 사람들이 있었다.

눈에 잘 띄지 않는 이 공모자들에게 책임은 더 쉽게 부인되고 적들이 만나 적어도 일정한 종류의 합의에 도달하는, 서로의 관점을 강요하여 대참사를 야기하지 말고 대화에 기대자는 협의에 도달하는 사례를 만들어내는 일을 한층 어렵게 만든다. 이런 순간들은 느닷없이 열리기도 하지만 또 그만큼 느닷없이 닫혀버리는 일이 많고 우리는 다시 출발점으로 휙 내던져진다. 설사 그 부인의 벽이 나 같은 사람에 의해 찰나의 한순간 부서진다 한들, 상대편에서 나를 모욕한 그 여자 같은 사람들, 독재자의 임박한 죽음을 두고 비탄에 잠긴 그 여자 같은 사람들이 아무런 의미있는 변화를 보여주지 않는한, 자기 동포들이 고문당하는 걸 알고도 그걸 막기 위해 아무것도 하지 않은 그 의원 같은 사람들이 그들 자신의 한걸음을 내딛어 범죄에 공모했음을 인정하는 것이 편견과 혐오라는 스스로의 감옥에서 자신을 해방하는 길임을 깨닫지 않는다면, 더 나아갈 도리가 없을 것이다.

어떻게 하면 그렇게 될 수 있을까? 아니 어쩌면 그런 일이 가능하기는 할까?

1997년 남아프리카를 방문했을 때 나는 그에 대한 답을, 적들 사이의 짧은 휴전을 더 오래 지속하게 하여 한 나라가 스스로를 심판하는 일의 일부가 되게 만들 방도를 일별할 수 있었다.

남아프리카는 칠레처럼, 또 세계 많은 다른 나라들처럼, 가혹한 억압을 겪고 그 이후 협상을 통해 민주주의와 '진실과 화해 위원회'(Truth and Reconciliation Commission)로 이행하는 실험을 거친 나라였고, 따라서 그 십삼년 전의 방문은 몇년 동안 나를 우려하게 만든 것과 동일한 질문들을 다른 조건과 다른 역사에서 물어볼 기회를 주었다.

과거를 기념하되 그것을 죽은 것으로 만들지 않을 방도를 알고 싶었던 나는 케이프타운에 있는 제6구역 박물관(District Six Museum), 차별로 갈기갈기 찢겨 그 거주자들이 뿌리 뽑히고 집을 잃어 내적인 망명자로서 자기 조국의 바람에 이리저리 흩어졌던 그 다민족 지구에 세워진 양심의 현장에 데려다 달라고 요청했다. 그 박물관을 안내자 한명과 둘러보았는데 그는 내게 '진실과 화해 위원회'의 최근 청문회 소식을 알려주었다. 아프리카너 출신의 어느 경찰이 한 아이의 부모를 죽였다고 인정하면서 자신의 행동에 대한 유감을 표시했다. 그 소년의 할머니가 그에게 자기가 죽으면 그 고아를 누가 돌보겠느냐고 묻자 그 경찰은 잠시 침묵하더니 이렇게 이야기했다. "그럼 제가 그 아이를 데려가야 할 것 같습니다."

이 놀라운 이야기는 한동안 뇌리에서 떠나지 않았다.

그 경찰은 아이 할머니와 귀 기울여 듣고 있는 그 너머의 세계를 향해, 행동의 모범을 체현하면서, 과거의 피해를 되돌릴 순 없다 해도 적어도 미래에 피해를 미치지 않게 하려고, 또 오늘과 내일의 행동을 통해 어제의 테러와 죄악에서 뭔가 배울 수 있음을 입증하려고 노력할 수 있다는 것을 알려주고 있었다. 어머니와 아버지의 생명에 대힌 댓가로 당신이 고아로 만든 그 아이를 집으로 데려오는 것 말고 어떤 다른 길이 있으며, 생명을 앗아간 댓가로 생명을 돌려주는 것 말고 어떤 다른 길이 있겠는가?

그리고 은유이자 서사드라마로서, 어떤 더 나은 것을 요구할 수 있겠으며, 종족분쟁으로 찢겨나간 세계에 어떤 더 나은 방법으로 도전할 수 있겠는가? 나는 다인종적·전(全)언어적 공동체를 위한 호소로 그보다 더 나은 것을 생각할 수 없다. 그 경찰이 대륙과 시간을 가로질러 몇년 후 삐노체뜨를 위해 눈물을 흘린 그 여인에게 말을 걸고 있지 않은가? 그녀에게 빠뜨리시아와 빠울리나와 목수 까를로스를 자기 집으로 데리고 가서 그들을, 그리고 내 고통까지도, 자기 삶의 일부로 만들라고 요구하고 있지 않은가? 우리 모두가 자기 정체성의 벽 너머에 감추어진 것을, 우리를 가장 동요하게 만드는 것을, 이방인이며 우리의 자기 완결성에 해롭다고 생각되는 타자들의 덤불에서 나온 기억들을 집으로 가지고 가라는 권고를 받고 있지 않은가? 우리와 다른 사람들에게 피난처를 제공하는 이 주고받음의 과정에서야말로 화해가 의미하는 바를 찾을 수 있고 적어도 관용을 향한 희미한 길을 일별할 수 있지 않은가?

평화로 가는 이 길을 발견하기란 칠레나 남아프리카나 우리 시대에 독재를 겪은 나라들에 국한된 탐색이 아니다. 우리가 멸종을 향해 돌진하면서 형제자매와 이 지구상의 동료 생물들을 함께 위협하고 있는 지금, 이는 온 인류가 감당해야 할 임무가 되었다.

왜냐하면 우리 모두는 여기서 함께이기 때문에.

아마도 그것이 내가 이 회고록을 쓰는 이유이며, 방랑과 갈등으로 가득한 삶에서 어떤 교훈을 끌어내는 것이 중요한 이유이다. 그렇게 해서 이 호소를 발신할 수 있도록, 이 놀라울 만큼 단순한 결론을 가르칠 수 있도록. 곧 우리는 서로를 믿어야 한다는 것. 그 모든 상실과 그 모든 배반에도 불구하고 우리는 서로를 믿어야 하며 그렇지 않으면 우리는, 우리 모두는 죽을 도리밖에 없다.

1990년 칠레로 돌아갔을 때의 일기에서

12월 20일

칠레에서 이 극을 상연하는 건 거의 불가능에 가깝다.

처음에는 훌리오 훙(Julio Jung)과 마리아 엘레나 두바우체예(우연히도 두 배우 모두 1987년 암살부대에 의해 위협받고 있을 때 크리스 리브에 의해 구조된 바 있다)가 일단 그걸 무대에 올리기로 결정하고 나면 어떤 문제에도 부딪히지 않을 것처럼 보였다.

두 사람은 매우 열정적이었으나 결말의 문제가 있었다. 그 마지막 장면은 제일 오래 걸려 완성했는데 거기에 나는 빠울리나가 그녀의 고문자일 수도 있고 아닐 수도 있는 그 남자를 막 죽이려고 하는, 혹은 죽이지 않으려고 하는 순간, 그녀가 그자를 죽이지 않아서 우리가 잃게 되는 게 무엇인지, 무엇을 잃는지, 스스로에게 또 칠레에게 묻는 순간을 끼워 넣었고, 그다음엔 거울 하나를 내려서 콘서트홀인 것처럼 설정했는데, 헤라르도가 마침내 전달된 위원회 보고서가 어떻게 죽은 자들에게 목소리를 부여했는지를 설명하는 동안 관객은 거울에 비친 자기 모습을 보게 되고, 그다음엔 빠울리나가 이브닝드레스를 입고 나타나 조용히 자리에 앉는다. 극이 이어지는 동안 자기 목소리를 찾게 된 빠울리나는 수년 전에는 자신을 토하게 만들었던 슈베르트의 음악을 들을 수 있다는 작은 승리에 어쩌면 만족한 채, 설사 거실이라는 좁은 공간에서나마 자신의 발언권을 가질 수 있다는 데 승리감을 느끼며 이제 고요하다.

이 시점에 미란다 박사가 들어와 같은 열의 좌석에 앉고, 이제 그 세 사람이 모두 우리 바로 앞에 자세를 취한 채 관객을 똑바로 응시하는데, 마치 콘서트홀에서 우리 모두가, 등장인물과 관객들 모두가, 각자의 거울에 비친 채로, 빠울리나와 헤라르도와 의사 뒤편의 그 거울에 비친 채로, 하나의 끔찍한 현실의 일부가 된 것 같다. 그런 다음 「죽음과 소녀」 사중주가 연주되기 시작하고, 빠울리나와 그 의사는 두 사람을, 그리고 그들과 우리를 갈라놓고 또 이어주는 깊은 틈을 건너 서로를 쳐다보고, 둘의 시선이 서로를 향해 붙박이고, 그녀의 고문자가 살아 있는지 죽어 있는지, 거기에 육신으로 존재하는지 아니면 그녀와 우리에게 들러붙은 유령으로 존재하는지는 분명치 않은데, 두 사람은 서로에게 시선을 고정했다가는 다시 음악이 연주되고 연주되고 또 연주되는 참을 수 없이 긴 시간 동안 정면으로 관객을 응시하고 미래를 응시한다.

마리아 엘레나와 훌리오는 내가 원하는 바가 우리가 방금 본 것이 그저 허구적인 것이라는 망상을 깨뜨려서 관객들이 그 등장인물 중 어느 쪽이 자신을 대변하는지, 빠울리나인지 헤라르도인지 그 의사인지, 아니 어쩌면 이 나라의 그 세 파편들 모두인지 자문하는 것이라는 점을 이해했다. 마리아 엘레나와 훌리오는 이 극이 우리가 살아가는 이 비극을 덮으려 하는, 독재가 끝난 이래 불확실성을 피하려고 애쓴 우리 모두를 비난하는 방식이라는 데 동의했다.

하지만 그들은 여전히 미심쩍어했다. 거울이 내려온다고? 어디서? 상연 불가능할 정도의 높은 비용을 들이지 않고 그런 장치를 어떻게 구하나? 이게 칠레야, 아리엘. 내년에 있을 「과부들」 상연에 수백만 달러를 쓸 수 있는 로스앤젤레스가 아니라고. 하지만 훌리오와 마리아 엘레나의 주된 우려는 로드리고의 도움을 받아 부지런히 작업한 이 결말이 관객들을 너무 불만족스럽고 좌절하게 만들어 연극이 상업적으로 실패하게 되면 어쩌나 하는 것이었고, 두 사람은 이것이 너무 많은 도발을 담고 있는 것 아니냐고 했다.

난 꿈쩍도 하지 않았다. 결말이 마음에 안 드는 관객들은 극장을 나가 세상을 바꾸어 다른 엔딩을 가진 이야기를 자기들 삶에 부여해야만 한다!

내 열정에 불을 붙인 것은 이행기의 근저에 있는 지적인 실패로 보이는 것, 즉 복잡함에 대한 두려움이었다. 내가 그걸 전적으로 비난하는 건 아니다. 과거가 너무 대결적이고 분열적이었으므로 사람들이 더이상의 불화를 야기하는 일을 조심하는 건 납득할 수 있다. 하지만 난 그 회색의 만장일치, 그리고 무엇보다 그 위선이 끔찍하다. 어제 TV에서 좌파 의원이 의회의 우파 동료들과 경박한 춤을 추는 걸 보았다. 그건 지체장애 아동인가 시각장애 아동, 혹은 자폐 아동인가 아무튼 어떤 고상한 명분을 위해서였고, 분명 총을 빼들어 쏘는 것보다야 서로 나란히 서서 맘보를 추는 게 더 낫지만, 그럼에도 난 속이 뒤집어졌는데 그건 아마 그들이 실재하는 차이를 감추기 위해, 모든 걸 카펫 아래 쓸어 넣어 숨기기 위해 춤을 추고 있기 때문이었을 것이다. 난 이런 종류의 '화해'가 끔찍이 싫고 그 이유는 그것이 박수갈채를 노리면서 무관심, 차이의 결핍, 차이에 대한 두려움에 영합하기 때문이다. 무관심, 그건 고통으로부터 스스로를 방어하는 방식이며, 자기가 목격한 공포가 스스로에게 영향을 미치도록 허용하는 방식이다. 삐노체뜨는 병에 걸린 적이 한번도 없었고 매일 아침 자전거를 몇 마일이나 타고 웨이트를 들며 자기가 우나 쌀루드 데 이에로, 강철같이 튼튼하다고 자랑한다. 그것이 바로 악의 본질이다. 고통을 가하고 그걸 근육과 활력과 정력으로 전환시킨다. 반면 정치범 출신의 많은 이들, 실종자들의 가족, 망명자들, 고문희생자들은 암에 걸리고 불치병에 시달리는 것이다.

그렇듯 끝나지 않는 고통 속에 사는 건 사람을 무너뜨릴 수도 있는 일이며, 문제는 어떻게 그 고통에 몸을 맡기고 그걸 삶 안으로 초대한 다음, 그것이 삶을 파괴하게 두지 않으면서, 그 달콤한 파괴성을 탐닉하지 않으면서, 그에 중독되지 않으면서, 그것이 삶에서 빠져나가도록 길을 찾아줄 것인가 하는 것이다. 비탄에서 벗어나면서도 망각이라는 마약에 빠지지 않는 것. 빠울리나의 싸움이 그런 것이었다. 내 연극은 슬픔을 감당할 방도를 찾는 칠레의 모색에 어떤 예비적인 답을 제공해줄 수 있을지 모르고, 마지막 장면은 어떤 자유지대, 타협하지 않는 윤리적이고 미학적인 공간을 확립하는 방도인지 모른다. 정치인들은 군인들이 막사에서 벗어나지 못하도록, 과거가 미래를 뒤흔들지 못하도록 만들기 위해 타협해야만 한다. 하지만 나는 아니다. 난 빠울리나의 이야기를 어떤 식으로 절충하기 위해 칠레로 돌아온 게 아니었다.

말이야 기세등등하지만, 하루하루 지나갈수록 적어도 칠레에서 「죽음과 소녀」가 무대에 오를 가능성은 적어졌다.

첫번째 위기는 처음으로 낭독을 시작한 11월 초에 고개를 쳐들었다. 뭔가 이상했다. 훌리오와 마리아 엘레나 사이가 너무 긴장되어 있어서 난 그녀가 실제로 그를 꼼짝 못하게 묶어버릴 거라 생각했고 그는 또 그대로 그녀를 목 조르고 싶어한다고 느꼈다. 마침내 훌리오가 벌떡 일어나 더는 못하겠다고 말하면서 떠나버렸는데, 알고 보니 그와 마리아 엘레나는 이십년 동안의 결혼생활을 끝내고 이혼하려던 참이었다.

그러고는 끝이었다. 우린 훌리오를 대체해야 했고 그를 대체한 이를 또 대체해야 했으며 그다음엔 남자 조역도 손 털고 나가버렸다. 그러는 동안 나는 낭독공연을 위해 런던으로 날아가 현대예술연구소(ICA)로 갔고, 거기엔 해럴드 핀터(Harold Pinter)와 그의 부인 앤토니아 프레이저(Antonia Fraser), 페기 애슈크로프트(Peggy Ashcroft), 그리고 남아프리카에서 온 피터 가브리엘과 앨비 색스(Albie Sachs), 그리고 나의 친애하는 존 버거(John Berger)가 있었다. 그렇게 일급의 캐스트가 참여하는 공연을 보러 갔던 것이다. 그 런던 공연과 관객의 열렬한 반응을 본 후 난 이 연극이 진짜 발이 달려서 여행할 수 있다고 확신했다.

그렇게 스스로를 더 확고하게 만든 뒤였으므로, 몇주 뒤 칠레로 돌아갔을 때 난 관객들을 지나치게 자극하지 않기 위해 몇몇 대목을 더 삭제하자는 우리의 헌신적인 연출 아나 레베스(Ana Reeves)의 요청을 받아들이지 않았다. 우리는 어제 두 명의 새로운 대역 남자 배우들과 마리아 엘레나가 비꾸냐 막께나(Vicuña Mackenna)에게 빌린 소박한 극장에서 무사히 리허설을 했고, 극장이 십칠년 전 내가 피난처를 구한 아르헨띠나 대사관 거의 바로 맞은편에 있다는 점도 상서로워 보였으니, 내 인생의 또다른 매듭이 완성되고 있었다.

그랬는데, 그의 정권 아래서 숱하게 벌어진 일이지만, 삐노체뜨 장군은 이 나라에서 완성될 수 있는 유일한 매듭은 자신의 동의 아래 만들어지는 것뿐임을, 자신이 어떤 매듭이든 극장이든 그 안에 끼어들어가 명령을 외칠 수 있으며 우리는 그에 따르거나 아니면 라 무에르떼(la muerte, 죽음)가 그저 연극의 대사가 아닐 가능성, 라 무에르떼가 다시 한번 우리를 쫓아다닐 가능성과 직면해야 한다는 점을 입증해주기로 결정했다. 의회위원회가 그의 사위가 훔친 돈을 조사할 참이라 삐노체뜨는 화가 나 있었고, 그 조사로 그 자신이 빼돌린 수백만 달러에 대해서도 밝혀지게 될지 모를 일이었다. 그래서 그는 군대에 대기령을 내렸고, 새로운 9월 11일 쿠데타가 머지않았다는 소문이 돌았으며, 남자 배우 두 사람은 모두 사색이 되어 삐노체뜨를 적어도 상징적으로 심판대에 올리는 도발적인 실험의 일부가 더는 되고 싶지 않다고 말하며 칠레를 여전히 잠식하고 있는 공포에 굴복했다.

그렇게 해서 이제 우리는 두 명의 새로운 배우를 찾아야 하고

416

극장 임대를 갱신할 수 있는지 알아보아야 하며 새로운 투자처도 찾아내야 하므로, 삼주 후 학기가 시작되어 듀크로 떠나기 전에 연극이 공연되지는 못할 것이다. 미국에 있는 내 절친한 벗 존 프리드먼(John Friedman)이 제작에 돈을 보태겠다고 제안해왔는데, 고맙기 짝이 없지만 난 거절했다. 칠레에서 지원을 얻지 못한다면 왜 여기서 공연을 하겠는가? 그러나 실제로는 민주정부의 지인들 누구도 우리 전화를 받지 않았고, 삐노체뜨에 대항하는 싸움으로 이름난 단체들의 몇몇 활동가들은 이 연극을 변두리 빈민가에서 공연하거나 아니면 이 나라 여기저기에서 투어 공연을 하는 데 드는 자금을 지원하기를 거절했다.

이 모든 장애들이 내 동포들에게 거울을 들여다보게 해서 우리가 어떤 사람이 되었는지, 우리 모두가 내가 쓴 진실로 불타오를 수 있다면 아직은 어떤 사람이 되는 걸 피할 수 있는지 보게 만들 때가 아직은 아닐지 모른다는 경고가 아닐까 하는 의문이 든다. 상처가 이토록 생생한 지금 이 연극을 상연하는 게 잘못된 일이라면 어쩌나?

•

육군병원 밖에서 흐느끼던 그 여인과 마주친 지 정확히 한주 뒤 아우구스또 삐노체뜨 장군의 심장이 박동을 멈췄다. 의사들은 온갖 종류의 의학적 이유들을 제시했지만 난 그 보고들이 그의 사망을 단지 부분적으로만 설명할 뿐이지 죽을 수 있는 하고 많은 날 중에서 하필 운명이 2006년 12월 10일에 죽을 것을 지시한 그 놀라운 우연의 일치는 설명하지 못한다고 확신했다.

12월 10일. 매년 이날 세계는 유엔이 세계인권선언을 채택한 일을 기념한다. 따라서 나는 아흔한살 먹은 신체에 뇌졸중과 동맥경화가 왔다거나 하는 말을 무시하고, 대신 데사빠레시도들이 마침내 되갚아주어야 할 적을 추격했고, 마침내 자신들에게 그토록 오래 삶과 자유를 부여하기를 거부해온 댓가로 그에게 죽을 날을 택할 자유를 박탈했다고 단언했다.

사년이 지난 지금도 그렇게 된 거라고 생각하고 싶은데, 어쨌거나 내가 궁극적으로 바라왔던 방식의 정의의 심판을 그가 피했기 때문에 그런 건지도 모른다. 사형제도에 찬성하지 않기 때문에 난 다른 종류의 처벌을 고안했었다. 그가 납치하고 실종시킨 아들과 남편, 아버지와 형제를 가진 여인들 모두가 한 사람씩 그가 내린 명령이나 그가 막지 않은 명령 때문에 자신의 삶이 어떻게 불구가 되고 황폐해졌는지 이야기하는 동안 그의 두 눈이 그들의 검고 맑은 눈동자를 바라보아야 하게 만드는 처벌이었다. 나는 그의 범죄의 끔찍한 매듭이 끊어져 그가 자기가 한 짓을 이해할 수 있고 어쩌면, 누가 알겠는가, 언젠가는 용서를 구할 수 있게 되기를 바랐다.

그 일요일 오후 소식을 듣자마자 이 보복계획이 생각난 건 아니었다. 실은 아무 생각도 들지 않았다. 난 충격을 받아 말을 잃었고 아무것도 하지 못한 채 세시간 동안 멍하니 앉아 TV를 바라보았다. 그저 경악하기만 할 수 있었던 건 피터 레이몬트와 그의 촬영팀이 그 전날 밤 칠레를 떠났으므로 이 특별한 사건에 대해 내게 논평하라고 요청할 사람이 아무도 없었기 때문이다. 하지만 그날 저녁 미국으로 갈 예정이던 로드리고가 자기 카메라로 나를 담았다. 어안이 막혀 너무 멍한 상태가 된 내가 수천의 가족들이 모여 축하를 하고 있는 시내로 같이 나가자는 아들의 권유도 거절하는 모습이 찍혀 있다.

로드리고는 특별한 장면들을 찍어와 공항으로 떠나기 전에 내게 그 일부를 보여주었다. 난 아무리 경멸해 마땅한 사람이더라도 누군가의 죽음을 기쁨의 계기로 삼는 일은 경계하는 경향이 있었으므로 환영받는 대상이 한 인간의 죽음이기보다는 새 나라의 탄생이었으면 싶었다. 싼띠아고의 산맥 아래 춤을 추면서 군중들은 거듭거듭 "라 쏨브라 데 삐노체뜨 쎄 푸에(삐노체뜨의 그림자는 사라졌네)"라 노래했고 그 구절은 메아리치고 반복되었다. 그의 그림자는 가고 우리는 삐노체뜨의 그림자에서 벗어났다. 마치 천개의 역병이 이 나라에서 씻겨나간 것처럼, 다시는 밤에 헬리콥터가 나는 일도 없고, 다시는 슬픔과 폭력으로 공기가 오염되는 일도 없다. 축하를 나누고 있는, 대부분이 젊은이들인 그들에겐 아우구스또 삐노체뜨의 냉혹하고 후안무치한 심장이 멈추는 순간 무언가가 결정적으로 또 영광스럽게 부서져나간 것 같았다. 내가 그랬듯이 그들도 이 순간을 기다리며, 어둠이 물러갈 이날을 기다리며 일생을 보냈다.

어쩌면 그녀, 싼띠아고 한가운데서, 로드리고의 비디오 한가운데서 기쁨에 겨워 폴짝폴짝 뛰고 있는 임신 칠개월 된 그 미래의 엄마가 옳았을까. 이제부터 모든 것이 달라질 거라고, 자기 아이는 삐노체뜨가 영원히 사라진 칠레에 태어날 거라고 온 사방에 대고 외치던 그녀가 옳았을까? 아니면 내가 그녀를 화면으로 보면서 품은 의문처럼 분열된 이 나라의 영혼을 놓고 벌어지는 싸움이 이제 막 시작된 것일까?

어쨌거나, 얼마나 자주 난 이런 문장을 쓰면서 그가 우리 삶의 모든 분열증적인 거울을 영원히 오염시키지는 않았기를 바라고 또 바라왔는가?

사실을 말하면 난 삐노체뜨에게 이별을 고하는 데 지쳤다.

1983년 칠레를 방문한 이래 난 줄곧 그래왔다. 미국으로 떠나기 전날 저녁 당시 내 동서인 나초 아게로(Nacho Aguero)가 로드리고와 나를 데리고 어느 뽀블라시온(마을)에 가서 삐노체뜨에 저항하는 칠레의 젊은 거리 투사를 만나게 해주었다. 돌아오는 길에 날카로운 사이렌과 멈춰 선 모터사이클 무리가 우리 차를 세웠다. 늘 조용하고 침착한 나초는 이번에도 흥분하여 당황하거나 하지 않았다.

"에스 삐노체뜨, 에스 삐노체뜨(삐노체뜨다, 삐노체뜨다)." 그가 중얼거렸다.

검은 차의 행렬이 달려 지나갔는데 그때 그 지나가던 차의 창문에서 흰 장갑을 낀 손이 불쑥 나와 흔들렸다. 그것은 칠레식 초현실주의의 한 사례로, 존재하지도 않는 군중의 환호에 고관대작이 화답한 것이다.

그러고는 삐노체뜨는 사라졌다. 하나의 유령처럼.

물론 나의 적은 내가 거기서 바라보고 있다는 걸 알지 못했다. 하지만 난 그 장군이 나를 조롱하고 있다는, 어스름 속에서 내밀어진 그의 유령 같은 손이 시비조의 제스처를 하고 있다는 느낌을 떨칠 수 없었다. 난 여기 계속 있을 거고, 너나 너 같은 부류는 기껏해야 이 정도밖에 나한테 접근할 수 없고 나는 네 갈구하는 시선에서 멀리 떨어진 것만큼이나 정의로부터도 멀리 떨어져 있어,라는. 모터사이클들이 사라지고 사이렌 소리가 점점 짙어지는 어둠 속으로 잦아드는 동안 난 마치 그가 내게 대고 직접, 개인적으로, 바로 거기, 근처에서 말하는 것처럼 내 귀로 그의 목소리를 들을 수 있었다.

그 목소리를 나는 망명지까지 가지고 갔다. 1973년 8월의 그 오후, 모네다 대통령궁에서 전화를 받고 상대편에서 "엘 헤네랄 아우구스또 삐노체뜨 우가르떼"라며 참을성 없이 자기 신원을 밝히는, 그 귀에 거슬리게 우르릉거리는 소리를 들은 이래 내내 그 목소리가 내게서 떠나지 않았다. 그때 그는 아옌데의 수석보좌관 페르난도 플로레스(Fernando Flores)라는, 대통령을 위해 일하라고 나를 데려간 바로 그 사람을 찾았고, 실제로 군대의 점령을 막을 수 있는 사람은 군 최고사령관, 즉 그 전화선의 반대편에 있는 그 자신임에도, 그는 내게 정책을 활용하여 쿠데타를 막을 미디어전략이나 문화전략을 만들어낼 수 있는지 묻고 있었다. 난 재빨리 그를 플로레스에게 연결해주었다. 삐노체뜨의 목소리가 숨기고 있는 것, 그가 꾸미고 있는 배신, 이미 그의 마음에서 일어난 쿠데타를 알아채지 못한 채 말이다.

우리가 접촉한 건 그 정도, 스치듯 지나가는 전화 통화 이상이 아니었다. 어쩌면 그랬기 때문에, 망명기간 동안 그의 목소리에 부여한 온갖 악마적인 차원에도 불구하고, 내게 그는 이상하게 실체가 없는, 거의 신체를 갖지 않은 상태로 남아 있었다. 나는 그가 숨고 있다는, 어린 시절부터 누구에게도 자기가 진짜 어떤 사람인지 언젠가 어떤 사람이 될 수 있는지 말하지 않는 법을 배워 어쩌면 일평생 그 자신의 자아로부터 숨고 있다는 느낌을 떨칠 수 없었다. 빠져나가기. 내게 유일한 실체는 전화로 그의 목소리를 들은 그 짧고 순진했던 삼초밖에 없고, 십년 뒤 그가 여전히 현실적이지 않은, 환영 같은 장갑을 낀 손을 흔들던 그 짧고 사악한 삼초가 고작이다. 내 삶에서 그게 다였고 동시에 아무것도 아니었다.

나초가 속력을 낼 때 난 마치 삐노체뜨가 되돌아와 자신을 설명하고 처음이자 마지막으로 실체화되기를 반쯤 기대하듯이 뒤를 돌아보았다. 하지만 아니었다. 내게는 그의 조롱과 그의 그림자만이 남아 있었다. 2006년 12월 그 인권의 날 그가 죽고, 내게는 신체가 없는 목소리, 상복처럼 흰 장갑을 낀 손처럼 그 모든 굴절된 이미지만 남은 채 여전히 그것들이 어떤 작별이 가능하다는 암시이기를 바라던 그날도 그랬다.

그가 죽었을 때 난 이번은 진짜 작별인가, 하고 생각했고 그렇게 생각하지 않을 수가 없었다.

사년이 흐른 지금, 나는 답은 미래에 달려 있다는, 삐노체뜨의 위상이 지금부터 수년 후 어떻게 해석될지에, 누가 그의 이야기를 전할지에 달려 있다는, 누군가의 여정이 어디서 끝나는가를 둘러싼 궁극적인 시금석은 그것이라는 결론에 도달했다.

어떤 의미에서 우리 독재자의 유산은 세계 역사에 달려 있다.

우리가 민주주의와 발전이 양립 불가능하다고 믿는다면, 저개발 국가는 철의 주먹으로 통치하지 않으면 근대성과 진보를 성취할 수 없다고 믿는다면, 평화와 안보를 보장하기 위해 약간의 피를 흘리고 어떤 인권 침해가 불가피하더라도 문제가 되지 않는다고 믿는다면,

그렇다면 삐노체뜨는 악귀이자 널리 따라야 할 귀감으로서 존속할 것이다. 사면초가에 몰린 땅에서 사람들이 두려움과 혼란 속에 살아갈 때 여지없이 '이 나라에 필요한 건 삐노체뜨다'라는 어구가 불쑥 튀어나와 반복되고 지속될 것이다.

반면에……

삐노체뜨가 나와 내가 사랑하는 이들에게 행하는 일에 속수무책이던 망명기간 동안, 난 어쩌면 우리가 어떤 식으로 최소한 **삐노체뜨**라는 말이 다음 세대들에게 어떻게 전해지는가 하는 것은 결정할 수 있을지 모른다는 가능성에 매료되었다.

그러니 그가 죽은 지금 하나의 예언을 감행해본다. 끝나지 않는 삶의 온갖 싸움 가운데 장군이 더는 이길 수 없는 것 하나는 자기가 어떻게 기억되는가를 둘러싼, 그의 이름을 구성하는 그 단단한 음절이 내일의 어휘목록에서 어떻게 굳어지는가를 둘러싼 싸움이라고.

우리는 그저 우리 종의 기억을 믿어야 한다. 그만큼 간단한 일이다.

난 지금부터 수천년이 지난 미래의 아이들을 생각하고, 그들이 들판이나 놀이터에서 노는 모습을 그려볼 수 있다.

그 그림에서 아이들 중 한명이 다른 아이로부터 책망이나 모욕이나 끔찍한 비방을 받을 만한 어떤 일을 하거나 어떤 말을 하는데, 그러면 그 다른 아이는 "아, 이 삐노체뜨 같으니라구"라고 소리친다.

"삐노체뜨?" 아이가 답한다. "삐노체뜨? 그게 누군데?"

삐노체뜨?

도대체 그게 누군가?

그렇다면 내 삶에서 그리고 내 삶을 다룬 다큐멘터리에서 완성될 필요가 있는 마지막 매듭이 그것이었나? 어쨌거나 장군의 사망보다 더 나은 엔딩이 있겠는가? 아니, 다른 매듭이, 이 하찮은 폭군이 지구를 떠난 것보다 나와 또 세계와 더 잘 공명하는 또다른 매듭, 관심을 기울여야 할 끝나지 않은 또 한가지 일, 이번에는 칠레가 아니라 미국에서 영화로 찍어야 할 또 하나의 경험과 장소가 있었다.

우리는 그라운드 제로(Ground Zero)로 향했다.

이야기를 전부 다 하려면 내 존재에 테러의 비극을 또 하나 더한 그 '성지'(hallowed ground)를 빼놓을 수 없다. 어린 시절 자란 나라, 열두살의 나이에 추방당한 나라, 1973년의 내 망명에 기여한 나라, 지금 이 글을 쓰고 있는 나라, 두 블록 떨어진 곳에 내 두 미국인 손녀들이 그들의 유쾌함을 세상과 또 우리 삶에 불어넣어주고 있는 이 나라를 빼놓을 수 없다.

그래서 우리는 카메라를 챙겨서 뉴욕으로, 또다른 9월 11일 또다른 목요일 아침 하늘에서 떨어진 불로 공격당한 또 하나의 내 꿈의 도시인 뉴욕으로 향했다. 2001년 무렵에는 외딴 칠레에서 그 날짜의 사건이 존재한다는 걸 기억하는 사람은 세상에서 극히 소수였지만, 나는 무작위의 역사를 주재하는 악의적인 신이 내게 물려준 그 한쌍의 에피소드들의 병치와 우연의 일치 배후에서 어떤 숨은 뜻을 찾아낼 필요가 절실했다. 그 재앙의 경험에는 뭔가 무시무시하도록 친숙한 것이 있었고 한때 쌍둥이 빌딩이 하늘 높이 솟아 있던 그 폐허를 방문하는 동안 그것이 무엇인지 확실해졌다.

내가 깨달은 것은 아주 비슷한 고통, 칠레에서 우리가 살아낸 것을 메아리처럼 반향하는 어떤 방향 상실이었다. 그 가장 격동적인 현현이 9·11 이후 아들과 아버지와 연인과 딸과 남편의 사진을 쥐고 그들이 살았는지 죽었는지 알려달라고 호소하며 뉴욕 거리를 헤매는 수백명의 가족들이었고, 미국의 모든 시민이 데사빠레시도가 된다는 게 의미하는 바, 실종된 사람들에 대한 어떤 확인도 장례도 불가능한 그 깊은 틈을 들여다보지 않을 수 없게 되었다. 2006년에도 심연을 담은 그 사진들은 곁눈질하는 관중들과 분리되어 여전히 철망에 매달린 채, 나 자신의 삶에서 나온 독특한 관점을 통해 고통의 미로에서 길을 잃은 미국 시민들을 향한 메시지를 축조하도록 나를 격려했다.

칠레의 민주주의를 파괴하는 데 그토록 많은 일을 한 그 나라, 나의 것이기도 한 그 나라, 내가 번창하고 가르치고 글 쓰고 있는 그 나라, 나의 이사벨라와 까딸리나가 자라게 될 그 나라에 보내는 칠레의 선물이라 해두자.

우리 미국인들, 그렇다, 우리들은 그날 난데없이 시민 대부분이 이제껏 해보지 않은 방식으로 스스로를 바라볼 수 있는 저주이자 축복을 받게 되었고, 우리 또한 다른 사람들과 더불어 같은 인류의 일원임을 고통스럽게 상상할 수 있는 기회를 얻었다. 그들, 그렇다, 그들은 지금까지 한번도 죄의식과 분노의 참화로, 기억과 용서의 어려움으로, 권력의 사용과 남용으로, 자유와 책임의 진정한 의미로, 이 지경까지 갈가리 찢겨본 적이 없다. 따라서 미국인들은 자신들의 어제에 망각을 처방하고 자신들의 미래에 결백을 처방하고픈 유혹에 이만큼 시달린 적이 없었으며, 새로이 닥친 곤경에 담긴 복잡성과 모순을 재빨리 그리고 복수심에 차서 묵살하는 일이 이보다 더 위험하고 쉬운 적도 없었다.

그 모든 불완전함과 실패에도 불구하고 칠레는 우리들(그렇다, 우리, 우리 칠레인들)에게 가해진 테러에 반응할 방도를, 전쟁이 아닌 평화의 길을, 보복이 아닌 이해의 길을 찾아냈다. 제국적 야심이라는 신기루와 씨름하는 미국은 이 모델을 따라 할 만한 지혜가 부족하다. 하지만 지금 내가 거주하는 이 나라가 아무도 자기를 공격할 수 없을 것이라며 가졌던 느긋한 자신감은 그라운드 제로의 그 깊은 상처가 드러내주다시피 영구적으로 손상되었다. 우리 시민들은 원하든 아니든 이 행성의 다른 거주자들 대다수의 일상적인 운명인 변덕과 불확실을 공유하게 되었다. 이 정도 규모의 위기는 이따금씩 어떤 나라에 주어지는 재생과 자기인식을 위한 기회다. 이것은 갱신으로 이어질 수도 파괴로 이어질 수도 있고, 공격을 위해서도 화해를 위해서도, 복수를 위해서도 정의를 위해서도, 사회의 군사화를 위해서도 그 인간화를 위해서도 사용될 수 있다.

우리 미국인들이 9·11의 압도적인 불안을 극복하는 길 하나는 우리의 고통이 독특하지도 배타적이지도 않다는 걸 받아들이는 것이다. 우리가 공통의 인간성이라는 거대한 거울에 스스로를 기꺼이 비추어본다면, 겉으로는 멀리 떨어져 있으나 비슷한 상처와 분노의 상황을 거쳐온 숱한 남녀들과 우리가 연결되어 있음을 발견할 수도 있다.

그것이 내가 최근에 미국 시민이 되었기 때문에 다큐멘터리에서 미국을 향해 더 힘있게 전할 수 있게 된 메시지였다.

나는 1990년의 그 불운했던 육개월 동안 칠레에 남아 있으려 애쓰면서 쏟아부은 것만큼의 열정을 다해 미국 시민이 되는 것에 저항했다. 확고하게 실리를 따르는 앙헬리까는 우리가 미국에서 영구적으로 재정착하기로 하자마자 곧 귀화를 결정했고 두 아들을 노스캐롤라이나 샬럿으로 보내 인터뷰와 서약의식을 받게 했다.

난 만만치 않은 상대였다. 이미 그 전에 아르헨띠나에서 미국으로, 그리고 미국에서 칠레로 두번이나 국적을 바꾼 적이 있었으니, 같은 일을 세번째 해야 한다는 건, 특히 물리적인 부재가 라틴아메리카에 대한 소속감을 약화시킬지도 모르는 이 상황에서는 더더구나 못할 짓이었다. 하지만 내 고집에는 더 복잡한 이유가 있었다.

내가 제아무리 두개의 아메리카를 잇는 다리가 되는 게 스스로의 임무라고 선포했을지라도, 내가 나 자신을 위해 창조해낸 목소리, 내가 투사한 페르소나는 어디까지나 남(South)에서 온 라티노의 것이었다. 나는 그런 아웃사이더의 위치에서 권위와 힘과 자격을 끌어냈고, 자신의 목소리를 전달하지 못하는, 우리의 버려진 땅의 사람들을 위해 일종의 비공식적인 대변인이 되는 일을 즐겼다. 나는 그런 어조와 관점에 편안함을 느끼게 되었다. 그런 것들은 TV와 라디오에서, 칼럼과 인터뷰에서, 서점의 낭독회와 개회사에서 썩 그럴듯했고, 베데스다에서 내 것이기도 하고 내 것이 아니기도 한 눈이 고요히 내리는 모습을 바라보던 그날 아침 발견한 관점이 더 심화된 결과였다. 그것은 두번째 피부처럼 굳어졌고 집에서 멀리 떨어진 또하나의 집이 되었으며, 칠레와 미국 둘 다에서 교차와 분리의 중간 지점에서 개입할 수 있도록 적당한 균형을 잡아주었다. 그리고 9·

11 이후 귀화를 설득하는 앙헬리까의 주장을 막연히 재고할 때마다 싼띠아고나 멕시코나 아니면 다른 라틴아메리카의 어느 방치된 구석에서 무슨 일인가가 돌발했고 영어와 스페인어로 숱한 말들이 날아다니곤 했으므로, 난 그걸 놓치고 싶지 않았다. 목소리보다 더 포기하기 어려운 건 없다.

그러다가 1998년 런던에서 삐노체뜨 장군이 체포당했다는 소식이 들려왔고, 일년 반 동안의 구금 상태가 이어지면서, 갑자기 BBC와 「찰리 로즈」와 칠레 TV에서 전보다 훨씬 더 내 공적 페르소나가 중요해졌다. 난 아내에게 말했다. 거봐, 야 베스, 내가 미국 시민이라면 어떻게 공적으로 삐노체뜨에게 이것이 당신한테 일어날 수 있는 최선이라고, 둘도 없는 참회의 기회를 얻은 거라고 글을 쓰고 말할 수 있겠어. 오직 칠레 사람이어야만 그런 말을 쓰는 게 그럴듯했고, 또 그렇기 때문에 『워싱턴포스트』에서 어느 익명의 이라크 반대파에게 글을 써서 그가 왜 독재자 사담(Saddam)을 몰아내고 싶어하면서도 외국의 개입을 댓가로 그렇게 하기는 원치 않는지 이해한다고 말할 수 있으며, 나 역시 독재 시절 칠레를 위해 그런 해결책을 거부했을 거라고, 설사 벗들이 죽게 될지라도 그랬을 거라고 설명할 수 있었다. 난 공적 지식인으로서의 내 역할이 조지 W. 부시(George W. Bush)가 엉망으로 통치하고 있는 미국과의 여하한 공식적 연계로부터 거리를 유지하는 데 달려 있다고 느꼈고, 칠레는 그 어느 때보다 현재적 의미가 있는 곳이 되었으며, 그 음울한 창을 통해 나는 다시금 말도 안 되는 친숙감을 느끼면서 고문과 시민권의 침식과 '용의자 특별 인도'를 이해했다. 그 모든 오점과 결함에도 불구하고 적어도 나 같은 사람에게는 미국이 박해를 피하는 안식처였는데, 이제 경찰국가가 되겠다고 위협하면서 외국인들을 검거하고 있으며 영주권이 있어도 학대나 그 끔찍한 관따나모를 모면하리라는 보장이 없었고, 딕 체니(Dick Cheney)는 이제 1983년에 내 『과부들』 한 권을 받아주었던 그 의원이 아니라 이십년 후 이 지구의 주요 산유국이 될 지역을 아우르며 현실의 과부들을 대량 생산하고 있었다.

앙헬리까는 마치 내가 읽지 못하거나 알지 못한다는 듯이 내게 뉴스를 오려낸 조각들을 건네주곤 했다. 이 애국자법(Patriot Act) 조항을 들어봐. 아니, 아리엘, 난 당신이 들었으면 해. 그리고 또 이렇게 말했다. 당신은 영향을 미치고 싶어하잖아? 그렇다면 그 아늑한 고치를 부수고 나와서, 미국인들에게 말할 때 우리라고 말해. 그 우리에 당신 자신까지 포함해서 말이야.

그리고 그녀, 내 아내는, 에스꾸차메(내 말 좀 들어봐) 아리엘, 그 사람들이 당신을 추방하더라도 난 안 떠날 거야, 이번엔 따라가지 않겠어, 당신은 손녀들을 다시 안 보고 싶어?,라며 나를 불안하게 만들었다. 앙헬리까는 포기하지 않았다. 터무니없었다. 그런 종류의 일이 나한테 일어날 가능성은 없으니까. 나 정도의 인맥과 나 정도의 프로필과 나 정도의…… 여기선 그런 일이 일어날 리가 없으니까? 잠깐, 잠깐, 불과 지난해에 사람들을 몹시 두렵게 만들어 정부가 그들의 이름으로 무슨 일이든 하도록 허용하게 한다면 그런 일은 어디서든 일어날 수 있다고 내 손으로 쓰지 않았던가?

그렇게 해서 마침내 2005년 앙헬리까의 생일 선물로 이런 약속을 적은 카드를 주는 날이 오고야 말았다. 미 아모르(여보), 나 시민이 될 준비가 됐어. 펠리스 꿈쁠레아뇨스(생일 축하해).

그리고 혁명가 아리엘, 제3세계 핍박받는 이들의 대변자가 어찌하여 일찍이 그 자신을 추방했고 지금도 아부 그라이브에서 수감자들을 고문하고 있는 미국을 포용하는 신성모독을 저지를 수 있는지 의아해하는 모든 이들—핀터는 하지만 왜, 아리엘, 도대체 왜 그러는 거야,라고 물었다—에게 전하는 간결한 설명으로 난 그럴듯한 답을 갖고 있었다. 또다시 망명하느니 차라리 감옥에 갈 거야. 난 절대 다시는 망명하지 않을 거야.

그건 부분적으로 사실이기도 했고, 그게 아니라도 적어도 당시 부시 정권의 지나친 처사들이 내 변명을 합리적인 것처럼 들리게 했다. 왜 칠레에 살지 않나요,라는 질문을 받을 때, 그들이 나를 좋아하지 않는 건 견딜 수 있지만 내 작품을 혐오하는 건 견딜 수 없어서 내 나라를 떠났어요,라는 명쾌한 답을 준비해둔 것과 꼭 마찬가지로. 나의 숱한 국외 이주의 이런저런 이유들은 이보다 훨씬 복잡하지만 어쩌겠는가. 이 책조차 더듬거리며 설명하기도 버거운 것들을, 1990년의 그 육개월과 끊임없는 이주의 십칠년이 내게 드러내준 것들을 무슨 수로 소상히 늘어놓겠는가? 우리 모두는 인생 사연을 전하는 데 지름길과 견본을 사용하면서 계속해서 그걸 개조하여 우리의 어제들이 우리가 오늘 하고 있는 것과 우리가 내일 스스로를 기억하는 방식을 수용할 수 있게 만든다. 인터뷰에 끼워 넣을 인상적 발언으로 나쁘지 않았다. 난 부시의 미국이 나머지 세계를 대접하는 방식으로 대접받지 않기 위해 미국 시민이 되기로 결정했습니다.

그리고 아무것도 바뀌지 않았고, 덧붙여 말하면, 늘 그렇듯이 앙헬리까가 옳았다. 때로 난 우리라고 말할 때 아직도 목에서 뭐가 걸려 쉽게 나오지 않고, 뇌 신경세포에 깊이 새겨진 생각을 버리는 것이 나라를 떠나는 일보다 더 어렵지만, 이런 지위 변화는 교훈적인 경험이었다. 난 하이픈에 얹힌 삶, 아르헨띠나 출신의 칠리언-아메리칸(Chilean-American)의 삶, 여러개의 충성심 사이에서 줄타기를 하는, 내 두 서재만큼이나 분리되어 있으면서도 통합되어 있는 삶에 익숙해졌다. 미국 여권을 가지고 마이애미를 떠나고 뿌다우엘 공항에 들어갈 때는 칠레 여권을 꺼내는 것, 너무나 뻔뻔하게 자신들의 쾌락 이외의 어떤 것에도 무관심한 잘사는 나라 사람들을 여전히 아니꼬워하지만 이제 칠레에서 누구도 나를 멈춰 세워 추방시키지 않는다는 것 말고는 실제로 이렇다 하게 바뀐 건 없다. 그리고 난, 아아 애석하게도, 아버지 어머니가 살아 계실 때만큼 자주는 아니지만, 아르헨띠나 여권으로 내가 태어나고 또 언제나 싼띠아고에서보다 더 많은 공감을 얻는 부에노스아이레스에 여동생 엘레오노라와 친구들과 편집자들과 거리들을 종종 방문하러 간다. 육신에 대한 권리를 주장하는 이 나라들 사이에 전쟁이라도 일어나지 않는 한, 서로 겹치는 이 공동체들의 교차점에 있는 방랑자에게 만사가 순조로울 것이다.

그리고 2006년의 어느 여름날 노스캐롤라이나의 법정에서 믿을 수 없을 만큼 세계 도처에서 온 사람들 틈에 끼여 자유로 잉태된 이 나라에 충성서약을 하던 순간에는, 서약이나 충성이나 국가를 믿지 않던 사람인 내게 뭔가 편리와 실용 이상의 무언가가 있었다. 내가 느낀 것, 그 전율은 가짜가 아니었다. 진짜 감정이었다. 내 안에는 칠레로 향하면서 맨해튼의 스카이라인이 지평선 아래로 미끄러지는 것을 바라보며 자유의 여신상에게 작별을 고하던 소년이 있었다. 자유의 여신상은 그를 조롱하면서도 바다와 시간과 노스탤지어 너머로 내게 돌아와,라고 손짓했고 영어만이 아니라 미국 역시 그를 기다리고 있었다.

앙헬리까에게 생일카드를 건네주기 며칠 전 나는 나를 둘러싼 환경을 받아들이기로 했고 미국에 바칠 러브레터, 저주의 형식을 취한 휘트먼(Whitman) 풍의 기도문을 지었다. 미국이여, 내가 너에게 가졌던 희망에 대해 말해주마,라는. 그 희망들은 실현된 적이 없었지만 그래도 어쨌든 러브레터였고, 미국에 희생자가 되는 것이 낳는 질병, 부당하게 상처 입는 데서 오는 독선의 엄습을 경계하라고, 그렇게 긴 세월 동안 나를 소진시킨 공포와 분노라는 질병을 경계하라고 부탁했다.

그렇듯 터져나온 사랑의 말은 무엇보다 그 또다른 미국에 대한 내 사춘기 시절의 믿음이 다시 솟아난 데서 기인했을 것이다. 노예가 되지 않을 것이듯 주인도 되지 않을 것이라는 그 미국, 이 나라는 우리의 나라, 이 나라는 당신을 위한 그리고 나를 위한 나라라는 그 미국, 모든 남자들과 모든 여자들, 우리의 이 황폐해진 위대한 대지의 모든 사람, 우리 모두가 평등하게 창조되었다는 그 미국 말이다. 평등하게 창조되었다. 아프리카나 이라크의 아기도 미니애폴리스의 아기만큼 신성하다. 나의 미국은 어디에 있나? 내게 모든 인종과 모든 종교에 대한 관용을 가르쳐준, 내게 개척자의 에너지를 불어넣어준 그 미국은? 미국에 여전히 반항심과 관대함이 충분히 있다고, 지나친 부와 가짜 순수와 제국적 욕심에 망가지지 않고 두려움을 이겨낼 만한 시민들이 충분히 있다고 믿는 내가 잘못된 것일까? 재즈와 엘리너 루스벨트(Eleanor Roosevelt)와 카사베츠(Cassavetes)와 토니 모리슨(Toni Morrison)과 필립 말로우(Philip Marlowe)를 세계에 내놓은 이 나라가 금이 간 역사의 얼음에 스스로를 비추어볼 수 있고 홀로 떨어진 언덕 위의 도시가 아니라 우리 모두가 함께 거주하는 슬픔과 불확실과 희망의 계곡에 있는 또 하나의 도시로서 나머지 인류에 합류할 수 있다고 믿는 게 잘못일까?

그리고 미국에 대한 그 믿음은 내가 그 시민이 된 지 이년 뒤에 부분적으로 정당화되었다.

난 1970년 11월 4일 아옌데가 대통령이 되었을 때 싼띠아고 거리에서 춤을 추었고, 2008년 11월 4일 다시 한번 춤을 추었다. 칠레의 내 동료 시민들이 사회정의와 평화를 믿는 사람의 대통령 취임을 축하한 때로부터 삼십팔년이 지난 그다음 날, 미국의 내 동료 시민들은 안보의 이름으로 고문하는 일을 막아줄 사람에게 나와 함께 투표했고 우리 칠레의 가난한 이들이 그랬듯이 헤아릴 수 없는 세월 동안 억압받아온 인종의 표지를 피부에 새긴 사람을 대통령으로 택했다.

그래서 다시 나는 거리에서, 이번에는 나 같은 잡종이 통치하게 된 이 잡종의 나라의 거리에서 춤추었다. 비록 내 안에서 칠레의 유령이 지나친 열광을 경계하라고 속삭였음에도, 다른 곳에서 그렇듯이 미국에서의 이 변화 역시 폭력적인 투쟁 없이는 자기 특권을 포기하지 않으려는 사람들의 극단적인 반대에 직면하게 되리라고 속삭였음에도 난 춤을 추었다. 물론 나는 버락 오바마(Barack Obama)의 나라가 아옌데와 삐노체뜨의 나라에서 성공하지 못한 혁명과 입지가 좁은 이행기를 거치며 우리가 겪은 숱한 딜레마들과 맞붙어 씨름해야 할 것임을 알고 있었다. 마치 그가 내 목소리를 들을 수 있는 양, 나는 아옌데처럼 너무 빨리 가면 재앙적인 결말을 겪을 수 있다고, 세상을 전혀 바꿀 수 없을지도 모르지만 만약 우리 시대의 엔리께 꼬레아들처럼 지나치게 조심하며 나아간다면, 벗 오바마여, 당신은 영혼을 잃을 수도 있고, 당장의 실질적인 차이가 아닌 어떤 근본적이고 지속적인 변화를 위한 싸움에 필요한 열정과 영감의 비전을 잃을 수도 있다고, 나는 대통령 당선자에게 속삭였다. 난 1970년대에 칠레혁명이 민중들 사이에서 충분한 지지를 만들어내지 못했기 때문에 좌초하는 걸 보았고, 80년대에는 탐욕과 테러의 체제가 실패하는 걸 보았지만 90년대에 그 체제가 어떻게 권력의 숱한 지렛대들을 계속 틀어쥐고 있는지 보았으며, 우리가 어떻게 과거의 세력들에게 기습공격을 받아 패배했는지, 진정한 민주주의를 향한 우리의 욕망이 어떻게 두려움에 몰려 독살당했는지, 춤추고 있는 내 몸의 세포 하나하나에서 기억했다.

하지만 그 때문에 크든 작든 매번의 승리가 갖는 경이가 사라지는 건 아니었고, 부시와 레이건의 미국에 이별을 고하고 오바마와 루스벨트(Roosevelt)와 링컨의 미국에 환영인사를 하는 것이 내가 춤추는 유일한 이유도 아니었다. 내가 춤춘 또다른 이유는, 그것이 이 땅역시 내 고향이라고, 나의 많은 고향 중의 하나라고 말하는, 나의 기쁨이 세계와 미국을 위한 것만이 아니라 온갖 곡절에도 불구하고,

온갖 불운과 추방에도 불구하고 스스로의 삶을 받아들인 나 자신이라는 시민을 위한 것임을 몸으로 말하고 맹세하는 방식이기 때문이었다. 나는 그 춤이 표현하는 것만큼 내 삶을 받아들이고 있었다.

칠레로 돌아갔을 때의 일기 마지막 단편

1991년 1월 6일

오늘 나는 칠레를 떠난다.

오늘 저녁 비행기에 올라 성인이 된 이래 대부분의 시간을 조국이라 불러온 이 땅에 이별을 고한다.

지난 육개월간 나는 이런 날이 오리라는 걸, 1973년의 그 여정을 반복하며 다시금 북으로 향하지만 이번엔 남으로의 영구귀환을 상상하지 않게 될 날이 오리라는 걸 한사코 인정하지 않았다. 돌이켜보면 내 머릿속에선, 내 문학에선, 내 심장의 펄떡임 속에선 도리 없이 알고 있었지만. 아, 이 집은 계속 유지할 거야, 이 책은 상자에 넣어 치우지 않을 거야, 아직은, 어쩌면 영원히. 내 안의 어딘가에는 이 출발이 결정적인 것이 아닐지 모른다는 환상이 꿈틀거린다. 그들이 내 연극을 사랑하면 어쩌지, 그게 칠레를 흔들어 깨우고 이 나라가 내가 바친 공물에 마음을 연다는 걸 입증하면 어쩌지? 하지만 아니다. 이 결정을 있는 그대로, 즉 항복으로 인정할 필요가 있다. 난 기적을 기다려왔고 매 시간 내 정체성과 내 나라를 고수하기 위해 싸웠으며 싸워서 졌다.

앙헬리까는 다르게 보지만, 미국으로 돌아감으로써 이 모든 방랑을 끝낼 것이라고, 에스떼 빠이스 데 미에르다(이 똥통 같은 나라) 때문에 호아낀의 행복을 희생시켜선 안 된다고 보지만, 난 우리 가족 남자들을 따라다니는 저주에 굴복하고 있는 것이다. 지금까지 난 그게 빠이스 데 미에르다일지 모르지만 그래도 내 미에르다, 내 똥통이고, 거기 빠져 내가 죽거나 아니면 그걸 씻어내어 정화시키든가 해야 할 운명인 영광스런 미에르다라고 고집스럽게 응수해왔다. 그러다가 지난 한두주 사이 듀크에서 강의하러 미국으로 출발해야 할 날짜가 다가옴에 따라 내 결정은 점점 더 견디기 쉬운 것이 되었다.

기본적으로 나는 다음과 같은 진실을 인정하지 않을 수 없었다. 내가 여기 있으면 그렇게 되어버릴 모습, 칠레가 나를 변화시켜 만들어낼 모습, 즉 끝없이 짜증을 내게 될 사람이 마음에 들지 않았다. 난 매일 독설이 방울방울 내 안에 쌓이는 걸 견딜 수 없고, 남은 일생 동안 그런 삶을 살고 싶지 않다.

또 한번의 죽음으로 끝난 이 운명적인 1990년의 12월 28일 어느 장례식에 참석했을 때 난 예기치 않게 이 사실을 분명히 깨달았다.

아나 마리아 싸누에사(Ana María Sanhueza)는 몇주 전 내가 방문했을 때만 해도 너무 멀쩡했다! 그녀의 육신을 삼키고 있던 간암은 그 다정한 대학 시절의 내 벗을 한층 더 아름답게 만들어놓았고 늘 그녀를 감싸고 있던 광채를 노르스름하고 멋진 아시아 공주의 그것으로 빚어놓았다. 그동안 너무나 많은 탄생들, 처음과 마지막의 순간들, 그 모든 세례식과 작별인사들을 놓쳤으므로, 난 우리가 함께 시간을 보낼 기회가 주어진 데 감사했다. 몇시간 동안 아무렇지 않은 척 이야기를 나누고 그녀가 놀라우리만치 두려움이 없다는 데 감사하면서, 난 십칠년의 부재의 시간 동안 그녀에 대해 생각한 적이 거의 없었다는 걸 깨달았지만, 그녀는 내 기억의 수호자로서 마지막 하나, 한번의 마지막 기억을 죽음의 저편으로 가져갈 수 있게 나를 그녀의 침상 곁으로 불러주었고 다정하게 내게도 간직할 수 있는 몇개의 기억을 되찾아주었다. 그러니 베를 짜고 또 밤사이 짠 베를 다시 풀었다는 페넬로페의 신화에는 진실이 담겨 있고, 언제나 누군가 우리 자신의 가상적인 이타카에서 우리를 기다리고 있을지 모르는 일이었다. 아나 마리아에겐 내가 잊어버린, 함께한 경험의 태피스트리가 있었기에 우린 시간 가는 줄 모르게 너무 많이 웃고 너무 즐거운 시간을 보낸 나머지, 끝내는 연말에 다시 오겠노라는 약속과 함께 난 거의 쫓겨나다시피 자리를 비워주어야 했다. 그러고는 크리스마스에 그녀가 세상을 떠났다는 소식을 들었다.

난 무척 슬펐지만 그녀의 그 마지막 선물에 감사했고 그녀의 죽은 육신에 이별을 고하기 불과 몇주 전에 그녀의 살아 있는 미소에 작별인사를 할 수 있었던 데 감사했으며, 공동묘지(Cementerio General)에서 옛 학창 시절의 친구들, 일부는 수십년 동안 만나지 못한 그 친구들과 다시 만날 수 있었다. 그중에는 내 동료 한 사람과 결혼했다가 이혼한 페미니스트 문학비평가 라껠 올레아(Raquel Olea)도 있었다. 난 그녀가 인생에서 썩 운 좋은 카드를 만나지 못했다는 걸 알고 있었고 그래서 내게 어떻게 지내냐고 물었을 때 그냥 하나도 숨김없이 이야기했는데, 어쩌면 우리가 그다지 가까웠던 적이 없었기 때문에 이번 귀향이 얼마나 녹록지 않았는지 털어놓을 수 있었는지 모른다. 오년이라고 그녀가 말했고, 그건 안또니오 스까르메따가 내게 얘기한 것과 정확히 같은 숫자였는데, 여기서 받아들여지는 데는 오년이 걸릴 거라고 했다. 그리고 그동안엔 팔꿈치를 써야 할 거야,라고 라껠은 말했다. 자신을 위한 공간을 만들어내려면 뾰족한 팔꿈치를 써야 할 거야, 아리엘.

난 그녀에게 떠날 계획이라고, 썩 내키지 않은 그 결정이 이미 내려졌다고 말하는 대신, 내겐 오년이 없고 팔꿈치를 쓰고 싶지도 않다고, 뾰족하든 말랑하든 길든 짧든 내겐 팔꿈치가 남아 있지 않다고 했고, 그것이 한해가 저무는 그 무렵 내가 격하게 쏟아낸 말이었다.

팔꿈치. 낭만적인 데라고는 없는, 주목받지 못하는 신체해부도의 일부. 나 자신의 마지막 의례가 언젠가 열리리라 상상해온 그 깜뽀산또(묘지)에 서서—망명의 신에게 집에서 멀리 떨어져 죽을 운명에서 나를 구해달라고 간청한 것이 얼마였던가—거기 서서, 나는 라껠의 팔꿈치와 막 흙으로 돌아가려는 아나 마리아의 관을 바라보았고, 나를 저지해온 거리낌이 완전히 쓸려 나갔다. 나는 갑자기 앙헬리까와 호아낀과 로드리고만큼이나 진이 빠졌고, 내 심장 전부와 심실과 판막 하나하나와 내 팔을 따라 흘러 팔꿈치로 들어가는 혈관에서 더는 엠빠나다스(스페인식 고기파이)와 산맥과 나를 전율시킨 이름없는 뿌에블로와 나를 아미고라 부른 주차요원에 기댈 수 없음을, 더는 이런 것들에 기대어 내 가족의 불행과 나의 불행에 맞설 수 없음을, 아무것도, 「죽음과 소녀」도, 내가 이 땅에 투사한 모든 희망도, 입말의 찬란함을 가진 내 스페인어도, 근처 아르헨띠나에 계시는 내 부모님도 나를 여기 있게 해줄 수 없음을, 그러기엔 그저 충분하지 않다는 걸, 께노와의 점심이나 뻬뻬와의 저녁이나 안또니오와의 까혼 델 마이뽀 소풍도, 엘리사베뜨 리라의 방문도, 이사벨 레뗄리에르와의 즐거운 대화도, 싼띠아고 라라인과의 체스 내기도, 그저 충분치 않다는 걸, 앙헬리까의 멋진 가족과 내가 탄생의 순간을 놓치게 될 미래의 아이들도 그저 충분치 않다는 걸, 내가 숨쉴 공간을 여는 데 필요한 팔꿈치를 기르지 못할 거라는 걸 확신했다. 그렇다, 길 몇개만 건너면 아옌데가 묻힌 곳이 나온다는 것, 내 육신이 날라지고 내려져 묻히고 싶은 곳과 이토록 가깝다는 것도 충분치 않았고, 망명 시절 나를 살아 있게 해준 죽은 이들과 함께 안식을 취하지 못하게 되리라는 것도, 더는 충분치 않았고, 우리 뿌에블로의 수많은 작은 승리들도, 그저 충분치 않았고, 내겐 일 밀리의 팔꿈치도 남아 있지 않았고, 누구의 갈비뼈도 찌르고 싶지 않았고, 애초에 그럴 일이 아니었다.

이 나라를 그만 떠야 할 때다.

그러니 이게 다인가? 내가 사랑에 빠진 칠레는 정말 죽었는가?

그렇기도 하고 아니기도 하다고 나는 말하고, 또 이렇게 말한다. 네 잘못이 아니야, 노 에스 뚜 꿀빠. 잘못한 건 내 쪽이야. 내가 미 빠이스(내 나라)인 너에게 너무 많은 걸 기대했고, 내 외로움의 악령들에서 거듭거듭 날 이렇게도 또 저렇게도 구해주기를 네게 바랐어.

몇년 동안 난 경고의 신호를 무시하는 쪽을 택했다.

1983년의 그 떠들썩했던 첫번째 칠레 귀환의 마지막 날 오후 나는 작별인사를 하러 처남 집에 들렀고 빠뜨리시오의 아내 마리사와 몇분 동안 둘만 있게 됐다. 그녀가 내게, 그럼 언제 돌아오세요?,라고 물었다. 그리고 그 질문을 받을 때 늘 그랬듯이 내 대답은 잠정적이었다. 가능한 한 빨리요.

갑자기 마리사는 울기 시작했다. 내 한 손을 잡고 얼굴은 눈물범벅이 되어 그녀는 말했다. "노 부엘바스, 우에본." 돌아오지 마세요, 이 바보 같으니. 그리고는 더 강하게 덧붙였다. "노 부엘바스 눈까 아 에스떼 빠이스 데 미에르다." 이 빌어먹을 나라로 절대 돌아오지 마세요.

그녀가 우리의 귀환을 위한 온갖 계획을 제안한 지 불과 십오분이 지나지 않은 때였다. 느닷없는 격분의 가장 최근 사례였다. 가장 가까운 벗들은 다른 일을 하다가도 밑도 끝도 없이 마치 혐오라도 하듯 이 나라를 질타하기 시작한다. 삐노체뜨도, 군대도, 닉슨도, 기업도 아니라 칠레 그 자체를. 떠날 수만 있다면 내일 당장이라도 짐을 싸겠다고 선포하면서. 베데스다에 그대로 있어, 아리엘, 앙헬리까. 그리고는 잠시 후 마치 기억상실이라도 걸린 듯이 우리가 돌아오면 어떤 집에 사는 게 제일 안전할지 아무렇지 않게 제안하는 것이다.

이런 순간들은 환영의 매끈한 술잔에 난 금이었고, 스치듯 지나가지만 우리가 사랑하는 이들이 어떤 일을 겪었는지, 그들이 내게 나 또 그들 스스로에게나 무엇을 숨기려고 하는지 설핏이나마 알게 해줄 만큼 걱정스러운 것이었고, 우리 네 식구가 저항세력과 더불어 살게 될 뿐 아니라 끔찍함과 배반, 무기력과 천박함, 과거의 실수가 낳은 혼란과 오랜 악덕의 반복과 더불어 살게 될 것임을 일깨워주는 것이었다.

그것은 돌아갈 때마다 매번 커지는 금이었고 이제 가차없이 내 안에 새겨졌다. 최악에 맞서 저항해온 칠레의 천사들과 동지들 몇몇의 마음 깊은 곳에, 나 자신이 망명생활에서 안에 담아온 것과 똑같은 악귀가 웅크리고 있다는, 내가 상상으로 그리던 땅으로 돌아오면서 내다버렸을 거라 희망한 그 지옥의 형벌이 있다는 깨달음이었다.

내가 괴물들이 이 나라의 영혼을 잠식했을까 두려워했다면, 그건 망명생활이 내 안에 나 자신의 괴물들을 만들어냈기 때문이거나, 아니면 이 나라와 마찬가지로, 이 나라의 모든 사람들과 마찬가지로, 내가 살아남기 위해 해온 일의 그 서글픈 움츠린 진실 안에 그 괴물들이 언제나 거기에 아가사빠도(웅크린) 상태로 있었다는 걸 드러내주었기 때문이다. 그리고 나는 이제 칠레를 떠나며 그 불완전함을 지고 가야만 할 것이고, 칠레가 모든 해결책을 다 갖고 있지 않다는 걸 인정해야 할 것이었다.

정신의 진화를 여기서 멀리 떨어진 곳에서 더 잘 구할 수 있을지 모른다는 걸 인정하라. 내가 돌아온다면, 다시 한번 시도한다면, 또다시 이곳저곳을 파고 들쑤시는 나날들이 될 것이고, 나를 분노하게 만드는 그 압도적인 물결을 무시하지 않는 한, 내가 침묵하거나 고압적인 사람으로 변하지 않는 한, 여기 있는 모든 것이 너무나 나의 것이기에, 그래서 알아차리지 않을 도리가 없는 것이기에, 난 칠레 같은 곳에서 결코 마음 편하게 지낼 수가 없을 것이다.

노 떼 메따스. 얽히지 마라. 한발 물러서라. 삐노체뜨가 통치하던 시절 칠레로 돌아올 때마다 앙헬리까는 계속해서 그렇게 내게 조언했고, 자주 나를 제어하면서 실수 하나가 어떤 댓가를 치르게 될지, 생명의 실이란 게 얼마나 연약한지 상기시켰다. 하지만 완전히 물러나라고 하지는 못했다. 망명해 있던 시절 동안 난 삐노체뜨가 몰락하기를 기도했지만 또 내가 저항운동의 소용돌이로 뛰어들 기회를 갖기도 전에, 소문으로나 유추로, 언제나 뒤늦게 도착하는 보도나 기사를 통해서, 아니면 언제나 너무 빨리 한밤중에 걸려와 나쁜 소식을 전하는 전화를 통해서가 아니라 경험으로 직접 발견할 기회를 갖기도 전에, 그런 일이 일어나지 않기를 기도했고, 누군가 다른 이들의 기억과 용기에 영원히 묶여 있지 않기를 간청했다.

그러니 어떻게 내가 메떼르메, 개입하지 않을 수 있겠으며, 부당한 일, 터무니없는 일을 봤을 때 어떻게 방관자가 될 수 있겠는가? 사례 하나, 그저 하나만 들어보자. 어느날 아침 시내 중심가에서 난 여덟살 난 여자아이가 한 무리의 사람들 앞에서 퍼포먼스를 하는 걸 보게 되었다. 아이는 천쪼가리를 파라핀에 적셔 성냥으로 불을 붙이고는 그걸 입에 집어넣어서 불을 끄는 행위를 계속 반복하다가, 옆에 있는 남자가 땅에 놓인 모자에 던져진 몇 페소를 챙겨 오라는 신호를 보내자 멈추었다. 나로 말하자면, 난 냉정을 잃고, 어떻게 거기 그렇게 잠자코 서서 아무도 아스따 꾸안도, 언제까지고, 언제까지고, 소리 높여 항의하지 않을 거냐고, 도대체 어떻게 해야 당신들을 움직일 수 있냐고, 마음을 쓰게 할 수 있냐고, 그 무리를 질책하기 시작했다.

누구 한 사람도 반응하지 않은 채, 심지어 그 업주와 부랑아도 아무 반응도 보이지 않은 채 모두가 아무 말도 못 들었다는 듯이 슬슬 흩어졌다. 노 떼 메따스. 얽히지 마. 삐노체뜨가 하루 종일 우리에게 주입시키는, 모든 사람이 스스로에게 주입시키는 말이 그것이었고, 똑같은 암시가 이런저런 잡다한 이유로 민주정부에 의해서도 되풀이된다. 하지만 독재 시절엔 최소한 두려워서 행동하지 않았다는 정당화라도 있었다. 이제는 그런 핑계도 없으니, 그저 무감각이 우리 모두를 공모자로 만들었다고 인정할 도리밖에 없다.

그러니…… 아시 께 메 에 메띠도. 난 뛰어들었다. 목까지 푹 잠기도록. 독재 치하에서는 드러나게 정치적이지 않은 숱한 이슈들 그러나 나를 자극한 여러 사회적 이슈들을 분열을 초래할지 모른다는 이유로 미루었지만, 민주주의는 달라야 하고 우리는 더 지혜로워져야 하고, 우리가 싸워온 이유가 바로 더 정의롭고 평등하고 관용적인 사회를 위해서였다. 그렇기 때문에 1990년의 이번 칠레 귀환에서 난 모든 종류의 권리를 위한 영구적인 캠페인, 일상생활에서 사람들이 느끼고 생각하고 행동하는 방식을 바꿀 일종의 십자군 원정에 돌입한 것이다. 낙태도 불법화되고 이혼법도 없고 고지식하고 깐깐한 매너가 완고하게 강요되면서 칠레는 여전히 미라처럼 시들고 위계적인 나라인 채 남아 있었으므로 이곳에서 도우미들은 혹사당하고 아이들은 한켠으로 밀쳐지며 장애인들은 보이지 않는 곳으로 치워지고 토착민들은 조롱당한다. 삐노체뜨의 십칠년 세월은 성(性)에 대한 가톨릭의 관습적 두려움을 악화시켰고 고질적인 동성애 혐오를 부추기고 키웠는데, 그건 비단 독재의 지지자들 사이에서만 그런 게 아니어서 모든 사교모임에 잠정적인 불화의 순간들이 점점이 박혀 있었다. '절대 미끼를 물지 말자'고 사후에 혹은 사전에 난 스스로에게 다짐했고, 도우미에게 같이 식사하자고 하지 말고, 설거지를 해주겠다고 제안하지 말고, 마리꼬네(동성애자)들을 폄하하는 농담을 번번이 개인적인 모욕으로 받아들이지 말고, 초대한 집주인이 칠레에는 인디오(indio)가 없다고 말할 때 대뜸 최소한 백만명이 있고 그들이 이 땅의 진정한 관리인임을 일깨우지 말고, 내 동포들이 어떻게 환경을 파괴하고 도처에 쓰레기를 버리는지 논평하지 말고, 노 떼 메따스, 아리엘, 그렇게 까다롭게 굴지 마, 뒷방에 홀로 남겨진 자폐증 청소년과 인사를 나누고 싶다고 말하지 마, 하지 마, 하지 마, 하지 마, 나와 내 다물 줄 모르는 입이여.

나는 쿠데타 후에 칠레에 남아 있으려고 그토록 애를 쓴 이유 하나가 스스로를 그토록 자주 곤란에 빠지게 만드는 내 민주주의적 성격을 바꿀 기회라고 보아서가 아닐까 자문하곤 했다. 더럼의 집에선 앙헬리까가 내 책상 옆에 세상에서 가장 오래된 책인 『프리스 파피루스』(*Prisse Papyrus*)에서 따온 구절, 기원전 2350년에 멤피스의 고관이던 프타호테프(Ptahhotep)가 했다는 말을 붙여 놓았다. "생각은 자유로이 날게 하고 입은 굳게 다물어라." 쿠데타 이후의 칠레에 계속 남아 있었더라면 난 이집트 중왕국의 다섯 번째 왕조의 권력자가 했던 그 말을 따라야 했을 것이고, 믿을 수 없을 정도로 용기있게 적에 맞서면서도 일상생활에선 역설적으로 혀를 깨물며 참고 있는 그 사람들같이 되었을 것이다. 내 동포들은 시간을 엄수하는 법을 배웠고, 농담과 미세한 알레고리와 빈정거림이 섞인, 독재자보다 오래 살아남아 지금도 계속해서 우리의 일상을 주조하고 있는 언어로 이루어진 미묘한 거미줄을 짜는법을 배웠다. 그들은 내가 진정한 민주주의가 번성하는 데 핵심이라고 여기는, 그리고 망명 시기 내 삶의 특징이었던 그 직접적인 맞서기를 회피하는 데 거의 일평생을 썼다. 그렇기 때문에 나는 내가 여기서 필요한 사람이라 생각했고, 추방을 겪는 동안 내가 배운 것과 군홧발에 시달리며 칠레 시민들이 배운 것을 화해시킬 방법을 찾게 될 거라 생각했다.

마치 내 삶의 두 절반이 그렇게 쉽게 조화를 이룰 수 있는 것인 양.

아옌데 혁명에서 부르짖은 해방의 목소리들을 망명지까지 가지고 간 것처럼, 짐작건대 내가 방랑하는 동안 쌓인 목소리와 삶을 칠레에서 되살리는 건 필연이었다. 데사빠레시도들의 목소리를 배반할 수 없듯이 난 그것들도 부인할 수 없다.

떠날 시간이 다가오고 있으므로 내가 이제 어떻게 바뀌었는지에 대해, 칠레라는 덫을 피해가는 나의 내면에 휘몰아치는 그 수

많은 새로운 비전에 대해 제대로 표현할 시간이 없지만, 한가지 예로 충분하리라. 디나 메츠거(Deena Metzger).

디나는 도널드 덕을 다룬 책을 영어로 번역하고 싶어서 저자를 찾아온 연인 데이비드 컨즐(David Kunzle)과 함께 캘리포니아에서 아옌데 혁명이 진행 중이던 칠레로 왔고, 우리는 카페에서 만났다. 비가 오기 시작했을 때 내가 다가오는 독립의 날 축제 때 사람들이 춤을 춰야 하는데 비가 와서 슬프다고 했더니 디나는 벌떡 일어나 빗속에서 춤을 추었다. 그후 쿠데타가 일어나 우리의 춤을 가로막았을 때 그녀는 신께 우리를, 자기가 이곳을 방문할 때 만난 우리 꼼빠녜로들 한 사람 한 사람을 보살펴달라고 기원했다. 그리고 그들 모두가 살아남았다.

쿠데타 바로 다음 날 디나는 로스앤젤레스에서 내게 전보를 보내 용의주도하게도 내가 캘리포니아 대학으로부터 초청받았다는 걸(물론 이건 그녀가 지어낸 말이다) 상기시키면서 언제 나와 내 가족의 비행기표를 보내면 되겠냐고 물었다. 망명 시절 내내 디나는 지구에 대해, 우주의 여성적 영혼과 우리와 동물의 지속적 결속에 대해, 잔해 더미에서도 기꺼이 비를 맞이하는 법과 다시 시작하는 법을 가르쳐주었다.

내가 돌아갈 미국은 닉슨과 레이건과 부시의 나라만이 아니다. 그것은 또한 치유자 디나의 나라이며, 굳이 그녀의 이름에 다른 많은 이름과 사람들, 멋진 듀크대학이 있는 나라로 돌아가는 길, 내가 지금 버리고 떠나려 하는 이 나라만큼 혹은 어쩌면 그보다 더 잘 알고 있는 그 나라로 돌아가는 길을 순조롭게 만들어주고 귀향파티로 우리를 맞아줄 영어와 스페인어가 뒤섞인 그 목소리들을 굳이 덧붙일 필요는 없을 것이다.

미국으로의 영구귀국이라는 생각이 표면화되기 시작했을 때 내가 그게 있을 수는 있는 일이겠거니 여긴 이유가 아마 그 때문일 것이고, 호아낀이 여기 남아 있겠다는 우리 결정을 말처럼 그렇게 최종적이진 않을 거라 바란 이유도 그 때문일 것이며, 아마도 그것이 바깥 세계가 줄 수 있는 매력일 것이다.

이 여섯달 동안 매일매일 일어난 일의 기록은 제쳐두자. 도로를 정비할 필요가 있는지 아니면 은밀히 근대화에 저항해야 하는지, 정부의 무반응이 칠레의 가장 큰 특징인지 아니면 직장에서 쫓겨난 노동자들의 품위가 그것인지 논쟁하지 말고, 싼띠아고의 내 서재가 주는 날아갈 듯한 기쁨을 가지고 호아낀의 슬픔과 앙헬리까의 좌절과 로드리고의 떠남에 맞서지 말자. 지금까지 난 귀환에 관해 그런 식으로, 한쪽은 나를 끌어당기지만 다른 쪽은 나를 밀어내는 두개의 칠레 사이의 선택인 것처럼 다루었다. 하지만 이 주도권 싸움 아래에는 다른 대결이 벌어지고 있었으니 내 페르소나의 두가지 버전이 우위를 놓고 다투고 있었다.

역사의 모든 망명자들처럼 1973년 칠레를 떠날 때 난 한가지 욕망에 사로잡혀 있었다. 무사히, 변하지 않은 채, 꺾이지 않은 채, 다시 돌아오는 것. 그와 동시에 역시 이 대지를 방랑하는 모든 다른 망명자들처럼, 시간이 채 얼마 흐르기도 전에 난 남의 땅에서 살아남기 위해선 머리를 숙여야 하고 바깥 세계에 적응해야 한다는 사실을 알게 되었다. 순수함을 지키려는 내 계획을 막는 그 장애물은 인생에서 세번째 굵직한 추방을 겪고 있다는 내 사정 때문에 한층 더 강력했다. 아르헨띠나와 미국을 차례로 잃고 이제 성인기의 운명으로 택한 나라에서도 격리되고 있었다. 여정을 시작할 때 이미 다문화인이자 이중언어 사용자였고, 앙헬리까나 동료 난민 대다수와는 달리 어린 시절부터 칠레에서 살아온 것이 아니었다는 사실이 바깥 사정에 맞추자는 유혹을 한층 키웠다. 내 생각으로는, 그랬기 때문에 그렇듯 오랫동안 미국이라는 미끼를 물지 않을 수 있었고 그곳에 간 것도 그저 우연의 소산이었다. 일단 미국에 가게 되면 다시는 돌아오지 않게 될 것이 두려웠기 때문에.

바로 그런 두려움에 맞서기 위해 쿠데타 이후 칠레를 떠나면서 나는 자기 서사, 곧 스스로를 어떤 식의 지식인이자 혁명가로 생각할지를 규정할 이야기를 빚어냈다.

그것은 칠레 역사의 깊은 곳으로부터 발원한 이야기였다. 스페인의 정복자 뻬드로 데 발디비아(Pedro de Valdivia)가 싼띠아고를 세운 1541년 바로 그해 라우따로(Lautaro)라 불리는 아라우깐족(Araucanian) 젊은이가 포로로 잡혔고 그의 종족의 숱한 다른 남자들처럼 부려지게 되었다. 발디비아가 그를 개인 시동으로 만든 것으로 보아 그 소년은 예외적으로 총명하고 잘생겼을 것이 분명했다. 라우따로는 그 새로운 주인과 칠년의 시간을 함께하면서 이방인들의 기술과 언어를 익힌 다음 도망쳐 자기 종족에게로 되돌아갔다. 오년 후 그는 반란을 이끌었고 반란은 뻬드로 데 발디비아를 매복 공격하여 죽이는 걸로 끝났다. 마뿌체(Mapuche)족에게 승리를 안겨준 것은 이방인의 무기와 언어에 대한 지식이었다. 실제로, 서구의 산업과 과학이 레밍턴 라이플총으로 (인도와 아프리카에서 미 서부에 이르기까지 전지구에 걸쳐 그랬던 것처럼) 칠레에서 기술의 균형을 깨기까지 삼세기도 더 넘는 기간 동안, 그 전사족은 침략자들을 저지할 수 있었다.

지역적인 것과 국제적인 것의 충돌을 통해 칠레라는 나라가 만들어지던 근대 초창기에 탄생한 라우따로는 식민지가 된 땅에 살아가는 일의 딜레마와 씨름한 최초의 내 동포였고, 다른 숱한 사람들이 택한 동화(同化)라는 현혹적인 노선을 거부하고 자기 땅을 점령한 침입자들의 하인이 되거나 마름이 되거나 첩이 되기보다는 무력하지 않기 위해 저항하는 일이야말로 정체성을 찾는 더 나은 길이라고 선언한 최초의 동포였다. 라우따로는 찬탈자들이 가진 것으로 이 저항을 약화시키지 않고 도리어 뒷받침할 수 있다고 말했다. 비결은 영리해지는 것이고 강제된 망명생활을 통해 새로운 지식을 쌓아 동포들에게 돌아가는 것이었다. 다시 말해 비결은 충성을 지키는 것이었다. 우리가 공유하는 과거라는 산맥에서 굽이쳐 나와 라우따로는 이중적이 되는 것이 가능하고, 우리가 살고 있는 지구가 이 모양이므로, 우리의 출신과 멀리 고향에 숨겨둔 깊은 속마음에 대한 충실함을 유지하는 한에서, 사실상 그렇게 쪼개지는 것이 핵심이라고 내게 일러주었다. 이 제3세계 반란자 오디세우스는 이방의 땅으로 떠나는 젊은이에게 코즈모폴리턴이 되는 것, 하나 이상의 언어를 말하는 것은 귀환을 방해하는 게 아니라 귀환을 도와줄 무기로 생각되어야 한다고, 뿌리 내린 코즈모폴리턴이 되는 게 가능하다고 말했다.

망명생활이 시작되었을 때 나는 그런 식으로 나 자신의 망명을 이야기했고, 그것이 나 스스로를 방어하기 위해 만든 페르소나였으며, 시련과 귀환이 반복될 때마다 그걸 단단히 쥐고 있었다. 아옌데가 죽고 레이건 같은 자가 미국의 대통령으로 두번이나 당선되는 세계에서, 도널드 덕을 꼬챙이로 꿰어봤지만 오히려 디즈니는 전지구적으로 이전보다 더 성공하고 있는 꼴을 보게 된 작가에게, 지배적인 미국 모델을 거부했는데 이제 와서 제3세계 담벼락의 '양키들은 집으로 돌아가'라는 그라피티가 '나도 같이 데려가줘'라는 익살로 수정되는 꼴을 보게 된 사람에게, 라우따로는 나도, 내 나라도, 이 지구도, 역사가 어디로 향해 가야 하는가에 대한 장기적인 관점에서 볼 때는, 아무것도 실제로 바뀐 것은 없다는 희망을 제공해주었다. 그러므로 여섯달 전 1990년 7월 칠레로 돌아오는 비행기에서 내렸을 때, 난 고국에서의 삶이 어느 다른 곳에서보다 더 가치있고, 더 의미있고, 더 희망차고, 어떤 의미에선 더 리얼하기도 하다는 확신, 세상에서 내가 죽음에 가장 잘 맞설 수 있는 곳이 칠레라는 확신을 갖고 있었다.

하지만 그것이 죽음과 맞서 싸우는 유일한 길은 아니고, 세상을 치유하는 유일한 길, 내가 망명지에서 몰래 갖고 들어온 유일한 이야기는 아니다. 십칠년의 시간이 지나면서, 거의 인식되지 못했고 거의 말로 설명되지 않은 채, 내 삶에는 어떤 다른, 평행하는 패러다임이 자리를 잡았다. 그것은 칠레 전사만큼 극적인 인물로 체현되지는 않았고, 앞으로 수십년 동안 내가 탐구해야 할, 아직은 이름 붙여지지 않은 모델이다.

내 삶을 돌이켜보면 어떤 패턴이 나타난다. 내 운명과 내 가족의 운명을 결정한 매번의 추방이 20세기의 싸움들에서 일어난 어떤 지각변동에 조응한다는 걸 알게 된다. 내 조부모는 1차대전 전의 수십년간 일어난 자유를 향한 거대한 이주의 물결의 일부였고, 그때 수백만명이 곧 국가들 간의 무자비한 상잔이 벌어지게 될 대륙을 떠났다. 이어 내 아버지는 파시즘과 민주주의 사이의 싸움 때문에 아르헨띠나를 떠나야 했는데 2차대전의 와중에 태어난 나를 맞이한 것이 그 핵심적인 갈등이었다. 다음으로는 그것만큼 결정적이고 전지구적인 또다른 전쟁인 냉전이 매카시와 불관용과 적색공포(Red Scare)를 풀어놓아 칠레로 향하는 또다른 망명을 초래했는데, 칠레에서는 쌀바도르 아옌데라고 불리는 젊은 의사가 이미 첫번째 대통령 출마를 준비하고 있었고 다른 전쟁들, 주로 지구의 방치된 황폐한 벽지인 아프리카와 아시아와 라틴아메리카에서 대리전으로 진행되었지만 마찬가지로 세계대전인 1960년대와 70년대 초의 해방전쟁들이 예고되고 있었으며 비록 피로 끝나긴 했어도 예외적으로 평화적이었던 칠레혁명도 그중 하나였다.

그리고 또다시 난 망명길에 올랐고, 저 먼 곳의 어떤 방에 있는 사람들이 내 존재를 알지 못한 채 체스 말을 옮겨 나를 괴롭힘으로써 내 행로는 또다시 거대한 세력들에 좌우되었지만, 나는 어쨌든 그들의 게임판에서 놀지 않을 수 없었다. 그리고 이제 나는 마지막 망명, 국외 거주, 추방, 철수, 아니면 다른 어떤 걸로 불리든 그것이 가져올 결과, 이 예수의 날에 칠레를 떠나는 나를 따라올 길고 복잡한 여파를 살아내고 써내려 하고 있다. 또다시 난 세계사에서 더 구체화될 20세기의 내 삶의 마지막 격변을 마지못해 받아들여야 할 것이고, 이 마지막 망명은 더 심오한 이행의 시간, 베를린장벽이 무너지고 삐노체뜨가 패배하고 언제나 전지구적이었지만 한번도 이만큼 즉각적인, 이만큼 상호의존적인, 이만큼 도처에 스며들었던 적이 없는 체제가 도래하는 시간, 미래라는 것이 있기나 하다면, 뒤돌아볼 사람이 있기나 하다면, 미래에 되돌아보게 될 이 순간, 중국에서 만들어진 물건이 캔자스에서 구매되기 때문이든 캘리포니아에서 식사하는 사람이 발빠라이소에서 피해를 볼 사람이 누가 될지 결정하기 때문이든 간에 인류가 마침내 하나가 된 시기로 여겨질 이 시대에 발생했다. 지금은 내가 세계와 더불어 지구화되어야 할 시간이고, 운명이 나를 택하여 쌴띠아고에서의 구원으로부터 떠나 죽음이 아니고는 물러날 수 없는 세계로 향하는 여정에 나서게 하는, 고난과 약속의 시간이다.

혼자가 아니다. 난 이 새로운 여정에 혼자 나서지 않을 것이다. 다시는 고향에 돌아오지 않게 될 것을 아는 이 라우따로는 죽지 않은 과거의 목소리와 이미지를 다시금 가지고 가야 한다. 나는 옥죄는 국적의 제약으로부터 자유로울 것이나, 바라건대 그 자유는 온 인류의 고통을 대표해온 사람들을 향한 책임의 이행을 가로막지는 않을 것이다. 난 칠레를 떠날지 모르지만 아옌데의 나라 칠레는 결코 나를 떠나지 않을 것이다. 칠레에 대한 내 생각, 칠레를 향한 내 멈추지 않는 희망은 나를 홀로 내버려두지 않을 것이고 나의 고독에 계속 도발할 것이고 나를 쫓아다니고 책무를 다하게 만들고 꿈을 꾸어야 함을 상기시킬 것이다. 내 안의 무언가는 언제나 암스테르담에서의 노숙과 빠리에서 뛰어넘은 회전식 전철 개찰구와 워싱턴에서의 의료서비스 결핍을 기억할 것이고, 초연함과 오만함이 생겨날 때, 특권과 스포트라이트의 유혹이 다시 찾아들 때, 난 투쟁과 소외가 준 교훈들을 기억해야 하고 언제나 기억할 필요가 있을 것이다. 세계시민이 되는 지적이고 정서적인 모험은 세계의 고통을 위한 문학에 대한 헌신과 결합되어야 한다. 세계가 내게 제공해준 것 가운데 가장 좋은 것이 여기 칠레까지 따라와 내가 공포에 시달리는 칠레 사회로 통합되는 일을 난처하게 만들었다면, 남에서 출발하는 이 반대의 여정에서 어찌 그만큼 가치있는 무언가를 몰래 갖고 나가지 않을 수 있겠는가?

데사빠레시도들은 망명 시절 늘 내게 붙어 다녔고 또 나를 구원해주었으며, 그들의 무자비한 날 것의 비현실이 이국생활의 유혹들 속에서 내가 중심을 잡을 수 있도록, 혹은 어쩌면 중심에서 벗어날 수 있도록 해줄 것이다.

곧 나는 멀리 떠날 것이다. 다시금 떨어져 있다는 또 추상화된다는 느낌이 내 안에 생겨나는 게 느껴지고, 다시 한번 멀고 먼 나라에서 내 물음의 탄가에 어떤 단순한 대답도 주지 않는 내 안의 컴컴한 구멍을 대면하게 될 것이며, 더욱이 이번에는 돌아갈 곳이 있다는 확신으로 위안을 얻을 수 없는 사람이 될 것이다.

어쩌면 이 정도가 내가 바랄 수 있는 최대치, 아니 내가 간청할 수 있는 것 이상인지 모른다. 심장 속에 나를 살아갈 수 있게 해줄 어떤 불을 간직하는 것.

심장(heart)과 화로(hearth). 영어에서, 그 언어의 집단적 기억 어딘가에서, 우리 조상이 가졌던 말로 표현될 수 없는 영어의 심령 어딘가에서, 심장과 불, 집과 불은 스페인어의 오가르(hogar)와 오게라(hoguera)처럼, 프랑스어의 푸아예(foyer)와 푀(feu)처럼 같은 기원으로 이어져 있다. 번개의 신에게 불을 뽑아내거나 키워내거나 훔쳐냈을 때, 인간들은 좌식생활을 하게 되었고 우리 종은 둘러앉아 모일 중심을 갖게 되었고 결국 바퀴의 발명으로 이어졌으며 방랑과 전환을 멈출 수 있는 장소를 갖게 되었다. 불꽃이 던지는 그림자 바깥, 구워지고 있는 고기와 빚어지는 토기와 주조되는 금속에서 멀리 떨어진, 고동치는 심장들로 그 안식처를 공유하고 있는 사람들의 눈에 띄지 않는 곳에 어둠의 바깥 테두리가 있고, 그것은 알려지지 않은, 약탈적인, 불빛을 통해 공동체에서 이야기로 공유되고 기념될 수 없으므로 이방의 것이라 불리는 무언가를 암시하고 있었다. 그리고 아마 그것이 내가 배우기 위해 돌아왔던 마지막 교훈, 앞으로의 숱한 밤들에 나 자신을 덥히기 위해 가져온 내 마지막 교훈일 것이다. 스페인어로 집, 오가르이고 불을 말하는 푸에고(fuego)와 같은 어원에서 나온 그 심장들의 심장은 이제, 그리고 앞으로도 결코, 내 의심을 없애줄 수 없을 것이다.

아마 나는 이 의심들을 영원히 끌고 다녀야 할 것이다.

하지만 이런 것도 있다. 망명은 이 심장이 어디에나 있다는 것을, 어느 한 나라나 한 사람이나 한 공동체에 속하지 않는다는 것을, 우리를 염려하고 우리가 가장 버림받았다고 느낄 때 문자 그대로 우리에게 심장, 그들의 심장을 주었던 해외의 모든 친구들 안에서도 고동치고 있다는 것을 내게 가르쳐주었다. 나는 내가 칠레를 다시 찾기 위해, 칠레가 돌이킬 수 없을 정도로 더럽혀지지는 않았다는 걸 확인하기 위해, 여전히 그 안에는 투쟁해온 사람들이 있고 되찾을 가치가 있는 나라가 있다는 걸 확인하기 위해 칠레로 돌아왔다고 믿는다.

난 환멸을 겪었는지 모르지만 또한 그 심장의 박동을 발견했고, 내 안에 빠울리나와 그녀의 형제자매들의 거대한 심장박동을 가지고 떠난다.

늘 그렇듯이, 그래야만 하듯이, 내 삶이나 우리 종의 더 큰 삶에서 거듭 그래왔듯이, 예측할 수 없는 어떤 참사가 앞으로 또다시 닥쳐올 때, 궁극적으로 중요한 것은 내가 그 심장, 밤을 밝히며 불타는 그 인간다움에 값하는 사람이 되어 있어야 한다는 것이다.

그리고 집으로 돌아가는 것이 내 유일한 소망이었다고 생각하는 것.

(…) 그리고 마지막 한마디는
아직 말해지지 않는다.

— 베르톨트 브레히트 「이주민이라는 딱지에 대하여」, 1937

다를 수도 있었을까?

노스캐롤라이나에서 이 에필로그를 쓰게 되지 않는, 혹은 영어가 아니라 스페인어로 쓰게 되는 역사의 대안적 벡터가 있을까? 저무는 해가 대산맥에 작별의 광채를 남기는 싼띠아고에 나의 아바타가 있을까? 이따금 어쩔 수 없이 난 왜 내가 내 꿈의 도시에서 늙어가지 않는 것인지 자문하곤 한다.

때로 나는 돌아가지만 몇주 이상 머무는 적은 거의 없다. 지난 이십년 동안 칠레에 가장 오래 있었던 건 2003년 책을 쓰려고 앙헬리까와 노르떼 그란데(Norte Grande)의 예사롭지 않은 기운이 감도는 사막으로 트레킹을 하던 때였다. 『내셔널 지오그래픽』(*National Geographic*)이 세계 어디든 책에 실을 만한 장소를 골라달라고 해서 난 칠레의 그 지역을 택했다. 그렇다, 칠레는 계속해서 내 과거의 여러 겹들을 응시하게 해주는 근원적인 공동체적 프리즘을 제공해준다. 그리고 물론 삐노체뜨가 사망이라는 호의를 우리에게 베풀어주었던 2006년에는 다큐멘터리를 찍으러 갔고, 사이사이에도 가족들과 벗들을 만나 여름 오후의 흘러가는 산들바람을 맞으며 한잔하려고 방문하기도 했다.

비행기에서 내리기만 해도 나는 이내 매혹당하고 또 질리고, 터무니없이 행복해지고 또 그만큼 격분한다. 그리고 내 몽상 가운데 하나는 이미 실현되었다. 내가 한때 호아낀의 마음을 끌기를 바랐던 칠레의 모든 것이 이제는 내 손녀 이사벨라와 까딸리나에게 큰 기쁨을 선사했고, 둘은 우리를 따라 싼띠아고에서 두번의 방학을 보내면서 사뻬올라 공동체에서 마음껏 뛰어다니고 사람들의 다정함에 흠뻑 젖으며 거리에서 늙은 말이 채소를 가득 실은 마차를 끄는 광경을 놀란 입을 다물지 못하고 쳐다본다. 그 아이들의 방문은 이 땅에서 혹독한 기억들을 정화해주고 내 잃어버린 순수로 이 땅을 적셔준다. 호아낀과 로드리고로 말할 것 같으면, 그 아이들은 이제 칠레와의 화해라는 오아시스에 도달했고, 늘 그렇듯 정권과 부유층과 속된 TV 프로그램에 비판적인 앙헬리까는 어린 시절에 알았던 평범한 사람들과 즐거이 연락을 주고받는다. 그녀는 라 레이나의 방갈로를 사랑했고 내게도 그 집은 일종의 집행유예처럼 편안하다. 우리의 어떤 일부가 거기에 확고 불변하게 남아 있다는 걸 아는 것만으로도, 적어도 내 마음속에서나마 여전히 문이 반쯤 열려 있다는 걸 아는 것만으로도 그 수고와 비용을 감당할 가치가 있다.

1991년 3월 마침내 칠레에서 상연된 「죽음과 소녀」가 그것을 구상할 때 품었던 관대함의 한줌이라도 얻을 수 있었다면, 칠레 엘리트들이 그것을 거부하지 않았더라면, 다른 수많은 정부 인사들처럼, 도움을 청하는 우리에게 등을 돌린 그 모든 옛 동지들처럼, 엔리께 꼬레아가 지원금을 거부하지 않고 그 연극을 환대해주었더라면, 뭔가 달라졌을까? 내가 벗이라 여겼던 극작가가 내 극이 이 나라 역사상 최악의 작품이라고 쓰지 않았더라면 나와 칠레의 관계가 부드러워졌을까, 나를 내 나라와 화해시켜주었을까?

이런 질문을 던지는 건, 칠레의 위기가 가진 바이러스 같은 진실을 백일하에 드러낸 작품이 혹평을 받았다고 불평하는 건 터무니없는 일이다. 순진하게도 나는 정치적으로 갈라진 양편의 유력인사들이 나의 불손한 문학을 자기들의 것으로 받아들여줄 것이고, 우리의 연약한 합의가 가진 민감한 규칙과 협약과 규범을 흔들어놓겠다고 위협하는 그 도발을 지지해줄 것이라 기대했다. 문학은 내게 결코 합의와는 무관한 것이었다. 문학은 언제나 핀터가 "칵테일 선반 아래 숨은 족제비"라 부른 것을 끄집어내라고 요구해야 한다. 내가 꼰싸그라도(축성 받은)받지 않았다는 것, 그들이 나를 싸그라도, 성스러움에서 쫓아냈으므로 찬사와 그럴듯한 직책이라는 김빠진 신전(神殿)으로 아첨할 만큼 내 비전에 신경 쓰는 사람이 아무도 없다는 건 잘된 일이다. 내가 칠레의 신중한 이행과정과 충돌하는 건 피할 수 없는 일이었다. 그러니까 내가 망명을 통해 가다듬은 목소리를 저버리지 않는 한 말이다.

방랑하는 동안 내가 잊고 싶지 않았던 한가지 교훈은 이것이다.

절대 누구도 너의 존엄성을 빼앗지 못하게 하라. 이 교훈은 최초의 망명으로 기억된 사례, 집 없고 병든 수염 난 노인, 시누헤(Sinuhé)의 이야기에서 얻은 것으로, 그는 기억조차 할 수 없는 여러 땅을 헤매다가 마침내 자신을 내쫓은 파라오의 용서를 간청한다. 시신에 기름을 바르고 붕대를 감아 석관에 넣지 않는다면, 노래하고 춤추는 이들이 그를 따라 흰 대리석 무덤까지 따르지 않는다면, 시누헤가 안식으로 향하는 길은 영원히 막히게 될 것이었다. "너는 이국땅에서 죽어서는 안 된다"라고 왕의 칙령은 선포했다. "아시아인들 손에 양가죽에 싸여 묻혀서도 안 된다. 몸을 보살펴 집으로 돌아오라."

시누헤의 이름이 알려진 건 오로지 그 포기선언 때문이며, 자기 땅에서 죽어 사후세계에 살기 위해 자존감을 무너뜨릴 수밖에 없었던 그의 이야기는 경고와도 같다. 망명생활 내내 내 가장 중요한 싸움은 이것이었다. 그 사람을 닮지 않는 것.

하지만 물론 내게 불멸이란, 그런 게 있기나 하다면, 육신이 아니라 예술에 있다. 그리고 침묵하며 칠레에 남아 있다는 건 작가로서의 책임을 포기하는 일이었을 것이다. 그러니 결국 내 마지막 엑소더스에 이례적인 건 없다. 험난한 근대 역사의 숱한 작가들이 그랬듯이 나는 내 고국사회를 통치하는 보수세력에 패배했다. 그리고 그들처럼 내 떠남은—내 생애 처음으로 야심한 밤안개를 밟고 온 어떤 자들의 의지가 아니라 나 자신의 선택으로 내가 사랑한 땅을 떠났는데—결국 일종의 해방이었고, 내 삶과 내 문학을 국적의 협소한 제약에서 자유롭게 풀어놓는 일이었다.

지금도 여전히 칠레에서 물러난 일이 미리 정해진 운명이 아니었을까 생각하는 날이 있는 게 사실이다. 1987년의 그 8월 아침 공항에서 체포되지 않았더라면, 그래서 그해 싼띠아고에 영구적으로 자리를 잡을 수 있었더라면, 삐노체뜨가 사라지기 전에, 민주주의로의 이행이 우리가 환영받지 못한다는 걸 거칠게 일러주기 전에, 이 나라에 적응할 기회가 있었더라면 어떻게 되었을까? 어쩌면 이러기만 했어도 달랐을지 모른다. 로드리고 로하스가 그 뽀블라시온의 다른 길을 걸어가기만 했어도, 그를 산 채 불태운 군대 호송차의 타이어가 펑크 나기만 했어도, 그러기만 했어도…… 정말로 그러기만 했다면, 한걸음 더 갔더라면, 조금만 덜 끔찍했더라면, 모든 것이 달라졌을까? 아니면 내 삶의 궤도는 또다른 트라우마의 순간에 결정되었을까? 그 진로는 폐렴에 걸린 아이가 뉴욕의 마운트시나이 병원에 억류된 지 삼주 후에 나올 때 영어만 말하게 됐던 1945년의 그날 이미 결정된 게 아닐까? 내가 지금 회고록을 쓰는 이 언어의 축복을 받지 않았더라면, 사태가 참을 수 없는 지경이 된 1990년에 칠레를 떠나는 선택을 예비해두지 못했을 수도 있다. 그 때문에 내가 다리를 불태우지 않았던 것일까. 불태워질 수도 있었을 그 다리가 바로 나 자신이었기 때문에, 싼띠아고라는 거짓 낙원으로 돌아간 그 사람이 이미 자기 안에 이중적 존재의 씨앗을 운반하고 있었기 때문에? 호아낀은 이걸 눈치챈 건지도 모른다. 부모가 주저하는 기미를, 더럼의 집을 팔지 않았다는 걸, 내가 듀크를 사임하지 않았다는 걸, 그 또다른 존재가 나를 기다리고 있다는 걸, 내가 되려고 작정한 그 사람이 아니라 있는 그대로의 내가 되길 선택할 수 있다는 걸. 다를 수 있었을까?

난 후회하지 않는다.

이 책을 쓰는 일이 내 치유과정이었고 내 삶이 어떤 모습이 되었는가에 대한 미 울띠마 빨라브라, 내 마지막 말이다. 이 페이지들은 이제 그만 되돌아보기 위해 되돌아보는 시도이고, 말로 만들어진 묘지에서 마침내 누워 안식하려는 시도도. 내 안에 있는 서글픈 어떤 것이 편히 잠들기 위해서는 과거에 제대로 된 장례를 지내주어야 한다.

나와 더불어, 그리고 서로와 더불어 평안해진 내 두 언어처럼.

비록 매번의 화해가 힘든 순간을 동반하고 무엇을 바라야 할지 조심해야 하지만.

지난밤만 해도 그랬다. 가족들과 저녁 식탁에 앉아 있던 나는 무언가 에소(그것)가 필요했고 누군가 내게 건네줄 수 있게 그것이 무엇인지 말하려고 입을 벌렸다. 단어가 떠오르길 기다렸지만 아무것도, 내 혀끝에도, 혀뿌리에도, 그 아래 목구멍에도 떠오르지 않았고, 난 내 두 언어 중의 하나가 나를 불쌍히 여겨주길 기대하며 머뭇거렸지만, 나다(nada), 아무것도, 여전히 아무것도 내놓지 않으면서, 둘이 합세하여 나를 괴롭혔다.

그렇게 나는 뽀브레시또(가엾은 인간)로서, 앙헬리까와 로드리고와 그의 아내 멜리사와 어린 이사벨라와 까딸리나가 수다를 떠는 그 북적거림의 와중에 홀로 무언의 섬에 고립되어 있었다. 내 손녀들은 불과 몇분 전에 아부(Abu)산을 올라갔던 걸, 자기네 아부엘로/할아버지가 마치 산이라도 되는 듯 흥겹게 오르내렸던 이야기를 하고 있었고, 그들 모두는 난쟁이가 내 머리에 구멍을 뚫고 있는 바로 그 순간에 온갖 어휘를 폭식하고 있었지만, 나를 탄생시킨 스페인어도 내게 피난처를 준 영어도, 내가 속수무책으로 그 둘 모두와 결혼했는데도, 그 두 보호자/이디오마(언어) 중 어느 쪽도 서둘러 나서서 공백을 메워주지 않았고, 난 다시 간단명료한 단일언어 구사자가 되기를 거의 갈망하고 있었다.

더 기다리면 음식이 식을 것이고 음식이 식는 꼴은 또 못 견디기 때문에 어쩔 도리 없이 난 내 혓바닥이 가기를 거부했던 그 방향으로 손가락을 뻗어 에소, 그 빌어먹을 거시기라 하는 것을 향해 까닥하며 가리켰다. 난 언어가 어떻게 시작되는가를 설명한, 그것이 검지를 찌른 쪽을 집요하게 쫓아가는 끙끙거리는 소리로 시작된다고 설명한 이론을 기억하고, 이제 내 아들들이 그 게임에 들어온다. 로드리고는 냅킨을 들며 "에스또(이것) 말인가요, 아리엘?"이라 하지만 난 고개를 젓고, "이거(this)요, 아빠?"라며 이번에는 호아낀이 내게 빵 한조각을 보여주는데, 내가 원하는 게—나중에 그걸 손에 쥐고서야 기억하게 될—그 하찮은 소금 용기, 엘 쌀레로라는 걸 그 아들도 알고 나도 알지만, 당장은 모든 게 갑자기 고요해지는 바람에, 집 근처 자그마한 숲속에 있는—난 늘 숲속에 살고 싶었고 거기엔 거북이가 있고 이따금씩 여우 가족도 나타나며 뱀들과 누구도 이름을 맞출 수 없는 흥미진진한 새들, 저녁 식탁에서 몸짓으로 의사소통 같은 거 절대 하지 않을 말없는 존재들이 있었으며 그들은 경이의 강물과도 같이 삶을 통과해 흘러간다—토끼 소리마저 들을 수 있을, 지구가 회전하고 별들이 자기 빛의 용광로에서 불타 소진되는 소리마저 들을 수 있을 지경이 된다. 난 마비 상태가 되고 내가 찾고 있는 단어는 모든 사전들과 함께 사라져버렸고, 엘 까스떼야노 이 엘 잉글레스(스페인어와 영어)는 서로를 삼켜 나를 유아기로 되돌려놓고, 마치 시간이 멈추고 공간이 사라진 듯이 나를 정지시켜 올리버 색스(Oliver Sacks) 에세이에 나오는 표적으로 만들었고, 마침내 앙헬리까가 일말의 자비를 베풀어 그 문제의 사물을 건네주면서 내가 바보천치 아니면 처음 말을 배우는 아이인 듯 그 단어를 발음해주지 않았던들, 난 여전히 젖먹이, 인간 이전의 포유류, 듣지도 말하지도 못하는 이로서, 내가 이름을 말할 수 없었던 그 소금을 기다리고, 기다리고, 또 기다리고 있었을지도 모를 일이다.

하지만 이건 또한 바라는 바이기도 하지 않은가? 내 두 언어가 나이가 들면서 평화로운 공존의 상태로 성숙해가고 가까이 지내며 심지어 나를 한바탕 놀려먹을 수도 있다는 것이?

난 늘 이랬다는, 이 상호부조가 있었다는 직관에 사로잡힌다. 한번은 부에노스아이레스에서 내 어머니의 자궁에서 떨어져 나오며 스페인어로, 또 한번은 일어나 뉴욕의 겨울로 들어가며 영어로, 나는 사실 이렇게 두번 태어났고, 처음으로 숨쉰 날과 너무 아파서 숨을 멈출 뻔했던 날, 그 두번의 만남 어느 쪽도 기억하지 못한다는 것도 사실이다. 하지만 그 두번의 순간에 말들이 내 가까이, 곁에 있었다는 것, 지상의 모든 인간을 맞이한 것처럼 나를 맞이해주었다는 것을 누가 의심할 수 있으랴. 두 언어 중 어느 쪽이 나를 살아 있게 해주고 어둠을 달래주었다고 해야 할지 알지 못하지만, 그때조차 온 인류의 무궁무진한 어휘를 향한 사랑으로 결합되어 둘이 함께 작용했다고 믿을 정도의 연륜은 생겼고, 이 행성의 모든 거주자의 첫 숨

속에, 늘 첫 숨인 것만 같은 매번의 숨 속에, 매번의 그다음 숨 속에, 그 아니마(anima)에, 그 혼에, 우리가 불어넣는 것, 우리가 배출하는 것, 우리가 우주를 들이쉬고 내쉴 때 소멸에서 우리를 분리해주는 것 속에, 들이쉬고 내쉬는 그 단순하고 거의 원시적인 산술 속에, 삶의 기원과 언어의 기원과 시의 기원이 함께 있었다는 걸 믿을 만큼의 연륜은 생겼다.

글로 쓰인 말, 숨을 영속적이고 안전하게 만들려는 시도, 돌에 새겨 넣거나 잉크로 종이 위에 남기거나 기호로 스크린에 띄워 그 끝이 우리보다 더 오래갈 수 있도록, 우리의 폐보다 더 버티고, 우리의 일시적인 육신을 초월하여 그 물결로 누군가를 건드릴 수 있도록 만들려는 시도는 그다음이다. 그 물결에 난 내 존재를 맡겼고, 육신들 사이의, 문화들 사이의, 전쟁 중인 양편 사이의 간극을 이을 수 있다는 확신으로, 같은 공기를 숨쉬는 사람들에게 같은 시(詩)도 숨쉬자고 청했다.

이제 난 순탄하든 파란만장하든 모든 여행이 진짜로 시작되기 위해서는, 또 끝날 용기를 발견하기 위해서는, 용서의 희망을 보여줄 필요가 있음을 배웠거나 배웠기를 기원한다. 어쩌면 이 회고록은 바로 그런 것이 되었는지 모르겠다. 나 자신에 대한 용서, 내가 택한 길을 견디는 인내, 그리고 받은 것과 돌려줄 수 있었던 것에 대한 감사, 궁극적으로는 불의도 불필요한 슬픔도 없는 세계를 상상하고 그 세계를 위해 싸우는 일이 왜 중요한지 절대 잊지 않겠노라 맹세한 그 어린 소년에 충실하고자 했던 내게 수많은 고국이 있었다는 데 대한 감사 말이다.

다를 수도 있었을까?
지금과 다르다면 그게 뭐든 씁쓸할 것이다.

2011년 1월 6일

연표

1942년 이 세계에서뿐이 아니라 그가 고향 부에노스아이레스에서 태어난 것을 열렬히 환영해주는 스페인어 안으로 작가 태어나다.

1945년 숱한 망명 중 첫번째에 나선 작가, 가족을 따라 뉴욕에 도착하면서 스페인어를 잃고 영어를 얻는다.

1954년 아버지가 조지프 매카시(Joseph McCarty)에게 박해받음에 따라 열두 살의 나이에 사랑하는 미국을 떠나야 한다. 칠레에서는 스페인어와 혁명, 그리고 종래는 앙헬리까 말리나리치(Angélica Malinarich)라 불리는 매혹적인 여성이 작가를 기다리고 있다.

1960년 학업을 위해 미국으로 돌아가는 대신 칠레에 남기로 결정하지만, 계속해서 글은 영어로 쓰게 된다.

1964년 사회주의자 쌀바도르 아옌데의 대통령선거 캠페인에 요란하게 참여한다. 아옌데는 패하지만 육년 뒤 같은 동맹에 의해 또 한번의 시도를 위한 무대가 마련된다.

1966년 칠레대학에서 문학으로 학위를 받고 졸업하여 앙헬리까와 결혼한다.

1967년 작가와 앙헬리까는 첫아들 로드리고를 맞이하고 또 아리엘이 칠레 시민이 된 것을 축하한다.

1968년 작가와 그의 가족은 캘리포니아 버클리에서 연구자로 일년 반을 보낸다. 다음과 같은 과감한 결론에 도달한다. 더는 제국의 언어인 영어가 아니라 저항의 언어 스페인어로 쓰겠노라.

1970년 쌀바도르 아옌데가 대통령선거에 이겨 평화혁명을 시작할 때 작가 싼띠아고 거리에서 춤춘다. 하지만 장차 적들은 그 혁명에 폭력의 가속화로 맞선다. 작가는 자신의 정치적 활동을 주요 문학상을 수상한 스페인어 소설을 비롯한 글쓰기의 일진광풍과 결합한다.

1973년 칠레의 민주주의와 아옌데의 생명을 끝장낸 쿠데타에서 어찌어찌 살아남는다. 몇주간 도피생활을 한 후 저항세력으로부터 망명하라는 지시를 받는다. 자기 의사에 반하여 망명을 떠나고 그해 말 아르헨띠나에 도착한다.

1974년 작가와 그의 가족은 암살부대를 피해 부에노스아이레스에서 도망쳐야 한다. 리마와 아바나를 거쳐 결국 빠리로 간다.

1976년 프랑스에서 비참한 이년 반을 보낸 작가, 암스테르담대학에 직책을 얻고 긴 침묵을 끝낼 창작의 몰아치기에 나선다. 네덜란드를 떠나기까지 네개의 다른 장르, 에세이, 시, 단편과 소설에서 네 권의 책을 쓰고 숱한 잡지 기사를 쓰게 된다.

1979년 작가와 앙헬리까는 두번째 아이 호아낀을 맞이하고, 칠레에서 권력을 강고히 한 것으로 보이는 그 독재자가 물러나기를 기다리기 위한 다음 거처로 멕시코를 계획한다.

1980년 작가와 그의 가족은 암스테르담을 떠나 잠정적으로 일년만 보내기로 한 워싱턴 D.C.에 도착한다.

1981년 멕시코 체류 비자를 거부당하여 미국에 머무를 수밖에 없게 되고 여러 자투리 일들과 글쓰기로 생활을 꾸린다.

1982년 『뉴욕타임즈』에 칼럼을 쓴다. 영어로 쓴 글을 출간한 것은 처음이다.

1983년 작가와 그의 가족은 미국에 합법적으로 머물 수 있게 해줄 영주권을 받는다. 몇달 후 삐노체뜨는 불순분자 아리엘 도르프만이 이제는 집으로 와도 된다고 발표한다. 그 이틀 뒤, 가족은 대중적 저항의 격동을 겪는 칠레에 도착한다. 이 보름간의 방문 이후 수차례의 귀환을 통해 아리엘과 앙헬리까는 칠레에 영구적으로 자리잡을 가능성을 타진한다.

1986년 듀크대학에서 일년에 한 학기 가르치기로 합의하여 작가와 그의 가족은 노스캐롤라이나 더럼으로 이사한다. 이 계약으로 아리엘은 이후 삼년간 생계는 해외에서 꾸리지만 칠레를 방문하고 거기서 집을 구입할 수 있게 된다. 작가가 싼띠아고에 있을 때 국외 추방된 젊은이 로드리고 로하스가 군대에 의해 산 채 불태워져 죽는다. 미국으로 돌아가 아리엘은 삐노체뜨에 대항하는 운동의 선두에 선다.

1987년 작가와 호아낀은 싼띠아고 공항에서 붙잡혀 추방된다. 국제적인 압력에 힘입어 아리엘은 이주 뒤 되돌아가는 게 허락되지만, 확실한 귀국은 연기된다.

1988년 삐노체뜨 장군이 종신 대통령이 될지 결정하는 칠레 국민투표에 적극적으로 참여한다. 반대하는 민주주의 세력의 승리로 독재 종식에 이르는 느린 카운트다운이 시작된다.

1989년 칠레로 다시 한번 돌아가 대통령선거에서 빠뜨리시오 아일윈(Patricio Aylwin)에게 투표하고 이듬해 칠레로 영구히 돌아올 계획에 착수한다. 이제 스물두살이 된 로드리고는 당장 돌아오기로 결정한다.

1990년 앙헬리까와 호아낀과 함께 칠레로 돌아온다. 아리엘은 소설 창작이나 공적 활동은 삼가지만 십칠년 동안 그가 꿈꾸던 귀환에 대한 일기를 쓴다. 그는 또 「죽음과 소녀」(La Muerte y la Doncella)를 쓰는데, 다 쓰기 하루 전 그해 말 런던에서 열릴 첫번째 낭독공연에 쓸 영문본을 쓰기 시작한다.

1991년 작가와 그의 가족은 칠레에서 육개월을 보낸 후 그곳을 항구적으로 떠난다. 영어판 「죽음과 소녀」(Death and the Maiden)는 연극과 로만 폴란스키(Roman Polanski) 감독의 영화로 엄청난 성공을 거둔다.

1996년 회고록 『남을 향하며 북을 바라보다』를 쓰기 시작한다. 계속해서 때때로 칠레를 방문한다.

1997년 남아프리카공화국 방문에 나서고 그러던 중 부에노스아이레스에 있는 어머니의 사망 소식을 듣는다. 장례에 참석하기에는 너무 멀리 떨어져 있다.

1998년 삐노체뜨 장군이 런던에서 반인륜적 범죄 혐의로 체포되었다는 소식에 크게 놀라고 그를 재판에 부치려는 운동에 참여한다. 십팔개월간 가택연금 당한 뒤 장군은 칠레로 돌아온다.

1999년 더럼에서 로드리고와 그의 아내 멜리사의 아이 이사벨라의 탄생을 본다. 삼년 후에는 그들의 두번째 아이 까딸리나가 세상으로 나온다. 아리엘과 앙헬리까가 이 손녀들에게서 얻는 기쁨은 이루 말로 다할 수 없다.

2001년 TV로 뉴욕의 테러공격을 목격한다. 이는 작가의 두번째 9·11이고 향후 그의 저작과 활동의 많은 것을 결정하게 된다.

2003년 아르헨띠나에 있는 아버지의 죽음을 듣는다. 미국이 이라크를 침공한 그날의 일이다. 앙헬리까는 아돌포 도르프만을 임종했고, 아리엘은 늦지 않게 장례에 참석하러 비행기를 탄다.

2006년 미국 시민이 되고 이후 그의 생애를 토대로 한 다큐멘터리 「죽은 이들에게 한 약속」을 찍으러 부에노스아이레스, 싼띠아고, 뉴욕을 여행한다. 칠레를 방문한 사이 삐노체뜨 장군이 죽는다. 이 일이 『아메리카의 망명자: 칠레와 미국, 두번의 9·11 사이에서』를 위한 촉매제가 된다.

2008년 미국 대통령선거에서 버락 오바마에게 투표한다.

2010~11년 이 책 초고를 완성한다. 아옌데가 승리한 지 사십년, 아리엘이 영원히 살게 되리라 생각했던 칠레를 확정적으로 떠난 지 이십년이 지난 때다. 이 새 책을 완성한 날 그것을 스페인어로 다시 쓰기 시작한다.

옮긴이의 말

정치사회적 격동이라면 남부럽지 않은 이곳의 우리에게도 남아 메리카는 무언가 차원이 다르게 험한 일이 벌어지는 불안정한 대륙으로 먼저 떠오른다. 이국적 풍경과 색다른 체험의 여행지라는 평판은 상대적으로 최근의 일이다. 대략 그렇게 일반화된 이미지에 비추어 볼 때 칠레는 비교적 안정된 나라지만 또 비교적 덜 매력적인 여행지로서 다소 어정쩡한 인상에 머물러 있다. 한때 그 나라가 드물게 우리의 관심을 끈 이유는 2004년에 맺은 최초의 FTA(자유무역협정) 상대국이었기 때문인데, 한동안 칠레에서 수입된 농산물이 우리 농업을 망칠 거라는 우려가 높았다. 아리엘 도르프만의 독자라면 누구나 동의하리라 생각하는데 사실 칠레는 그보다 더 일찍 더 널리 주목받았어야 마땅하다. 민주주의혁명과 뒤이은 쿠데타, 그리고 긴 억압의 세월을 거쳐 다시금 험난한 민주화의 역정을 밟는 칠레의 현대사는 우리 현대사와의 유사성 때문에 더 알려졌어야 마땅한데도 또 바로 그 때문에 널리 알려지지 못했다. 억압이란 무엇보다 억압의 역사 자체를 억압하는 것이기에 저 먼 땅에서 벌어진 사건이 제대로 전해지기란 어려웠고, 이따금 거론된 칠레의 '선거혁명'도 급진적 변화를 꿈꾸는 사람들에게는 너무 온건하거나 허약해 보였다.

그래서인지 아리엘 도르프만의 이름 역시 이곳에서 잘 알려졌다고도, 또 전혀 알려지지 않았다고도 할 수 없는 애매한 지점에 놓여 있다. 소설집, 시집, 희곡선, 장편소설, 비평서와 회고록이 고루 한국어로 번역되어 있지만 그의 작품 가운데 비교적 널리 알려지기로는 아마도 영화화된 『죽음과 소녀』 정도이고 나머지는 여전히 소수의 관심을 얻는 데 머물러 있다. 하지만 꾸밈없는 달변에 녹아 있는 세계와 인간에 대한 날카로운 인식, 감정적으로 풍부하면서도 감상에 흐르지 않는 정서적 품위, 유머러스하게 자학적이지만 환멸 따위에 굴복하지 않는 강건함, 그리고 무엇보다 이 책에도 여지없이 실현된 정치적 주제와 문학적 감수성의 발군적 결합을 생각할 때, 도르프만은 지금보다 더 많은 한국 독자와 만났어야 한다. 그가 보여주는 특유의 '문학의 정치'는 예리하고도 따뜻하며, 분노하면서도 낙관적이다.

이 책에서 도르프만은 1973년 아메리카의 첫번째 9·11인 삐노체뜨의 쿠데타로 망명길에 나선 후 빠리와 암스테르담 등을 거쳐 다시 아메리카로 귀환하는 자신의 여정을 2001년의 두번째 9·11을 겪은 다음의 시점에서 돌아본다. 이는 그의 또다른 회고록인 『남을 향하며 북을 바라보다』(*Heading South, Looking North*, 1998)가 멈춘 곳에서 이어지는 내용으로, 망명 시절의 회상과 1990년 칠레로 잠시 귀환했을 때의 일기가 교차되는 방식으로 구성되어 있다. 도르프만에게 이 작품은 "존재를 변형시킨 이 육체와 정신의 이동"(20면), 곧 망명의 체험이 자신을 어떻게 변화시켰는지, 거기에 "다른 사람과 나눌 만한 교훈"(20면)이 있는지, 그래서 "내 혼란스런 삶의 소용돌이에도 어떤 깊은 의미나 메시지가 있는"(20면)지를 묻고 답하는 방식에 다름 아니다. 동시에, 자기 의사에 반했을망정 죽음과 실종이 일상이 된 칠레를 두고 떠났다는 것, 또 그보다 더 먼저는 쌀바도르 아옌데를 대통령으로 세운 선거혁명으로 곧 유토피아가 올 듯 약속을 남발했다는 것, 그리고 반드시 돌아가리라 생각했던 칠레를 끝내 다시 떠나야 했던 것이 남긴 트라우마를 온전히 대면하는 과정이기도 하다. 그런 점에서 이 책은 망명기이자 치유기이고 고통의 증언이자 희망의 기록이다.

이 회고록이 죽음에 관한 이야기로 시작하고 또 중요한 갈피마다 죽음이 등장하는 것은 어쩌면 당연한 일이다. "죽음은 1973년 9월 11일, 군부가 권력을 장악한 그날, 난폭하게 또 항구적으로 내 삶으로 틈입했다"(15면)는 대목에서 짐작하고도 남지만, 도르프만의 글쓰기는 이후 칠레에서 숱하게 죽어갔거나 죽음의 위협에 시달리는 '말하지 못하는 사람들'을 대신한 발화이면서, 또 때로는 이미 죽은 유령이 아닐까 느끼는 그 자신의 생존을 증명하는 안간힘이다. 그렇기에 스스로를 '살아남은 자'라고 느끼는 이들, 죽은 이들에게 한 약속을 잊을 수 없는 이들, 그래서 좌절하면서도 결코 주저앉을 수 없는 모든 이들에게 이 회고록이 특별한 공감을 불러일으키리라 믿는다.

도르프만에게 망명은 단순히 공간적인 이동만이 아니라 언어적인 이동이기도 하다. 망명을 예비하듯 아메리카의 남과 북을 오간 그의 성장기는 스페인어에서 영어로, 영어에서 다시 스페인어로 '모국어'를 바꾸는 과정이었고 망명은 이 과정을 항구적인 것으로 만들었다. 이는 스페인어와 영어에 아메리카의 남과 북, 그리고 그 둘 사이의 착잡한 역사적 관계와 정치문화적 차이가 고스란히 첨부되어 있음을 뜻한다. 따라서 그가 마침내 두 언어를 모두 받아들이게 된 것은 곧 "사람 잡는 국가와 넘지 못할 국경으로 이루어진 세계에서 그토록 빈번하게 다툼을 벌이는 여러 아메리카들을 잇는 다리"(19면)라는 역할을 받아들이는 일이다. 그는 망명이 부득이 자신을 쪼개놓았고 어느 한 곳에 속할 수 없게 만들었으나 "우리가 살고 있는 지구가 이 모양이므로, 우리의 출신과 멀리 고향에 숨겨둔 깊은 속마음에 대한 충실함을 유지하는 한에서, 사실상 그렇게 쪼개지는 것이 핵심"(449~50면)임을 깨닫는다. 그로부터 "뿌리 내린 코즈모폴리턴"(450면)이라는 흥미로운 정체성이 탄생한다.

하지만 이 마지막 단계를 설득력 있게 만들어주는 것은 여정의 길목마다 숱하게 깔린 물리적이고 정치적이며 또 감정적인 난관들을 통과하며 그가 보여주는 최대한의 정직함일 것이다. 그리고 그 정직함에는 "불의도 불필요한 슬픔도 없는 세계를 상상하고 그 세계를 위해 싸우는 일이 왜 중요한지 절대 잊지 않겠노라"(467면)는 그의 소년 시절의 맹세가 고스란히 살아 있음을 느낄 수 있다. 그밖에도 독자들은 이 회고록에서 「죽음과 소녀」를 비롯한 그의 몇몇 작품들이 갖는 색다른 맥락을 발견할 수 있다. 또 빠리와 암스테르담 같은 망명지에서의 생생한 에피소드들은 어떤 모험기 못지않은 재미를 선사한다. 이를 통해 도르프만의 더 많은 작품으로 건너갈 수 있다면 더 바랄 나위가 없겠다.

2019년 2월
황정아

아메리카의 망명자

칠레와 미국, 두번의 9·11 사이에서

초판 1쇄 발행/2019년 2월 28일

지은이/아리엘 도르프만
옮긴이/황정아
펴낸이/강일우
책임편집/오규원 신채용
조판/전은옥
펴낸곳/(주)창비
등록/1986년 8월 5일 제85호
주소/10881 경기도 파주시 회동길 184
전화/031-955-3333
팩시밀리/영업 031-955-3399 편집 031-955-3400
홈페이지/www.changbi.com
전자우편/lit@changbi.com

한국어판 ⓒ (주)창비 2019
ISBN 978-89-364-7700-4 03840

* 이 역서는 2018년 대한민국 교육부와 한국연구재단의
  지원을 받아 수행된 연구임(NRF-2018S1A6A3A01022568).